Niklas Ekdal
Code 1658

PIPER

Zu diesem Buch

Eine Serie von grausamen Ritualmorden an Vertretern des gesellschaftlichen Establishments erschüttert Schwedens Hauptstadt. Brutale Hinrichtungsmethoden erinnern an die Folter in früheren Zeiten. Als Felix Martini seinen Lebensgefährten, einen hohen Beamten im Außenministerium, erhängt in dessen Wohnung vorfindet, bleibt ihm kaum Zeit zu trauern, denn er gerät bald selbst unter Verdacht. Verfolgt von der Polizei, begibt er sich auf Spurensuche. Sein einziger Anhaltspunkt: eine E-Mail mit einem rätselhaften Familienwappen, die ihm das Opfer kurz vor seinem Tod zukommen ließ und die ihn zu den Gemälden des schwedischen Malers David Klöcker Ehrenstrahl führt. Welche Bedeutung haben die Codes, die dieser in seinen Bildern hinterlegte? Was haben die geheimen Treffen schwedischer Adliger mit den Morden zu tun? Und was jenes Schiff, das, wie Martini viel zu spät erfährt, ausgestattet mit atomaren Sprengköpfen, direkt auf Stockholm zuhält …

Niklas Ekdal, geboren 1961, ist Politik-Redakteur bei Dagens Nyheter und gilt als einer der führenden Meinungsjournalisten Schwedens. Nach dem Studium der Geschichte und der Literatur sowie UN-Auslandseinsätzen im Libanon und in Saudi-Arabien war er lange als Berater im schwedischen Außenministerium tätig. »Code 1658« ist sein erster Roman.

Niklas Ekdal

1658 CODE

Thriller

Aus dem Schwedischen von
Susanne Dahmann

Piper München Zürich

Mehr über unsere Autoren und Bücher:
www.piper.de

MIX
Papier aus verantwortungsvollen Quellen
FSC® C083411
www.fsc.org

Ungekürzte Taschenbuchausgabe
November 2011

Titel der schwedischen Originalausgabe:
»I döden dina män«, Bokförlaget Forum AB, Stockholm 2008

erschienen im Verlagsprogramm Pendo
Umschlagkonzept: semper smile, München
Umschlaggestaltung: Hauptmann & Kompanie Werbeagentur, Zürich,
nach einem Entwurf von HildenDesign, München
Umschlagmotiv: shutterstock
Satz: Fotosatz Amann, Aichstetten
Druck und Bindung: CPI – Clausen & Bosse, Leck
Printed in Germany ISBN 978-3-492-27371-8

Dieser Roman basiert auf historischen Ereignissen. Dennoch ist die Handlung frei erfunden und jede Ähnlichkeit mit wirklichen Personen und Institutionen ein Zufall. Wo die Fakten aufhören und die Fiktion beginnt, lassen wir den Leser entscheiden.

Niklas Ekdal

Mein Dank geht an: Henrik Berggren, Jörgen Forsström, Cecilia Magnusson, Dick Samuelsson und Jonas Tenman

SONNTAG

Eine angenehme Stille empfing Fabian Andersson, als er am Ende des Waldwegs aus dem Volvo stieg. Früher Morgen, ein sanftes Rauschen in den Bäumen, im Hintergrund gedämpftes Vogelgezwitscher. Die Fichten standen dicht an dicht, weiter unten am Wasser wuchsen Erlen und Birken. Dort sang das Rotkehlchen sein Konzert, erst mit einem durchdringenden Pfeifen, dann mit dem perlenden Bach klarer Töne und Tempowechsel.

Fabian nahm den Rucksack und seine zusammengeklappten Angeln aus dem Auto und ging auf das Zwitschern zu. Es war dieselbe Strecke, die er jeden Frühling und Sommer ging, zweimal im Jahr, seit vielen Jahrzehnten.

Mitte August in Stockholms südlichem Schärengarten. Das hier war sein Revier und seine Jahreszeit. Er lief durch ein paar Kilometer Unterholz und Gestrüpp, und dann tauchte die Landzunge auf, um die sich außer ihm niemand scherte. Genau dort waren die Barsche jetzt auf der Jagd, und dort stand die Lachsforelle, jedes Frühjahr, mit großer Verlässlichkeit, wenn die Wassertemperatur um die sieben Grad betrug und im Steigen begriffen war. Manchmal biss die Lachsforelle schon bei fünf Grad und einer langsam eingeholten Lachsfliege. Bei neun Grad war es zu spät, aber bei sieben konnte man jeden beliebigen Köder rauswerfen und so viel Lärm machen, wie man wollte.

Auch die Barsche waren berechenbar, kannte man erst einmal ihre uralten Gewohnheiten. Am ersten Spätsommertag, wenn die Wassertemperaturen nach einer kalten Nacht abfielen, führten sich diese gestreiften Riesen auf wie die Verrückten. Eine Stunde Jigging, und man konnte zu Hause zwei Plastiktüten voll Fisch in die Gefriertruhe tun.

Das waren gesegnete Festtage. Indem er Wind und Wetter beobachtete, konnte Fabian fast auf den Punkt vorhersagen, wann es so weit sein würde. Als junger Mann hatte er hier oft aufs Geratewohl geangelt, aber mit den Jahren hatte er das Zeitfenster immer genauer eingrenzen können, am Ende sogar auf wenige Stunden. Die Morgen des 6. Mai und des 20. August, plus/minus eine Woche. Weder die Klimaverschiebung noch die Überdüngung der Ostsee veränderten den Rhythmus, was ihn an beiden Phänomenen ernsthaft zweifeln ließ. Fabian vertraute seinem eigenen Erleben der Natur mehr als Umweltforschern und Journalisten.

Er ließ sich zehn Meter vom Ufer entfernt auf einem vom Wind umgeworfenen Baum nieder und betrachtete die Bäume um sich herum. Der Wald war schlecht gepflegt und sicher seit zwanzig Jahren nicht ausgelichtet worden. Normalerweise hätte ihn eine solche Schlamperei wütend gemacht, doch nicht hier. Er bedankte sich innerlich bei der Schärengarten-Stiftung für ihre Nachlässigkeit, die zur Folge hatte, dass kein anderer Fischer Lust bekam, sich durch das Dickicht zu Fabians Landzunge zu schlagen. Und die Hooligans des Meeres mit ihren Graphit-Wurfangeln aus der Massenproduktion, den grellbunten Schwimmwesten und ihrer Armada von Hunderten von PS starken Yamaha-Kunststoffbooten hatten diese Perle zum Glück auch noch nicht von der Seeseite her entdeckt. In dem geschändeten Schärengarten und den kaputtgetrampelten Wäldern blieb dieser Fleck Erde seine eigene private Kirche.

Er hatte keine Eile – der Augenblick, kurz bevor er mit dem

Angeln begann, war immer der schönste. Sein Bewusstsein glitt in den Bereich zwischen Gedanken und Gefühlen. Mit jedem Jahr, das verging, wurde die Angelsaison kürzer. Das konstante Hier und Jetzt der Kindheit, wo jeder Sommertag etwas Besonderes gewesen war und jeder Frühlingstag eine Forellentemperatur von sieben Grad gehabt hatte, war durch dieses immer schneller tickende Uhrwerk ersetzt worden. Von Jahr zu Jahr wurde es anstrengender, die Eile der Natur beim Vorantreiben von Blüte, Befruchtung und Brutzeit zu beobachten. Vor allem seit er in Rente gegangen war, hatte ihn der biologische Stress eher bedrückt als entzückt.

Ein Platschen riss ihn aus den Gedanken. Ukeleis arbeiteten sich über die Wasseroberfläche, um den jagenden Raubfischen zu entgehen. Der Zeitpunkt war richtig. Das wusste er, ohne die Hand ins Wasser getaucht zu haben.

Mit gemächlichen Bewegungen setzte er die Angelrute zusammen, wählte einen gelben Gummiwurm aus und glitt ein paar Meter ins Wasser hinaus. Beim zweiten Wurf hatte er einen Fisch am Haken. Schon bald lag ein glänzender Berg aus Fischen mit gebrochenem Genick zwischen den Steinen am Ufer, der Schwarm war bis zum Siedepunkt aufgehetzt. Obwohl ein Kumpel nach dem anderen auf der Jagd nach dem Köder verschwand, wurden die anderen immer gieriger. Solange Fabian keinen aufgeschlitzten Fisch fallen ließ, der die anderen verjagte, konnte das Schlachtfest weitergehen.

Wieder biss einer an, und wieder ein Ruck an der leichten Angel. Dieser hier war größer, vielleicht ein Hecht. In ein paar langen Ausfällen, nach denen Fabian jedes Mal die Bremse der Rolle wieder losmachte, versuchte der Fisch, mitsamt der Schnur zu entkommen. Das hier war eine Trophäe, die er sehen und haben musste, auch wenn es wahrscheinlich nichts für die Pfanne war.

Der Kampf ging einige Minuten weiter, viel länger als Barsche Widerstand zu leisten pflegten. Am Ende glitt dann doch ein gestreiftes Monster in den Kescher, das größte seiner Art, das Fabian je gesehen hatte. Sicher über zwei Kilo.

Anstatt den Haken mit der Zange loszumachen und den Fisch wieder freizulassen, was er getan hätte, wenn er nur halb so gut gewachsen gewesen wäre, ging er ein paar Meter das Ufer hinauf und gab ihm einen Schlag auf den Kopf. Dieses Prachtexemplar eines *Perca Fluviatilis* musste er unbedingt zu Hause vorführen.

Die Erregtheit wurde durch ein mattes Glücksgefühl ersetzt, das es so lange wie möglich zu bewahren galt. Als die Barsche sich zur Ruhe begaben, verschwand die Sonne hinter einer Wolke, und Fabian schloss den Reißverschluss der Jacke.

Da war plötzlich ein Geräusch aus dem Wald zu hören, als würde ein trockener Ast brechen.

Ein Elch? Ein gesundes Tier hätte seine Witterung sofort bemerkt, und Menschen pflegten nicht zu dieser Landzunge zu wandern. Zu seiner eigenen Verwunderung bekam er Angst und drehte sich eine Weile mit dem Rücken zum Wasser, um den Blick über den Wald streifen zu lassen.

Das Rotkehlchen war auch unruhig. Sein steter Lockruf – ein knipsendes »Tick« – wurde jetzt zu langen Serien ausgedehnt, wie der Vogel es tat, wenn er Gefahr witterte: »Tick-ick-ick-ick«. Wie eine Pendeluhr, die bis zum Äußersten aufgezogen wird.

Doch es war nichts zu sehen oder zu hören. Fabians Puls beruhigte sich wieder, und er wandte sich erneut seinem Fang zu. Mit geübten Bewegungen schlitzte er den Bauch des Barsches auf und betrachtete die unverdauten kleinen Fische, die darin lagen. Zwei von ihnen bewegten sich noch immer und mussten erst Sekunden, bevor er den Fisch an den Haken bekommen hatte, verschlungen worden sein. Der Ostsee geht es doch besser, als manche Leute meinen, war alles, was er noch denken konnte, bevor es direkt hinter ihm wieder knackte.

Messer und Fisch glitten ihm aus den Händen, als er sich umdrehte und die drei Männer sah. Sie trugen Hauben, die die

Gesichter verbargen, und Waffen. Die Augen der Gestalten waren kaum zu erkennen, nur die klaffenden Münder mit den glänzenden Zähnen geöffnet, zum Angriff bereit.

Der erste Schlag traf seinen Oberarm von der Seite. Er brüllte laut, nicht vor Schmerz, denn den empfand er noch nicht, sondern vor Schrecken. Er schaffte es, dem zweiten Schlag auszuweichen, und vernahm direkt neben seinem Gesicht einen heulenden Laut. Jetzt schrie er – »Nein, neeiiin« –, aber das klang, als würde es von jemand anders kommen, von einer Stimme oben aus den Baumwipfeln.

Ein dritter Schlag traf die Hüfte. Seine ganze Seite wurde taub, aber er schaffte es dennoch, herumzufahren und zu fliehen. Die Männer senkten die Stöcke und ließen von ihm ab, wie eine Raubtierherde, die mit einem verletzten Beutetier spielt.

Äste stachen ihn am Hals und in die Augen. Das Reptiliengehirn war in höchste Alarmbereitschaft versetzt, aber nur der halbe Körper gehorchte den Signalen. Nach wenigen Metern stürzte er vornüber und spürte sein Gesicht im feuchten Moos aufschlagen. Er schloss die Augen und gab auf.

Ein paar langgezogene Sekunden Frieden, dann kam der Schlag auf den Kopf. Anstatt ihn zu betäuben, öffnete der Hieb die Sinne für die Schmerzen aus den verletzten Gliedern. Halb in Ohnmacht, aber immer noch voller Panik, spürte er, wie sich einer der Männer auf seinen Rücken setzte. Er holte in kurzen, schnappenden Atemzügen Luft und kämpfte, um loszukommen. Es war hoffnungslos.

Irgendetwas machten sie mit ihm, aber er verstand nicht, was. Ein glühender Schmerz breitete sich im ganzen Rumpf aus. Er erkannte das Geräusch von Eisen auf Holz, alles andere verschwand wie in einem Tunnel aus weißem Licht.

So starb Fabian Andersson, 66 Jahre alt, Professor der Pflanzenveredelung und ehemaliger Abteilungsleiter bei der Forstverwaltung, als ein fünfjähriger, entasteter Zweig seine Hauptschlagader durchbohrte.

MONTAG Schon während des Erziehungsurlaubs war ein normaler Morgen bei Kriminalinspektorin Johanna Trott durchaus lebhaft gewesen, aber dieser Morgen glich einer mittelalterlichen Darstellung der Hölle von Hieronymus Bosch in der Youtube-Version.

Der zehn Monate alte John saß mit anschwellender Windel auf dem geschliffenen Holzfußboden und schrie. Die Zwillinge Kia und Viggo, sechs Jahre alt, prügelten sich im Flur. Es war Viertel nach acht, in einer Viertelstunde war Schulbeginn. Auch heute würden die beiden wieder zu spät kommen, und sie selbst ebenso, was den Klumpen in ihrem Magen auf die Eingeweide drücken ließ. Johanna warf einen Blick in den Spiegel, legte etwas Lippgloss auf und band das braune Haar zu einem Pferdeschwanz. Keine Zeit für Make-up.

»Hast du die Turnbeutel gesehen?«, rief sie ihrem Mann Peter zu, der ungewöhnlich früh auf war, aber schon vor dem Computer saß.

»Ne, ich glaube, die sind noch in der Schule. Oder im Wäschekorb? Keine Ahnung.«

»Kannst du mir nicht mal helfen, ich habe es scheißeilig«, erwiderte Johanna mit ihrer sanftesten Stimme. Jetzt bloß nicht das Streiten anfangen.

»Klar, was soll ich machen?«, fragte Peter und schlenderte in den Flur hinaus.

»Kümmere dich um John, damit es etwas weniger laut ist, man wird ja völlig kirre, wenn alle gleichzeitig schreien. Wir müssen jetzt los.«

Der Vater nahm das Kind auf den Arm und ging zum Wickeltisch.

»Und vergiss nicht, ihn einzucremen, wenn du ihn gewickelt hast«, rief Johanna noch aus dem Treppenhaus in die Wohnung, ehe sie die Tür zuzog. Kia und Viggo stritten immer noch, mittlerweile darum, wer auf den Fahrstuhlknopf drücken durfte. Johanna stellte die Laptoptasche ab und versuchte, die beiden zu trennen.

»Dass ihr euch aber auch die ganze Zeit streiten müsst! Deshalb kommen wir immer zu spät, weil ihr nie mal mithelft. Wenn man zu so vielen in der Familie ist, dann müssen sich alle ein bisschen zusammenreißen, damit es funktioniert. Schließlich seid ihr jetzt schon sechs Jahre alt!«

Sie bereute sofort, so weit ausgeholt zu haben. Das quirlige Zausen verwandelte sich umgehend in säuerliche Blicke und Schmollmünder.

Peter Tott war jetzt seit drei Wochen in Elternzeit. Es ließ sich nicht gut an, aber sie hoffte immer noch auf Besserung. Es war eine anstrengende Umstellung für sie alle, und natürlich gab es bei der Kripo gerade jetzt viel Druck. Sie hätte nach der Pause wirklich einen sanfteren Wiedereinstieg gebrauchen können.

Im Fahrstuhl nahm sie das Handy und checkte ihre Mails. Ein Nachrichtenticker, der übliche Kram, und zwei Nachrichten von Janne Hed, ihrem Chef. Die jetzt besser nicht lesen, *plead ignorance.* Sie würde es sowieso nicht mehr schaffen, vor der Neun-Uhr-Besprechung zu antworten und etwas in der Sache zu unternehmen. Da war es wichtiger, einigermaßen rechtzeitig zu kommen.

Nachdem sie die Kinder vor der Schule abgesetzt und den Schlüssel wieder ins Zündschloss gesteckt hatte, klingelte das

Handy. Sie zögerte eine Sekunde, ehe sie aufs Display sah. Es war Peter.

»Hallo, ich hab ziemlich Stress, was ist los?«, fragte Johanna.

»Irgendwas läuft mit dem Breitband wieder nicht, was musste man noch mal machen, um es wieder in Gang zu kriegen?«

»Zieh den Stecker raus, so dass der Sender neu startet, und dann drück auf ›Verfügbares Netzwerk suchen‹, ›Support‹ und dann ›Reparieren‹. Wenn das nichts nutzt, musst du bei HeimCom anrufen.«

»Was haben die für eine Nummer?«

»Ja, meine Güte, das kannst du ja wohl selbst rausfinden.«

Und wieder bereute sie sofort den scharfen Ton. Peter reagierte ungefähr genauso wie die Kinder:

»Okay, okay, vielen Dank. Immer mit der Ruhe.«

»Warst du heute Nacht auf und hast Poker gespielt?«, fragte Johanna, die eine Hand am Lenkrad, die andere auf dem Schalthebel und das Handy zwischen Schulter und Ohr eingeklemmt.

»Nur ein paar Stunden. Es lief so verdammt gut. Ich habe ein Vorrundenturnier gewonnen und werde das große heute Abend spielen. Da gibt es fünfundzwanzigtausend Dollar.«

»Wenn du gewinnst, durchaus. Du weißt, dass ich heute Abend lange arbeite, oder?«

»Shit, das hatte ich vergessen. Musst du wirklich? Dann muss ich Sussie holen.«

»Tu das«, erwiderte Johanna mit einem Seufzen. »Jetzt muss ich hier aber mal Auto fahren. *Got to go.* Mach's gut!«

Kalle Holm war mit sich selbst sehr zufrieden, als er aufwachte. Ohne die Augen zu öffnen, streckte er die Rechte nach dem Nachttisch, einer aufgestellten Champagnerkiste, aus und tastete nach dem Handy.

Zwei Nachrichten. Die erste lautete in aller Kürze: »*Public service?*« Er antwortete mit einem Ausrufungszeichen, »!«. Der Abend war gerettet, Martina würde sich von ihrem Mann wegschleichen können und in der Übernachtungswohnung beim Fernsehsender auf ihn warten können. Wie immer um zwölf Uhr, nach den Spätnachrichten.

Doch es war erst die zweite Nachricht, die ihn richtig aufweckte: »Neues Opfer«, unterschrieben mit »BB«. Berra Berglund war der Nachrichtenchef beim *Aftonbladet*, formell gesehen sein Vorgesetzter, doch insgesamt mehr ein Möglichmacher. Berra harkte die Manege, während Kalle den Applaus entgegennahm.

Er begriff sofort, was die SMS bedeutete. Innerhalb einer Woche waren zwei ehrbare, ältere Männer auf brutale Weise ermordet worden, und Kalle war es gewesen, der der Nachricht als Erster auf die Spur gekommen war. Opfer Nummer eins, ein pensionierter Chef des Amts für Seefahrt, hatte gebrochene Beine und Arme und war in einem treibenden Boot auf dem Baggensfjärd gefunden worden. »Generaldirektor gerädert« hatte die Schlagzeile auf den Seiten sechs und sieben gelautet. Viele Leser hatten das etwas ungewohnte Wort googeln müssen, um es zu verstehen, aber der Schachzug hatte auf der Stelle Kultstatus bei der Zeitung erlangt, die dann an dem Tag auch fünf Prozent mehr verkauft hatte.

Am ersten Morgen hatte Kalle als Einziger mit der News aufwarten können. Die Polizei hatte wegen der bizarren Todesumstände den Deckel darauf gehalten. Und wie so oft hatte außer ihm niemand eine redefreudige, zentral platzierte Quelle mit einem Sinn für Details gehabt: der Gesichtsausdruck des Ermordeten, das Ausmaß der Verletzungen, die Ausführungen des Gerichtsmediziners, die Spekulationen der Ermittler über den Hergang, die technischen Beweise, die Reaktionen der Angehörigen – alles das, was die Gänseleber des Kriminaljournalisten vom Knäckebrot der gewöhnlichen Berichterstatter unterschied.

Der zweite Mord war mindestens ebenso spektakulär. Ein ehemaliger Chef der Geheimpolizei, inzwischen in der privaten Sicherheitsbranche tätig, wurde mit abgeschlagenem Kopf in seinem Garten aufgefunden. Der Körper unter einem Apfelbaum, der Kopf draußen auf dem Rasen. Da waren Kalles Konkurrenten langsam aufgewacht. Über die blutigen Details hatte er zwar nicht als Einziger berichten können, aber der richtige Leckerbissen blieb ihm dennoch vorbehalten. Es gab Hinweise, die die beiden Morde miteinander verbanden, die Ermittler hatten graue Fasern desselben Typs unter den Nägeln der Opfer gefunden.

»Der Fasermörder« schrieb das *Aftonbladet.* Der Reichspolizeichef war rasend vor Wut wegen des Informationslecks und hatte Unterstützung vom Justizminister erhalten, der die Methoden der Zeitung verurteilte, aber der Chefredakteur stand zu seinen Leuten. Erst der Verkauf, dann der Prozess. Die Auflage legte noch mal ordentlich zu.

Kalle rief Berra an:

»Danke für die SMS. Wer ist es diesmal?«

»Schon wieder ein Rentner, irgendein Alter vom Forstamt. Auf einen Stock aufgespießt.«

Kalle bemühte sich, seine Aufregung zu verbergen. Er fuhr sich mit der Hand durch das Haar und verzog das Gesicht, als zwei Schuppenflocken vor seinen Augen niedersegelten:

»Das ist doch total krank. Wo haben sie ihn gefunden?«

»Auf Gålö im südlichen Schärengarten. Er lag auf einem Waldweg neben seinem Auto. Wurde von einem Vogelbeobachter gefunden, der jetzt offensichtlich in der Psychiatrie ist. Das ist alles, was wir wissen. Du musst übernehmen. Scheiß auf das Netz und brenn für die erste Auflage alles Feuerwerk ab, was du kriegen kannst.«

»Das Netz« war *Aftonbladet.se.* Die Onlineredaktion hatte ihre eigene Nachrichtenorganisation, arbeitete aber in einem anderen Tempo als Kalle, der noch in die alte Schule der Papierzeitung gegangen war. Im Internet wurde alles innerhalb von zehn Minuten zu Allgemeingut. Kalle, Berra und der Chefredakteur hingegen zogen es immer noch vor, die Exklusivnachrichten für das Papier zu reservieren und nicht rauszurücken. Seit die Internetzeitung an die Börse gegangen war, fand ein interner Machtkampf statt, der zwar nicht offen ausgetragen wurde, die beiden eineiigen Zwillinge jedoch immer weiter voneinander entfernte. Wie alle Bürgerkriege gestaltete sich dieser hässlicher als der gegen die Konkurrenten von außen.

Kalle frühstückte in aller Ruhe und checkte ein paar Websites, die ungefähr die Informationen enthielten, die er von Berra bekommen hatte. Niemand offenbarte die Identität des Opfers, keiner zog eine Verbindung zu den anderen Morden. Das war fast schon eine Abgrenzung gegen das *Aftonbladet*, wo man ja so entschieden auf den Zusammenhang zwischen den beiden Morden gesetzt hatte. Kalle fühlte sich sicher. Die Polizei würde auch unter den Nägeln des Mannes im Wald graue Fasern finden. Diese Nachricht würde er als Einziger erhalten, und als Einziger würde er es wagen, die Schlüsse daraus zu ziehen.

Eine weitere Woche auf den Aushängern. Zeit, an die Arbeit zu gehen.

Felix Martini hatte eben sein Vormittagsgebet beendet, als es an der Tür klingelte. Er seufzte tief und rollte den kleinen gemusterten Teppich ein. Das musste entweder jemand sein, der ihn und sein neues Leben nicht kannte, oder es war jemand, der ihn nur zu gut kannte und keine Scheu hatte, jederzeit vorbeizuschauen. Mit anderen Worten: Sara, seine direkte Nachbarin. Er wettete mit sich selbst, neunzig Prozent Chance. Wie gewöhnlich gewann er und öffnete das Sicherheitsgitter mit einem besonders breiten Lächeln:

»Ich wusste, dass du es bist.«

»Ach. Und?«

»Nichts«, sagte Felix. »Schön, dich zu sehen.«

Sara verdrehte die Augen und strich sich über das kurze rote Haar. Offensichtlich gerade erst aufgewacht, eine Andeutung von dunklen Ringen unter den Augen, aber schön wie immer.

»Dann koch uns mal einen Kaffee. Oder ist immer noch Ramadan?«

Sara Widman hatte die schnodderigste Schnauze von ganz Östermalm, immer ironisch, aber stets voller Wärme. Deshalb mochte er sie so sehr, auch wenn sie nie seine privaten Grenzen respektierte, wie schwedische Nachbarn es sonst zu tun pflegten. Sie hatte sich vom ersten Tag angewöhnt zu kommen, wann sie wollte, völlig ungeachtet der Uhrzeit. In der ersten Zeit, als er noch in den Schwulentreffs am Stureplan herumgewandert war, hatte sie mit ihm geschimpft – Du wirst HIV kriegen! –, später tat sie genau das Gegenteil, sie machte sich über seinen neuen, sauberen Lebensstil lustig. Jetzt legte sie ihre Besuche genau auf seine Gebetszeiten, und in jedem Gespräch kam früher oder später die Frage auf:

»Wie in aller Welt kann ein Glitzerschwuli zum Islam konvertieren?«

Er liebte es, diese Frage zu hören, und sie liebte es, sie zu stellen. Deshalb blieb sie, abgesehen von einem hintergründigen Lächeln, auch immer unbeantwortet, denn dann konnte sie beim nächsten Mal wieder gestellt werden.

Sara wusste genau, was Sache war. Felix hatte sich mit seinem Glauben ebenso geoutet wie zwanzig Jahre zuvor mit seiner sexuellen Veranlagung. Zeitungsartikel und Vorträge, die zu noch mehr Zeitungsartikeln und Fernsehtalkshows geführt hatten. Er war der neue Vorzeigemuslim, ein Trendsetter, der seinen Gott gefunden hatte, und natürlich nur noch mehr Trends setzte, auch wenn seine ursprüngliche Absicht eine ganz andere gewesen war. Es war die Oberflächlichkeit im Medientrubel und in der Modebranche gewesen, die Fixierung auf Personen, der Materialismus und die ganzen Bumsgeschichten, die er so leid geworden war.

»Mir ist etwas eingefallen«, meinte Sara. »Du solltest dich jetzt Felix Mohammed nennen.«

»Ich will aber nicht heißen wie der Prophet«, sagte Felix. »Außerdem genügt es, einmal im Leben den Namen zu wechseln, ich bin schon schizophren, das reicht.«

»Als ich zur Schule ging, nannte der Religionslehrer Muslime noch Mohammedaner«, erzählte Sara. »Das klingt wie eine Kamelart. Irgendetwas Kuschliges, das mit großen Ohren durch die Wüste schaukelt. Und mit Sandalen.«

Felix wusste, dass er Sara bei *Jeopardy* oder bei jedem Intelligenztest mit 10:1 schlagen würde. Doch wenn sie redeten, lag er meist zwei Schritte zurück. Sara war aus Göteborg zugezogen, während er selbst aus Småland stammte. Das waren zwei völlig unterschiedliche Kulturen – in der einen fürchtete man das Schweigen, in der anderen das Reden. So sehr sie beide auch zu Stockholmern und Kosmopoliten geworden waren – die sprachliche Prägung blieb.

»An deinem Briefkasten hing ein Zettel«, sagte Sara und suchte in ihrer Jeanstasche. »Hier! Ich habe ihn nicht gelesen.«

Er wickelte das Papier mit einem missmutigen Gefühl auf, das sich als berechtigt erwies. In kindlichem Stil hatte jemand mit Filzstift die Worte »FELIX IST EIN BI-ARSCH« geschrieben.

»Kinder«, sagte er kopfschüttelnd und zeigte Sara den Zettel. »Die sind nicht auf dem Laufenden. ›Felix ist Terrorist‹, müsste da jetzt eigentlich stehen.«

»Ich werde sie aufspüren und ihnen mal zeigen, was eine Harke ist«, sagte Sara und tätschelte ihm die Wange.

Sie tranken ihren Kaffee schweigend aus und Felix warf den zusammengeknüllten Zettel in hohem Bogen in den Müll. Er wurde nicht zum ersten Mal gemobbt, aber »bi« war etwas Neues. Wussten diese fiesen Zwerge überhaupt, was das hieß?

Nachdem Sara gegangen war, setzte er sich an den Computer. Ein paar Mails waren zu beantworten, sämtlich von Freunden oder mit coolen Ideen und Einladungen. Seine Laune besserte sich. Er surfte an der *Financial Times* und der *New York Review of Books* vorbei, um nach einer Rezension zu suchen, auf die Sara ihn aufmerksam gemacht hatte. Diese Frau steckte voller Überraschungen, und ihre Tipps erweiterten seinen Horizont jedes Mal in irgendeiner Richtung.

Dann checkte er kurz sein Facebook-Profil, um sich danach in *Second Life* einzuloggen. Das war eine Droge, mit der Schluss zu machen er sich jeden Tag aufs Neue schwor, aber es war trotz allem interessanter als »World of Warcraft«, das einen guten Teil des vorigen Jahres verschlungen hatte.

Er entschuldigte diese Form der Wirklichkeitsflucht vor sich selbst damit, dass das alternative Leben im Cyberspace immer noch eine neue Form von Kulturäußerung war. Er hatte in seinem wirklichen Leben bereits so viele Identitäten gehabt, warum sollte er sich jetzt, da er zu seinem Glauben gefunden hatte, nicht ein wenig am Computer ausleben? Da war er, im Unterschied zur Stockholmer Innenstadt, anonym und frei. Die Berühmtheiten-Blogs und die Paparazzi hatten das Leben draußen deprimierend gemacht, weil man ständig unter Beobachtung stand. Seine Konvertierung zum Islam spiegelte somit nicht nur eine geistige Entwicklung und ein reiferes Alter wider, sondern war auch eine Form des Selbsterhaltungstriebs. Das Leben war zu ernst, um es auf eine Statistenrolle bei *Skandalextra.com* zu verschwenden.

Wenn man verrückte Sachen machen wollte, dann konnte man das in *Second Life* tun, in der virtuellen Welt. Das Alter Ego von Felix, Martin Fellini, teleportierte sich in seinen üblichen Nachtclub, das Chat Noir auf der Insel Uvvy, wo alle coolen Charaktere aufzutauchen pflegten. Er ging rein, stellte sich an den Tresen und sprach die Bedienung mit den großen Brüsten an. Die Leute, die sich für den Service entschieden, waren meist die interessantesten, hier war die Welt auf den Kopf gestellt. Die schillerndsten Avatare waren in Wirklichkeit die grauesten Seelen, so lautete zumindest Saras Analyse, und bisher traf sie durchaus zu.

»*What's up?*«, schrieb Felix.

Die Antwort ließ ein paar Sekunden auf sich warten, aber am Ende knatterten die Buchstaben aus der strahlenden Bedienung:

»Bi-Arsch.«

Er erstarrte. War das Sara, die sich einen Spaß mit ihm erlaubte? Er starrte ein paar Minuten auf den Schirm, ehe er weiterschrieb:

»*Say what?*«

»Bi-Arsch. Erst holen wir uns Charlie, dann dich.«

Jetzt fing sein Herz an zu rasen. Er drückte auf den Knopf des Computers, um den Rechner auf der Stelle herunterzufahren. Es schien eine Ewigkeit zu dauern, bis der Apparat endlich gehorchte und der Bildschirm dunkel wurde. Felix seufzte tief und fuhr sich mit den Händen durch das grauschwarze Haar. Dann stand er auf und ging zum Telefon, um seinen Liebsten anzurufen.

Johanna bog exakt um 9 Uhr 07 in die Parkgarage auf Kungsholmen ein. Mit etwas Glück würde die Besprechung verspätet anfangen, sie hasste es, außer Atem angerannt zu kommen, nur um festzustellen, dass die anderen demonstrativ um Punkt neun Uhr begonnen hatten. In dem Fall wurden dann die wichtigsten Fragen zuerst abgehandelt. Keine Gnade für gestresste Eltern von Kleinkindern.

Und so war es. Der Dezernatchef Janne Hed hielt, ohne zu grüßen, mitten im Satz kurz inne, als sie den Besprechungsraum betrat. Kommissar Kjell Pärzon nickte ihr mit einem kleinen Lächeln zu, während die anderen in ihre Papiere vertieft zu sein schienen. Die Stimmung war noch finsterer als sonst.

»Gut«, fuhr Hed fort, »der dritte Mord ist demnach mindestens ebenso brutal wie die beiden vorherigen. Der Mann ist aufgespießt worden. Die Jungs sagen, so etwas hätten sie noch nicht gesehen. Von sowas liest man in Büchern über Freischärler oder den Balkan im Mittelalter.«

»Wir haben also innerhalb einer Woche drei folterähnliche Hinrichtungen von bis dahin unbescholtenen älteren Männern zu verzeichnen. Da muss es einen Zusammenhang geben. Klingt nach einem Psychopathen«, meinte Kjell Pärzon. »Vielleicht wirklich vom Balkan?«

»Das ist sicher eine Möglichkeit«, antwortete Janne Hed, »aber die Ermordeten sind waschechte Schweden. Wir wissen, dass die ersten beiden dieselbe Art Fasern unter den Nägeln hatten. Die Proben vom dritten sind mit höchster Priorität ins Labor gegangen, in ungefähr einer Stunde haben wir das Ergebnis. Aber das Opfer von heute, ein Professor Fabian Andersson, 66 Jahre alt, war ein groß gewachsener Mann. Weil es keine Anzeichen dafür gibt, dass er gefesselt oder unter Drogen gesetzt worden ist, muss davon ausgegangen werden, dass sicherlich drei Männer nötig gewesen sind, um ihm diese, äh, Behandlung zuteil werden zu lassen. Eine ganze Troika mit dem gemeinsamen Interesse für bizarre Morde, bin gespannt, was die Gehirnverdreher aus der Täterprofilabteilung daraus machen werden.«

»Vielleicht ist es jemand mit einer Botschaft«, sagte Johanna leise.

»Du meinst Terroristen?«, fragte Kjell.

»Keine Ahnung«, erwiderte Johanna. »Aber die zeitliche Nähe und der unterschiedliche Tathergang deuten darauf hin, dass es hier nicht nur um Sadismus geht. Es hat etwas Rituelles. Eine Signalwirkung oder Rache. Aber Terroristen haben doch einen Plan und übernehmen dann im Nachhinein die Verantwortung, oder?«

»Ehe wir die Spekulationen ins Kraut schießen lassen, möchte ich noch ein paar Dinge anmerken.« Lisa Bonta, die Pressesprecherin der Landeskripo, hielt einen Bleistift in die

Luft. Sie war immer zugegen, wenn es um Verbrechen ging, die Aufmerksamkeit erregen oder politisch brisant sein könnten:

»Das hier ist der Fall des Jahres, und wir müssen schnell die Kontrolle über das Bild in den Medien übernehmen. Die Auslassungen von Kalle Holm im *Aftonbladet* sind eine Ka-ta-strophe. Es sind geheime Informationen von den Ermittlungen nach außen gedrungen, und wir können noch nicht einmal den Eindruck vermitteln, die Situation zu überblicken. Das sind zwei von zwei möglichen Fehlern. Jetzt kommt es drauf an, spätestens um zwei Uhr heute Nachmittag eine verdammt gute Pressekonferenz hinzulegen. Ferner haben wir Anfragen vom Schwedischen Fernsehen und vom Frühstücksfernsehen im Vierten. Eine davon übernehme ich selbst, aber ich brauche einen Freiwilligen aus dieser Gruppe, der sowas schon mal mitgemacht hat. Kjell? Johanna?«

»Ich denke, Johanna sollte das übernehmen«, sagte Janne Hed.

Sie wusste genau, warum. Der Chef tat so, als würde es gut aussehen, wenn er eine Frau schickte, aber vor allem wollte er um keinen Preis selbst in aller Herrgottsfrühe aufstehen und sich anprangern lassen. Je schlechter die Ermittlungssituation war und je größer der Druck, desto unwahrscheinlich war es, dass Kommissar Hed selbst seinen Haarkranz in die Schusslinie hielt.

»Es ist unglaublich schwer für mich, so früh am Morgen die Kinderbetreuung zu organisieren«, sagte Johanna und hatte schon die üblich Klage von Peter im Kopf.

»Außerdem würde ich mich jetzt gern auf die Ermittlungsarbeit konzentrieren. Das ist ja wohl wichtiger, als im Fernsehen irgendeinen Mist zu reden, ehe wir überhaupt etwas zu bieten haben.«

Lisa sandte ihr einen finsteren Blick und sah dann zu Janne hinüber.

»Der Umgang mit den Medien ist in dieser Situation ein Teil

des Operativen«, sagte sie und warf den Kopf in den Nacken. »Ich fände es begrüßenswert, wenn dieses Frühstücksfernsehen erste Priorität hätte. Es dauert nur zehn Minuten, und dann kannst du hier gleich früh loslegen.«

Johanna schwieg und nickte vorsichtig. Sie würde lieber versuchen, im Anschluss an die Besprechung aus der Klemme zu kommen, als gleich hier den Kampf aufzunehmen.

»Der Schweizer ist da.«

Der Hafeninspekteur Pierre Leblanc winkte dem Wachmann müde zu und ließ den wartenden Besucher eintreten. Ein blonder Mann in beigefarbenem Jackett und tadellos sauberen Hosen trat gebeugt durch die Tür. Man konnte erkennen, dass er sich noch nicht lange in Medina, dem alten Stadtteil, aufhielt.

»Willkommen in Casablanca«, sagte Pierre und streckte die Hand aus.

»Danke. Ich werde Sie nicht lange aufhalten«, erwiderte der Besucher.

»Kennen Sie unsere Stadt? Haben Sie vielleicht den Film gesehen?«, fragte Pierre mit einem Grinsen und fuhr dann selbst fort:

»Es ist einer der größten Häfen von Afrika. Hier ist mehr kommerzielle Aktivität, als man vermuten würde. Drei Viertel des Außenhandels von Marokko läuft durch diese kleine Stadt.«

»Bulkladung oder Stückgut?«

»Sowohl als auch«, antwortete Pierre. »Natürlich vor allem landwirtschaftliche Produkte, aber auch Rohwaren und Handwerksgüter. Die Afrikaner kaufen teure Elektronik aus Asien und verkaufen billige Erdnüsse an die Europäer, die ihrerseits richtig wertvolle Dinge – Patente, Design und Marketing – an die Asiaten verkaufen. Der moderne Dreieckshandel – nicht weniger grausam als im 18. Jahrhundert.«

»Lassen wir die Politik mal beiseite«, sagte der Besucher lächelnd.

»Gewiss«, sagte Pierre und drückte seine halb gerauchte Zigarette aus.

»Sie brauchen Hilfe beim Löschen eines Containerschiffs, nicht wahr? Mal sehen, die *Ikaros*, registriert auf Zypern?«

»Ja. Nichts Besonderes. Wir wickeln die übliche Prozedur ab, aber mit einem Teil der Ladung ist es eilig, denn wir haben Hinweise darauf, dass der Transport verzögert sein kann.«

»Warum denn?«

»Inspektion.«

»Was für eine Inspektion?«

»Die Geigerzähler könnten ausschlagen, und dann wird jeder Container kontrolliert werden. Zweitausend Stück. Es sind einige darunter, die alte Rauchmelder enthalten. Gott weiß, wer die haben will, wenn sie nicht in Afrika gebraucht werden, aber der Transport ist auf jeden Fall bestellt. Und in der Mechanik dieser Dinger ist ein Teil enthalten, das in geringem Maße radioaktiv ist. Americium.«

»Was für ein lustiger Zufall, wo doch die Amerikaner unsere neuen Geigerschnüffler installiert haben«, grinste Pierre. »Ein verdammtes Problem für die Reeder, *absolument*. Erst letzte Woche haben wir vier Schiffe mit Bananen gestoppt. Die enthalten eine Menge Kalium, und auch das jagt die Zeiger unter die Decke. Der CIA glaubt offenbar, dass die Terroristen uns mit vergammeltem Obst angreifen werden.«

Er lachte ausführlich über seinen eigenen Witz und streckte dem Gast eine Schachtel Gauloises entgegen.

»Nein danke«, sagte dieser. »Lassen Sie mich zur Sache kommen. Was kostet es, diese Kontrolle zu vermeiden?«

Pierre wurde sogleich wieder ernst und kratzte sich unter dem Kinn:

»Glauben Sie, wir haben für so etwas eine Preisliste?«

»Nein, nein, natürlich nicht. Ich meine nur, dass meine Vorgesetzten bereit sind, die Gebühr für eine rasche Abwicklung zu bezahlen, so dass das Schiff im Zeitplan bleibt. Wir haben einen engen Termin am nächsten Ziel, und wir wissen, wie zäh die Sache vorangehen kann, wenn man sich nach einer umfassenden Inspektion wieder hinten in der Schlange einreihen muss.«

»Fünftausend Dollar«, sagte Pierre. »In bar. Wie witzig, dass Sie aus der Schweiz sind. Ich bin in der Seefahrt noch nie einem Ihrer Landsleute begegnet. Keine Küste, nicht wahr?«

»Ich bin kein Schweizer. Diejenigen, die Ihnen das gesagt haben, sind schlecht informiert. Sind wir uns einig? Sie werden das Geld in einer Stunde haben, und wir laufen nächste Woche in eine Schleuse ein, in der die Messapparate abgeschaltet sind.«

»*Bon voyage.*«

Charlie und Felix waren seit vier Monaten ein Paar. Sie hatten sich bei einem Essen des deutschen Botschafters kennengelernt und sofort zueinander hingezogen gefühlt. Beide waren sie gut über vierzig und hatten ihre wilden Jahre hinter sich. Felix hatte im Islam seinen Gott gefunden und rang damit, seinen Glauben und seine Sexualität zusammenzubringen. Zum ersten Mal in seinem Leben war er auf der Suche nach einer festen Beziehung, einer kleinen Gemeinschaft.

Charlie Lillia arbeitete im Auswärtigen Amt und befand sich in einer ähnlichen Phase. Er hatte angefangen, immer öfter in die Kirche zu gehen, und hatte mit nahezu fanatischem Engagement das seit seiner Jugend brachliegende Klavierspiel wieder aufgenommen. Chopin war der Mittelpunkt seines Daseins.

Seine sexuelle Veranlagung hatte Charlie lange geheim gehalten. Felix hatte als wirtschaftlich unabhängige Halbberühmtheit in der Regenbogenpresse und als Investor in der Modebranche in den Jahren nach dem Coming-out seinen Teil an Schikanen abbekommen. Auch Charlie hatte die Homophobie im Außenministerium gespürt, wo man zwar nicht sonderlich heterophob unterwegs war, die Decke unter den Kristalllüstern aber doch überraschend niedrig hing. Als er sich dann schließlich zu seinem Schwulsein bekannt hatte, empfand er es zwar als große Erleichterung, merkte aber, dass eine Reihe von Kollegen sich daran störte.

Felix und Charlie teilten das Interesse für klassische Musik, Kunst und Literatur. Sie hatten in ihrer ersten Zeit ein paar lange Reisen gemeinsam unternommen, eine auf die Krim und nach Odessa, eine andere nach Buenos Aires; die Lieblingsstadt der beiden und ihr erstes Gesprächsthema, das sie beim Abendessen beim Botschafter verbunden hatte.

Felix stammte aus Eksjö und hatte einen langen Marsch von der småländischen Mittelschicht zu seinem grenzüberschreitenden Leben hinter sich. Den Namen Martini hatte er mit seinem Umzug nach Stockholm angenommen, das Geld hatte er sich selbst erarbeitet und durch Spekulationen gewonnen. In Jeans und einem lila Strickpullover von Armani lief Felix von der Wohnung an der Ordenstrappa zu Charlies Behausung auf der Villagata. Der Freund lag mit einer Grippe zu Hause und hätte eigentlich ans Telefon gehen müssen. Die Kombination aus dem Zettel am Briefkasten und der Nachricht in *Second Life* hatte Felix verstört. Das konnte kein Zufall sein. Da hatte jemand richtig nachgedacht, jemand, der nicht einfach einen an der Waffel hatte. Das hier war mehr als ein Dummejungenscherz, das spürte er.

Die Haustür wurde von einem Stein offen gehalten. Felix rannte die Treppe hinauf und klingelte an der Wohnungstür. Keine Reaktion. Er fühlte an der Klinke. Die Tür war offen. Er trat ein und rief:

»Hallo, bist du zu Hause?«

Keine Antwort.

»Huhu, Challe?«

Felix biss sich auf den Zeigefingernagel der linken Hand. Er ging langsam durch den Flur, dann ins Wohnzimmer mit der wunderbaren Aussicht auf den Humlegården. Auf der Schwelle zum Schlafzimmer blieb er erstarrt stehen und sank dann angesichts dessen zusammen, was sich vor ihm offenbarte.

Von einem Haken an der Decke baumelte ein Stück abgerissenes Seil. Auf dem Fußboden lag ein halbnackter Körper mit einer Schlinge um den Hals, das Gesicht blau, Hände und Füße gefesselt. Es war Charlie.

Die Hinweise, einer verschrobener als der andere, strömten ins Polizeipräsidium auf Kungsholmen. Die Artikel von Kalle Holm hatten die Phantasien von Privatermittlern, Wahrsagerinnen, Verrückten und die der engagierten Allgemeinheit beflügelt. Viele zeigten mit dem Finger aufs Ausland – mittelalterliche Mordmethoden seien eine Spezialität der russischen Mafia, berichtete jemand. Albaner, behauptete ein anderer. Serben, Kurden, Iraker, Chinesen, Afghanen, Somalier …

Oft war es eine ethnische Gruppe, die eine andere anprangerte, die Türken die Assyrier und umgekehrt, oder wie im Falle der Rumänen die politische Linke, die die Leute von der Rechten bezichtigte. Die Liste wurde angeführt von der Elite der Verdächtigen in Sachen Verbrechen und Terrorismus schlechthin, den Muslimen.

Johanna Tott und Kjell Pärzon gingen gemeinsam den Stapel an Aufzeichnungen durch.

»Hat schon was, die Sache mit den Islamisten«, sagte Kjell und kaute auf seiner Oberlippe. »Würde mich nicht wundern, wenn irgendeine Gruppe auftaucht und die Verantwortung übernimmt. Rache für Schwedens Beitrag zum Krieg gegen den Terror oder sowas in der Art. Es hat eben seinen Preis, die muslimische Bruderschaft an Ägypten auszuliefern.«

Kjell verschlang noch ein grünes Marzipanstück. Transfett, dachte Johanna und schielte zufrieden auf den Bauch des Kollegen, der ihm über den Gürtel quoll. Peter hielt sich wenigstens in Form, das war immer noch ein Plus.

Als sie mit dem Stapel durch waren, verabschiedete sich Johanna und machte sich auf zu einem Termin. Ihre Aufgabe war es, den Hintergrund der Opfer zu erforschen und mögliche Verbindungen zwischen ihnen zu finden. Sie hatte bereits mit der entsetzten Familie des ermordeten Generaldirektors gesprochen, von dort war nicht viel zu erwarten. Jetzt würde sie einen seiner ehemaligen Kollegen treffen, der kürzlich in der Behörde in Norrköping in Ruhestand gegangen war und jetzt in Saltsjöbaden wohnte, nicht weit von dem Gewässer entfernt, an dem Sten Karlsson gefunden worden war.

Johanna sauste über die Autobahn und schaffte die ganze Strecke in weniger als zwanzig Minuten. So kam sie wenigstens einmal pünktlich und hatte sogar noch etwas Zeit übrig.

Die Adresse war mit Hilfe des Routenplaners schnell zu finden. Ein freundlicher Mann um fünfundsechzig öffnete die Tür und bat Johanna herein. Er hieß Jörgen Wass. Über ein Jahrzehnt lang war er unter dem ermordeten Sten Karlsson Vize-Generaldirektor gewesen.

Nach der üblichen Tasse Kaffee und den Beileidsbekundungen fing Johanna an, sich vorzuarbeiten:

»Hatte Sten irgendwelche Feinde?«

»Mit Sicherheit. In dem Job ist man sehr ausgesetzt. Aber ich kann mir nicht vorstellen, dass solche dabei gewesen sind, die sich so etwas ausdenken. Am wütendsten auf ihn waren sicher Personen, die bloßgestellt und rausgeschmissen wurden, weil sie Pornographie auf dem Rechner geladen hatten, ein paar Havaristen, die sich schlecht behandelt fühlten, und dergleichen. Das sind für den Chef einer Behörde ganz normale Dinge.«

»Was war die größte Kontroverse während seiner Zeit beim Seefahrtsamt?«, fragte Johanna.

»Na ja, am emotionsgeladensten war ohne Frage die *Esto-*

nia-Katastrophe. Sten war der Vorsitzende der Kommission, die das Unglück untersuchen sollte, jene viel diskutierte Kommission, Sie wissen schon, die die Konspirationstheoretiker in ganz Europa inspiriert hat loszuspinnen.«

»Was ging damals eigentlich so schief?«

»Also, schief ging eigentlich gar nichts. Es waren viele Länder beteiligt, es gab heikle Verantwortungsfragen zu klären, aber der Schlussbericht von 1997 war in Ordnung. Da wurde erklärt, was passiert war: Gegenwind, zu schnelle Fahrt, eine Bugklappe, die sich gelöst hatte, woraufhin Wasser in das Autodeck eindrang. Das schafft keine Fähre dieses Typs. Sten war zunächst mit den Ergebnissen zufrieden, aber dann kamen all die Beschuldigungen, die Ermittler hätten die eigentlichen Ursachen für die Havarie verdunkelt. Metallurgen behaupteten, auf der Fähre habe es eine Explosion gegeben. Es hielt sich das Gerücht, an Bord hätten sich einhundertfünfzig irakische Kurden in einem Lastwagen versteckt gehalten und dass die Fähre militärische Güter befördert habe, Waffen, Sprengstoff, sogar Plutonium. Taucher berichteten von einem großen Loch im Rumpf unterhalb der Wasserlinie, ein russischer Störsender habe die Rettungsarbeiten verlangsamt, hieß es anderswo. Die Liste an Vorwürfen ist unendlich. Viele Menschen glaubten an alle Theorien gleichzeitig, und Sten trug die Hauptverantwortung.«

»Wie ist er damit umgegangen? Wurde er bedroht?«

»Natürlich. Er musste eine Menge einstecken.«

»Geht das ein bisschen konkreter?«, fragte Johanna und rieb sich das Kinn mit Daumen und Zeigefinger.

»Es wurde ein paar Mal am Telefon gedroht, man würde ihn ermorden. Ich weiß nicht, von wem. Das war noch zu der Zeit, als man nicht selbstverständlich E-Mails schrieb.«

»Haben Sie das bei der Polizei angezeigt?«

»Nein«, erwiderte Jörgen und schüttelte den Kopf.

»Was denken Sie, warum so viele Konspirationstheorien entstanden sind?«

»Darüber haben wir natürlich auch nachgedacht und überlegt, ob etwas daran sein könnte. Meine Interpretation ist, dass man in Schweden nicht mit dem Unvorhergesehenen umgehen konnte. Die Leute hier haben ein dermaßen großes Vertrauen in die Behörden und die Planer, dass, wenn etwas schiefgeht, die Vorstellung, es hätte Schlamperei oder ein Zufall sein können, unerträglich ist. Es ist ganz einfach bequemer, an eine Verschwörung zu glauben als schlicht und ergreifend an Inkompetenz. Auf diese Weise kann man an seinem sicheren Weltbild festhalten. Dasselbe geschah 1986 nach dem Mord an Ministerpräsident Olof Palme, der jetzt, über zwanzig Jahre später, noch immer die Privatermittler beschäftigt. Oder der Tsunami – die Reaktionen darauf klangen doch, als habe die Regierung selbst die Flutwelle verursacht.«

»Das ist eine tiefgründige Analyse. Glaubte Sten auch daran?«

»Ich weiß es nicht«, antwortete Jörgen. »Wir haben über die *Estonia* niemals auf diese Art gesprochen. Für Sten war alles eine technische Frage, er teilte mein Interesse für Psychologie nicht.«

Die Sommersonne senkte sich über Saltsjöbaden, während Johanna Tott und Jörgen Wass weiter über die *Estonia*, die Arbeitssituation im Seefahrtsamt in den Neunzigerjahren und über den Menschen Sten Karlsson sprachen. Johannas Vertrauen zu dem pensionierten Beamten vor ihr wuchs kontinuierlich. Da schien es noch unfassbarer, dass sein alter Kollege und Chef auf derart grausame Weise ermordet worden war. Vielleicht hatte es wirklich etwas mit der *Estonia* zu tun, das war auf jeden Fall eine Spur, die man verfolgen konnte.

Als er sich vom ersten Schwindelanfall erholt hatte, kroch Felix zu Charlies Körper auf dem Fußboden. Er nahm ihn in die Arme und lockerte das Seil um seinen Hals. Ein schwaches Rasseln kam aus dem Mund des Freundes, er lebte noch.

»Geliebter Charlie, was ist denn nur passiert?«, schluchzte Felix.

Charlie zeigte keine Anzeichen dafür, dass er Felix' Worte hörte, die Augen waren geschlossen, aber sein Mund bewegte sich langsam. Felix beugte sich vor.

»Was sagst du? Wer hat dir das angetan?«

Keine Reaktion. Die Stille im Raum war erdrückend, nur das Ticken der goldenen Uhr an der mit einer tiefrosa Strukturtapete bedeckten Wand war zu hören. Staubkörnchen schwebten schwerelos im Sonnenstrahl, der durch das Südfenster fiel.

Plötzlich kam ein Flüstern über Charlies Lippen:

»Clio, grau ...«

Es warenWorte, die Felix noch nie zuvor gehört hatte.

»Was sagst du, Charlie?«, weinte er. »Du darfst nicht sterben. Was willst du sagen?«

»Graumantel ...«, flüsterte Charlie noch leiser. Dann hörte er auf zu atmen.

Voller Panik versuchte Felix es mit Mund-zu-Mund-Beatmung. Ohne Erfolg. Er rannte zum Telefon im Flur und rief die Notrufzentrale an.

Nach weiteren erfolglosen Wiederbelebungsversuchen blieb er einfach sitzen, den Freund in seinen Armen, und strich ihm sanft über das schüttere Haar. Der Kopf war zur Seite gefallen. Die Arme hingen schlaff herunter, und das eine Bein war weiterhin unnatürlich angewinkelt, weil Arme und Füße gefesselt waren. Felix' Hysterie war in Lähmung übergegangen. Er starrte leer vor sich hin, bis er davon geweckt wurde, dass die Sanitäter und ein Polizist an der Tür klingelten. Das alles war so vollkommen unwirklich.

Charlie Lillia wurde kurz darauf für tot erklärt. Felix antwortete noch in der Wohnung in der Villagata mechanisch auf ein paar Fragen und erhielt eine Uhrzeit, zu der er sich am selben Nachmittag im Polizeigebäude einzufinden hatte. Halb missglückte Erhängungen waren meistens Selbstmord, aber in diesem Fall wiesen alle Umstände auf Mord hin. Die gefesselten Hände und Füße, Kampfspuren in der Wohnung und das scheinbar so wohlgeordnete Leben des Toten.

Felix ging allein nach Hause, den Blick leer auf die Erde gerichtet. Die Hände wollten gar nicht aufhören zu zittern. Er setzte sich neben das Telefon in der Küche, muss jemanden anrufen, dachte er, egal wen, doch er vermochte nicht, eine Nummer zu wählen.

Erst einmal in seinem Leben hatte er einen Toten gesehen. Auch das war ein ihm Nahestehender gewesen, sein Bruder Mikael, der 1973 verunglückte. Der Bruder, nur neun Jahre alt, fiel kopfüber aus dem Kastanienbaum vor dem Reihenhaus in Eksjö und brach sich das Genick. Felix hatte den Schrei gehört und war als Erster am Unglücksort angekommen.

Das Klettern nach Kastanien war ein Spiel, das sie gemeinsam erfunden hatten. Die Schuldgefühle hatten Felix all die Jahre nicht verlassen, und jetzt kehrten sie mit doppelter Wucht zurück. Die Angst stieg in seinem Körper auf, als wolle sie ihn von innen sprengen, wie kaltes Wasser in einer glühend heißen Felsspalte.

Einen Moment lang erwog er, bei Sara Widman zu klopfen, doch er schaffte es nicht, die unsichtbare Mauer zu durchbrechen, die ihn umgab. Stattdessen ging er zum Badezimmerschrank und nahm drei Sobril aus einer Packung, deren Verfallsdatum schon vor langer Zeit abgelaufen war. Das Beruhigungsmittel legte sich wie Pflaster auf eine eitrige Wunde, und er dämmerte für ein Weilchen in seinem nicht gemachten Bett weg.

Als Felix ein paar Stunden später zum Polizeipräsidium auf Kungsholmen kam, war die Aufregung dort groß. Schon als er das Vernehmungszimmer betrat, spürte er, dass alles auf dem Kopf stand. Kriminalkommissar Kjell Pärzon begrüßte ihn steif, und als sie redeten, kam schnell zur Sprache, worauf der Polizist hinauswollte.

»Woher kannten Sie den Verstorbenen?«, fragte Pärzon.

Felix hatte das Gesicht in den Händen vergraben. Ab und zu konnte man ein gedämpftes Schniefen vernehmen. Es dauerte über eine Minute, ehe er ein paar Worte herausbringen konnte.

»Wir waren zusammen.«

»Zusammen?«, fragte Kjell.

»Wir waren ein Paar«, sagte Felix.

Jetzt war es der Polizeimann, der eine Weile schwieg.

»Wie lange waren Sie schon … zusammen?«

»Ein paar Monate. Das ist doch nicht wahr. Er ist tot, ermordet«, sagte Felix und fuhr sich mit den Händen zum Nacken, während er gleichzeitig begann, den gesenkten Kopf zu schütteln, als wolle er die Erkenntnis abwerfen.

»Das scheint so, ja«, sagte Kjell. »Wenn Sie sagen, dass Sie zusammen waren, was für eine Beziehung meinen Sie damit? Eine sexuelle?«

Felix sah auf.

»Was ist denn das für eine Frage?«

Kjell Pärzon sah ihm in die aufgerissenen, erstaunten Augen, sagte aber nichts, sondern stand nur da und wartete auf die Fortsetzung.

»Wir hatten eine Liebesbeziehung«, sagte Felix nach langem Schweigen. »Aber was hat das denn mit der Sache zu tun?«

»Waren Sie eifersüchtig?«, fragte Kjell.

Felix schüttelte den Kopf. Er blickte auf, vorbei an dem seltsamen Verhörleiter, und registrierte zum ersten Mal die Details im Zimmer. Kleine Kameras an der Decke, in allen vier Ecken. Die Spiegelwand, von deren anderer Seite er sicherlich beobachtet wurde. Das Mikrofon auf dem Tisch. Das war eine Umgebung, die er nur aus Filmen kannte, und als ihm die Rollenverteilung langsam deutlich wurde, wurde ihm schwarz vor Augen.

»Seien Sie bitte so freundlich, uns zu erklären, was genau geschah, als Sie Charlies Wohnung betraten«, bat Kjell.

Felix erzählte alles, so gut er konnte. Dann ging der Verhörleiter eine Minute hinaus, kam wieder zurück und stellte dieselbe Frage. Diese Prozedur wurde dreimal wiederholt.

»Wir wissen, dass Sie ihn ermordet haben«, sagte Kjell plötzlich.

Hätte er nicht die vielen Beruhigungstabletten genommen, hätte Felix wohl kaum begriffen, was er da hörte. Aber jetzt drang die Botschaft mit glasklarer Schärfe zu ihm durch. Der Mord. Die Verdächtigung. Das waren zwei unfassbare Negationen, die sich gegenseitig aufhoben und ihn gefühlsmäßig auf null stellten. Ohne dass er es hätte beinflussen können, merkte er, wie seine Gesichtsmuskulatur sich zu einem breiten Lächeln verzog.

»Wollen Sie ein Geständnis ablegen?«, fragte Kjell Pärzon in einem weniger selbstsicheren Ton.

Felix lächelte ihn ein Weilchen an, hatte aber aufgehört zu sprechen. Er sah nicht mehr das dunkle Zimmer mit den beiden Polizisten, sondern den Hof zu Hause im Småland seiner Kindheit. Vor ihm standen sein Bruder Mikael und sein Liebhaber Charlie. Sein Gesicht nahm allmählich verzweifelte Züge an, und er sank über dem Tisch in sich zusammen.

»Wie erklären Sie uns, dass Charlie Lillia mit Ihrem Seil erhängt und mit Ihrem Klebeband gefesselt wurde?«, fragte Kjell scharf. Psychische Zusammenbrüche waren nach den Erfahrungen des Kommissars immer ein gutes Zeichen. Nur nicht an Tempo verlieren, jetzt, wo das Ziel so nahe war.

Felix schniefte unhörbar, den Kopf in den Händen. Kjell ging um den Tisch herum, stellte sich direkt hinter ihn und beugte sich vor.

»Wir wissen, dass Sie es getan haben. Wir haben Beweise, die, wenn wir in den USA wären, für eine Todesstrafe reichen würden.«

»Welche Beweise?«, fragte Felix und hob den Blick. Er fuhr sich mit der Hand unter die Nase und wischte sich die Tränen ab.

Kjell Pärzon hielt einen kurzen Vortrag, erhielt aber keine Antwort. Felix hatte eingesehen, dass es schlecht für ihn aussah, und beschlossen zu schweigen. Das Verhör war zu Ende.

Felix hatte schon von den unmenschlichen Zuständen in der schwedischen Untersuchungshaft gehört, dennoch war er keineswegs auf das vorbereitet, was ihn erwartete, als er auf sieben Quadratmetern allein gelassen wurde. Das Untersuchungsgefängnis war ein juristisches Bermudadreieck, in dem man als schuldig betrachtet wurde, bis das Gegenteil bewiesen war – im Gegensatz zu einem normalen Gefängnis, in dem man wie ein Hotelgast behandelt wurde. In anderen zivilisierten Ländern wurde das umgekehrte Prinzip praktiziert. Selbstmord in der Untersuchungshaft war in Schweden, wo die Häftlinge in winzigkleinen Zellen mit ihren Ängsten allein gelassen wurden, ohne zu wissen, was draußen vor sich ging und wann sie aus der Isolation herauskommen würden, an der Tagesordnung. Dieses System war insofern effektiv, als die Staatsanwaltschaft schnell einen psychologischen Vorteil gegenüber der Verteidigung hatte. Wäre der Angeklagte in einer ausgeglichenen psychischen Verfassung und hätte er während der Zeit der Untersuchungshaft Zugang zu Telefon und Internet, dann wäre die Anzahl der Verurteilungen sicher geringer.

Felix wurde des Mordes an Charlie Lillia verdächtigt, und das Verhör war auf ein Geständnis ausgerichtet gewesen. Er hatte von einer ganzen Reihe von Umständen erfahren, die auf ihn als den Täter hinwiesen: Tagebuchaufzeichnungen über ein sadomasochistisches Verhältnis, das Charlie beenden wollte, das Testament des Toten, das ein weiteres Motiv darstellte, Fasern von Felix' Kleidern unter den Fingernägeln des Opfers, das Seil und das Elektroklebeband stammten ebenfalls aus seiner Wohnung. Und dann gab es noch weitere technische Beweise, die der Leiter des Verhörs nicht hatte preisgeben wollen.

Felix bat um mehr Beruhigungsmittel und wurde nach einer Stunde des Wartens erhört. Der Schweiß lief ihm den Rücken hinunter, die Hände zitterten unablässig. Wieder und wieder sagte er, als würde er sich immer noch im Verhörraum befinden:

»Warum hätte ich die Polizei angerufen, wenn ich der Mörder wäre? Warum?«

Als seine Gedanken etwas klarer wurden, erinnerte er sich an den Zettel und die Mitteilung in *Second Life*. Jemand hatte ihn im richtigen Moment in Charlies Wohnung gelockt, jemand, der große Anstrengungen unternommen hatte, ihn ins Gefängnis zu bringen.

Es war schon siebzehn Uhr, als die mehrfach verschobene Pressekonferenz im Polizeigebäude begann. Kalle Holm saß in der ersten Reihe, drei Sitzplätze von Martina Bolin, Produzentin des Frühstücksfernsehens und eine von Holms Geliebten, entfernt. Kommissar Janne Hed und die Pressefrau Lisa Bonta betraten das Podium. Hed war jetzt, bis die Staatsanwaltschaft übernehmen würde, Leiter der Voruntersuchungen, denn es gab einen Verdächtigen, und auch Bonta würde eine Schlüsselposition bekleiden, wenn der Medienansturm noch wuchs. Ihr Landespolizeidirektor war bekannt dafür, alles zu delegieren, vor allem die Verantwortung, und deshalb hieß es jetzt einfach Augen zu und durch.

Kjell Pärzon und einige Kollegen vom Landeskriminalamt und der Sicherheitspolizei standen in einer dichten Traube an der Seite. Der Saal war bis zum Bersten gefüllt und die Stimmung durch das lange Warten gereizt. Janne Hed sah blass aus, als er die Hand hob, um das Blitzlichtgewitter abzustellen.

»Gegen elf Uhr heute Vormittag erhielt die Landeszentrale Nachricht von einem Toten in einer Wohnung auf Östermalm, höchstwahrscheinlich ermordet. Als er gefunden wurde, war er noch am Leben, doch er erlag seinen schweren Verletzungen, als die Polizei eintraf. Am Nachmittag wurde ein Mann zum Verhör gebeten, der jetzt wegen schwerwiegender Gründe des

Mordes auf Östermalm verdächtig ist. Wie Sie wissen, ist auch auf Gålö in der Gemeinde Haninge ein ermordeter Mann gefunden worden. Da es bereits Gerüchte über einen Zusammenhang zwischen diesem Mord und den beiden vorherigen in der Umgebung von Stockholm gegeben hat, möchte ich das Folgende dazu anmerken …«

An dieser Stelle schaute Janne Hed auf ein Papier, das auf dem Tisch lag, und las dann die von Lisa Bonta verfasste Pressemitteilung vor:

»Um weiteren Spekulationen ein Ende zu setzen, möchte die Landeskriminalpolizei Stockholm und Umgebung bestätigen, dass es möglicherweise einen Zusammenhang zwischen den Morden am ehemaligen Generaldirektor Sten Karlsson und dem ehemaligen Chef der Sicherheitspolizei Roy Engman gibt. Wir wollen auf die Beweislage nicht näher eingehen, doch gibt es Anlass zu der Vermutung, dass derselbe Täter diese beiden Verbrechen begangen haben könnte. Ebenso kann nicht ausgeschlossen werden, dass dieselbe Person oder dieselben Personen an den Morden auf Gålö und Östermalm beteiligt waren. Wir bitten die Allgemeinheit um Hinweise, die mit den Morden zu tun haben könnten, vor allem, was Beobachtungen in den genannten Gebieten zum Zeitpunkt der Verbrechen angeht.«

Jetzt konnten die Journalisten in der ersten Reihe nicht mehr an sich halten. Das *Echo* war am schnellsten:

»Können Sie etwas über die Identität der jüngsten Opfer sagen, und wie hat sich der Mord zugetragen, der in der Villagata?«

»Wir können bestätigen, dass der Tote auf Gålö ein Professor emeritus Fabian Andersson ist. Aus ermittlungstechnischen Gründen kann ich keine Details zu den beiden Morden von heute nennen. Über die Identität des Mordopfers auf Östermalm möchte ich ebenfalls nichts verlautbaren, da noch nicht alle Angehörigen unterrichtet werden konnten.«

»Handelt es sich um eine weitere sadistische Hinrichtung?«, fragte der Korrespondent von TV4 und beugte sich vor.

»Es ist ein brutaler Mord, ja. Mehr kann ich dazu momentan nicht sagen«, antwortete Janne Hed.

»Können Sie bestätigen, dass der Verdächtige der bekannte Investor und Muslim Felix Martini ist?«, fragte ein Reporter vom *Expressen*, der sich daraufhin im Saal umschaute, um die Reaktionen der Konkurrenten zu sehen. Kalle Holm, der die ganze Zeit schweigend dagesessen hatte, zuckte zusammen und sah auf. Er wusste natürlich, dass Felix M. der Verdächtige war, hatte aber gemeint, als Einziger im Besitz dieser Information zu sein. Das Affenhaus war durchlässiger als gewöhnlich, und er musste eine Runde mit Kjell Pärzon reden, damit das nicht wieder passierte. Wenn der *Expressen* schon von der Sache wusste, dann war es bereits Allgemeingut, und die gut geschmierten Quellen von Kalle waren nichts mehr wert.

»Eine solche Information kann ich weder bestätigen noch verneinen«, sagte Janne Hed und schielte zu Lisa Bonta hinüber.

Wahrscheinlich ist er der schlechteste Pokerspieler von ganz Schweden, dachte Kalle Holm, und fand, es sei an der Zeit für ein paar Nebelmaschinen. Der hilflose Janne Hed konnte etwas Rückhalt gebrauchen:

»Angeblich gab es kürzlich eine ähnliche Mordwelle in Lettland. Mit Folter und Erpressung. Was kann die Stockholmer Polizei über die Spur ins Baltikum oder nach Russland sagen? Sie haben schließlich während des heutigen Tages eifrig Kontakt dorthin gehalten, oder?«

»Natürlich arbeiten wir in alle Richtungen«, meinte Janne Hed in selbstsicherem Ton. »Internationale Kontakte sind in einer solchen Situation unabdingbar. Und ja, es gibt in der näheren Umgebung Umstände, die in diesem Zusammenhang interessant sind.«

Kalle lehnte sich auf seinem Stuhl zurück und ließ die Treiber übernehmen. Es hagelte Fragen über die russische Mafia und das organisierte Verbrechen. Lisa Bonta sah sehr zufrieden aus, als sie schließlich eine Hand hob und die Pressekonferenz für beendet erklärte. Im Hinblick auf die Ermittlungssituation und Janne Heds zweifelhafte Talente, was Medienkommunikation anging, war das Ganze ausgesprochen gut gelaufen.

Die Sonne war hinter einer Wolke verschwunden, und die Kälte hatte zugenommen, als Kalle Holm auf Gålö aus dem Offroad-Wagen stieg. Der Waldweg lag einsam da, die polizeiliche Durchsuchung des Geländes war abgeschlossen, aber das blauweiße Klebeband grenzte das Gebiet scharf ab.

Die Techniker hatten nichts von Bedeutung gefunden, das wusste Kalle von seinen Quellen, aber er gedachte das Gebiet dennoch selbst zu checken. Es gab immer die Chancc, etwas zu finden, was die phantasielosen Schnüffler übersehen hatten, und er brauchte sowieso etwas Lokalkolorit für die Artikel morgen.

Der Ort, an dem die Leiche von Fabian Andersson gefunden worden war, war genau markiert. Kalle ging unter der Absperrung hindurch und begann mit einer Untersuchung des Bodens. Es gab keine Spuren von Blut. Das musste nichts bedeuten, konnte aber auch ein Zeichen dafür sein, dass die Leiche nach dem Mord hierhergebracht worden war.

Kalle begann nun, in weiten Kreisen zu laufen, und blieb hier und da stehen, um ein paar Walderdbeeren zu pflücken, die er sich sofort in den Mund steckte. Er hatte eine Karte dabei und sah, dass das Wasser nicht weit entfernt war. Nach einer schweißtreibenden Wanderung durch das Unterholz kam er zum Ufer, wo er sich auf einen Stein setzte, um nachzudenken. Andersson war Freizeitangler gewesen, also müsste er eigentlich auf dem Weg zum Wasser gewesen sein, wenn er nicht sogar schon hier war, als er ermordet wurde. Kalle ging an der Bucht auf und ab, erst am Ufer und dann jedes Mal einen Meter weiter landeinwärts. Schon bei der dritten Runde hatte er Erfolg. Ein Reflex im Gras und eine symmetrische Form zogen seinen Blick an. Auf dem Boden, von Farnkraut fast verborgen, lag ein Vorschlaghammer.

Kalle zog sich die Golfhandschuhe an, die er in der Tasche hatte, und hob den schweren Klumpen hoch. Das Metallteil war alt, war aber scheinbar mit einem neuen Schaft versehen worden. Er holte sein Handy hervor und wählte eine Nummer. Kein Netz. Nach einem extrem schweißtreibenden Marsch zum Auto zurück – eine ganze Weile war er mit dem Vorschlaghammer über der Schulter in die falsche Richtung gewandert –, versuchte er wieder anzurufen. Die Antwort kam nach dem ersten Klingeln:

»Berra, das *Blatt.*«

»Hier ist Kalle. Halt dich fest. Ich glaube, ich habe die Mordwaffe gefunden. Schick einen Fotografen nach Gålö runter, damit wir die Sache in den Kasten kriegen, bevor ich mit den Bullen rede.«

»Was für eine Waffe ist es?«

»Den Vorschlaghammer, den sie benutzt haben, um Andersson aufzuspießen. Er lag einen Kilometer von der Leiche entfernt, unten am Wasser.«

»Wie kannst du sicher sein, dass er es ist?«, fragte Berra.

»Ziemlich sicher«, meinte Kalle. »Die vom Labor der Polizei werden feststellen können, ob es Spuren vom Holzpflock daran gibt. Und morgen wird es in jedem Fall eine Riesensache sein.«

»Aber warum lag die Leiche beim Auto, wenn er so weit davon entfernt am Wasser ermordet wurde?«

»Weiß ich nicht«, sagte Kalle. »Das könnte darauf hindeuten, dass die Mörder mit der Leiche wegfahren wollten, aber von irgendjemandem, vielleicht dem Vogelbeobachter, überrascht wurden. Vielleicht aber wollten sie auch, dass er gefunden wird. Es ist nicht leicht, dieses Ufer zu entdecken, und so hätte der Wagen wochenlang auf dem Waldweg stehen können, ohne dass ihn jemand bemerkt hätte. Gålö ist absolute Provinz, hier stehen massenhaft alte Autowracks herum, ohne dass jemand sich daran stört.«

»Aber warum würden die Mörder wollen, dass die Leiche gefunden wird? Und warum lassen sie dann die Mordwaffe zurück?«

Kalle schwieg einen Moment lang und dachte nach. Ehe er antwortete, sah er sich im Wald um:

»Der Mord ist eine Botschaft, dann wird die Methode logisch. Sie wollen erschrecken. Ich glaube, dass schon bald jemand die Verantwortung übernehmen wird. Terroristen. Islamisten. Ich habe da etwas gefunden, das in die richtige Richtung weist.«

»Verdammt, warst du fleißig. Was hast du gefunden?«

»Die ersten drei Opfer besuchten regelmäßig die Kirche. Eingefleischte Lutheraner der alten Schule. Ich glaube, der gemeinsame Nenner der Opfer ist, dass sie weiße, christliche und etablierte Männer waren, die in der falschen Umgebung zum falschen Zeitpunkt mit den falschen Leuten geredet haben. Das hier fängt an, an al-Qaida zu erinnern. Der Kampf der Zivilisationen.«

»Das ist ein Punkt. Kannst du diese Theorie morgen auswalzen? Du kriegst den Aushänger, die Eins und die Sechs bis Sieben.«

»*I can and I will*«, gab Kalle Holm zurück.

Johanna fuhr von Saltsjöbaden langsam nach Stockholm zurück, um das Gespräch mit Jörgen Wass noch in Ruhe zu überdenken. Wie so oft, wenn sie Hilfe brauchte, um mit ihren Gedanken weiterzukommen, rief sie ihren Vater an, den Oberarzt und Freiherrn Carl Tott, der draußen in Djursholm gerade im Begriff war, mit den Hunden rauszugehen.

»Hallo Papa, ich bin's.«

»Johanna, wie nett. Wie geht es dir?«

Sie kannte die versteckte Botschaft der Frage. Es war der Code für: »Wie läuft es zu Hause mit diesem Schwächling von einem Mann, den du nie hättest heiraten sollen?«

»Super«, sagte sie. »Aber es ist natürlich ein wenig hart, wenn man nach der Elternzeit wieder umstellen muss.«

»Ist Peter jetzt mit den Kindern zu Hause?«, fragte Carl Tott.

»Genau.«

»Und wie läuft es für ihn?«

»Ganz gut«, sagte Johanna. »Wir haben noch nicht so richtig Routine entwickelt, aber das wird schon noch. Im Job ging es sofort mit hundertachtzig Sachen los.«

»Richtig, was sind denn das für Schrecklichkeiten, die sich da ereignen? Wie laufen die Ermittlungen?«, fragte der Vater.

»Nicht sonderlich gut. Vier Morde, und wir haben noch keine Ahnung, wie sie zusammenhängen. Ich habe gerade einen Seefahrtsamt-Kollegen des ersten Opfers getroffen. Der einzige Hauch eines Motivs, der etwas mit seinem Beruf zu tun haben könnte, ist, dass der Tote 1994 die *Estonia*-Kommission leitete, die so viel Kritik auf sich zog, erinnerst du dich?«

»Und nun soll er deshalb zu Tode gefoltert worden sein?«, fragte Carl.

»Keine Ahnung«, sagte Johanna. »Aber vielleicht hat sich irgendein Verrückter daran aufgehängt.«

»Gab es denn nicht angeblich eine Verbindung zum Mord an dem Chef der Sicherheitspolizei? Das steht zumindest heute im *Aftonbladet.* Spuren derselben Fasern unter den Nägeln der Opfer. Nach einem Handgemenge.«

Carl Tott war insofern ein ungewöhnlicher Adliger, als er mit großer Gründlichkeit alle Ausgaben beider Abendzeitungen las. Und das, wie Johanna fand, trotz seiner konservativen Einstellung vorurteilsfrei und neugierig. Doch wenn das Altpapier abgeholt wurde, dann achtete der Oberarzt darauf, dass das *Svenska Dagbladet* obenauf lag.

»Ja«, seufzte Johanna, »das stimmt. Es kann also nicht nur

um die *Estonia* gegangen sein. Aber wenn nun doch etwas an der Geschichte dran ist, dass die Wahrheit über das Unglück verdunkelt wurde? Das kann durchaus ein Motiv für beide Morde hergeben. Vielleicht wollte man etwas verbergen, das beide Männer wussten, und gleichzeitig andere so erschrecken, dass sie schweigen?«

»Konspirationstheorien sind nur etwas für Leute mit wenig Wissen, meine Liebe«, erwiderte Carl. »Wie sollte das Seefahrtsamt mit der Forstverwaltung zusammenpassen? Nein, such lieber im Register aller Psychopathen, die in geschlossene Abteilungen zwangseingewiesen worden sind.«

»Danke. Das machen wir ja ohnehin schon immer, wie du weißt«, sagte Johanna. Dann lenkte sie das Gespräch weg von Arbeit und Ehe, um sich auf die Kinder zu konzentrieren. Sie hatte schon bemerkt, dass der Vater immer schnell ermüdete, wenn sie von den kleinen Fortschritten der Enkelkinder berichtete – ein neuer Zahn, eine verheilte Schürfwunde auf dem Knie, ein lustiger Ausspruch –, und sie empfand sein Desinteresse als provozierend. Als Reaktion darauf wurden ihre Berichte noch detaillierter.

Als ihr Wagen über die Skurubrücke gefahren war, verabschiedete sie sich, legte auf und rief zu Hause an. Sussie, die Babysitterin, ging ran und holte nach einem kurzen Lagebericht Peter ans Telefon, der eine Pause beim Pokern hatte. Als Johanna fragte, wie es lief, murmelte er etwas Unverständliches, was darauf hindeutete, dass er wahrscheinlich bald ausscheiden würde.

»Wie laufen die Ermittlungen?«, fragte er.

»Zäh«, berichtete Johanna und erzählte von ihrem Treffen in Saltsjöbaden.

»Willst du wirklich bei der *Estonia* weitergraben?«, fragte Peter.

»Warum nicht? Momentan gibt es nicht viele andere Spuren, denen man nachgehen könnte«, meinte Johanna.

»In dem Fall hätte ich einen Tipp für dich«, sagte Peter nach kurzem Zögern. »Ich kenne einen Typen, der sich mehrere Jahre lang damit beschäftigt hat. Er heißt Dragan Jovic und arbeitet auf der Mälarwerft. Hat ziemlich viel an dem Holzboot von meinem Bruder rumgebastelt. Du kannst einfach gleich vorbeifahren, er ist meistens dort.«

Es passierte nicht jeden Tag, dass Peter sich für ihre Arbeit interessierte oder ihr Freiraum gab, länger zu arbeiten. Ihre Laune besserte sich ein wenig, und anstatt nach Hause abzubiegen, fuhr sie weiter den Südlichen Mälarstrand entlang.

Dragan Jovic war nicht schwer zu finden. Er stand auf dem offenen Werftgelände, auf das das Licht von den Wohnungen am Hornstull fiel, und arbeitete an einem aufgebockten Schiffsrumpf. Johanna hatte es schon immer für eine unglaubliche Verschwendung gehalten, dass diese versiffte kleine Werft Schwedens beste Wohnlage mit Aussicht nach Osten über den ganzen Riddafjärd besetzte. Links das Rathaus, rechts Mariaberget, Gamla stan und Riddarholmen geradeaus. Architektonische Juwelen aus einer versunkenen Zeit, die von dem blauen Wasser mannigfach widergespiegelt wurden. Moderne Wohnungen auf dieser Halbinsel würden für hunderttausend Kronen pro Quadratmeter verkauft werden können, aber stattdessen stand hier ein Jugoslawe und schweißte rostige Kähne zusammen.

»Hallo, Johanna Tott von der Kripo. Sind Sie Dragan?«

»Ja klar. Was wollen Sie?«

»Ich brauche nur etwas Hintergrundinformation. Man hat mir erzählt, Sie wüssten viel über die *Estonia.* Hätten Sie ein paar Minuten Zeit, mir zu erklären, warum so viele Leute der Kommission misstrauen?«

Dragan schaltete das Schweißgerät aus und legte den Gesichtsschutz beiseite. Dann sah er Johanna an und sagte:

»Oh, Sie kommen ja gleich zur Sache. Allerdings ist es überhaupt keine Frage von Misstrauen oder Glauben. Die *Estonia* wurde durch eine Sprengung versenkt, die Kommission wusste davon, entschied sich aber dafür, Lügen über die Ursache des Untergangs zu verbreiten. Wir, die wir uns das genau angeschaut haben, können beweisen, dass es so war, aber die Medien sind daran nicht interessiert. *Dagens Nyheter*, *Aktuellt*, *Tidningarnas Telegrambyrå*, *Uppdrag Granskning* und *Echo* im Fernsehen – sie alle haben ihren Anteil an der Verdunkelung der Geschichte, um mächtige Interessen zu schützen.«

»Warum sollten so viele Menschen eine so große Neuigkeit verschweigen?«, fragte Johanna nach kurzem Schweigen und bereute schon, den Umweg über die Werft genommen zu haben.

»Keine Ahnung, aber vielleicht unterschätzen Sie den Herdentrieb in diesem Land«, sagte Dragan. »Und wie schon Karl Marx sagte, die Interessen lügen nicht.«

»Sie meinen also, dass zum Beispiel der Vorsitzende der Kommission, Sten Karlsson, der kürzlich ermordet wurde, wusste, dass die *Estonia* aufgrund eines durch eine Explosion hervorgerufenen Lochs unterhalb der Wasserlinie gesunken ist, dass er aber, um die wirkliche Ursache des Unglücks zu verschleiern, seinen Namen unter den Bericht setzte, in dem steht, dass das Bugvisier abgefallen ist?«

»Na klar.«

»Können Sie das irgendwie beweisen?«

»Natürlich.«

Johanna sah auf und verspürte eine gewisse Aufregung, als sie wieder Dragan Jovics festen Blick sah. Obwohl sie eigentlich vorhatte, das Gespräch abzuschließen und so schnell wie möglich nach Hause zu fahren, beschloss sie, dem Mann eine letzte Chance zu geben.

»Und was für Beweise sind das? Können Sie einer armen Skeptikerin mal auf die Sprünge helfen?«

»Setzen Sie sich, dann erkläre ich es Ihnen«, sagte Dragan und führte Johanna zu einem kleinen Tisch mit zwei Stühlen, der am Eingang zur Werkstatt unter einer Laterne stand.

»Nach Aussage der Kommission sank die *Estonia*, weil das Bugvisier abgerissen wurde und Wasser in das Autodeck eindrang. Doch dieses Deck lag oberhalb der Wasserlinie. Wenn das Unglück so verlaufen wäre, dann hätte die Fähre umschlagen müssen, um dann mehrere Stunden lang auf Luftblasen zu treiben. Sie sank aber in weniger als sechzig Minuten. Außerdem hatte die *Estonia* schon oft viel schwerere See gemeistert als die, die in der Nacht zwischen dem 27. und dem 28. September 1994 herrschte. Die zwei starken Schläge, von denen die Überlebenden berichten, können auch nicht von dem Visier verursacht worden sein, sondern müssen von Detonationen herrühren.«

Johanna sah ihn mit einer Mischung aus Sorge und Mitleid an.

»Das habe ich alles schon einmal gehört. Wo sind die Beweise?«

»Hier«, sagte Dragan Jovic und zeigte ins Büro der Werkstatt. »Warten Sie, dann hole ich sie.«

In einer Minute war er mit einem Stapel in Ordner gesteckter Karten und Fotos wieder zurück. Das übliche Gepäck des Havaristen. Johanna hatte solche Dokumentensammlungen schon unendliche Male gesehen, immer in den Händen zerlumpter Menschen, die auf der Suche nach Bestätigung zwischen Polizeirevier und Nachrichtenredaktionen hin und her wanderten. Schweden schien ein stehendes Heer an Bürgern zu haben, das sein Leben den Phantasien über traumatische Ereignisse der Geschichte widmete.

»Hier sind Fotos von dem Loch«, sagte Dragan. »Und hier ist eine Analyse des metallurgischen Instituts in Zürich. Schauen Sie sich die Kanten des aufgeschlitzten Rumpfes an. Es ist doch sonnenklar, dass auf der *Estonia* eine Sprengung erfolgte. Dazu sollte man die Zeugenaussagen der schwedischen Zollbeamten lesen – ich habe eine Abschrift davon, die belegt, dass die *Estonia*, als die Fähre zwischen dem 14. und dem 20. September in

Stockholm anlegte, voller militärischer Ausrüstung war, und dass der Zoll Order hatte, die Sachen ohne die üblichen Deklarationen durchzuwinken.«

»Danke. Okay«, sagte Johanna müde und fuhr mit der Hand durch ihren Pferdeschwanz. »Aber was für Beweise haben Sie, dass Sten Karlsson und die Kommission gelogen haben?«

»Wenn Ihnen das nicht genügt, dann sind Sie blind«, sagte Dragan. »Aber sehen Sie sich das hier an.«

Er holte ein offensichtlich heimlich aufgenommenes Foto heraus, das zwei Männer zeigte, die dicht beieinander auf etwas standen, das wie ein heruntergekommenes Industriegelände aussah. Der eine Mann lächelte und gab dem anderen ein Papier. Er stand mit dem Gesicht von der Kamera abgewandt, doch das Profil war deutlich genug – Sten Karlsson, Generaldirektor des Amts für Seefahrt und Vorsitzender der Havariekommission zur Feststellung der Unglücksursache der *MS Estonia* 1994.

»Wer ist der andere?«, fragte Johanna und beugte sich über den kleinen Tisch.

»Boris Gromov, bekannter Drahtzieher der russischen Mafia. Ermordet 1998. Das Bild ist ein Jahr zuvor aufgenommen worden, am Rand von Tallinn.«

Die Stunden im Gefängnis schleppten sich dahin. Die Angst überkam Felix in Wellen. Im einen Moment glaubte er, er würde zerbrechen und den Verstand verlieren, aber dann schaffte er es wieder, seine Gedanken in andere Bahnen zu lenken. Wenn die Panik nachließ, dachte er an Albert Speer, Hitlers Architekten, der es in den langen Gefängnisjahren nach dem Krieg schaffte, den Wahnsinn zu vertreiben, indem er mentale Wanderungen nach Indien unternahm.

Felix tastete nach den Konturen seines aufgelösten Ichs und versuchte durch sein eigenes Leben zu wandern. Erste Erinnerung: Felix im Sandhaufen vor dem elterlichen Haus, er fürchtete sich vor etwas und rannte zur Tür. Die Ursache der Angst war entweder eine brummende Wespe oder der Knall eines Düsenjets, der die Schallmauer durchbrach. In den Sechzigerjahren war der schwedische Luftraum nämlich voll von Starfightern, die die Fensterscheiben des Volksheims zum Klirren brachten.

Die nächste Erinnerungswelle: Sonntagsschule und Vorschule. Zwang, frühes Aufstehen, Kleidung, die am Hals kratzte. Die Sitznachbarn wurden gekniffen, wenn das Fräulein gerade mal wegsah. Laute, unangenehme Geräusche. Die Erzieherinnen, die über ihn lachten, wenn er Weihnachtslieder sang. Die Erinnerungsbilder waren derart verbunden mit Rainer Maria Rilkes Gedicht »Kindheit«, dass er die Wirklichkeit nicht mehr von der nachträglichen Poetisierung unterscheiden konnte:

> Da rinnt der Schule lange Angst und Zeit
> mit Warten hin, mit lauter dumpfen Dingen.
> Und durch das alles gehen im kleinen Kleid
> ganz anders als die andern gehn und gingen.
> O wunderliche Zeit, o Zeitverbringen,
> o Einsamkeit.

Er war anders geboren. Oder fühlten alle Menschen auf diese Weise, obwohl sie sich der lärmenden, dummen Herde unterordneten?

Bis in die späteren Jugendjahre war es quälend für ihn gewesen, außen vor zu sein. Er erinnerte sich aber noch an den Augenblick, als sich die Trauer darüber, nicht hineinzupassen, nicht die Bedingungen der Masse erfüllen zu können, in Stolz und Freiheit verwandelt hatte. Für ein paar Minuten schenkte ihm der Gedanke an seine zweite Geburt ein wenig Trost. Er war Felix Martini. Er hatte sich selbst erschaffen. Aber warum befand er sich jetzt in dieser Situation? War das die Strafe für seine Hybris, dafür, dass er sich einbildete, man könne sein, wer man wolle? Dass er sich einbildete, man könne zur Sonne fliegen, ohne dass die Wachsflügel schmolzen?

Als die nächste Woge der Angst über ihn hinwegrollte, halfen die Kindheitserinnerungen nicht mehr. Seine Existenz wurde auf ein pochendes Herz aus Schuld und Scham reduziert. Er wollte sterben. Gott, o Gott. *Allahu Akbar min kulli shay.*

Nachdem er eine Weile gebetet und gerufen hatte, durfte er den diensthabenden Seelsorger des Gefängnisses treffen, einen hohläugigen Priester in Teilzeit. Das Gespräch linderte den Schmerz ein klein wenig.

Nachdem er das Gefängnispersonal mit Hilfe des Priesters überredet hatte, wurde Felix ein Besuch zu Hause an der Ordenstrappa gestattet. Er sagte, er habe Dokumente, die für die Ermittlung relevant seien. Und auf jeden Fall musste er eine Reihe persönlicher Sachen holen, ehe er ins Gefängnis kam, darunter die Telefonnummer seines Anwalts, an dessen Namen er sich nicht erinnern konnte.

Noch eine Beruhigungstablette, dann machte er sich bereit. Drei kräftige Polizeibeamte begleiteten ihn. Sie fuhren schweigend die Kungsholmsgata entlang, dann die Hamngata und die Birger-Jarlsgata, deren Bürgersteige voller Touristen waren, die sich, verglichen mit den Stockholmern selbst, nur mit halbem Tempo fortbewegten. Ein Umweg, dachte Felix bei sich, aber er hatte es nicht eilig. Er musste nachdenken, die Gedanken sammeln. Wenn die Falle so gründlich eingerichtet war, wie es schien, dann würde er sich vor Gericht nicht reinwaschen können. Die einzige Chance, die er hatte, war, selbst herauszubekommen, wie die Dinge zusammenhingen, aber das konnte er aus der Isolation im Gefängnis heraus kaum leisten.

Als sie endlich vor seiner Wohnung ankamen, blieb einer der Polizisten im Auto, während die anderen ihn nach oben begleiteten. In der Wohnung suchte er eine Weile herum, während die Polizisten sich im Flur niederließen. Eine Hausdurchsuchung hatte bereits stattgefunden, alles war ein einziges Durcheinander.

»Könnten Sie mir einen Gefallen tun?«, fragte er nach ein paar Minuten und bedeutete den Beamten, ihm in die Küche zu folgen.

»Äh, klar«, sagten die uniformierten Fünfundneunzig-Kilo-Männer widerwillig und setzten sich in Bewegung.

Als die beiden Wachmänner breitbeinig und ratlos mitten in der Küche standen, hatte Felix sich schon zurückgezogen, die Tür zugeknallt und einen Stuhl unter die Klinke geklemmt. Es handelte sich um eine stabile Tür, einen schweren Stuhl und eine Küche, die mitten in der riesigen Wohnung lag und keine Fenster hatte. Die Polizisten fingen sofort an, laut zu rufen, aber Felix hatte ein paar Sekunden gewonnen.

Er warf einen panischen Blick durch das Fenster auf das Polizeiauto hinab. Der Fahrer war bereits ausgestiegen und rannte zum Eingang. Die Eingeschlossenen hatten ihn kontaktiert. Felix stürzte in den Flur, dann weiter ins Treppenhaus, blieb stehen und zögerte, als er die Schritte des Polizisten hörte. Und gerade als er sich entschieden hatte, weiter hinauf zu laufen, ein reiner Reflex ohne einen Gedanken an einen echten Ausweg, ging die Tür gegenüber auf.

»Sara!«

Die Nachbarin starrte ihn verständnislos an und hob die Hände in einer fragenden Geste.

»Wer schreit denn da so?«

»Ich werde verfolgt. Schnell, wir müssen zu dir rein«, keuchte Felix.

Sie stürzten in Saras Flur. Er schloss vorsichtig die Tür hinter ihnen, und ein paar Sekunden später hörte er, wie Polizist Nummer drei die Treppe heraufgerannt kam, um die Kollegen zu befreien.

Sara starrte Felix misstrauisch an und versuchte, sich vor den Türspion zu drängen.

»Schau nicht hin. Es sind die Bullen«, sagte er.

»Du wirst von der Polizei verfolgt?«

»Großer Gott, Sara. Etwas Schreckliches ist passiert. Ich muss hier weg, aber über die Treppe kann ich nicht. Ich werde in den Innenhof hinunterklettern müssen. Kann ich dein Auto leihen?«

Sie starrte ihn immer noch an.

»Ich soll dir helfen, vor der Polizei zu fliehen? Bist du noch ganz sauber?«

»Du musst mir glauben. Ich habe nichts getan.«

Sara schüttelte bedächtig den roten Schopf. Aus der offen stehenden Wohnung von Felix hörte man die Polizisten rufen. Sie verlangten nach Verstärkung. Schon bald würde das Haus umstellt sein.

»Warum kannst du nicht hierbleiben und alles erklären?«, fragte Sara skeptisch. »Es bringt ja wohl nichts, einfach abzuhauen, oder?«

»Wenn sie mich kriegen, bin ich erledigt. Jemand versucht, mir einen Mord anzuhängen.«

Jetzt riss Sara die Augen auf.

»Mord?«, rief sie und packte Felix am Arm. »Mord, an wem denn?«

Felix riss sich los und schlug die Hände vors Gesicht:

»Ich kann es nicht erzählen. Nicht jetzt. Du musst mir vertrauen.«

Sie stand ein paar Sekunden schweigend da und spürte seine Verzweiflung. Sie kannten sich jetzt seit vier Jahren und hatten sich in der letzten Zeit fast jeden Tag gesehen. Wenn Sara es recht bedachte, war Felix ihr engster Freund. Es gab niemanden sonst, den sie mitten in der Nacht aufwecken durfte, wenn sie nicht schlafen konnte, niemanden, dem gegenüber sie sich so ganz geöffnet hatte. Das hier war eine Situation, über die sie schon manchmal gesprochen hatten und die in den Wohlfahrtsstaaten als abgeschafft galt: dass ein Mensch, ohne dass die Behörden eingreifen konnten, einem anderen ausgeliefert war. Felix pflegte immer zu sagen, dass das eine von Gott gesandte Gelegenheit sei – die Gelegenheit, eine blinde Frau vom Supermarkt nach Hause zu begleiten oder ein paar freundliche Worte mit einem einsamen Penner zu wechseln. Ergriff man im homogenisierten, pasteurisierten und antiseptischen Schweden diese kleinen Chancen zur Mitmenschlichkeit nicht, dann war man seelisch schon tot.

Sara zündete sich eine Zigarette an und nahm einen tiefen Zug, während sie Felix anstarrte, dann fasste sie ihren Beschluss.

»Ich komme mit dir. Du kannst es mir später erklären. Komm!«

Sie kletterten hinaus, Sara voran, zunächst von ihrem großen Balkon zum Garten hinunter, wo ein paar stattliche Ulmen den Blick auf Rasen und Kieswege verwehrten. Sie nahmen die Feuertreppe und liefen dann quer über die offene Fläche zu einem anderen Treppenaufgang, der einen Durchgang zur Tiefgarage hatte.

Noch ehe die Polizisten über Funk hatten erklären können, was geschehen war, saßen Sara und Felix in einem taubenblauen Mustang 1966 und bogen Richtung Humlegården aus der Garage. Nach diesem Auto würde niemand Ausschau halten. Felix war zwar davongekommen, aber jetzt würde man ihn wegen Mordes suchen.

»Nun, mein Lieber«, sagte Sara, die inzwischen ihre Schlagfertigkeit wiedergefunden hatte, »das war ja schon mal ganz spannend. Wenn du mir jetzt freundlicherweise noch erzählen würdest, warum die Gestapo dich in den Knast werfen will. Ich dachte, du stehst nicht auf Uniformen.«

»Sara, liebe, es ist total krank«, sagte Felix mit leiser Stimme und kreidebleich im Gesicht. »Fahr zum Kungsträdgården runter, da stellen wir uns hin, und ich erkläre dir alles.«

Sie fuhren schweigend. Felix' keuchende Atmung beruhigte

sich. Als sie neben der Oper angehalten hatten, sagte er langsam:

»Es ist Charlie. Er ist tot.«

Sara fuhr zusammen und drehte sich zu ihm.

»Was sagst du?«

»Nachdem du heute Vormittag bei mir warst, bin ich zur Villagata hinübergegangen. Charlie lag auf dem Fußboden. Erdrosselt. Er starb in meinen Armen. Sara, es ist so grotesk. Und die Polizei glaubt, ich würde dahinterstecken. Sie meinen, es gebe Beweise. Jemand versucht, mir die Sache anzuhängen!«

»Mein Gott«, stieß Sara hervor, die immer noch nicht ihren Ohren trauen mochte. »Charlie ist tot, sagst du?«

Sie saßen lange da und starrten nur vor sich hin, hinaus auf den Strom lächelnder Menschen, die durch ein sommerliches Stockholm spazierten. Es war, als würde man aus einem Aquarium in eine Welt schauen, die einen da drin nichts anging. Sara wurde in dieselbe Blase von Angst gesogen wie ihr Freund.

»Was sollen wir jetzt tun?«

Keine Antwort. Felix schloss die Augen und kaute hektisch auf seinem Daumennagel.

»Was können wir denn machen?«, versuchte sie es erneut.

Er atmete lang durch die Nase aus und öffnete dann die Augen.

»Ich muss herausfinden, wer das getan hat. Muss mich selbst reinwaschen, ehe ich mich zu erkennen geben kann.«

»Wie denn?«

»Wenn ich das nur wüsste«, sagte Felix. »Aber es gibt Spuren. Charlie hat mir etwas zugeflüstert, ehe er starb.«

»Und was?«, fragte Sara und sah gespannt in den Rückspiegel.

»Ich bin nicht sicher, es klang unverständlich.«

»Du weißt ja, dass es in der letzten Woche einige seltsame Morde gegeben hat, oder?«, fragte Sara.

»Ja, meinst du, es könnte da einen Zusammenhang geben?«

»Keine Ahnung. Wie ist Charlie denn gestorben?«

»Er wurde erdrosselt, erhängt. Beine und Arme waren gefesselt. Als ich kam, lebte er nur deshalb noch, weil das Seil gerissen war.«

»Es war also kein Selbstmord?«, fragte Sara mit brüchiger Stimme.

»Die Arme waren gefesselt, habe ich doch gesagt. Du kanntest doch Charlie. Warum hätte er sich umbringen sollen? Es ist ganz sicher, dass er das nicht getan hat. Er wurde ermordet.«

»Unser Charlie, das ist doch unfassbar«, sagte Sara. Sie wischte sich die Tränen mit der Hand ab und nahm dann den Faden wieder auf:

»Das klingt doch ganz ähnlich wie die anderen Morde. Einmal misshandelt, einmal geköpft. Und wenn ich das richtig verstanden habe, sind alle Opfer mehr oder wenig etablierte Personen mit guten Jobs. Charlie hat im Außenministerium gearbeitet, oder?«

»Konsulatsangelegenheiten«, erwiderte Felix. »Aber wie soll das mit der Geheimpolizei und dem Seefahrtsamt zusammenhängen?«

»Keine Ahnung«, meinte Sara. »Aber vielleicht gibt es einen anderen Zusammenhang. Weißt du, ob Charlie die ermordeten Männer kannte?«

»Glaube nicht, jedenfalls hat er nichts über die Morde gesagt, als wir das letzte Mal miteinander gesprochen haben. Da war alles wie immer. Aber ehe ich zu ihm rüberging, bekam ich eine Drohmeldung über den Chat in *Second Life*. Es war dieselbe Formulierung wie auf dem Zettel, den du gefunden hast.«

»*Second death*«, sagte Sara gedehnt. »Wohin sollen wir jetzt gehen?«

»Vertraust du mir?«, fragte Felix.

»Ich vertraue dir«, sagte Sara nach einem kurzen Schweigen.

»Dann musst du mir helfen, den Mörder zu finden.«

Es war neun Uhr abends, als Kalle Holm das Sicherheitsgitter zu seiner Wohnung aufschlug. Wenn er sich etwas beeilte, würde er die Artikel für den nächsten Tag in zwei Stunden runterklopfen können und es noch rechtzeitig rüber zu Martina schaffen. Um die Ausführung konnte sich dann Berra kümmern, dafür musste er nicht in die Redaktion fahren.

Wie immer, wenn Kalle Stress hatte, fing er mit ein paar beruhigenden Selbstbeweihräucherungen an und konzentrierte sich auf seine privaten Listen. Andere Menschen schrieben Tagebuch oder jammerten bei Therapeuten vor sich hin. Kalle Holm schrieb Ranglisten über sich selbst und seine Siege, die in der Tat zahlreich waren.

Eine Liste enthielt die Aushänger und Titelseiten im Blatt. Die ergänzte er erst einmal um den Aufmacher des kommenden Tages. Im Zeitraum von Januar bis August hatte er 33 Aushänger und 45 Titelseiten abgegriffen, das machte rund 20 Prozent der Auflagen. Kein anderer Maulwurf einer Abendzeitung kam auch nur in die Nähe der Hälfte seiner Zahlen.

Dann nahm er sich die Liste der Nichtprintmedien vor. Bis zu diesem Jahr 21 Auftritte in Radio und Fernsehen, sorgfältig mit Datum, Kanal, Programm, Thema, Moderator, anderen Teilnehmern versehen. Welche Kleidung er getragen hatte, stand dort ebenso wie die Note, die er sich für den Auftritt selbst verliehen hatte – meist eine Eins. Er aktualisierte die Liste, indem er den für morgen geplanten Gig bei der Frühstückssendung vom Schwedischen Fernsehen hinzufügte. Dann die Liste von Einladungen, auf die er eine nahe Filmpremiere eintrug, zu der die Einladung in seinem Poststapel lag. Und schließlich das Wichtigste: die Sexliste. Er trug schon mal Martina Bolin ein, ließ aber die Spalten für Note und Anzahl Orgasmen noch leer.

Kalle Holm war 1,85 Meter groß und wog 86 Kilo. Gut durchtrainiert, immer in schicken Anzügen, Cerutti, Dolce & Gabbana oder maßgeschneidert. Die Zähne waren weiß, und auch wenn die Haare jetzt etwas dünner wurden, sah er aus wie dreißig, obgleich er vierzig war.

Kalle war den langen, aber direkten Weg gegangen. Mit nur sechzehn Jahren hatte er das Gymnasium in Kalmar abgebrochen, um als Sportreporter beim *Östra Småland* anzufangen. Mit achtzehn war er der Star der Zeitung in Sachen Kriminalberichterstattung. Mit zweiundzwanzig wurde er von einem der großen Zeitungsdrachen in Stockholm abgeworben. Dort dauerte es noch einmal ein paar Jahre, sich zu etablieren. Die alte Garde überließ einem Grünschnabel nicht freiwillig Titelseiten und Aushänger, aber noch bevor er dreißig wurde, war Kalle eine der am meistgepriesenen Auflagenmaschinen der Zeitung geworden.

Das war jetzt zehn Jahre her. Er war oben an der Spitze geblieben, wenn man einmal von einem halben Jahr Pause wegen Burn-outs absah, als diese Diagnose damals gerade in Mode war. Kalle wurde von Kollegen bewundert, von Konkurrenten gefürchtet; er war ein Fixstern unter Medienforschern und in Journalistenschulen, meist allerdings als abschreckendes Beispiel. Sein monatliches Salär beim Blatt betrug 110 000 Kronen zuzüglich der im Grunde unbegrenzten Spesen. Die Buchhaltung pflegte sich über die Austern zu beschweren, das war die Grenze. Diesseits der Hummer und jenseits die Krabben, sagte Kalle dann immer.

Als er mit den Listen fertig war, checkte er seine E-Mails, achtzig neue Mitteilungen, das meiste Müll. Eine Zeit lang hatte er, weil er so viele Rechercheaufträge über Google bei verschiedenen Behörden und Blogs eingerichtet hatte, die eingehende Post in die Ordner des Computers einsortiert, aber am Ende hatte er doch gemerkt, dass es schneller ging, wenn er alles an derselben Stelle sammelte und eins nach dem anderen löschte.

Es war das Übliche. Kalle schaute die Nachrichten zerstreut durch. Die Google-Suche wurde manchmal erst Wochen, nachdem eine Sache ins Netz gestellt worden war, aktualisiert. Er hegte keine große Hoffnung, hier Informationen im Zusammenhang mit den aktuellen Fällen zu finden. Das Einzige, was ihn die gefärbten Augenbrauen hochziehen ließ, war eine neue Seite, deren Text zur Hälfte auf Arabisch und zur Hälfte auf Englisch geschrieben war.

Crusader states, Kreuzfahrernationen, stand über einer Liste mit ungefähr zehn Staaten, und die blaugelbe Monarchie mit dem christlichen Kreuz war als Allerersterstes aufgelistet. Der Name war auf charakteristische Weise von irgendeinem Mohammedaner falsch geschrieben worden, der den Unterschied zwischen Schweiz und Schweden nicht begriff, dachte Kalle. Er klickte auf »Swezen« und gelangte auf eine weitere Seite, wo die Sache sogleich interessanter wurde. Eine lange, in erstaunlich gutem Englisch geschriebene Tirade – das war ein anderes Niveau als die Startseite –, in der alles Böse aufgezählt wurde, was die schwedische Nation den Nachkommen des Propheten im Laufe der Zeiten je angetan hatte:

Bewaffnete Einsätze an der Seite der USA im Libanon, in Kuwait, im Tschad oder in Afghanistan, Zusammenarbeit mit dem Großen Satan im »Krieg gegen den Terror«, also Verfolgung und Verurteilung von Muslimen ohne Gerichtsverfahren, Diskriminierung von Einwanderern in der schwedischen Gesellschaft, die Weigerung, den Bau von Moscheen zuzulassen, seit Tausenden von Jahren aggressive Mission für das Christentum, eine blutbefleckte Kreuzfahrerflagge, Unterstützung Dänemarks für seine Schändung des Propheten, Karikaturen von Mohammed als Hund, seelenloser Materialismus, egoistische Ideale, zügellose Sexualität und Zurschaustellung des weiblichen Körpers, Abtreibungen und Verhütungsmittel, Abwertung des Mannes als Familienoberhaupt, religiöses Elend und Einsamkeit, kein Respekt vor alten Menschen …

Die Dänen nahmen Platz zwei auf der Liste ein. Ihre besonderen Verdienste, abgesehen vom Alkoholkonsum, lagen darin, dass sie die meisten unreinen Schweine in der ganzen Welt hielten und den Propheten als Terroristen darstellten.

Kalle Holm holte ein Lexikon heraus und begann zu übersetzen. Das hier war das Puzzleteil, was ihm fehlte. Zusammen mit den Verdächtigungen gegen den Muslim Felix Martini und die kirchliche Verbindung zwischen den Opfern passte der Katalog über die Verbrechen Schwedens gegen den Islam perfekt. Hier gab es Motive, die die blutigen Taten erklärten, hier gab es repräsentative Opfer und spektakuläre Täter, ein selbstgestricktes Monster, eine schwedische fünfte Kolonne aus militanten Konvertiten, die nur darauf wartete, Allahs Strafe über die verblüfften Schweden zu bringen.

Kalles Finger flogen nur so über die Tastatur. Eine Stunde später hatte er die komplette Story in vier Artikel und zwei Faktenkästen aufgeteilt. Nun konnten Berra und die Korrektoren den Rest erledigen, denn er für seinen Teil gedachte sich nun genau den Dingen zu widmen, die all diese verdammten Muslime abzuschaffen versuchten – Ficken und Champagnertrinken.

Als Johanna Tott endlich zu Hause am Odenplan ankam, kriegte sie die Tür nicht auf. Der Türcode war geändert worden. Sie holte ihr Telefon aus der Handtasche und rief Peter an. Auf dem Festnetz besetzt, Handy abgeschaltet. Sie hinterließ ihm eine Nachricht, setzte sich hin und wartete. Nach zwanzig Minuten endlich kam das ersehnte Vibrieren und der Klang ihres erst jüngst heruntergeladenen Klingeltons, »Waterloo Sunset« mit den Kinks.

»Ja, hier Peter.«

»Brauche den Türcode.«

»Er ist gegen 1921 ausgetauscht worden«, sagte er. »Das Jahr, in dem die schwedischen Frauen das Wahlrecht bekamen. Wir leben in Vasastan, das hättest du dir doch denken können.«

»Du vermutest aber auch überall feministische Verschwörungen«, meinte Johanna mit einem Lächeln, während sie die Zahlen eintippte.

»Von wegen Vermutung, ich bin schließlich das Opfer«, erwiderte Peter.

Ihre Ehe hatte das erste Jahr mit den Zwillingen nur knapp überlebt. Damals hatte Peter zwei Monate lang Elternzeit genommen, sechzig lange Tage mit durchwachten Nächten, Streit, Beschuldigungen. Erst die Koliken, dann die Mittelohrentzündungen. Und als die Erinnerungen an dieses Trauma gerade zu verblassen begannen und sie auf dem Weg waren, wieder zueinander zu finden, war Johanna erneut schwanger geworden. Diesmal, bei dem kleinen John, sollte Peter fünf Monate zu Hause sein. Die ersten Wochen waren die reine Katastrophe gewesen. Er nahm Antidepressiva, die ihm der Betriebsarzt ohne Weiteres verschrieb, nachdem er ihm seine Symptome geschildert hatte: Schlaflosigkeit, Überempfindlichkeit gegen Geräusche, Niedergeschlagenheit, Wut. Abgesehen von Internetpoker und *Second Life* betrachtete er sein Leben als völlig auf den Hund gekommen und versäumte auch keine Gelegenheit, Johanna dies mitzuteilen.

»Meine Güte, hast du gute Laune, hat es beim Poker gut geklappt?«, fragte sie, als sie zur Tür hereinkam.

»Frag nicht. Es war einfach furchtbar hier. Der Babysitter hat ununterbrochen gestört, während ich spielte, und am Ende bin ich ausgeflippt und rausgegangen. Die Kinder schreien, seit sie nach Hause gekommen sind, und du kommst wie immer genau dann, wenn alle eingeschlafen sind. Warum musst du eigentlich immer so lange arbeiten?«

»Ja, Mensch, du hast doch gesagt, es gibt keinen Grund zur Eile, als ich angerufen habe«, versuchte es Johanna. »Und wie kann es sein, dass die Kinder gerade erst eingeschlafen sind, wenn du doch die letzte halbe Stunde telefoniert hast?«

»Spar dir die Verhöre für die Mörder auf. Habt ihr eigentlich was herausgefunden?«

»Nein, deshalb bin ich ja so spät dran. Kaum dass wir in dem einen seltsamen Fall mit den Ermittlungen begonnen haben, geschieht auch schon der nächste Mord. Inzwischen haben wir vier Stück auf dem Tisch liegen, aber es ist noch nicht einmal sicher, ob es einen Zusammenhang gibt, jedenfalls nicht mehr als bei den ersten beiden.«

Beide waren erleichtert darüber, dass das Gespräch auf neutrales Gebiet wechselte. Nach einer kurzen Zusammenfassung der Geschehnisse im Büro fragte Johanna nach dem Pokerturnier und erhielt einen ausgeschmückten Vortrag. Peter sah schon etwas fröhlicher aus und ging zu seinem Lieblingsthema *Second Life* über. Er war Diplomkaufmann und arbeitete als Controller bei Telia Sonera, interessierte sich aber eigentlich am meisten für das Theaterspielen. Ständig diskutierte er seine gescheiterten Berufspläne.

»Heute habe ich einen kuriosen Bullen im Netz kennengelernt«, sagte er. »Von ihm habe ich die Sache mit dem Türcode gelernt, der politisch korrekten Nummern in Vasastan. Er hatte einen Doktor in Soziologie und in einem selbstgebastelten Computerprogramm jeden einzelnen Türcode in ganz Stockholm gespeichert. Er hat alles analysiert, was als Jahreszahl gedeutet und in einer Beziehung zum sozioökonomischen Status des Wohngebiets stehen könnte. Und jetzt rate mal, ob da was bei rausgekommen ist.«

»Ist da was bei rausgekommen?«, fragte Johanna und gähnte.

»Man könnte meinen, das Ganze ist ein Fake, denn das Ergebnis war die reinste Parodie. Auf Östermalm wohnen alle Türcodes mit 16, also der Großmachtszeit, verstehst du. Wenn man 1632, das Jahr von Lützen, an jeder Tür zwischen Humlegården und Gärdet ausprobiert, hat man an die hundert Mal Glück.«

»Das macht die Sache für Einbrecher leichter«, sagte Johanna.

»Auf Söder sind es mehr die Revolutionsjahre«, fuhr Peter ungerührt fort, »1789, 1848, 1968 und dergleichen. Vasastan ist etwas vornehmer, aber verdammt vorhersagbar: 1066, 1815, 1989. Vierstellige Türcodes für die lesebeflissene Mittelschicht. Sag mir deinen Türcode, und ich sage dir, wie viel du verdienst, oder doch zumindest, was für eine Ausbildung du hast.«

»Faszinierend. Und diesen Typen hast du also im Netz kennengelernt?«

»Klar. Es ist ja schon ungewöhnlich, da auf einen Akademiker zu stoßen.«

»Vergib einem zynischen und misstrauischen Bullen, aber wie zum Teufel sollte jemand an alle Türcodes kommen?«, fragte Johanna. »Es ist schließlich nicht so, dass die irgendwo registriert sind. Das klingt mir eher nach irgendeinem verkrachten Wissenschaftler, der seine Phantasien in einer virtuellen Welt auslebt.«

Kaum hatte sie das ausgesprochen, bereute sie es schon. Jetzt war das Gespräch beendet, und Peter würde ins Bett gehen. Dabei hätte sie es wirklich gebrauchen können, noch über ihre Fälle zu sprechen und Ideen und Unterstützung zu bekommen.

»Scheißegal«, sagte er. »Jetzt muss ich schlafen. Bringst du Kia und Viggo morgen zur Schule, damit ich nicht so früh aufstehen muss?«

»Oh, das tut mir leid, Liebling, aber ich muss spätestens um sechs Uhr los. Muss nach Ljungby runterfahren und den Kollegen eines der Opfer treffen. Und vor zehn Uhr dort sein. Ich würde alles tun, damit du nicht mit den Kindern allein sein musst, aber dieser Typ konnte zu keiner anderen Zeit, und er ist meine Baustelle.«

Peter wurde noch bleicher im Gesicht. Er fuhr sich mit der Hand durch das dicke blonde Haar, drehte sich wortlos um und ging ins Badezimmer. Johanna sah ihm nach und merkte, dass der Fußboden im Flur mehr denn je knarrte. Sie musste dringend die losen Bretter reparieren lassen.

DIENSTAG Der Morgennebel hing tief über Gärdet, als Kalle Holm sich am Eingang zum Fernsehsender anmeldete. Er trug einen maßgeschneiderten Leinenanzug und ein hellblaues Hemd, die obersten zwei Knöpfe offen. Martina Bolin war ein paar Stunden früher gekommen, um die Sendungen vorzubereiten. Die Mordserie war das beherrschende Thema des Tages. Die Redaktion hatte lange darüber diskutiert, welche Gäste sich auf dem Sofa am besten machen würden, und sich dann für die Standardaufstellung Behörde-Medien-Macht entschieden. Der Chef der Ermittlergruppe der Kripo, Janne Hed, hatte sich nach einigem Überreden bereit erklärt. Kalle Holm vom *Aftonbladet* war keine Notlösung. Martina hatte sorgfältig vermieden, seinen Namen zu nennen, niemand wusste, wie gut sie einander kannten, aber da er der führende Kriminalreporter des Landes war, war die Wahl selbstverständlich.

Als gegen acht Uhr die Abendzeitungen angeliefert wurden, konnte der Morgenredakteur sich eine Siegergeste mit geballter Faust nicht verkneifen. Die Islamistenspur von Kalle Holm war der perfekte Tritt an die Schienbeine des trägen Janne Hed und des dritten Gasts, der Justizministerin Mona Rydberg, die auch nicht gerade für ein loses Mundwerk bekannt war.

Martina Bolin begrüßte die Gäste, auch Kalle, während diese vor der Maske frühstückten. Die Justizministerin trug so dicke

Lagen an Makeup, dass die Maskenbildnerinnen abtragen mussten, anstatt neue Lagen aufzulegen. Kalle Holm bekam einen Schuss Augentropfen Clear Blue. Der kreideweiße Janne Hed wurde mit einer Andeutung von Sonnenbräune versehen. Die scharfen Kanten abrunden, aber gleichzeitig die Polarisierung unter den Charakteren verstärken – die Maskenbildnerinnen beim Schwedischen Fernsehen wussten, wie man das machte.

Der Moderator war der ehemalige Lebensgefährte von Martina Bolin, Pelle Crawford. Er war einer von Kalle Holms zahlreichen Hassobjekten. Kalle hatte mehr als ihm lieb war von Martinas und Pelles früherem Sexleben zu hören bekommen und verachtete alles, was den Moderator ausmachte: das politisch Korrekte, den trockenen Tonfall und die Public-Service-Neutralität, den akademischen Hintergrund, die perfekt abgewogenen, aber leblosen Formulierungen, die feige gestylte Kleidung und Frisur.

Kalle fühlte sich großartig, als er das senfgelbe Sofa enterte, durch einen leichten Kater nach dem Champagner war er entspannt, hatte die volle Kontrolle über die Situation und dazu zwei Bilder auf der Netzhaut: Martinas Gesicht bei den Orgasmen wenige Stunden zuvor und die hilflose Ermittlergruppe bei der Kripo, die in unendlichen Sitzungen saß, während er, Kalle Holm aus Mönsterås, die Initiative in den Mordermittlungen ergriff. Er hatte einen doppelten Trumpf auf der Hand und würde das Studio dominieren – und vor allem Pelle Crawford vorführen.

»Gestern wurden in Stockholm und Umgebung zwei weitere brutale Morde verübt«, las Pelle vom Teleprompter ab. »Die Polizei hat bestätigt, dass es technische Beweise gibt, die auf einen Zusammenhang zwischen den beiden ersten Morden hinweisen, und die Zeitungen von heute sind voller Spekulationen. Wir haben drei Gäste, die uns dabei behilflich sein werden, die Geschehnisse zu interpretieren. Ich begrüße im

Studio Justizministerin Mona Rydberg, Kommissar Janne Hed und Kalle Holm vom *Aftonbladet.*«

»Danke«, sagten alle der Reihe nach.

»Beginnen wir mit Ihnen, Kalle«, sagte Pelle Crawford und legte sein schiefes Lächeln auf. »Sie schreiben heute im *Aftonbladet*, es gäbe einen Zusammenhang zwischen den Morden, und es würden militante Islamisten dahinterstehen. Welche Beweise haben Sie dafür?«

Kalle entblößte die Zähne und beugte sich ein klein wenig vor:

»Drei der Opfer waren treue, christliche Kirchgänger. Alle sind sie weiße, etablierte Männer von Macht und Einfluss in der schwedischen Gesellschaft. Die Leichen sind absichtlich so platziert worden, dass man sie finden würde, und die brutalen Verletzungen sollen Angst machen. Das alles sind klassische Hinweise auf Terrorismus. Der verdächtigte Mörder, der gestern aus dem Gefängnis floh, das ›Östermalmsprofil‹, wie Sie ihn hier beim Fernsehen nennen, ist ein bekannter Konvertit des Islam. Es ist nicht weiter erstaunlich, dass weder das Fernsehen noch die Polizei Klartext über die unangenehme Wahrheit reden wollen, das ist immer so, aber irgendjemand muss ja mal den Deckel vom Topf nehmen.«

Kalle lehnte sich zurück und nahm einen Schluck Wasser. Er hatte mit seiner üblichen Taktik zugeschlagen, die er einmal in einem Rhetorikratgeber für amerikanische Politiker entdeckt hatte, der Relax-Smile-Attack.

Pelle Crawford war ausnahmsweise mal stumm. Es herrschte ein kurzes Schweigen im Studio, ehe Janne Hed sich besann und das Wort ergriff:

»Ich muss gegen diese Darstellung protestieren. Das *Aftonbladet* darf gern für Spekulationen sorgen. Es gibt keine ausgesprochenen Drohungen von Terroristen und auch ansonsten nur sehr wenig, was die Theorie unterstützt, die wir soeben gehört haben. Leider kann ich auf die Ermittlungsarbeit nicht im Detail eingehen, aber es ist richtig, dass gestern eine Person aus dem Gefängnis entwichen ist. Dieser Mann ist wegen hinreichender Gründe des Mordes auf Östermalm verdächtig und wird jetzt mit Haftbefehl gesucht. Doch mehr möchte ich in der derzeitigen Situation nicht sagen.«

»Gibt es denn einen Zusammenhang zwischen den Morden?«, fragte der Moderator.

»Wir haben bestätigt, dass gewisse technische Beweise dafür sprechen, dass hinter dem ersten und dem zweiten Mord derselbe Täter steht«, sagte Janne Hed mechanisch.

»Und wie steht es um die Identität des Opfers, können Sie jetzt alle vier Namen nennen?«

»Durchaus«, sagte Janne Hed und richtete sich noch ein wenig mehr auf. »Die Ermordeten sind Sten Karlsson, Roy Engman, Fabian Andersson und Charlie Lillia. Die drei Erstgenannten sind pensionierte leitende Beamte des Seefahrtsamtes, der Reichspolizeileitung und der Forstverwaltung. Der Letztgenannte war im Außenministerium tätig.«

»Und wie sind sie ums Leben gebracht worden?«, fuhr Pelle Crawford fort. »Auch zu diesem Thema hat es höchst unterschiedliche Nachrichten gegeben, vor allem in der Abendpresse.«

»Aus ermittlungstechnischen Gründen kann ich wie gesagt nicht näher darauf eingehen, aber es handelt sich um brutale Morde mit unterschiedlichen Methoden«, sagte Janne Hed.

»Warum sagen Sie nicht, wie es ist«, fuhr Kalle Holm dazwischen. »Einer wurde gerädert, einer geköpft, einer aufgespießt und einer gehängt. Das ist in der schwedischen Kriminalgeschichte einzigartig. Die Fernsehzuschauer haben doch das Recht, das zu wissen, denn hier handelt es sich um eine Bedrohung der Sicherheit des Landes.«

»Kommen Sie nicht möglichen Zielen der Terroristen gerade entgegen, wenn Sie ein solches Bild verbreiten?«, fragte Pelle Crawford und legte den Kopf ein klein wenig in den Nacken.

»Und wessen Zielen kommen Sie entgegen, wenn Sie hier Blödsinn reden?«, gab Kalle Holm zurück. »Sie beim Schwedischen Fernsehen sollten mal mit dem vornehmen Getue aufhören und mit dem Graben anfangen, so wie wir anderen auch. Die Wahrheit ist wichtiger als die politische Bequemlichkeit.«

Pelle Crawford wurde blass. Die Justizministerin saß immer noch schweigend da. Sie hatte hauptsächlich auf die Uhr geschaut, die jetzt auf sieben Minuten runtergezählt hatte. Die Hälfte der Zeit war um. Nun hieß es, die Wogen glätten und die Stimme der Vernunft erheben:

»Jetzt wollen wir mal nicht übers Ziel hinausschießen«, sagte Mona Rydberg langsam. »Die Polizei arbeitet systematisch, um diese schrecklichen Verbrechen aufzuklären, und sie hat die vollste Unterstützung der Regierung. Wir haben diplomatische Kontakte eingeschaltet, um Hilfe von Staaten in der näheren Umgebung zu erhalten, und wir haben der Stockholmer Polizei und der Geheimpolizei alle denkbaren Ressourcen zur Verfügung gestellt. Was hier passiert ist, zeigt wieder, wie wichtig es ist, die internationale Zusammenarbeit zu pflegen und die Befugnisse der Polizei im Kampf gegen das organisierte Verbrechen auszuweiten. Das hier sollte all denen zu denken geben, die unsere jüngsten Gesetzesvorschläge zum Lauschangriff auf Kriminelle und zu Videoüberwachung, DNA-Register und der Anwendung von Verbrechensprovokation in der Polizeiarbeit kritisiert haben.«

»Die Justizministerin meint also, dass verschärfte Maßnahmen der Regierung, wenn sie schon früher durchgeführt worden wären, die Morde verhindert hätten. Wie können Sie das wissen, wo doch weder Motiv noch Täter bekannt sind?«, fragte der Moderator.

»Pelle«, sagte die Ministerin in ihrem vertraulichsten Tonfall, »Sie wissen doch, dass wir erst seit zwei Jahren an der Regierung sind. Rom ist auch nicht in einem Tag gebaut worden. Die hohe Kriminalität ist das Resultat von Jahrzehnten ohnmächtiger sozialdemokratischer Regierungen. Jetzt stellen wir mehr Polizisten ein. Jetzt verstärken wir den Druck auf das kriminelle Netzwerk. Jetzt signalisieren wir, dass Verbrecher im Gefängnis sitzen sollten, damit Sie sich noch auf die Straße wagen können.«

Bei diesen Worten schaute Mona Rydberg direkt in die Kamera, deren rotes Lichtlein blinkte, denn das hatte sie im Medientraining gelernt. Leider hatte der Bildproduzent gerade einen Überblick eingeschoben, was dazu führte, dass die Justizministerin ins Leere starrte, während die übrigen Teilnehmer einander fragend anschauten.

Felix und Sara verbrachten die Nacht in Saras Hütte am Furusund, südlich von Norrtälje. Sie hatten ein paar Stunden unruhigen Schlafs, ehe sich die Gedanken wieder ins Bewusstsein drängten, wodurch beide gegen acht Uhr morgens geweckt wurden. Das Erste, was sie sahen, als sie die Rollos hochzogen, war ein gewaltiger Seeadler, der sich von der Wiese erhob, in den Klauen etwas, das wie ein totes Kaninchen aussah.

Nach einem aus Bananen von der Tankstelle bestehenden Frühstück zündete sich Sara eine Lucky Strike an. Sie loggte sich ins Internet ein und sah nach, was die Zeitungen über den Mord schrieben:

»Auf *Aftonbladet.se* ist ein Bild von dir mit der Headline ›Der des Mordes verdächtigte Felix Martini‹. Die unterstreichen besonders, dass du Muslim bist. Kochen eine Theorie über Terrorismus zusammen.«

»Was für ein Albtraum, Sara. Das hier ist ja wohl das Schlimmste, was einem passieren kann«, sagte Felix.

Er schlug die Hände vor die Stirn und begann zu weinen. Die absurden Verdächtigungen gegen ihn waren gar nicht das Schlimmste, sondern die Schuldgefühle wegen Charlies Tod und die Trauer darüber, den ersten und einzigen Menschen verloren zu haben, den er wirklich geliebt hatte.

Sara setzte sich neben ihn und umarmte ihn.

»Ich glaube, ich weiß, wie es sich für dich anfühlt. Zumindest ungefähr«, flüsterte sie. »Als ich Tim verloren hatte, du weißt ja, da wollte ich einfach nur sterben. Man liebt so total, und dann wird dieser Mensch einfach weggenommen. Es ist, als wäre man selbst daran schuld, als wäre es die Strafe dafür, dass man zu viel Liebe empfunden hat und auf irgendeine Weise selbstsüchtig geworden ist.«

Er sah auf und wischte sich mit dem Handrücken die Tränen ab.

»Sara, du Arme.«

»Ist schon gut«, sagte sie. »Jetzt reden wir ja von dir. Eine ganz schöne Leistung, dass du dich überhaupt auf den Beinen halten kannst.«

»Wenn ich im Gefängnis nicht meinen Glauben gehabt hätte, hätte ich mir ganz sicher das Leben genommen«, erwiderte er. »Es ist schon seltsam. Als ich klein war, hat meine Mutter mich immer gezwungen, mit in die Kirche zu kommen, aber schon im Alter von sieben, acht Jahren kam ich darauf, dass es Gott eigentlich nicht geben kann. All das Leid und Elend in der Welt – was war denn das für ein Gott, der mit den Menschen ein derartiges Spiel trieb? Er musste böse sein, und warum sollte ich dann an ihn glauben?«

»Oder an sie«, fügte Sara hinzu.

Felix lächelte. Jetzt fühlte er sich ein wenig besser. Er strich ihr über die Wange und fuhr fort:

»Ich habe vierzig Jahre gebraucht, um dieses Rätsel zu lösen. Man kann nicht einmal die Woche in eine zugige Kirche zu Gott gehen und erwarten, dass man mit Hilfe eines die Messe haltenden Priesters selig wird. Wenn du fünfmal am Tag betest, wenn du Gott mit jedem Atemzug einatmest, dann spürst du, dass das Böse in der Welt nicht seine Schuld ist, sondern unsere eigene. Aber du bist nicht gläubig, oder?«

Sara zögerte ein wenig mit der Antwort. Sie hatten schon

manchmal über Glauben gesprochen. Sie pflegte sich dann auf das Buch eines Religionspsychologen zu beziehen, der behauptete, dass jeder zweite Mensch das Leben ohne den Glauben an eine höhere Macht nicht ertragen könne, sondern die Rituale brauche, die den Alltag stützen. In der Krise knickte jeder vierte ein und ließ sich bekehren. Aber dies war nicht der richtige Moment, um diese heikle Diskussion aufzunehmen.

»Ich wurstele mich so durch mit meinem Glauben an David Bowie«, sagte sie, »aber man soll niemals nie sagen.«

Felix lächelte wieder.

»Wie ist es nur möglich, dass du immer so stark und voller Energie bist, wo du doch so etwas Schreckliches erlebt, ein kleines Kind verloren hast?«

»Vielleicht genau deshalb«, meinte Sara. »Das ist eine Art Selbstsuggestion, eine Fassade, wenn du so willst. Ich bin viele Jahre lang jeden Tag mit dem Gefühl völliger Sinnlosigkeit aufgewacht, wenn ich überhaupt in der Nacht geschlafen hatte. Aber ich habe mich dazu entschlossen, die Zähne zusammenzubeißen. Gute Laune, du erinnerst dich, verlängert das Leben. Seit du ins Haus gezogen bist, geht es mir besser. Und deshalb sitze ich wahrscheinlich jetzt hier mit einem durchgeknallten Terroristen.«

Sie umarmten sich wieder, lachten ein wenig und kehrten an den Computer zurück.

Das *Aftonbladet* beschrieb in allen Details, was die Gerichtsmediziner gefunden hatten, und das bestätigte das Bild eines sadistischen Mordes. Mehrfache Knochenbrüche bei Sten Karlsson, er war am Schock gestorben oder an einer Gehirnembolie, also an Knochenmark, das in den zerschlagenen Gliedern losgekommen war und sich dann in den Blutbahnen festgesetzt hatte. Roy Engman war sofort tot gewesen, als der Kopf vom Körper abgetrennt worden war, und trug nur unbedeutende Anzeichen von Gegenwehr an den Unterarmen. Fabian Andersson hatte massive innere Blutungen erlitten.

Aus der Internetseite ging auch hervor, dass Charlie Lillia an Frakturen im Genick in Kombination mit Sauerstoffmangel gestorben war. Der Reporter interviewte einen Arzt, der von »dens axis« sprach, also einem Genickbruch, von dem Teile abgesondert werden, in das verlängerte Mark eindringen und so zum Tode führen konnten, zum Beispiel, wenn man den Kopf von jemandem bewegte, der einen Schlag gegen den Hals bekommen hatte.

Das Letzte verschwieg Sara einfach, denn es war reine Spekulation. Sie wollte Felix nicht noch mehr belasten, indem sie andeutete, dass er Charlie womöglich selbst verletzt hatte, als er ihn vom Boden hob.

»Okay, was können wir jetzt machen?«, fragte Sara und wandte sich vom Computer ab. »Jemand versucht, dich fertigzumachen. Und was genau hat Charlie gesagt, als du ihn gefunden hast?«

»Graumantel«, sagte Felix. »Aber was kann das bedeuten?«

»Ist nicht irgendein schwedischer König so genannt worden?«, versuchte Sara sich zu erinnern.

»Ja, daran habe ich auch schon gedacht. Im 17. Jahrhundert oder so. All die Morde haben ja irgendetwas Antikes an sich. Barbarische Hinrichtungen waren zu jener Zeit wahrscheinlich an der Tagesordnung.«

»Ja, ich denke auch«, meinte Sara. »Kalle Holm hat im *Aftonbladet* geschrieben, der eine sei gerädert worden. Aber der Typ kann offensichtlich nicht richtig recherchieren, denn er ist es ja auch, der dich als islamistischen Terroristen bezeichnet. Aber stell dir nur vor, das mit dem Rädern stimmt. Die Obduzenten widersprechen zumindest nicht einer solchen Deutung. Kennst du jemanden, der was über das 17. Jahrhundert weiß?«

»Vielleicht«, meinte Felix und rutschte zu Sara an den Computer. »Aber erst müssen wir ein wenig surfen.«

Er ging zunächst in seinen Webmailordner, der seit vierundzwanzig Stunden nicht geöffnet worden war. Da war eine

Nachricht von Charlie, die er, der Uhrzeit nach zu schließen, gesendet hatte, kurz bevor er ermordet worden war. Die Betreffzeile war leer. Felix klickte die Mail an. Sie war auch bis auf einen Anhang leer. Er lehnte sich zurück und holte tief Luft. Sara griff an seiner Stelle nach der Maus, führte den Pfeil auf das Dokument und machte einen Doppelklick.

Eine weiße Seite erschien.

»Was ist das denn?«, fragte Felix.

»Warte«, sagte Sara und fing an herunterzuscrollen. Am Ende tauchte in der einen Ecke ein Bild auf. Es war eine einfache Zeichnung, die eine Katze darstellte. Das stilisierte Tier saß ganz normal da, hatte aber eine Pfote erhoben. Es war von einem gezeichneten Viereck umrahmt, das einem Schild ähnelte.

Sie betrachteten eine Weile das seltsame Symbol. Warum hatte Charlie ihm, kurz bevor er ermordet worden war, eine gezeichnete Katze geschickt? Er mochte keine haarigen Haustiere, das wussten sie.

Felix rief Google auf. Er suchte »Katzen«, »Graumantel« und »Waffenschilde« in verschiedenen Kombinationen. Millionen von Treffern. Sie recherchierten fast eine Stunde lang, fanden aber nichts von Bedeutung. Schlachtenwaffen mit Löwen, Leoparden, Wölfen, Schwänen, Pfauen, Adlern, Pferden, Drachen, Lilien, Rosen – aber nichts, was der Katze von Charlie ähnelte.

»Versuch es mit Heraldik«, empfahl Sara.

»Schau mal hier«, sagte Felix und zitierte aus Wikipedia. »Die ersten heraldischen Waffen sind auf dem Teppich von Bayeux abgebildet, der nach der Schlacht von Hastings 1066 hergestellt wurde. Das Wappen war nicht erblich, vielmehr konnte derselbe Ritter mit unterschiedlichen Motiven auf den Schilden auftauchen. Die Heraldik hatte nur den Sinn, die Ritter voneinander zu unterscheiden. Die erbliche Variante kam im 12. Jahrhundert auf. Das älteste bekannte Waffenschild Schwedens ist von 1219 und gehörte dem Geschlecht der Boberg. Die Waffenschilde der meisten Adelsgeschlechter in

Schweden stammen aus der Großmachtszeit des 17. Jahrhunderts, aber da hatten sie ihre militärische Funktion verloren und waren zu einem Statussymbol geworden.«

»So eine süße Schmusekatze macht als Machtsymbol wohl nicht allzu viel her«, sagte Sara. »Hier muss es um etwas anderes gehen.«

Sie suchten unter Katzen und der symbolischen Bedeutung des Tieres. Da gab es viele Möglichkeiten. Da die Augen einer Katze ihre Farbe verändern können, waren sie als Symbol für die lebensspendende Kraft der Sonne und die Phasen des Mondes aufgefasst worden, ein Sinnbild für das Schleichen und das Verstohlene, für Begierde und Freiheit. In der ägyptischen Mythologie war die Katze das Tier von Seth, dem Gott der Dunkelheit. Die römische Freiheitsgöttin Libertas hatte eine Katze zu ihren Füßen, und ebenso war sie ein Attribut der Mondgöttin Diana. Bei den Indianern stand sie für Heimtücke, bei den Kelten war sie ein Grabtier, für die Japaner bedeutete sie Ausruhen, in der christlichen Tradition war sie ein Symbol für den Teufel, doch in der altnordischen Mythologie eher das Gegenteil – hier spannt sie Freia vor ihren Wagen. In der modernen Zeit war sie vollkommen rehabilitiert worden, vor allem bei alleinstehenden Frauen mit einem Hang zum New Age.

»Also kann das Kätzchen alles Mögliche bedeuten«, sagte Sara. »Die Frage ist nur, wie sie auf das Wappen gekommen ist und warum Charlie sie dir geschickt hat.«

»So ist es«, seufzte Felix. »Da scheint mir Graumantel erfolgversprechender zu sein. Vielleicht kenne ich sogar jemanden, der uns helfen kann.«

John Tott, zehn Monate alt, hatte eine seiner weniger guten Nächte gehabt. Als die Sonne gegen vier Uhr früh über den Dächern aufging, hatte Johanna höchstens eine Stunde geschlafen. Der Sohn wollte noch einmal trinken, ehe er dann endlich einschlief.

Halb im Dämmer und halb in Panik angesichts des nächsten Tages lag Johanna noch bis zwanzig nach fünf im Bett, stand dann auf, nahm eine kalte Dusche und lief mit einem Käsebrot in der Hand zum Auto. Die weite Fahrt nach Småland und die Befragung dort würden eine Tortur sein, aber sie hatte keine andere Wahl. Sich an diesem Tag krankschreiben zu lassen wäre die totale Niederlage, da konnte sie genauso gut kündigen und auf immer Hausfrau bleiben.

Der Verkehr auf der E4 war spärlich. Sie machte eine Tüte Karamellbonbons auf und fing an zu kauen, stellte den Tempomat auf 130 Stundenkilometer ein und drehte am Radio P1 rein. *Die schwedische Erfolgsstory*, ein beliebtes Programm, hielt sie bis Norrköping wach.

Um 9 Uhr 58 parkte sie den Wagen auf dem Hof eines großen, roten Hauses, zwanzig Kilometer südwestlich von Ljungby. Sie stieg aus, streckte ihren steifen Rücken und ging zu einem Mann, der mit Gehörschutz auf den Ohren über einer kreischenden Kreissäge stand. Sie baute sich ihm gegenüber auf und winkte demonstrativ. Der Mann schaltete die rotierende Scheibe aus, nahm die Ohrschützer ab und streckte ihr eine muskulöse Hand entgegen.

»Kurt Nilsson. Und Sie sind wahrscheinlich Johanna.«

»Ja. Vielen Dank, dass Sie Zeit für mich haben. Wie gesagt würde ich gern über den ermordeten Fabian Andersson sprechen, den Sie ja wohl sehr gut gekannt haben.«

»Fabbe, ja genau, möge er in Frieden ruhen. Wir haben zusammen im Wald gearbeitet und waren dann noch eine lange Zeit sehr gute Freunde, obwohl wir weit voneinander entfernt wohnten. Viele gemeinsame Angeltouren.«

Kurt schob sich aus einer silbernen Dose ein großes Stück Kautabak unter die Lippe und fuhr fort: »Wie wäre es mit einem kleinen Spaziergang, während wir uns unterhalten? Ich brauche ein paar Requisiten, um Ihnen zu erklären, wer Fabian war.«

Johanna nickte ein wenig verwirrt und folgte dem zwei Meter großen Kurt Nilsson auf den Waldweg. Ehe sie noch eine Frage stellen konnte, begann er seinen Vortrag:

»Wussten Sie, dass mehr als die Hälfte des grünen Goldes in Schweden im Besitz von Privatpersonen ist? Der Staat hat nur über achtzehn Prozent davon die Kontrolle und die Waldunternehmen nur vierundzwanzig Prozent. Das ist das Fundament der Freiheit unserer Nation, dass dreihundertfünfundfünfzigtausend Schweden einen Wald oder ein Stück Wald besitzen. Deshalb sind wir niemals Kommunisten oder Faschisten geworden.«

Johanna verspürte eine gewisse Ungeduld.

»Das lateinische Wort für Wald, *silva*, war anfänglich eigentlich die Bezeichnung eher für das gerodete Gebiet und nicht für die Bäume«, fuhr Kurt fort.

»Für die Menschen ist das Fällen, Auspflanzen und Veredeln immer gleichbedeutend mit dem Wald gewesen. Es gibt ihn, damit wir ihn gebrauchen sollen. Wir als Christen sehen das als eine menschliche Pflicht an, aber die atheistischen Greenpeaceleute aus Stockholm sind da ganz anderer Ansicht, sie meinen, dass Borkenkäfer und Wölfe eine größere Existenzberechtigung haben als der Waldbauer, das Abbild Gottes.«

»Sie sind hier 2005 vom Sturm Gudrun sehr hart getroffen worden, nicht wahr?«, fragte Johanna, die ihr ganzes Leben lang geübt hatte, Gespräche von Konflikten abzulenken, erst bei den Eltern und dann bei Peter und den Kindern.

»Ich sage es so wie Hiob, als er von Kopf bis Fuß mit Eiterbeulen geprüft wurde«, antwortete Kurt Nilsson. »›Das Gute nehmen wir doch an von Gott, und das Böse nehmen wir nicht an?‹ Gudrun hat die Versicherungsgesellschaft 4,2 Milliarden Kronen gekostet. Das war der teuerste Schadensfall in der schwedischen Geschichte, und doch kann keine Versicherung der Welt das Elend wiedergutmachen. In nur zehn Stunden ist das Lebenswerk von Tausenden von Menschen in Stücke geschlagen worden. Ich kann Geschichten erzählen, die Sie weinen machen würden, von Waldbesitzern, die vor Trauer gestorben sind oder die sich das Leben genommen haben, als sie der Zerstörung ansichtig wurden, und von all denen, die während der Aufräumarbeiten verletzt wurden. Nach dem Sturm 1969 verunglückten an die zehn Waldarbeiter, doch 2005 war schlimmer.«

Sie kamen an eine Lichtung im Nadelwald. Auf der einen Seite standen halbhohe Fichten, auf der anderen wuchs ein betörend schöner Buchenwald, geradeaus lag eine riesige kahle Fläche mit den breiten Spuren von Waldmaschinen. Im Graben neben dem Weg sprießten Glockenblumen, und zwischen den Laubbäumen konnte man den verführerischen Schimmer später Walderdbeeren erahnen.

»Sehen Sie«, sagte Kurt Nilsson und breitete die Arme aus. »Ein Laubwald wie dieser ist vom Sturm völlig verschont geblieben, denn der Wind fuhr durch das glatte Astwerk, ohne irgendeinen Schaden anzurichten. Fichtennadeln hingegen sind gewachste, zusammengerollte Blätter, die auch im Winter noch am Baum sind und den Wind auffangen. In Kombination mit dem oberflächlichen Wurzelsystem macht dies die Bäume zu einem leichten Opfer für die Januarstürme.«

»Aber ist es nicht der Gang der Natur, dass große Bäume umstürzen, wenn es stürmt?«, fragte Johanna. »Die Fichte gibt es hier schließlich schon seit Tausenden von Jahren, sie muss doch an das Klima angepasst sein.«

»Nein, meine Liebe, da irren Sie«, sagte Kurt Nilsson. »Vor tausend Jahren wurde diese Landschaft von Buchen, Linden, Eichen und Birken dominiert. Dieser Edellaubwald wurde gerodet, um Raum für Äcker und Weiden zu schaffen, die sich im Laufe der Zeit in Heidekraut-Landschaften verwandelten. Jetzt wissen Sie auch, woher der Name von dem gottverlassenen Nest stammt, durch das Sie gerade gefahren sind.«

»Ljungby, das Heidekrautdorf?«, lachte Johanna

»Genau«, antwortete Kurt. »Zu meines Großvaters Zeit

flämmten sie das Heidekraut ab und fingen an, Getreide anzubauen. Dann kam diese schicksalhafte Massenpsychose, in deren Verlauf alle auf die Idee kamen, Fichten anpflanzen zu müssen.«

»Warum denn?«, fragte Johanna.

»Die Fichte brachte den schnellsten Ertrag und eignete sich am besten für die Massenindustrie. In Schweden entwickelte sich mit der Forstverwaltung und den Wirtschaftsbetrieben als treibenden Kräften eine enorme Dichte an Nadelwald. Der Staat und das Kapital gegen die Bauern, und in diesem Fall half es auch nicht, dass wir Kulaken über fünfzig Prozent besaßen. Ich war so um 1960 selbst dabei und habe die Fichten gepflanzt, die da vorne umgefallen sind. Das war meine Rentenversicherung, und jetzt ist sie weg. Es war eine schnellwachsende Sorte, die aus Südeuropa importiert wurde, ich glaube aus den Karpaten. Die Fichten wären niemals von selbst in diesen Größenordnungen so weit nach Norden vorgedrungen. Sie bewegen sich langsamer vorwärts als die Ents in *Herr der Ringe*, sie sind viele tausend Jahre über Finnland unterwegs gewesen, haben es aber dennoch nicht geschafft, Kiefer und Birke aus eigener Kraft zu verdrängen. Wir haben eine Missgeburt, etwas Fremdes in die Landschaft eingeschleppt.«

Sie blieben stehen, schwiegen und horchten auf den Vogelsang. Johanna ergriff die Gelegenheit.

»Fabian Andersson war Professor für Pflanzenveredelung. Welche Meinung hatte er zu der Sache mit den Fichten?«

»Genau das wollte ich Ihnen erzählen, meine Liebe«, sagte Kurt Nilsson. »Fabbe war ein Vierteljahrzehnt lang der wichtigste Fürsprecher der Fichte in Schweden. Kein anderer hat so viel dafür getan, unser Land in eine Fichtenplantage zu verwandeln, wie er.«

»Das muss ihm aber viele Anfeindungen eingebracht haben, als Gudrun so viel Wald plattwalzte, oder?«, fragte Johanna.

»Nein, nein, die Leute zählen nicht auf diese Weise eins und eins zusammen. Es waren schließlich alle dabei, wenn es um die Fichten ging, man verdiente viel Geld damit. Es gibt niemanden, der der Forstverwaltung dafür die Schuld gibt, es sind eher der Treibhauseffekt und die Versicherungsgesellschaften, über die man schimpft. Oder gleich der liebe Gott.«

»Aber wie hat denn das Fichtenproblem das Verhältnis zwischen Ihnen und Fabian beeinflusst?«, fragte Johanna.

»Während der längsten Zeit, in der ich Fabbe kannte, war das kein Problem zwischen uns. Ich teilte ja seine Meinung, dass wir eine rationelle Forstwirtschaft brauchen, die auf wirtschaftlich ertragreiche Arten fußt. Erst durch Gudrun ging mir auf, was für ein Fehler das war, und in der Zeit brach mein Kontakt zu Fabian Andersson irgendwann ab. Nach dem Orkan litt ich unter einer langwierigen Depression, und wir hatten einigen Streit über die Ausdehnung des Nadelwalds und seine persönliche Verantwortung dabei. Er mochte diese Diskussion nicht, und so hörten wir ganz einfach auf, uns zu treffen und einander anzurufen.«

»Wissen Sie von mehr Leuten, die sich über Fabians Philosophie der Forstwirtschaft geärgert haben?«, fragte Johanna. »Und zwar ausreichend, um ihm schaden zu wollen?«

Kurt Nilsson gähnte so heftig, dass er dabei seine schlechten Zähne zeigte, und machte dann eine abwehrende Geste:

»Um Himmels willen, liebes Mädchen, da kann es auf keinen Fall einen Zusammenhang geben. Wie ich schon gesagt habe, würde niemand ihm oder den Behörden die Schuld an dem Sturm geben wollen. Es muss etwas anderes gewesen sein, das diesen Hass geweckt hat, und vielleicht ist er ja nur auf einen Verrückten gestoßen.«

Nach einer weiteren Stunde mit Gesprächen, die sich mal um die Forstwirtschaft und mal um Fabian Andersson drehten, kehrten Johanna und Kurt auf den Hof vor dem Haus zurück. Sie waren einen weiten Kreis gegangen, und Johanna war überzeugt davon, sich noch tief in der Wildnis zu befinden, als plötzlich das Haus und ihr Auto direkt vor ihren Augen auftauchten.

»Haben Sie vielen Dank«, sagte sie und streckte ihm die von Harz etwas klebrige Hand hin. »Es war ungeheuer wertvoll, dass Sie sich die Zeit genommen haben.«

Das Containerschiff *Ikaros* stampfte in einer angenehmen südlichen Brise Richtung Bucht von Biskaya, einen großen Schwarm Möwen im Kielwasser. An Backbord den endlosen Atlantik und eine Reihe anderer Frachter, die in entgegengesetzter Richtung die Fahrrinne passierten. An Steuerbord konnte man wie eine graue Silhouette am Horizont die Nordwestspitze von Spanien, Kap Finisterre, erkennen.

Der Mann, den sie den Schweizer nannten, spazierte über Deck zu dem braunroten Container, der der Grund dafür war, dass er sich an Bord befand, und den er auf seiner ganzen Reise begleitete hatte – von Pakistan nach Somalia auf einem chinesischen Frachter, mit Lastwagen über unsichere Straßen im Sudan, wo der Inhalt noch mit einigen Komponenten vervollständigt worden war, die man mit einem russischen Transportflugzeug eingeflogen hatte. Dank gelungener Improvisation hatte die Logistik funktioniert. Die Preise für die Waren und die Transporte standen seit langem fest, die Bestechungsgelder an den Grenzübergängen waren geringer gewesen als berechnet. Afrika war wirklich ein perfekter Ort, um einen Bausatz zusammenzustellen.

Den einzigen Rückschlag hatte es in Tripolis gegeben. Nach dem ursprünglichen Plan hätte der Container von Khartum kommend durch die Sahara transportiert werden sollen, um dann per Schiff weiter nach Libyen befördert zu werden. Es zeigte sich aber leider, dass die libyschen Hafenbehörden aus anderem Holz geschnitzt waren, als die Kundschafter angedeutet hatten. Da gab es inzwischen sowohl Amerikaner als auch EU-Leute, die sich um die Sicherheit kümmerten.

Die Auftraggeber hatten dem sicheren Weg den Vorzug gegeben und eine weitere Investition getätigt. Unter allen größeren Häfen in Nordafrika, so hieß es, sei Casablanca der, von dem aus man am leichtesten ohne Inspektion und allzu eingehendes Nachfragen einen Container nach Europa ausschiffen konnte. So war die *Ikaros* über Gibraltar umdirigiert worden, während die Lastwagen weiter auf dem Landweg fuhren.

Die Reise nach Westen durch Tunesien und Algerien hatte ebenfalls keine größeren Probleme mit sich gebracht, abgesehen von dem Überdruss, den es verursachte, die eintönige Wüste und die vielen beschäftigungslosen jungen Männer anzuschauen. In diesem Teil der Welt lag das mittlere Alter unter fünfzehn Jahren. Außer den Frauen und den Menschen in Uniform sah man nicht viele Leute, die arbeiteten.

Die Grenzübergänge verliefen wie im Schlaf. Kein einziger Zollbeamter schaute in einen Container, dessen Fahrer ihm ein paar Hundertdollarscheine zusteckte, und wer zufällig reingeschaut hätte, der hätte auch nicht begriffen, was er dort sah. Die witzigsten Typen begegneten ihnen in der Grenzstadt Oujda im Osten Marokkos. Die hatten sich mit zehn Dollar pro Person begnügt und bestanden darauf, dass man ein gemeinsames Pfeifchen rauchte, ehe der Transporter weiterrollte.

Jetzt stand ein letztes Rendezvous vor Rotterdam aus, wo ein paar Experten für die letzten Vorbereitungen an Bord kommen würden. Der »Schweizer« fuhr mit der Hand über die Seite des Containers und lächelte über das knarrende Geräusch. Er wischte sich den rotbraunen Farbstaub an seinem Overall ab und atmete die liebliche Seeluft ein. Noch drei Tage bis Schweden, dann würde sein Auftrag erfüllt sein.

Er fuhr mit der Hand in die Tasche des Overalls und zog eine mit dem marokkanischen Hasch gestopfte Pfeife heraus. Im Windschatten des Containers zündete er sie an und sog den Rauch tief in die Lungen. Es gab auf dieser einförmigen Reise nicht viel anderes zu tun, als das zu genießen, was geboten wurde. Mit dem Rücken an das geriffelte Blech gelehnt saß er da und betrachtete den Flug der Möwen, ähnlich wie er wenige Tage zuvor die herumschwebenden Wespen beobachtet hatte.

Plötzlich wurde die Ruhe von einer scharfen Stimme durchschnitten:

»*No smoking on deck, mister.*«

Er zuckte über die unerwartete Gesellschaft zusammen. Schräg vor ihm stand ein kleiner Asiate von der Besatzung und sah mit zusammengekniffenen Augen feindselig unter der Hand hindurch, die er als Schutz gegen die Sonne vor die Stirn hielt. Der »Schweizer« starrte ein paar Sekunden lang zurück, blies dann den Rauch in Richtung des Filippino aus und sagte gedehnt:

»*Go fuck a duck, or I will smoke you.*«

Die Wellness-Anlage des Sturebadet war zwar weit von den Räumen des *Aftonbladet* entfernt, aber Kalle Holm begab sich dennoch einige Male in der Woche während der Arbeitszeit dorthin. Schicke Bräute, schöne Räume, keine Maulwürfe und vor allem gute Chancen, auf Quellen zu stoßen. Dorthin gingen Polizisten mit Stil, vor allem solche von der Geheimdienstseite. Dasselbe galt für Militärs und Diplomaten, so zum Beispiel die Mannschaft von der »Station«, die zu Kalles ergiebigsten Kontakten gehörte.

Die »Station« war die Abteilung des CIA in der amerikanischen Botschaft. Während des Kalten Krieges, als Schweden noch ein Frontstaat im Ostseegebiet gewesen war, war diese Abteilung sehr gut besetzt gewesen und hatte eine halbe Etage in der Botschaft eingenommen. Doch in den Neunzigerjahren war sie wie alles andere zusammengestrichen worden. Nach dem 11. September 2001 hatte sich die Situation wieder verändert. Nun war Schweden ein europäischer Schlüsselstaat im Kampf gegen den Terrorismus.

Kalle hatte mit viel Sorgfalt das Vertrauen von Bob, Brad,

Billy und Ray gewonnen – sie trugen alle solche Allerweltsnamen. Manchmal half er ihnen dabei, wünschenswerte Nachrichten zu platzieren, und wenn ein kulturspezifisches Ereignis eintrat, das der CIA nur schwer verstehen konnte, was recht oft geschah, dann ließ er sich in Sachen schwedische Gesellschaft konsultieren. Im Gegenzug konnte er damit rechnen, in engen Situationen bevorzugt bedacht zu werden. Wenn die »Station« der schwedischen Presse etwas mitzuteilen hatte, dann erzählte sie es dem *Aftonbladet*, mit hundertprozentigem Quellenschutz.

Kalle zog sich die schwarze Armanijeans aus und begann mit einer halbstündigen, vorbestellten Massage. Vor allem die Beine, denn tags zuvor hatte er eine heftige Runde mit Pressen, Beugen und Curlen gefahren, und jetzt musste er den Blutfluss in Gang bringen und die Milchsäure rausjagen. Er gab dem kräftigen Masseur mit lateinamerikanischem Aussehen einen Hunderter Trinkgeld und begab sich mit seiner Tasche in die Behindertentoilette. Dort nahm er Maßband, Block und Stift heraus. Keine Veränderungen. Bauch 80 Zentimeter, Brust 120, Schultern 149, Nacken 48, Bizeps 44, Oberschenkel 70 und Waden 50.

Er notierte gewissenhaft Zahlen und Datum. Mit jedem Jahr, das verging, war es schwerer, dieselbe Masse zu erhalten. Beim Zulegen war mittlerweile eine Disziplin in Bezug auf Schlaf und Alkohol erforderlich, zu der Kalle keine Lust hatte. Jedes Mal, wenn er schwerere Gewichte auflegen wollte, kamen die Schäden postwendend – Schultern, Ellenbogen, Knie. Nach dem Vierzigsten ging es nur noch um die Verteidigung des Status quo, darum, die Erdanziehungskraft in Schach zu halten.

Er ging ins Trainingsstudio und kümmerte sich um Brust und Schultern. Nach dem Stretchen der Schultern widmete er fünfundzwanzig Minuten der Rückseite der Schultern. Schmerzliche Erfahrungen hatten ihn gelehrt, nicht nur einseitig die Vorderseitenmuskulatur auszubauen. Es sah mit Verachtung auf die Hells-Angels-Typen, die die schwedischen Fitnessstudios bevölkerten und auf Bankdrücken und Bizepscurl fixiert waren, ansonsten aber Stöckchenbeine, Bierbäuche und undefinierte Rücken spazieren trugen.

Im Urlaub am Amazonas hatte er einmal die Körper der Urbevölkerung dort studiert. Mächtige Filetstücke oberhalb des Kreuzes, vorstehende, aber muskulöse Bäuche, kräftige Hintern, gerade Beine, schmale Schultern. Das waren Jäger, die sich viele Meilen täglich im Regenwald bewegten. Ihre Konstitution hatte nichts mit den V-förmigen Bodybuilderkörpern zu tun. Ein Broiler wie Schwarzenegger zu seiner Zeit als Mr. Universum würde ohne Zugang zu Proteinpulvern und einem Cola-Automaten keine zwei Stunden im Dschungel überleben.

Mit etwas Hilfe eines deutschen Fitnessmagazins, wo man dieselben Beobachtungen angestellt hatte, hatte Kalle seine eigene Bodybuilder-Philosophie entwickelt: Harmonie vor Masse, ein Kompromiss zwischen dem antiken griechischen Ideal und den funktionellen Voraussetzungen für Jagd und Kriegsführung der Naturvölker. In der Sauna des Sturebadets hatte er einmal versucht, diese Überlegungen Billy Ray zu erklären, einem hundert Kilo schweren, ehemaligen Marine aus Alabama. Das hatte damit geendet, dass sie beide in ein etwas angestrengtes Lachen ausbrachen und der Amerikaner davon überzeugt war, Kalle sei schwul. Zu allem Überfluss war Kalle auch noch rot geworden, was weitere Missverständnisse mit sich brachte. Doch hatte das seine Beziehungen zur »Station« nicht beeinträchtigt, eher im Gegenteil. Auch wenn die interne Kultur dort strikt heterosexuell war, gab es doch jede Menge Schwule. Kalle machte gute Miene, es machte gar keinen Sinn, sich erklären zu wollen, aber dieses Missverständnis wurde besonders ironisch dadurch, dass er selbst Schwule verabscheute.

Er schloss seine Trainingseinheit mit Hantelstemmen ab, sechsmal acht mit fünfzehn Kilo. Die blauen Adern bildeten sich auf den Schultern ab, krochen wie Schmetterlinge aus ihren Puppen, und er verfolgte die Metamorphose in den Spiegeln. Noch ein wenig stretchen und dann unter die Dusche.

Auf dem Weg zum Umkleideraum stieß er auf einen Amerikaner, den er nur vom Sehen kannte. Auch er arbeitete in der Botschaft, da war Kalle sicher, aber er wusste nicht, in welcher Abteilung. Sie grüßten einander zurückhaltend. Erst als sie schon aneinander vorbei waren, hörte Kalle den Amerikaner hinter sich:

»*Hey, Mister Holm!*«

Er drehte sich um. Sie gaben sich mit einem Lächeln die Hand, doch der andere stellte sich nicht vor.

»Ich habe Ihre Sachen heute gelesen«, sagte der Amerikaner auf Schwedisch, wenngleich mit einem starken Akzent. »*Hot stuff.* Wir glauben, dass Sie auf der richtigen Spur sind. Es gibt noch einen weiteren Umstand, den Sie kennen sollten. Sie können unter den üblichen Bedingungen darüber schreiben, *if you like.*«

Kalle hob die Augenbrauen und zog den anderen mit sich in eine Ecke zwischen der Schultermaschine und der Brustpresse, die zufällig nicht besetzt waren. Der nächste Trainierende im Studio war zehn Meter entfernt und stöhnte wie ein Pornodarsteller, während er seine schweren Gewichte hob. Trotzdem senkte Kalle die Stimme:

»Haben Sie etwas über das Drohszenario?«

»*Yeah.* Es gibt Hinweise darauf, dass hier etwas Großes geplant wird, möglicherweise gegen Schweden im Besonderen, aber vielleicht auch gegen die Interessen einer anderen Nation. Wir haben das von der NSA, aber auch aus Quellen in Afrika. Ihre Regierung ist informiert. Solche Signale kommen und gehen in regelmäßigen Abständen, wir schärfen dann nur die Aufmerksamkeit, wenn wir sie erhalten, aber Ihre Theorie über die Mordserie kann durchaus im Zusammenhang mit dem größeren Bild stehen.«

»Und wie?«, fragte Kalle. Es galt, jetzt so viel wie möglich aus diesem unerwarteten Bonus herauszuschlagen.

»*Sorry*, das weiß ich nicht«, erwiderte der Amerikaner. »Fragen Sie bei der Säpo nach, was die haben. Mehr kann ich jetzt nicht sagen. Sollen wir uns morgen um dieselbe Zeit wieder hier treffen?«

»Es ist besser, wenn wir uns im Freien treffen, wenn Sie können. Wie wäre es mit Djurgården, am Kai hinter dem Vasamuseum um 12 Uhr?«

»*Be there or be square.*«

NSA war die Abkürzung für die National Security Agency, das Pendant der USA zur Funkabteilung der schwedischen Verteidigungskräfte. Dort gab es eine Armee von Computerfreaks und die fortschrittlichste Technik der Welt im All, auf der Erde und unter dem Meer, um Informationsströme abzufangen. Riesige Computer suchten nach Mustern und schlugen Alarm, wenn irgendetwas Verdächtiges auftauchte. Dann übernahmen die Analytiker den Fall, gingen im Material zurück und konzentrierten sich auf einzelne Individuen, kombinierten geheime und öffentliche Quellen miteinander, suchten Begründungen für Präventivmaßnahmen gegen Kriminelle und Terroristen. Die politische Dimension, nämlich durch den Informationsvorsprung Freunde belohnen und Feinde bestrafen zu können, war mindestens ebenso wichtig wie die operative. Kalle Holm hatte schon oft bewiesen, dass er zu den Freunden gehörte.

Auf dem Rückweg von Ljungby nach Stockholm hatte Johanna viel Zeit, das Gespräch mit Kurt Nilsson zu verarbeiten. Sie verfluchte, dass sie nicht auf den guten Rat gehört hatte, nach Jönköping zu fliegen und von dort aus einen Mietwagen zu nehmen. So gut es ging, versuchte sie immer die engen Viehtransporte in der Luft zu vermeiden, aber gerade heute wäre es schön gewesen, nicht Auto fahren zu müssen.

Es war bereits Spätsommer, und sie, eine Polizistin, hatte es nicht geschafft, am Familienwagen die Reifen zu wechseln, obwohl das nur ein Telefongespräch erforderte und zwanzig Minuten Fahrt hin und zurück zur Werkstatt. Es war jedes Jahr dasselbe, eine Erinnerung daran, dass das Leben von Eltern mit kleinen Kindern und die Berufstätigkeit nicht zusammenpassten. Peter war in den praktischen Dingen mindestens ebenso nachlässig wie sie. Jetzt konnten die Winterreifen dann auch noch bis zum Herbst draufbleiben, wenn es wieder glatt wurde.

Nach einer kurzen Kaffeepause bei Nyköpingsbro, nicht gerade einer von Johannas Lieblingsplätzen auf der Welt, fuhr sie direkt zum Polizeiquartier. Auf dem Weg wurde noch eine Süßigkeitentüte geleert, und wie immer bereute sie es, als der Blutzucker in die Höhe sauste.

Die vergrößerte Ermittlergruppe wurde zusammengerufen, um den Stand der Arbeit zu besprechen. Es waren noch zusätzliche Ermittler und ein paar Leute vom Bundeskriminalamt hinzugerufen worden. Johanna berichtete von ihren Gesprächen mit Jörgen Wass, Dragan Jovic und Kurt Nilsson. Das Wort »Estonia« hatte ungefähr denselben Signaleffekt wie »Mord an Olof Palme«. Sowie man eins von beiden erwähnte, hörten die Kollegen auf zuzuhören, und zwar nicht, weil sie diesen Tragödien gegenüber gleichgültig waren, sondern weil man sie im Laufe ihres Berufslebens so gut wie täglich mit dazugehörigen Verschwörungstheorien konfrontiert hatte.

Das war kein neues Phänomen in der Geschichte der Menschheit, doch hatte es sich in den letzten Jahren, und vor allem durch den Internet-Boom verstärkt. Im Cyberspace existierte eine unendlich große Galaxie von Websites, die das Thema Verschwörungen behandelte. Als Abraumhalde für diese Wahnvorstellungen dienten zwei gesellschaftliche Instanzen. Die Tageszeitungen und die Ordnungsmacht. Wenn man beim *Expressen* oder im Polizeigebäude einen Telefonhörer abnahm, hatte man mit 50%iger Sicherheit jemanden am anderen Ende, der einen Gesetzesübergriff oder eine Verschwörung zu enthüllen hatte.

Das Interesse an Johannas Bericht war also mäßig, doch dann zeigte sie Dragan Jovics Foto von Sten Karlsson zusammen mit dem russischen Unterhändler.

»Das könnte etwas sein«, meinte Janne Hed. »Muss weiterverfolgt werden. Russische Mafia und islamistische Terroristen dürfen als zwei Hauptspuren betrachtet werden.«

»Entschuldigung«, sagte Johanna, »aber ist es nicht etwas früh, sich festzulegen? Wir haben doch nichts, worauf wir uns stützen können. Was habt ihr denn über den alten Säpo-Chef rausgefunden?«

Kjell Pärzon hob widerwillig den Blick von seinem Notizblock, auf den er kleine Monster mit Dreizack-Horn auf der Stirn gezeichnet hatte, die von rechtwinkligen geometrischen Figuren umgeben waren.

»Wie ihr euch vorstellen könnt, herrscht in diesem Fall kein Mangel an möglichen Tätern mit Motiv. Gerade Araber und Russen waren zwei Kategorien, in die Roy Engman während seiner Zeit als Säpo-Mann ziemlich viel Energie gesteckt hat. Ausweisungen, Überwachung, eine verdammt unangenehme Klientel.«

»Aber können wir denn sicher sein, dass das Motiv da liegt?«, fragte Johanna. »Was hat Engman eigentlich gemacht, eher er der Platzhirsch wurde?«

»Er hat ungewöhnlich genug den langen Marsch durch die Institutionen innerhalb der Säpo absolviert«, antwortete Janne Hed. »Das ist normalerweise ja eine politische Herausforderung. Die Regierung will sichere Kantonisten, Leute, die mit den Medien umgehen können, Politikschweine, die für eine lange und gediegene Loyalität belohnt werden sollen. Aber Roy Engman arbeitete schon über zehn Jahre in dem Laden, ehe er Chef wurde. So gesehen kann er dort eine ganze Menge Feinde angesammelt haben. In seinem Fall ist ein Rachemotiv sehr gut vorstellbar, zumal, wenn man die hässliche Hinrichtungsmethode bedenkt. Natürlich lässt einen das an Islamisten oder Kosaken oder etwas in dem Stil denken.«

»Kosaken?«, fragte einer in der Runde leise in sich hinein.

»Welche Arbeitsaufgaben hatte Engman denn, ehe er Chef

wurde?«, fragte Johanna, den Blick immer noch auf Kjell Pärzon gerichtet.

»Die Ortung von Rechtsextremisten, Analyse und Feldarbeit. Ehe er Abteilungsleiter wurde, war er auch eine Weile Leibwächter.«

»Für wen?«

»Du weißt doch, wie die arbeiten«, meinte Kjell Pärzon. »Ein paar Monate mit einem Botschafter, hier und da ein Staatsbesuch, Zeiten mit verschiedenen Ministern oder mit einer von Mord bedrohten öffentlichen Person. In den Achtzigern soll er unter anderem mit dem Personenschutz von Olof Palme betraut gewesen sein.«

Johanna fragte nicht weiter und schrieb zwei Buchstaben auf ihren Block: o.p.

Johanna, Peter und die Kinder aßen früh zu Abend, gegrillten Zander für die Erwachsenen und Fischstäbchen für die Kleinen, dazu Kartoffelbrei und Dillpesto beziehungsweise Ketchup. Peter wollte Bandy spielen gehen, und Johanna sollte die Kinder ins Bett bringen. Danach hatte sie noch eine Arbeitseinheit für sich verhandelt. Sie hatte sich mit Polizeiintendent Lennart Branting, Roy Engmans ehemaligem Mentor bei der Säpo, verabredet, den sie um neun Uhr in einer Kneipe auf Kungsholmen treffen würde.

Peter griff sich die Tasche mit den Bandyschlägern und verschwand, ohne sich zu verabschieden, im Treppenhaus. Als er über die Straße zum geparkten Auto ging, drehte er sich um, winkte ein wenig, als er Johanna sah, und zeigte dann mit einer übertriebenen Geste auf die Reifen des Wagens. Sie lächelten beide, wenn auch die Entfernung zu groß war, als dass sie es hätten sehen können. Das Chaos in praktischen Dingen war kein Anlass zu Ärger zwischen ihnen, sondern es war inzwischen fast das Einzige, was sie gemeinsam hatten und worüber sie zusammen lachen konnten.

Peter ließ den Wagen an und fuhr in Richtung Klara-See, an dem die Halle stand, in der er viele Jahre schon spielte. Doch als er zur Vasagata kam, fuhr er geradeaus, Richtung Söder, anstatt nach Kungsholmen abzubiegen. Heute war kein Bandy. Und es hatte auch schon mehrere Monate lang kein Bandy mehr gegeben. Die Gruppe hatte sich aufgrund von gerissenen Achillessehnen, Bequemlichkeit, Karrieren und Familien, die der anspruchslosen sportlichen Betätigung in die Quere gekommen waren, aufgelöst. Anstatt es so zu sagen, wie es war, dass seine alten Freunde verschwunden und durch keine neuen ersetzt worden waren, hatte Peter es sich zur Gewohnheit gemacht, dennoch jede Woche zur selben Zeit das Haus zu verlassen. Dann fuhr er ein paar Stunden lang ziellos in der Stadt herum. Manchmal hielt er an, um in der Bowlinghalle an der Hornsgata, oder an einem anderen Ort, wo er nicht damit rechnen musste, auf Bekannte zu treffen, ein wenig Flipper zu spielen.

Um 20 Uhr 42 hörte Johanna den Fahrstuhl nach oben fahren. Sie stand schon fertig im Flur. Peter kam rein, den Blick auf den Boden gerichtet.

»Lief es gut?«, fragte Johanna, gab ihm einen raschen Kuss auf die Wange und steckte ihren Geldbeutel in die Innentasche.

»Doch, wir haben es ruhig angehen lassen. Auf jeden Fall keine Verletzungen, das ist inzwischen wichtiger als irgendwelche Tore. *Glory days, pass you by.*«

Sie lächelte und schloss die Tür hinter sich. Zwanzig Minuten reichten genau, um zu Fuß zum Olé Olé in der Hantverkargata zu gehen. Etwas Bewegung würde ihr guttun, und so konnte sie vor dem Treffen ihre Gedanken ein wenig sammeln. Nach dem, was ihr zu Ohren gekommen war, hatte der alte Branting ein ziemliches Alkoholproblem. Sie hoffte, dass er nicht betrunken sein würde, denn diese Sorte Gespräche zehrte an den Kräften – der Tratsch, die Intimitäten, die Informationen, auf die man sich nicht verlassen konnte. Aber in diesem

Fall war sie bereit, das Risiko einzugehen, denn sie hatte ein spezielles Ziel.

Johanna hatte ihr Bier schon fast ausgetrunken, als der Polizeiintendent im Ruhestand zwanzig Minuten zu spät mit wässrigem Blick und destilliertem Atem aufkreuzte. Als der routinierte Geschäftsmann, der er einmal gewesen war, hatte Branting seinen Rausch zumindest mit ein paar Mentholtabletten abgerundet.

»Johanna Tott«, sagte sie und gab ihm die Hand.

»Aha, aus der Oberklasse«, erwiderte Lennart Branting, ohne sich vorzustellen. »Was macht denn eine wie Sie unter Einsteins Enkeln bei der Kripo?«

Sie lächelte nachsichtig und ignorierte die Frage.

»Vielen Dank, dass Sie gekommen sind. Ich wollte, wie gesagt, mit Ihnen über Roy Engman sprechen. Möchten Sie etwas zu trinken?«

»Ja, heilige Scheiße. Aber Sie wissen, dass Alkohol nicht auf die Spesenrechnung darf, oder?«

»Sagen Sie einfach, was Sie haben wollen.«

»Einen Whisky, einen doppelten.«

Johanna bestellte, und sie ließen sich an einem leeren Tisch in der Ecke nieder. Ihre Hälfte des Lokals war leer, hier konnten sie ungestört sprechen.

»Hat Engman als Leibwächter bei Olof Palme gearbeitet?«, fragte Johanna nach einigem einleitenden Gerede.

»Sind Sie Palme-Ermittlerin?«, fragte Branting und ließ das Whiskyglas kreisen, so dass die Eiswürfel klirrten.

»Ich möchte einfach nur ein klareres Bild davon bekommen, was Engman bei der Säpo gemacht hat, ehe er Chef wurde.«

»Roy war ein verdammt guter Gorilla. Der beste. Er arbeitete mit allen möglichen hohen Würdenträgern. Die Lage immer im Griff, und konnte auch noch gut mit Leuten und sich unsichtbar machen. Ein verdammt undankbarer Job. Das können Sie sich ja denken, keinen Dank für die Katastrophen, die man abgewendet hat, denn es darf ja niemand erfahren, wie die Bedrohung genau aussah oder was die Leibwächter zu verhindern wussten. Aber dann ein einziger kleiner Fehler, und peng!«

»Peng?«

»Es werden nur die Fehler registriert.«

»Und Roy Engman machte einen Fehler?«, fragte Johanna, während sie den letzten Schluck Bier nahm.

»Habe ich nicht gesagt.«

»Hat er jemals bei Palme gearbeitet?«

»Ja«, erwiderte Branting und sah Johanna über sein Glas hinweg in die Augen. »Es gab Leute, die behauptet haben, er habe einen Fehler gemacht, aber das ist nur blödes Gerede. Es war nicht seine Entscheidung, den Personenschutz an dem Abend abzuziehen.«

»An welchem Abend?«, fragte Johanna.

»Am Abend des Mordes«, erwiderte Lennart Branting.

»Dann war Roy Engman am Abend des Mordes der Leibwächter des Premierministers?«

»Er war einer von ihnen, aber er war, wie gesagt, an einem anderen Ort, was nicht hätte sein dürfen.«

Der faltige Intendent bestellt einen weiteren Whisky. Johanna nahm noch ein Bier und steckte sich ein paar Stück Kaugummi in den Mund. Sie sprachen weiter über die Routinen der Leibwächter bei der Säpo und das Verantwortungsgefühl. Brantings Erinnerungen wirkten glasklar, aber seine Sprache wurde immer verwischter.

Nach einer weiteren Dreiviertelstunde schob Johanna eine Visitenkarte über den Tisch, bedankte sich und ließ den alten Mann allein am Tisch im Olé Olé sitzen.

Auf dem Heimweg holte sie das Handy raus und rief ihren Vater an. Es war fast elf Uhr, aber ihr Vater ging nie vor Mitternacht ins Bett.

»Ich muss etwas mit dir besprechen«, sagte Johanna. »Hast du Zeit, morgen mit mir zu Mittag zu essen?«

»Natürlich«, sagte Carl Tott. »Der Job oder Peter?«

»Äh, vielleicht beides«, sagte Johanna. »Aber zunächst habe ich mal an den Job gedacht. Weiß nicht, ob ich jetzt langsam komisch werde und Gespenster sehe, aber es gibt zwischen diesen Mordopfern seltsame Übereinstimmungen. Ich brauche einen *advocatus diaboli*, jemanden, mit dem ich die Gedanken hin und her schießen kann. Du weißt ja, wie es bei den Ermittlern ist. Meine Intuition wird meist nicht ausreichend geschätzt.«

Sie verabredeten sich für den nächsten Tag. Johanna steckte das Telefon in die Jackentasche und wanderte zur Dalagata. Plötzlich sehnte sie sich ganz stark nach ihren Kindern.

Es war schon dunkel, als Felix Martini am Järntorg in Gamla stan vorbeiging. Um nicht erkannt zu werden, hatte er den Kragen der Lederjacke über die Wangen hochgeschlagen und trug eine schwach getönte Sonnenbrille. Die Gassen waren fast leer, es war kühl für die Jahreszeit, und im Fernsehen lief ein Qualifikationsspiel für die Fußballweltmeisterschaft. Stockholm kuschelte sich in die Dämmerung und sammelte Kraft für den Herbst.

Er sah in regelmäßigen Abständen über die Schulter, war aber nicht beunruhigt. Der Türcode zum Haus von Johan Brandell war zum Glück immer noch derselbe, obwohl Felix über ein Jahr lang nicht dort gewesen war. Johan war ein guter Freund von ihm, aber sehr beschäftigt, seit er als Mitglied in die Schwedische Akademie aufgenommen worden war. Reisen, Versammlungen, Bücher lesen. Alte Freunde waren gegen neue ausgetauscht worden, das spezielle, abgeschirmte Dasein der Akademie tat das Seinige dazu.

Felix tippte den Code ein, 1523, und betrat das Treppenhaus. Kalt und eng war es hier, mit schiefen Winkeln. Häuser aus dem Mittelalter hatten ihn nie gereizt. Die grauen Steine und die niedrigen Decken machten einen depressiv, sie strahlten Infektionskrankheiten, Aberglauben, häusliche Gewalt und Inzest aus.

Er klopfte an die Tür von Johans Wohnung, die ganz oben lag. Um diese Zeit besser nicht klingeln. Nach einer Weile bewegte sich etwas da drinnen.

»Wer ist da?«

»Johan? Ich bin es, Felix Martini. Kann ich kurz reinkommen? Ich muss mit dir reden.«

Die Tür ging sofort auf.

»Felix, zum Teufel«, sagte Johan Brandell und umarmte ihn rasch, ehe er sich im Treppenhaus umschaute. »Halb Schweden sucht nach dir, du musst zur Polizei gehen.«

»Nur ruhig«, sagte Felix. »Du darfst nicht glauben, was in den Zeitungen steht. Ich habe nichts mit Charlies Tod zu tun. Jemand will mich dafür festsetzen, und ich habe keine Ahnung warum. Es ist ein Albtraum, aber ich versuche selbst herauszubekommen, wer hinter der Sache steckt. Und ich brauche deine Hilfe.«

»Du kannst dich hier nicht verstecken. Meine Kinder gehen ein und aus. Morgen habe ich Gäste zum Frühstück. Es ist zu eng.«

»Nein, nein, das meine ich nicht«, sagte Felix und schüttelte den Kopf. »Ich brauche deine Hilfe als Historiker, um etwas zu verstehen, was mit dem Mord zu tun haben könnte.«

Johan wirkte erleichtert. Er zeigte auf die Küche. Sie gingen hinein und setzten sich an den Tisch. Johan zog die Gardinen zu und holte eine Dose Bier und zwei Gläser heraus.

»Wer war Graumantel?«, fragte Felix.

»Äh, Graumantel war der allgemeine Kosename für Karl XI., den schwedischen König am Ende des 17. Jahrhunderts. Warum fragst du?«

»Das kann ich jetzt nicht erklären«, meinte Felix. »Aber ich muss etwas mehr über Graumantel erfahren. Hatte er Feinde?«

»Oje!«, rief Johan. »Seine Freunde hat man schneller aufgezählt. Sein Vater, Karl X. Gustav, starb, als der Thronfolger noch ganz klein war, und deshalb wurde Schweden zunächst von einer Vormundschaftsregierung gelenkt, die inkompetent und korrupt war. Zu dem Zeitpunkt, als Karl XI. dann König wurde, sah es für die schwedische Großmacht schlecht aus, von allen Seiten war sie bedroht, die Finanzen waren zerrüttet, das Heer verwahrlost. Dänemark griff an und war drauf und dran, Schonen zurückzuerobern. Karl XI. war sein ganzes Leben lang damit beschäftigt, den Pfusch der Vormundschaftsregierung wiedergutzumachen, und natürlich traf er dabei auf massenhaft Widersacher, die alle dazu beigetragen hatten, das Land auf den Hund zu bringen. Darunter vor allem der Hochadel, der das Vermögen des Reiches dafür benutzt hatte, sich protzige Schlösser zu bauen, anstatt das zu sichern, was Gustaf II. Adolf und Karl X. Gustav mit all den Kriegen aufgebaut hatten.

Karl XI. brachte nichts Geringeres als eine soziale Revolution in Gang. Indem er die Ländereien des Adels einzog, bekam er Geld, mit dem er Offiziere und Beamte entlohnen konnte. Schweden erhielt eine Klasse von Staatsdienern, die sich durch erworbene Meriten und nicht durch Geburt vorarbeitete. Es fand eine Machtverschiebung statt vom alten Kriegsadel hin zu einer wachsenden Beamtenschaft, die begann, die Güter zu übernehmen. Paradoxerweise führte Karl XI. die Alleinherrschaft der Krone ein, er vereinte die Macht in seinen eigenen Händen, so wie Friedrich III. es in Dänemark tat, oder Ludwig XIV. in Frankreich, öffnete aber gleichzeitig das Land für eine demokratische Entwicklung.«

»Und wie lief es mit den Kriegen? War Karl XI. ebenso scharf aufs Kämpfen wie sein Sohn?«

»Ganz und gar nicht, zu Beginn wollte er natürlich so ein Heldenkönig werden, wie seine Vorgänger, aber im Laufe der Jahre verblasste die Kriegsromantik. Die Schlacht bei Lund 1676 gegen die Dänen war die blutigste in der Geschichte des Nordens. Dort sicherte er Schonen für die Schweden, doch den

Rest seiner Regentschaft, bis zu seinem Tod 1697, verwandte er eher darauf, Kriege zu vermeiden. Es gab viel Aufrüstung und Militärübungen, denn man wollte ja seinen Anspruch als Großmacht bewahren. Aber Karl XI. wurde so etwas wie ein Pazifist. Er prahlte niemals mit seinen Erfolgen in Lund, sondern feierte den Jahrestag der Schlacht mit Andachten. Es ist klar, dass diese Tendenzen ihn in Kreisen des Hochadels ebenso verhasst, wie sie ihn beim Volk beliebt machten: eine einmalige Steuer für den Adel, die Meritokratie, das Streben nach Frieden und die steinharte Forderung, dass seine Untergebenen sich zusammenreißen und etwas bringen sollten, anstatt wie Parasiten herumzulungern.«

»Danke, das genügt mir«, meinte Felix. »Noch eine Frage: Wer ist Clio?«

»Clio, das ist die Muse der Geschichtsschreibung«, sagte Johan. »Es sei denn, du beziehst dich auf ein seltsames französisches Automodell, den Renault Clio.«

»Was für eine Verbindung kann es zwischen Clio und Karl XI. geben?«

Johann raufte sich demonstrativ das dünne Haar.

»Die Verbindung ist wahrscheinlich, dass Karl eine bedeutende historische Gestalt war. Außerdem gibt es ein Gemälde des Hofmalers Ehrenstrahl von 1675 über das Thema Historie und Gerücht, Clio und Fama. Die beiden Göttinnen stehen schon bei der Krönung des jungen Königs bereit, seine Heldentaten zu notieren, und auf dem Fußboden liegen die dicken Wälzer von Gustav Vasa, Gustaf II. Adolf und Karl X. Gustav. Sehr herausfordernd, das muss den jungen Monarchen ganz schön unter Druck gesetzt haben. Das Bild hängt im Nationalmuseum hier in Stockholm. Aber ich begreife immer noch nicht, was das hier mit dem Mord zu tun haben soll. Bist du sicher, dass du weißt, was du tust? Solltest du nicht zur Polizei gehen und denen die Sache überlassen? Wenn du unschuldig bist, dann wird sich das doch ganz klar herausstellen.«

»Leider ist es nicht so einfach«, sagte Felix. »Die Leute, die mich da reinziehen wollen, haben gründliche Arbeit geleistet, du hast doch sicher die Nachrichten gehört. Um meine Unschuld zu beweisen, muss ich das komplette Bild enthüllen.«

Felix war belesen wie kaum jemand, was Musik-, Literatur- und Kirchengeschichte anging, doch Könige und Kriege waren nie sein Ding gewesen. Er saß eine Weile in den Bericht des Freundes versunken da, dann stand er mit einem Ruck auf.

»Danke, Johan. Muss los. Noch eine Sache. Diese Bild hier, sagt dir das etwas?«

Felix hielt ihm einen Ausdruck der stilisierten Katze hin. Johan Brandell betrachtete sie lange, schüttelte dann aber den Kopf.

»Noch nie gesehen. Könnte ein modernes bürgerliches Wappen sein. Viele Menschen interessieren sich für Heraldik und zeichnen sich heutzutage ihre eigenen Wappen, dahinter könnte man eine Auswirkung der neuen Ständeverschiebung vermuten, man will jemand sein. Wenn das Zeichen für dich wichtig ist, dann solltest du Kontakt zu einem Experten aufnehmen, zum Beispiel dem staatlichen Heraldiker.«

Sie verabschiedeten sich im Flur mit einer Umarmung. Johan sah durch den Türspion, wie Felix auf der Treppe verschwand. Er blieb einen Moment lang stehen und ging dann in die Küche zurück. Er nahm das Telefon und rief die Polizei an.

Nach einem hektischen Abend in der Redaktion nahm Kalle Holm ein Taxi nach Hause. Es war ein langer Tag gewesen, und schon seit dem Fernsehauftritt am Morgen fühlte er sich ziemlich erschlagen. Er verspürte einen seltsamen Schwindel und beschloss, ein paar Werte zu kontrollieren, wie er es einmal die Woche machte.

Erst der Blutdruck, 139:85, das war ein wenig zu hoch. Dann nahm er den Blutzucker, 8,2, was auch nicht wirklich gut war. Muss morgen auf nüchternen Magen einen Glukosebelastungstest machen, dachte er, den Wert dann zwei Stunden nach einer Zuckergabe kontrollieren und sehen, ob die Bauchspeicheldrüse auch so arbeitet, wie sie sollte.

Er pinkelte in einen Becher und holte die Urinstäbchen raus. Nitrit, Protein, weiße und rote Blutkörperchen okay. Er übertrug die Werte in die Tabelle, nahm die Temperatur und vervollständigte die lange, gleichmäßige Fieberkurve. Dann kam der unangenehme Teil – Blutprobe und Stuhlprobe. Während er auf der Toilette saß und sich anstrengte, zapfte er dem Zeigefinger gleichzeitig einen Millimeter Rotes ab. Es dauerte eine Weile, würde aber für das Labor reichen.

Als er die Behälter versiegelt und in die kleine frankierte Kiste getan hatte, rollte er das EKG-Gerät aus dem Schrank, ließ den Computer hochfahren, rieb sich die Brust ein, befestigte die Saugknöpfe auf dem rasierten Brustkörper und legte sich aufs Bett. Nach ein paar Minuten spuckte der Drucker die Kurven aus. Das sah, soweit er es beurteilen konnte, ganz gut aus. Puls vielleicht etwas zu hoch. Er tat das Papier in ein Kuvert und ging mit den Postsendungen in den Flur. Morgen würden sie nach Deutschland abgehen, dann würde die Antwort in ein paar Tagen da sein. Das letzte Mal waren Leberwerte und Blutfett etwas hoch gewesen. Durchaus noch innerhalb der empfohlenen Grenzwerte, aber Kalle wollte die größtmögliche Sicherheit.

Während er die Schlagzeilen im Videotext kontrollierte, klingelte das Handy. Er nahm ab und ging zum Fenster, um ein besseres Netz zu haben.

»Ja, hier Holm.«

»Hallo, hier KP. Ich habe eine aktuelle Sache, wenn Sie marschbereit sind. Felix Martini hat eben einen Freund in Gamla stan besucht, der uns sofort benachrichtigt hat. Wir sind gerade auf dem Weg dorthin. Mit etwas Glück kriegen wir ihn. Schnappen Sie sich einen Fotografen und kommen Sie zum Järntorg, ich schicke eine SMS von unterwegs, falls es woandershin geht.«

»Bin schon unterwegs«, sagte Kalle.

KP war Kjell Pärzon, eine der besten Quellen für die Zeitung innerhalb der Polizei. Kalle rannte zum Auto in der Garage, das Handy am Ohr. Ein schneller Anruf bei Berra, der Fotograf war unterwegs, er würde ihn in Gamla stan treffen. Das Bild von der Festnahme des Mordverdächtigen könnte der Kick für die morgige Ausgabe sein, der Unterschied zwischen neunzig und hundert Prozent. Wenn die Polizei Felix Martini erwischte, würde Kjell Pärzon schon dafür sorgen, dass das *Blatt* sein Foto kriegte. Das hatte er schon einmal getan. Kalle raste durch die Stadt und bog fünf Minuten später von Norden in die Stora Nygata in Gamla stan. Jetzt war er dem Täter ebenso nah wie die Polizei. Wenn Felix auf dem Weg in die Innenstadt war, dann könnte er durchaus hier entlang kommen.

Es würde noch ein paar Minuten dauern, ehe der Fotograf am Järntorg war. Kalle meinte, dass er durchaus das letzte Stück zu Fuß gehen könnte, um so vielleicht selbst auf den Verfolgten zu stoßen. Er parkte den schwarzen BMW-Jeep auf einem Behindertenparkplatz und sprang raus, das Handy mit der aktivierten Fotofunktion schon in der Hand. Mit leicht gebeugtem Kopf und einem diskret forschenden Blick auf die Leute, die ihm entgegen kamen, ging er den Bürgersteig entlang.

Ein paar Spanisch sprechende Touristen, zwei Politessen, ein umschlungenes Paar. Niemand, der wie ein einsamer Mann mittleren Alters aussah. Kalle entspannte sich ein wenig und dachte darüber nach, ob es vielleicht ein Fehler gewesen war, das Auto stehen zu lassen. Der Fotograf würde seinen Wagen am Järntorg haben, aber sollte Pärzon gerade jetzt anrufen, würde er zwischen den Stühlen sitzen.

Plötzlich tauchte aus dem Nichts eine dunkel gekleidete Männergestalt mit hochgeklapptem Kragen auf. Kalle hatte nur kurz in seiner Aufmerksamkeit nachgelassen. Als er Felix Martini ansah, war er so überrumpelt, dass er zuckte und das

Telefon fallen ließ, woraufhin der kleine Lichtkegel des Displays erlosch.

Die beiden Männer starrten einander wie in Zeitlupe an, dann drehte sich Felix um und eilte in eine kleine Gasse Richtung Västerlånggata.

»Scheiße«, zischte Kalle Holm bei sich. Jetzt hatte er drei Wahlmöglichkeiten und nur eine Sekunde Zeit, sich zu entscheiden. Entweder zurück zum Auto und das Reservehandy holen oder nach vorn und den Fotografen einsammeln, oder Vollgas hinter dem Verdächtigen her, aber ohne Kamera und ohne Handy. Er wählte die dritte Alternative.

Felix war schnell, aber Kalle war schneller. Mitten auf der Västerlånggata, auf der für einen Spätsommerabend wenig Menschen unterwegs waren, kam er dem Fliehenden nah genug, um zwischen den keuchenden Atemzügen ein paar Worte herauszupressen.

»Warten Sie, ich bin von der Zeitung, will nur reden.«

Felix sah sofort ein, dass er vor diesem Problem nicht würde wegrennen können. Sein Reflex beim ersten Anblick war »Bulle« gewesen, weil ihm das Gesicht dieses Reporters immer in polizeilichen Zusammenhängen begegnet war. Er verlangsamte seinen Schritt und drehte sich um:

»Ich will nicht reden. Und Ihnen traue ich schon mal überhaupt nicht.«

»Sie haben doch nichts zu verlieren. Kommen Sie, wir gehen hier ein Bier trinken«, sagte Kalle Holm und zeigte auf eine leere Bar. Er stand in einigem Abstand und gab sich jede Mühe, nicht bedrohlich auszusehen.

Felix schwieg und dachte nach. Mit gequältem Gesichtsausdruck sah er von der Bar zu Kalle Holm.

Gerade als er sich dem Eingang des Lokal zuwenden und etwas sagen wollte, hörten die beiden Männer hinter sich ein anschwellendes Motorengeräusch. Ein Motorrad kam sehr schnell die Straße heruntergefahren. Die Maschine bremste mit quietschenden Reifen vor Felix, der Integralhelm des Fahrers wurde ein paar Zentimeter angehoben, das Gesicht war nicht zu erkennen.

»Steig auf, du Idiot!«

Diesmal zögerte Felix nur für den Bruchteil einer Sekunde, schon saß er hinten drauf, die Arme um den Fahrer geschlungen, und sah Kalle Holm in der Ferne verschwinden. Auf dem Weg aus Gamla stan heraus begegneten sie drei Polizeiautos. Von der anderen Seite hörte man weitere Streifenwagen herannahen. Felix war in letzter Sekunde aus dem Netz geschlüpft. Die Konturen des Körpers, den er umschlang, ließen darauf schließen, wer da aufgetaucht war. Ein paar Minuten später, in der Dunkelheit auf Skeppsholmen, wurden die letzten Zweifel weggewischt, als der Helm abgenommen wurde.

»Sara, du bist mein rettender Engel!«

»Mensch, du bist aber auch so ein Idiot! Dich kann man echt nicht allein lassen. Weißt du, mit wem du da verhandelt hast? Kalle Holm, der Inbegriff des Skandaljournalismus. Er hat vorgeschlagen, dass ihr euch da ein bisschen unterhalten könntet, oder?«

»Woher weißt du das?«

»Kapierst du nicht, dass er zusehen will, wie du festgenommen wirst? Er wollte nur das Bild. Einfach da sein, wenn der von ihm gebrandmarkte Mörder von einer Reihe uniformierter Kampfhunde auf den Asphalt gedrückt wird. Es ist ihm scheißegal, ob du schuldig bist oder nicht.«

»Vielleicht«, meinte Felix. »Aber wie kommt es, dass du da warst?«

»Felix, mein Felix, ich bin dir zu Johan Brandells Haus gefolgt. Falls etwas passieren würde. Und so war es ja auch. Was wirst du jetzt tun?«

»Einfach nur durchatmen. Können wir es wagen, heute Nacht in deiner Wohnung zu schlafen? Morgen muss ich ins Museum.«

MITTWOCH

Das warme Wetter war zurückgekehrt, und die Menschen im Stockholmer Gewimmel wurden gleich freundlicher. Fremde wurden gegrüßt, Türen aufgehalten, anstatt sie dem Nachfolgenden vor der Nase zufallen zu lassen, schwangeren Frauen wurden im Bus Sitzplätze angeboten, und man ließ sie zuerst aussteigen. Mit der herbstlichen Dunkelheit kehrte jedes Jahr die Barbarei zurück, die Konzentration auf das Überleben. Spontaneität war etwas für Südländer, für Leute mit Rhythmus im Blut.

Trotz eines nagenden Gefühls wegen ihrer beruflichen wie auch privaten Situation versuchte Johanna, den Anblick der lächelnden Menschen in den Straßen zu genießen. Der Erbprinzenpalast ruhte in der strahlenden Morgensonne wie ein musealer Gegenstand im Spotlight der Tourismusindustrie.

Wer würde glauben, dass dieses schöne Außenministerium inzwischen hauptsächlich damit beschäftigt war, Auslandsbotschaften abzuwickeln, die man sich nicht mehr leisten konnte, und ansonsten Charterreisenden, die ihre Brieftasche verloren hatten, einen konsularischen Service zu bieten. Die Außenpolitik war von der EU übernommen worden.

Johanna hatte sich mit zwei Mitarbeitern der Konsulatsabteilung verabredet, Jonathan und Karin, um über Charlie Lillia zu sprechen. Dazu empfing man sie in einem Raum mit den Porträts ehemaliger Botschafter, und es gab Kaffee und Kekse.

Nach einem Hintergrundgespräch über die Arbeitsverhältnisse im Außenministerium und der Ermittlungslage in den Aufmerksamkeit erregenden Mordfällen, stellte Johanna die einfache Frage, mit der sie immer begann:

»Hatte Charlie irgendwelche Feinde?«

»Nicht, dass ich wüsste«, sagte Karin und schielte fragend zu ihrem Kollegen hinüber.

»Er war schließlich homosexuell, vielleicht gibt es da ein Motiv. Verbrechen aus Hass. Ansonsten kann ich mir nichts vorstellen«, sagte Jonathan.

»War er in irgendwelche Kontroversen am Arbeitsplatz verwickelt?«, fragte Johanna weiter.

»Nein«, antworteten die beiden wie aus einem Mund und schüttelten die Köpfe.

»Wie war das mit dem Tsunami 2004, haben Sie damals schon hier zusammen gearbeitet?«

Sie nickten beide schweigend und sahen besorgt aus.

»Ich habe den Bericht der Katastrophenkommission gelesen«, sagte Johanna. »Wir müssen nicht weiter auf die Details eingehen, erzählen Sie mir einfach, was Sie während der kritischen Tage gemacht haben, und was Charlie gemacht hat.«

Die Konsulatsabteilung war es gewesen, die den Schlag der schlimmsten Naturkatastrophe hatte abfangen müssen, der die Schweden in moderner Zeit heimgesucht hatte. Das Außenministerium hatte nicht funktioniert. Um 8 Uhr 10 Ortszeit am 26. Dezember 2004 wurde Bangkok von einem Erdbeben heimgesucht. Ein paar Stunden später erreichten die ersten Telefonanrufe aus Süd-Thailand mit der Nachricht, dass irgendetwas überhaupt nicht stimmte, die Botschaft der Hauptstadt. Als es in Bangkok 10 Uhr 40 geworden war, und 04 Uhr 40 in Stockholm, erhielt der Diensthabende im Außenministerium das erste Gespräch aus der Botschaft. Es dauerte Tage, bis der Krisenstab des Ministeriums eingerichtet war, und noch länger, bis die notleidenden Schweden Hilfe erhielten.

In dem betroffenen Gebiet befanden sich bis zu dreißigtausend schwedische Bürger, und die Erfahrung sagte, dass man für jeden Betroffenen mit zwanzig Telefongesprächen an die Behörde rechnen musste. Bei der *Estonia*-Katastrophe 1994 waren eintausend Menschen an Bord gewesen. Hier ging es nun um dreißigmal so viele, was also sechshunderttausend Gespräche bedeuten konnte. Dem musste man nun die Konsulatszeiten des Außenministeriums gegenüberstellen: vier Leute in einem wochenweise rotierenden System, die von zu Hause aus mit einer Computerverbindung über Modem arbeiteten, die es unmöglich machte, zu telefonieren und gleichzeitig im Internet zu sein.

Die Nachrichtensendung *Echo des Tages* hatte ihren ersten Sendetermin um vier Uhr am nächsten Tag und berichtete von einem heftigen Erdbeben vor Sumatra. Um 05 Uhr 42 versandte die Presseagentur den ersten Nachrichtenflash über eine Flutwelle in Thailand: »Der lokale Radiosender berichtet, dass, nachdem eine riesige Flutwelle den Ferienort Phuket überflutet hat, viele Touristen vermisst werden.« In Thailand war es vierzehn Uhr und in Schweden acht Uhr, als der Krisenstab der Botschaft die erste schriftliche Information über Fax versandte. Diese Nachricht war es, die eine so zentrale Rolle in dem Bericht der Katastrophenkommission spielte. Wäre sie nur früher beachtet und in der Hierarchie weitergeschickt worden, dann hätte sich der ganze schwerfällige Apparat mit Chefs, Staatssekretären, Ministern und allem in Gang gesetzt und sich der Situation angenommen.

Johanna und die beiden Beamten rekapitulierten die schrecklichen Tage, den enormen Arbeitseinsatz, den die unterbesetzte Abteilung leistete, und wie unzureichend sie im Verhältnis zu dem, was zu tun war, immer noch war. Die Beamten an den Telefonen konnten keine vernünftigen Antworten zu Rücktransporten, verlorenen Pässen oder dem Bedarf nach geliehenem Geld geben. Die verzweifelten Menschen, die anriefen, hatte meist ein besseres Bild von der Situation als diejenigen, die am anderen Ende der Leitung saßen.

Charlie hatte wie die anderen gekämpft und ebenso mit der schlechten Organisation und dem Mangel an Führungskräften gehadert. Als ein paar Jahre später die Befragungen der Kommission durchgeführt und die Schlüsse gezogen waren, versuchte man, die Katastrophe hinter sich zu lassen. Schweden war so klein, dass jeder jemanden kannte, der von dem Tsunami betroffen war. Das Trauma und die Trauer wurden von einer ganzen Nation geteilt.

Ehe sie sich trennten, fiel Jonathan noch ein weiteres mögliches Mordmotiv ein. Die Konsulatsabteilung musste sich in zunehmendem Maße um verwirrte schwedische Bürger kümmern, die ohne Geld und Ticket für die Heimreise in der Weltgeschichte herumirrten. Dies war eine Folge der Reformen innerhalb der Psychiatrie, der zunehmenden psychischen Erkrankungen und der Globalisierung. Menschliche Probleme, die zuvor von weißen Kitteln in Psychiatrischen Krankenhäusern behandelt worden waren, wurden jetzt von Dreiteilern und Kostümen im Außenministerium verwaltet. Das war sowohl in finanzieller wie auch in menschlicher Hinsicht eine teure Art des Outsourcings. Viele dieser Klienten waren aggressiv, Bedrohungen standen auf der Tagesordnung. War Charlie Lillia vielleicht Opfer eines labilen Reisenden geworden, der mit seiner Behandlung nicht einverstanden war?

Johanna bedankte sich für die Anregungen und verabschiedete sich. Sie vereinbarten, dass die Abteilung eine Liste möglicher Psychofälle aufstellen würde, die auf Charlies Schreibtisch hätten gelandet sein können.

Karin begleitete Johanna zum Eingang zurück. Johanna bemerkte, dass sie aus irgendeinem Grund spürbar nervös war. Kurz bevor sie zum Eingang kamen, griff Karin nach ihrem Arm.

»Es gibt etwas, das ich Ihnen geben muss. Ich wollte es erst jetzt zeigen. Unterliegen Sie der Schweigepflicht?«

»Na ja«, sagte Johanna gedehnt, »das kommt drauf an. Polizisten sind keine Priester oder Journalisten. Wenn es ein Gesetzesverstoß ist, dann müssen wir es melden. Dann kann es auch sein, dass Sie als Zeugin gerufen werden.«

Karin sah noch unglücklicher aus. Sie hatte ein kleines, weißes Kuvert aus der eleganten Aktenmappe genestelt, die sie unter dem Arm trug, doch jetzt zögerte sie, es zu übergeben.

»Sie können selbst entscheiden, ob Sie das hier haben wollen. In dem Fall müssten Sie aber vergessen, von wem Sie es bekommen haben.«

»Ich kann Sie nicht schützen, wenn Sie etwas Ungesetzliches getan haben«, sagte Johanna in sanftem, aber doch offiziellem Tonfall, denn sie wollte deutlich sein, ohne die Tür zuzuschlagen, die sich gerade geöffnet hatte.

»Ich habe nichts getan, aber in der Sache hier könnte politischer Sprengstoff liegen. Vielleicht kann es Ihnen auch bei den Ermittlungen weiterhelfen.«

Sie sah sich um und gab dann Johanna den Umschlag.

»Das hier habe ich in der Schreibtischschublade von Charlie Lillia gefunden, und zwar an dem Tag, an dem er ermordet wurde. Es ist ein Dokument, das bei den Behörden nicht registriert ist. Schauen Sie nicht jetzt hinein, sondern später.«

»Danke«, sagte Johanna. Sie steckte das Kuvert in die Tasche und umfasste, als sie sich verabschiedeten, Karins magere Hand mit beiden Händen.

Kalle Holm und Jeff Samson von der amerikanischen Botschaft trafen beide frühzeitig zu ihrer Verabredung auf Djurgården ein und begegneten sich vor dem Eingang zum Vasamuseum.

»Haben Sie schon unser Nationalkleinod angeschaut?«, fragte Kalle nach den üblichen Höflichkeitsfloskeln.

»Natürlich«, erwiderte der Amerikaner.

»Das ist nur eines unserer Beispiele für militärischen Größenwahn. Sie haben das Schiff hoch und instabil und mit zu vielen Kanonen gebaut. Ist umgefallen, sowie es im Wasser lag. Das ist eine Parallele zum JAS-Projekt dreihundert Jahre später – auch dies die militärindustrielle Megalomanie eines kleinen Landes. Im Unterschied zur *Vasa* ist der JAS Gripen allerdings absichtlich instabil konstruiert worden. Man könnte sagen, dass die Entwicklung rückwärts verlaufen ist. Und ebenso wie das Vasa-Schiff ging der Gripen im Sommer 1993 vor den Augen der entsetzten Stockholmer in die Katastrophe.«

»Jetzt sind Sie aber ungerecht«, lachte der Amerikaner und erhob seinen Zeigefinger. »Der Gripen ist instabil, damit er in dogfights enger umschwenken kann. Die Computer kümmern sich um die Stabilität.«

»Schon«, sagte Kalle, »aber die Gegner, die wir mit diesen Flugzeugen bekämpfen sollten, sind ja gar nicht mehr da. Mig 29 und Su 27, die ganze Sowjetunion ist den Bach runtergegangen, *remember*?«

»Ich werde darüber nicht mit Ihnen diskutieren«, erwiderte Jeff Samson. »Aber natürlich hätten Sie es so machen sollen wie Finnland und unsere netten F 18 kaufen, anstatt sich was Eigenes zu bauen. Das hätte nur einen Bruchteil gekostet und hätte Ihnen eine größere Reichweite und sicherheitspolitische Garantien eingebracht, die mehr als das Doppelte Ihres ganzen Verteidigungshaushalts wert gewesen wären.«

Sie einigten sich darauf, dass sie sich einig waren, und begannen, am Wasser entlang zu spazieren.

»Leider habe ich von unserer Seite nicht so viel mehr, als was ich Ihnen gestern schon gesagt habe. Ein Informant in Afrika – ich kann das Land nicht nennen, aber es ist eine gute Quelle – sagt, es würde irgendetwas Wahnsinniges in Schweden geplant. Die NSA hat ein paar Signale aufgeschnappt, die dieses Bild verstärken. Wie Sie bei der Zeitung ja bereits geschrieben haben, ist der Hintergrund ein religiöser, es geht um Islamismus. Die Mordserie könnte das sein, was unser Informant meint, aber es könnte auch etwas anderes sein.«

»Wie haben die Schweden auf Ihren Bericht reagiert?«, fragte Kalle.

»Sie meinen die Säpo?«

»Ja.«

»Sie haben wie immer brav zugehört, aber das muss nichts heißen. Ihre mangelhafte Kontrolle über die islamistischen Zellen macht uns Sorgen. Die scheinen das Problem nicht ernst zu nehmen. Die FRA hingegen ist *on her toes.*«

Die Beziehungen zwischen Försvarets Radioanstalt, dem militärischen Abhördienst, und den Geheimdiensten anderer Länder waren ein Kapitel für sich. Die FRA hörte die schwedischen Bürger in viel größerem Ausmaß ab, als irgendjemand wusste – nicht einmal der Nachrichtendienst des Verteidigungsministeriums, der diese Dinge überwachen sollte. Seit das neue Gesetz zum Lauschangriff verabschiedet war, hatten die Behörden eine Freikarte erhalten, sich im Breitbandnetz herumzutreiben und in dem Netz, zu dem man Zugang hatte, alle angerufenen oder anrufenden Telefonnummern, E-Mail-Adressen und Internetadressen einzusammeln. Die FRA hatte die Erlaubnis erhalten, eine Datenbank aufzubauen, wie sie die Telefonbetreiber gemäß der EU-Direktive hatten aufbauen müssen. Der Unterschied war nur, dass im Fall der FRA kein Verdacht auf kriminelle Handlung vorliegen musste und dass das Material für längere Zeit gelagert wurde. Eine vorgesehene Hemmschwelle waren die Ausführungen im Gesetz, dass die Informationen normalerweise nicht in den Nachrichtenberichten der FRA verwendet werden sollten. Sondern nur, um die interne Kompetenz der Behörden zu fördern. Das umging man elegant, indem man den Spionageorganisationen anderer Länder die relevanten Informationen gab, so dass diese sie ihrerseits zum Beispiel an die Säpo zurückgeben konnten. Das wurde dann seltsamerweise nicht als Bericht des Nachrichtendienstes bezeichnet. Dieses Schema war in der Welt der Spionage weit verbreitet – die Organisationen verschiedener Länder waren einander gegenseitig dabei behilflich, die jeweils nationalen Gesetze zu umgehen. Äpfel gegen Birnen, und alle haben die Hände im selben Obstkorb.

»Was haben Sie von der FRA?«, fragte Kalle, während er zur Flagge oben auf Kastellholmen schaute.

»Hier wird es interessant«, sagte der Amerikaner. »Euer Felix Martini hat massenhaft Zeit im Internet verbracht, mit einem Server verbunden, der in Dubai steht. Das ist ein Server, der auch schon von nordafrikanischen Islamisten verwendet worden ist, um die blutigen Hinrichtungen von christlichen Geiseln zu beschreiben. Leider besitzen wir nicht die gesamte Kommunikation, vieles liegt als Chat in virtuellen Welten, wie zum Beispiel *Second Life*. Das ist eine verbreitete Methode, um ein Abhören zu vermeiden. Der Chat wird nicht auf dieselbe Weise gespeichert wie gewöhnliche E-Mail-Nachrichten. Wir glauben, dass der Mörder mit seinen Auftraggebern über diesen Weg kommuniziert haben könnte.«

»Gibt es ein komplettes Soziogramm von Felix Martini?«, fragte Kalle. »Es wäre natürlich ungeheuer wertvoll für mich, ein Bild von seinem Netzwerk zu bekommen.«

»Unsere Leute helfen der FRA gerade, das zu erstellen«, sagte Jeff Samson. »Sie kriegen es morgen, zur gleichen Zeit. Sollen wir uns da woanders treffen?«

»Sagen wir, im östlichen Teil von Gärdet, genau gegenüber vom Technischen Museum. Da sind dann nur wir und die Schulkinder«, schlug Kalle vor.

Ehe sie sich trennten, gab er dem Amerikaner die aktuelle Ausgabe des *Aftonbladet*. Die erste Seite zierte ein mit Blitz geschossenes Foto von Kalle selbst, in der Dunkelheit in einer der engen Gassen von Gamla stan stehend, und dazu die riesige Headline: »HIER BIN ICH DEM MÖRDER BEGEGNET«. Der Amerikaner hatte die Zeitung bereits gelesen, nahm das

Exemplar aber trotzdem, rollte es zusammen und steckte es in die Manteltasche.

Felix erwachte nach einer unruhigen Nacht in Saras Gästebett. Er war erst gegen vier Uhr früh und mit vier Schlaftabletten aus Saras Arzneischrank eingeschlafen. Trotz der Tabletten war er von Albträumen heimgesucht worden, hatte sich im Bett herumgeworfen und war in regelmäßigen Abständen aufgewacht. Er ahnte, dass Johan Brandell ihn verraten hatte. Das war bisher eigentlich der härteste Schlag. Wem sollte er noch vertrauen, wenn alte Freunde ihn auf diese Weise im Stich ließen?

Sara war ein Trost. Sie hatte Frühstück gemacht, Toast mit Dillästchen, die aus großen Häufchen mit goldenem, falschem Kaviar herausschauten, Jasmintee, Obstsalat aus Kiwi und Granatapfel, Croissants und frisch gepressten Grapefruitsaft. Sie aßen langsam und schweigend und spürten, wie der Kampfesmut zurückkehrte. Das Gefühl von Panik und Verwirrung wich Entschlossenheit. Er hatte nichts mehr zu verlieren.

»Hast du von deinem Judas Ischariot wenigstens ein paar brauchbare Informationen erhalten, ehe er dich an die Römer verkauft hat?«, fragte Sara.

»An die Pharisäer«, verbesserte Felix.

»Was?«

»Es waren nicht die Römer, die hinter Jesus her waren, sondern die Pharisäer. Bist du sicher, dass es Johan war, der die Polizei informiert hat?«, fragte Felix.

»Wie sollte sonst die halbe Flotte von Norrmalm und die Kriminalredaktion des *Aftonbladet* fünf Minuten, nachdem du das Haus verlassen hast, dort auftauchen?«

»Ne, ist schon klar. Aber vielleicht haben mich noch andere gesehen, auf der Straße oder so?«

»Bist du denn jemandem begegnet, der dich erkannt hat?«

»Nicht dass ich wüsste, aber sicher kann man da nie sein.«

»Nun gut, wenn du deinem Kumpel *the benefit of the doubt* gewähren willst. Aber wenn ich du wäre, würde ich in dieser Situation keinen großen Kontakt mehr zu ihm suchen.«

Sara warf den Kopf in den Nacken und drückte ihre Lucky Strike aus, während Felix den Kopf noch mehr hängen ließ.

»Stimmt. Nachdem du meine einzige Ratgeberin bist, ist es wohl besser, wenn ich dir nicht widerspreche.«

»Gut«, sagte Sara. »Also, hast du was rausgekriegt über Graumantel und Konsorten?«

»Nicht viel. Das Bild von der Katze hatte Johan noch nie gesehen, er meinte, es könnte vielleicht ein modernes Wappen sein. Graumantel war der Name für Karl XI., und Clio ist die Muse der Geschichte. Im Nationalmuseum scheint ein Bild zu hängen, das Clio und Fama zum Thema hat. Das ist wirklich weit hergeholt, aber ich kann mir keinen anderen Sinn von Charlies Worten vorstellen.«

»Sollen wir hingehen?«, fragte Sara eifrig. »Soll ich gehen, dann musst du dich nicht in der Stadt zeigen. Ich liebe Kunst.«

»Ich gehe heute Nachmittag selbst hin«, sagte Felix und spritzte Zitronensaft über seine letzte Portion falschen Kaviar. »Aber erst muss ich ein paar Sachen im Internet checken. Das Nationalmuseum hat eine Galerie im Netz, vielleicht kann man das Bild dort schon mal anschauen. Und ich muss rausfinden, was dieses Katzentier bedeutet. Johan hat etwas von einem staatlichen Heraldiker erwähnt, einem Experten für Wappen, den man fragen kann.«

»Der Heraldiker?«, fragte Sara. »Der ist doch berühmt geworden, als er das neue Logo der Armee gestoppt hat. Das wäre zu modern oder so. Klingt nach einer uniformierten Wachsfigur, die in einem Keller sitzt und mit offenen Augen schläft.«

»Dann hat er ja Zeit, unsere Fragen zu beantworten«, meinte Felix.

Sie nahmen die Teetassen mit zum Computer. Kein Treffer auf den Gelben Seiten, aber nach einigem Suchen fanden sie die

Behörde für Heraldik auf der Website des Staatsarchivs. Felix nahm das Telefon und wählte die Nummer. Nachdem er in der Schleife gewartet und mit einer unverständigen Person an der Rezeption gesprochen hatte, gelangte er an den Assistenten.

»Guten Tag, mein Name ist Fälldin, und ich habe eine Frage an den Staatsheraldiker. Ist es möglich, ihn zu sprechen?«

»Ja, worum geht es? Das hier ist keine allgemeine Serviceleitung.«

»Ich arbeite an einer Doktorarbeit in Geschichte und bin auf ein Wappen gestoßen, das darin eine zentrale Rolle zu spielen scheint. Ich bräuchte einfach Hilfe, um es zu interpretieren. Ich habe überall gesucht, aber keine Erklärung gefunden.«

»Das ist eine Art Frage, wie wir sie normalerweise nicht behandeln. Das Aufgabengebiet der Behörde für Heraldik umfasst lediglich Symbole, die sich auf Staaten oder staatliche Behörden beziehen.«

»Könnten Sie nicht eine Ausnahme machen? Es ist von entscheidender Bedeutung für meine Forschungen. Ich wäre Ihnen äußerst dankbar.«

»Nun gut, warten Sie einen Augenblick, ich erkundige mich.«

Man hörte Stimmengemurmel im Hintergrund und Musik, die an Oper erinnerte. Felix stand einige Minuten mit dem Hörer in der Hand da, während Sara die Augen verdrehte und etwas wie »auf Kosten der Steuerzahler« flüsterte. Schließlich wurde der Hörer am anderen Ende wieder aufgenommen und eine forsche Männerstimme sagte:

»Runström. Womit kann ich dienen?«

»Mein Name ist Martin Fälldin. Spreche ich mit dem Staatsheraldiker?«

»Am Apparat. Was wünschen Sie?«

»Nun, ich bin also bei meinen Forschungen auf ein Wappen gestoßen, es ist eine schwarze Katze auf einem viereckigen Schild, und ich weiß nicht, ob es alt oder neu ist. Sagt Ihnen das Bild etwas?«

»Sie meinen, eine gewöhnliche Katze? Man hat in mehreren Wappen die neunschwänzige Katze, aber das ist ja eine Peitsche, ein Foltergerät aus dem Bereich der Seemilitaria. Löwe, ja, aber von Hofkatzen habe ich noch nicht gehört. Könnte es vielleicht ein Wappen aus jüngerer Zeit sein? Das ist eine Kategorie, mit der wir uns hier nicht befassen. Es gibt viele Leute, die Aquariumfische, Oldtimer und Gott weiß was auf ihre Wappen malen. Katze klingt wie etwas aus diesem postmodernistischen Genre. Ein Begriff für Entchristianisierung und die Auflösung der Traditionen. Aber jetzt muss ich leider wieder an meine Arbeit gehen.«

»Warten Sie bitte«, stöhnte Felix, »das hier ist wichtig für mich, es ist entscheidend für meine Arbeit. Gibt es nichts, wo Sie nachsehen könnten, ob das Bild in Ihrem Archiv liegt?«

»Akademische Forschung, sagen Sie. Welche Universität?«

»Södertörn«, brachte Felix heraus.

»Das ist keine Universität. Nun gut. Geben Sie mir ein paar Minuten, dann werde ich einen Blick in unser Register werfen.«

»Herzlichen Dank. Ich werde warten«, sagte Felix, zwinkerte Sara zu und atmete durch.

Es dauerte fast zehn Minuten, ehe der Experte zurückkam. Während dieser Zeit schaffte Felix es, herauszubekommen, welche Musik aus den Lautsprechern des Staatsarchivs schallte: *Der Ring der Nibelungen.*

»Hallo«, sagte der Heraldiker, jetzt mit weniger forscher Stimme. »Das ist zugegeben tatsächlich sehr interessant. Es gibt ein ausgestorbenes Adelsgeschlecht, das ein Wappen hatte, das Ihrer Beschreibung gleicht. Mueller, aus dem Baltikum oder aus Deutschland stammend.«

»Weiß man noch mehr über sie?«, fragte Felix.

»Ein John Mueller zu Lilliencreutz scheint in Visby geadelt worden zu sein. Er starb 1638 als schwedischer Gesandter in Hamburg. In der auf Deutsch gehaltenen Leichenrede heißt es, dass Mueller am 10. Dezember 1594 geboren wurde, wahrscheinlich 1625 heiratete, im selben Jahr, in dem er auch geadelt wurde, und im Alter von 44 Jahren am 20. August 1638 starb. Warum er die Katze auf dem Wappen hat, weiß ich nicht, das ist sehr ungewöhnlich, aber es sieht aus wie das Bild, das Sie beschrieben haben.«

Der Staatsheraldiker war mittlerweile aufgetaut und wohlwollender. Er erbot sich, das Wappenschild zu faxen, und verschwand wieder vom Telefon, um weitere Nachforschungen im Archiv zu betreiben. Diesmal musste Felix eine Viertelstunde warten, während er zuhörte, wie Wotan mit Hilfe des Rheingolds und dem Ring der Nibelungen Freia bei den Riesen auslöste. Als Runström wieder am Telefon war, hatte der Fluch des Rings die Riesen getroffen, die sich sofort zu streiten anfingen. Richard Wagner lud jetzt für das Finale noch mal ordentlich nach. Felix war mitten in der Handlung und vergaß für einen Moment sogar den Strohhalm, an dem er hing und schaukelte.

»Entschuldigen Sie bitte«, sagte der Experte sanft und ein wenig atemlos. »Die Muellers waren richtige Kosmopoliten. Es scheint, als seien die vier Kinder von John über ganz Nordeuropa verstreut gewesen. Einer wurde Landesfürst in Narva, einer Gesandter in Moskau, eine der Töchter heiratete einen dänischen Priester, was zu der Zeit doppelt kompliziert gewesen sein muss, wenn man an die ständigen Kriege zwischen Dänemark und Schweden denkt.«

»Aber das Geschlecht ist ausgestorben, sagen Sie?«, schob Felix ein.

»Es scheint so, ja. Die letzte Eintragung ist aus den 1690er-Jahren, als ein Karl Otto Mueller, wahrscheinlich ein Enkel des Ahnen, in der großen Rezession das Schloss Bogesund verlor. Sieht ganz so aus, als ob dieses Geschlecht der eisenharten Politik Karls XI. zur Rettung der Staatsfinanzen zum Opfer gefallen ist.«

»Danke«, sagte Felix. »Entschuldigen Sie, wenn ich frage, aber Sie wissen nicht zufällig Näheres über Bogesund?«

»Liegt auf Vaxholmen. Gehört zur staatlichen Gebäudeverwaltung und ist im Sommerhalbjahr für die Allgemeinheit zugänglich.«

»Tausend Dank. Sie können sich gar nicht vorstellen, was diese Informationen für mich bedeuten«, sagte Felix. »Ich würde mich freuen, mich noch einmal melden zu dürfen, wenn ich mit meinen Forschungen weitergekommen bin. Das hier scheint sehr interessant zu sein.«

»Das Vergnügen war ganz meinerseits«, sagte der staatliche Heraldiker Runström. »Wir werden Ihnen gleich das Bild von dem Wappen faxen.«

Das mittelgroße Containerschiff *Ikaros* fuhr mit nur elf Mann Besatzung. Ein griechischer Kapitän, ein Steuermann aus dem Libanon, Schiffsmechaniker und Motorenwart aus Lettland, ein russischer Maschinist und ein Koch aus Bangladesh. Die übrigen waren Filipinos. Die Sprache an Bord, wenn man überhaupt miteinander redete, war Englisch. Dem »Schweizer« war eine eigene Kabine zugeteilt worden, und er verbrachte fast gar keine Zeit mit den anderen. Man aß zumeist schweigend, schaute sich allein Pornofilme an oder arbeitete. Es war nicht üblich, dass eine besondere Ladung begleitet wurde, aber in diesem Fall hatte der Kapitän die Order direkt vom Reeder erhalten. Abgesehen vom Befehlshaber gab es niemanden, der wusste, dass vor Holland noch zwei weitere Personen an Bord kommen würden. Die Besatzung war es gewohnt, keine Fragen zu stellen, und interessierte sich auch nicht für den Passagier ohne Aufgabe, der über das schmale Deck schlenderte, und noch weniger für den Inhalt in den versiegelten Containern.

Das Schiff war nach einer ereignislosen Reise in den Ärmelkanal gelangt. Trotz guter Witterungsverhältnisse war es sehr neblig und der Verkehr wie immer in diesem Fahrwasser sehr dicht. Die *Ikaros* verlangsamte die Fahrt auf achtzehn Knoten und begann ein wenig in der langen Dünung zu rollen.

Kapitän Stavros Nikolidis war 61 Jahre alt und hatte fast ein halbes Jahrhundert auf Schiffen verbracht. Seine Gedanken gingen in die andere Richtung, genauer gesagt zur Insel Lesbos, wo er eben die Ersparnisse seines Arbeitslebens in einen Weinberg investiert hatte, der in einem lieblichen Tal, weit genug vom Meer entfernt, lag. Noch ein Jahr des Schaukelns, und dann würde er sich endlich mit einem Glas Ouzo auf der Veranda zur Ruhe setzen und zuschauen, wie die Enkelkinder spielten und der Muskat auf dem Südhang reifte.

Am zweiten Tag der Reise hatte er zum ersten Mal mit dem Passagier gesprochen. Es stellte sich bald heraus, dass dieser ganz und gar nicht aus der Schweiz stammte, sondern aus Schweden. Für den Kapitän spielte das keine Rolle. Er war im Laufe der Jahre auf den Meeren vielen Schweden begegnet, aber niemals einem Schweizer, so gesehen schien das logisch. Sein Interesse für diese alpinen Länder war minimal. Die beiden sprachen ein wenig über Casablanca und über die griechische Inselwelt, über Segeln und Trauben.

Sie tranken miteinander ein paar Bier und wollten sich gerade trennen, als sich ein schnelles Schiff von Backbord näherte. Als es näher kam, konnte man eine knatternde britische Flagge am Topp des kurzen Mastes erkennen. Es war ein Patrouillenboot der Marine, nicht die Küstenwache. Es ging längsseits und signalisierte der *Ikaros*, die Fahrt rauszunehmen.

»Königliche Flotte. Beidrehen und Übernahme vorbereiten«, dröhnte es auf Englisch aus dem Lautsprecher und über Funk.

Stavros merkte, wie sein Blutdruck vor Wut stieg, aber er verhielt sich ruhig, der Puls war unverändert. Er hatte schon das meiste gesehen, was man auf See erleben konnte, diese Situation war nicht neu für ihn. Aber sie befanden sich in internationalem Gewässer. Die Royal Navy, die Nato oder die EU hatten hier keine Hoheitsgewalt, es gab also formell keine Verpflichtung anzuhalten.

Die *Ikaros* setzte ihren Weg ungefähr eine halbe Minute mit unveränderter Fahrt fort, ehe Kapitän Nikolidis die Direktive des Patrouillenbootes befolgte. Das hier war nicht der richtige Zeitpunkt für heldenhaften Widerstand.

Das Fallreep ging an Backbord nieder, und eine Delegation von fünf Männern enterte das Containerschiff. Stavros begrüßte die Gesellschaft mit verschränkten Armen und finsterem Blick. Der Passagier hatte sich entschieden, auf der Brücke zu bleiben, verfolgte die Begegnung jedoch aus einigem Abstand. Zwei der Besucher trugen Uniform, ein Seeoffizier und ein bewaffneter Matrose, der seine scharf geladene Handfeuerwaffe, wenn auch mit zusätzlicher Sicherung, im Anschlag hielt. Die übrigen drei trugen schwere Ausrüstung und Blaumänner, auf deren Rücken in diskreten Buchstaben NEST aufgedruckt war.

Stavros kannte diese Abkürzung, und sein Passagier ebenso: Nuclear Emergency Support Team. Das hier waren Wissenschaftler, wahrscheinlich Amerikaner, die darauf trainiert waren, nach nuklearem Material zu suchen.

Stichproben gehörten zur Verteidigungsstrategie der westlichen Welt. Amerikanische Satelliten spürten Schiffe aus verdächtigen Häfen, mit verdächtigen Lasten oder verdächtigen Eignern auf. Das System war immer noch in der Erprobungsphase. Die USA hatten an Häfen und Grenzposten in der ganzen Welt 1500 Radiumsensoren verteilt und auch ihre eigenen Grenzen im Norden und Süden, ihre Küstenwache, Flugplätze, Bahnhöfe, Postämter und sogar die Rastplätze für Langstreckenverkehr damit ausgestattet. Doch je mehr Sensoren installiert wurden, desto häufiger ging der Alarm los. Allein in den USA gingen an einem durchschnittlichen Tag rund tausend Alarme ein, und alle mussten verfolgt werden. In der ganzen Welt waren die Zahlen natürlich noch viel höher. Alles Mögliche ging ins

Netz: Bananen mit dem Isotop Kalium 40, Kranke, die mit Thorium behandelt worden waren, Keramik aus Ton, der aus uranhaltigen Erden gewonnen war, bestrahlte Fossilien. Am weitesten verbreitet war einfach zusammengeworfener Industrieschrott, der radioaktive Gegenstände enthielt.

»Kapitän zur See John Fredricks, Royal Navy«, sagte der britische Stabsoffizier, legte einen militärischen Gruß ab und reichte dem Befehlshaber der *Ikaros* die Hand.

»Stavros Nikolidis«, antwortete dieser kurz.

»Dies ist eine Routinekontrolle im Kampf gegen den internationalen Terrorismus«, fuhr Fredricks fort. »Es ist uns bewusst, dass Sie sich außerhalb britischer Gewässer befinden, wir rechnen aber dennoch auf Ihren Willen zur Zusammenarbeit. *Yes?*«

»Wir haben angehalten, oder?«, sagte Stavros und machte eine ausladende Geste mit den Händen.

»Ja, vielen Dank«, erwiderte der Besucher. »Nun bitten wir um Ihre Erlaubnis, eine Inspektion der Ladung vorzunehmen, das wird ungefähr eine Stunde dauern.«

»Und wenn wir das verweigern?«, fragte Stavros.

»Das wäre unglücklich«, erwiderte der Kapitän zur See. »Wir wissen, dass Sie auf dem Weg nach Skandinavien sind. Sie müssen deutsches oder dänisches Hoheitsgewässer passieren, um Ihr Ziel zu erreichen. Wenn wir die Inspektion jetzt nicht vornehmen dürfen, dann werden Sie verspätet sein und auf Ihrem weiteren Weg Schwierigkeiten bekommen. Große Schwierigkeiten.«

»Sie haben hier keine Hoheitsgewalt. Ist dies eine Drohung?«, fragte Stavros und wandte sich an seinen Steuermann als Zeugen, um der Frage eine offizielle Note zu geben.

»Das ist eine Feststellung«, sagte John Fredricks.

Nach kurzer Diskussion erklärte sich der Kapitän bereit, die Inspektion zuzulassen. Es dauerte fast eine halbe Stunde, die Unterlagen und die Liste der Container zusammenzustellen.

Noch ehe die drei Männer von NEST mit ihren Messapparaturen die Kontrolle begonnen hatten, war die angekündigte Zeit schon verstrichen. Kapitän Nikolidis wurde klar, dass sie richtig Zeit verlieren würden, und er verspürte eine schreckliche Lust auf eine Camel ohne Filter.

Erst drei Stunden, nachdem das britische Patrouillenboot mit dem Frachter längsseits gegangen war, versammelten sich das NEST-Team, die Briten und der Kapitän der *Ikaros* im Decksbüro. Der Chef der Amerikaner flüsterte John Fredricks etwas ins Ohr, ehe er sich Stavros zuwendete.

»Wir müssen zwei Ihrer Container öffnen.«

»Das ist leider unmöglich«, antwortete der Grieche mit einer Gesichtsfarbe, die jetzt in Richtung Rot ging. »Die Container sind deklariert und verplombt. Wir haben bereits alle denkbaren Sicherheitskontrollen durchlaufen. Wir sind auf dem Weg von Marokko nach Schweden und haben Schrott und Apfelsinen geladen. Was hat die Nato mit einem solchen Routinetransport zu schaffen? Das ist absurd.«

»Kann ich vielleicht behilflich sein?«, konnte man schräg hinter dem Kapitän eine Stimme vernehmen. Es war der schwedische Passagier, der sich jetzt ein frisch gebügeltes Hemd und einen Anzug angezogen hatte.

»Mein Name ist Karl Andersson. Ich vertrete das Unternehmen, das einen Teil des Transports bestellt hat. Sind es möglicherweise die Container mit den Nummern 856 und 857, bei denen Ihre Messgeräte einen Ausschlag verzeichnen?«

Fredricks und die Amerikaner berieten sich wieder flüsternd und musterten den neuen Gesprächspartner. Einen gut gekleideten und versierten Nordländer hätten sie auf einem Frachter wie diesem nicht erwartet. Der britische Offizier wandte sich mit einer leichten Verbeugung dem Schweden zu:

»*Indeed.* Dies ist der Teil der Ladung, den wir näher in Augenschein nehmen müssen.«

»So erlauben Sie mir bitte, die Notwendigkeit einer solchen

Inspektion in Frage zu stellen«, erwiderte der Schwede. »Der Container enthält gebrauchte Rauchmelder mit leicht, radioaktivem Material. Wenn wir wirklich mit Material für eine Bombe herumfahren würden, dann wäre es doch leicht, dies durch Bleiwände zu verbergen. Angereichertes Uran ist ein Niedrigenergie-Isotop, das nicht viel Strahlung abgibt, solange es noch nicht für eine Explosion komprimiert ist. Sie sieben Mücken und werden eines Tages Kamele schlucken müssen.«

»Danke«, sagte Fredricks, der ein wenig verwirrt aussah. »Ich denke nicht, dass Sie der Gruppe hier eine Vorlesung über Kernphysik halten müssen. Seien Sie einfach so freundlich, die Container zu öffnen.«

Jetzt waren der Grieche und der Schwede dran, sich zu beraten. Nach einer Weile weiterer fruchtloser Verhandlungen wurden zwei der Filipinos mit Werkzeug ausgerüstet an Deck gerufen, um in die bezeichneten Container zu steigen. Zwanzig Minuten dauerte es, um den größten Teil der Ladung des Metallkastens Nummer 856 freizulegen. Das NEST-Team tauchte mit neuen Instrumenten in die Eingeweide des Containers ein, um den Fund zu untersuchen. Rauchmelder. Mehrere tausend. Die gut ausgebildeten Inspekteure wussten, dass diese Dinger kleine Mengen des Isotops Americum 241 enthalten konnten. Sie wussten auch, dass ein Terrorist, der den Weg über die Rauchmelder gehen wollte, gezwungen war, sich eine Million dieser Einheiten zu beschaffen. Das war praktisch unmöglich.

Die Inspektion wurde abgebrochen, der britische Kapitän zur See murmelte eine Entschuldigung und kehrte mit seiner Delegation auf das Patrouillenboot zurück.

Der Rauch aus dem Schornstein der *Ikaros* verdichtete sich, als der Frachter mit neuer Fahrt nach Norden fuhr. Der Container 857 war noch immer versiegelt.

Johanna hatte bis zum Mittagessen noch eine Stunde Zeit, ehe sie ihren Vater im Restaurant Gondolen treffen würde. Sie war ganz wild darauf, den Umschlag aus dem Außenministerium zu öffnen, wollte den Moment aber gerade deshalb noch ein wenig hinauszögern. Stattdessen ging sie zum Kungsträdgården hinunter, setzte sich bei der Statue von Karl XII. auf eine Bank und rief zu Hause bei Peter an.

»Hallo Honey, hier ist dein Bulle.«

»Tja«, erwiderte ihr Gatte.

»Wie ist es?«

»Geht so«, erwiderte er.

»Denkst du dran, dass wir bald zu Ikea fahren müssen?«, bat Johanna. »Ich habe eine ganze Liste mit Sachen, die ich brauche. Vielleicht morgen Abend?«

Peter seufzte.

»Du meinst, Regal Rübezahl, Sofa Satanas und Gießkanne Gollum?«

»Hör auf«, sagte Johanna.

»Hutablage Hitler, Stuhl Stalin, Oberbett Osama«, fuhr Peter fort.

Sie lachte ein wenig, um die Form zu wahren, merkte aber schon, wie ihr die Geduld ausging.

»Leselampe Lenin, Toilettensitz Trotzki, Garderobe Göring …«

»Okay, okay, ich habe verstanden«, sagte Johanna. »Ich kann auch allein fahren, aber dann hast du John auch an dem Abend.«

»Dann fahre ich«, sagte Peter.

Sie sprachen ein wenig über die Kinder, dann verabschiedete sie sich und legte auf. Mit einem tiefen Atemzug nahm Johanna das Kuvert heraus, das sie von der nervösen Frau aus dem Außenministerium bekommen hatte, machte es auf und faltete das Papier darin auseinander.

Es handelte sich um eine zerknitterte Faxmitteilung im Format A4. Absender: Schwedische Botschaft in Bangkok. Empfänger: Außenministerium Stockholm, Konsulatsabteilung.

Betreff: DRINGEND Naturkatastrophe in Süd-Thailand. Datum: 26.12.2004, 08 Uhr 02.

Johanna biss sich auf die Knöchel der linken Hand. Das hier war das fehlende Glied in dem Bericht der Katastrophenkommission. Das verschwundene Fax. Warum hatte das im Schreibtisch des Toten gelegen?

Johanna kam zu dem Ergebnis, dass Charlie Lillia vielleicht aus Schlamperei die Nachricht nicht weitergegeben und sie dann versteckt hatte, um nicht zur Rede gestellt zu werden. Aber ob er darum ermordet worden war? Und warum erst jetzt? Das schien doch sehr weit hergeholt.

Sie beschloss, das Dokument bis auf weiteres für sich zu behalten. In der derzeitigen Situation war dieses Puzzleteil für ihre Mordermittlungen wichtiger als für den politischen Streit um das damalige Krisenmanagement der Regierungsbehörden. Die Arbeit der Katastrophenkommission war abgeschlossen, während ihre gerade erst begonnen hatte. Sie faltete den Brief zusammen und spazierte langsam am Wasser entlang Richtung Slussen.

Der Oberarzt Carl Tott war bester Laune, als er seine Tochter vor dem Katarinahissen umarmte. Er arbeitete immer noch hart, obwohl er das offizielle Pensionsalter schon überschritten hatte, aber er hatte immer Zeit für ein gemeinsames Mittagessen oder Kaffeetrinken, wenn Johanna ihn anrief.

Carl war ein gut aussehender Mann mit schwarzem, gut geschnittenem Haar, das an den Schläfen grau geworden war. Er war gepflegt gekleidet, trug einen maßgeschneiderten blauen Anzug und handgearbeitete, hellbraune Schuhe der englischen Marke Church. Ein wenig kühl fanden ihn seine Patienten und Kollegen am Sofiahemmet, aber Johanna, die immer sein Augenstern gewesen war, empfand das nicht so. Er verstand sie besser als jeder andere.

Sie dachte oft, dass sie ihre Sensibilität von ihm geerbt hatte. Er war ein ungewöhnlicher Mann, und sie war seine ungewöhnliche Tochter. Seine Ehefrau und Johannas Mutter Louisa Tott war an Brustkrebs gestorben, als das Mädchen zwölf Jahre alt war.

»Nun, mein Liebling, wann wirst du zur Kommissarin befördert?«

Das war die stehende Eröffnungsfrage des Vaters. Indem er die Betonung auf ihre Karriere legte, deutete er indirekt an, dass eine Mutter eigentlich zu Hause bei ihren Kindern sein sollte. Johanna lächelte großzügig:

»Um eine solche Stelle muss man sich bewerben, Papa, und das habe ich noch nicht getan. Ich habe erst vor wenigen Monaten ein Kind bekommen, wenn du dich erinnerst. Deinen Enkel John.«

Carl lachte und bestellte die Vorspeise, Carpaccio auf Thunfisch, und dazu ein Glas Chablis Premier Cru. Dann fuhr er in ernsterem Ton fort:

»Wie geht es mit den Ermittlungen voran?«

»Ich habe ein paar Sachen herausgefunden, die mich verunsichern«, gestand Johanna. »Ich muss mit jemandem darüber reden, um wieder auf den Teppich zu kommen, ehe ich die Gedanken den Wölfen auf dem Revier vorwerfe. Wahrscheinlich ist es auch nur ein Hirngespinst.«

»Was ist es denn, meine Liebe? Was hast du herausgefunden?«, fragte Carl und lehnte sich über den Tisch.

Johanna begann zu erzählen, von den vier Mordopfern und ihren Nebenrollen in den schwedischen Dramen: *Estonia*, Mord an Olof Palme, Orkan Gudrun und Tsunami.

»Kann es Zufall sein, dass vier Männer mit Verbindungen zu diesen Geschehnissen im Abstand von nur wenigen Tagen ermordet werden?«

»Ja, Liebes, das kann es«, meinte Carl nach einigem Nachdenken. »Lass mich dir nur von all den Wahrnehmungsfehlern berichten, die einem Arzt unterlaufen können, da können Polizisten auch noch viel lernen.«

»Warum sollte es sich um einen Wahrnehmungsfehler handeln?«, fragte Johanna.

»Denk doch mal nach. Spielen große Medienereignisse nicht eine wichtige Rolle in deinem eigenen Bild des modernen Schweden? Und ist es nicht so, dass du weiterhin Menschen, die Opfer kannten, unter eben diesem Aspekt befragt hast, weil das etwas ist, wovon du im Vorhinein weißt? Es muss aber doch Hunderttausende von Menschen mit einer Verbindung zum Orkan Gudrun oder zum Untergang der *Estonia* geben.«

»Vielleicht ist das so«, gab Johanna zu. »Aber haben die Ärzte damit zu tun?«

»Also, mindestens fünfzehn Prozent aller Diagnosen, die Ärzte stellen, sind falsch. Dafür gibt es eine Reihe menschlicher Erklärungen. Erst einmal haben wir da das, was der Engländer *attribution error* nennt. Man schreibt einem Patienten eine Menge, zumeist negative Eigenschaften zu, indem man zum Beispiel Übergewicht oder ein Suchtproblem feststellt. Dann haben wir den *availability error*, wenn man die Erfahrung, die man zugänglich hat, im Bewusstsein obenan stellt. Stell dir einen Experten für Gastroenterologie vor, der eine Frau mit Magenschmerzen behandelt. Seine spontane Interpretation ist, dass das Problem vom Nahrung verarbeitenden Apparat des Magen-Darm-Trakts herrührt, während ein Gynäkologe ganz andere Schlüsse ziehen würde.«

»Ich verstehe, worauf du hinauswillst«, sagte Johanna. »Das gibt es bei der Polizei natürlich auch alles. Aber sagen wir einfach mal, dass der erste Gedanke, der in meinem Superhirn aufgetaucht ist, richtig ist, und dass es einen solchen Zusammenhang zwischen den Opfern gibt.«

»Warte nur, ich bin noch nicht fertig«, sagte Carl. »Ein weiterer verbreiteter Fehler ist der *search satisfying error*, wenn man zu früh aufgibt, sowie man eine zufriedenstellende Antwort auf das Rätsel gefunden hat, ganz gleich, ob sie korrekt ist oder nicht. Und dann gibt es nicht zuletzt noch die *confirmation bias* und das *diagnostic momentum*, wenn der Arzt nur noch die Wahrnehmungen annimmt, die seine erste Beurteilung unterstützen, und auf demselben Weg weitermacht, unfähig, die Gedankenspur zu wechseln. Es gibt eine Vielzahl menschlicher Schwächen, die es sowohl Ärzten als auch Polizeibeamten schwer machen. Ich sage nicht kategorisch, dass du falschliegst, muss aber zugeben, dass deine phantasievolle Interpretation dieses Musters alle fünf Kategorien, die ich aufgezählt habe, möglich macht.«

»Das mag ja durchaus sein«, sagte Johanna mit einem Lächeln. »Arbeitet ihr als Ärzte denn daran, diese Fehlerquellen zu vermeiden?«

»Haha. Nein, so weise ist das alles leider nicht eingerichtet. Junge Ärzte dürfen so etwas in ihrer Ausbildung nicht lernen. Die meisten leben ganz einfach in glücklichem Unwissen um die Tatsache, dass ihr Denken zu vorhersehbaren Fehleinschätzungen führt, die ihrerseits wieder fatale Folgen haben können. Unser Gesundheitssystem ist weder bemüht, diesen Fehlern vorzubeugen, noch den Ärzten eine Rückmeldung zu geben, um eine Wiederholung des Fehlers zu vermeiden. Ist es zu verwegen, wenn ich vermute, dass es im Polizeiwesen ebenso schlecht aussieht?«

»Machst du Witze?«, fragte Johanna. »Wenn du auf Kungsholmen einen Vortrag über so etwas halten würdest, dann würden die Leute glauben, du kommst vom Mond. Und Englisch können sie schon mal gar nicht.«

»*Quod erat demonstrandum*«, sagte Carl Tott.

»Ja, und Latein auch nicht«, fügte Johanna hinzu.

Ihr Vater lächelte und winkte der Bedienung. Jetzt war es an der Zeit für das Hauptgericht, gekochter Heilbutt mit Meerrettich und *haricots verts*. Sie tranken weiterhin denselben Wein, nahmen aber noch mehr von dem frisch gebackenen Brot und bestellten Mineralwasser dazu.

»Bist du denn bei deinen Ermittlungen nicht auf etwas Konkretes gestoßen?«

»Ich habe ein Foto, auf dem der Generaldirektor des Seefahrtsamts vor vielen Jahren von einem Boten der russischen Mafia einen Umschlag erhält. Wir verfolgen das jetzt, aber es muss in diesem Zusammenhang nicht unbedingt von Bedeutung sein. Dann gibt es Indizien und technische Beweise gegen Felix Martini, du weißt schon, den Muslimschwulen, im Fall Charlie Lillia. Er ist aus dem Gefängnis entwichen, was den Eindruck verstärkt, dass er der Täter ist. Aber mein Job ist es, das ganze Bild zu betrachten, die Verbindungen zwischen den Morden, wenn es nun welche gibt. Um Haare, Telefonlisten, Überwachungskameras und solche Dinge kümmern sich andere. Das Einzige von Substanz bisher sind ziemlich ähnliche Fasern unter den Nägeln von Opfer Nummer eins und zwei. Ja, du hast ja Kalle Holm im *Aftonbladet* gelesen. Über diese Tatsache war er richtig informiert, aber jetzt scheint er von Muslimen besessen zu sein. Leider beeinflussen seine Schreibereien die Kollegen bei der Kripo, das ist wie ein Rundumschlag in Sachen eingeschränktes Denken. *Search satisfying error*, weißt du.«

»Da würde ich eher sagen, *attribution error*«, lachte Carl. »Aber nur weil die Muslime einen schlechten Ruf haben, heißt das nicht, dass sie unschuldig sind. Kalle Holm stellt ja ungefähr dieselbe Verbindung zwischen den Opfern her wie du, eben dass sie erfolgreiche Männer in dieser Gesellschaft waren, Repräsentanten des offiziellen Schweden. Da ist es nicht weit hergeholt, ein Muster für Terrorismus zu sehen. Und was ist deine Meinung über ihren gemeinsamen Hang zu Gottesdiensten in der Staatskirche?«

»Das ist natürlich nicht uninteressant. Aber da kann man nun von *confirmation bias* sprechen, oder eher umgekehrt. Weil das *Aftonbladet* auf die Spur mit den Lutheranern gekommen ist, sind sie bei der Kripo dieser Sache ziemlich kühl begegnet. So funktioniert die Psychologie. Wenn die Presse etwas verstärkt, was man selbst schon entdeckt hat, dann fährt man noch schneller in die Richtung, aber wenn die Medien mit etwas kommen, was nicht passt oder ganz neu ist, dann versucht man, es von sich fernzuhalten. Ich persönlich finde, dass die Verbindung christliche Kirche – internationaler Terrorismus ziemlich fadenscheinig ist. Die Leute vom Dschihad arbeiten nicht auf diese Weise, und schon gar nicht im Irak. Aber es kann ja etwas anderes mit den Verbindungen der Männer zueinander auf sich haben.«

»Waren Sten Karlsson und Roy Engman miteinander bekannt?«, fragte Carl.

»Ich habe nichts gefunden, was darauf hinweisen würde.«

»Und die brutalen Mordmethoden?«

»Lassen eher an Rache denken oder an eine gewünschte Signalwirkung«, sagte Johanna. »In jedem Fall ein Zusammenhang.«

»Was wirst du jetzt tun?«

»Ich treffe mich weiterhin mit Leuten, die die Opfer kannten – Freunde, Kollegen, Verwandte. Und heute Abend habe ich eine Verabredung mit einem Mann, der mir etwas erzählen will, was mit den Morden zu tun hat. Das Risiko, dass er nur ein Mythomane ist, beträgt 95 Prozent, meistens ist es ja so, aber wir können es uns nicht leisten, die fehlenden 5 Prozent zu verpassen.«

»Wie heißt er?«, fragte Carl und rückte die Serviette auf seinem Schoß zurecht.

»Möller irgendwas«, sagte Johanna. »Den Vornamen habe ich vergessen. Werde ihn auf jeden Fall um fünf im Casino Cosmopol treffen. Das war seine Idee.«

»Cosmopol … auf der Kungsgatan, oder? Neben dem Oscarstheater?«

»Genau. Warst du schon mal dort?«, fragte Johanna.

»Glücksspiel war nie mein Ding«, erwiderte Carl, »zumindest nicht die Touristenvariante.«

Während das Gondolen mit den hart arbeitenden Leuten aus der Innenstadt besetzt war, war bei P.A. & Co. der Laden noch kaum in Gang gekommen. Dort aß man Frühstück, wenn andere Leute am Mittagstisch saßen, und Mittagessen, wenn andere zu Abend aßen. Das erste Bier des Tages hatten drei Männer an dem großen Ecktisch bestellt. Sie hatten das Lokal fast noch für sich, und das gefiel ihnen sehr gut. Diesmal waren sie nicht ins P.A. gekommen, um jemanden aufzureißen oder Kumpel zum Poker zu treffen, sondern um miteinander zu reden.

Kalle Holm und Kjell Pärzon saßen mit dem Rücken zum Fenster. Ihnen gegenüber Bruno Mild, ein Mann um die fünfzig mit Pferdeschwanz und Dreitagebart, meist mit derselben Uniform aus schwarzer Jeans, Lederjacke und Stiefeln bekleidet. Normalerweise verbrachte er seine Tage vor dem Computer in einem finsteren Loch am Lidingöväg. Er war formal Teil des Geheimdienstes, aber eigentlich Solist. Seine als geheim gestempelten Spezialberichte gingen nur an einen begrenzten Kreis von Personen innerhalb der polizeilichen und militärischen Behörden, dazu Kopien an das Verteidigungs- und das Außenministerium. Der Verteiler war klein, dafür waren diejenigen, die seine Analysen studierten, umso wichtiger. Der klügere Teil des Lesekreises hatte gelernt, dass es die Mühe immer wert war, denn Bruno Mild kannte sich aus, ob es nun um den internationalen Terrorismus ging oder um selbstgestrickte verrückte Ideen von rechts und links.

Bruno machte diesen Job schon seit zwanzig Jahren. Im Grunde war er es gewesen, der die Säpo davon überzeugt hatte, dass sie, anstatt harmlose linke Nostalgiker zu verfolgen, sich lieber um den gefährlichen Rechtsextremismus kümmern sollte, vor allem in den eigenen Reihen der Armee, im Jägerverband und bei der Landwehr.

Bruno hatte viele Jahre, fast Jahrzehnte gebraucht, um seinen Arbeitskollegen im Hauptquartier und bei der Polizei zu erklären: Das Feindbild der USA, Großbritanniens, Israels,

Deutschlands oder Dänemarks war nicht automatisch auch das Feindbild Schwedens.

Bruno Mild stand über der Politik. Sein Umgang mit Pärzon und Holm war für ihn eine Verlängerung seiner demokratischen Mission. Wenn er die Säpo besser machen konnte, dann schaffte er das auch mit der Kripo und dem *Aftonbladet*, oder zumindest konnte er eine ordentliche Portion gutes Karma in der Öffentlichkeit schaffen. Außerdem machte es Spaß, mit zwei zentral platzierten Zynikern die Klingen zu kreuzen.

»Verdammte Scheiße, es wird zu viel Bier getrunken«, sagte Kalle Holm. »Wir befinden uns mitten in der Badesaison, habt ihr daran schon mal gedacht, meine lieben Bierbäuche? Morgen werde ich von fünfhundert Situps pro Tag auf achthundert erhöhen.«

Kjell Pärzon sah auf seinen sich wölbenden Bauch unter dem karierten Pullover herab und sah zufrieden aus. Der magere Bruno Mild lächelte gnädig und leerte sein Glas.

»Ich habe festgestellt, dass es nur drei Dinge gibt, über die man nicht argumentieren kann«, fuhr Kalle Holm fort.

»Und was für Sachen sind das?«, fragte Pärzon.

»Muskeln, Geld und Wissen«, sagte Holm. »Wenn du eines davon hast, kann keiner mit dir streiten. Am besten, man hat alle drei.«

»Du hast den großen Schwanz vergessen«, erwiderte Pärzon.

»Den habe ich deinetwegen weggelassen«, meinte Holm.

»Und wie ist es mit Macht?«, fragte Mild.

»Das ist etwas anderes«, antwortete Holm. »Macht ist immer diskutabel und muss immer verteidigt werden. Wenn du Macht hast, kannst du keine Sekunde entspannen. *Never stop being nervous*, wie es in der amerikanischen Politik heißt. Einen fetten Bizeps, unbegrenzten Kredit und einen PhD aus Oxford hingegen kann dir niemand wegnehmen.«

»Jetzt hör aber auf, du hast ja nicht mal einen Abschluss von der Waldschratschule in Mönsterås«, meinte Pärzon.

»Nein, das ist es ja«, sagte Holm. »Jeder Idiot kann auf mich losgehen. Ich muss jeden Tag in der Zeitung aufs Neue mein Können beweisen.«

»Gott, wie du mir leid tust«, sagte Pärzon. »Habt ihr denn keine Frageseite in der Sonntagsbeilage, wo du dich mal ausheulen könntest?«

Bruno Mild hob eine Hand.

»Hört, meine Freunde, lasst uns das Schwanzmessen abbrechen. Wie Strindberg nach dem Wettkampf mit Albert Engström notierte: ›Sechzehn Zentimeter im aufgerichteten Zustand, ausreichend, aber nicht überlegen.‹ Ich muss jetzt hören, wie ihr die Sache mit den Morden seht. Bist du wirklich so überzeugt von der Islamistenspur, Kalle?«

»Ich gestehe, dass es ganz danach aussieht. Mohammed-Felix, die Staatskirche, die brutalen Methoden, die Bedrohung gegen Schweden, weil wir den Amerikanern im Krieg gegen den Terrorismus helfen.«

»Genau«, schob Pärzon ein. »Den Opfern steht Islamismus doch geradezu auf die Stirn geschrieben.«

»Warum sollten die sich dann an einem Professor für Pflanzenveredelung vergreifen?«, fragte Mild. »Das stimmt jedenfalls nicht mit meinen Erfahrungen von Dschihad-Kriegern überein. Aber was weiß denn schon ich, der ich unterm Dach wohne und keine Zeitung habe.«

Das Letzte sagte er in breitestem Ostgöta-Dialekt, doch diese Ironie war an die Freunde verschenkt.

»Das sind doch die Methoden, mit denen sie in Bagdad arbeiten, oder?«, fragte Pärzon.

»Stockholm ist aber nicht Bagdad«, gab Mild zu bedenken.

»Noch nicht«, entgegnete Holm und kratzte sich am Ohr. »Wie ordnest du denn die Signale über ein verschärftes Feindbild von der Station ein?«

Einen Moment lang sah Bruno Mild verwirrt aus. Er besaß keine derartige Information, doch andererseits pflegte er sich auch nicht so sehr um die Analysen des CIA zu scheren. Die spielte er in seinen Kontakten mit der Säpo eher herunter, denn dort war man sowieso immer gleich Feuer und Flamme für alles, was einen amerikanischen Stempel hatte.

»Das ist Politik, Kalle. Sieh dir die USA an. Seit dem 11. September sind die auf der Bereitschaftsskala mit *yellow alert, orange alert* und *red alert* immer auf und ab gefahren. Gleichwohl ist *over there* auch nicht der kleinste islamistische Chinaböller losgegangen. Warum sollten die das Feindbild hier bei uns besser einschätzen?«

»Spaßverderber«, sagte Holm.

»Verräter«, fügte Pärzon hinzu und grinste.

»Aber mal im Ernst«, sagte Mild. »Kennt ihr das Märchen von dem Wolf, der kommt? Wenn man das oft genug ruft, dann wird kein Schwanz mehr reagieren, wenn der Wolf eines Tages wirklich mal vor der Tür steht. Ich behaupte ja nicht, dass es keine islamistische Bedrohung gibt. Leider bin ich nur ziemlich sicher, dass wir *the big one* verpassen werden, weil alle herumrennen und Gespenster jagen. Sie riskieren, zu einer selbsterfüllenden Prophezeiung zu werden. Je mehr ihr die Muslime mit dem Terrorstempel behaftet, desto mehr junge Einwanderer kriegen Lust auf Rache. Ihr helft, das Monster erst zu schaffen, das ihr bekämpfen wollt.«

»Jetzt hör aber mal auf«, sagte Holm, und Pärzon nickte eifrig. »Verdammter Mohammed-Kuschler.«

»Kulturrelativist!«, rief Pärzon.

Alle drei lächelten breit, dennoch senkte sich eine drückende Stille über den Tisch.

Auf dem Weg nach unten im Katarinahissen piepste Johannas Handy. Sie sagte kurz »Einen Moment bitte« und umarmte ihren Vater, eher er im Menschengewimmel von Slussen verschwand. Dann nahm sie das Telefon wieder ans Ohr.

»Ja, Johanna hier.«

»Hier Zuhause. Ich wollte nur fragen, wann du zu kommen gedenkst.«

»Peter, Liebling, ich habe heute Abend noch ein Treffen, zu dem ich auf jeden Fall gehen muss. Ein Typ, der uns einen Tipp gegeben hat, und der nicht vor acht Uhr konnte. Tut mir so leid, aber ich werde wohl nicht vor neun Uhr zu Hause sein. Du kannst das Geschirr und alles stehen lassen.«

»Reicht es nicht, dass du vierzig Stunden in der Woche arbeitest? Ich flippe aus, wenn du jetzt auch noch nachts weg bist.«

»Hast du heute Nacht geschlafen?«, fragte Johanna.

»Nicht wirklich«, sagte Peter. »Man wird ja total bescheuert davon, den ganzen Tag mit dem Baby rumzulaufen. Und dann kommen die Zwillinge nach Hause und streiten und kreischen, bis sie endlich schlafen gehen, und du bist immer nur weg. Ist doch klar, dass ich nicht schlafen kann.«

»Hast du die Dosis erhöht, so wie der Arzt es gesagt hat?«

»Zoloft ist das reinste Rattengift. Ich fühle mich kein bisschen besser; das Einzige, was passiert, ist, dass ich zugenommen habe. Abends fresse ich wie ein Schwein. Gestern habe ich mir eine komplette Eistorte reingezogen. Das ist ja schon Elton-John-Niveau, verdammt noch mal.«

Johanna konnte nicht umhin, ein wenig zu lachen.

»Gibt es etwas, womit ich dich aufheitern könnte? Vielleicht noch eine Torte?«

»Das ist nicht witzig. Die Fettzellen erinnern sich. Wenn es so weitergeht, werde ich so fett sein wie nach dem Beinbruch. Das Ganze ist nur eine Verschwörung, um mich vom Markt wegzukriegen, das hast du zusammen mit deinen Feministinnen-Freundinnen ausgekocht.«

»Klar, wir treffen uns jeden Abend, um uns neue Methoden auszudenken, wie wir dich quälen können«, sagte Johanna.

»Es gibt nur eins, was schlimmer ist als das Patriarchat, und das ist das Matriarchat, zum Teufel«, fluchte Peter. »Und jetzt will die Regierung auch noch einen Papabonus einführen. Da kann man sich doch gleich die Kugel geben, oder?«

Beide lachten. Die Therapie hatte ihren Zweck erfüllt. Johanna versprach, mit einem ausgeliehenen Video und Süßigkeiten so schnell wie möglich nach Hause zu kommen.

Die Ermittlergruppe hatte für den Nachmittag eine Besprechung angesetzt. Johanna kam wie immer ein paar Minuten zu spät. Janne Hed versah sie mit einem langen Blick, während Kjell Pärzon mit einem kleinen Nicken grüßte. Neben ihm saß ein Neuzugang in der Gruppe, Kriminalinspektor Anders Pontén, der bisher einen guten Eindruck auf sie gemacht hatte. Verglichen mit den anderen schien er ein kultivierter Typ zu sein, er war von der Bundeskripo zur Verstärkung ausgeliehen worden.

Die Stimmung war gedrückt, die Luft schwer von säuerlichem Kaffee und angeordneten Überstunden. Janne Hed hielt einen seiner Monologe, was seinen Haarkranz noch schneller auf und nieder wippen ließ als gewöhnlich.

»Wie schon bekannt, ist der Journalist Kalle Holm gestern unserem Freund Martini in der Altstadt begegnet. Es spricht schon Bände, wenn das *Aftonbladet* den Mörder finden kann, aber die Polizei von Norrmalm nicht, und das, obwohl ein Hinweis mit der exakten Anschrift eingeht.«

»Verdammt«, sagte Kjell Pärzon und kratzte sich an der Nase.

»Verdammt in mehrfacher Hinsicht«, sagte Hed. »Wir meinen zu wissen, dass Martini der Mörder im Fall Lillia ist, und seine Flucht bestärkt diese These. Nach dem, was wir erfahren haben, ehe er verschwand, hat er auch kein Alibi für den Zeitraum der anderen Morde. Pärzon, erläutere uns doch mal die technische Beweislage.«

Der Kommissar räusperte sich:

»Die DNA-Tests haben ergeben, dass sich auf dem Pullover von Felix Martini Blut von Charlie Lillia befand. Es entstammt einer Schürfwunde am Hals, verursacht durch die Schnur. Die grauen Fasern, die man unter den Nägeln der zwei ersten Opfer sichergestellt hat, stimmen auch mit einem Pullover überein, den man zu Hause bei Martini gefunden hat. Da war allerdings kein Blut drauf, aber ein Haar, das wahrscheinlich von Roy Engman stammt. Das Labor hat verdammt gute Arbeit gemacht.«

»Entschuldige, wenn ich es nicht ganz begreife, aber da sind doch trotzdem noch ein paar Fragezeichen«, sagte Johanna.

Die anderen sahen sie etwas träge an und warteten auf die Fortsetzung.

»Dass Martini das Blut des Opfers an sich hat, ist nicht weiter verwunderlich, denn er war es ja, der den Toten gefunden hat und Wiederbelebungsversuche unternahm. Und dann frage ich mich, was es heißt, wenn du behauptest, dass die Fasern mit seinem Pullover übereinstimmen. Das Höchste, was die Techniker in einem solchen Fall sagen können, ist, dass die Proben von diesem oder jenem Pullover stammen können. Und das ist ja ein ziemlicher Unterschied.«

»Sie können daher stammen, ja«, sagte Kjell Pärzon. »Es ist schließlich die Kombination aus Indizien und technischen Beweisen, die es so stark machen. Musst du immer alles runterziehen?«

»Du hast zu viel ›Crime Scene Investigation‹ im Fernsehen gesehen«, sagte Johanna. »Haare und Fasern sind in der Wirklichkeit nicht dasselbe wie im Film.«

Die Sendung *CSI* war in der Tat unter den Kollegen sehr beliebt, auch wenn man bei der Arbeit nie darüber sprach. Die Erfolgsserie hatte für den obskuren Beruf des Kriminaltechnikers ungefähr das geleistet, was Lassie für Colliehunde erreicht hatte. Die Menschen liebten die Vorstellung, dass Verbrechen mit Hilfe von Wissenschaft aufgeklärt werden konnten, und Polizisten waren eben auch nur Menschen. Sie kauften die Phantastereien mit Haut, und vor allem mit Haar. Bei *CSI* löste man schwierige Fälle, indem man abgeschnittene Zehennägel, Handschriften, Abdrücke und Stimmen verglich. In der

Serie wurde andauernd von »übereinstimmen« gesprochen, ein Begriff, den ein wirklicher Kriminaltechniker niemals benutzen würde. Das höchste der Gefühle war, dass etwas »vergleichbar« genannt wurde, aber der Fernseheffekt hatte den Begriff nun auch schon bei der Polizei verbreitet. Haare wurden als mehr oder weniger sichere Beweise betrachtet, und das, obwohl es auf demselben Kopf eine ganze Reihe verschiedener Arten von Haaren geben konnte. Und aus Haaren gewann man nur sehr selten zuverlässige DNA-Analysedaten, denn dafür musste der frische Haarbalg mit dabei sein.

»Und du hast zu viel *Desperate Housewives* gesehen«, konterte Pärzon.

»Nun mal langsam«, mischte sich Janne Hed ein und wandte sich Johanna zu. »Ich verstehe nicht, warum du eine derart negative Haltung einnimmst. Ich habe Kjell gebeten, die technischen Beweise zusammenzufassen, und das hat er getan. Bis du ihn mit deinen vorgefassten Meinungen unterbrochen hast.«

Johanna war überrascht, dass ihr Chef so eindeutig Stellung bezog. Das war sonst nicht seine Art, aber hier stand offenbar mehr als gewöhnlich auf dem Spiel. Die Situation überraschte sie, ebenso wie ihre eigenen Gefühle. Noch ehe sie weiter darüber nachdenken konnte, hielt sie einen erregten Vortrag über das, was ihr Vater während des Mittagessens angesprochen hatte. Kurz darauf musste sie sich eingestehen, dass es vielmehr auch ein *availability error* von ihrer Seite war, einfach das rauszulassen, was im Bewusstsein zuoberst lag, ohne über die Konsequenzen nachzudenken.

»Merkt ihr denn nicht, wie viele Fehlerquellen unsere Art zu arbeiten enthält? Wir schießen uns auf eine Spur ein und verdrängen alle anderen. Unter Medizinern hat man einen Namen dafür, wenn man sich von seinen Vorurteilen über den Patienten leiten lässt und die erste bequeme Diagnose annimmt, die im Kopf hochkommt. Es ist nur menschlich, dass ein einsamer Arzt oder Polizist auf diese Weise funktioniert, aber wir sind doch eine verdammte Gruppe. Sollten nicht acht Köpfe besser denken als einer? Und sollten wir nicht alles in Frage stellen?«

»Jetzt gehst du zu weit«, fuhr Janne Hed sie an, und seine Stimme zitterte. »Du tust nichts anderes, als in Frage zu stellen. Berichte mal, was du selbst herausgefunden hast, und dann wollen wir mal sehen, wie vorurteilsfrei du bist.«

»Wenn das der Ton ist, in dem wir uns austauschen, dann weiß ich nicht, ob das Sinn macht«, sagte Johanna.

Janne Hed schwieg und sah zur Wand. Seine Hände unter dem Tisch zitterten.

»Erzähl, was du herausgefunden hast«, sagte Anders Pontén ruhig. »Wir brauchen alle Perspektiven, wenn wir weiterkommen wollen.«

Johanna berichtete stockend und unsicher von ihrer Einordnung der vier Opfer, von den Verbindungen zur *Estonia*, zum Orkan Gudrun, zu Olof Palme und dem Tsunami, von dem versteckten Fax und dem Foto aus Riga. Als sie fertig war, senkte sich Stille über die Mannschaft, dann ergriff Kjell Pärzon das Wort:

»Was hast du noch gesagt, wie die Ärzte es nennen, wenn man einer bestimmten Spur folgt, für die man sich schon vorher entschieden hat?«

»*Diagnostic momentum*«, sagte Johanna.

»Dann war das eben das fetteste *Diagnostic momentum* seit Jack the Ripper, von dem ich gehört habe«, sagte Kjell Pärzon. »Und du behauptest, ich würde phantasieren? Hättest du diese zwei Tage nicht besser nutzen können, als wie ein verdammter Palme-Ermittler rumzurennen? Du bist doch vollkommen daneben.«

Jetzt gab es kein Zurück.

»Halt die Schnauze«, schnitt Johanna ihm das Wort ab. Was anderes fiel ihr nicht ein.

Die Besprechung wurde aufgelöst, und Janne Hed nahm

Johanna mit in sein Zimmer. Sie setzte sich in den Besucherstuhl gegenüber vom Schreibtisch, und er bezog schweigend vor seinem Bücherregal Stellung, in dem mehrere Meter Management-Literatur standen, gute Ratschläge im Stil von »Wie ich die Leute dazu bringe, etwas richtig zu machen«. Das hier war eine Art von Situation, an die er sich nie gewöhnen würde, egal wie viel er darüber las. Als er eine halbe Minute lang seine Kräfte gesammelt hatte, wandte sich der Kommissar um:

»So geht es nicht. Seit du aus der Elternzeit zurück bist, bist du aus dem Gleichgewicht. Du kommst zu spät zu den Besprechungen. Du fährst deinen eigenen Plan und stellst alles in Frage, was wir sagen. Hast du PMS oder Probleme zu Hause, oder was ist los, verdammt noch mal? Und du weigerst dich, Anweisungen zu folgen. Ich habe dich ausdrücklich gebeten, das Frühstücksfernsehen zu übernehmen, aber du hast dir irgendeine kuriose Ausrede ausgedacht, um es nicht machen zu müssen.«

»Es gehört nicht zu meinem Job, den Clown für die Medien zu geben«, sagte Johanna leise.

»Es gehört zu deinem Job, zusammenzuarbeiten und das zu tun, was ich sage«, erwiderte Hed. »Von jetzt an hast du mit den Mordfällen nichts mehr zu tun. Am liebsten wäre es mir, wenn du dich krankschreiben lässt und ein wenig ausruhst. Du musst wieder ins Lot kommen. Sonst bleibt nur noch Innendienst.«

»Danke. Das war wirklich freundlich«, sagte Johanna.

»Was glaubst denn du, wie sich das für mich anfühlt?«, fragte der Chef mit flehendem Blick.

»Das weiß ich ganz genau«, sagte Johanna, stand auf und ging, ohne die Tür zu schließen.

»Rauchmelder? Ich wusste gar nicht, dass Schweden so arm ist, dass ihr gebrauchte Sachen aus Afrika importieren müsst.«

Stavros Nikolidis lächelte den schwedischen Passagier an,

erleichtert, dass die unerwartete Unterbrechung vorüber war. Ein paar Stunden hatten sie verloren, aber das hätte viel schlimmer kommen können.

Der Nachmittag verging in ereignisloser Fahrt nach Nordost. Stavros machte ein kleines Nickerchen, bevor die abendliche Wache auf der Brücke begann. Nachdem es zwölf geschlagen hatte, übergab Stavros an den zweiten Steuermann und entfernte sich von der Brücke. Er ging an den Passagierkabinen vorbei und kontrollierte, ob der Schwede dalag und schlief. Alles ruhig. Dann ging er am Werkzeuglager vorbei und holte eine Kiste, mit der er sich auf das Containerdeck begab.

Am Container 857 angekommen, setzte sich der Kapitän eine Weile hin, um zu horchen, ob auch niemand in der Nähe war. Man hörte nur das dumpfe Summen der Maschinen und das Rauschen des Wassers, das verdrängt wurde, als 40 000 Tonnen Rumpf plus Ladung sich in der Nacht fortbewegten.

Nach zehn Minuten begann Stavros am Container zu arbeiten. Die Inspektion hatte ihm böse Ahnungen eingegeben, und es erstaunte ihn, dass sie auf halbem Wege abgebrochen worden war. Gutgläubige Amateure, Gott sei Dank. Es war nicht logisch, dass der Schwede eine Ladung mit wertlosen Rauchmeldern begleitete, und Stavros war sehr für Logik, immerhin eine griechische Erfindung. Er wollte keine weiteren Überraschungen auf dieser Reise. Lieber vorbeugen.

Er brauchte ein paar Minuten, um die Versiegelung am einen Ende aufzubekommen. Er würde nur einen Teil des Inhalts sehen können, aber das reichte ihm, um das Unbehagen zu stillen. Hinterher konnte er den Container mit einem einfachen Handgriff wieder verschließen, und niemand würde merken, dass er je geöffnet worden war.

Stavros wusste, wie das funktionierte. Er hatte selbst stets der Versuchung widerstanden, Container auf diese Weise zu erleichtern, er wusste aber, dass es auf vielen Schiffen gang und gäbe war. Ein kleiner Fernseher hier, ein paar Uhren da. Die Welt badete nur so in Dingen, und nur selten zählte ein Empfänger die exakte Anzahl gegen den Frachtbrief auf. Alle nahmen es mehr oder weniger hin, dass die Transporte ungefähr ein Prozent Schwund mit sich brachten.

An den Seitenwänden befanden sich Pakete mit Dämmmaterial, wie man sie zum Schutz von empfindlichen Gütern verwendete. Stavros seufzte und begann, die einen halben Meter großen Klötze auf dem Deck hinter sich zu stapeln. Als er sich ein Stück in den Container hineingearbeitet hatte, konnte man hinter all dem Weißen noch etwas anderes erahnen. Graue Schläuche, glänzende Zylinder. So etwas hatte Stavros noch nie gesehen. Er leuchtete mit der Taschenlampe in die Dunkelheit.

Hinter dem, was zunächst wie Hydraulik aussah, setzte sich mehrere Meter weiter nach innen ein großer Behälter aus Metall fort. Die Schläuche, die ihm am nächsten waren, trugen einen russischen Text, aber der Behälter selbst einen Text in irgendeiner asiatischen Sprache. Hindi? Urdu? Persisch? Stavros wusste es nicht, aber er spürte, wie ihm kalter Schweiß über den Rücken lief. Das hier war ein Tumor in seinem Schiff, etwas, was nicht dort sein durfte. Leise fluchend kroch der Kapitän rückwärts aus dem Container. Der Nebel war jetzt so dicht, dass er das Licht von der Brücke nicht erkennen konnte. Wenn er seine Taschenlampe ausschaltete, wurde es vor den Augen, die nicht an die Dunkelheit gewöhnt waren, pechschwarz. Stavros setzte sich auf einen der Dämmklötze und dachte nach.

Was zum Teufel sollte er jetzt tun? Die Reise fortsetzen und die Augen schließen? Mit dem Passagier reden? Mit dem Reeder Kontakt aufnehmen? Den Empfänger am Zielhafen überprüfen? In den nächsten Hafen einlaufen? Das musste Le Havre sein. Die Engländer, die Franzosen oder die Amerikaner alarmieren?

Nach einer Weile fing er an, den Dämmstoff einzuräumen, und verschloss den Container. Das hier war nicht sein Krieg, wenn es denn nun ein Krieg war. Es bestand immer noch die Möglichkeit, dass der Inhalt in den Schachteln nicht war, was er meinte.

Er wollte sich gerade umwenden und in die Kabine im Achterdeck zurückgehen, als von der Seite ein kratzendes Geräusch zu hören war. Er erschrak und blieb stehen.

»Hallo, ist da jemand?«

Keine Antwort. Stattdessen hörte er ein kurzes heulendes Geräusch in der Luft, als ein schweres Werkzeug auf seinen Kopf zu schwang. Stavros duckte sich instinktiv, aber der Schraubenschlüssel traf ihn dennoch hinter dem Ohr. Er spürte den Schmerz bis zur Schulter explodieren.

Immer noch bei Bewusstsein schlug er auf dem geriffelten Deck auf, rollte sich zur Seite zum Container hin und hörte, wie der nächste Schlag mit einem Krachen auf das Metall donnerte. Es war der Schwede. Sein blondes Haar sonderte in der Dunkelheit einen schwachen Schein ab.

Stavros versuchte einen Tritt in Höhe der Knie des Angreifers, traf aber nur den einen Oberschenkel und dies viel zu leicht. Jetzt war er verloren.

Der letzte Augenblick währte eine Ewigkeit. Er wanderte den Hang entlang und befühlte die schweren Trauben mit den Händen. Die Sonne spielte im Laubwerk der Weinranken, und eine Brise zog vom Hafen her durch das Tal und brachte den Geruch von Schwertfisch und Kapern mit. Die Traube verwandelte sich in eine Brust in seiner Hand. Jetzt zusammen mit Penelope in dem breiten Bett, die Türen weit offen zu den wogenden Feldern. Die Frau vor ihm auf den Knien, den Kopf gebeugt, als er ihren Nacken küsste, die Taille wie eine Sanduhr über dem runden Hintern.

Der letzte Schlag traf ihn mit voller Kraft direkt ins Gesicht.

Einige Minuten später schloss sich die Nordsee, zweitausend Seemeilen von Lesbos entfernt, um den leblosen Körper von Kapitän Stavros Nikolidis.

Der Bartresen im Riche war halb voll. Es war immer noch früh. Der arbeitslose Türsteher unterhielt sich mit zwei der Bedienungen. Kalle Holm glitt mit einem Nicken zu den dreien hinein, die ihn als Stammgast erkannten. Er war mit Martina Bolin verabredet. Im Hinblick auf ihre Ehe war es riskant, sich in der Stadt gemeinsam sehen zu lassen, aber manchmal taten sie es dennoch, um der Spannung willen. Was sollte denn komisch daran sein, dass das Schwedische Fernsehen und das *Blatt* sich miteinander unterhielten? Wenn die Leute nur wüssten, womit sie sich eigentlich beschäftigten. Kalle genoss diesen Gedanken.

Er wechselte ein paar Worte mit dem Barkeeper und bestellte einen Gin Tonic. Gerade, als er das erste, kitzelnde Chinin auf der Zunge spürte, trat ein rasierter, leicht übergewichtiger Typ um die dreißig auf ihn zu.

»Sind Sie nicht Kalle Holm?«

Kalle sah den Unbekannten an, dann aus dem Fenster und antwortete mit einem kleinen Seufzer:

»*Yes.*«

»Haben Sie kurz Zeit? Ich wollte Ihnen einfach nur für Ihre Artikel in den letzten Tagen danken. Das mit den Muslimen ist einfach zu übel.«

»Danke. Aber wenn Sie bitte entschuldigen, ich wäre lieber allein. Ich warte auf jemanden.«

»Kein Problem«, sagte der Leser und nickte untertänig. »Es ist einfach nur so schön, wenn ein Journalist mal Klartext in Sachen Einwanderung redet. Es ist doch eine verdammte Pest mit den Politikern und den scheißliberalen Zeitungen. Die verkaufen Schweden an die Neger.«

»Na, da haben Sie was gesagt«, gab Kalle zu.

»Haben Sie nicht eine Minute übrig? Ich weiß von einer Sache, die ihr mal checken solltet. Fette Neuigkeit«, sagte der Leser.

Kalle hob den Blick. Martina war nicht zu sehen. Da konnte

er genauso gut dem Idioten zuhören, auch wenn es nichts war. Die Vorstellungen der Leute von »Neuigkeiten« waren gewöhnlich gelinde gesagt erschütternd.

»Ich bin Jäger, müssen Sie wissen«, begann der Leser. »Und es kursiert seit einigen Jahren das Gerücht, dass die Wolfspopulationen, die wir in Schweden haben, von der Naturschutzkommission oder von der EU hier ausgesetzt wurden. Die Wölfe haben es noch nie geschafft, in so großer Zahl von selbst einzuwandern. Aber das ist natürlich verdammt schwer zu beweisen.«

»Und, haben Sie Beweise?«, fragte Kalle.

»Durchaus. Aber es ist schlimmer, als die Leute glauben. Es ist nämlich nicht der Staat, der die Wölfe ausgesetzt hat, sondern der Verband der Jäger. Neulich wurde während eines Jagdschutztreffens in Arvika ruchbar, dass der Verband der Jäger dabei geholfen habe, fünf Wölfe in Värmland auszusetzen, um das Rudel vor Inzucht zu bewahren. Hinter der Sache steckte ein Jagdmeister von Holmens Bruk, irgend so ein alter Naturfuzzi, der auch mit im Verband ist. Es gibt Luftaufnahmen als Beweis.«

»Haben Sie Zugang zu den Fotos?«, fragte Kalle.

»Nicht direkt, aber ich habe sie gesehen. Kann sie sicher besorgen, wenn Sie darüber schreiben wollen.«

»Was ist auf den Bildern zu sehen?«

»Also, das ›Projekt Wolf‹ des Schwedischen Naturschutzverbands hatte Pläne, an einem Ort namens Säfsnäs ein Gehege einzurichten. Aber der Widerstand der Lokalbevölkerung war zu groß, so dass es nie dazu kam. Als dann trotzdem Wölfe in der Umgebung gesichtet wurden, begann man zu argwöhnen, das Gehege sei irgendwo in der Nähe eingerichtet worden. Irgendein schlauer Typ fuhr zur Landesvermessungsstelle in Gävle und holte sich die aus 2500 Metern Höhe gemachten Luftaufnahmen der Jahre 1977 bis 1990. Der Forstmeister, der für das Areal verantwortlich war, sagt, dass es seit einem Kahlschlag durch Sturm 1969 keine Abholzungen dort gegeben habe. Wenn man sich nun aber die Fotos anschaut, sieht man verdammt deutlich, dass es in den Achtzigerjahren irgendeine Aktivität gegeben hat.«

»Was für eine Aktivität denn?«, fragte Kalle und wandte sich dem Barkeeper zu, um noch einen Gin Tonic zu bestellen.

Der Jäger fuhr jetzt, da er das Interesse des Journalisten geweckt hatte, noch schneller fort. Die Worte sprudelten nur so heraus:

»Im ›Projekt Wolf‹ wird beschrieben, wie wichtig es ist, dass die Wölfe in einem Gehege bleiben können, ehe man sie in die Natur entlässt, und genau so etwas sieht man auf den Bildern. Das scheint aus der Zusammenarbeit zwischen dem Verband der Jäger, der Naturschutzvereinigung und den Forstwirtschaftsbetrieben entstanden zu sein. In der Zeit war ein Forstverwalter aus Uddeholm der Vorsitzende des Jägerverbands, und man sagt, er hätte mit der Sache zu tun gehabt. Ihm sollten Sie mal die Fotos vorlegen.«

»Wenn Sie die Bilder besorgen können, und wenn sie so interessant sind, wie Sie behaupten, dann können Sie für den Tipp Geld bekommen«, sagte Kalle. »Schicken Sie mir die Bilder.«

»Das heißt, Sie meinen auch, dass der Wolf eine staatliche Verschwörung zum Schaden der schwach besiedelten Gegenden ist?«, fragte der Typ hoffnungsvoll.

»Warum nicht? Es passieren die seltsamsten Dinge. Es sind doch dieselben Kräfte, die Wölfe lieben, die auch Einwanderer lieben, nicht wahr?«

»Das stimmt«, sagte der Leser, der sich noch weiter in Rage geredet hatte. »Da fällt mir noch etwas ein, was ich erzählen muss. Sie haben doch geschrieben, das Opfer sei Kirchgänger gewesen.«

»Ja, warum?«, fragte Kalle.

»Nun, also ich bin Handwerker und habe kürzlich bei einem

Typen gearbeitet, der Mitglied in derselben Gemeinde ist wie einer der Ermordeten. Reich. Adlig. Heißt von Kruse oder etwas in der Art. Es kam mir nur, dass das vielleicht mehr als ein Zufall sein könnte, wo doch dieser Lillia auch adlig war, oder?«

Kalle sah von seinem Drink hoch.

»Welches Opfer kannte er denn? Und woher wissen Sie, dass er in dieselbe Kirche geht?«

»Ich glaube, es war der vom Amt für Seefahrt.«

»Sten Karlsson?«

»Genau der. Von Kruse hatte ein Foto von ihm, und als ich ihn danach fragte, sagte er, er würde ihn aus der Gemeinde kennen.«

»Haben Sie die Adresse von Ihrem christlichen Adligen?«, fragte Kalle.

»Nicht bei mir. Aber ich kann Sie Ihnen morgen mailen. Er wohnt in Näsby Park.«

»Tun Sie das«, sagte Kalle. »Und da kommt meine Begleitung. Vielen Dank für die Informationen.«

Er wandte sich ab und schickte der sich nähernden Martina Bolin ein schiefes Lächeln entgegen. Sie war wirklich schön, zerschlissene Jeans und über dem weißen T-Shirt ein rosafarbenes, aufgeknöpftes Hemd. Die Haare zum Pferdeschwanz gebunden, der Nefertiti-Hals und die Ohren nackt. Die Ohren, die immer bis zu den Ohrläppchen rot wurden, wenn er sie von hinten nahm. Zu schade, dass sie nicht gleich in die Wohnung verschwinden konnten, aber sie musste arbeiten und das Programm des nächsten Tages vorbereiten.

»*Hello sunshine*«, sagte Kalle.

»Hallo«, erwiderte Martina kurzangebunden. »Verdammt, was bist du gestern Morgen ausgeflippt.«

Er erstarrte. Wie so oft mit Martina zerplatzte die romantische Illusion binnen einer Sekunde. Die Arbeit lag wie immer ganz zuoberst in ihrem Bewusstsein. Sogar wenn sie miteinander schliefen, konnte er an ihrem Blick sehen, dass sie sich davonmachte, zu irgendeiner Idee für das nächste Programm, zu einem Kontakt, den sie aufzunehmen vergessen hatte, oder zu irgendeinem kleinen Fehler, den sie sich in der Sendung am Tag zuvor geleistet hatte. Er hatte schon ein paar Mal versucht, mit ihr darüber zu reden, aber das hatte immer damit geendet, dass sie die Stacheln ausgefahren hatte.

»Und du, mit deiner Körperfixierung und Hypochondrie? Ist deine Überlebensstrategie denn so viel besser? Das ist doch lächerlich, wenn man vierzig Jahre und völlig gesund ist und doch ständig selbst seinen Blutzucker kontrolliert.«

Der Streit war immer befreiend. Er gehörte zur Abmachung. Beide erkannten, dass sie niemals würden zusammenleben können, was die erotische Beziehung ungleich einfacher machte. Sicherlich reichten ihre Zwangsvorstellungen über den Sex hinaus, Kalle betrachtete hauptsächlich seinen eigenen Körper im Spiegel neben dem Bett, während Martinas Unterbewusstsein zum Fernsehsender wanderte, aber es gab doch Augenblicke, in denen der gemeinsame Genuss vorherrschend war. Keiner von beiden konnte ohne den anderen leben, es war ein mentales Sicherheitsventil, durch das der Überschuss an Ego entweichen konnte.

»Musstest du Pelle unbedingt auf diese Weise zu Brei schlagen?«, fragte Martina.

»Komm, gib doch zu, dass es gutes Fernsehen war«, sagte Kalle mit zufriedenem Grinsen.

Martina taute auf und streichelte ihm vorsichtig den Arm.

»Du warst wie immer großartig. Das mit dem Angriff auf das Schwedische Fernsehen war nur etwas *too much.*«

»Crawford steht für alles, was in der schwedischen Gesellschaft krank ist«, meinte Kalle.

»Hör auf«, sagte Martina, »du bist doch nur eifersüchtig, weil er mit mir zusammen war.«

»Vielleicht. Ich begreife einfach nicht, was du an ihm gefunden hast. Er sieht aus wie Mr. Bean.«

»Okay, okay, ich habe schließlich Schluss gemacht, nicht wahr?«, sagte Martina und bestellte sich ein Mineralwasser.

Sie hingen eine halbe Stunde an der Bar herum, tratschten ein wenig über die Kollegen in der Medienbranche und sprachen darüber, was für den nächsten Tag geplant war. Wie immer ein Bluff-Poker, bei dem sie zwischen Vertraulichkeit und Konkurrenz hin und her wechselten. Der Wettkampf war ein Teil des Spiels. Wenn sie zu sehr in Konkurrenz gegangen wären oder in verschiedenen Branchen tätig wären, hätte niemals eine Spannung zwischen ihnen entstehen können. Nicht zu heiß, nicht zu kalt. Immer in der Mitte.

Mit der roten Baseballkappe tief in die Stirn gezogen, durchschritt Felix den Eingang des Nationalmuseums. Es war halb sechs, dreißig Minuten bevor das Museum schloss. Sara saß auf dem Parkplatz vorm Grand Hotel in ihrem Mustang. Sie würde lange warten müssen.

Zum Glück wurde das Hotel gerade von Paul McCartney besucht, der in Stockholm im Globen auftrat. Vor dem Grand spielten sich faszinierende Szenen ab, als drei Generationen von Autogrammjägern die Ellenbogen ausfuhren, um einen Blick auf den reichsten Mann Englands werfen zu dürfen. Sara stellte Radio Vinyl ein, um in Stimmung zu kommen, und genoss das Spektakel.

Felix bezahlte Eintritt und drehte eine Runde durch die Sammlungen. Sie waren einmal als das persönliche Eigentum von Gustav Vasa begonnen worden. Die erste Inventur stammte aus dem Jahre 1529 und umfasste dreizehn Bilder. Der Boom kam dann mit dem Krieg, den Gustav II. Adolf auf dem Kontinent führte, nicht zuletzt 1623 durch die Plünderung der Kunstkammer in München. Nach der Eroberung Prags 1648 wurden vierhundertsiebzig Gemälde nach Stockholm überführt. Königin Kristina führte ebenso viel Kunst aus dem Land heraus, wie sie einführte, aber unter Karl X. Gustav wurde wieder fleißig gestohlen. Das dänische Schloss war leer, nachdem die Schweden dorthin vorgerückt waren, und das Gleiche geschah in Polen.

Nachdem Felix die Bilder von Renoir, Bonnard und Gauguin bewundert hatte, die er schon so viele Male zuvor betrachtet hatte, ging er zu Ehrenstahls »Clio und Fama« hinüber, die Geschichte und der Ruhm. Er studierte die Details des Gemäldes und nahm das Bild der beiden Göttinnen in sich auf, die bereitstanden, die Heldentaten Karls XI. aufzuschreiben. Welch ein Auftakt zum Berufsleben als Regent von Gottes Gnaden.

Durch eine Kombination von Glück und Geschick schaffte es Karl XI., die Katastrophen in seiner eigenen Zeit abzuwehren. Karl XII. war es dann, der im 18. Jahrhundert die Schläge einstecken musste, was er auch mit selbstmörderischem Enthusiasmus tat.

In der einen Ecke des Raumes saß eine schläfrige Museumswache. Als Felix das Gemälde einige Minuten lang betrachtet hatte und dabei immer näher herangegangen war, begann die Wache sich zu regen. Das hier war normalerweise nicht eines der Top-Highlights der Sammlung. Nur wenige Besucher blieben länger als ein paar Sekunden stehen, um Ehrenstrahls formelles Werk in Öl anzusehen. Das Interesse von Felix zog nun wiederum die Aufmerksamkeit des blasierten Wachmanns auf sich, und er musste einsehen, dass eine nähere Untersuchung ausgeschlossen war.

Felix machte einen Abstecher in den oberen Stock und blieb eine Weile vor Carl Larssons »Mittwinteropfer« stehen, ehe er die Treppe hinunterging. Als es drei Minuten vor sechs Uhr war, schlich er sich in die Behindertentoilette des Restaurants, ohne die Tür hinter sich abzuschließen. Mit seinem neu gekauften Handy rief er die wartende Sara an und flüsterte, dass er einen Plan habe. Es war einen Versuch wert. Kein großes Problem, wenn er von einem Wachmann oder einer Putzfrau entdeckt wurde, einfach nur ein verwirrter Kunstliebhaber, den auf dem Klo eine Kreislaufschwäche ereilt hatte. Gleichzeitig bestand aber auch die Chance, dass das Personal an der Tür vorbeigehen und sich damit begnügen würde, dass das Schild an der Tür grün zeigte.

Es wurde halb sieben. Draußen alles still. Es wurde sieben. Da machte Felix vorsichtig die Tür auf, um zu horchen und sich umzusehen. Die Putzleute waren gerade gegangen, um das Restaurant herum war der Fußboden frisch gewischt, aber um die Behindertentoilette hatte man sich nicht weiter geschert. Als Felix vorsichtig um die Ecke schaute, sah er einen Sicherheitsmann, der immer noch im Lokal herumschlenderte. Es war zu früh, er musste sich noch eine Weile gedulden.

Erst als sich die Dunkelheit um das Nationalmuseum ausbreitete, schlich Felix aus seinem Versteck. Die Gesichter der Porträts starrten im Halbdunkel auf ihn herab. Nur noch ein schwaches Surren der Klimaanlage war zu hören.

Jetzt galt es, in den oberen Stock zu gelangen, ohne den Bewegungsmelder zu aktivieren. Er ging an den Wänden entlang in einem weiten Kreis bis zur Treppe, die er sich dann hinaufarbeitete, indem er direkt am Geländer kroch. Um dieses Sicherheitssystem zu überlisten, brauchte es wahrhaftig keinen Ethan Hunt aus *Mission Impossible.*

Ehrenstrahls altes Gemälde gab in der Dunkelheit einen sonderbaren Schimmer von sich. Felix nahm seine kleine Stableuchte und begann, einmal rundherum den Rahmen des Gemäldes zu untersuchen. Da gab es nichts von Interesse. Er ging zur Rückseite über. Das Bild war zu schwer, um es von der Wand zu nehmen, und das würde auch sicher irgendeinen Alarm auslösen. Doch es hing auf Klötzen und ein wenig von der Wand entfernt. Er konnte den ganzen Arm dazwischenschieben und so die Rückseite befühlen. Erst die untere Hälfte, dann die rechte Seite, dann die linke. Viel Staub, eine aufgeschreckte Spinne größeren Formats, aber sonst nichts.

Er begann zu bezweifeln, ob er überhaupt etwas finden würde. Jetzt stand nur noch der obere Teil der Rückseite aus, aber wie sollte er da rankommen?

Der Stuhl des Wachmanns stand in der anderen Ecke des Raumes. Felix machte eine langsame, geschmeidige Bewegung dorthin, um die Bewegungsmelder nicht zu aktivieren, und zog das Möbelstück zum Bild zurück. Diese Operation nahm eine weitere Viertelstunde ein. Er kletterte auf den gepolsterten Armlehnstuhl und befühlte den oberen Teil des Bildes von hinten. Als er zur Mitte kam, fand er etwas. Vierzig Zentimeter tief fühlte er etwas Weiches, wie ein kleiner Lederbeutel. Er klemmte ihn zwischen Daumen und Zeigefinger und zog den Arm zurück.

Als seine Hand gerade hinter dem Rahmen des Bildes auftauchte, durchfuhr sie ein intensiver Schmerz. Felix ließ im Reflex los und zuckte so zusammen, dass er fast vom Stuhl fiel. Man konnte einen leisen, wütenden Laut hören – »iiich« – als das, was er für einen Beutel gehalten hatte, auf seinen eigenen Flügeln durch den Saal entschwand.

Eine Fledermaus. Felix' Herz pochte laut. Der gebissene Finger tat ziemlich weh. Er wischte etwas Blut an der Wand ab und sank mit einem Lächeln auf den Stuhl. Wer hätte gedacht, dass das Nationalmuseum eine eigene Säugetierfauna besaß?

Während er da saß und nachdachte, studierte er noch einmal die Details des Bildes. Clio stand mit dem Federkiel bereit, um die Heldentaten des neu gekrönten Königs aufzuschreiben. Um Stoff dafür zu erhalten, wandte sie sich erwartungsfroh an Fama, die geflügelte, von den Farben der Morgenröte umhüllte Göttin des Ruhmes.

Wer nicht wusste, in welchem Jahr und zu welchem Zweck das Bild gemalt worden war, der hätte kaum erraten können, dass es sich um Karl XI. handelte, denn er selbst war überhaupt nicht abgebildet. Aber in der linken Ecke lagen dicke, bereits fertig geschriebene Bücher über seine drei Vorgänger. Unter dem

Stapel sah ein Stück Papier hervor, das erst jetzt Felix' Blick auf sich zog.

Die Barockmalerei war eine Orgie der Allegorien. Alles hatte symbolische Bedeutung, was dem Ganzen einen überfrachteten und leblosen Gesamteindruck verlieh. Auf dem kleinen Zettel stand etwas säuberlich auf Latein geschrieben. Weil er nichts zum Schreiben hatte, las Felix sich die Worte laut vor, um sie im Gedächtnis zu behalten:

GLORIA
NOSTER

Johanna Tott war schon einmal im Casino Cosmopol gewesen, nach einem Streit mit Peter. Sie hatte sich über sein ewiges Pokerspielen beklagt, und er hatte mit irgendetwas über mangelnde Risikofreudigkeit bei Frauen gekontert. Das Matriarchat würde einfach allem im Weg stehen, was spannend, heroisch, mutig, romantisch sei – hatte er gesagt. Und noch etwas von Evolution und reproduktiven Strategien. Die Natur habe Frauen zu ökonomischen Sicherheitssüchtigen gemacht, weil ihre einzige Chance, ihre Gene zu verbreiten, im Überleben der eigenen Kinder läge. Die Hormone machten Frauen langweilig, Männer witzig.

Aus reinem Trotz war Johanna dann am Abend abgehauen, hatte das gesparte Kindergeld aus dem nächsten Geldautomaten gezogen, ein Taxi zum Casino genommen und die Kohle binnen einer Stunde auf dem Filztisch verspielt. So männlich, so romantisch, so erwachsen. Sie musste bei dem Gedanken daran lachen und dachte, dass sie zumindest gelernt hatte, wie man seine Strategie beim Black Jack *nicht* aufbauen sollte. Der Schnellkurs hatte fünfundzwanzigtausend Kronen gekostet. Was Peter betraf, war diese Demonstration jedoch verschwendet, denn er wusste schon mal gar nicht, dass Johanna dieses Geld gespart hatte.

An diesem Abend jedoch war sie nicht wegen des Glücksspiels da, sondern um den Mann zu treffen, der ihr einen Tipp versprochen hatte. Nach ihrem Ausschluss von den Ermittlungen würde sie jedoch mächtig Ärger kriegen, wenn ruchbar würde, dass sie auf eigene Faust arbeitete. Das könnte sogar den Abschied von der Polizei bedeuten. Doch das war ihr im Moment egal, sie wollte die Spuren weiter verfolgen, die sie aufgenommen hatte. Sie war schließlich eine Zockerin, oder?

Zehn nach acht tauchte ein dünner Mann in Cordhosen und kleinkariertem Jackett auf. Die Kleider waren abgetragen. Trotz der gedämpften Beleuchtung konnte man auf dem kurzen, breiten Schlips einen Fettfleck erkennen.

Er ging nicht auf Johanna zu, sondern schnurstracks zum Tresen und sah sich nervös um. Er muss mich bemerkt haben, dachte sie, aber vielleicht wartet er, bis ich den ersten Schritt unternehme. Sie ging langsam hin und streckte die eine Hand aus:

»Hallo, ich bin Johanna Tott. Sind Sie der Herr Möller, der mit mir Kontakt aufgenommen hat?«

»Schsch«, machte der Mann und sah sich um, »nicht so laut. Sind Sie sicher, dass Ihnen niemand gefolgt ist?«

»Ganz sicher«, sagte Johanna und lächelte.

Das hier war ein schlimmerer Psycho-Fall als der Typ auf der Werft, dachte sie. Warum bin ich heute Abend nicht einfach zu Hause geblieben und habe mich um Peter und die Kinder gekümmert?

»Sven Möller«, sagte der Mann. »Ich heiße Sven. Hab Sie einmal in der Zeitung gesehen und gespürt, dass Sie eine ehrenhafte Polizistin sind. Sie arbeiten bei der Stockholmer Polizei mit den brutalen Morden, oder?«

»Ja«, sagte Johanna. »Aber ich muss Ihnen sagen, dass ich wegen Meinungsverschiedenheiten über die eingeschlagene Richtung von den Ermittlungen abgezogen worden bin. Momentan vertrete ich nur mich selbst.«

»Umso besser, umso besser«, stammelte Sven Möller. »Im Grunde vertraue ich der Polizei gar nicht. Mehr als die Hälfte von denen ist gekauft, von fremden Mächten oder der Großfinanz ausgeliehen. Nichts ist das, was es vorgibt zu sein.«

»Worüber wollten Sie mich informieren?«, unterbrach ihn Johanna und holte sich von den Erdnüssen auf dem Tresen.

»Also, das ist ein Riesending. Ich riskiere mein Leben, indem ich nur darüber rede. Da gibt es so viel, von dem ich erzählen müsste, und ich weiß nicht, ob Sie mich schützen können.«

»Hier sind Sie sicher«, sagte Johanna. »Solange Ihnen niemand gefolgt ist.«

»Genau. Ich werde überwacht, wissen Sie. Habe ja viel Kontakt mit der Psychiatrie gehabt, die registrieren alles. Trau mich kaum rauszugehen. Trau mich nicht, zu Hause das Wasser aus dem Hahn zu trinken. Trau mich nicht fernzusehen, die haben in den Fernseher eine Kamera eingebaut.«

»Wer die?«, fragte Johanna.

»Der Staat. Oder vielleicht die Gesellschaft oder die Psychiatrie. Ich weiß es nicht. Vielleicht arbeiten die auch zusammen. Ich bin eine Bedrohung für die, verstehen Sie, weil ich mich nicht manipulieren lasse. Ich kenne die Wahrheit.«

»Wo wohnen Sie?«, fragte Johanna.

»Brandbergen.«

»Okay«, sagte Johanna und fasste ihn vorsichtig um die Schultern. »Nun ist es so: Sie haben Kontakt zu mir aufgenommen, ich habe nicht den ganzen Abend Zeit. Erzählen Sie mir, was Sie auf dem Herzen haben, und dann verspreche ich, Ihnen hinterher einen Taxigutschein zu geben, so dass Sie in Sicherheit direkt nach Hause fahren können.«

»Es gibt keine Sicherheit«, sagte Sven. »Lassen Sie mich mal so anfangen: Wissen Sie etwas über den Mord an John F. Kennedy?«

»Natürlich«, seufzte Johanna. »Das ist fast fünfzig Jahre her. Wollen Sie behaupten, dass dahinter eine Verschwörung steckt?«

»Das kann man mit Gewissheit sagen. Die Warrenkommission hat eine Nebelkerze gezündet und behauptet, dass der Kommunistenfreund Lee Harvey Oswald allein agiert hätte. Aber das kapiert doch jeder, dass dahinter größere Kräfte steckten. Und zwar von rechts, nicht von links. Aber was nur wenige kennen, sind die Verbindungen nach Schweden.«

»Aha, bis nach Schweden«, sagte Johanna und nickte. »Darf ich ein paar Rückfragen stellen?«

»Natürlich, sehen Sie«, fuhr Sven fort, »Kennedy ist von denen ermordet worden, die ihn schützen sollten. Hier ist die Verbindung zum Mord an Palme, dreißig Jahre später. Die schwedische Polizei ist die reinste Filiale des CIA. Jemand hat den Befehl gegeben, dass Palme aus dem Weg geschafft werden muss. Er und Kennedy waren die Hoffnung des Volkes, das war für die wirklichen Machthaber gefährlich.«

»Und wer sind nun die wirklichen Machthaber?«, fragte Johanna.

»Die Männer im Schatten«, sagte Sven.

»Die Männer im Schatten?«

»Genau«, sagte Sven und sah sich mit unruhigem Blick im Lokal um.

»Darf ich ein paar Rückfragen stellen?«, fragte Johanna.

»Natürlich, natürlich.«

»Was sagen Sie zu der Mondlandung von 1969?«

»Das war ein Bluff. Hat nie stattgefunden. Man sieht das daran, dass die Flagge einen Schatten hinter sich hat, aber der Astronaut, der daneben steht, nicht.«

»Und der Angriff auf das Pentagon 2001?«

»Was auch immer es war, ein Flugzeug war es nicht«, erwiderte Sven. »Das Loch ist zu klein. Keiner von denen, die da waren, erinnert sich an Flugzeugteile. Alle sagen nur, dass die Regierung selbst den Angriff mit einer Bombe in Szene setzte. Vielleicht, um größere Handlungsfreiheit in der Außenpolitik zu erlangen.«

»Sehr interessant«, sagte Johanna und kratzte sich an der Stirn. »Die Männer im Schatten, von denen Sie gesprochen haben, sind das die, die Sie *die Gesellschaft* nennen?«

»*Die Gesellschaft* ist ein Teil des Ganzen«, sagte Sven. »O mein Gott, ich traue mich nicht, über das hier unter Menschen zu reden. Man wird mich ebenfalls ermorden, so wie man die anderen Verräter ermordet.«

»Welche Verräter?«, fragte Johanna.

»Ich kann nicht, kann nicht«, stammelte Sven, der kurz davor war zu hyperventilieren.

»Schon gut, beruhigen Sie sich«, sagte Johanna und saugte den letzten Rest der Cola auf. »Haben Sie kein Beruhigungsmittel dabei, was Sie nehmen könnten? Ich bin wirklich dankbar, dass Sie Kontakt zu mir aufgenommen und das erzählt haben, aber jetzt muss ich gehen. Sie bekommen den Taxigutschein, und dann denke ich, dass Sie morgen Ihren Psychiater aufsuchen sollten. Sie leiden an einer Zwangsvorstellung, Sven. Sie brauchen Hilfe.«

»Weder die Psychiatrie, noch die Polizei oder Gott können mir helfen«, sagte Sven. »Ich bin jenseits von Gut und Böse. Wenn Sie nur den Rest noch anhören würden. Ich habe noch mehr zu erzählen, Details, Namen, aber hier schaffe ich das nicht.«

»Geben Sie mir etwas Konkretes, das in Verbindung zu den Fällen steht, in denen ich ermittele, und dann verspreche ich, Sie in Brandbergen aufzusuchen«, sagte Johanna.

Sven verstummte und holte ein paar Mal tief Luft. Dann beugte er sich vor und flüsterte Johanna ins Ohr:

»Haben Sie den gemeinsamen Nenner zwischen den Morden, in denen Sie ermitteln, bemerkt? Folter. Und die Verbindung der Opfer zu schwedischen Katastrophen. Engman, Lillia und die anderen. Alle waren in schwedische Katastrophen verwickelt.«

Nachdem er eine Weile auf das Bild gestarrt hatte, holte Felix das Handy heraus, wählte Saras Nummer und wartete, dass sie ranging. Nach fünfmaligem Klingeln war eine schläfrige Frauenstimme zu hören:

»Ja, Paul McCartney hier.«

»Wie bitte?«, fragte Felix.

»Hier Sara. Ich sitze seit fünf Stunden vor dem Grand Hotel und sehe mir die McCartney-Fans an. Entschuldige bitte, wenn ich den Kopf voller Beatles habe. Wo warst du denn bloß?«

»Tut mir leid, dass es so lange gedauert hat«, sagte Felix. »Ich musste länger als geplant auf dem Klo ausharren, ehe ich das Bild untersuchen konnte. Ich habe hinter dem Rahmen etwas gefunden, rate mal was.«

»Ein gelbes Unterseeboot?«

»Eine schlafende Fledermaus. Sie hat mich gebissen.«

»Du bist wirklich vom Unglück verfolgt«, sagte Sara. »Und was hatte der Vampir zu berichten?«

»Leider nicht viel«, sagte Felix. »Aber ich habe das Bild sehr gründlich betrachtet, für den Fall, dass es nun wirklich das war, worauf Charlie sich bezogen hat.«

»Glaubst du das?«, fragte Sara.

»Vielleicht«, meinte Felix. »Aber momentan bin ich am meisten daran interessiert, mich aus Fort Knox herauszubegeben. Eine Möglichkeit wäre zu bleiben, bis sie morgen die Türen wieder aufmachen, aber die Nachtwache geht in regelmäßigen Abständen herum. Und wenn sie mich so spät hier finden, dann ist das zu verdächtig, das kann man nicht wegreden. Dann werden sie mich erkennen und zur Polizei bringen.«

»Du musst sofort raus«, sagte Sara.

»Die besten Chancen habe ich wahrscheinlich, wenn du mit dem Auto vorfährst, dann schlage ich ein Fenster im Eingang ein und haue so schnell wie möglich ab. Man kann auf jeden Fall nicht von innen aufschließen.«

»Okay«, sagte Sara. »Versuch zum Eingang zu kommen, ohne den Alarm auszulösen. Bis hierher scheint das ja ganz gut geklappt zu haben. Hier sind jedenfalls, so weit ich sehen kann, keine Polizeiautos oder Wachmannschaften vorbeigekommen.«

»Dann schleiche ich jetzt runter«, sagte Felix. »Bin grad noch im ersten Stock. Kann eine halbe Stunde dauern oder auch nur eine Minute, falls der Alarm losgeht und ich rennen muss.«

»Ich fahre direkt vor. Vielleicht müssen wir auf der Flucht ein paar McCartney-Fans erledigen, aber die leben sowieso schon zu lange.«

Gemächlich rollte der blaue Mustang mit geschlossenem Verdeck vom Grand Hotel den Strömkaj hinunter zum Nationalmuseum. Gleichzeitig arbeitete sich Felix auf demselben Weg die Treppe hinunter, wie er hochgekommen war, ganz nah am Geländer. Als er den halben Weg geschafft hatte, war vom Seiteneingang her ein Geräusch zu hören.

Der Wachmann! Felix kauerte sich am Treppengeländer zusammen. Wenn der Nachtwächter als Erstes nach oben ging, war er geliefert.

Er hielt die Luft an und wartete. Der Wachmann tauchte am Eingangsfoyer auf, leuchtete mit seiner Taschenlampe herum. Er holte eine Snusdose heraus, schob sich einen Priem unter die Oberlippe und ging dann auf die Treppe zu. Als er gerade den ersten Schritt machen wollte, klingelte sein Telefon. Felix' Herz schlug wie wild, als der Wachmann das Handy aus der Gürteltasche holte.

»Ja, hier Micke.«

Die Person am anderen Ende schien über irgendetwas verärgert zu sein, denn Micke begann sogleich beruhigend und entschuldigend zu reden.

»Ich weiß, ich weiß, beruhige dich. So war das nicht gemeint.«

Das Gespräch ging weiter. Der Wachmann setzte sich auf die Treppe, den Blick auf die Glastüren nach draußen gerichtet.

Felix schlich sich langsam zurück, um in Sicherheit zu kommen. Jetzt bloß nicht den Alarm auslösen. Plötzlich erstarrte er, denn es war noch ein Geräusch in dem leeren Saal zu hören. Ein weiteres Handy.

Zum Teufel. Er hatte vergessen, den Klingelton seines eigenen, neuen Handys abzuschalten, und jetzt rief Sara an, um zu fragen, wie es lief.

Nach zweimaligem Klingeln kriegte Felix das blöde Ding zum Schweigen, aber jetzt hatte sich der verwirrte Wachmann umgedreht. Er stand auf der Treppe und leuchtete mit der Taschenlampe nach oben, in der anderen Hand sein eigenes Handy.

»Shit, Liebling, hier ist jemand. Ich muss auflegen.«

Mit einer langsamen Bewegung steckte er das Telefon ein und begann, die Treppe hinaufzugehen. Als er zum oberen Teil der Treppe kam, blieb er stehen und seufzte. Auf dem Fußboden vor ihm lag ein vergessenes Handy mit leuchtendem Display. Er nahm es auf und ging ran:

»Ja, hier Securitas.«

»Jetzt hör auf, du Witzbold«, sagte Sara am anderen Ende.

»Ähm, mit wem spreche ich?«, fragte Micke.

»Oh, Entschuldigung, ich glaube, ich habe die falsche Nummer gewählt«, sagte Sara und drückte das Gespräch weg.

Jetzt war guter Rat teuer. War Felix schon festgenommen? Hatte der Wachmann ihm sein Telefon abgenommen? Sehr unwahrscheinlich, dass er dann so seelenruhig rangehen würde.

Nach einer kurzen Analyse sah Sara die Lage klar vor sich. Ihr Klingeln war im Raum gehört worden, und Felix hatte das Telefon wegwerfen müssen, um nicht entdeckt zu werden. Er war immer noch da drin, aber der Wachmann war in der Nähe. Was sollte sie jetzt tun?

Sie rief noch einmal Felix' Nummer an. Der Wachmann ging ran:

»Hallo?«

»Ja, ich habe eben schon angerufen«, sagte Sara. »Ich habe mein Handy heute verloren, und jetzt rufe ich es an. Haben Sie mein Telefon gefunden? Wo sind Sie?«

»Das kann gut sein«, lachte Micke. »Ich bin Wachmann im Nationalmuseum und habe Ihr Handy soeben auf dem Fußboden gefunden.«

»Mensch, so ein Glück. Könnten Sie damit rauskommen, wenn ich sofort hinfahre? Es dauert ungefähr eine Viertelstunde«, sagte Sara.

»Okay«, sagte Micke und drehte sich um, um die Treppe runterzugehen. Felix stand im oberen Stockwerk hinter der Statue eines antiken Diskuswerfers und hatte das Gespräch, zumindest zur Hälfte, mitgehört. Das genügte. Langsam glitt er hinter dem Wachmann den ganzen Weg bis zur Eingangshalle die Treppe hinunter.

Sara drehte eine Runde über Skeppsholmen und kehrte zur verabredeten Zeit zurück. Der Bewegungsalarm war jetzt ausgeschaltet, und Felix schlich auf den Ausgang zu. Er versteckte sich hinter den Werbeplakaten für die nächste große Ausstellung. Rembrandt.

Auf der Straße standen Sara und Micke und diskutierten darüber, ob 1965 oder 1966 das richtige Jahr für Ford Mustang mit Verdeck war. Die Tür zum Museum stand offen. Als Sara die Motorhaube aufmachte und Micke die ganze Herrlichkeit des frisch renovierten V8 zeigte, glitt der nächtliche Gast durch die Tür und spazierte seelenruhig in Richtung Grand Hotel.

DONNERSTAG Der Briefkastenschlitz klapperte. Kalle Holm schlug seine müden Augen auf und sah auf die Uhr: elf. Er befand sich in einem angeregten Zustand, aufgedreht von den Erfolgen der letzten Woche. Da fiel es ihm immer schwer zu schlafen, und sein Tagesrhythmus verschob sich um ein paar Stunden nach hinten.

Die Post, die in den Flur gefallen war, enthielt das Übliche: Rechnungen, Werbung, eine Einladung zu irgendetwas und zwei Umschläge mit medizinischen Analysen. Er machte sich eine Portion Brei aus faserreichen Haferkörnern in der Mikrowelle warm, schüttete fettarme Milch hinein und hobelte mit Hilfe eines nicht gespülten Käsehobels einen Apfel über das Ganze. Schluckte ein paar Tabletten, Omega-3, Selen und Multivitamin, und setzte sich an den Küchentisch, um zu essen und die Post zu lesen.

Der erste Brief kam vom Karolinska-Krankenhaus. Es war das Ergebnis eines PSA-Tests, den er hatte machen lassen, um sicherzugehen, dass sich in der Prostata nichts Seltsames bildete. Er hatte ganz schön argumentieren müssen, um die Probe machen zu können, denn der Arzt fand, dass es in den Vierzigern unnötig sei, aber Kalle hatte darauf beharrt und eine Geschichte über eine erbliche Vorbelastung zusammengelogen, behauptet, sowohl sein Vater als auch sein Großvater seien beide in ganz jungen Jahren an Prostatakrebs gestorben. Die Ergebnisse der Probe waren jedoch absolut beruhigend, keine erhöhten Werte.

Kalle stürzte sich auf das zweite Kuvert, auf die Deutschen war Verlass. Kalle las die lange Reihe von Werten.

Die Leber hatte sich auf demselben Niveau gehalten, die Blutfette ebenso. Das war nicht gut, viel zu nah an der vorgegebenen Obergrenze. Das Insulin war gestiegen. Kalle verspürte einen Kloß im Hals. Er machte sich mehr Sorgen um das System als Ganzes als um die einzelnen Organe.

Einige Jahre der Anwendung von Steroiden, als er im Alter von fünfundzwanzig Jahren Muskelmasse aufgebaut hatte, könnten Herz, Leber, Nieren und Bauchspeicheldrüse nachhaltig geschädigt haben. Damals wurde darüber im Fitnessstudio nicht geredet. Da hatte man mehr über die Pickel auf dem Rücken gegrinst und über die Erektionen, die nicht nachlassen wollten. Doch in den letzten Jahren war der medizinische Alarm doch immer eindringlicher geworden. Kalle wollte nur zu gern glauben, dass das mit Doping und übertriebener Schreckenspropaganda seitens der Gesundheitsämter und des Instituts für Volksgesundheit zusammenhing, aber die Nervosität hatte trotzdem ihre Klauen in ihn geschlagen und wollte nicht wieder loslassen. In der Sauna konnte er über »Sex mit acht Russenfünfern intus« Witze machen, doch wenn er voller Todesangst in den frühen Morgenstunden aufwachte, war das nicht mehr so lustig. Er hatte Bilder von Fettherzen und verkrüppelten Testikeln gesehen. Das Kokain machte die Sache wahrscheinlich auch nicht grade besser, selbst wenn Kalle auch an dieser Front enthaltsam geworden war.

Nach dem Frühstück ging er zum Laden an der Ecke und kaufte sich die Abendzeitungen.

Ein schneller Blick in die Blätter genügte, um seine Mundwinkel wieder hochzuziehen. Er lag auf der Nachrichtenspur immer noch ganz vorn, jetzt noch mit den Insider-Informationen von der Stockholmer Polizei, wo interne Konflikte dazu geführt hatten, dass eine der Polizistinnen von den Ermittlungen abgezogen worden war.

Großes Passbild von Johanna über Seite sieben, dazu die Überschrift »AUSGESCHALTET«. Kalle konnte sogar über den Hintergrund der Entscheidung berichten, die wilden Phantasien von Johanna Tott über das *Estonia*-Unglück, den Orkan Gudrun und mehr, obwohl die islamistische Hauptspur inzwischen mehr oder minder offiziell bekräftigt war. Das waren Informationen aus dem Herzen des Polizeihauptquartiers, Leckerbissen, in deren Nähe die Kollegen nicht einmal annähernd kommen würden.

Kalle rief ein Taxi und fuhr zum verabredeten Treffen am Technischen Museum. Jeff Samson wartete bereits, der Treffpunkt lag nur wenige Minuten Fußweg von der amerikanischen Botschaft entfernt.

Der Himmel war grau. Vor dem Museum tobten ein paar Schulklassen herum, und die Eltern, die die Klassen zusätzlich zu den Lehrern begleiteten, hatten alle Hände voll zu tun, um die überdrehten Neunjährigen an der Kandare zu halten. Niemand nahm Notiz von zwei gut gekleideten Männern auf der anderen Straßenseite.

»*Mr. Samson, I presume*«, scherzte Kalle. »*Good morning.*«

»*Good afternoon*«, gab der Amerikaner zurück.

»Sollen wir einen kleinen Spaziergang machen?«, schlug Kalle vor. Sie nahmen den Weg in Richtung des Kaknäs-Turms, hinein in den Park von Djurgården und in eine Symphonie aus Vogelgesang.

»Wir haben ein komplettes Soziogramm über Herrn M. bekommen«, sagte Jeff, »*courtesy of FRA*. Seine Telefonkontakte, seine Auslandsgespräche, seine Aktivitäten im Internet.«

»Großartig«, sagte Kalle. »Haben Sie das schwarz auf weiß?«

»Hier«, sagte Jeff und reichte ihm ein paar zusammengefaltete Din-A-4-Blätter. »Enge Kontakte mit einer Reihe prominenter Muslime – der Imam der Moschee, schwedische Konvertiten, ein Islamwissenschaftler, der als Gast an der Universität forscht. Es ist auch ein Gespräch mit einem Typen von der Technischen Universität Hamburg dabei, wie Sie sicher wissen die Alma Mater von Muhammad Atta. Viel Zeit im Netz, eingeloggt in dem suspekten Server in Dubai. Gleichzeitig besitzt er ein breites Netzwerk in der schwedischen Gesellschaft. Ein sehr gefährlicher Mann.«

»Gibt es Andeutungen, wer seine nächsten Freunde sein könnten, Leute, bei denen er sich auf der Flucht wird verstecken wollen?«

»Die meisten Telefongespräche wurden mit dem ermordeten Charlie Lillia geführt. Doch hat er auch seine direkte Nachbarin fleißig angerufen, und zwar auf ihrem Handy. Sie heißt Sara Widman. Wir haben sie überprüft. Eine Bohème-Frau mit linken Sympathien, die zum Terrornetzwerk gehören könnte. Es gibt nichts Konkretes festzustellen, nichts, was wir der Polizei geben müssten. Aber Sie sollten mal einen Blick auf sie werfen. Ist das nicht Ihre Geschäftsidee, die Fälle selbst zu lösen?«

»Die schwedische Polizei zu übertreffen, das ist ungefähr so schwer wie, einen Amerikaner in Erdkunde zu schlagen«, sagte Kalle.

Jeff Samson lachte und gab ihm einen Schlag auf den Rücken.

Das Verschwinden von Kapitän Stavros Nikolidis löste an Bord der *Ikaros* hektische Betriebsamkeit aus. Alle wussten, dass Stavros Kettenraucher gewesen war. Da lag es nahe, eine plötzliche Krankheit wie einen Herzinfarkt, einen Schlaganfall oder nur einen plötzlichen Kreislaufzusammenbruch zu vermuten, der ihn auf einem seiner Spaziergänge hatte in Ohnmacht fallen lassen. Aber die Stunden vergingen, ohne dass man auch nur die kleinste Spur von ihm entdeckte.

Jetzt war sogar der blonde Passagier hinzugerufen worden,

um bei der Suche zu helfen. Er ging allein zum Containerdeck vor und vollendete die nächtliche Arbeit, indem er die Spuren des Kampfes beseitigte. Zwar hatte er schon in der Dunkelheit alles geputzt, aber neben Container Nummer 857 waren immer noch ein kleiner Blutfleck und ein paar Krümel Dämmmaterial zu sehen. Sie waren so unbedeutend, dass es der Besatzung sicher nicht aufgefallen wäre, doch es würde mit Sicherheit die Polizei eingeschaltet werden, wenn sie anlegten, und Blutspuren machten den Unterschied zwischen Verbrechen und Unglücksfall aus.

Mit Hilfe einer Mineralwasserflasche und eines Taschentuchs rieb der Passagier den letzten Flecken geronnenen Bluts vom Deck, ehe er gemessenen Schrittes seine Wanderung auf der anderen Seite fortsetzte.

Alles sprach dafür, dass der Kapitän über Bord gefallen war, aber bei dieser Art Schiff war es fast unmöglich, dass dies aus Versehen geschah. Der Erste Steuermann Toufik Ramallah aus Tyr im Libanon wusste etwas, das den anderen Besatzungsmitgliedern nicht bekannt war. Eines späten Abends, nach zwei Flaschen Wein, hatte Stavros ihm von dem Hof auf Lesbos und seiner Vorfreude auf die Pensionierung erzählt. Es war unwahrscheinlich, dass sich der Kapitän so kurz vorm Ziel das Leben genommen hatte, wenn er doch so große und schöne Träume hegte.

Toufik hatte schnell den Schluss gezogen, dass der Kapitän ermordet worden war, und dass es zwei mögliche Motive gab: Entweder war er getötet worden, weil jemand an seinen Besitz kommen wollte, wahrscheinlich an sein Geld. Die Filippinos waren die Hauptverdächtigen, es konnten aber auch die Russen gewesen sein. Die Russen hatten auf See einen schlechten Ruf, und Toufik hatte schon bemerkt, dass der schweigsame Maschinist mehr als einmal sternhagelvoll mit Wodka gewesen war, allerdings niemals während der Arbeitszeit.

Doch es gab noch eine andere Möglichkeit. Kapitän Nikolidis war nur wenige Stunden nach der Nato-Inspektion verschwunden, die wiederum von dem zurückgezogenen Passagier abgewickelt worden war. Drei bemerkenswerte Phänomene auf einmal, drei Dinge, die von der Routine abwichen. Es wäre doch seltsam, wenn es da keinen Zusammenhang gäbe.

Jetzt war es plötzlich Toufik, der an Bord Befehlshaber war. Er entschied sich dafür, seine Spekulationen für sich zu behalten. Das hier war eine potentiell gefährliche Situation. Möglicherweise gab es an Bord einen Psychopathen oder noch etwas Schlimmeres. Jetzt kam es erst einmal darauf an, in den Hafen zu kommen, ohne dass noch ein Unglück geschah.

»Wir gehen davon aus, dass Kapitän Nikolidis ein Unglück zugestoßen ist, oder dass er sich ganz einfach das Leben genommen hat«, erklärte Toufik der Schar mit den ernsten Mienen vor sich. »Bis auf weiteres bin ich euer Befehlshaber, und ich möchte, dass wir die Fahrt in guter Ordnung durchführen und den für eine solche Situation festgelegten Regeln folgen.«

Nachdem die Besatzung davongezogen war, blieben Toufik Ramallah und der schwedische Passagier allein auf der Brücke zurück. Nach einer Zeit des Schweigens fragte Toufik:

»Gibt es etwas, das Sie mir sagen möchten?«

»Wir haben es mit einer delikaten Situation zu tun«, begann der Schwede. »Kapitän Nikolidis' Verschwinden versetzt mich und meine Auftraggeber in eine prekäre Lage.«

»Wieso?«, fragte Toufik und rieb sich die Schläfe.

»Wir hatten eine persönliche Absprache mit dem Kapitän, während der Fahrt vor der holländischen Küste zwei weitere Passagiere aufzunehmen. Es handelt sich dabei um technisches Personal, das mit dem Inhalt in unseren Containern arbeiten soll, um dafür zu sorgen, dass sie am Zielhafen transportbereit sind. Jetzt muss ich mich darauf verlassen, dass wir uns mit Ihnen über dieses außerordentliche Anliegen werden einigen können.«

»Weiß die Reederei von der Sache?«, fragte Toufik.

»Nein«, entgegnete der Schwede.

»Dann weiß ich nicht, ob ich Ihrem Wunsch entsprechen kann. Es steht weder im Logbuch noch im Vertrag etwas über ein solches Rendezvous. Höchst ungewöhnlich.«

»Wir sind bereit, für den Dienst zu bezahlen.«

»Ist Ihnen bewusst, dass das illegal ist? Wir dürfen kein unangemeldetes Personal an Bord haben, wenn wir den Hafen anlaufen. Und unsere Versicherung während der Fahrt deckt das auch nicht ab.«

»Ich weiß, deshalb handelt es sich ja um solch eine heikle Frage. Das technische Personal wird von einem Helikopter abgesetzt und auch wieder aufgenommen werden. Die Operation wird Ihnen keine Sorgen bereiten.«

»Und was würden Sie mir dafür bezahlen?«

»Was ist Ihr Preis?«

Toufik stierte in die Ferne. Das Geld lockte ihn kaum, aber er konnte ahnen, welche Schwierigkeiten es mit sich bringen würde, wenn er nein sagte. Diese Art von Angebot abzulehnen war nicht klug.

»Zwanzigtausend Dollar?«, sagte er leise.

»Sie erhalten das Geld in bar«, antwortete der Schwede. »Zehn jetzt und zehn, wenn das Problem gelöst ist. Ich verlasse mich auf Ihre Diskretion. Das Einzige, was Sie tun müssen, ist, uns unsere exakte Position durchzugeben, wenn die Zeit für den Helikopter gekommen ist. Und Sie müssen der Besatzung erklären, warum wir das machen.«

»*No problem, Sir*«, versicherte Toufik Ramallah und nickte vorsichtig mit auf die Seite gelegtem Kopf.

Erschöpft waren Felix und Sara in ihre Sommerhütte zurückgekehrt, als gerade die Sonne über den Krüppelkiefern aufging. Sie schliefen ein paar Stunden, diesmal etwas ruhiger, wachten aber doch etwas verstimmt auf. Die Nacht im Museum hatte

Zeit und Kraft gekostet, war ein großes Risiko gewesen, hatte aber scheinbar zu nichts geführt.

Während sie cremigen Eiersalat und geräucherten Aal frühstückten, erzählte Felix von dem Gemälde. Die zwei Wörter hatten sich ihm ins Gedächtnis gegraben:

GLORIA

NOSTER

»Ja, verdammt«, sagte Sara. »Wenn man nur wüsste, wie man das zu deuten hat. Ich kenne nur Gloria Gaynor.«

»Latein«, erklärte Felix. »*Gloria* bedeutet wohl ›Ehre‹ und *noster* heißt ›unser‹. Das ist wie in Pater Noster, Vater unser.«

»Unsere Ehre? Das hilft uns nicht gerade weiter«, seufzte Sara und reichte das Knäckebrot rüber.

Zwischen den Bissen sprachen sie über den Hofmaler Ehrenstrahl. Als die Schüsseln leer waren und der Tisch abgeräumt, gingen sie zum Computer.

Eine Suche im Internet zeigte, dass die Hofmaler des 17. Jahrhunderts auf Schloss Bogesund ausgestellt waren, welches, wie der staatliche Heraldiker gewusst hatte, das Geschlecht der Mueller damals unter Karl XI. verloren hatte. Auch auf Bogesund war das Motiv Karl XI., also Graumantel, wie Charlie Lillia als Letztes in seinem Leben geflüstert hatte, vertreten. Das war zumindest eine Verbindung, wenngleich auch eine schwache.

»Wir fahren hin und checken das«, schlug Sara vor und stieß den Rauch der ersten Zigarette des Tages aus. »Was haben wir schon zu verlieren? Nach Hause können wir eh nicht gehen.«

Auf dem Weg nach Vaxholm kauften sie die Tageszeitungen. Die Nachricht über die von den Ermittlungen ausgeschlossene Johanna Tott setzte ihnen Flöhe in den Kopf. Hier gab es offensichtlich eine Polizistin, die ihrem eigenen Instinkt folgte, anstatt sich an der reflexhaften Treibjagd auf einen Schwulenmuslim zu beteiligen. Aber die *Estonia*? Der Palme-Mord? Das musste ein Holzweg sein, denn da gab es ja keine Verbindung zu dem, was Felix und Sara herausgearbeitet hatten: das Geschlecht der Mueller, Charlies letzte Worte, die weiter zu Ehrenstrahl geführt hatten. Sie einigten sich darauf, dass es sich bei Johanna Tott um eine Querschlägerin mit eigenen Dämonen handeln musste, die zu kontaktieren keinen Sinn machte.

Ein paar Glossen und Artikel später, über die sie nur den Kopf schütteln konnten, parkten sie vor Bogesund. Die beiden sandfarbenen, etwas verblichenen Märchentürme des Gebäudes ragten aus wucherndem Grün heraus. Der Park wurde von einer riesigen Lärche dominiert, die wie ein großes schwarzes Loch oder eine riesige Katzenpupille aus all dem Hellgrün herausstach.

Bogesund war tatsächlich gegen ein sehr geringes Eintrittsgeld für die Allgemeinheit geöffnet, wie der Heraldiker ihnen gesagt hatte. Sie bezahlten, nahmen sich jeder einen Prospekt und wanderten in das alte Hauptgebäude hinein.

Das Schloss war so gut wie menschenleer. Hier musste Felix keine Anstrengungen unternehmen, um sein Gesicht zu verbergen, er musste sich nur fernhalten, wenn jemand in ihre Nähe kam. Die Menschen, die ihnen begegneten, schienen fast durchweg ausländische Touristen zu sein. Eine Gruppe sprach Englisch, ein paar Männer um die dreißig mit kurz geschnittenen Haaren Finnisch.

»Wonach suchen wir eigentlich?«, flüsterte Sara.

»Ich weiß es nicht«, gab Felix zurück. »Alles, was eine Verbindung zu dem Geschlecht der Mueller oder Karl XI. herstellt, kann interessant sein, vor allem Ehrenstrahl.«

Sie kamen an Reihen von alten, nicht sonderlich gut ausgeführten Porträts vorbei. Das Schloss war in keinem guten Zustand. Das Inventar wirkte aussortiert, als hätte jemand die schönen Möbel und Kunstwerke davongetragen und nur den Kram dagelassen. Die Luft war schwer, eine düstere Stimmung hing über dem ganzen Ort.

Im oberen Stockwerk fanden sie eine Reihe Porträts von Königen, die von besserer Qualität waren als die der unbekannten Adligen auf der unteren Etage. Gustav Vasa, Johan III., Karl X. Gustav und da war er: Karl XI. im Krönungsgewand.

Wieder Ehrenstrahl. Das Gemälde war auf 1676 datiert. Daneben hing ein Medaillon, das mit »Pierre Signac 1677« signiert war. Der Text lautete: »Qui m'aime me porte et qui me porte aime la patrie.« Wer mich liebt, der unterstützt mich, und wer mich unterstützt, der liebt das Vaterland.

»Bingo«, sagte Felix leise zu Sara.

Er sah sich im Flur um, um sicherzugehen, dass sie allein waren. Es war niemand in der Nähe, weder Besucher noch Personal. Dann zog er einen alten Hocker zu dem Bild, stieg auf das weinrote Polster und schob den Arm hinter das Bild.

»Auf jeden Fall keine Fledermäuse«, lachte er.

»Aber auch nichts anderes, oder?«, meinte sie.

Sie verlegten sich darauf, das Motiv des Bildes zu studieren. Es stellte die feierliche Krönung Karls XI. dar. Der König thronte im Dom von Uppsala, umgeben von den Reichsräten in ihren karmesinroten Mänteln. Er selbst trug ein Gewand aus mit Blumen verziertem Silberbrokat und war in den Mantel von Königin Kristina gehüllt. Erzbischof Laurentius Stigzelius und der Reichsdrost Per Brahe setzten die Krone auf sein Haupt. Es war eine feierliche Unterbrechung des Reichstags von 1675, als Schwedens Lage verzweifelt war und die inneren Widerstände hart.

Felix und Sara suchten das große Gemälde nach geschriebenen Botschaften im selben Stil wie auf dem Bild im Nationalmuseum ab. Nach einer Weile fanden sie die Worte, kaum lesbar auf einer Fahne hinter dem Silberthron des Königs. Felix kroch ganz nah heran, kniff die Augen zusammen und las leise:

SANGUIS
PROTECTOR

Um die Stimmung in der Ermittlergruppe der Landeskriminalpolizei stand es nicht zum Besten. Johanna Tott war immer nur durchschnittlich beliebt gewesen, aber ihr Ausschluss hatte doch die Atmosphäre in der zusammengeschweißten Gruppe gedämpft. Janne Hed, der immer wollte, dass alle sich verstanden und mochten – und vor allem ihn mochten –, wurde von seinem schlechten Gewissen gepackt. Hatte er zu hart durchgegriffen? Wenn nun etwas an Johannas Spekulationen dran war, würde er in eine verdammt missliche Lage geraten.

Und die Pressefrau Lisa Bonta machte die Sache nicht besser dadurch, dass sie mit ihren abgekauten Bleistiften wedelte und vor dem medialen Spießrutenlaufen warnte, das auf sie wartete, wenn sie nicht mal langsam »den Arsch hochkriegten«. Die Erkenntnis, dass es im Polizeihaus ein Informationsleck gab, senkte die Stimmung noch mehr, wenngleich der gegenteilige Fall viel erstaunlicher gewesen wäre. Alle waren es gewohnt, dass ihre Arbeit größtenteils auf offener Bühne von statten ging.

Die Nachmittagskonferenz wurde zu einem Durchgang durch das Material der Überwachungskameras genutzt. Stockholm war nicht London, hier hatte man keine japanische Linse an jeder Ecke, die hoch aufgelöste Bilder einfing, aber man hatte doch genügend davon, so dass man sich in einem Fall wie diesem etwas davon erwarten konnte. Eine Gruppe Polizisten arbeitete riesige Mengen von Material auf der Suche nach Felix Martini durch, um herauszukriegen, ob er sich noch in der Hauptstadt befand, und wenn ja, wo er sich aufhielt. Bisher ohne Erfolg.

Interessante Kameras in diesem Zusammenhang waren die der U-Bahn-Stationen, die ansonsten vor allem im Kampf gegen Sprayer eingesetzt wurden. Der ehemalige Säpo-Chef Roy Engman hatte feste Gewohnheiten gepflegt und war als Einziger der Ermordeten ein treuer Kunde der Öffentlichen Verkehrsbetriebe. Jetzt ging man die Bilder durch, die ihn zeigten, wie er aus seinen U-Bahn-Waggons ein- und ausstieg, um zu sehen, ob er sich mit jemandem getroffen hatte oder ob er verfolgt worden war. Bisher ohne Erfolg.

Die Verantwortung für die Analyse des Bildmaterials war Anders Pontén zugefallen. Er hatte seinerseits Zugriff auf etwa zehn zusätzlich einberufene Untergebene, die die grobe Arbeit erledigten. Er selbst musste Kontakt mit denen aufnehmen, die über die Kameras verfügten, die Suche ausrichten und mögliche Entdeckungen im größeren Zusammenhang bewerten. Er kam von der Reichkriminalpolizei, wo er schon mit dieser Art Aufgaben betreut gewesen war, und Janne Hed setzte großes Vertrauen in ihn. Er hatte die besten Zeugnisse von der Polizeihochschule und von zwei früheren Dienststellen, als Polizeiassistent in Sigtuna und als Kriminalinspektor bei der Reichskripo.

Pontén war vierunddreißig Jahre alt, dunkel, hochgewachsen, sportlich. Seine Talente beim Hallenbandy hatten Janne Heds Mannschaft im Polizeihauptquartier von bloßen Zaungästen zur Elite befördert. Dasselbe im Fußball. Vor der anstehenden Herbstsaison hatte man drei Trainingsmatches hintereinander gewonnen. Das hatte es noch nie gegeben und war vor allem dem beinharten und eiskalten Torschützen Anders Pontén zu verdanken. Er hatte allein schon sieben Tore gemacht, davon zwei Kopfballtore, und einem fünfundzwanzigjährigen Finanzwelpen im Nahkampf das Kreuzband weggetreten. Alles zusammengenommen sehr ehrenvoll.

Jetzt kontrollierte er die Lage bei der Bildanalyse. Die anderen in der Gruppe nickten zurückhaltend. Das war das Zeichen dafür, dass man seine Beurteilungen teilte, auch wenn der große Durchbruch nach wie vor durch Abwesenheit glänzte. Das nicht vorhandene Bild eines Mörders war auch ein Bild, in diesem Fall von Felix Martini. Je weniger man fand, desto sicherer wurde die Gruppe, dass Felix der Mann war, den sie suchten – wenn nicht der Mörder in allen vier Fällen, so zumindest in einem, wahrscheinlich die Spinne im Netz.

Nach der Konferenz ging Anders Pontén durch die Flure zum Bildraum, wo eine müde Versammlung von Polizisten und Polizistinnen intensiv Kaugummi kauend auf Bildschirme starrte. Die stickige Luft war von Snus und zuckerfreiem Kaugummi bestimmt.

Als Polizeiassistentin Gunilla Karlsson Anders erblickte, winkte sie ihn zu sich:

»Chef, hier ist etwas, das vielleicht interessant sein könnte. Ich weiß nicht genau.«

»Was denn?«, fragte Pontén und beugte sich mit zusammengekniffenen Augen über den 20-Zoll-Bildschirm. Die Ausrüstung der Polizei war mit der technischen Entwicklung nicht mitgekommen. Die Bildschirme waren das Bottleneck der Qualität, nicht die Aufnahmen selbst, die inzwischen eine derartige Auflösung hatten, dass man den kleinsten Hemdenknopf noch vergrößern konnte.

»Sehen Sie hier, Roy Engman. An diesem Tag steigt er nicht am Hauptbahnhof aus, wie sonst, sondern fährt weiter bis Karlaplan«, sagte Gunilla Karlsson. »Ich habe es gefunden, weil wir damit angefangen haben, seine Gewohnheiten, was Orte und Zeiten angeht, zu untersuchen. Sehen Sie, hier begrüßt er jemanden, einen Mann, vor dem er fast Angst zu haben scheint. Das ist eine andere Körpersprache als auf den übrigen Bildern.«

»Lesen Sie da nicht etwas zu viel hinein?«, fragte Anders.

»Aber lohnt es sich nicht, herauszufinden, mit wem er sich da getroffen hat? Die Bilder sind am Tag, bevor er ermordet wurde, aufgenommen worden«, sagte Gunilla.

»Machen Sie mir eine Kopie von dem betreffenden Stück, mit Zeit- und Ortsangabe, dann verfolge ich das weiter. Gute Arbeit.«

Anders Pontén gab Gunilla Karlsson einen Klaps auf die Schulter, nahm sich ein Kaugummi aus ihrem Päckchen und verließ den Raum.

Verdammte Spikesreifen. Auf der Autobahn Richtung Haninge wurde Johanna wieder daran erinnert, dass sie endlich mal den Schwenk an der Autowerkstatt vorbei machen sollte. Schon bei neunzig Stundenkilometer dröhnte es im Auto. Wenn die Verkehrspolizei sie erwischte, dann würde das fünfhundert Kronen Strafe bedeuten, und vor allem trug sie so zu all dem Feinstaub bei, der die Luft in Stockholm für Kinder ungesund machte.

Immer dieses schlechte Gewissen. Jetzt sollte man sich auch, wenn man Benzin verbrauchte, für den Treibhauseffekt schämen. Hätten die Dinosaurier nicht daran denken können, ehe sie sich damals in den Sumpf legten und zu Erdöl wurden?

Johanna nahm eine Handvoll Bonbons aus der Tüte auf dem Beifahrersitz. Sie hatte keinerlei Hoffnung, irgendetwas von Wert aus Sven Möller herauszubekommen, aber das, was er im Cosmopol gesagt hatte, hatte ihre Phantasie angeregt. Nach Brandbergen hinauszufahren war dennoch mehr eine Therapiesitzung als eine Spur in der Mordermittlung. Nachdem sie bereits in denselben Bahnen wie ein paranoider, schizophrener Mythomane dachte, konnte sie sich seine Verrücktheiten genauso gut in authentischer Umgebung anhören. Das sollte sie heilen, die Zwangsvorstellungen vertreiben.

Sie fing an, von dem Mordfall besessen zu sein, sie verspürte die schleichende Fixierung, konnte aber immer noch nicht genau sagen, woher das kam. Vielleicht war es nur der sportliche Ehrgeiz, der Wunsch, Chefs und Kollegen, die sie nicht dabeihaben wollten, zu trotzen. Vielleicht war es aber auch ernster, das Gefühl einer bestehenden Bedrohung, mit der sie nur umgehen konnte, indem sie weiterarbeitete, zur Not allein.

Sven Möllers Wohnung war nicht schwer zu finden. Johanna parkte auf einem großzügigen Parkplatz, der ganz das Gegenteil von dem signalisierte, was einem in der Innenstadt begegnete. Besucher willkommen. Sie schoss ein paar kleinen, fröhlich winkenden Jungs einen Fußball zurück. Um die Häuser herum war Leben und buntes Treiben, ganz anders als in ihrem Stadtteil Vasastan, wo kein Kind einfach spontan auf der Straße spielte, sondern entweder am Computer spielte oder von den Eltern zu organisierten Aktivitäten kutschiert wurde.

Das Treppenhaus war weniger lustig. »FOTZE« stand gleich am Eingang an die Wand gesprayt. Der Fahrstuhl war kaputt und der Fußboden schmutzig. Hier hatte der Hausmeister offensichtlich vor langer Zeit schon aufgegeben.

Johanna ging die Treppe in den dritten Stock hinauf. An einer der Türen stand »P. Niemi« und an einer anderen »S. Johansson«. Die Buchstaben von der dritten waren entfernt worden, doch wenn man genauer auf die blaue Tür schaute, konnte man die Silhouette von »Moeller« wahrnehmen.

Wahrscheinlich hatte er die Buchstaben selbst abgenommen. Unter dem Schild hing ein handgeschriebener Zettel: »Absolut keine Werbung und keine Gemeindeblätter.«

Sie läutete an der Tür. Die Klingel schien nicht zu funktionieren. Sie klopfte und stellte sich mit einem verbindlichen Lächeln in gutem Abstand vor den Türspion. Keine Antwort, kein Laut drang aus der Wohnung. Da pochte sie noch fester an die Tür, zweimal, und wartete. Nach ein paar Minuten probierte sie die Türklinke. Die Tür war nicht verschlossen. Sie machte sie rasch auf, trat in den dunklen Wohnungsflur und machte die Tür hinter sich zu.

»Hallo, Sven? Hier ist Johanna Tott. Die Polizei. Sind Sie zu Hause?«

Keine Antwort. Das war ärgerlich, wenn man bedachte, dass sie sich für elf Uhr verabredet hatten, und es Sven ja so wichtig gewesen war, dass sie kam. Sie blieb im Eingang stehen und schaute in die kleine Einzimmerwohnung. Die Gardinen waren zugezogen, die Luft sauerstoffarm.

Als die Augen sich an die Dunkelheit gewöhnt hatten, erkannte sie ein unglaubliches Chaos. Entlang der Wände stapelten sich Zeitungen, darüber hingen Bilder und Ausschnitte, alles war voller Notizen und Gekritzel. Im Flur hing ein Schild mit dem Text: »Informationen sind Erklärungen, die jemand zurückhalten will. Alles andere ist Werbung.« Die Wohnung war vollgestopft mit Dingen, Schicht auf Schicht, wie eine archäologische Ausgrabung.

Johanna ließ den Blick über das Chaos gleiten und spürte plötzlich, wie ihr die Haare zu Berge standen. Der Fußboden bewegte sich. Sie machte ein paar schnelle Schritte zurück zur Eingangstür und sah auf ihre Füße herunter. Auch da bewegte es sich, und nun sah sie, was es war.

Vogeljunge. Im Flur wuselte es von kleinen braunen Bällchen, die aussahen wie frisch geschlüpfte Entenjunge, weiter hinten in der Wohnung waren noch mehr. Einige lagen still da und sahen aus, als seien sie tot, aber mindestens ein Dutzend krabbelte herum und stieß kaum hörbare Piepser aus. Sven Moeller musste sich der Vögel angenommen haben, vielleicht schon als sie noch im Ei waren, und vielleicht in dem Glauben, dass sie verlassen seien, oder einfach nur, weil er wollte, dass es so sei.

Johanna war nahe daran, in Tränen auszubrechen, und griff nach der Türklinke, um sich davonzumachen. Sie musste an die Schwanenfrau auf Kungsholmen denken, die eine ganze Schar großer Vögel in ihrer Wohnung gehabt hatte. Das hier war noch anrührender. Die hässlichen Entlein, der Jesus der Tiere in Brandbergen.

Nach kurzem Überlegen beschloss sie, sich dennoch in der Wohnung umzuschauen. Irgendetwas war an diesem kranken Mann, das ihr keine Ruhe ließ. In den vergangenen Tagen des roboterartigen Pendelns zwischen dem ritualisierten Krieg zu Hause und dem Job war er der lebendigste Mensch gewesen, den sie getroffen hatte. Persönlichkeiten wie Sven Moeller waren es, die sie eigentlich dazu gebracht hatten, den Polizeiberuf zu ergreifen. Sie funktionierten als Rettungsleine zur Wirklichkeit und gaben ihr den nötigen Kontrast zu ihrer behüteten

Jugend im Oberschichtmilieu. Auch deshalb hatte sie ein schlechtes Gewissen. Sie war um ihrer selbst willen hergekommen – nicht wegen Moeller und nicht, um irgendwelche Mordfälle zu lösen.

Johanna ging in die winzig kleine Küche, wo verschiedene Schüsseln mit Essensresten standen. Ein halbes Paket mit rohem Blutpudding lag auf dem Schneidebrett, im Spülbecken ein Kompost aus Apfelbutzen und alten Weintrauben, über dem eine Wolke von Fruchtfliegen schwebte. Sie öffnete den Kühlschrank. Er war zur Hälfte mit Medikamenten gefüllt, Flaschen von einer Sorte, die Johanna nicht kannte. Ein ungeöffneter Becher Sahne mit einem seit zwei Wochen verstrichenen Haltbarkeitsdatum stand neben ein paar Dosen Leichtbier.

Das alles strahlte ein Junggesellenelend aus, die Dezentralisierung seelischen Leidens durch die Reform der Psychiatrie. Sie schloss den Kühlschrank mit einer Grimasse und ging ins Zimmer zurück.

Die Bücherregale entlang der einen Wand waren mit alten Lederbänden vollgestopft. Johanna zog einen von ihnen heraus. Ein feiner Staub stieg auf, der sie husten ließ. Das Buch war in einem altertümlichen Stil handgeschrieben. Sie nahm es in die Hand und ging zum Sessel in der anderen Ecke, um sich hinzusetzen und zu lesen. Aber erst kurz ins Badezimmer, um den erstickenden Staub aus der Nase zu schnäuzen.

An der Toilettentür im Flur hing ein kleines Porzellanschild. »Hier ist es«. Die Tür war angelehnt. Johanna schob sie auf und tastete nach dem Lichtschalter.

Als das Licht anging, fiel ihr das alte Buch aus den Händen und mit einem Knall auf die Kacheln.

In der Badewanne, den Duschvorhang halb vorgezogen, lag ein nacktes, rotes Bündel, die Reste von etwas, das bis vor kurzem noch ein Mensch gewesen war. Das ganze Badezimmer war mit Blut bespritzt.

Kalle Holm nahm im Sushi-Restaurant Roppongi auf der Hantverkargata allein ein spätes Mittagessen ein. Die Temperaturen waren gesunken, aber er saß trotzdem draußen. Solange Saison war, hielt er sich aus Prinzip im Freien auf. Die Feinstaubpartikel von all den künstlichen Dingen im Haus waren viel gefährlicher für die Lungen als das, was zufällig von den Straßen der Stadt aufgewirbelt wurde.

Kalle begab sich oft an diese Ecke von Kungsholmen, wo man im Allgemeinen seine Ruhe hatte. Es kam schon mal vor, dass ein interessanter Polizist aus dem Affenhaus nebenan vorbeikam, oder ein Konkurrent aus Marieberg, wo die großen Zeitschriften ihre Verlagshäuser hatten. Aber meistens war er hier allein und konnte in Ruhe denken und lesen, beobachten, anstatt beobachtet zu werden.

Bisher hatte er bei den Mordermittlungen in der Zeitung durch seine übliche Kombination aus Spürsinn und Hartnäckigkeit ein hohes Tempo gefahren. Die Informationen, über die er gestolpert war, hatte er auch benutzen können. Sie hatten in einen Zusammenhang gepasst, eine größere Erzählung, die sich selbst vorwärtstrieb. Doch jetzt war die Situation plötzlich eine andere. Die Polizei hatte sich offensichtlich festgefahren. Das Soziogramm über das Netzwerk von Felix Martini war heißer Stoff, aber heikel. Der Tipp mit dem adligen Kirchgänger Gerhard von Kruse potentiell interessant.

Die angenehmere der Sorgen war, dass Kalle der Kriminalpolizei wahrscheinlich voraus war. Er wusste, dank seiner guten Quellen, alles, was die Schnüffler wussten, und noch etwas mehr dazu. Also stand er vor der Wahl: entweder die zugängliche Information auf einmal abbrennen oder sie in eine fortgesetzte Privatermittlung investieren mit der Hoffnung auf die große Enthüllung etwas später. Er neigte zu der letzteren Alternative, denn die gewöhnlichen Aushänger hatte er satt. Das wurde langsam zu einfach. Er zielte höher.

Kalle aß die Fischbrocken auf, zum Schluss die Krabbe,

schob den Reis jedoch auf die Seite. Er goss sich noch mehr grünen Tee ein und holte das Papier von Jeff Samson heraus. Das Soziogramm war ein prächtiges Puzzlesteinchen. Und es war ohne Frage Ironie, dass die FRA lieber den CIA damit beauftragte als die Säpo, und dass der CIA seinerseits lieber das *Aftonbladet* damit betraute als die schwedische Regierung. Hier gab es eine spezielle Interessengemeinschaft, weit über die Köpfe der Mitbürger hinweg, die somit die Spionage gegen sich selbst finanzierten.

Diese Sara Widman war einen Hausbesuch wert. Kalle loggte sich über sein Handy bei der Telefonauskunft im Internet ein und besorgte sich ihre Adresse und Telefonnummer. Ein Eintrag an der Ordenstrappa und ein Sommerhaus in Furusund.

Wenn Felix Martini sich bei ihr versteckte, dann ganz sicher nicht auf Östermalm, gleich nebenan von seiner eigenen Wohnung, sondern wahrscheinlich eher auf dem Land. Kalle sah auf die Uhr und dachte nach. Sollte er die drei Stunden investieren und nach Norrtälje hinauffahren, um nachzusehen? Gerhard von Kruse wohnte bei Näsby Park, das lag auf dem Weg.

Kalle bat die Bedienung, die Lautstärke der dahinplätschernden Musik runterzudrehen, und rief Berra in der Redaktion an:

»Hallo, Alter, wollte nur sagen, dass ich den Tag heute mal ruhiger angehen lasse. Du kannst stattdessen mal den Praktikanten Feuer unterm Hintern machen. Ich habe ein paar Sachen am Laufen, aber es ist noch zu unsicher für eine Publikation.«

»Hör mal, Kalle, wir brauchen einen Knaller für morgen. Kannst du nicht was von dem Material zusammenklauen?«

»Vielleicht. Muss jetzt eine Autotour nach Norden unternehmen. Das wird ein paar Stunden dauern. Ich rufe etwas später am Abend an, aber rechne nicht mit einer Großtat. In ein paar Tagen wirst du mir für die Investition dankbar sein.«

Kalle bezahlte die Rechnung und ging zu seinem Jeep. Wieder ein Knöllchen, siebenhundert Kronen, zu nah am Zebrastreifen.

Er warf den Zettel, ohne ihn genauer anzuschauen, in den nächsten Papierkorb. Das Ticket würde an die Leasingfirma gehen, die es ihrerseits an die Buchhaltung der Zeitung schicken würde. Da arbeitete Anita, die eine Zeit lang, ehe sie eine Familie gründete, regelmäßig in Kalles Wohnung übernachtet hatte. Sie war immer noch eine gute Freundin, mehr als eine gute Freundin, und kümmerte sich gern um die Schneise aus Rechnungen, die Kalle hinterließ. Er musste oft in bedrängten Situationen schnell parken, die Tickets waren die Unkosten für den Erwerb von Nachrichten.

Er warf eine CD ein und fuhr Richtung Roslagstull. Born in the USA, dröhnte es aus den Blaupunkt-Lautsprechern, und Kalle sang mit. Gesegnet sei die Innenstadtmaut. Endlich kam man durch die Stadt, ohne sich mit Kreti und Pleti drängeln zu müssen.

Es war kein Problem, das Haus von Gerhard von Kruse unten am Wasser direkt gegenüber von Bastuholmen zu finden. Eine Steinmauer umgab die Villa der Zwanzigmillionenklasse.

Kalle kam unangemeldet. Das gab dem Interviewopfer keinerlei Bedenkzeit oder Möglichkeit zu verschwinden. Die Konfrontation von Angesicht zu Angesicht war immer wirkungsvoll. Als Bonus bekam er ein Gefühl des Wohlbehagens, zu sehen, wie die mächtigsten und reichsten Persönlichkeiten vor der medialen Peitsche zu flehenden Nervenbündeln wurden.

Die meisten Menschen waren sehr um ihren Ruf bemüht und konnten durch die bloße unterschwellige Androhung unvorteilhafter Presse zu erstaunlichen Akten der Zusammenarbeit bewogen werden. Je höher die soziale Fallhöhe, desto wirksamer war die Methode.

Er ignorierte die Klingel in der Außenmauer, machte das Tor

auf und schritt den Steinweg zum Haus hinauf. Da gab es einen Metallknopf in Form eines kleinen Hundes, mit dem man an die Tür klopfen konnte. Er schlug viermal. Nach einigen Sekunden wurde die Tür einen Spalt weit geöffnet, die Sicherheitskette lag immer noch vor. Ein Gesicht zeichnete sich schemenhaft ab.

»Ja, was gibt es?«

»Doktor Gerhard von Kruse?«

»Ja, das bin ich. Worum geht es?«

»Kalle Holm, *Aftonbladet.* Ich wollte fragen, ob Sie ein paar Minuten für ein Hintergrundgespräch bezüglich der unaufgeklärten Mordfälle haben.«

»Ich habe Ihnen absolut nichts zu sagen«, sagte der Mann und machte Anstalten, die Tür wieder zuzuschlagen. Kalle beeilte sich, eine Salve aus der Artillerie abzuschießen:

»Wir würden lieber kein Bild von Ihrem Haus bringen, wenn wir über das soziale Netzwerk der ermordeten Männer schreiben. Ziehen Sie da nicht ein kurzes Gespräch vor?«

Ein Stöhnen des Unbehagens war durch den Türspalt zu hören. Die Sicherheitskette rasselte und ein kräftiger Herr in Morgenrock und karierten Hausschuhen streckte Kalle die Hand entgegen.

»Von Kruse. Dann kommen Sie halt herein. Glaube nicht, dass ich Ihnen helfen kann, aber ich würde es doch vorziehen, die Aufmerksamkeit der Massenmedien nicht auf mich zu ziehen.«

Sie traten auf eine Terrasse mit großartiger Aussicht nach Osten. Kalle kam gleich zur Sache:

»Kannten Sie einen der Ermordeten? Es heißt, Sie seien in derselben Kirchengemeinde aktiv gewesen wie einer von ihnen.«

»Ich kannte sie nicht persönlich, aber als ich die Bilder in der Zeitung gesehen habe, habe ich mich an zumindest einen erinnert.«

»Sten Karlsson?«

»Genau.«

»Woher kennen Sie ihn?«

»Ich kenne ihn nicht«, sagte Gerhard von Kruse. »Aber er ging in dieselbe Kirche wie ich.«

»Sagt Ihnen der Name Charlie Lillia etwas?«, fuhr Kalle fort.

»Ja, der ist auch ermordet worden, oder? Arbeitete im Außenministerium. Offensichtlich adlig.«

»Genau wie Sie.«

»Ja, mein Gott, aber das spielt heutzutage keine Rolle mehr. Es gibt viele, die adlig sind, zumindest dem Namen nach. Auf jeden Fall habe ich den Mann nicht gekannt.«

Sie tranken eine Tasse Kaffee auf der Terrasse. Die Tasse stand zufällig schon da, als Kalle sich reingedrängt hatte. Er fragte weiter, erntete aber keine Antworten oder Reaktionen, die sein Interesse wecken konnten. Das hier schien eine Einbahnstraße zu sein, auch wenn von Kruse den ermordeten Generaldirektor näher gekannt haben sollte, als er zugeben mochte. Der Grund für sein Leugnen lag vermutlich im Widerwillen, in der Zeitung genannt zu werden.

Kalle bedankte sich für den Kaffee und sagte ein paar entschuldigende Worte über seine etwas harsche Art der Kontaktaufnahme. Der Gastgeber schien mehr erleichtert als böse, es würde wohl eine Weile dauern, ehe die Frechheit des Reporters zu diesem scheinbar sanftmütigen Mann vordringen würde.

Auf dem Weg nach draußen ging Gerhard von Kruse vor, Kalle ein paar Schritte nach ihm. Er sah sich aufmerksam um. Die Einrichtung war altmodisch, eine Mischung aus Antiquitäten und schwedischem Design der Dreißiger- oder Vierzigerjahre. Als sie die breite Marmortreppe hinuntergingen, fiel Kalles Blick auf ein Königsportrait. Er hielt inne:

»Wer ist das?«

»Gustaf II. Adolf. Der Heldenkönig.«

»Hat auf dem Kontinent ziemlich viele Menschen umgebracht, nicht wahr?«, sagte Kalle.

Keine Antwort. Der Gastgeber sah ziemlich verkniffen aus und wies seinen Besucher mit einer Geste Richtung Tür. Es war deutlich, dass seine Erleichterung in Wut überzugehen drohte. Jetzt wollte er den unwillkommenen Gast nur noch loswerden.

Kalle hielt wieder inne:

»Entschuldigen Sie, aber darf ich auf dem Weg nach draußen kurz die Toilette benutzen?«

»Äh, ja, natürlich. Am Ende dieses Flures auf der rechten Seite gibt es eine Toilette«, sagte Gerhard von Kruse und zeigte mit der ganzen Hand.

»Waren Sie beim Militär?«, fragte Kalle.

»Generalarzt der Reserve.«

Kalle nickte beeindruckt und begab sich den halbdunklen Korridor entlang. Die Toilette war sehr sauber, aber abgenutzt mit Wasserhähnen, Schränken und Türklinken, die sich sicher schon seit dem Bau des Hauses vor ungefähr siebzig Jahren dort befanden.

Er pinkelte und wusch sich die Hände. Im Badezimmerspiegel sah er einen an der Wand befestigten Medikamentenschrank hinter sich und konnte dem Impuls hineinzuschauen nicht widerstehen. Er erwies sich als übervoll mit allerhand potenten Produkten: Sotacor, Propavan, Rohypnol, Plendil, Kredex, Scheriproct – also Betablocker, Schlaftabletten, Blutdruckmedikamenten und Rektalsalbe gegen Hämorrhoiden.

Kalle kannte seine Rote Liste. Die Verfallsdaten waren abgelaufen. Gerhard von Kruse schien mehr daran interessiert zu sein, Medikamente zu hamstern, als sie zu verbrauchen. Wenn es überhaupt seine Medizin war. Auf den Verpackungen gab es keine Hinweise auf den Patienten.

Er wollte soeben den Schrank wieder schließen, als er in der einen Ecke etwas entdeckte, das aus den Medikamentenverpackungen herausragte. Er ging etwas näher ran.

Ganz hinten, halb hinter einem Katheterschlauch in Plastikverpackung, lag ein einzelner USB-Stick. Es war ein graubraunes, vier Zentimeter langes Ding mit winzig kleinem Text: »Zap slider USB 2.0« und auf der anderen Seite »512MB«. Die Schutzhülse fehlte.

Kalle wusste, dass USB-Sticks mit derart hoher Kapazität erst seit ein paar Jahren auf dem Markt zu haben waren. Das Ding wirkte völlig deplatziert in diesem Zuhause, das ja eher einem Museum glich und in dem er keine anderen Spuren der digitalen Revolution wahrgenommen hatte. Wenn er näher darüber nachdachte, hatte er nicht einmal ein Fernsehgerät gesehen.

Kalle holte seinen Palm aus der Innentasche des Jacketts und drückte auf »ON«. Er steckte den USB-Stick in den Port und wartete, dass die Logos auftauchen würden. Ein paar Minuten später war der Inhalt kopiert und der Stick lag wieder an seinem Platz im Schrank. Der Inhalt sah aus wie ein Worddokument und nahm nicht viel Speicherplatz ein. Kalle schaltete den Palm wieder aus und ging in den Flur. Er bedankte sich noch einmal und kehrte zu seinem Jeep zurück.

Auf dem Weg nach Norrtälje fuhr er mit der einen Hand und unternahm mit der anderen einen Versuch, das Dokument zu öffnen. Es funktionierte nicht. Vielleicht enthielt das Dokument ein Objekt, das der kleine Palm nicht verarbeiten konnte. Das war aber egal. Wahrscheinlich hatte nur irgendein Verwandter ein Arbeitspapier vergessen, das dann in dem Schrank gelandet war, im besten Fall war es etwas Pikantes privater Natur, wie ein Testament. Die Computerleute in der Zeitung würden es am nächsten Tag schon aufkriegen. Kalle kopierte das Dokument auf seinen eigenen USB-Stick, den er in der Tasche trug.

Die Sommerhütte von Sara Widmann zu finden erwies sich als schwieriger als die Navigation in Näsby Park. Die Wegbeschreibung des Routenplaners war falsch und das ausgedruckte

Bild auch keine große Hilfe: ein braunes Haus hinter ein paar Birken. Das konnte praktisch überall sein.

Kalle fuhr eine Stunde im Wald herum und musste zwei einheimische Passanten fragen, ehe er da war. Er hasste es, nach dem Weg fragen zu müssen, und wenn man jemanden stellen wollte, war es besonders ungünstig. Die Leute konnten einander kennen, anrufen und vorwarnen.

Vor dem Haus von Sara Widman waren frische Spuren von Autoreifen zu sehen, das Haus selbst war leer. Er ging hin und klopfte. Keine Antwort. Er drehte eine Runde um das Haus und sah durch die Fenster. Alles war verlassen, aber es war schon jemand dort gewesen. Kleider lagen auf dem Boden, Geschirr auf der Spüle, die Betten waren nicht gemacht.

Kalle setzte sich in den Jeep und fuhr ein paar hundert Meter den Weg hinunter. Dann ging er zu Saras Haus zurück, suchte seinen Lieblingssender im Radio, steckte die Kopfhörer ein und legte sich ins Gebüsch, um zu warten. Er hatte keine Eile.

Auf dem schmutzigen Fußboden vor der Badewanne in Sven Möllers Wohnung lagen drei Stöcke. Auch sie waren voller Blut.

Johanna ging im Reflex rückwärts aus dem Badezimmer hinaus, nicht weil sie über den zerfleischten Körper schockiert war, sondern vor allem, um mögliche Spuren nicht zu zerstören. Dann wurde ihr klar: Das hier war nicht mehr ihre Ermittlung. Es würde nicht gut aussehen, wenn sie die Kriminaltechniker rief. Da war es besser, wenn sie den Tatort selbst vorsichtig untersuchte und dann anonym anrief und einen Tipp ablieferte. Sie wusste schließlich nicht, ob der Mord an Möller im Zusammenhang mit den anderen Morden stand, und es würde schwer zu erklären sein, was sie bei einem abgeschlachteten Mann in einer Einzimmermietwohnung in Brandbergen zu suchen hatte.

Der Tote war fast bis zur Unkenntlichkeit massakriert, aber es bestand wenig Zweifel daran, dass es Sven Möller war. Die

Konstitution stimmte. Er war wahrscheinlich mit den Stöcken misshandelt worden. Aber warum lagen da drei Stück?

Svens Verfolgungswahn war also berechtigt gewesen. Seine Phantasien gerieten damit sofort in ein ganz anderes Licht. Was hatte er noch gesagt? Johanna konnte sich kaum erinnern, weil alles so verwirrt geklungen hatte. Sie erinnerte sich an den Satz: »Man wird mich auch ermorden, so wie man die anderen Verräter ermordet.«

War er also ein Verräter gewesen? Und was oder wen hatte er verraten? Dann hatte er etwas über die »Männer in den Schatten« gesagt. Die Verbindung zwischen den früheren Morden war »schwedische Unglücksfälle« und »Folter«. Und jetzt lag er selbst hier, gefoltert.

Sven Möllers Furcht war zwar begründet gewesen, aber die Umstände mussten nicht zwangsläufig so mystisch und großartig sein, wie er es selbst angedeutet hatte. Vielleicht fürchtete er nur einen Gläubiger oder einen anderen Psychopathen mit einem Hang zu morbiden Gewalttaten.

Johanna tippte auf Letzteres. Blieb nur die Frage, woher Sven wissen konnte, dass die anderen Opfer gefoltert worden waren. Er hatte fast damit kokettiert, dass er keine Tageszeitungen las, nicht fernsah und kein Internet oder Radio benutzte, um nicht manipuliert zu werden. Und alle diese Dinge gab es in seiner Wohnung auch nicht, wenn Johanna sich jetzt umschaute. Das war ein Mann, der in seiner ganz eigenen Welt gelebt hatte – und darin gestorben war.

Sie holte in der Küche einen Müllsack und legte einen der drei Stöcke hinein. Diebstahl von Beweismaterial. Das war ein ernstzunehmendes Verbrechen, aber Zweidrittel der Mordwaffe mussten für die Techniker genügen. Sie bezweifelte, dass die Kripo sich mit dem Fall größere Mühe machen oder ihn mit den anderen in Verbindung setzen würde. Sven Möller war, im Unterschied zu Engman, Karlsson, Andersson und Lillia ein typisches Opfer eines Gewaltverbrechens.

In einem anderen Müllsack sammelte sie die Vogeljungen zusammen, insgesamt elf Stück. Hier würden sie sterben oder später von Johannas phantasielosen Kollegen getötet werden. Da war es besser, sie mit zu Kia und Viggo zu nehmen. Vielleicht gab es irgendwo ein Heim für elternlose Enten, ansonsten mussten sie einen Versuch unternehmen, sie selbst aufzuziehen. In ein paar Wochen waren Sommerferien. Die Kinder sollten sich ruhig etwas in Verantwortung üben.

Johanna stellte die Säcke in den Flur. Nachdem sie das Badezimmer so gut sie konnte untersucht hatte, nahm sie das fallengelassene Buch wieder in die Hand. Es war irgendeine handgeschriebene Chronik mit alten Jahreszahlen darin. Der brüchige Ledereinband trug weder Text noch Bilder, aber auf dem Vorsatzpapier war »Mueller« aufgedruckt. Ein adliger Name? Verwandte? In dem Fall hatte der Clan von Sven Möller aber eine formidable Reise in die falsche Richtung unternommen, von der Position als Retter der Großmacht bis hin zu einer versifften Einzimmerwohnung mit Küchenecke in einem unansehnlichen Vorort eines Randstaats an Europas Peripherie.

Johanna blätterte und versuchte zu lesen, aber die Buchstaben waren unregelmäßig und der Inhalt schwer zu interpretieren. Viele Seiten waren etwas gewidmet, das aussah wie Buchführung, mit Zahlen und Rechnungen im Vergleich zu Waren. Ein anderer Teil enthielt eine lange Liste mit Personennamen, eine Reihe Muellers, aber auch andere Namen mit adligem Klang. Geburtsjahr und Titel gab es auch: Oberstleutnant, Generalmajor, Freiherr, Verwalter. Die Liste enthielt ausschließlich Männer, und alle waren im 17. Jahrhundert geboren.

Plötzlich wurde Johanna von einem aufdringlichen Geräusch aus ihren Überlegungen geweckt. Jemand klopfte an die Eingangstür.

Sie stand mit einem Ruck auf. Es war keine gute Idee, jetzt aufzumachen. Das konnte genauso gut der Täter sein, der zurückkam, oder ein anderer, der schnell den Schluss ziehen könnte, dass sie der Mörder war, und dann ausflippte. Die Tür war immer noch unverschlossen, denn sie hatte ja damit gerechnet, dass Sven zurückkehren würde.

Um die Schnellere zu sein, sollte jemand die Wohnung betreten, schlich sie sich ins Badezimmer, machte das Licht aus und schloss die Tür hinter sich. Es wurde stockfinster.

Jetzt hörte man es draußen im Flur klacken. Der Besucher hatte die Tür geöffnet und trat über die Schwelle. Johannas Schläfen pochten. Sie holte die Dienstwaffe heraus und ging leise in Position, fasste sie mit beiden Händen und trat langsam rückwärts, bis es an der Badewanne nicht mehr weiterging.

Die *Ikaros* war ein Transportschiff von eher zurückhaltender Größe. Verglichen mit dem größten Containerfahrzeug der Welt, der dänischen *MS Emma Mærsk* mit 156 000 Tonnen und einer Kapazität von 11 000 Containern, war die *Ikaros* eine kleine Nussschale. Sie gehörte zu den Schwerstarbeitern der Globalisierung, ein flexibles Schiff, das zu niedrigen Kosten so gut wie alles innerhalb einer Woche oder zwei an jeden Ort der Welt transportieren konnte. Sie war 1974 in Yokohama gebaut worden und hatte ihre besten Tage bereits gesehen.

Um die Kosten gering zu halten, ging der Trend zu immer größeren Containerschiffen. Ein Größenlimit stellte die »Suezmax« dar, also das größte Schiff, das noch durch den Suezkanal passte. Derartige Monster waren 400 Meter lang, 50 Meter breit und hatten einen Tiefgang von 15 Metern, viermal so viel wie die *Ikaros*. Allein die Propeller wogen über 100 Tonnen. Um auf 25 Knoten zu kommen, brauchten diese Schiffe Motoren mit 115 000 Pferdestärken.

Der Fluss von Containern auf dem Meer betrug zu jeder Zeit an die fünf Millionen Einheiten. Es erforderte eine ungeheure Organisation und Computerkapazität, um dieses Wirrwarr zu lenken, aber abgesehen von der Ladeliste eines jeden

Containers gab es keine Möglichkeit, zu kontrollieren, was einzelne Container enthielten oder wohin sie gehörten.

Die *Emma Mærsk* war immer noch eine Klasse für sich. Der größte Teil des Stückguts, im Gegensatz zu Bulkladung wie Saatgut oder Kohle, kam auf Containerschiffe von der Größe der *Ikaros*. Sie waren die Heringsschwärme des Welthandels, in denen jedes Individuum in der Menge verschwand.

Für die amerikanischen Behörden, die Nuklearmaterial ausfindig machen wollten, gestaltete sich das wie die Suche nach einer Kontaktlinse im Atlantik. Und es schien sich auch sonst niemand darum zu scheren. Alle verließen sich auf die USA, die sich trotz allergrößten Anstrengungen auf ihr Glück verlassen mussten.

Vor der holländischen Küste war die *Ikaros* wieder auf normale Fahrt gegangen. Steuermann Toufik Ramallah verbrachte jetzt, von einigen wenigen Stunden Schlaf in der Nacht abgesehen, seine gesamte Zeit auf der Brücke. Der Passagier war nicht wieder gesehen worden, seit sie die Vereinbarung getroffen hatten. Toufik wanderte auf und ab und wartete auf das Signal des neuen Auftraggebers. Er wünschte sich sehr, dass nichts daraus werden würde, dass das geplante Rendezvous aus irgendeinem Grund nicht stattfinden, er den Judaslohn nicht entgegennehmen und die Besatzung nicht würde anlügen müssen.

Doch eine Weile nach dem Mittagessen, das aus zu lange gekochten Nudeln und Dosensardinen bestanden hatte, wurden seine Hoffnungen zerstört. Der Schwede tauchte auf der Brücke auf, diesmal in seinem Blaumann. Die Zeit für das Treffen mit dem Helikopter war auf 14.00 GMT festgesetzt.

Sie brauchten keine Fahrt rauszunehmen, die Besucher würden heruntergelassen werden, während sie fuhren. Aber der Passagier brauchte Informationen über die exakte Position des Schiffes in diesem Moment und die berechnete Position um 14 Uhr. Danach sollte um 13 Uhr 45 eine vollständige Positionsangabe über Funk gesendet werden. Toufik nickte stumm und notierte die Wünsche. Jetzt gab es kein Zurück. Nachdem der Plagegeist gegangen war, versammelte er die Besatzung und berichtete, was am Nachmittag geschehen würde. Er lächelte angestrengt und bemerkte zu seiner Erleichterung, dass niemand von der Besatzung diese Nachricht als aufsehenerregend zu betrachten schien. Die Besucher sollten auf der offenen Fläche des Schiffes abgesetzt werden. Jetzt musste nur die Fläche vorbereitet werden, indem man ein paar Stahlseile wegschob. Das würden die Filippinos erledigen. Die anderen kehrten an ihre Arbeitsplätze zurück.

Um 13 Uhr 55 knatterte ein Westland Scout in niedriger Höhe von Steuerbord herein. Es war ein Militär-Helikopter mit Austragungswinsch, aber für den zivilen Gebrauch umgebaut. Die Beschriftungen waren auf Holländisch.

Ein paar Minuten später baumelte der erste Besucher im Geschirr auf dem Weg zum Deck hinunter. Für den Piloten war das eine reine Routineoperation, er hatte die Maschine in stetem Gang über der *Ikaros* geparkt, in 60 Fuß Höhe und bei 24 Knoten Fahrt. Besucher Nummer zwei erhielt eine zusätzliche Flugrunde, als er ein paar Mal in einem unerwarteten Fallwind über Deck pendelte, doch um 14 Uhr 08 standen beide sicher auf der improvisierten Landeplatte. Der Helikopter stieg auf, zog das Stahlseil mit dem Geschirr hoch und verschwand Richtung Küste.

Toufik ging zusammen mit dem Schweden und einem Matrosen zum Bug, um die Gäste zu begrüßten. Sie gaben ihm die Hände, stellten sich aber nicht vor. Jeder der Gäste hatte eine Plastikschachtel dabei. Sie trugen olivgrüne Overalls ohne Beschriftung. Als sie einander etwas zuflüsterten, bemerkte Toufik, dass sie eine slawische Sprache sprachen, Russisch oder Ukrainisch.

Der Schwede übernahm mit selbstverständlicher Autorität den Befehl. Er gab Toufik Anweisung, zur Brücke zurückzugehen und die Besatzung fernzuhalten. Die Experten würden einige Stunden des Nachmittags benötigen, um ihre Aufgabe zu erledigen. Von der Besatzung verlangten sie lediglich beim Öffnen und Verschließen des Containers Hilfe.

Curiosity killed the cat, dachte Toufik bei sich und beschloss, sich so weit wie möglich von Container Nummer 857 entfernt zu halten. Mit dem Abkommen zwischen Stavros und dem Passagier war etwas schiefgegangen, und das hatte den Kapitän das Leben gekostet. Was auch immer sich in dem Container befand, es war auf jeden Fall ungesund. Nun war der Mist aber schon mal auf dem Schiff, und da gab es keinen anderen Ausweg, als ihn an Land zu bringen.

Von ihrem Versteck im Badezimmer aus konnte Johanna hören, wie jemand sich in der Wohnung bewegte. Die Zeit kroch langsam voran. Ihre Augen begannen, sich an die Dunkelheit zu gewöhnen, durch einen Ventilator in der Decke und unter dem Türspalt hindurch drang ein klein wenig Licht ein. Nach einigen Minuten konnte Johanna die Konturen des Toten in der Badewanne hinter sich erkennen. Es war, als befände sie sich in einer Gebärmutter, in einer kranken Gebärmutter zusammen mit einem toten Embryo.

Sie ließ die Pistole sinken. Ihre Hände zitterten, aber der Puls war ruhiger geworden. Der Besucher befand sich jetzt ganz hinten in der Wohnung, in der Küchenecke. Johanna rechnete ganz kühl damit, dass er früher oder später ins Badezimmer schauen würde. Das schien nur logisch, ganz gleich, wer es war. Der Mörder würde sein Werk betrachten wollen, das machten sie alle, wenn sie zum Tatort zurückkehrten. Und wenn es jemand anders war, dann wäre die Hausbesichtigung kaum vollständig ohne einen Blick hinter das Schild »Hier ist es«.

Sie hörte, wie in Büchern geblättert wurde. Auch dieser Gast hatte Interesse an den alten Lederbänden gefunden. Das deutete darauf hin, dass es jemand war, der diese Wohnung zum ersten Mal betrat. War das nun ein gutes oder ein schlechtes Zeichen?

Jetzt näherten sich Schritte im Flur. Johanna hob die Pistole wieder in Bereitschaftsstellung vor sich. Wenn es der Mörder war, der öffnete, dann würde sie nur den Bruchteil einer Sekunde Zeit haben, eine Entscheidung zu treffen. Wenn er angriff, musste sie sofort schießen, das war ihre einzige Chance auf dem engen Raum. Ein Handgemenge mit jemandem, der stark genug war, einen erwachsenen Mann totzuschlagen, würde sie nicht bewältigen können.

Die Tür ging auf. Das Licht blendete Johanna, obwohl der Besucher innehielt, ehe er den Lichtschalter erreicht hatte.

Sie sah die Umrisse eines hochgewachsenen Mannes vor sich. Der wiederum sah nur, dass an der Badewanne ein Mensch stand, und zuckte vor dem Geruch nach Blut zurück. Beide waren gleichermaßen schockiert.

»Stehen bleiben!«, schrie Johanna und wedelte mit der Pistole. »Zurück!«

Als der Mann die Waffe sah, riss er erstaunt die Augen auf. Er hob die Hände vor sich:

»Nicht schießen, um Gottes willen.«

»Gehen Sie zurück und setzen Sie sich auf einen Stuhl«, kommandierte Johanna. Ihr Ton war jetzt ruhiger, sie war erleichtert, die Situation unter Kontrolle zu haben und nicht schießen zu müssen.

Im selben Moment erkannten sie einander. Das hier war Felix Martini. Der des Mordes Verdächtige, nun wieder in der Wohnung eines brutal umgebrachten Menschen. Das konnte nur eines bedeuten.

Sie zwang ihn, sich in den niedrigen Sessel zu setzen, und setzte sich selbst einige Meter entfernt auf den höheren Esstisch, die Pistole immer weiter auf den anderen gerichtet.

»Was machen Sie hier?«, fragte Johanna.

»Das ist eine lange Geschichte«, stammelte Felix. »Warum stinkt es im Badezimmer nach Blut?«

»Das können Sie mir vielleicht erzählen«, meinte Johanna. Sie traf nicht zum ersten Mal auf einen Psychopathen und hatte nicht vor, sich von seinem unterwürfigen und verlorenen Auftreten entwaffnen zu lassen.

»Ich bin unschuldig. Habe nichts mit dem Tod von Charlie Lillia zu tun. Was ist geschehen?«, fragte Felix.

Wenn er spielt, dann spielt er gut, dachte Johanna. Der Fang von Felix Martini war ihre Fahrkarte zurück in den Job. Sie wusste, wie Janne Hed und die Kollegen funktionierten. Der Reflex, alles glatt zu machen und weiterzugehen, war immer groß. Sie würden das Dienstvergehen, das sie begangen hatte, indem sie auf eigene Faust weiterermittelt hatte, übersehen und sich damit zufriedengeben, dass sie den Mörder gefangen hatte, aber bis dahin gehörte er ihr allein. Sie konnte der Versuchung nicht widerstehen, ihm selbst ein wenig auf den Zahn zu fühlen:

»Sie sind in eine Wohnung eingebrochen, in der ein ermordeter Mann liegt. Wollen Sie behaupten, dass Sie mit seinem Tod nichts zu tun haben?«

»Mit wessen Tod?«

»Dem von Sven Möller. In der Badewanne.«

»Jesus und Mohammed«, rief Felix aus und hielt sich die eine Handfläche an die Stirn. »Was läuft hier eigentlich?«

»*You tell me*«, erwiderte Johanna.

»Hören Sie«, sagte Felix und hielt eine Hand in die Luft, »ich habe in der Zeitung gelesen, dass Sie von den Ermittlungen ausgeschlossen worden sind. Geben Sie mir nur die Chance, mich zu erklären, dann werden Sie erkennen, dass ich mit den Morden nichts zu tun habe. Aber ich habe selbst ein paar Dinge herausbekommen. Deshalb bin ich hier.«

Er erzählte die ganze Geschichte, vom Fund des ermordeten Charlie bis zur Flucht aus dem Gefängnis, von den letzten

Worten des sterbenden Freundes, dem geheimnisvollen Familienwappen und der Runde durchs Nationalmuseum. In komprimierter Form klang das vollkommen durchgeknallt. Johanna hörte mit offenem Mund zu und hielt die Waffe fest vor sich.

»Aber wie sind Sie jetzt hierher nach Brandbergen gekommen?«

»Wir haben das Gästebuch von Bogesund mitgenommen«, sagte Felix.

»Wer sind *wir*?«, fragte Johanna.

»Nun, da gibt es noch eine Freundin von mir, die Sara heißt, sie wartet draußen im Auto«, fuhr Felix fort. »Im Gästebuch war ein und derselbe Name auf jeder zweiten Seite eingetragen: Sven Möller. Er scheint in der Zeit, während das Schloss für die Allgemeinheit geöffnet war, einmal in der Woche dorthin gegangen zu sein und hat sich jedes Mal ins Gästebuch eingetragen. Wir haben dann seinen Namen beim Einwohnermeldeamt gesucht, weil er so ähnlich klang wie Mueller. In der Umgebung von Stockholm gab es nur drei Sven Möller, und zufälligerweise ist dies die erste Adresse, die wir aufgesucht haben. Es ist reiner Zufall, dass ich reingekommen bin, denn es gibt ja kein Namensschild. Ein Nachbar hat mir die Wohnung gezeigt, ja, und dann habe ich geklopft und bin reingegangen. Das mit den Einbrüchen scheint zur Gewohnheit zu werden. Und das mit den Toten auch, leider.«

»Das ist schlecht«, sagte Johanna vorsichtig. »Die Bücher im Regal sind eine Art Chronik über das Geschlecht der Mueller im 17. Jahrhundert.«

»Glauben Sie, dass Sven von denen abstammte?«, fragte Felix.

Johanna schüttelte den Kopf. Martinis Bericht passte einfach nicht zusammen. Sie hatte schließlich die Beweise gegen ihn gesehen. Sie war immer noch überzeugt davon, dass er einfach Blödsinn redete, um ihre Aufmerksamkeit zu ermüden.

»Sven war ein paranoider Mythomane«, sagte sie vorsichtig. »Ein psychisch kranker Einzelgänger. Warum haben Sie ihn getötet?«

Felix traten die Tränen in die Augen. Ein paar Sekunden lang starrten sie einander schweigend an. Johanna befahl ihm, aufzustehen und ins Badezimmer zu gehen und das Licht anzumachen. Er gehorchte sofort.

Vor dem Anblick der Leiche fuhr Felix zurück. Das war der dritte Tote, den er in seinem Leben sah. Er spürte, wie sein Blutdruck sank, ihm wurde gleichzeitig schlecht und schwindelig.

Johanna sah, wie es ihm ging, und bekam Zweifel. Sie ließ die Waffe sinken, trat vor und wickelte sich Toilettenpapier um die eine Hand. Sie färbte sich rotbraun, als sie vorsichtig den übel zugerichteten Kopf von Sven Möller anhob.

Da machten sie eine makabre Entdeckung. In den Mundwinkel des Toten war etwas Weißes gestopft. Sie zog es langsam heraus und wickelte einen blutverschmierten Papierzettel auseinander. Dort hatte jemand mit Kugelschreiber geschrieben:

Geschlecht und Haus nicht meld' ihm nach,
Wälz nicht sein Werk auf die!
Erröte niemand seiner Schmach,
Ihn, ihn nur treffe sie!
Er, der sein Land verriet, er hat
Nicht Sohn und Vater, Stamm und Statt.

Der Mörder hatte ein altes Gedicht hinterlassen, eine Visitenkarte. Johanna schauderte es, und sie steckte den Zettel in die Tasche. Sie machten das Licht aus und gingen ins Zimmer zurück.

»Hören Sie«, sagte Felix, der Johannas Verwirrung bemerkte. »Ich bin kein Mörder. In meinem ganzen Leben war ich noch in keine Schlägerei verwickelt. Aber um das zu beweisen, muss ich mich offensichtlich selbst reinwaschen, und deshalb bin ich hier nach Brandbergen gekommen. Wenn Sie mir nicht glauben, dann fragen Sie Sara, sie ist ein anständiges Mädchen von Östermalm und keine Terroristin. Das werden Sie schon auf hundert Meter Entfernung sehen.«

Johanna sah ihn skeptisch mit zusammengekniffenen Augen an und setzte Daumen und Zeigefinger der einen Hand unter die Nase, während sie nachdachte. In der anderen Hand hielt sie immer noch die Pistole.

»Wir haben durchaus etwas Gemeinsames«, fuhr Felix fort. »Sie suchen nach demselben Mörder wie ich. Ich wette, dass Ihre Kollegen nicht wissen, dass Sie hier sind. Das sieht nicht sonderlich gut aus, nicht wahr, weder für Sie noch für mich.«

Sie erhob sich wieder von dem Tisch, auf dem sie gesessen hatte, und fing an, über den schmutzigen Boden hin und her zu wandern. Nach ein paar weiteren Kontrollfragen fasste sie ihren Beschluss. Alles, was dieser Felix Martini sagte, sein ganzes Auftreten, passte mit ihrer Intuition über die übereilten Schlüsse der Ermittlergruppe zusammen. Felix war nicht der richtige Mann.

Sie steckte ihre Sig Sauer ins Holster. Die beiden stimmten weiter miteinander ab, was sie über die Morde wussten, und sahen sich erneut in der Wohnung um. Johanna erklärte, wie er vermeiden sollte, Spuren zu hinterlassen. Wenn Felix anhand von technischen Beweisen mit dieser Wohnung in Verbindung gebracht werden könnte, dann würde ihm das den Rest geben. Sie wischten ein paar Stellen ab, die er berührt hatte, und beschlossen zu gehen, um nicht noch mehr Haare und Fasern zu hinterlassen.

Johanna nahm einen dritten Plastiksack und tat ein paar der alten Lederbände hinein. Dann schlossen sie leise die Tür hinter sich und gingen mit ihrem seltsamen Gepäck die Treppe hinunter: eine blutige Mordwaffe, die Chronik eines Adelsgeschlechts aus dem 17. Jahrhundert und eine Tüte piepsender Entenjungen. Zum Glück trafen sie niemanden auf dem Weg.

Sie gingen zu der im Mustang wartenden Sara. Sie begrüßte Johanna zurückhaltend, während Felix ihr kurz alles erklärte. Sara schüttelte zunächst misstrauisch den Kopf, war dann aber schnell erleichtert. Eine Polizistin, die an Felix' Unschuld glaubte, das war doch mal ein Fortschritt.

Johannas erster Impuls war, bei der Polizeistation in Haninge anzurufen, damit die sich um den Toten kümmern und den Tatort untersuchen konnten. Dann fiel ihnen ein, dass Felix einen der Nachbarn des Ermordeten getroffen hatte. Natürlich würde die Polizei alle befragen, und die Wahrscheinlichkeit war groß, dass Felix erkannt werden würde. Nach einigem Überlegen beschlossen sie, erst einmal nicht Alarm zu schlagen. Wenn man den seltsamen Lebensstil von Sven Möller bedachte, dann war es doch unwahrscheinlich, dass ihn in naher Zukunft jemand vermissen würde.

Johanna ging zu ihrem Saab zurück, öffnete die Tür und ließ sich auf den Fahrersitz sinken.

»Was zum Teufel mache ich denn da?«, fragte sie sich leise selbst im Rückspiegel.

Sie würden zusammen zu Saras Hütte rausfahren, um die Bücher von Möller durchzugehen. Jetzt war sie weit draußen auf dem Eis. Sie schloss die Augen und erinnerte sich an das Gefühl, als sie mit fünf Jahren vom Sommerhaus der Eltern wegspaziert war und sich im Wald verlaufen hatte.

Im Hauptquartier am Lidingöväg herrschte fieberhafte Aktivität. Das Verteidigungsministerium hatte neue Unterlagen für die Einsparungsmaßnahmen angefordert. Die Planungsabteilung hatte, um die Konsequenzen der verschiedenen Budgetniveaus zu beschreiben, eine Deadline in zwei Tagen gesetzt bekommen. Das war im Grunde, was die Abteilung Verteidigung in den letzten fünfundzwanzig Jahren hauptsächlich gemacht hatte. Die wirtschaftliche Planung, früher ein unattraktives Randgebiet, war Schritt für Schritt in die operative Arbeit vorgedrungen. Der Sieg des Schreibtischs über die Kanonen, ein administrativer Pazifismus.

Die Zeit der galanten Helden war vorbei. Jetzt war man ein Offizier und ein Beamter.

Im Erdgeschoss des großen Ziegelsteinsbaus befand sich die Presseabteilung. In den Achtzigerjahren, der glücklichen Zeit der U-Boot-Jagden, war diese kleine Einheit aufgeblüht und hatte sich zum Herzstück des ganzen Stabes gemausert. Jahrzehnte alarmierender Artikel und Fernsehsendungen verschoben die Verteidigungsdebatte und die Meinungsbildung in eine – aus dem Blickwinkel der Leute am Lidingöväg – günstige Richtung.

Die Sowjetunion lief 1991 auf Grund. Die baltischen Meerbasen, angeblich Ausgangspunkt für Verletzungen der schwedischen Hoheitsgewässer durch U-Boote, erwiesen sich als verrosteter, vergifteter Sumpf. Das Seltsame war nur, dass die Hinweise auf die Tätigkeit fremder Unterwasserboote sich noch bis weit in das Jahr 1994 fortsetzten, bis irgendein nüchterner Marineoffizier vorschlug, man solle zurückfahren und die Beobachtungen in einer Übung noch einmal überprüfen.

Es stellte sich heraus, dass die angeblich von sowjetischen U-Booten herstammenden Geräusche von Nerzen erzeugt wurden. Daraufhin senkte sich bald ein barmherziger Mantel des Vergessens über die U-Boot-Jagden, und innerhalb von wenigen Jahren hörten die Hinweise in dieser Richtung völlig auf. Im 21. Jahrhundert nun hatte die Presseabteilung mit anderen Dingen zu tun. Die friedensbewahrenden Operationen unter der Regie der Vereinten Nationen und der Nato im Ausland hatten einen schockierenden Bodenkontakt erwirkt, der die Verteidigung unter anderem dazu zwang, sich Material anzuschaffen, dass in einem Krieg auch wirklich funktionierte.

In seinen fünfundzwanzig Jahren im Verteidigungsministerium hatte Bruno Mild etwas zerstreut das Tun und Treiben seines Arbeitgebers registriert. Mild interessierte sich zwar für die Schrauben und Muttern der Verteidigungspolitik, hatte aber schnell eingesehen, dass Schweden in dieser Hinsicht ein Fall für den Psychiater war. Die offizielle Sicherheitspolitik hatte nur sehr wenig mit der Wirklichkeit zu tun. Zum Glück erwies sich diese Wirklichkeit als sehr freundlich. Das Spiel der Zufälle gab dem Land mehrere Jahrzehnte Zeit, mit seinen Illusionen aufzuräumen.

Bruno arbeitete auf lange Sicht. Früher oder später würde Schweden eine neue Invasionsarmee bekommen oder in die Nato eintreten, wenn das notwendig werden würde. In der Zwischenzeit erledigte Mild seinen Job in der Sicherheitsabteilung, die trotz allem eine Insel der Zielgerichtetheit in diesem Meer der Verwirrung war.

Auch die Verteidigungsmächte der ausländischen Partner schätzten Bruno, oder Doktor Mild, wie sie ihn in Anspielung auf seinen politischen und menschlichen Gegenpart Doktor Strangelove gern nannten.

An diesem Augusttag hatte Bruno eine Routinesitzung mit den Leuten von der CIA-Abteilung der amerikanischen Botschaft. Sie würden sich in einer der geheimen Wohnungen treffen, über die das Büro in Stockholm verfügte.

Wenn die Amerikaner etwas der Säpo präsentierten, dann ernteten sie gewöhnlich offene Münder und eifriges Nicken. Da kaufte man alles. Mit der Sicherheitsabteilung des Hauptquartiers ging das nicht so leicht, was paradoxerweise dazu führte, dass Bruno den besten Austausch mit den Amerikanern pflegte. Sie empfanden seine Integrität als unbequem, aber auch als befreiend. Wenn es ernst wurde, ging man zu Doktor Mild, der ausgezeichnet Englisch sprach. Sein Pferdeschwanz und der legere Kleidungsstil waren im Laufe der Zeit zu seinem Vorteil, als Attribut eines exzentrischen Professionellen.

Heute wirkten alle ernster als gewöhnlich. Als die Kaffeetassen gefüllt waren, begann der Chef der Amerikaner:

»Wie Sie wissen, haben wir mehrmals davor gewarnt, dass in Dänemark etwas am Laufen sein könnte. Die Beteiligung am Befreiungskrieg im Irak, der Karikaturenstreit, die schlechte Stimmung unter den Muslimen im Land. Bisher ist das zumeist falscher Alarm gewesen, nur ein paar amateurhafte Sachen, die rechtzeitig gestoppt werden konnten. Bestimmt haben Sie die Spekulationen gehört, dass die Islamisten hinter der Mordserie hier in Schweden stecken sollen. Wir haben da nicht viel hinzuzufügen, sicherlich ist das eine Möglichkeit. Aber es gibt auch andere Signale, die uns beunruhigen und von denen Sie wissen sollten.«

Er machte eine Pause, um seine Worte wirken zu lassen, und nahm einen Schluck Kaffee. Mündliche Darstellung hatten sie wirklich drauf, dachte Bruno. Laut sagte er:

»Sie meinen WMD-Signale?« Das war die Abkürzung für Massenvernichtungswaffen.

»Ja«, sagte der CIA-Mann und nickte. »Auf dem nuklearen Markt herrscht erhöhte Aktivität. Die Nachfrage nach Experten, verschwundenes Material, das Gerücht, dass jemand eine schmutzige Bombe plant. Und Schweden wird in diesem Zusammenhang genannt. Das ist sehr ungewöhnlich, so dass Sie davon in Kenntnis gesetzt sein sollten.«

»Wie detailliert sind Ihre Quellen, was das Ziel angeht?«, fragte der Abteilungschef von Bruno.

»Wir müssen unsere Quelle hier extrem schützen, deshalb kann ich Ihnen nicht sagen, woher genau unsere Informationen stammen.«

»Islamisten?«, fragte Bruno.

»Möglich«, sagte der Amerikaner. »Aber das Bild ist unklar. Stimmt mit nichts überein, was wir bisher gesehen haben. Könnte ein rein europäischer Auftraggeber sein. Oder ein schwedischer.«

»Könnte?«, fragte Bruno.

»Es fällt im Süden vielen schwer, zwischen Schweiz und Schweden zu unterscheiden. Aber es weist in diese Richtung. Dazu gehört unter anderem die Ausbezahlung großer Summen schwedischen Ursprungs an Strohmänner für Personen in der Nuklearbranche, die wir kontrollieren. Russen. Pakistani.«

»Und was fangen wir mit dieser Information an? Das ist ja etwas zu vage, um die Nationen in Kriegsbereitschaft zu versetzen«, sagte der Abteilungschef.

»Das entzieht sich wie immer meiner Beurteilung«, sagte der CIA-Mann. »Wir können nur weitergeben, was wir aufschnappen. Aber lassen Sie es mich so formulieren: Wenn wir mit Informationen wie diesen zum Weißen Haus kämen, dann würde die militärische Bereitschaft in den USA erhöht werden. Verschärfte Kontrolle an den Flugplätzen und in den Häfen. Stärkere Bewachung gefährdeter Objekte militärischer, politischer oder kommerzieller Art.«

Sie tranken den Kaffee aus und schlossen das Treffen mit etwas Geplauder ab. Als der CIA-Mann auf die Uhr schaute, war das Treffen beendet. Sie gaben sich die Hand und verließen einzeln die Wohnung, die Schweden zum Schluss.

Nach einer Stunde unablässigen Schreiens hielt der kleine John endlich seinen Mittagsschlaf. Es war jedes Mal dasselbe, wenn er gegessen hatte. Ob in dem Essen etwas war, das er nicht vertrug? Hatten sie vielleicht zu früh mit dem Brei aufgehört?

Peter Tott war nass geschwitzt. Er ging in die Küche und machte sich eine Tasse Instantkaffee, dann wählte er Johannas Nummer.

»Hast du an die Elternversammlung in der Schule gedacht? Sie fängt in einer Stunde an.«

Johanna und Peter hatten die Zwillinge in eine freie Schule mit Tagesstätte gegeben, die von einer Kooperative betrieben wurde. Heute fand das Jahrestreffen statt, es standen die Vorstandswahl und wichtige Zukunftsfragen an. Wie immer war die Versammlung auf fünfzehn Uhr angesetzt. Wann arbeiteten diese Leute eigentlich?

»Verdammte Scheiße«, sagte Johanna. »Ich weiß, dass ich eigentlich dran bin, aber ich habe hier eine heiße Spur in der Mordserie. Ich bin auf dem Weg zu einer Sommerhütte nördlich der Stadt und muss das hier jetzt fertig machen.«

Peter seufzte tief.

»Bist du nicht von dem Fall ausgeschlossen worden?«

»Schon, aber ich kann nicht einfach die Fäden fallen lassen, die ich in den Händen habe. Es war ein Tipp von gestern, der direkt in ein Wespennest führte. Das hier ist eine große Sache, Peter. Ich verspreche dir, dass ich es wiedergutmache, wenn du jetzt nur zu der Versammlung gehst.«

»Das wird langsam zu viel, Johanna. Warum musst du dir ausgerechnet jetzt den Hintern abarbeiten, wo du kleine Kinder hast? Wenn man das mal vom Gehalt her betrachtet, dann scheint dein Arbeitgeber deinen Einsatz ja nicht gerade wertzuschätzen. Und jetzt wollen sie noch nicht einmal, dass du mitmachst, und du fährst erst recht das Tempo hoch.«

»Hör mal, Peter. Ich habe auf eine Art einen echt anstrengenden Vormittag gehabt. Kann ich jetzt nicht näher erklären. Das hier ist wichtig für mich. Ich muss die Sache verfolgen, es geht um Menschenleben.«

»Na, klar. Scheiß auf das Leben, das du zu Hause am Küchentisch hast.«

Schweigen, dann fuhr Peter in gedämpftem Ton fort:

»Was soll ich mit John machen, wenn ich zu der Versammlung gehe?«

»Nimm ihn mit. Er ist ein guter Schutz, wenn sie die Aufgaben verteilen. Wenn du alle Hände voll mit einem Baby hast, kommen wir vielleicht ein weiteres Jahr davon, ohne was machen zu müssen.«

»Hoch lebe die zivilisierte Gesellschaft«, seufzte Peter und nahm einen Schluck vom Kaffee.

Peter räumte das Gröbste in der Küche auf und suchte Johns Sachen zusammen. Die Versammlung wurde wie immer in der Vorschule abgehalten, wo die kleinen Stühlchen der Kinder in einem Kreis aufgestellt waren. In einem früheren Jahr hatte Peter die Frage gestellt, warum man sich nicht in einem der Klassenräume treffen und auf richtigen Stühlen sitzen konnte, aber das ging wegen irgendwelcher Putzpläne nicht. Und er schien auch der Einzige zu sein, der es als Tortur empfand, vier Stunden lang zweimal gefaltet auf einem Kinderstuhl zu sitzen.

Die Versammlung wurde vom scheidenden Vorstand eröffnet, einer Frau in der Hundertkilo-Klasse, die die Verwaltung mit eiserner Hand geführt hatte.

Peter hielt sich so weit es ging zurück und sah auf den schlafenden John hinunter, der auf einer Decke lag. Er wusste, wie sich diese Versammlungen normalerweise gestalteten. Wenn alle erst mal ins Reden gekommen waren, dann gab es kein Halten mehr.

Allein der Punkt sieben beanspruchte eine ganze Stunde: die Wahl des Verantwortlichen für die Information.

Zum Glück war John aufgewacht. Da hatte Peter etwas, worauf er den Blick richten konnte.

»Peter, Sie sind doch so geschickt mit Computern und so. Können Sie das nicht übernehmen? Sie haben ziemlich lange keine Verwaltungsaufgabe übernommen.«

Peter sah zu der älteren Mutter hoch, die ihn auf dem Streckbett festgenagelt hatte. Alle Blicke wandten sich hoffnungsvoll ihm zu. Warum hatte er nicht selbst die Initiative ergriffen und einen anderen festgenagelt? Jetzt war guter Rat teuer.

»Ich habe Elternzeit mit John, alle Hände voll zu tun, nächstes Jahr vielleicht.«

Ein Fehler. Schlacht verloren.

»Aber das passt doch perfekt, wenn Sie gerade Elternzeit haben!«, rief der Unternehmer aus, der immer damit angab, dass er keinen einzigen Tag allein mit den Kindern zu Hause war.

Peter warf ihm einen bösen Blick zu und kapitulierte.

»Okay dann, was heißt das denn, für die Information verantwortlich zu sein?«

Die Diskussionsleiterin erklärte gründlich, was erwartet wurde: jede Woche die Info-Briefe an alle Eltern und einen getrennt ans Personal, Bearbeitung und Verschicken von Sitzungsprotokollen, Beobachtung von politischen Entscheidungen der Gemeinde, die die Arbeit der Kooperative betrafen. Die scheidende Vorsitzende fügte noch ein paar weitere Punkte hinzu. Es wurde ganz deutlich gemacht, dass dies im Grunde ein Vollzeitjob für jemanden mit einem brennenden Interesse für die inneren Belange der »Freien Schule Biber« war.

Peters Kopfschmerzen steigerten sich zur Migräne. Er spürte, wie das letzte Serotonin entschwand und der Abgrund der Depression sich auftat. Verdammte Johanna, wenn sie nach Hause kam, dann würde sie die schlimmste Strafpredigt ihres Lebens zu hören kriegen. Er tat sich selbst so schrecklich leid, dass er sich nur noch hinlegen und weinen wollte.

Ministerpräsident Stefan Rosén lud zum ersten Mal im Mandatszeitraum zu parteiübergreifenden Gesprächen nach Rosenbad, dem Sitz der schwedischen Regierung, ein. Sofort gab es nichtige Streitereien über Formalia.

Aber Stefan Rosén riss sich zusammen:

»Herzlich willkommen. Sie wissen ja bereits, warum ich zu diesem Parteiengespräch gebeten habe. Ich für meinen Teil habe dafür zwei Gründe. Zum einen möchte ich Ihnen eine exklusive und geheime Information übermitteln, Dinge, über die nicht in den Medien berichtet wurde und die in möglicher Verbindung zu den spektakulären Morden stehen. Zum anderen möchte ich vor dem Hintergrund dieser neuen Informationen die Sicherheits- und Kriminalpolitik besprechen. Die Regierung möchte offen die Möglichkeiten für eine die Parteigrenzen überschreitende Vereinbarung auf diesen Gebieten sondieren, und zwar am liebsten mit allen Parteien und für das ganze Paket.«

Jenny Ohlin von der Linkspartei reagierte zuerst:

»So etwas hat es seit dem Zweiten Weltkrieg nicht gegeben. Glauben Sie wirklich, dass ein paar unaufgeklärte Morde Grund genug sind, alle ideologischen Unterschiede über Bord zu werfen?«

»Es gibt sicherlich Ideologien, die das Leben eines einzelnen Menschen nicht besonders hoch bewerten«, fuhr der Ministerpräsident fort, »doch kann wohl niemand leugnen, dass es ein Angriff auf die schwedische Demokratie ist, wenn vier Menschen im Staat mit Terrormethoden ermordet werden. Und vergessen Sie nicht, dass einer von ihnen immerhin Chef der Säpo war.«

»Was zum Teufel meinen Sie mit Ideologien, die das Leben eines einzelnen Menschen nicht hoch bewerten?«, zischte Jenny Ohlin.

»Ich meine gar nichts. Sie haben schließlich selbst gesagt, dass ein paar Morde nicht so bedeutsam seien«, versuchte Rosén.

»Verdammt noch mal, wie soll es denn irgendwelche parteiübergreifende Vereinbarungen geben, wenn Sie damit anfangen, der Gegenseite das Wort im Mund herumzudrehen und sie lächerlich zu machen?«, kreischte Jenny Ohlin.

Tom Sahlström lehnte sich zurück und sah sehr zufrieden aus. Die Regierungskollegen von Rosén wurden blass und versuchten ein paar ausgleichende Kommentare, um wenigstens zu vermeiden, dass das Treffen in völliger Missstimmung aufgelöst wurde.

Als das Gespräch wieder in Gang kam, hatten sich die Aggressionen gelegt. Es war eine ungewohnte Situation für alle

Parteien, die hier seit dem Machtwechsel vor ein paar Jahren zusammenarbeiteten. Ein schmutziger Wahlkampf hatte negative Energien freigelegt. Sogar unter den regierungsbildenden Parteien war das Vertrauen in die ehrlichen Absichten der anderen gleich null.

Nach zweistündigen Beratungen war das Treffen zu Ende. Das Ergebnis war mager. Es gab nicht die Spur von Einigkeit über die langfristige Sicherheits- und Kriminalpolitik. Keinen Beschluss, die Diskussion zwischen den Experten der Parteien auf diesem Gebiet fortzusetzen, wie Stefan Rosén es gehofft hatte. Das aktuelle Drohbild war allzu vage, als dass man sich nur auf ein paar kurzfristige Maßnahmen hätte einigen können.

Die Sommerwolken zogen wie schlabbrige Marshmallows behutsam über den Himmel, während Kalle Holm neben der Hütte von Sara Widman eine Stunde angenehmer Ruhe vergönnt war.

In gleichmäßigen Abständen kontrollierte er seinen Puls gegen die Uhr. Das Herz ging höchstens auf 57 Schläge in der Minute runter. Das war okay, aber weit entfernt von der Topform, als er noch unter 50 gelegen hatte. Weniger Stress und mehr Training.

Der Pop-Sender spielte Roxette und »It must have been love«, so dass Kalle mit den Kopfhöhrern auf den Ohren kaum bemerkte, als zwei Autos hintereinander vor der Hütte vorfuhren. Es waren die Vibrationen des Bodens, die ihn weckten. Er rollte sich hinter das Gebüsch und kniete sich hin, um besser sehen zu können.

Aus einem tiefen Mustang mit Verdeck stieg Felix Martini, gefolgt von einer schönen rothaarigen Frau, die Sara Widman sein musste. Aus dem anderen Wagen kam eine Frau in strengerer Kleidung, die Kalle sofort von dem Passbild aus seiner eigenen Reportage wiedererkannte: Johanna Tott, die suspendierte Polizistin, zu der ihm Kjell Pärzon den Tipp gegeben hatte.

»Verdammte Scheiße«, flüsterte er.

Das Trio wechselte zwischen den Autos ein paar Worte, ehe es zum Haus ging. Sara Widman schloss die Eingangstür auf und sagte zu Johanna etwas Entschuldigendes über das Durcheinander in der Hütte. Sie hatten kaum damit gerechnet, Besuch zu bekommen.

Kalle lag noch im Gebüsch und dachte über seinen nächsten Schachzug nach. Das hier war ein unglaublicher Leckerbissen. Aber was hatte es zu bedeuten, wenn eine Schnüfflerin von der Kripo mit einem gesuchten Mörder zusammensteckte? War Johanna Tott ein Maulwurf? Hatte Felix Martini sie auch eingewickelt, so wie seine Nachbarin und die beiden Amateure vom Untersuchungsgefängnis?

Kalle verfluchte, dass er so dumm gewesen war, ohne einen Fotografen mit anständiger Ausrüstung hierher zu kommen. Seine eigene mickrige Kamera im Handy war auf diese Entfernung keine Hilfe. Es war, wie wenn man angeln ging – hatte man die Ausrüstung für Barsche dabei, dann wimmelte es nur so von Hechten und umgekehrt. Deshalb musste man immer voll ausgerüstet und für alle Eventualitäten gerüstet sein.

Das Bild von den drei Kumpanen vor der Sommerhütte wäre der Knaller des Jahres gewesen. Aber es hatte keinen Sinn, über verschütteten Champagner zu weinen, jetzt war die Situation eben eine andere. Ohne das heimlich geschossene Foto kam eben das Wort an erster Stelle.

Und wieder standen Kalle drei Alternativen zur Wahl. Entweder Berra anrufen und hoffen, dass das Trio so lange in der Hütte bleiben würde, dass ein Fotograf es hierher schaffen konnte. HIER BEGEGNE ICH DEM MÖRDER – WIEDER. Oder direkt auf die drei losgehen, um ein paar fette Überraschungsmomente zu kassieren. Alternative drei war, die Polizei anzurufen. Das würde im besten Fall sowohl die

Fotos als auch die Ehre für das Ergreifen der Gesuchten einbringen.

Noch ehe Kalle sich entschieden hatte, standen die drei wieder auf der Treppe. Was er nicht wusste, war, dass sie nur einen kleinen Waldspaziergang unternehmen wollten, um die Lage zu erörtern. Kalle fasste es so auf, als wollten sie davonfahren, und entschloss sich augenblicklich, aus seinem Versteck zu treten. Selbst wenn Felix Martini verzweifelt und gefährlich war, würde er wohl kaum in Gesellschaft der beiden Frauen zum Angriff übergehen, und schon gar nicht gegen einen Journalisten, den er schon kannte.

»Entschuldigung, warten Sie«, rief Kalle aus dem Gebüsch. Und als er etwas näher gekommen war, fügte er hinzu:

»Kalle Holm, *Aftonbladet*. Ich habe nicht die Polizei gerufen, deshalb können Sie ganz locker bleiben. Wenn ich nur ein Exklusivinterview bekomme.«

Die drei zuckten zusammen und sahen widerwillig zu dem Reporter, der seinen üblichen gebeugten John-Cleese-Gang produzierte, von dem er meinte, dass er am wenigsten bedrohlich wirkte.

Johanna fasste sich als Erste:

»Sie sind das also, der geschrieben hat, dass ich von dem Fall suspendiert sei, oder? Sehe ich so aus, als sei ich suspendiert?«

»Ich weiß nicht, wie das aussieht. Aber ich schätze mal, dass Ihre Kollegen nicht wissen, mit wem Sie so Umgang pflegen.«

»Das werde ich mit Ihnen nicht diskutieren«, sagte Johanna.

»Soll ich es Ihnen erzählen?«, fragte Kalle und hielt sein Handy hoch.

Johanna verstummte und wandte sich zu Felix und Sara. Sie berieten sich kurz ein paar Sekunden, ehe Sara Kalle mit einer Geste bedeutete, ins Haus zu kommen. Drinnen fragte sie ihn, ob er Kaffee wolle. Die Tassen wurden hervorgeholt, und sie setzten sich hin, um zu reden.

»Wie haben Sie uns gefunden?«, fragte Felix.

»Kann ich leider nicht erzählen, ich muss die Quelle schützen, Sie wissen schon«, sagte Kalle. »Nun war die Idee aber eigentlich, dass ich Ihnen Fragen stelle und nicht umgekehrt. Es gibt eine Menge, das zu wissen die Leser des *Aftonbladet* ein Recht haben, wenn Sie drei hier miteinander auf freiem Fuß unterwegs sind.«

Sara war in die Küche gegangen, um Kaffee zu holen, kam aber mit einer Schrotflinte zurück, die sie auf Kalle Holm richtete.

»Wir haben nicht vor, mit Ihnen zu reden. Sie haben in der Zeitung nichts als Lügen geschrieben, und als Sie uns hierher gefolgt sind, haben Sie einen großen Fehler gemacht. Jetzt müssen wir Sie unschädlich machen, während wir selbst den Mordfall lösen.«

»Un... unschädlich machen?«, stotterte Kalle.

»Stehen Sie auf«, sagte Sara und fuhr mit der Büchse auf und ab.

»Aber ich habe doch versprochen, den Bullen nichts zu sagen«, schluchzte Kalle. »Ich wollte doch nur ein Interview.«

»Nun bleiben Sie mal locker«, beruhigte ihn Sara. »Wir sind keine Mörder. Aber Sie haben sich selbst in diese Situation gebracht, und nun müssen wir Sie für eine Weile einsperren.«

Sie schob Kalle vor sich her zur Rückseite des Hauses, wo ein großer Erdkeller in den Felshang gesprengt war. Die eine Hälfte war als Weinkeller eingerichtet, mit Heizung und Humidor, um das ganze Jahr über eine gleichmäßige Temperatur und Feuchtigkeit zu gewährleisten. Sara liebte Wein und machte jedes Jahr einige Reisen nach Chablis und Margaux, um ganze Kisten mit guten Jahrgängen für zukünftigen Genuss zu bunkern. Jetzt würde der Keller Kalle Holms kleine Finca werden.

Sara machte das Licht an und führte ihn herum.

»Hier können Sie bis auf weiteres bleiben. Wir werden gleich eine Matratze und etwas zu essen vorbeibringen.«

»Das hier ist ein schweres Verbrechen«, sagte Kalle. »Sie werden wegen Freiheitsberaubung in den Knast kommen. Das ist ein Übergriff gegen die freie Meinungsäußerung.«

»Wir haben keine Wahl«, sagte Sara.

»Ich habe Klaustrophobie«, jammerte Kalle. »Lassen Sie mich nicht hier allein.«

»Tut mir leid«, sagte Sara. »Nehmen Sie sich etwas Wein, wenn Sie möchten, aber nicht von den Flaschen ganz hinten, die sind noch nicht ausgereift. Und Sie bekommen auch Gesellschaft gegen die Klaustrophobie.«

Sie ging zu Johannas Auto und holte den Müllsack mit den Vogeljungen, nahm eine Wanne mit Wasser und ein paar Brotstückchen aus dem Haus mit und ging zurück zu Kalle.

»Von jetzt an sind Sie der Chef über Tick, Trick und Track. Passen Sie auf, dass sie anständig futtern.«

Sie ließ die Enten in den Erdkeller und verschloss die massive Tür.

Jetzt waren die Würfel gefallen und der Rubikon überquert. Ab hier kein Zurück mehr. Entweder musste sie den Mordfall auf eigene Faust lösen oder zusehen, wie ihre Karriere bei der Polizei in Rauch und Schlagzeilen aufging. Die Freiheitsberaubung des Starreporters würde an dem Tag, an dem sie ihn wieder freiließen, eine ganze Extrabeilage im *Aftonbladet* und eine gerichtliche Untersuchung nach sich ziehen. Nur ein Wunder konnte Johanna davor retten, selbst vor einem Gericht zu landen. Als Polizistin lastete auf ihr die größte Verantwortung für die Bedrohung und Freiheitsberaubung.

Einen Moment lang spürte sie den Boden unter ihren Füßen schaukeln. Sie sah das grimmige Gesicht von Janne Hed vor sich, hörte Peters Klagen über einen weiteren Tag in der Alltagshölle zu Hause. Und Papa Tott würde ihr Tun wohl auch kaum akzeptieren. Alle Verbindungen waren gekappt. Ihre Zukunft lag in den Händen von zwei Sonderlingen in einer Sommerhütte – einem gesuchten Mörder und seiner ewig quatschenden Beschützerin.

Nach einigen Überlegungen beschlossen die drei, wieder zu Kalle Holm hineinzugehen und ihn zu durchsuchen. Es war wichtig herauszubekommen, wie er sie gefunden hatte, nur so konnten sie beurteilen, ob sie bleiben konnten oder weiterziehen mussten. Außerdem hatte er möglicherweise Material bei sich, das ihnen bei der Jagd nach dem Mörder helfen konnte.

Der Auftrag erging an Felix. Das Trio nahm an, dass es für den Journalisten am wenigsten erniedrigend sein würde, von einem Mann einer Leibesvisitation unterzogen zu werden. Wenn sie gewusst hätten, wie stark Kalle Holms Homophobie war, hätten sie hier wahrscheinlich anders entschieden.

Die Untersuchung brachte folgendes Ergebnis: zwei zusammengefaltete DIN-A-4-Blätter und ein USB-Stick. Kalle weigerte sich, die Fundstücke zu kommentieren.

Ein schneller Blick auf das Papier ergab, dass sie hier einen Plan von Felix' sozialem Netzwerk vor sich hatten. Er saß eine Weile da und wunderte sich über den Detailreichtum. Hier hast du dein Leben. Es war unangenehm, seine privaten Beziehungen auf solch eine klinische Weise exponiert zu sehen. Felix begriff, dass der Plan anhand seines Telefon- und Computergebrauchs erstellt worden sein musste, und wunderte sich, dass eine Abendzeitung imstande war, an eine derartige Information zu gelangen. Er erinnerte sich an frühere Zeiten, als die Zeitungen Artikelserien im Stil von »Big Brother is watching you« verfassten, immer auf der Seite des kleinen Mannes gegen den übermächtigen Staat. Inzwischen waren die Medien selbst zu Big Brother geworden, und die Leute taten alles, um nur die Rolle des kleinen Bruders übernehmen zu dürfen.

Das Papier erklärte, wie Kalle Holm ihr Versteck gefunden hatte. Saras Name war einer der ersten auf der Liste mit Felix' Handygesprächspartnern. Lächerlich einfach. Erstaunlich war nur, dass die Polizei nicht darauf gekommen war. Hatte man dort womöglich keinen Zugang zu denselben Informationen wie das *Aftonbladet*?

Sie drehten und wendeten den USB-Stick und beschlossen, den Inhalt später zu kontrollieren. Johanna steckte das kleine Ding in eine ihrer Taschen.

Dann nahmen sie den Faden ihres früheren Gesprächs wieder auf. Es gab noch viel miteinander abzustimmen. Sie hatten zwei verschiedene und scheinbar nicht zu vereinbarende Spuren verfolgt, die in der Wohnung des armen Sven Möller zusammengelaufen waren. Nun würde vielleicht die Chronik des Adelsgeschlechts den Beweis erbringen, ob Möller ein richtiger Mueller war, oder ob es sich auch dabei um eine Einbahnstraße handelte. Sie mussten auf jeden Fall das alte Gedicht überprüfen, das der Mörder im Mund des Opfers hinterlassen hatte. Und dann hatte es vielleicht ja etwas Besonderes mit den Bildern von Ehrenstrahl auf sich.

Felix berichtete Johanna von den lateinischen Wörtern auf dem Bild, zwei im Nationalmuseum und zwei auf Bogesund:

GLORIA
NOSTER

SANGUIS
PROTECTOR

Charlies Worte über Graumantel und Clio schienen auf Ehrenstrahls allegorisches Gemälde hinzuweisen, aber es war nicht leicht zu beurteilen, ob das Latein irgendeine Rolle spielte, oder ob das Bild auf Bogesund überhaupt von Bedeutung war.

»Was meinst du?«, fragte Felix Johanna. »Die Wörter bedeuten ›Blut‹ und ›Beschützer‹ auf Latein. Aber was soll uns das sagen?«

»Habe nicht die leiseste Ahnung«, bekannte Johanna. »Der Beschützer des Blutes? Klingt unwahrscheinlich. Und warum auf Latein? Ich dachte immer, die Schweden seien im 17. Jahrhundert nach der Reformation und dem Religionskrieg und all dem nicht so scharf auf Latein gewesen. Und was stand noch auf dem ersten Bild?«

»Gloria Noster, ›unsere Ehre‹ oder etwas in der Richtung«, sagte Felix.

»Wenn es auf den Bildern des Hofmalers von Karl XI. schon zwei Wortpaare gibt, dann gibt es vielleicht noch mehr davon?«, regte Johanna an.

Saras Miene erhellte sich:

»Die Botschaft wirkt doch unvollständig, oder?«, erklärte Johanna, »›Gloria Noster‹ und ›Sanguis Protector‹ reicht nicht aus, um einen verständlichen Sinn zu ergeben. Es muss noch mehr Puzzlesteine geben.«

»Auf jeden Fall sollten wir das überprüfen«, meinte Sara. »Ich finde, wir schauen mal, wo es noch mehr Ehrenstrahl-Porträts von dem Grauheini gibt. Wenn sie hier in der Gegend hängen, ist es doch ein Leichtes für uns.«

Weitere Bilder von Ehrenstrahl, so stellte sich heraus, gab es auf Drottningholm und auf Gripsholm. Sie beschlossen, dass Sara am nächsten Morgen dorthin fahren sollte. Dann versuchte Felix, die beiden lateinischen Kombinationen »Gloria Noster« und »Sanguis Protector« zu googeln.

Das erste Wortpaar ergab 230 000 katholische Treffer. »Pater Noster« und »Gloria Patri« waren sehr gebräuchliche Gebete. Doch darüber hinaus schien es keinen Sinn zu geben.

Die andere Kombination ergab 13 000 Treffer, aber überhaupt keinen sinnvollen Zusammenhang.

Jetzt war es an der Zeit für Felix' Mittagsgebet. Während er seinen kleinen Teppich ausrollte und ungefähr Mekka anpeilte, arbeiteten Sara und Johanna weiter am Computer. Zum Glück hatte Sara sich gerade Breitband angeschafft. Sie recherchierten das Gedicht auf dem blutigen Zettel in Sven Möllers Mund: »Geschlecht und Haus nicht meld' ihm nach/Wälz nicht sein Werk auf die.« Die Antwort kam binnen weniger Sekunden:

Ein Gedicht von Johan Ludvig Runeberg aus *Fähnrich Stahls Erzählungen.*

Sie riefen das Gedicht auf und lasen gemeinsam:

Zurückgedrängt in Schnee und Eis
Am Polkreis stand das Heer,
Doch unser Mut, der war noch heiß,
Noch schien es uns nicht schwer,
Uns freizuringen aus dem Joch,
Denn Sveaborg war unser noch.

Da flog ein Flüstern an uns vorbei,
Vom Süden aufgeflohn.
Das raunte von Verräterei
Und unserer Waffen Hohn.
Von Mann zu Mann, von Flur zu Flur
Ein stolz Verachten fand es nur.

Nie, nie vergessen wird der Tag,
Der allen Stolz uns nahm,
Da wie ein dumpfer Donnerschlag
Uns sichere Kunde kam,
Dass Finnland jeder Hoffnung bar,
Dass Sveaborg gefallen war.

»Ich kapiere gar nichts«, seufzte Sara.

»Schwedische Katastrophen«, murmelte Johanna.

»Was?«, fragte Sara.

»Sven Möller hat irgendwas von schwedischen Katastrophen geredet, das war der Grund, weshalb ich zu ihm nach Hause gefahren bin. Die einzige Verbindung, die ich selbst zwischen den Mordopfern herstellen konnte, war, dass sie in einschneidende Ereignisse verwickelt waren. Sven wusste davon, obwohl er weder Zeitung las noch fernsah oder Radio hörte. Hier scheint es auch um eine solche Katastrophe zu gehen. Sveaborg. Irgendein Krieg, den Schweden verloren hat?«

»Keine Ahnung«, sagte Sara, die schon im Netz suchte und jetzt auf die Antwort wartete.

Sie kam sogleich. Sveaborg, finnisch Suomenlinna, war die Festung, derer Schweden 1809 im Krieg gegen Russland verlustig ging – sie lag auf ein paar Inseln vor Helsingfors und war die größte militärische Investition des Reiches überhaupt. Die Niederlage führte dazu, dass die östliche Hälfte des Reiches, also Finnland, als schwedische Provinz verloren ging. In Stockholm fand daraufhin ein Staatsstreich statt, neue Fundamente wurden geschaffen. Gustav IV. Adolf musste ins Exil und irrte bis zu seinem Tod im Ausland herum.

Finnland hatte seit dem Mittelalter zu Schweden gehört. Das hier war, als würde man die Hälfte seines Körpers verlieren, ein vernichtender Schlag gegen Schweden als Militärmacht. Im 19. Jahrhundert sollte Schweden stattdessen den Weg der allgemeinen Schulbildung und der Industrialisierung wählen. Heute wusste man, dass dies eine glückliche Umorientierung war, doch 1809 steckte das Land in einer tiefen Identitätskrise.

»Wer war denn schuld am Verlust der Sveaborg?«, fragte Johanna. »Der Befehlshaber?«

»Der, von dem Runebergs Gedicht handelt«, sagte Sara. »Carl Cronstedt. Als die Festung belagert wurde, verschoss er ohne jeden Nutzen Munition. Dann kapitulierte er ohne Not und ließ sowohl die Schärenflotte als auch die uneinnehmbare Festung im Stich. Finnland war den Eroberern schutzlos ausgeliefert.«

»Ein Verräter also?«, fragte Johanna.

»Das scheint umstritten zu sein«, sagte Sara und las weiter vom Computerbildschirm ab. »Nicht einmal Runeberg selbst war sich sicher, obwohl er dem Mann jede Ehre absprach. Er wollte nicht, dass das Gedicht publiziert würde.«

»Einige Leute scheinen zumindest diesen Eindruck zu haben«, sagte Johanna und hielt den blutigen Zettel hoch. »Die Frage ist nur, wie ein vor zweihundert Jahren verlorener Krieg mit der aktuellen Mordserie und mit einem ausgestorbenen Adelsgeschlecht aus dem 17. Jahrhundert zusammenhängt.«

Während die eingeflogenen Experten am Inhalt des Containers 857 arbeiteten, wurde der Wind zu einer steifen Nordseebrise. Aufsteigende Wellen vom Atlantik rollten an die flache Küste der Niederlande. Die *Ikaros* hob und senkte sich stärker, als sie es auf ihrer ganzen Reise von Casablanca her getan hatte, und dies erschwerte die Präzisionsarbeit der Techniker.

Aus den geplanten zwei Stunden wurden drei und vier. Der Schwede schwankte unruhig an der Steuerbordseite auf und ab und fragte seine eingeflogenen Zauberer in regelmäßigen Abständen nach dem Stand der Dinge.

Die Absprache mit der Helikopterfirma lautete, dass die Abholung vor Einbruch der Dunkelheit geschehen musste und bevor das Schiff den 55. Breitengrad passierte. Allmählich war Eile geboten, sonst würden die beiden Gäste gezwungen sein, an Bord zu übernachten.

Der Erste Steuermann Toufik Ramallah war mindestens ebenso nervös wie der schwedische Passagier. Je länger die unwillkommenen Gäste an Bord blieben, desto größer die Gefahr, dass die Besatzung misstrauisch wurde. Es würde ja schon genügen, wenn jemand die Reederei informierte. Dann wäre er übel dran, und das mehr oder weniger ohne eigenes Verschulden. Kapitän Nikolidis war es, der ihn in diese Lage versetzt hatte, erst indem er ein Bestechungsgeld für ein schmutziges Geschäft angenommen hatte, aus dem man nicht wieder herauskam, und dann, indem er ganz einfach von der Bildfläche verschwunden war.

Toufik tat, was er immer machte, wenn er beunruhigt war – er kaute Pistazien. Die Schüssel auf dem Kontrollbord der Brücke war übervoll mit leeren Schalen, und es rasselte in gleichmäßigen Abständen, wenn eine neue hineinfiel. Der Seegang bewirkte, dass einige von ihnen auf dem Boden landeten, und Toufik trat sie wütend weg. Er hasste sich selbst. Vor allem hasste er die zehntausend Dollar, die in seiner Kajüte lagen und ihm unter den Nägeln brannten. Die Sicht war im Laufe des Nachmittags schlechter geworden. Alles schien sich gegen diesen verdammten Seelenverkäufer verschworen zu haben.

Viereinhalb Stunden nach der Begegnung mit dem Helikopter tauchte der schwedische Passagier wieder auf der Brücke auf.

»Wir sind fertig. Schicken Sie unsere Position an die Holländer, damit sie unsere Besucher abholen können. Es ist ja wohl noch ein gutes Stück bis zum 55. Breitengrad, oder?«

»Das dürfte kein Problem sein, wenn sie startklar sind«, sagte Toufik. »Die Frage ist nur, ob sie bei der schlechten Sicht Leute aufnehmen können. Die See ist schwerer als heute Vormittag.«

Zivilisten. Der Schwede sah ihn misstrauisch an. Das Zögern des Libanesen konnte er nur als Befehlsverweigerung auffassen.

Sie trennten sich schweigend. Toufik befolgte die Anweisungen. Noch eine Stunde, dann würde er die Russen, oder was auch immer sie waren, los sein. Und dann wollte er die seltsame Begegnung und diese verdammte Reise so schnell wie möglich vergessen.

Die Abholung verlief so dramatisch, wie Toufik befürchtet hatte. Es war schwer, den Helikopter in dem starken Wind einigermaßen still über dem Deck zu halten. Als der erste Mann hochgezogen werden sollte, schickten die Krängungen ihn in die Reling. Toufik und der Schwede konnten ihn durch den Sturm vor Schmerz stöhnen hören, als ein paar Rippen brachen. Auch sein Kollege erlebte eine schaurige Flugreise und schaukelte in gefährlicher Nähe zum Vormast ein paar Mal hin und her, ehe der Helikopter ihn hoch in Sicherheit ziehen konnte.

»Harte Typen«, sagte Toufik.

»Harte Währung«, gab der Schwede zurück. »A propos, wir haben ein Geschäft zu erledigen. Kommen Sie heute Abend in meiner Kajüte vorbei, dann erhalten Sie die noch ausstehende Vergütung. Das haben Sie geschickt abgewickelt, das muss ich sagen. Ich verspreche Ihnen, dass Sie keine unangenehmen Folgen werden tragen müssen.«

Toufik legte ein träges Lächeln auf. Das hier war bereits alles sehr unangenehm, und dieses Gefühl würde ihn auch sein ganzes Leben lang nicht verlassen. Zum ersten Mal seit langem wurde er von Heimweh gepackt. Vor seinem inneren Auge sah er das Altarkreuz in der kleinen katholischen Kirche in dem Dorf vor Tyr, in dem er aufgewachsen war, und er musste an Judas Ischariot denken. *Mea maxima culpa.* Meine große Schuld.

Innerhalb von einer Stunde gingen bei der Stockholmer Polizei Hinweise auf zwei weitere Morde ein. Kjell Pärzon und Anders Pontén befanden sich gerade im Parkgelände des Tantolunden bei einer wie gehabt übel zugerichteten Leiche, als sie die Nachricht von dem neuen Fund erreichte.

Dem Mann im Tanto war der Bauch aufgeschlitzt worden. Fast alle anwesenden Polizisten mussten nach dem Anblick kurz beiseitetreten, um sich zu übergeben.

Als man die Brieftasche mit dem Ausweis fand, verstärkte sich die Übelkeit noch. Der Mann war kein Geringerer als Olle Sterner, ein wohlbekannter Wirtschaftsmann, vormals Mitglied der Versammlung der Reichsbankbevollmächtigten. Es war offensichtlich, dass hier kein Raubmord vorlag, denn in der Brieftasche lagen achttausend Kronen in ordentlich gefalteten Fünfhundertern.

Die Identifizierung des anderen Opfers, das auf der Höhe

von Rinkeby an der E6 gefunden worden war, nahm mehr Zeit in Anspruch. Auch hier handelte es sich um einen älteren Mann, aber dieser hatte starke Verbrennungen erlitten. Nach dem Fundort zu schließen hatte der Mord selbst – oder vielleicht auch der Unfall – woanders stattgefunden, und die Leiche war dann hierhergebracht worden.

Pärzon und Pontén befürchteten, dass es sich auch dort um einen geplanten Mord mit Folter handelte, und dass der Name des Opfers sich als nicht unbekannt herausstellen würde. Mit Hilfe von Kleidungsresten und Zahnschema konnte der Tote als Vizeadmiral Bertil Molin identifiziert werden, früherer Einsatzchef des Marinestabs. Erstaunlicherweise fand man bei ihm keinerlei Spuren von Chemikalien, die man bei einem Mord durch Verbrennen erwarten würde. Verletzungen an Händen und Füßen deuteten jedoch darauf hin, dass er gefesselt gewesen und auf diese Weise ums Leben gebracht worden war.

»Widerwärtig, widerwärtig«, seufzte Janne Hed, während er rasch über die größten Nachrichtenseiten im Netz surfte. Jetzt standen da schon sechs Porträts von etablierten, bedeutenden Männern, die allesamt auf bestialische Weise hingerichtet worden waren.

Die Nachrichten über die Mordserie hatten jetzt das Ausland erreicht. Sowohl *Politiken* in Kopenhagen als auch *The Guardian* in London schrieben auf den ersten Seiten, dass in Stockholm Verrückte oder vielleicht auch Terroristen unterwegs seien. »Paradise Lost« hieß die Schlagzeile auf der Website des *Guardian*, wo britische Kolumnisten vom linken Rand Schweden für gewöhnlich als den Himmel auf Erden beschrieben. Janne Hed wurde von der Pressefrau Lisa Bonta ein Zettel nach dem anderen reingereicht, alles Medienvertreter, die einen Kommentar von ihm wünschten: NRK, YLE, BBC, CNN, ABC.

Er winkte abwehrend.

»Was hältst du davon?«, fragte er resigniert Kjell Pärzon, der ins Polizeigebäude zurückgekehrt war und sich ein schnelles Mittagessen in Form eines in der Mikrowelle aufgewärmten Schinkenschnitzels einverleibte.

»Na ja, auf keinen Fall die Spur mit den Islamisten verlassen«, sagte Pärzon. »Ein Mann vom Militär und ein Kapitalist, das sind doch genau die Leute, auf die al-Quaida es abgesehen hat.«

»Muslime haben wohl was gegen Zinsen, oder?«, fragte Hed.

»So ist es, die verbietet der Koran. Genau wie dieses leckere Schweinefleisch hier. Wieso?«

»Na ja, weißt du noch, damals die Verteidigung der schwedischen Währung 1992. Ich meine mich zu erinnern, dass Olle Sterner als stellvertretender Reichsbankchef tonangebend war, als der Zinssatz auf fünfhundert Prozent erhöht wurde. Das muss doch in den Augen der Muslime die reine Todsünde sein.«

»Vielleicht etwas weit hergeholt«, meinte Pärzon nachdenklich, »aber im Prinzip denkbar.«

»Es gibt jedenfalls keinen Zweifel mehr daran, dass wir es mit einem Angriff auf den schwedischen Staat zu tun haben«, fuhr Hed fort. »Das bedeutet, die oberste Polizeileitung wird sich einmischen, und die Bundeskriminalpolizei wird versuchen, die Sache zu übernehmen. Die Regierung macht ja jetzt schon Druck. Es ist doch zu blöd, dass wir noch keinen Durchbruch haben. Was sagt denn Pontén von den Überwachungskameras, haben die schon irgendetwas von Wert ergeben?«

»Rein gar nichts, Chef«, sagte Pärzon.

»Und was machen wir jetzt?«

»Einfach weiter. Die Hinweise strömen ununterbrochen rein. Wir brauchen allerdings mehr Leute, um allen nachgehen zu können. Am besten, du konzentrierst dich auf den politischen Teil und kümmerst dich um die Ressourcen. So wie unser Ministerpräsident vorgeht, könnte man ja glauben, dass wir die Behörde mit der höchsten Priorität im Land sind, aber wenn man es mal von unserer Seite betrachtet, dann reicht das Geld nicht mal für Handys. Wir haben seit vorgestern stapelweise qualifizierte Hinweise, denen keiner bisher hat nachgehen können.«

»Du hast doch gehört, was die Justizministerin gestern im Fernsehen gesagt hat. Rom ist auch nicht an einem Tag erbaut worden. Hast du die etwa nicht gewählt? Du musst ein bisschen Geduld zeigen«, sagte Hed.

Sie grinsten ein wenig, um den Druck rauszunehmen.

In Rosenbad, dem Amtssitz des Ministerpräsidenten, war die Stimmung aufgebracht. Der Staatschef war auf einem Empfang beim Regierungspräsidenten von Stockholm, wurde aber von einem Mitarbeiter, der den Nachrichtenflash über Olle Sterner gesehen hatte, diskret aus dem Tessin'schen Palast gefischt. Zusammen mit dem Landespolizeimeister hatte sich Stefan Rosén einen Weg aus dem Gewühl gebahnt, um zu seinen Pflichten zurückzukehren. Jetzt fing es an, nach Krisenarbeit auszusehen, allerdings mit einer Krise, die gelinde gesagt diffus wirkte.

Sie waren immer noch nicht hundertprozentig sicher, dass die Morde in einem Zusammenhang standen, aber mit sechs bekannten Opfern würde es einen Ansturm der Medien geben. Das stellte ungeheure Anforderungen an die politischen Führungsqualitäten, und dies in einer Lage, in der man noch fast nichts sicher sagen konnte. Im Hinterkopf des Ministerpräsidenten nagten die ganze Zeit die Warnungen der Amerikaner vor einem Terrorangriff und die Erinnerung an das missglückte Parteiengespräch. Wie viel leichter wäre es jetzt doch, Oppositionsführer zu sein.

Roséns Ratgeber rannten in den Fluren auf und ab. Jemand feilte an einer Rede an die Nation, *just in case.* Ein anderer war abgestellt, Informationen zu sammeln und sich bei der Polizei auf dem Laufenden zu halten. Ein dritter versuchte die Justizministerin zu erreichen, die angeblich mit ausgeschaltetem Handy im Kino saß.

Zwei andere Mitarbeiter verfolgten die Meldungen in den Medien. Es würde eine lange Nacht geben, ehe der Regierungschef zu seiner Dienstwohnung im Sagerska-Palast würde hinübergehen können. Er stand am Fenster, das zum Strömmen wies, und sah auf das Sommergewimmel hinaus, während er gleichzeitig systematisch eine Zweihundert-Gramm-Tafel Haselnussschokolade vertilgte. Für alles, was funktioniert, muss man beinhart arbeiten, aber die Katastrophen kommen ganz von allein, verdammt noch mal, schimpfte er leise.

Es dauerte eine Viertelstunde, dann hörten die Rufe aus Saras Weinkeller auf. Kalle Holm fand sich in sein Schicksal. Nach einigem Grübeln entkorkte er einen gut abgelagerten Côte de Nuits Grand Cru Pinot Noir, der beiliegenden Broschüre des Alkoholgeschäfts zufolge ein »selbstsüchtiger aristokratischer Schlingel von Traube, der charmant sein kann, wenn er will – und außerhalb der Bourgogne ziemlich bockig«. Dieser Schlingel war auf dem richtigen Hang gereift.

Er war unangenehm, eingesperrt zu sein, aber der Wein linderte die Not. Kalle fütterte die frisch gebadeten Entenjungen mit dem Brot und sah schon die Schlagzeile an dem Tag, an dem er rauskommen würde, vor seinem geistigen Auge:

HIER WURDE ICH VOM MÖRDER UND VON DER POLIZEI ÜBERFALLEN.

Gar nicht so schlecht. Wenn sie ihn in dem Erdloch nur nicht vergaßen. Eine Befreiungsaktion würde den ganzen Kick noch erhöhen, aber wie groß waren die Chancen, dass die Bullen Sara Widmans Sommerhaus fanden?

Er musste auf die Amerikaner hoffen. Spätestens wenn bekannt würde, dass Kalle verschwunden war, würde Jeff Samson doch mit dem Soziogramm von Felix Martini zur Polizei gehen.

Drinnen in der Hütte begannen die drei Kumpane, die Adelschronik aus dem Bücherregal von Sven Möller durchzugehen, mehrere hundert Seiten schwer lesbaren, handgeschriebenen Textes. Doch das Erste, was sie fanden, sah anders aus.

Als sie Band Nummer zwei aufschlugen, fiel ein maschinengeschriebenes Blatt heraus. Nach Stil und Druckfehlern zu schließen, war es auf einer manuellen Maschine, zum Beispiel einer Halda, getippt worden und stammte offensichtlich aus moderner Zeit. Das Papier war mit einer Liste von Ereignissen der schwedischen Geschichte gefüllt:

Kronan, 1. Juni 1676
Tre Kronor, 7. Mai 1697
Poltawa, 28. Juni 1709
Gustav III., 29. März 1792
Sveaborg, 3. Mai 1809
Riddarholmskirche, 28. Juli 1835
Karl Staaf, 4. Oktober 1915
Ådalen, 14. Mai 1931
Ivar Kreuger, 12. März 1932
Deutsche Botschaft, 24. April 1975
Die Brücke von Tjörn, 18. Januar 1980
Hårsfjärden, 1. Oktober 1982
Kronfallet, 19. November 1992
Jas Gripen, 8. August 1993

»Schwedische Katastrophen«, sagte Johanna. »Das hier ist eine Liste der Katastrophen, die unser Land in den vergangenen dreihundert Jahren heimgesucht haben. Die *Kronan* war ein Kriegsschiff, das gesprengt wurde und vor Öland sank. Die Burg Tre Kronor in Stockholm ist abgebrannt. Genauso wie die Riddarholmskirche, wenn ich das richtig weiß.«

»Was geschah in der deutschen Botschaft?«, fragte Sara.

»Terroristen«, antwortete Felix. »Sie haben das Personal als

Geiseln genommen und zwei davon hingerichtet, ehe sie aus Versehen eine Sprengladung auslösten. Ein paar der Besetzer starben, die anderen wurden nach Deutschland ausgewiesen. Der jetzige Botschafter, Doktor Fischer, der ein guter Freund von mir ist, war damals als junger Botschaftssekretär dabei. Er hat erzählt, wie es war, als der Militärattaché in den Kopf geschossen wurde und die Bombe explodierte. Schrecklich.«

»Und die Brücke von Tjörn?«

»Das war ein Frachtschiffunglück. Massenhaft Leute sind direkt mit ihren Autos von der Brücke ins Wasser gefahren und umgekommen.«

»Aber Hårsfjärden war ja wohl keine Katastrophe, oder?«, meinte Sara.

»Kommt drauf an, was man eine Katastrophe nennt. Das war diese U-Boot-Jagd, als das Militär meinte, sie hätten sowjetische Mini-U-Boote umzingelt. Politische Krise. Überall von Dalarö bis Nynäshamn Periskope und Echolot, aber es wurden niemals irgendwelche Eindringlinge gefunden.«

Es wurde eine Weile still, während sie die traurige Zusammenstellung betrachteten. Man hörte nur noch einen einsamen Eichelhäher draußen auf der Wiese. Sara nahm eine Lucky Strike zwischen die Lippen, zündete sie aber nicht an.

»Sven Möller hat eine Liste über schwedische Schicksalsschläge bis 1993 geschrieben«, sagte Johanna langsam. »Aber was wollte er damit sagen? Waren das nur Zwangsvorstellungen?«

»Nicht nur«, meinte Felix. »Haben Sie nicht gesagt, dass die anderen Mordopfer Verbindungen zu traumatischen Ereignissen hatten? Der Mord an Olof Palme, die *Estonia.*«

»Aber Möller war nicht in irgendwelche Katastrophen verwickelt. Er war ein einsamer Frührentner, der kaum wagte, seine Einzimmerwohnung in Brandbergen zu verlassen, außer, wenn er dieses Schloss auf Vaxholm besuchte«, meinte Sara.

»Er ist rausgegangen und hat sich mit mir getroffen«, gab Johanna zu bedenken.

»Ist er deshalb ermordet worden?«

»Es scheint so. Er hat irgendwas geredet, dass er ›so wie die anderen Verräter‹ bestraft werden würde. Und er ist bestraft worden. Das Sveaborg-Gedicht handelt davon – Verräterei und Bestrafung, Ehrlosigkeit. Wenn Möller ein Fall für die Psychiatrie war, dann war er zumindest nicht der Einzige. Hier läuft etwas richtige Krankes ab.«

Sie legten das Papier beiseite, und jeder begann, in einem Band der Adelschronik zu lesen. Es war mühsam, sich durch den altertümlichen Stil zu arbeiten. Der Hauptteil des Textes gab nichts her. Es war die Erzählung von den Verwandtschaftsverhältnissen und Geschäften einer Adelsfamilie, nicht spannend niedergeschrieben wie bei den Selambs oder den Buddenbrooks, sondern in trockenen bürokratischen Begriffen. Der Einzige, der etwas Interessantes fand, war Felix.

»Hört mal«, sagte er und las laut ein Stück, das von der großen Reduktion handelte: »Die ausländischen Provinzen, die großen Lehen, Grafschaften, Herzogtümer, muss der König wieder erhalten. Hingegen erwarten wir die Gnade seiner Königlichen Majestät, dass Ihre Königliche Majestät seine armen Untertanen bedenkt, dass die, die nicht viel besitzen und könnten haben vielleicht 10 bis 20 oder ein paar hundert Taler Rente in Silbermünzen, diese behalten mögen. Aber das der anderen, wodurch das Reich geschwächt worden, das muss wieder genommen werden.«

Johanna und Sara sahen aus wie Fragezeichen. Felix fuhr fort:

»Johann Brandell hat mir die Reduktion erklärt, als Karl XI. Land für die Krone eingezogen hat. Der König spielte die wachsende Beamtenschicht gegen den Hochadel aus, der auf ungeheuren Gütern saß. Adelsgeschlechter wie die Mueller scheinen der Reduktion freiwillig zugestimmt zu haben, weil sie glaubten, dass es nicht sie treffen würde, sondern nur solche, die noch reicher waren. Aber sie wurden getäuscht. Zwar durften sie einen Teil ihres Landes behalten, doch gab es Kontributionen, also Zahlungen an den Staat. Das scheint den Muellers das Genick gebrochen zu haben. Sie verloren Bogesund und gingen unter.«

»Das erinnert daran, wie das Steuersystem heute aufgebaut ist«, sagte Johanna. »Wenn wir nur etwas finden würden, das uns weiterbringt. Das alles ist so vage.«

Sie lasen den ganzen Nachmittag lang weiter. Die Chronik der Mueller schloss mit bitteren Ausfällen gegen Karl XI. und den Königlichen Rat – Texte, die zu drucken um 1690 sicherlich riskant gewesen wäre. Sie klagten nicht nur über Reduktion und Kontribution, sondern über die ganze Politik: das Ende der militärischen Eroberungszüge, die Aufweichung der adligen Sitten, der Verfall der Ehre und der Privilegiengesellschaft. Je schlechter es für die Müllers lief, desto mehr identifizierten sie sich offensichtlich mit der alten Hocharistokratie, obwohl die Familie nicht zu den reichsten gehörte. Typisches Gejammer der Ewiggestrigen, fand Felix. Leider konnten sie sich kein komplettes Bild machen, weil mehrere Bände in Brandbergen geblieben waren, und sie wagten nicht, zurückzufahren und sie zu holen.

Zwischen den letzten Seiten eines der Bücher lag noch ein loses Blatt mit einem gezeichneten Stammbaum. Er erstreckte sich in den Himmel, an der Wurzel begann die Datierung mit dem 17. Jahrhundert. Doch anstatt sich zu verzweigen, wurde er nach oben hin immer schmaler. Ganz oben stand »Sven Möller, f. 1949«. Unter ihm Arne Möller und Maria Möller, gestorben 1950 und 1967.

Es sprach vieles dafür, dass Sven tatsächlich der letzte lebende Vertreter des Adelsgeschlechts der Mueller gewesen war, das seinen Ursprung in Lübeck hatte und 1635 in Visby geadelt worden war.

Kriminalkommissar Kjell Pärzon schaffte noch eine schnelle Mahlzeit, ehe der Abend rum war. Diesmal Fertignudeln mit Fleischgeschmack. Das Licht in den Räumen der Ermittler brannte noch bis nach zehn Uhr. Alle machten Überstunden, es war eine Ausnahmesituation.

Der Wirtschaftsmann Olle Sterner war wahrscheinlich irgendwann in der vorangegangenen Nacht im Tantolunden umgebracht worden. Er war gefesselt gewesen, an Hand- und Fußgelenken gab es oberflächliche Scheuerstellen. Das Seil war wahrscheinlich erst nach dem Mord angelegt worden. Seine Ehefrau sagte, dass Sterner gegen elf Uhr abends mit dem Hund der Familie spazieren gegangen war. Sie hatte zu der Zeit, zu der er hätte zurückkommen sollen, schon geschlafen. Am nächsten Vormittag wurde er vermisst gemeldet, und ein paar Stunden später schon fanden ihn ein paar spielende Kinder unter einem Gebüsch. Der Hund, ein irischer Terrier mit Namen Soros, war spurlos verschwunden.

Der Vizeadmiral Bertil Molin hatte das Haus am Morgen verlassen, um im Hellasgården zu joggen. Augenzeugen sahen ihn an der Stelle, wo die Laufstrecke begann, aus dem Auto steigen. Er war ein häufiger Besucher der Sportanlage in Nacka und hatte einige Bekannte gegrüßt. Das Auto stand immer noch da, mit dem Schlüssel auf dem linken Hinterrad. Der Mörder hatte Molin also im Wald überwältigt oder ihn gezwungen, in einem Fahrzeug mitzufahren.

Die Runde, die er zu laufen pflegte, kreuzte an mehreren Stellen Waldwege. Für jemanden, der sich in der Gegend auskannte, war es ein Leichtes, einen Ort auszuwählen, an dem sich Weg und Laufspur trafen. An einem Wochentag um diese Jahreszeit waren nur wenige Läufer unterwegs, es war also kaum wahrscheinlich, dass es Zeugen gab. Zwischen Hellasgården und Rinkeby wiederum lag ganz Stockholm, der Mord konnte also überall stattgefunden haben. Die Untersuchungen entlang der Laufstrecke hatten nichts ergeben.

Und was für Anhaltspunkte hatte man? Leider nur sehr wenige. Es handelte sich um Fahndungsmorde, und von denen wurde nur ein Drittel überhaupt aufgeklärt. Sechs erwachsene Männer waren mit sechs ausgefeilten Methoden hingerichtet worden. Mittelalterliche Foltermethoden, scheinbar mit irgendeinem rituellen Zusammenhang. Der gemeinsame Nenner war, dass es sich um anständige, etablierte Männer handelte, die in der schwedischen Gesellschaft hohe Stellungen bekleidet hatten und, abgesehen von einem einmal eingezogenen Führerschein wegen zu schnellen Fahrens, allesamt nicht vorbestraft waren. Mindestens drei von ihnen waren gläubige Mitglieder der Schwedischen Kirche.

Es machte nicht den Eindruck, als hätten die Männer einander gekannt, abgesehen von einzelnen oberflächlichen Kontakten. Sie konnten nicht zufällig ausgewählt sein, dazu waren ihre gesellschaftlichen Positionen viel zu ähnlich, aber es gab dennoch keine augenfällige Verbindung. Nicht in einem einzigen Fall konnten Angehörige oder Freunde sich an eine Bedrohung erinnern, oder dass dem Mord ungewöhnliche Ereignisse vorangegangen wären.

Weder im Tantolunden noch im Hellasgården gab es Überwaschungskameras. Kein weiteres Material also, um das sich die Gruppe von Anders Pontén kümmern musste, so dass man sich dort alles, was man bis jetzt hatte, noch einmal näher anschaute. Die Kamera vor der Botschaft von Venezuela, in der Nähe von Charlie Lillias Wohnung, hatte ihn ein paar Mal in unterschiedlicher Gesellschaft eingefangen. Sämtliche Personen hatte man bereits ausfindig gemacht und als unverdächtig wieder aussortiert.

Dass, wie anfänglich behauptet, die Fasern unter den Nägeln der ersten Opfer zusammenpassen würden, war jetzt in den Gesprächen mit dem Staatlichen Kriminaltechnischen Labor heruntergespielt worden. Inzwischen war man sich allerhöchstens sicher, dass die Fasern vom selben Kleidungsstück stammen »könnten«. Es sah ganz danach aus, als würden die Ermittlungen eher rückwärts gehen als vorwärts.

Höchste Priorität hatte immer noch die Ergreifung von Felix Martini. Aufgrund von Tipps und extremistischen Kommentaren im Internet waren einige Islamisten verhört worden, darunter auch ein paar Konvertiten schwedischer Herkunft und mit erwiesenen Berührungspunkten mit Felix Martini. Auch das hatte nichts von Wert ergeben. Die Muslime leugneten wie erwartet jedes Wissen um die Morde, und man konnte keine Verbindung zwischen den Verhörten und den Opfern herstellen.

Mehrere der Ermittler fingen an, an der Hypothese einer islamistischen Konspiration zu zweifeln, und verlegten sich stattdessen auf die Meinung, dass man es mit einem Psychopathen zu tun hatte. Hier hatte man einen Serienmörder, der durch die Art und Weise, wie er die Opfer ermordete, eine Signatur unter sein Werk setzte. Wenn man den gemeinsamen Nenner fand, dann würde man auch den Mörder finden, so die Logik.

Als die Dunkelheit über Kungsholmen hereinbrach, trat Kjell Pärzon zusammen mit Lisa Bonta aus dem Polizeigebäude, um auf einen Drink ins Hotel Amarant zu gehen. Vom Kronobergspark herüber schlug ihnen in einem wunderbaren Kontrast zum staubigen Büro der Duft von Linden und Kastanien entgegen. Sie spazierten langsam den Schotterweg am Rathaus vorbei.

»Weißt du, was das Wort ›Polizei‹ bedeutet?«, fragte Kjell.

»Stadt, nicht wahr? Auf Griechisch«, sagte Lisa.

»Na ja, ich glaube, es heißt ›wohlgeordnete Gesellschaft‹. Das war eine Frage in der Prüfung, als ich auf die Polizeischule ging. Durch das Examen bin ich erst mal durchgefallen, deshalb kann ich mich daran erinnern.«

»Wohlgeordnete Gesellschaft – keine schlechte Idee«, sagte Lisa.

»Die Polizei ist eine gute Idee«, meinte Kjell.

»Aber wir scheinen trotzdem keine wohlgeordnete Gesellschaft hinzukriegen.«

»Weil wir ständig im Stich gelassen werden.«

Lisa Bonta wusste nicht, ob das ironisch oder ernst gemeint war. Lieber nicht fragen. Sie zog die anspruchsvolle Interpretation vor.

Für einen Donnerstagabend im August war der Bartresen im Amarant ungewöhnlich gut besucht. Das Bedienungspersonal, das aus Anfängern im Ferienjob bestand, hatte Schweißflecken unter den Armen der grauen Hemden. Kjell und Lisa grüßten ein paar Kollegen, Polizeiassistentin Gunilla Karlsson war zusammen mit Anders Pontén gekommen, beide hatten sich so zivil wie möglich gekleidet, in Jeans und T-Shirt. Etwas weiter entfernt stand Bruno Mild vom Hauptquartier des Militärs. Der Pferdeschwanz peitschte auf und ab, als er im Gespräch mit einer weizenblonden Frau versuchte, das allgemeine Gemurmel zu übertönen. Er prostete Kjell diskret zu, als sie Blickkontakt bekamen. Bruno wohnte im Viertel und war eingefleischter Anhänger von Kungsholmen. Sie begegneten sich hier manchmal, allerdings traf man niemals Kalle Holm, der sich wegen seiner Quellen nicht so nahe am Polizeigebäude sehen ließ.

Beim Anblick von Bruno musste Kjell dann doch über Kalle Holm nachdenken. Wie konnte es bei den spektakulären neuen Morden angehen, dass er während des Nachmittags und Abends nichts von sich hatte hören lassen? Das sah ihm gar nicht ähnlich. Normalerweise rief er augenblicklich an, sowie irgendwelche großen Sachen am Laufen waren.

Kjell Pärzon war fast ein wenig eifersüchtig, ganz als hätte Kalle jetzt eine bessere oder heißere Quelle in Reichweite. Vielleicht war es einfach eine seiner Geliebten, da hatte Kjell sowieso nichts dagegenzusetzen. Er schüttelte die Gedanken ab, lächelte Lisa Bonta zu und erhob das Glas mit dem rauchigen Malzwhiskey von Laphroaig.

»Und, was werden die Zeitungen morgen schreiben?«, fragte Kjell die Pressefrau.

»Das kannst du mir vielleicht sagen«, gab Lisa zurück und zwinkerte.

»Was soll das heißen?«, schnappte Kjell.

»Nichts. Ich wollte nur wissen, was deine Einschätzung ist.«

Wenn sie pokerte, dann hatte sie ihn bereits überlistet, doch es schien eher, als sei sie naiv aufrichtig. Kjell ließ die Schultern sinken und lächelte wieder.

»Es wird ein Mordstheater geben. Die Abendzeitungen werden mit dem Islamisten- und Terroristenthema weitermachen. Die Morgenzeitungen setzen weiter auf die Psychopathenthese und schimpfen über die Psychiatriereform oder so, damit niemand wirklich Verantwortung übernehmen muss, nicht einmal der Mörder. Im Schwedischen Fernsehen wird Kra-Kra-Crawford darüber krächzen, dass die Polizei, also du und ich, mit leeren Händen dasteht. Auf P1 im Radio werden sie irgendwelche Kriminologen interviewen, die nicht den kleinsten Scheiß erzählen, der es wert wäre, sich zu merken.«

»Welch ein Überblick. Du hast nicht gerade großes Vertrauen in die dritte Macht im Staate«, sagte Lisa.

»Nein, du etwa?«, fragte Kjell.

»Die machen nur ihren Job, genau wie wir. Es gibt gute und schlechte Journalisten, genauso wie es gute und schlechte Bullen gibt«, sagte Lisa.

Sie stritten sich ein wenig über die Berichterstattung der Medien in Sachen Polizei. Das hatten beide nicht vorgehabt, als sie beschlossen, auszugehen, aber am Ende sagte Lisa Gute Nacht und ging gegen halb zwölf allein nach Hause.

Kjell bestellte noch einen Whiskey und setzte sich zu Bruno Mild, der sich soeben von seiner Begleiterin, einer finnischen Botschaftssekretärin mit interessanten Ansichten zum nordischen Gleichgewicht in der Sicherheitspolitik, verabschiedet hatte.

»Wie sieht's aus?«, fragte Kjell.

»Danke, danke«, erwiderte Bruno. »Nichts Besonderes. Aber bei euch geht die Post ab, was?«

»Vielleicht bei euch auch gleich«, meinte Kjell.

»Du meinst, die Morde sind eine Bedrohung der Staatssicherheit?«

»So in der Art.«

»Da muss ich mit dir mal was abstimmen, worüber ich heute nachgedacht habe«, sagte Bruno. »Es ist eine geheime Information, verbreite sie also an so viele Leute wie möglich. Es gibt Hinweise, dass in Schweden ein großer Terrorangriff geplant ist. Sowas lässt mich normalerweise ja kalt, aber es ist doch seltsam, dass diese Warnung mit den Morden zusammenfällt. Ein ehemaliger Säpo-Chef und ein Vizeadmiral sind ja nun auch nicht irgendwelche Suffköppe.«

»Weiß Gott, es macht schon den Eindruck, als wäre da Unheil im Anmarsch«, sagte Kjell. »Aber so ist es doch immer. Ich bin sicher, dass die Islamisten früher oder später auch hier zuschlagen werden. Denk doch nur mal an London. Die muslimische Gehirnwäsche ist ja nicht auf arbeitslose Einwandererjugendliche beschränkt. Wenn Ärzte auf öffentlichen Plätzen Leute in die Luft sprengen können, dann kann das jeder andere auch tun.«

»Aber warum ausgerechnet jetzt?«, fragte Bruno.

»Warum nicht? Der Heilige Krieg geht schon vierzehnhundert Jahre.«

»Da sieht man das Kreuz in unserer Flagge doch gleich in einem ganz anderen Licht.«

Sie hingen eine Weile schweigend am Tresen herum. Kjell nahm sich von den Erdnüssen, Bruno bestellte noch einen Grappa. Bald würde die Bar schließen.

»Kanntest du Bertil Molin?«, fragte Kjell.

»Nicht persönlich, bin ihm Ende der Achtzigerjahre ein paar Mal beim Stab begegnet. Kurz darauf ist er in Pension gegangen. Aber er war ja schon eine Legende, der U-Boot-Stratege.«

»Wie war er so?«

»Ehrlich gesagt, ziemlich unangenehm. Hochmütig. Konnte keine Kritik vertragen. Ich erinnere mich, dass er einmal zu meinem Chef ging und eine Sonderveröffentlichung kritisierte, die ich zur Berichterstattung über die U-Boot-Sicherheit in den Medien geschrieben hatte. Meine ganz simple Meinung war, dass die psychische Überspannung auf die Armee zurückschlagen würde.«

»Und wie gewöhnlich hattest du recht«, meinte Kjell.

»Ha, ha. Ja, wahrscheinlich war es das, was Admiral Molin nicht vertragen konnte. Aber jetzt ist er tot, und ich will nicht groß schlecht über ihn reden. Er hatte sicher seine guten Seiten, auch wenn das im Umgang mit einem einfachen Bürosekretär wie mir nicht so bemerkbar war.«

»Wie immer ganz freundlich«, sagte Kjell Pärzon und hob sein Glas. »Prost, du alter Humanist. Morgen packen wir den Mörder.«

Sie leerten ihre Gläser. Kjell Pärzon rief sich ein Taxi, es war ein langer Tag gewesen.

Die Bar leerte sich langsam. Am Ende waren nur noch Bruno Mild und ein weiterer Mann mittleren Alters übrig. Bruno stellte sein Glas auf den Tresen und wollte soeben gehen, als der andere zu ihm kam:

»Oh, hallo, entschuldigen Sie, aber ich habe ein bisschen von dem gehört, worüber Sie vorhin geredet haben. Sie sind Polizist, oder?«

Bruno betrachtete den anderen schweigend. Der Mann war gut gekämmt und anständig gekleidet, in Anzug und Schlips, aber es waren billige Kleider, Dressman.

»Nein, ich arbeite im Verteidigungsministerium. Aber hier wird jetzt zugemacht, ich muss gehen«, sagte Bruno.

»Haben Sie eine Minute Zeit, wenn wir rausgehen?«

»Klar«, seufzte Bruno.

Sie traten zusammen in die Dunkelheit auf der Kungsholmsgata, wo der Mann den Faden wieder aufnahm:

»Ich habe gehört, dass Sie über die Morde geredet haben. Der Typ von der Reichsbank, Sie wissen schon. Ich habe so meine Theorie, warum sie ihn ausgewählt haben.«

»Und wer sind Sie?«, fragte Bruno.

»Das spielt keine Rolle. Hören Sie: In der Welt geschehen seltsame Dinge, von denen die Mehrheit der Leute nicht die geringste Ahnung hat. Es wird ein geheimer Krieg geführt. Auf der einen Seite stehen die Islamisten, die das Zinssystem abschaffen, den Kapitalismus verschrotten und die Frauen aus der Öffentlichkeit fernhalten wollen, damit sie sich nicht wie die Männer zugrunde konkurrieren müssen. Auf der anderen Seite stehen die Zionisten, die durch List und Verführung die Kontrolle über den Weltmarkt erobern und König David auf den Thron aller Länder setzen wollen.«

Bruno riss die Augen ein wenig auf, sagte aber nichts. Was Konspirationstheorien anging, war er abgebrüht – an seinem Arbeitsplatz musste er viele Mails und Telefongespräche über dieses Thema führen. Aber das hier war etwas Besonderes. Ein Antisemit der alten Schule.

Der Mann bramarbasierte weiter:

»Die Islamisten wollen das Kalifat wieder einführen, damit der 13. Imam über die Welt herrscht. Aber die Ursache für alle Konflikte ist das Gezetere des zionistischen Volkes nach Macht. Denken Sie doch nur, was der Gott des Alten Testaments sagt: Er wird alle Menschen vernichten und von Zion nur einen Trümmerhaufen lassen.«

»Und wie gehört nun der Ökonom Olle Sterner in diese teuflischen Pläne?«, fragte Bruno.

»Die Juden besitzen die Massenmedien und die Banken. Deshalb hassen die Muslime den Zins. Das Volk wird geplündert, gewöhnliche Leute werden in Zinssklaven verwandelt. Die EU und die Globalisierung sind nur ein Teil des Plans.«

»Sie meinen den freien Handel«, sagte Bruno.

»Genau. Alles ist nur darauf aus, uns auszusaugen. Sehen Sie sich doch nur Schweden an. Das war ein gleichberechtigtes und glückliches und gerechtes Land. Und was ist in den vergangenen dreißig Jahren geschehen? Der Wohlfahrtsstaat ist abgebaut worden, die Ausländer strömen nur so herein, die Lohnkonkurrenz macht den Mittelstand zur untersten Klasse. Wir sind ein Frontstaat im Krieg zwischen den Völkern des Buches. Wir sind die Opfer, nicht Juden oder Araber.«

»Danke«, sagte Bruno. »Ich denke, das reicht. Sie reden Scheiße. Suchen Sie sich einen Therapeuten.«

Der Mann sah niedergeschlagen aus.

»Nein, nein. Hören Sie mich an. Das Christentum hat deshalb mehrere Jahrhunderte lang funktioniert, weil es die Macht der Könige und Herzöge abgeschafft und den Armen geholfen hat. Die Rituale beförderten Fortschritt und Befreiung. Aber jetzt geht es wieder rückwärts. Jetzt haben wir die Wahl zwischen dem jüdischen Kapitalismus und dem Kalifat der Muslime. Der Kampf wird härter. Olle Sterner ist nur eines seiner Opfer.«

»Ich muss jetzt gehen«, sagte Bruno. »Sie haben ziemlich lange geredet. Lassen Sie mich nur noch eins sagen, bevor wir uns trennen, so mal ganz grundsätzlich. Es gibt keine Weltkonspiration, weder aus der einen noch aus der anderen Richtung. Der Kapitalismus und die Demokratie sind die besten Erfindungen der Menschheit. Wir haben sowohl in Schweden als auch in den ärmeren Ländern in den vergangenen dreißig Jahren in einem märchenhaften Wohlstand gelebt. Die Marktwirtschaft ist nichts anderes als ein friedlicher Wettstreit darum, die Bedürfnisse der Mitmenschen zu erfüllen. Gehen Sie nach Hause, nehmen Sie eine Schlaftablette und vergessen Sie Ihre Zwangsvorstellungen. Gute Nacht.«

Bruno wandte sich um und ging. Der Mann stand noch im Schein der Straßenlaterne auf dem Bürgersteig und sah ihm nach. Das dumpfe Rauschen des Verkehrs wurde vom Martinshorn eines Polizeiautos durchbrochen.

»Mein Gott! Seht euch das an!«

Saras Ausruf vorm Computer lockte sofort Felix und Johanna herbei, die versunken über den Wälzern von Sven Möller gesessen hatten. Auf dem Bildschirm leuchtete auf der Internetseite des *Expressen* die Schlagzeile: ZWEI NEUE MORDE.

Alle Nachrichtenseiten erzählten dieselbe Geschichte. Der eine Tote war als der Nationalökonom Olle Sterner identifiziert worden, der andere war noch unbekannt. Eine Weile später wurde auch seine Identität bekannt gegeben: Bertil Molin.

»Wir müssen dem ein Ende setzen«, sagte Johanna mit Tränen in der Stimme.

Sie saßen eine Weile beisammen und analysierten die Lage. Sie besaßen Informationen, die die Polizei nicht kannte. Sollten sie sich nicht auf Gedeih und Verderb ausliefern, die Freiheitsberaubung an dem Journalisten gestehen und hoffen, dass ihre eigenen Informationen genügten, um Felix reinzuwaschen?

Sie machten eine Liste mit Pro und Contra, um Ordnung in die durcheinanderwirbelnden Gedanken zu bringen. Felix war einem Komplott zum Opfer gefallen, so viel war sicher. Zu dieser schwierigen Ausgangssituation kam seine Flucht hinzu und wahrscheinlich auch der Zeuge in Brandbergen, den er nach der Wohnung eines Mannes gefragt hatte, der anschließend ermordet wurde. Und wer waren die Zeugen zu seinen Gunsten? Eine aus den Ermittlungen abgezogene Polizistin, die von ihren Kollegen als Abenteurerin betrachtet wurde, sowie eine Frau, die den bekanntesten Journalisten Schwedens mit der Waffe bedroht und eingesperrt hatte.

Sie hatten sich mit vereinter Kraft in eine hoffnungslose Lage manövriert.

Das einzig Greifbare, auf das sie verweisen konnten, war, dass Charlie Lillia das Familienwappen gemailt hatte, das zu einem Mann führte, der einige Tage später ermordet wurde. Das reichte aus, um die Phantasie in Schwung zu bringen, aber sehr konkret war das alles nicht.

Sie beschlossen, dass sie die besten Chancen hatten, wenn sie auf eigene Faust weiterrecherchierten und sich erst dann an die Polizei wandten, wenn sie mehr zu bieten haben würden. Je früher, desto besser. Es war kein gutes Gefühl zu wissen, dass Sven so einsam, wie er im Leben gewesen war, jetzt tot in seiner Wohnung lag und seine Leiche nicht versorgt und begraben wurde.

Von den beiden jüngsten Opfern war einem der Bauch aufgeschlitzt worden, der andere wurde verbrannt. Das Schema war in seiner Widerlichkeit allzu deutlich: sieben Fälle von folterähnlichen Hinrichtungen. Es musste sich einfach um denselben Mörder handeln – jedes Mal eine neue, aber doch uralte Vorgehensweise.

Sara googelte das Thema Todesstrafe. Üble Lektüre. Die meisten Tötungsmethoden gab es zwischen dem 15. und 18. Jahrhundert. Davor war der sadistische Erfindungsreichtum nicht so ausgeprägt gewesen, und danach hatte ein gewisses Maß an humanitärem Denken einige Riegel vorgeschoben.

Alles wies in die Richtung des 17. Jahrhunderts, wo Rädern, Hexenverbrennung, Auspeitschen, Köpfen und dergleichen zum Strafenkatalog gehörten. Das schien ein besonders unangenehmes Jahrhundert gewesen zu sein, als Aberglaube und Militarismus auf technischen Landgewinn und einen Organisationsgrad trafen, der den ganzen Schrecken nur noch multiplizierte. Andere europäische Länder brachten wenigstens Geister wie Shakespeare, Cervantes, Newton, Bach und Locke hervor – in Schweden wurde nur seelenloser Krieg geführt.

Die drei neu gefundenen Freunde machten einen groben Plan. Wenn ihnen übers Wochenende kein Durchbruch gelänge, würden sie sich am Montagmorgen der Polizei stellen. Es war unhaltbar, Kalle Holm eingesperrt und Sven Möller noch in der Wohnung liegen zu haben. Und Felix würde sich auch nicht ewig verstecken können.

Für Freitag sah die Arbeitsverteilung folgendermaßen aus:

Sara würde nach Drottningholm und nach Gripsholm fahren, um die anderen Ehrenstrahl-Gemälde zu untersuchen. Felix würde in der Hütte bleiben und über Internet und Telefon weiterforschen. Gleichzeitig würde er ein Auge auf Kalle Holm haben und dafür sorgen, dass seine Gefangenschaft so angenehm wie möglich verlief. Wenn die Klaustrophobie des unfreiwilligen Gastes in Panik umschlagen sollte, gäbe es keine andere Wahl, als ihn rauszulassen.

Johanna würde in Stockholm ein paar Leute befragen. Sie hatte private Kontakte sowohl zu Leuten, die mit Olle Sterner, als auch zu solchen, die mit Bertil Molin gearbeitet hatten. Da war einmal ihre alte Klassenkameradin Petra Sundberg, die Dozentin an der Handelshochschule war und unter Sterner bei der Reichsbank gearbeitet hatte, und dann Bruno Mild im Hauptquartier, den sie einmal auf einer Party bei Kjell Pärzon kennengelernt hatte.

Das waren keine optimalen Kontakte, aber da Johanna den Dienstweg nicht beschreiten konnte, musste sie sich mit dem zufriedengeben, was zur Verfügung stand. Die Liste von Sven Möller hatte sie in ihrem Verdacht bestärkt, dass die Verbindung zwischen den Opfern die schwedischen nationalen Traumata waren. Ihr Instinkt hatte sie in die richtige Richtung geführt, und jetzt gab es zwei weitere Fälle, die verfolgt werden mussten.

Als die Dunkelheit über den Furusund hereinbrach und der Wind von der Ostsee verebbte, verabschiedeten sie sich. Johanna setzte sich in den Saab, um nach Hause nach Vasastan zu fahren. Ein kurzes Telefongespräch hatte ihr deutlich gemacht, dass die Lage zu Hause angespannt war. Peter stöhnte in den Hörer, als das Jahrestreffen der Elternkooperative zur Sprache kam. Sie wusste, was sie erwartete, war aber nicht sicher, ob sie noch einen weiteren Vortrag darüber ertragen würde, was für einen anstrengenden Tag er gehabt hatte. Nicht heute.

Als Johanna sich um Viertel vor zwölf in den Flur schlich, war es still und dunkel. Die Familie schlief. Die Auseinandersetzung war auf morgen verschoben, auf dem Küchentisch wartete zum Warmup schon einmal ein handgeschriebener Zettel auf sie:

Honey,
hier die totale Hölle. Hoffe, dass du den üblen Strolch gefasst hast, so dass es den Einsatz wert war, denn wir hätten dich hier zu Hause gebraucht. Die Vorstandssitzung der Elternkooperative hat vier Stunden gedauert. Ich wurde zum ›Informationsverantwortlichen‹ zwangsverpflichtet, was eine beschönigende Umschreibung für Vollzeitruderer auf der Galeere Biber ist. Die Zwillinge haben geweint, als ich nach Hause kam. Kia scheint Fieber zu haben, aber ich hoffe, dass es ihr morgen wieder gut geht. Ich habe eine Ladung Zopiderm geschluckt, weck mich also nicht, sondern nimm einfach nur die Zwillinge mit, wenn du gehst. Versuch doch, John vor der Glotze zu parken. Dein Vater hat angerufen. Wie immer beleidigt.
Signing off
P.

FREITAG

Es würde ein paar Stunden in Anspruch nehmen, nach Mariefred und zum Schloss Gripsholm zu fahren.

Sara stiegen die Tränen in die Augen, aber sie wischte schnell das Bild eines Kindes vor ihrem inneren Auge weg. Nur nicht an Tim denken, den Jungen, den sie nie bekommen hatte. Sie rauchte, hörte Musik, streifte die Asche ab und hörte und summte. Ein halbes Päckchen Lucky Strike später bog der Mustang auf den Parkplatz vor Schloss Gripsholm ein. Jetzt fühlte sie sich besser.

Ein paar Kinder spielten um die riesigen, einst in Russland eroberten Kanonen im Schlosshof. Über dem Schloss schwebten, wie Spione aus einer anderen Zeit, ein paar Mäusebussarde. Der Platz roch nach Geschichte, 16. Jahrhundert.

Im Schloss war eine temporäre Ausstellung zum Thema »königliche Kinderportraits« angekündigt. Der Hofmaler David Ehrenstrahl hatte das ganze Leben Karls XI. begleitet und ihn bereits in jungen Jahren abgebildet.

Sara fand schnell den Weg zu dem bedeutsamen Porträt, das zu untersuchen sie hierhergekommen war: der Kronprinz als ein lockiger römischer General. Ganz nett, wenn das eine Maskerade gewesen wäre, dachte Sara, aber das hier war blutiger Ernst. Vom einzigen Sohn Karls X. Gustav erwartete man Heldentaten auf dem Schlachtfeld. Schon als Kind wurde er im

Rollenfach des Heerführers abgebildet. Da war es kein Wunder, dass er am Ende seiner schweißtreibenden Zeit als Regent nach Frieden trachtete, nachdem er die Wirklichkeit des Krieges, weit entfernt von der verträumten Malerei, erlebt hatte.

»Ehrenstrahl, Ehrenstrahl, alles eine Höllenqual«, summte Sara leise zu der Melodie von »Birmingham« der Hoola Bandoola Band. Sie sah sich im Flur um. Niemand da. Dann schlich sie zu dem Bild, betastete den wunderschönen Rahmen und studierte die Details des Gemäldes aus der Nähe.

Der künftige König trug einen Speer in der rechten Hand, während die Linke fest auf der Hüfte platziert war. Zu beiden Seiten flankierten ihn bronzene Löwen. Der Körper war als römischer Triumphator ausstaffiert, das Gesicht des Jungen fast identisch mit dem des erwachsenen Mannes, der auf dem Gemälde in Bogesund zum Regenten von Gottes Gnaden gekrönt wurde. Kein Zweifel, dass es sich um Karl XI. handelte.

Sara konnte schnell feststellen, dass dieses Bild keinen geschriebenen Text enthielt. Keine lateinischen Worte, wie sie sie zuvor gefunden hatten. Eine Enttäuschung.

Sie begann durch die Dauerausstellung mit Porträts zu wandern, mit viertausend Werken die größte Schwedens.

Im Sitzungssaal fand Sara schließlich ein riesiges Porträt von Ehrenstrahl aus dem Jahre 1683, das Karl XI. mit Familie abbildete. Der König selbst ganz links, gefolgt von seiner Mutter Hedvig Eleonora, am Tisch der Kronprinz, der zukünftige König Karl XII., Prinzessin Hedvig Sofia und rechts die Königin Ulrika Eleonora. An der Wand hinter der Familie hing als Bild im Bild ein Porträt des toten Karl X. Gustav.

Direkt gegenüber vom Familienportrait gab es die klassische Abbildung von Karl XI. zu Pferde während der Schlacht von Lund. Sara musste eine ganze Weile in dem Raum ausharren, ehe sie die Bilder in Ruhe untersuchen konnte, denn es kam eine Touristengruppe nach der anderen durch.

Schließlich wurde es still, und sie hatte die Karoliner für sich allein. Das Familienbild erstreckte sich bis hoch zur Decke. Mit Hilfe eines herangezogenen Stuhls aus dem frühen 18. Jahrhundert, Berühren verboten, stieg Sara hinauf und begann das Motiv zu untersuchen.

Auch hier gab es keinen geschriebenen Text. Konnte es stattdessen vielleicht sein, dass die Symbole im Bild zu den anderen Botschaften passten? Sie versuchte, sich alle Details des Bildes zu merken, aber wonach suchte sie eigentlich?

Sara untersuchte die anderen Bilder von Karl XI. im Saal, ebenfalls ohne Ergebnis. Gab es irgendetwas, das sie übersehen haben könnte?

Sie ging zum Eingang zurück und kaufte für dreißig Kronen eine Informationsbroschüre. Und da stellte sich heraus, dass sie ein Porträt in der Dauerausstellung nicht gesehen hatte. Im ersten Stock hing ein weiteres Bild von Karl XI. als Kind, das 1662 entstanden war, als der künftige König sieben Jahre alt gewesen war.

Sara fand das Bild zwischen Erik Dahlberg und Bengt Oxenstierna über einem massiven Schrank mit Löwenfüßen. Als niemand mehr im Raum war, kletterte sie auf den Schrank und untersuchte den breiten vergoldeten Rahmen, befühlte die knochentrockene Oberfläche des Gemäldes leicht und studierte die Details.

Endlich fand sie, was sie suchte. Gleich hinter dem mageren Prinzen, in einen Gobelin eingewebt, standen zwei verschnörkelte Worte:

PRIVILEGIA
DOMINUS

»Verdammt noch mal«, fluchte sie. Nun hatten sie drei Gemälde von Ehrenstrahl mit sechs unzusammenhängenden Wörtern auf Latein gefunden. Mit Hilfe ihrer Italienischkenntnisse konnte sie verstehen, was jedes Wort für sich bedeutete:

»Privileg« und »Gott«. Aber mit der Grammatik war es nicht so weit her: »Gottes Privileg«? »Ein privilegierter Gott«? »Gottgegebene Privilegien«? »Gottes Auserwählte«? »Der Gott des Privilegs«? »Gottesprivilegien«?

Vokabeln halfen einem nicht viel weiter, wenn man wie Sara die Lektionen in Kasus, Genus, Modus, Numerus und Tempus verschlafen hatte. Einen Moment lang war sie wütend, doch dann wurde ihr hoffnungsfroh klar, dass sie immerhin ein Puzzleteil gefunden hatte. Mit Hilfe ihres Think-Tanks in der Sommerhütte würde sie den Code schon knacken, wenn er etwas mit Charlie Lillia zu tun hatte.

Sie kritzelte die Worte auf ein Stück Papier.

Leichten Schritts ging Sara zum Parkplatz. Zur Feier des Tages eine Zigarette neben einer sprudelnden Fontäne, dann zurück nach Furusund. Und plötzlich überfiel sie aus heiterem Himmel der Gedanke, dass der eingesperrte Kalle Holm im Erdkeller keinerlei Zugang zu einer Toilette hatte.

Es erforderte nur zehn Minuten Folter, und Hafenkapitän Pierre Leblanc in Casablanca sang wie eine Lerche. Er hatte keine Religion oder politische Überzeugung, keine höheren Interessen zu schützen als seine eigenen. Das war die einfachste Sorte.

Nach einem Vorspiel mit zwei Nächten ohne Schlaf und »Metallica« in höchster Lautstärke reichten ein paar Tauchgänge in der Wanne mit Eiswasser, damit er gestand. Als sein Kopf zum dritten Mal unter Wasser gedrückt wurde, war Pierre bereits ein gebrochener Mann.

Hatte er Bestechungsgelder entgegengenommen?

Jaa.

Hatte er Schiffe ohne die vorgeschriebenen Sicherheitskontrollen ablegen lassen?

Jaa.

War die Erde eine Scheibe?

Jaa.

Der Leiter des Verhörs beherrschte seinen Job und wusste, dass Ja-Nein-Fragen nicht genügten. Inquisition, Hexenjäger und Nazis hatten vor langer Zeit schon gezeigt, dass man jeden Menschen dazu bringen konnte, alles nur Erdenkliche zu gestehen. Die Kunst bestand darin, die Bonusinformationen herauszulocken. Die Beweise.

Die Marokkaner hatten ein langes und gediegenes Training genossen, und jetzt erhielten sie zudem noch amerikanische Hilfe zur Verfeinerung der Methoden. Die Frage, ob man bei potentiellen Terroristen Foltermethoden anwenden durfte, war nach den Worten des US-Vizepräsidenten ein No-Brainer, also eine moralische Fragestellung, mit der sich allerhöchstens Idioten ernsthaft beschäftigten. Definierte man den Krieg gegen den Terrorismus als einen Krieg gegen das absolute Böse, dann wurden auch die im Krieg angewandten Mittel absolut und böse. Die amerikanische Administration hatte mit Vorbedacht die Grenze zwischen sich selbst und dem, was man bekämpfen wollte, verwischt.

Pierre Leblanc erzählte von jeder kleinen Bestechungssumme, die er je in seinem Leben entgegengenommen hatte: für Bevorzugung bei der Verteilung der Schlepper, für einen zu unbequemen Arbeitszeiten einsatzbereiten Kranführer, um die Inspekteure fernzuhalten, um ein bisschen Altöl im Hafenbecken verklappen zu dürfen. Doch seine Befrager waren nur an einer bestimmten Sorte Bestechungsgeld interessiert.

Hatte jemand dafür bezahlt, dass sein Schiff von der neuen Radiumkontrolle ausgenommen wurde?

Jaa.

Welches Schiff?

Kann mich nicht erinnern.

Eiswasser.

»*Agadir, Neptun, Marianne, Galveston Star, Ikaros.*«

Seit die Messeinrichtung in Casablanca installiert worden war, hatten sich allein durch die freiberufliche Tätigkeit von

Pierre Leblanc als Klarierer fünf Schiffe von der Suche nach Radioaktivität freigekauft. Es gab zwölf Hafeninspekteure mit denselben Befugnissen, die konnte man nicht alle foltern.

Eine Stunde nachdem Pierre die Namen der fünf Schiffe herausgestöhnt hatte, war schon ein jedes von ihnen von amerikanischen Satelliten lokalisiert und ins Visier genommen worden. Sie wurden von fliegenden Kontrollen aufgesucht, und zwar mit Hilfe der NEST-Teams, die am nächsten waren, und mit Unterstützung der Alliierten im Terrorkrieg. Die Anzahl informeller Freunde, die den Amerikanern bei derartigen Operationen beisprangen, war weit größer als die der formellen Alliierten, die das Risiko eingingen, ihre Treue zur einzigen Supermacht der Welt zu bekennen. Im Grunde hielten sich, von einigen wohlbekannten Ausnahmen abgesehen, alle 193 Länder der Welt bereit, wenn »Uranium Uncle Sam« rief.

Auf der *Agadir* und der *Neptun* hatte man keine Radioaktivität feststellen können. Deren Reeder wähnten sich lediglich in dem Glauben, dass die routinemäßige Radiumkontrolle Zeit kosten würde. Das Kontrollsystem war immer noch so neu, dass sich viele Gerüchte darum rankten, und eines lautete, dass man unter Umständen auch ohne den winzigsten Funken Strahlung an Bord tagelang warten müsse.

Die *Marianne* war ein Bananenboot. Als der Kapitän erfahren hatte, dass andere Bananenschiffe wegen des in den Früchten natürlich vorkommenden Kaliums in der Kontrolle hängen geblieben waren, hatte der energische Senegalese auf der sicheren Seite sein wollen und sich an dem möglichen Hindernis vorbeimanövriert.

Auf der *Galveston Star* schlug die Messapparatur des Teams kräftig aus, aber es war keine Quelle der Strahlung zu finden. Wahrscheinlich hatte das Schiff zuvor illegal radioaktives Material transportiert, dessen Spuren sie jetzt noch messen konnten. Allerdings war es kein Verbrechen, mit Phantomstrahlung herumzufahren.

Die *Ikaros* war als Erstes kontrolliert worden. Sie war im Kanal leicht zu finden gewesen, und mit einem in Südengland bereitgehaltenen NEST-Team gut zu erreichen. Der Bericht an die amerikanischen Behörden besagte, dass an Bord eine gewisse radioaktive Strahlung existierte. Ein Container war geöffnet worden, und wie sich zeigte, enthielt er Rauchmelder, die den Geigerzähler ausschlagen lassen, weil die Komponenten im Mechanismus das Element Americium enthalten. Case closed. Bis eine weitere Unebenheit auftauchte.

An einem Sandstrand vor Dunkerque hatte ein badender Schäferhund angefangen, zu bellen und sich seltsam aufzuführen. Als die Besitzerin hinauswatete, sah sie, dass der Hund in etwas hineinbiss. Es handelte sich um einen kräftigen Männerkörper, der Kopf eingeschlagen, aber ansonsten unversehrt. Die Ärzte meinten, dass der Mann höchstens zwei Tage im Meer gelegen haben konnte, und dass er wahrscheinlich heftiger Gewalt ausgesetzt gewesen war, ehe er ins Meer fiel. Keine Papiere oder besonderen Merkmale.

Die französische Polizei hatte schnell eine Untersuchung aller in der Region als vermisst gemeldeten Personen durchgeführt. Nach der Ausschlussmethode kochte man die Liste auf eine Handvoll Namen herunter. Mit Hilfe der Zahnkarte war die Leiche dann als der griechische Bürger Stavros Nikolidis, geboren in Piräus, gemeldet auf Lesbos, tätig als Kapitän zu hoher See auf dem in Zypern registrierten Containerschiff *Ikaros* identifiziert worden.

Die Polizei in Dunkerque war nur mäßig daran interessiert, in einem möglichen Mord zu ermitteln, der in internationalen Gewässern und an Bord eines ausländischen Schiffs begangen worden war. Doch ein junger Schnüffler, Polizeidienstanwärter mit Träumen über eine Karriere in der Sicherheitspolizei, suchte ein wenig im internen Datensystem herum, in dem relevante polizeiliche und militärische Unternehmungen zusammengefasst waren, um Wissen in der neuen Terrorismusprävention zu sammeln. Das Ergebnis ließ den Puls des jungen Mannes ordentlich in die Höhe schießen.

Die *Ikaros* war nur ein Containerschiff unter vielen auf dem Meer, im Grunde uninteressant, wenn da nicht ein Detail gewesen wäre. Ungefähr sechsunddreißig Stunden bevor die Leiche von Kapitän Nikolidis mit der Tide an Land gespült worden war, war das Schiff Gegenstand einer fliegenden Nato-Inspektion auf der Jagd nach radioaktivem Material gewesen. Dieses Zusammentreffen regte die Phantasie des Polizeidienstanwärters an. Er nahm Kontakt zur französischen Sicherheitspolizei auf, die das Militär informierte, wo man die amerikanischen Kollegen in Brüssel ansprach, die in Washington anriefen.

»Stille Post« für Erwachsene. Am Ende dieser langen, aber schnellen Kette klingelte das Telefon von Bruno Mild im Hauptquartier in Stockholm. Er nahm den Hörer ab und antwortete wie immer mit einem gedehnten:

»Ja?«

In der Sicherheitsabteilung nannte man niemals zu Beginn eines Gesprächs seinen Namen, wenn man nicht wusste, wer anrief. Am anderen Ende sprach eine englische Stimme mit breitem amerikanischem Südstaatendialekt:

»Hallo, hier ist Bill von der Station. Wir haben Informationen, die wir jemandem, der zuständig ist, mitteilen würden.«

»Ich höre«, sagte Bruno.

»Nun, es geht um ein Schiff, das auf dem Weg nach Schweden ist. Vor ein paar Tagen hat sich in Casablanca ein auf Zypern registriertes Containerschiff namens *Ikaros* durch Bestechung an der Radiumkontrolle vorbeimanövriert. Die Sache kam ans Licht, und ein paar Tage später wurde im Ärmelkanal eine Schnellinspektion durchgeführt. Das NEST-Team fand nichts an Bord, aber nach anderthalb Tagen wird der Kapitän des Schiffs in Frankreich an Land gespült, wahrscheinlich ermordet. Das ist doch ein seltsames Zusammentreffen, nicht wahr? Dieses Schiff wird am kommenden Wochenende Värtahamnen in Stockholm anlaufen. Wir haben Küstenwache, Zoll und Interpol in Kenntnis gesetzt, doch es ist wichtig, dass Sie ebenfalls Bescheid wissen. Vielleicht tauchen bei Ihnen ja ein paar andere Beobachtungen auf, die das Bild vervollständigen.«

»Wie steht dies im Zusammenhang mit den Hinweisen darauf, dass in Schweden etwas Großes geplant wird?«, fragte Bruno.

»Ohne diese Hinweise wäre die *Ikaros* uninteressant gewesen. Es ist nichts Besonderes, dass Personal von Containerschiffen mit eingeschlagenem Schädel ins Meer fällt, aber nun gibt es doch Anlass, die Alarmbereitschaft zu erhöhen, und das tun wir.«

»Danke. Wir bleiben in Kontakt.«

Zu Zeiten des Kalten Krieges vor 1991 wäre ein derartiges Gespräch niemals über Telefon abgehandelt worden. Der Nachrichtendienst der Sowjetunion war gefürchtet und respektiert. Außerdem war man gezwungen, mit anderen Ländern des Warschauer Pakts zu rechnen, die sich gern als linientreu erweisen wollten. Alles zusammengenommen hatte zu einem extremen Sicherheitsdenken geführt. »Ein Schwede schweigt«: Das Plakat mit dem »schwedischen Tiger« war die symbolhafte Aufforderung an alle Schweden, Zurückhaltung zu üben, und das taten sie – manchmal sogar in dem Maße, dass sie den eigenen Kollegen relevante Informationen vorenthielten.

Diese harte Linie in der Kommunikationsphilosophie war jetzt Geschichte. Organisationen wie al-Quaida hatten zwar die Welt ein paar Mal mit Entsetzen geschlagen, doch besaßen sie weder die Ressourcen noch die Kompetenz für Gegenspionage. Der harte Kern in den Bergregionen Pakistans und ihre einer Gehirnwäsche unterzogenen Lizenznehmer im Westen hatten alle Hände voll zu tun, sich zu verstecken, während sie sich neue Teufeleien ausdachten. Also konnte man frei reden – das meinten zumindest Bruno und »Bill«.

Dies war ein Irrtum, der bald ein weiteres Menschenleben kosten sollte, als nämlich die Auftraggeber der auf der *Ikaros* verstauten Ladung vom Inhalt des Gesprächs zwischen Gärdet und dem Lidingöväg erfuhren. Nun mussten die Organisatoren ihre Pläne der neuen Situation anpassen und den säumigen Kurier bestrafen. Und zwar hart.

»Guten Morgen, Liebling.«

»Guten Morgen, du Treulose.«

Trotz des Schlafmittels war es eine unruhige Nacht für Peter gewesen, und er wachte mit denkbar schlechter Laune auf. Der Gedanke daran, auf unabsehbare Zeit seine Aufmerksamkeit zwischen einem schreienden Baby und der Elternkooperative Biber aufteilen zu müssen, war ganz einfach zu viel für ihn.

Johanna war der erste Mensch, der ihm an diesem strahlenden Sommertag begegnete, und sie wurde zur Projektionsfläche für alles, was in seinem Leben schiefgegangen war. Ecce Homo. Diese alte Hexe.

»Ich kann doch nichts dafür, dass du diesen Auftrag angenommen hast«, versuchte Johanna.

»Du warst dran mit Hingehen, aber wieder einmal musste ich einspringen, und das habe ich getan«, sagte er.

»Wir können uns die Arbeit doch teilen. Vielleicht ist es ja ganz lustig, diese spießige Versammlung mal in den Griff zu kriegen. Informationsmacht.«

»Mit positivem Denken kommst du nicht weiter«, sagte Peter in einem Ton, der zwischen Witz und der Aufforderung zum Streit lag.

»Okay, dann versuchen wir es mit negativem Denken. Das scheint für dich zumindest zu funktionieren«, sagte Johanna.

»PMS oder was? Das hast du immer, wenn du sarkastisch wirst.«

»Können Männer PMS haben?«

»Ganz und gar nicht.«

»Und was ist es dann, das dich heimsucht? Du hast ja kaum einmal den Kopf über die Wasseroberfläche bekommen, seit du mit der Elternzeit angefangen hast.«

»Jetzt schimpf nicht, sonst breche ich zusammen«, sagte Peter.

»Ich dachte, du würdest mit mir schimpfen«, entgegnete Johanna.

Sie aßen schweigend ihr Frühstück, beide mit einem ansteigenden Gefühl der Panik. Peter machte sich Sorgen, weil Schlafmangel und Depression den letzten Saft aus ihm saugten. Es klingelte in seinen Ohren, und zwar nicht von Musik. Der Sonnenschein, der durch das Fenster fiel, verschlimmerte die Düsternis nur noch. Peters einziges Ziel war es, die Zwillinge in die Tagesstätte zu bringen, den kleinen John so schnell wie möglich zum Schlafen zu bewegen und so schnell wie möglich selbst ein Nickerchen zu halten.

Johanna spürte, wie ihr das letzte Stückchen festen Bodens unter den Füßen weggezogen wurde. Keine Unterstützung von dem Menschen, mit dem sie ihr Leben teilte, nur dieser stete Energieverlust. Sie musste sich auf die Lippe beißen, um nicht zu erzählen, was sie am Tag zuvor erlebt hatte. Sie wollte Peter nicht noch mehr belasten, sich seinen verständnislosen Kommentaren nicht stellen müssen.

Ihr ganzes Berufsleben stand auf dem Spiel, vielleicht sogar noch mehr als das, und sie war gezwungen gewesen, einen wahnsinnigen Einsatz zu spielen.

Sie hatte einen Kloß im Hals, als sie sich die Jacke überzog.

»Tschüss. Ich versuche, heute Abend früher zu kommen.«

Keine Antwort.

Sie spazierte das kleine Stück zur Handelshochschule hinüber, wo sie sich mit ihrer alten Schulkameradin Petra Sundberg verabredet hatte, um mit ihr über den ermordeten Olle Sterner zu sprechen. Petra war Ökonomin, bekannt unter anderem für ihr Buch *Deine Wirtschaft*, das ständig in neuen

Auflagen gedruckt und verkauft wurde. Sie war schon sehr jung Professorin geworden und hatte es geschafft, neben dem Schreiben von Büchern sowohl an der Akademie als auch bei der Reichsbank Karriere zu machen.

»Hallo. Kannst du kurz warten? Mein Mailordner ist zusammengebrochen«, sagte Petra.

Noch ehe Johanna antworten konnte, folgte ein zehnminütiger Vortrag darüber, was für eine Hölle es war, auf der Handelshochschule zu unterrichten. Keine administrative Unterstützung. Kopiergeräte, die nie funktionierten. Computer, die nie funktionierten. Beziehungen mit Schülern und anderen Lehrern, die nie funktionierten. Ganz offensichtlich schützte beruflicher Erfolg nicht vor depressiven Gedanken.

Johanna nickte und dachte insgeheim an ein kurdisches Sprichwort, das sie in einer Zeitung gelesen hatte: »Beneide niemanden um sein Glück, solange du nicht seine geheimen Sorgen kennst.«

Wer keine Probleme hatte, der machte sich welche. Das Präludium währte eine halbe Stunde, dann begannen sie über Olle Sterner zu reden. Er war Petras Mentor bei der Reichsbank gewesen, und sein Tod nahm sie offensichtlich sehr mit. Diesmal war Johanna auf der Hut und kam direkt auf das zu sprechen, was für sie des Pudels Kern war:

»Olle Sterner spielte in der missglückten Verteidigung der Krone 1992 doch eine Schlüsselrolle, oder?«

»Das kann man wohl sagen.«

»Könntest du mir den Hintergrund erklären?«

Petra Sundberg holte tief Luft:

»Das ist ein trauriges Kapitel in der schwedischen Geschichte. Während einiger Herbstmonate 1992 wurde eine gigantische Umschuldung schwedischer Auslandsanleihen durchgeführt. Die Reichsbank setzte ihren Valuta-Überschuss ein, um den großen Unternehmen bei einer Umschuldung zu helfen, die deren Vermögen vor dem Verfall der Krone schützen sollte.

Nur die unwissende Allgemeinheit – Privatpersonen, kleine Betriebe und gutgläubige Menschen, die sich auf die Regierung verließen – blieb auf ihren riskanten Anleihen sitzen. Das waren genau die Gruppen von Anlegern, die verletzlich waren, denn sie hatten keine Einlagen in ausländischen Währungen, und die mussten nun die Rechnung für die missglückte Rettung der Krone zahlen.«

»Davon ist aber nicht gerade viel an die Öffentlichkeit gedrungen«, meinte Johanna.

»Nein, denn das ganze Establishment saß ja im selben Boot. Eine unhaltbare Politik wurde durch die kompromisslose Forderung nach Loyalität geschützt. Wer den festen Wechselkurs in Frage stellte, wurde als Landesverräter bezeichnet.«

»Und was geschah dann?«

Die Schwermut verflüchtigte sich bei Petra, und sie fing an, wie ein Wasserfall zu reden:

»Im Laufe des Jahres 1992 ging es auf den Valutamärkten stürmisch zu. Während des Frühlings wurde das Vertrauen in die Wechselkurszusammenarbeit durch die Hoffnung auf die kommende gemeinsame Währung aufrechterhalten. Aber als es dann bei der dänischen Volksabstimmung im Juni ein Nein gab, löste das Spannungen aus. Die Menschen zweifelten daran, dass die europäische Währungsunion jemals Wirklichkeit werden würde. Im September wurde die italienische Lira um sieben Prozent abgewertet. Ein paar Tage später verließen das britische Pfund und die Lira die europäische Zusammenarbeit, und die Währungen konnten sich frei bewegen. Die spanische Peseta wurde um fünf Prozent abgewertet.«

»Und Schweden wurde in den Sturm mit hineingerissen?«

»Das war schon eher ein Orkan. Während der letzten Wochen des August wurde ein Valutaabfluss von dreißig Milliarden registriert, im September war die Krise da. Aber dadurch, dass die Reichsbank den Marginalzinssatz auf fünfhundert Prozent angehoben und die Regierung zusammen mit den

Sozialdemokraten Vorschläge zu Haushaltseinsparungen vorgelegt hatte, wurde der akute Brand gelöscht.«

»Du meinst, sie hätten die Krone frei lassen sollen?«, fragte Johanna.

»Natürlich. Die Verteidigung des Wechselkurses erforderte immer seltsamere Maßnahmen. An dem Wochenende, als der Marginalzins auf fünfhundert Prozent hochging, gewährte die Reichsbank den Geschäftsbanken Anleihen zu vorteilhaften Bedingungen, um das Vertrauen in das Bankwesen zu retten. Sogar den Immobilieninstituten wurden kurzfristige Anleihen zu besonderen Bedingungen angeboten, ein Sahnehäubchen, am Fegefeuer vorbei. Schweden machte pleite und die Starken wurden geschützt, während die Schwachen allem Wetter ausgesetzt wurden – das war der schlimmste Vertragsbruch in unserer modernen Geschichte.«

»Und wie ging das Ganze dann aus?«

»Die Valutaturbulenzen kehrten im November wieder. Die Sorge vor steigenden Zinssätzen und mangelnder Liquidität auf dem Geldmarkt über den Jahreswechsel führte dazu, dass viele vor Jahresabschluss ihre Schulden verringerten. Der Verkauf von Wertpapieren zur Amortisierung von Anleihen in ausländischen Währungen führte zu einem Valutaabfluss und steigenden Zinsen. Ausländische Akteure spekulierten auf einen Fall der Krone, und die Reichsbank war zu neuen Maßnahmen gezwungen. Der Valutaabfluss nahm noch weiter zu, und die Reichsbank musste den festen Wechselkurs aufgeben. Die Krone war frei und sie sank wie ein Stein.«

»Was war die Ursache dafür?«

»Die Maßnahmen im Herbst, die Abwertung der Krone und die Konkurse infolge der abnormen Zinslage annullierten den Wert von Hunderten von Milliarden Kronen.«

»Und dafür war Olle Sterner verantwortlich?«

»Er befand sich in großer und guter Gesellschaft, aber ja, er war eine leitende Person in der Reichsbank. Die fünfhundert

Prozent waren seine Idee. Wenn wir im September das Handtuch geworfen hätten, dann hätte das die Qual verkürzt und viele schöne Kronen gerettet. Wir hätten dem Beispiel der Briten folgen sollen.«

Johanna schüttelte den Kopf, um zu bekräftigen, dass sie die Reichweite des Debakels begriffen hatte. Dann wechselte sie plötzlich die Spur:

»Hat Olle Sterner je von irgendeinem Netzwerk erzählt, in dem er war?«

Diese Frage erstaunte Petra. Sie saß lange schweigend da und dachte nach.

»Das ist witzig, dass du das erwähnst, denn er hat tatsächlich bei einer Gelegenheit einmal von so etwas gesprochen.«

»Was war das für eine Gelegenheit?«

Sie brauchte etwas Bedenkzeit, aber dann holte Petra Luft und beugte sich über den Schreibtisch vor:

»Hast du Schweigepflicht?«

»Normalerweise nicht«, sagte Johanna. »Aber wie ich dir schon gesagt habe, bin ich eigentlich von den Mordermittlungen suspendiert. Du kannst dich mir also anvertrauen. Ich höre dir als Freundin und als Privatermittlerin zu, nicht als Kommissarin.«

Petra schloss die kräftig geschminkten Augen ein paar Sekunden.

»Ich bin einmal nach einer Personalfeier in der Reichsbank mit Olle Sterner im Bett gelandet. Er war verheiratet und viel älter als ich, und wir hatten beide gut einen sitzen. Aber ich war nicht ganz so besoffen wie er und erinnere mich, dass er im Schlaf geredet hat. Ich erinnere mich natürlich nur deshalb daran, weil die Situation so komisch war. Hinterher hatte ich beim Gedanken an seine Familie ein schlechtes Gewissen. Aber es brannte sich auch in mein Gedächtnis ein, weil er mich mit dem, was er sagte, erschreckte.«

»Und was war das?«

»Er hatte Angst, schrie wie ein Kind und jammerte von etwas, das er ›Gesellschaft‹ nannte. Es waren unzusammenhängende Sätze, die aber eine Art roten Faden hatten. Ich erinnere mich nur an einige Wörter, irgendwas mit ›Riddarholmen‹ und einem ›Kommandanten‹. Es war, als würde er zu diesem ›Kommandanten‹ sprechen, entschuldigend und unterwürfig, mit seltsamen Formulierungen. Irgendwie altmodisch.«

»Altmodisch?«

»Altes Vokabular, wie aus dem Mittelalter oder so.«

»Erinnerst du dich an noch mehr, was er gesagt hat?«

»Nein, leider nicht. Aber ich erinnere mich, dass es mich sehr beeindruckte, weil es eine Seite von ihm enthüllte, die ich in wachem Zustand bei ihm nie gesehen hatte. Olle war von sich aus nicht unterwürfig, um es mal milde zu formulieren.«

»Hast du ihn damals über den Traum befragt?«

»Ja, aber er hat es kleingeredet und gesagt, dass er wegen des Alkohols komisch geträumt haben müsse. Aber als ich das Wort ›Gesellschaft‹ erwähnte, sah er einen Moment lang richtig erschrocken aus. Ich weiß ja, dass es ein Restaurant oder einen Herrenclub oder sowas in Stockholm gibt, der ›Die Gesellschaft‹ heißt, aber das hier war etwas anderes, das kann ich dir versichern.«

»Habt ihr jemals über seine Rolle im Zusammenhang mit der Rettung der Krone 1992 gesprochen?«

»Das kam natürlich in einigen Seminaren hinterher vor, aber es gab niemals eine größere Debatte, obwohl der Verlauf der Ereignisse sowohl in wirtschaftlicher als auch in politischer Hinsicht interessant war. Ich habe ein einziges Mal versucht, die Frage unter vier Augen aufzugreifen, weil mich einfach interessierte, was Olle sich dabei gedacht, welche Schlüsse er in seinem tiefsten Innern gezogen hatte.«

»Was war seine Antwort?«

»Das war, abgesehen von diesem Albtraum, das zweite Mal in der langen Zeit, in der wir zusammengearbeitet haben, dass ich ihn nicht wiedererkannte. Er wurde richtig aggressiv. Das ist weder vorher noch nachher je wieder vorgekommen. Er war sonst immer extrem kontrolliert und fast immer jovial.«

»Was meinst du mit *aggressiv*?«

»Er weigerte sich, die Sache zu diskutieren, und griff mich stattdessen wegen einer Sache an, die ich auf einer Podiumsdiskussion gesagt hatte. Absolut unnahbar. Es war offenkundig, dass er darüber nicht reden wollte. Punkt. Das Thema war zu heikel.«

In einem Erdkeller in Furusund saß eingeschlossen ein Mann, der jetzt langsam ziemlich dringend pinkeln musste. Nachdem er eine Weile erfolglos an die Tür getrommelt hatte, sah Kalle Holm ein, dass er die Sache selbst würde in die Hand nehmen müssen. Er schlug den Hals einer geleerten Weinflasche ab, Chateaux Margaux 1998, um sie als Pisspott zu verwenden.

Sogar eine derart alltägliche Handlung wie das Urinieren war mit qualvollen Gedanken verbunden. Kalle hatte vermutlich in *Men's Health* gelesen, dass viele Männer so sehr unter Stress standen, dass sie sich beim Pinkeln verkrampften, anstatt locker zu lassen. Mit der Zeit kam dann der natürliche Mechanismus ins Ungleichgewicht. Es wurde immer schwerer, die Blase ganz zu leeren, was wiederum alle möglichen unangenehmen Folgen haben konnte, mal abgesehen davon, dass man andauernd zum Klo rennen musste.

Jetzt hatte er endlich einmal richtig Zeit und bemühte sich, so locker wie möglich zu lassen. Es bedurfte einiger Geduld, die kleinen, langsamen Tropfen abzuwarten. Demnächst der Urologe, soviel war klar.

Kalle war so auf seinen Unterleib konzentriert, dass er nicht hörte, wie Saras Mustang auf den Hof einbog. Sie kam flott angefahren und legte dann auf dem Kies eine Vollbremsung hin. Ohne die Autotür richtig zu schließen, stürzte sie ins Haus, um von dem dritten Puzzleteil zu berichten.

Zu ihrer Enttäuschung war die Hütte leer, jedoch war die Tür nicht verschlossen und der Kaffee auf dem Herd noch warm. Johanna war immer noch in der Stadt und Felix hatte nach einer ergebnislosen Einheit vor dem Computer einen Spaziergang durch den Wald unternommen, um den Kopf frei zu kriegen. Er folgte einem Wildpfad mit frischen Rehspuren und blieb schließlich in einem Meer aus reifen Blaubeeren sitzen. Sie dufteten und schmeckten herrlich, ein Trost. Er vergaß die Zeit.

Sara konnte nicht warten. Sie nahm die drei Zettel heraus und legte sie nebeneinander auf den abgenutzten Holztisch.

GLORIA
NOSTER

SANGUIS
PROTECTOR

PRIVILEGIA
DOMINUS

Diese lateinischen Wörter hatten irgendetwas an sich, das bekannt klang, aber sie konnte es nicht genau auf den Punkt bringen. Sie saß lange über den Zetteln versunken da, schob sie hin und her, um die Wortfolge zu verändern, drehte und wendete ihre Bedeutung. Vielleicht ein alter katholischer Spruch? Möglicherweise würden sie den Sinn niemals herausbekommen. Vielleicht hatten sich die letzten Worte von Charlie Lillia auf etwas ganz anderes bezogen.

Die Tür ging auf und Felix kam herein.

»Hallo. Wir haben ganz vergessen, dass unser Journalistenfreund in seiner Zelle keinen Zugang zu einer Toilette hat«, sagte er.

»Stimmt! Hab ich vorhin auch gedacht, danke, dass du mich erinnerst. Müssen wir ihn rauslassen?«, fragte Sara.

»Nein, ich bin vorbeigegangen, um ihn zu fragen, wie es ihm geht, und durfte dann eine Flasche für ihn ausleeren. Er kommt da drinnen gut zurecht, hat massenhaft Lebensmittel bekommen. Aber er wird einen Eimer brauchen.«

»Darum kümmern wir uns nachher. Schau mal hier«, sagte Sara triumphierend. »Die dritte Lateinlektion.«

»Toll«, rief Felix. »Drottningholm oder Gripsholm?«

»Gripsholm. Das Kinderportrait vom kleinen Karl.«

»Hast du den Code geknackt?«

»Leider nicht. Das Rätsel ist kein bisschen einfacher geworden, eher im Gegenteil. Vielleicht sind noch mehr Puzzleteile vonnöten.«

Felix setzte sich auf einen Stuhl neben ihr und sie grübelten gemeinsam. Unsere Ehre, das Blut des Beschützers, Gottes Privilegien? Das machte keinen Sinn, und doch musste Ehrenstrahl einen Anlass gehabt haben, diese Sätzen einzubauen.

Nach einer halben Stunde gaben sie auf. Das Haus sah aus wie ein Schweinestall, da war es besser, eine Runde sauber zu machen und hinterher mit frischem Blick noch einmal daraufzuschauen. Bestimmt würde Johanna auch noch etwas Phantasie beisteuern können, wenn sie am Nachmittag zurückkäme. Sara und Felix hatten sich augenblicklich in sie verliebt, als Mensch wie auch als Rettungsanker.

Sara holte einen Scheuereimer und Feudel heraus, um den Fußboden zu wischen. Sie trug die Teppiche hinaus und schüttelte sie auf der Veranda aus. Felix stellte sich in die Küche und nahm sich des Geschirrs von zwei Tagen an. Er räumte die Spülmaschine aus und fluchte, als ein Weinglas zu Boden fiel. Doch Sara war schon mit dem Kehrblech da. Dann fing er an, das Porzellan abzuspülen und in die Maschine einzuräumen, während er ein Lied von Gessle summte, das sich in seinem Kopf festgesetzt hatte:

»Hier kommt der König von Sa-a-and,
hier kommt der König von gar nichts.«

Plötzlich stand Sara wieder vor ihm, den Handfeger wie einen Zeigestock erhoben und mit aufgerissenen Augen:

»König von Sand! Du bist ein Genie, Felix. Jetzt hab ich es.«

»Was? Den Code?«

»Die Könige, verdammt. Er hat königliche Wahlsprüche aufgeschrieben, ich habe davon auf Gripsholm gehört.«

»Du meinst, es handelt sich bei den Texten auf Ehrenstrahls Bildern um königliche Wahlsprüche?«, fragte Felix skeptisch. »Die Frage ist nur, wie uns das dann helfen soll.«

Sie setzten sich noch einmal vor die ausgebreiteten Blätter.

»Sieh mal hier«, sagte Sara. »›Der Herr ist unser Beschützer‹, ›Dominus Protector Noster‹. Das war der offizielle Wahlspruch von Karl XI. Was sagst du dazu?«

»Es ist doch wie verhext«, sagte Felix. »König Kallewirsch spukt überall herum. Im Grunde ist es doch nur natürlich, dass sein Wahlspruch in seine eigenen Porträts eingebracht ist. Aber wer hat dann das Copyright auf die beiden anderen Texte?«

Sara ging sofort ins Internet, um die ganze Liste mit königlichen Wahlsprüchen aufzurufen. Leider passte keines. Blut, Privilegien und Ehre waren bei Wahlsprüchen nicht gefragt gewesen, die dazu dienten, dass die Monarchen mit ihren guten Kontakten zu höheren Mächten oder mit ihrer Fürsorge für Staat, Nation und Volk prahlen konnten.

Es brauchte noch eine Stunde angestrengten Grübelns, ehe sie die Lösung des Rätsels in den Händen zu halten glaubten. Sie war nicht in den Nachschlagewerken zu finden, sondern in der Chronik des Geschlechts der Mueller verborgen.

»Gloria, Sanguis, Privilegia« war ganz einfach das Motto gewesen, das der Patriarch John Mueller zu Lilliencreutz angenommen hatte, als er vor vierhundert Jahren geadelt worden war. Dass das Schicksal der Mueller mit Karl XI. verknüpft gewesen war, war bereits deutlich geworden, aber nun schien es fast, als seien die Wahlsprüche der Mueller und Karls XI. auf drei seiner Königsportraits zu lateinischer Dichtung zusammengefügt worden. Konnte das wirklich sein? Machte es Sinn? Und welchem Zweck hätte es dienen sollen?

Johanna begab sich von der Handelshochschule zum Stureplan, um dort mit ihrem Vater zu Mittag zu essen. Ihre strenge Kleidung mit langen Hosen und dünnem Jackett unterschied sich von all den kurzen Röcken und nackten Oberkörpern auf den Straßen. Wie lange war es her, dass Peter und sie im Kino, im Theater oder in der Oper gewesen waren? Das musste vor vielen Jahren der dritte Teil von *Herr der Ringe*, Peters Lieblingsepos, gewesen sein.

Ihr Vater hatte sie mit feiner Kost erzogen, vor allem mit Oper. Wagner war die Grundlage, Mozart, Puccini und Leoncavallo die süßen Häppchen. Sie selbst liebte »Simson und Delila« von Saint-Saëns, aber das hatte vor ihrem Vater nie Bestand gehabt. Zu süßlich. Zu französisch.

Als sie erwachsen wurde, begriff sie, dass sie niemals dieselbe Auffassung geteilt hatten. Es war, als säßen sie in getrennten Räumen und würden verschiedene Dinge sehen und hören. Wenn sie über den Abgrund zwischen Leben, Kunst und Liebe in »Bajazzo« oder »Tosca« bitterlich geweint hatte, wenn sie vom erotischen Sog in der »Hochzeit des Figaro« weggefegt worden war, dann hatte Carl Tott Sängereinsätze, Bühnenbild und Inszenierung mit klinischer Distanz beurteilt. Und wenn er wiederum bei »Tannhäuser« oder »Parzifal« vor Wohlbefinden eine Gänsehaut bekam, hatte sie meist gegähnt und sich gefragt, ob Wagner wohl alle Tassen im Schrank gehabt hatte.

Es war vierzehn Uhr, der größte Ansturm war vorüber. In der Familie Tott aß man spät. Ein Mittagessen vor vierzehn Uhr war ein Ding der Unmöglichkeit, ein Abendessen vor zwanzig Uhr ebenso. Der Vorteil an dieser Gewohnheit in Stockholm war, dass man die Restaurants im Allgemeinen für sich allein hatte, denn da wurde das durchschnittliche Mittagessen mit Fleischklößen um elf Uhr, das Abendessen mit Steak um siebzehn Uhr eingenommen. Carl Tott aß kein rotes Fleisch.

»Ja, mein Liebling, wann wirst du denn nun zur Kommissarin befördert?«, fragte er, während er die großzügige Fischabteilung in der Speiskarte durchsah.

»Mein lieber Papa, hast du denn diese Woche kein *Aftonbladet* gelesen?«, fragte Johanna.

»Doch. Die Kripo scheint in Schwierigkeiten zu sein, denn du kannst dich ja wohl nicht getäuscht haben, oder?«

»Ach, du kannst dir nicht vorstellen, was für ein Durcheinander herrscht. Als wir uns das letzte Mal gesehen haben, hast du doch dein ganzes psychologisches Arsenal aufgeboten, um mir zu beweisen, dass ich Gespenster sehe. Aber das scheint nicht der Fall zu sein.«

»Ich habe unser Gespräch in ganz anderer Erinnerung«, sagte Carl und winkte den Kellner herbei. »Aber wie auch immer, was gab es denn vor drei Tagen, womit du recht hattest, und das ich falsch beurteilt habe?«

Sie kannte diesen Ton, und er gefiel ihr nicht. Es war wie im Reichstag. Wenn ein Politiker beteuerte, dass er über etwas, das sein Widersacher getan hatte, betrübt sei, dann bedeutete das immer, dass er eigentlich überglücklich war, und umgekehrt. Wenn Carl Tott einen Fehler zugab, dann wurde das Eingeständnis immer wie ein Nasenstüber formuliert.

Johanna liebte ihren Vater über alles, aber sein Hang zu unnahbarer Arroganz führte manchmal dazu, dass ihre Liebe nur um Haaresbreite von Hass entfernt war. Vielleicht war es der morgendliche Streit mit Peter, vielleicht auch ihre sich im freiem Fall befindliche Karriere – irgendetwas brachte sie dazu, ihre empfindsamen Tentakel vor der Begegnung mit der kühlen Art ihres Vaters zurückzuziehen.

Er versuchte es mit ein paar Fragen, drang aber nicht weiter vor. Sie winkte ab, was den Job anging, sagte, dass sich das schon ergeben würde, und wechselte das Thema. Doch diesmal wollte das Gespräch nicht recht in Schwung geraten.

Als der Anglerfisch aufgegessen und der Espresso getrunken war, gingen sie zusammen zur Kungsgata hinauf, um ein Timbro-Seminar zum Thema »Schwedische Helden« anzuhören. Normalerweise war keiner von ihnen beiden Stammgast in der Gedankenschmiede der Wirtschaft, aber irgendetwas an dem Thema verlockte sie.

Der Saal war fast voll, mit der üblichen Klientel besetzt: Rentner, junge Neoliberale mit brennendem Interesse und dann diejenigen, die aus beruflichen Gründen hier waren – ein paar Leitartikler, ein paar Freiberufler, deren Auftraggeber Timbro war. Eine interessante Alterspyramide, dachte Johanna und freute sich auf die Ablenkung, die sie erwartete.

Zuerst kam ein Wirtschaftshistoriker aufs Podium, der über Johan August Gripenstedt sprach, den Finanzminister der Jahre 1856–66, der die Zollmauern niedergerissen hatte. Seine zweite große Tat war, den wichtigsten Bahnbetrieben Geld zu leihen. Damit hatte der Staat die Grundsteine gelegt, die man in einem strebsamen, gebildeten, homogenen und gut organisierten Land wie Schweden brauchte: Freihandel und Infrastruktur. Den Rest erledigten die Investoren. Innerhalb von hundert Jahren verwandelte sich eine der ärmsten Nationen der Welt in eine der reichsten.

Held Nummer zwei wurde vom Chefideologen des Veranstalters Timbro vorgestellt. Während Gripenstedt der schwedische Vater des freien Handels war, hatte Karl Staaff die Volksherrschaft eingerichtet. Der Anwalt der Armen und spätere Ministerpräsident Staaff nahm den Streit mit Königshaus und Militär auf. Er wendete, als 1905 die Union mit Norwegen aufgelöst wurde, einen Krieg ab. Er sprang für die Wahlrechtsreform in die Bresche. Im Hallwylska Museum gab es einen von den Aschenbechern mit Staafs Gesicht darauf, in denen die Oberklasse ihre Zigarren ausgedrückt hatte – ein Beispiel für die Schmutzkampagnen, denen er von Seiten der alten Eliten ausgesetzt war, und die ihn am Ende gebrochen hatten.

Es war ironisch, von einem Denker der Wirtschaft eine Huldigung des Karl Staaff zu hören. Staaff hatte für freie Gewerkschaften gekämpft. Es war ein Ausdruck für die besondere Geschichte Schwedens, dass demselben Mann hundert Jahre später von der Rechten gehuldigt wurde. Gesellschaftlicher Friede und Kompromisse.

Staaff stand auch auf der Katastrophenliste von Sven Möller. Hier hörte Johanna nun, dass er 1905 einen Krieg abgewandt hatte. Zehn Jahre später war er tot, nur fünfundfünfzig Jahre alt, nachdem Gustav V. ihn aus der Regierung gezwungen hatte. Warum stand er auf derselben Liste wie Olof Palme? Wollte Sven Möller etwa andeuten, dass Staaff ermordet worden war?

Johanna wurde aus ihren Gedanken gerissen, als ihr Vater zum Abschied ihre Hand zwischen die seinen nahm. Er musste zur Spätschicht ins Krankenhaus zurück und würde die Debatte nicht zu Ende verfolgen können. Aber es waren noch zwei Stunden bis zu seinem Arbeitsbeginn. Johanna kannte das Muster. Irgendjemand hatte etwas gesagt, das Carl Tott nicht gefiel, und sofort zog er sich diskret zurück.

»Verdammte Hacke, wo ist bloß Kalle?«

Berra Berglund näherte sich einem Zustand völliger Auflösung. Jetzt drohte wirklich Unheil, denn in einer Minute war der Anpfiff zum wichtigsten Fußballspiel des Jahres, und der einzige Spieler des *Aftonbladet* mit akzeptablem BMI war verschwunden.

Die Redaktion hatte den ganzen Tag nach Kalle gesucht. Es war üblich, dass er sich mal in den Schatten des Radars verkroch, um ungestört arbeiten zu können, deshalb hatte es keine großen Suchaktionen gegeben. Aber wenn er zum Spiel gegen die Ermittler der Kripo nicht antrat, dann war die Lage ernst.

Jetzt bestand die Gefahr, dass die Zeitung am nächsten Tag

dünn würde. Und noch schlimmer: Sie hatten einen Mann weniger auf dem Spielfeld. Die Bullen würden sie einsacken. Ohne Kalle im Mittelfeld musste die ganze Mannschaftsaufstellung umgeworfen werden. Berra selbst würde seinen Platz in der Abwehr aufgeben müssen, und das, wo er seit 1988 die Mittellinie nicht mehr überquert hatte. Mit dem Angriff wurde Jens Fransson betraut, der trotz seiner Schwimmringe den Ruf hatte, torgefährlich zu sein.

Mit einem Durchschnittsalter, das zehn Jahre über dem der Gegner lag, die obendrein noch während ihrer Arbeitszeit dafür bezahlt wurden, dass sie trainierten, befürchtete Berras Mannschaft ein echtes Schlachtfest. Deshalb begannen sie auch das Spiel mit dem Selbstvertrauen einer Schafherde gegenüber dem Wolf. Die Polizisten kamen Welle um Welle. Der Ball rollte wie am Schnürchen über den Boden, es sah aus wie bei der Champions League auf Gras, dabei war es doch nur Freizeitfußball auf qualmendem Ascheplatz. Wie durch ein Wunder schaffte es der Torhüter Tommy Gustafsson von der Sportredaktion, den Kasten sauber zu halten. Die Bälle gingen an die Latte, von außen ins Netz oder von Tommys Fingerspitzen über die Ecke hinaus. Ein Atompilz aus Staub türmte sich über dem einen Strafraum auf, aber zur Halbzeit gingen die Mannschaften dennoch mit 0:0 in die Pause.

»Wir müssen den Druck erhöhen«, keuchte der Mannschaftskapitän Janne Hed seinen Männern zu. »Im Grunde können wir die Aufstellung auf 1-2-3 ändern. Ihr könnt jetzt auch Sturm spielen.«

Er zeigte auf Kjell Pärzon und Anders Pontén. Jetzt war es nur noch eine Frage der Zeit, wann der Torhüter der Maulwürfe das erste Mal würde hinter sich greifen müssen.

Die zweite Halbzeit begann so, wie die erste geendet hatte, mit massivem Druck auf ein Tor. Es herrschte Krieg. Die Ermittler hatten nicht vor, gegen diese Loser den Sieg in der Saisonpremiere zu verpatzen.

Das *Aftonbladet* witterte ein Wunder und gab alles in einer verbissenen Defensive. Knie und Achillessehnen schmerzten. Raue Arterien wurden bis an ihre Grenzen geweitet. Die Herzen pumpten nur um Haaresbreite vom Infarkt entfernt.

Tommy Gustafsson rollte den Ball jetzt nicht mehr den eigenen Abwehrspielern zu. Bei dem erhöhten Druck der Polizisten dauerte es dann nämlich höchstens drei Sekunden, bis sie ihn abfingen und wieder in einen lebensgefährlichen Angriff verwandelten. Als nur noch zehn Minuten zu spielen waren, trat Tommy Gustafsson zu einem weiteren befreienden Abschlag an. Diesmal traf er so richtig. Das Leder beschrieb eine gerade, hohe Bahn bis in die Mitte der gegnerischen Hälfte.

Fransson hatte sich eine Position vorm Strafraum der Polizisten erkämpft, doch fehlte es ihm an Mitspielern in der Nähe des Balles. Beim *Aftonbladet* hatte man das Mittelfeld abgeschafft. Janne Hed rannte nach vorn, nickte kontrolliert und setzte einen weiteren Angriff in Gang. Gleichzeitig kam der schwere Kjell Pärzon von der Seite rein, um den Ball über die Brust abzunehmen. Beide schauten konsequent in die Luft und stießen zusammen. Erst Schulter an Schulter, dann Kopf an Kopf, denn keiner von beiden war auf den Zusammenstoß gefasst und hatte sich anspannen können.

Peng!

Die beiden blieben in einem Haufen liegen, während der Ball auf dem Boden aufprallte und weitere zehn Meter nach vorn rollte. Er kam direkt auf Jens Fransson zu, der mit dem Rücken zum Tor stand und einen eifrigen Verteidiger an den Hacken hatte.

Fransson nahm den Ball, vollführte eine ballettähnliche Kreisbewegung in die eine Richtung und legte sich, auf der anderen Seite angekommen, den Ball auf den rechten Fuß. Das Manöver schenkte ihm den halben Meter, den er gegen das physische Prachtexemplar auf der Grundlinie brauchte.

Der Volleyschuss ging direkt in die linke obere Ecke des Tors.

Allen Anwesenden, außer den zwei halb bewusstlos auf dem Boden Liegenden, klappte der Unterkiefer herunter.

Die Pfeife des Schiedsrichters ertönte. Tor.

Fransson verzog keine Miene. Leicht hinkend joggte er in seine eigene Spielfeldhälfte zurück. Noch zehn Minuten bis zum Abpfiff. Die Mannschaft sah schon die Schlagzeile auf der internen Mail vor sich: DAS WUNDER VON MÄLARHÖJDEN.

Während der folgenden Minuten wuchs der Druck der Polizisten zu einer Belagerung an. Tommy Gustafsson spielte wie in Trance. Berra Berglund verstauchte sich den Fuß und kriegte einen Schlag auf die Rippen, kämpfte aber trotzdem weiter. Jens Fransson ging bis zum Elfmeterpunkt zurück, trat wild um sich und setzte sein Gewicht ein, um jeden Gegenspieler zu foulen, der in Reichweite kam.

Der Schiedsrichter sprach eine Verwarnung nach der anderen gegen die Spieler des *Aftonbladet* aus. Die erste Rote Karte drohte. Noch vier Minuten zu spielen.

Nach einem steinharten Schuss direkt neben den rechten Pfosten von Gustafsson stand das Spiel still. Der Torhüter griff langsam nach dem Leder. Er bereitete sich auf einen weiteren ballistischen Abschlag vor.

Der Ball beschrieb einen langen Bogen und wurde von Janne Hed angenommen, der sich nach ein paar Minuten Pause von dem Zusammenstoß mit Pärzon erholt hatte. Er bewegte sich wie ein Quarterback im amerikanischen Football seitwärts, den Blick in die Ferne gerichtet, um ganz vorn einen freien Stürmer zu finden. Jetzt mussten sie endlich mal einen im Kasten versenken.

Jens Fransson war zur Stelle und wehrte mit letzter Kraft ab. Hed täuschte einen Pass vor, um die Richtung zu wechseln und ein paar Meter zu gewinnen, doch als er sich eben herumdrehen wollte, stolperte er über den Ball. Fransson kam in voller Fahrt auf ihn zu, der Finte gänzlich auf den Leim gegangen, und konnte nicht mehr anhalten.

Der Reporter fiel direkt auf den Polizeikommissar, dessen eines Bein in einem seltsamen Winkel unter seinen Körper geriet. Alle Umstehenden hörten quälend deutlich das Geräusch, das Knacken und Krachen, wenn ein Knie in die falsche Richtung gebogen wird und Kreuzband und Sehne fatzen.

Janne Hed schrie nicht, wie man hätte vermuten können, sondern wurde nur kreideweiß im Gesicht. Dann verlor er das Bewusstsein.

Der Krankenwagen wurde gerufen, das Spiel offiziell abgebrochen und dem *Aftonbladet* mit 1:0 der Sieg zugesprochen. Ein schwacher Trost Die Stimmung war aufgebracht, es hing eine Schlägerei in der Luft. Mehrere Polizisten waren der Überzeugung, Fransson habe sich absichtlich auf den Gegner geworfen. Als zwei Widersacher fast aufeinander losgingen, fuhr Anders Pontén dazwischen. Er war als Einziger auf dem Spielfeld nicht völlig ausgepumpt und hatte deshalb noch einen Rest Urteilskraft zurückbehalten.

Nachdem der Krankenwagen sich Richtung Söder-Krankenhaus verabschiedet hatte, gingen Berra Berglund und Kjell Pärzon gemeinsam zum Parkplatz.

»Sie kennen doch Kalle Holm, nicht?«, fragte Berra, nachdem Atem und Lungen sich ein wenig beruhigt hatten. Pärzon sah ihn misstrauisch an. Er wusste, dass Berra der Nachrichtenchef war, aber nicht, wie offen Kalle über seine Quellen gesprochen hatte.

»Schon. Wieso?«

»Er hätte heute dabei sein sollen, aber wir haben über einen Tag lang nichts von ihm gehört. Es sieht Kalle nicht ähnlich, ein Spiel zu verpassen oder sich eine neue Nachricht durch die Lappen gehen zu lassen. Ich mache mir Sorgen, dass ihm etwas zugestoßen sein könnte, vor allem, wenn man bedenkt, welchen Fall er bearbeitet.«

»Er scheint aber doch gut auf sich selbst aufpassen zu können.«

»Durchaus, aber er ist wirklich spurlos verschwunden. Sie wissen nicht zufällig, wo er hin ist?«

»Er berichtet ja wohl an Sie und nicht an mich, oder?«, antwortete Kjell mit einem hintergründigen Lächeln.

»Berichten ist das falsche Wort«, sagte Berra. »Kalle macht sein Zeug und kommt rein, wenn es erforderlich ist. In der Zwischenzeit hört man nichts von ihm.«

»Na also. Vielleicht hat er eine große Sache am Laufen.«

»Läuft denn gerade was Großes?«

»Sechs Menschen sind ermordet worden, das ist schon recht groß«, gab Pärzon zurück.

»Ich weiß, aber glaubt ihr, dass noch mehr läuft?«, fragte Berra.

»Ist das hier ein Interview?«

»Nein, ein Nachgeplauder.«

»Sie meinen, nach dem Fußballspiel?«

»Ja.«

»Erinnern Sie mich nicht daran.«

»Okay, dann ist es eben ein Hintergrundgespräch. Ich will vor allem wissen, wo Kalle Holm sich aufhält.«

»Wie gesagt, habe ich kein GPS auf ihn angesetzt. Wir trinken manchmal ein Bier zusammen und haben ein paar berufliche Kontakte gehabt. Das dürfte Ihnen ja kein Geheimnis sein.«

»Wir schützen unsere Quellen. Sie können sich auf mich verlassen«, sagte Berra.

»Als ich das letzte Mal von Kalle hörte, war er auf dem Weg in Richtung Norrtälje. Das war gestern.« Kjell Pärzon machte eine Dose lauwarme Cola auf.

»Da habe ich auch zum letzten Mal mit ihm gesprochen«, sagte Berra. »Hat er Ihnen denn erzählt, was er da vorhatte?«

Kjell Pärzon dachte ein paar Sekunden nach, wischte sich den Schweiß von der Stirn und fasste sich ans Knie, wo ein Strom von Blut durch den Dreck rann. Dann fuhr er mit leiser Stimme fort:

»Kalle ist auf eigene Faust auf der Jagd nach Felix Martini. Er will nicht nur den *Expressen* nass machen, sondern vor allem uns. Unser gestriges Gespräch war ziemlich schräg, denn er deutete an, dass er neue Informationen über das soziale Netzwerk von Felix Martini besäße. Am Ende habe ich versucht, ihn zu verhören. Er hat mir nicht gesagt, wohin er unterwegs war, nur, dass es in der Gegend von Norrtälje ist. Ich bin wie Sie der Meinung, dass sein Verschwinden beunruhigend ist. Die Jagd auf Mörder überlässt man immer noch am besten der Polizei.«

»Ganz Ihrer Meinung«, erwiderte Berra.

»Jetzt habe ich Ihnen geholfen«, sagte Kjell Pärzon, »nun sind Sie dran. Was hat Ihnen Kalle, ehe er verschwand, von Felix Martinis Netzwerk erzählt?«

»Dass er ein komplettes Soziogramm besäße.«

»Und woher bekommt man so etwas? Das müssten Sie als Nachrichtenchef doch wissen.«

Berry schwieg ein paar Sekunden. Er war es nicht gewohnt, außerhalb der Zeitung von jemandem herausgefordert oder gemaßregelt zu werden. Normalerweise unterwarfen sich alle der Macht, die er besaß, nur nach einer Veröffentlichung wurde es manchmal etwas eng, wenn gewisse Menschen auf die unmöglichsten Gedanken kamen.

»Da gibt es viele Möglichkeiten«, sagte er zögernd. »Im Bekanntenkreis herumfragen, Telefonlisten und dergleichen.«

»Handy und Computer, mein Lieber«, sagte Kjell Pärzon. »Wenn man den Begriff *komplettes Soziogramm* verwendet, ist nicht die Rede von etwas Geplauder mit den Nachbarn, sondern von technischen Daten. Ihr Mitarbeiter hat bei seinen privaten Ermittlungen gute Arbeit geleistet, vielleicht etwas zu gut, als für ihn zuträglich ist.«

»Mein Mitarbeiter und Ihr Kumpel«, sagte Berra. »Habt ihr in der Ermittlergruppe nicht dieselben Unterlagen wie er?«

Auf diese Frage antwortete Kjell Pärzon nicht. Er nickte nur und sagte ein kurzes »Tschüss«, eher er davonfuhr.

Saras Fernsehapparat hatte seine besten Tage definitiv hinter sich, aber sie trennte sich aus nostalgischen Gründen nicht von ihm. Er war schwarz-weiß, aus den Sechzigerjahren, war aber mit Hilfe einer Digitalbox aufgewertet worden. Felix machte eine Pause bei seinen Nachforschungen und sah die Nachrichtensendung *24* im Schwedischen Fernsehen. Die neuesten Meldungen zu den Mordermittlungen: Das »Östermalmprofil« stand immer noch im Mittelpunkt der Ermittlungen, was so viel bedeutete, dass man immer noch nach ihm suchte. Der Ministerpräsident beklagte sich über den Unwillen der Opposition, mit der Regierung an einem Strang zu ziehen. Ansonsten nichts Neues.

Felix wechselte zu Axess, wo ein paar Journalisten über einen amerikanischen Forschungsbericht zu Verschwörungstheorien diskutierten. Warum glaubten immer mehr Menschen an solche Konspirationen?

Ein Professor für Psychologie war eingeladen worden, um den Stand der Wissenschaft darzustellen:

»Konspirationen durchsetzen die moderne Kultur. Abendfüllende Filme, Internetseiten, Talkshows – das ist eine Großindustrie. Als man 1968 die Amerikaner über den Mord an John F. Kennedy befragte, glaubten zwei Drittel, dass eine Verschwörung dahinterstecke. Im Jahr 1990 war der Anteil auf neun Zehntel gestiegen. Jeder fünfte Afroamerikaner glaubt, dass HIV vom Staat als eine Waffe geschaffen worden ist, mit der man sie ausrotten will.«

»Warum wächst das Misstrauen in die Gesellschaft immer mehr?«, fragte der Moderator.

»Das Internet bewirkt, dass Theorien schneller als früher entstehen und verbreitet werden«, fuhr der Psychologe fort. »Nach dem Autounfall von Prinzessin Diana 1997 wurde auf den Internetseiten sogleich über andere Ursachen für ihren Tod als die offiziell angegebenen spekuliert. Es ist zwar absurd, aber manchmal haben sich die Verschwörungstheorien auch als richtig erwiesen. So zum Beispiel in der Iran-Contra-Affäre in den Achtzigerjahren. Es klang doch verrückt, die Amerikaner zu beschuldigen, Waffen an den Erzfeind Iran verkauft zu haben, um so Geld an die lateinamerikanische Guerilla zu schleusen, aber es war die Wahrheit.«

»Weshalb haben Verschwörungstheorien eine solche Anziehungskraft?«

Der Experte räusperte sich und wandte sich dann den beiden Journalisten auf dem Podium zu:

»Hier spielen die Massenmedien natürlich eine Schlüsselrolle. Wenn etwas in den Medien als epochemachend und wichtig aufgemacht wird, dann möchte die menschliche Psyche gern, dass die Erklärung dafür auch großartig ist. Es fällt uns schwer zu glauben, dass eine Führungspersönlichkeit durch einen Zufall ermordet wurde, von einem Verrückten, oder dass ein einzelner betrunkener Autofahrer die beliebteste Prinzessin der Welt umbringen kann. Die Wirklichkeit bietet eine allzu zufällige Verbindung zwischen Ursache und Wirkung. Wir aber ziehen es vor, in einer sicheren Welt zu leben, und da können Verschwörungstheorien tröstlich sein.«

»Und was sagt die Forschung?«

»In einer Studie ließ man Versuchspersonen erfundene Zeitungsartikel über den Mordversuch an einem Präsidenten lesen. In dem einen Beispiel starb der Präsident, im anderen überlebte er, ansonsten waren alle Details gleich. Interessanterweise fassen mehr Menschen den Fall mit dem toten Präsidenten als eine Konspiration auf. Das größere Ereignis verlangt die größere Erklärung.«

»Wer ist denn am anfälligsten für die Theorien?«

»Einwanderer glauben insgesamt gesehen mehr an Verschwörungstheorien. Arme Menschen glauben mehr als mittelständische, die ihrerseits wieder mehr glauben als die Reichen. Je weiter man von Macht und Wohlstand entfernt ist, desto dunkler wird das Bild, das man von den Machthabern hat.«

»Und wie ist die Altersstruktur?«

»Da überrascht das Muster eigentlich mehr. Amerikaner über vierzig glauben an die Kennedykonspirationen, während die zwischen zwanzig und fünfunddreißig am meisten an Verschwörungen glauben, was den 11. September betrifft. Nur die Gruppe der Jüngsten, unter neunzehn, scheint immun zu sein. Die Erklärung dafür ist, dass erlebte Traumata, auch wenn man sie nur über die Medien erlebt hat, den Boden für Verschwörungsdenken bereiten. Das Alter, in dem man am meisten für solche gefühlsmäßigen Eindrücke empfänglich ist, liegt zwischen zwanzig und dreißig.«

Jetzt waren die Kommentatoren an der Reihe. Zunächst ein freiberuflicher Reporter, der einige Jahre zuvor einen bedeutenden Journalistenpreis erhalten hatte. Er war bekannt dafür, dass er der offiziellen Erklärung für den Untergang der *Estonia* misstraute.

»Der Ausgangspunkt für die eben gehörte Erklärung ist falsch. Wieso ist es Verschwörungsdenken, der Macht zu misstrauen? Da kann man es ebenso gut verschwörerisch nennen, die Macht zu schützen. Die Frage ist doch nur, welche Loyalitäten man pflegt – nach oben oder nach unten.«

»Das heißt, Sie glauben bei den eben genannten Beispielen an Verschwörungen?«, fragte der Moderator.

»Ich glaube an Untersuchungen«, erwiderte der Journalist. »Was Sie Verschwörungstheorien nennen, nenne ich ein Zeichen für Gesundheit. Es ist doch das Denken außerhalb der ausgetretenen Pfade, das die Gesellschaft weiterbringt.«

Der Moderator wandte sich jetzt wieder an den Professor auf dem Podium:

»Wie schafft man denn die perfekte Verschwörungstheorie?«

Der Experte zwirbelte seinen Schnurrbart und freute sich offensichtlich über die Frage.

»Zuerst nehmen Sie sich einen richtigen Schurken – Regierungen, multinationale Unternehmen, militärische Organisationen. Würzen Sie das mit geheimer Bruderschaft, je finsterer, desto besser. Wählen Sie dann ein dramatisches Ereignis aus, das auf Ihre vorrangige Zielgruppe, die Menschen zwischen zwanzig und dreißig, Eindruck macht. Konstruieren Sie Ihren eigenen Bericht, indem Sie Informationen selektiv auswählen. Nehmen Sie alles raus, was gegen die Theorie spricht. Schaffen Sie Unsicherheit, indem Sie offizielle Beweise in Frage stellen. Machen Sie alle Einwände gegen Ihre Theorie unschädlich, indem Sie behaupten, dass diejenigen, die sie vorbringen, selbst Teil der Verschwörung seien.«

Felix schaltete den Fernseher aus und blieb gedankenversunken sitzen, den Blick nach draußen auf ein paar spielende Eichhörnchen gerichtet. Er wünschte, Sara oder Johanna hätten auch ferngesehen, denn das Programm weckte Fragen, über die er gern gesprochen hätte. Er hatte noch nie an Verschwörungen geglaubt, aber vielleicht war er jetzt das Opfer von einer.

Ein Menschenstrom ging an der Wache vorm Hauptquartier vorbei. Früher Dienstschluss, die Stäbe hatten alle Sommerzeit. Gemäß einer Vereinbarung zwischen Gewerkschaften und Arbeitgeber arbeiteten alle Angestellten im Winterhalbjahr täglich fünf Minuten länger, um dann von Mai bis September schon um Viertel nach vier Schluss machen zu können. Die meisten gingen auf die Minute pünktlich, und die Passierkarten rasselten nur so in den Sperren.

Johanna war die Einzige, die ins Gebäude wollte. Sie trat vor die Scheibe, hinter der der Wachmann saß, und zeigte ihre Polizeimarke.

»Tott, Landeskriminalamt. Ich habe einen Termin beim Must, Nummer 1255.« »Must« war die Abkürzung für »Militära Underrättelse- och Säkerhetstjänst«, den militärischen Geheim- und Sicherheitsdienst, für den Bruno Mild arbeitete.

»Einen Moment bitte, setzen Sie sich.«

Johanna ließ sich auf einem dunkelbraunen Ledersofa nieder und beobachtete den Strom von Angestellten, der an ihr vorbeiging. Ungefähr jeder zweite trug Uniform, ziemlich viel Gold auf den Schultern. Die Armee war schon vor Jahrzehnten einer Abmagerungskur unterzogen worden, doch die zentralen Stäbe schienen immer noch so personenstark wie zuvor zu sein.

Das Hauptquartier beschäftigte immer noch zwölfhundert Angestellte, während das Verteidigungsministerium, das alle Einsätze lenken sollte, nur einhundertzehn Seelen zählte. Die Generäle behielten trotz der Vorstöße der Politiker durch ihre bloße Masse die Macht über die Planung.

Nach ein paar Minuten winkte Bruno Mild auf der anderen Seite der Sperre. Der Wachmann öffnete eine Seitentür und ließ Johanna hinein.

Sie umarmten sich und gingen zusammen über den abgenutzten Teppich durch den langen Flur nach rechts. Aus einem der Büroräume hörte man zwei Männerstimmen, die sich erregt stritten. Sie nahmen den Fahrstuhl in den fünften Stock, es folgte ein weiterer Flur mit dem gleichen verschlissenen Teppich, eine neue Sicherheitssperre, und dann waren sie in Brunos kleinem Dienstzimmer mit Aussicht auf den Sportplatz von Östermalm. Graue Wände mit ein paar großen eingerahmten Zeitungsbildern der Berliner Mauer quer durch die Geschichte, grüne Auslegware, an der einen Wand ein riesiger Safe.

Der Safe stand offen. Jeder einzelne Ordner darin hatte einen Klebestreifen mit »Geheim« oder »Streng geheim« auf dem Rücken. Viele waren mit grünen Stempeln versehen, was bedeutete, dass die Quelle mit besonderer Vorsicht zu behandeln war. Meist war es die FRA, die Abhöranstalt der Armee, die die Informationen gesammelt hatte, es konnte sich aber auch um Agenten im Ausland handeln, die durch das Büro für Sonderbeschaffungen, das KSI, rekrutiert worden waren.

Johanna bekam eine Tasse Automatenkaffee. Sie brachten einander, was das Privatleben anging, auf den neusten Stand, ja, lief alles so ganz gut, und dann kam die Rede auf Bertil Molin.

»Kanntest du ihn?«, fragte Johanna.

»Nein, das kann ich nicht behaupten«, sagte Bruno. »Aber wir hatten einigen Kontakt, als ich in den Achtzigerjahren hierherkam. Er war eine wichtige Person in Sachen U-Boot-Jagd, was damals ein ziemlich großes Ding war.«

»Wenn ich Hårsfjärden 1982 sage, was fällt dir dazu ein?«

»Das war etwas vor meiner Zeit beim Stab, aber ich habe ein ziemlich gutes Bild davon, was da passiert ist«, meinte Bruno. »Möchtest du, dass ich es rekapituliere?«

»Deshalb bin ich hier.«

»Gut, also, die Operation ›Fischzug‹ war die größte U-Boot-Jagd in der Geschichte Schwedens. Man darf nicht vergessen, dass zu dieser Zeit der Kalte Krieg heftig tobte. Ein Jahr zuvor war ein mit Kernwaffen bestücktes sowjetisches U-Boot im Schärengarten von Karlskrona, also direkt vor unserem zweitgrößten Flottenstützpunkt, auf Grund gelaufen. Die Marine war überzeugt davon, dass die Russen regelmäßig die schwedischen Hoheitsgewässer verletzten, und bauten eine Falle.«

»Wie das?«

»Sämtliche Einrichtungen zur U-Boot-Jagd wurden in aller Heimlichkeit an einem Ort gesammelt, nämlich am Muskö-Stützpunkt im südlichen Schärengarten von Stockholm, und zwar vor einem Manöver. Es wurde nichts schriftlich festgehalten, alles nur mündlich verhandelt, und die Politiker scheinen von der ganzen Sache überhaupt nichts gewusst zu haben. Der Zeitpunkt im Herbst wurde ausgewählt, weil es zu der Zeit einige Hinweise auf fremde Unterwassertätigkeit gegeben hatte. Außerdem hatte man in Stockholm amerikanischen Flottenbesuch, einen Kreuzer und eine Fregatte, die als Lockvögel dienten. Es war ganz offenkundig, dass man sich Beute in Form eines sowjetischen U-Bootes erhoffte.«

»Und sie bissen an, oder?«

»Darüber streiten die Gelehrten. Man kann sagen, dass verteufelt viele anbissen, man aber keinen Fisch zu sehen bekam. Aber in diesem Zusammenhang ist ein ausgebliebener Fang gleichbedeutend mit einem Fang.«

»Jetzt bitte mal Klartext, ja?«, sagte Johanna.

»Operation Fischzug wurde zufällig im Vakuum zwischen zwei Regierungen durchgeführt. Die Sozialdemokraten waren nach sechs Jahren in der Opposition wieder an die Macht gekommen, hatten sich dort aber noch nicht einrichten können. Die Marine betrieb in diesem zufälligen Vakuum ihre eigene Sicherheitspolitik. Wenn sie ein fremdes U-Boot aufgebracht hätten, dann hätte es eine riesige Krise gegeben, aber ohne eine funktionierende Regierung, die sie hätte bewältigen können. Nun war es zwar nicht so, aber der Aufstand um die Sache hatte weitreichende politische Konsequenzen. Olof Palme wurde zu einem offiziellen Protest in Moskau genötigt, und uns wurde ein Jahrzehnt der U-Boot-Hysterie beschert.«

»Was glaubst du denn, waren die Russen im Hårsfjärden?«

»Na ja, die Jagd verlief jedenfalls ziemlich dramatisch. Es begann damit, dass ein paar Wehrpflichtige in einem Motorboot zwei Rohre sahen, die sich parallel bewegten, ohne von den Wellen beeinträchtigt zu werden. Plötzlich drehten sich die Rohre und verschwanden unter der Wasseroberfläche. Und dann ging der Zirkus los. Hydrophon-Echolot, Luftblasen, Schaumkronen, Kratzlaute, Lichtphänomene, Luftgeräusche von Tauchern. Bei der Sprengung einer Mine wurde eine chemische Flüssigkeit aufgewirbelt, die für ein Signal von einem U-Boot gehalten wurde. Das nannte man dann ›Ausbruchsversuch‹. Bei anderen Sinkbombeneinsätzen trat Öl an die Wasseroberfläche. Sowohl bei Dalarö als auch im Hafen von Stockholm wurden U-Boote gesichtet.«

»Und das Nachspiel?«

»Man hatte massenhaft Dokumentationen. Grundspuren, optische Beobachtungen, aufgenommene Propellergeräusche, Hydrofonkontakte. Die U-Boot-Schutzkommission stellte 1983 fest, dass es sich um sowjetische Schiffe gehandelt habe, doch spätere Untersuchungen wagten nicht so weit zu gehen. Einige sagen, es habe sich um Schiffe der Nato gehandelt, die meisten allerdings glauben wohl, dass da gar nichts gewesen war, sondern eher so eine Art UFO-Phänomen – man sah und hörte Dinge, weil man Dinge sehen und hören wollte.«

»Du glaubst also selbst nicht, dass etwas dran war?«

»Wechseln wir mal die Perspektive. Es sind ein paar Jahrzehnte vergangen, seit die Sowjetunion verschwunden ist. Wenn die Russen mit einem weiterentwickelten System von Mini-U-Booten, Mutter-U-Booten, Tauchern und so weiter hier gewesen wären, wie viele Menschen müssten dann nicht auf ihrer Seite davon gewusst und damit zu tun gehabt haben?«

»Hunderte?«

»Tausende. Und viele von ihnen müssen ja als Zielscheiben selbst bei den U-Boot-Jagden dabei gewesen sein. Hätte dann nicht mindestens ein Einziger diese phantastische Geschichte an eine West-Zeitung verkauft? Oder an unseren Geheimdienst?«

»Natürlich.«

»Der gesunde Menschenverstand sagt, dass da nichts war, jedenfalls nicht in dem Umfang und so tief im Schärengarten, wie die Marine glaubte. Als das Baltikum frei wurde, konnte man die Stützpunkte besuchen, die angeblich der Ausgangspunkt für die Hoheitsrechtsverletzungen gewesen sein sollen. Ich bin selbst im Herbst 1991 in Paldiski in Estland gewesen. Das war der übelste Slum, den ich je auf der nördlichen Erdhalbkugel gesehen habe. Sollten uns diese Habenichtse jahrelang mit hochentwickelten Mini-U-Booten an der Nase herumgeführt haben? Das ist ebenso glaubhaft, als wenn Albanien alle Nobelpreise auf ein Mal abräumen würde.«

»Haha, unglaublich aber nicht unmöglich«, lachte Johanna.

»Aber doch nur fast«, sagte Bruno und reichte ihr eine Schale mit Schokoladekeksen hinüber, von denen Johanna gern nahm. »Du musst wissen, dass die bürgerliche Regierung zu Beginn der Neunzigerjahre den allerhöchsten Druck auf die Kollegen vom Geheimdienst, auf der anderen Seite dieser Wand hier, ausübte, damit sie Beweise für das Bild von der Wirklichkeit fänden, für das man sich bereits entschieden hatte. Wenn die Beweise für die systematischen Hoheitsverletzungen durch U-Boote ausgeblieben sind, dann liegt das kaum daran, dass Schweden nicht danach gesucht hätte.«

»Ne, bestimmt nicht«, sagte Johanna und stand auf, um die Beine auszustrecken. Sie ging zum Fenster und sah auf den starken Verkehr auf dem Lidingöväg hinunter, all die Sattelschlepper auf dem Weg zum Värta-Hafen und wieder zurück. Die Kaffeetasse immer noch in der Hand, drehte sie sich zu Bruno um:

»Welche Rolle spielte Bertil Molin im Drama vom Hårsfjärden?«

Bruno kratzte sich an der Oberlippe:

»Er war der Einsatzchef, also derjenige, der die operativen Beschlüsse vor Ort traf. Das Manöver war von anderen geplant worden, sie hatten Zeit und Ort ausgewählt, aber er führte den Befehl.«

»Und was machte der Verteidigungsminister? Der Oberbefehlshaber? Der Chef der Marine?«

»Ich glaube, dass die in der Situation alle davongerannt sind. Das Schicksal der Nation ruhte in Molins Händen.«

»Und wie verhielt er sich? Was sagen die Leute hier im Haus?«

»Es wird immer geredet. Es gibt ebenso viel Versionen davon, was Molin gemacht und nicht gemacht hat und was er hätte machen sollen, wie es Personen mit einem Interesse für diese alte Geschichte gibt.«

»Aber was glaubst du selbst?«

»Ich bin befangen. Molin mochte mich nicht.«

»Warum nicht?«

»Ich habe ein Spezialdossier darüber verfasst, dass die U-Boot-Hysterie sich nachteilig für die Armee auswirken würde. Nicht sehr populär.«

»Aber was ist deine Meinung zu seinem Einsatz? Hat er bei dieser U-Boot-Jagd irgendetwas Besonderes gemacht?«

»Es gibt ein Gerücht, das auf etwas Besonderes hinzuweisen scheint. Glaubt man den Leuten in zentraler Position, war es weder der Warschauer Pakt noch die Nato, die hinter der Unterwasseraktivität im Hårsfjärden 1982 stand, sondern die schwedische Marine selbst. Die eine Hand wusste nicht, was die andere tat, abgesehen von einem Mann.«

»Molin?«

»Ja. Vergiss nicht, dass Operation Fischzug als Manöver begann. Was macht man denn bei einer Militärübung? Man hat eine Gruppe, die als Feind agiert, und setzt die Verteidigung in Gang. Molin spielte ganz einfach verschiedene Verbände von unterschiedlichen Waffengattungen gegeneinander aus. Das herbstliche Dunkel und die Hysterie erledigten dann den Rest.«

»In dem Fall war es eine politische Verschwörung«, sagte Johanna und nahm einen dritten Keks.

»Nicht unbedingt. Die Marine glaubte sicherlich an ihre sowjetischen Mini-U-Boote. Man musste der Wirklichkeit nur ein wenig auf die Sprünge helfen, Politikern und Wählern die Realität des Kalten Krieges vor Augen führen.«

»Du verteidigst ihn also?«

»Nein, nicht wenn an dem Gerücht was dran ist. Aber man darf nicht vergessen, dass Schweden zu jener Zeit das Paradies der Verrückten war. Unsere offizielle sicherheitspolitische Linie lautete damals, dass Demokratie und Diktatur gleichwertig seien. Die Sozialdemokraten leugneten die Bedrohung durch die Sowjetunion. Die U-Boote wurden zu einem Symbol, zu einer Art Boten in der schwedischen Diskussion. Sie erfüllten ihre politische Funktion, ganz gleich, ob sie wirklich oder eingebildet waren. Heute wissen wir, dass der Kalte Krieg 1983 kulminierte. Mit etwas Pech hätte das einen dritten Weltkrieg geben können, und da wäre Schweden die Frontlinie gewesen.«

»Igitt. Weißt du noch mehr über Molin, was darauf hinweisen könnte, warum er vielleicht ermordet wurde?«

»Nein, aber du solltest mit seiner Familie reden. Er hat einen Sohn, der ebenfalls Marineoffizier ist. Ich habe ihn auf einer Weihnachtsfeier hier beim Stab getroffen, ein ziemlich komischer Kerl. Ich glaube, er wohnt nicht weit von hier, auf Lidingö.«

»Du kennst doch meine Situation, ich darf nicht mehr mitspielen«, sagte Johanna. »Ich kann nicht einfach anrufen und sagen, ich käme von der Polizei. Die haben sicher schon eigene Verhöre mit den Angehörigen durchgeführt.«

»Versuch es trotzdem. Fahr einfach hin. Deine Kollegen scheinen ja nicht gerade vorwärtszukommen. Du hast nichts zu verlieren.«

Er wusste nicht, wie recht er damit hatte.

Beim NSC, dem Nationalen Sicherheitsrat, in Washington war der Sommer hektisch verlaufen. In dem grauen »Old Executive Building« direkt gegenüber vom Weißen Haus waren die Bürofenster rund um die Uhr erleuchtet.

Eine von vielen Sorgen betraf Pakistan, wo religiöse Fanatiker große Teile der Hauptstadt Islamabad unter ihren Einfluss gebracht hatten. Der NSC hatte, was Pakistan betraf, zwei Hauptaufgaben. Zum einen sollte das Regime langfristig unterstützt werden, zum anderen musste man die Atomsprengköpfe des Landes beobachten. Bei keiner dieser beiden Aufgaben war man erfolgreich. Pakistan ging, was den Krieg gegen den Terrorismus betraf, unmerklich in das Lager der Gegner über. Der Präsident hatte in seiner Not die maximale Sicherung des nuklearen Arsenals des Landes angeordnet. Den Amerikanern versicherte er, dass die Lage unter Kontrolle sei, doch die Hinweise von Abhöranlagen, Satelliten und Aufklärern am Boden sprachen eine andere Sprache.

Jetzt gab es die alarmierende Information, dass mindestens zwei der pakistanischen Atomsprengköpfe, jeder mit 44 Kilotonnen, bewegt wurden.

Es gab fünf anerkannte Atommächte auf der Welt: USA, Russland, Frankreich, Großbritannien und China, das sein Arsenal weiterhin modernisierte. Darüber hinaus gab es die drei inoffiziellen Atommächte Israel, Indien, Pakistan und weitere Aspiranten wie den Iran und Nordkorea.

Der einzige militärische Nutzen, den Atomwaffen nunmehr hatten, war die Abschreckung. Damit die funktionierte, war eine Gegenschlagkapazität erforderlich. Diese Logik entstammte dem Kalten Krieg, der einen stabilen Konflikt zwischen zwei Blöcken darstellte. Sie baute auf große räumliche Abstände, die ausreichend Zeit boten, überlegte Entscheidungen zu treffen, und ein gewisses Maß an Rationalität. In der Welt des 21. Jahrhunderts waren diese Voraussetzungen nicht mehr gegeben. Die strategische Entfernung zwischen Israel und dem Iran oder zwischen Indien und Pakistan war lebensgefährlich klein. In einer zugespitzten Situation würde die Versuchung, zuerst zuzuschlagen, überwältigend sein. Ein einziger falscher Alarm konnte ausreichen, um ein Armageddon auszulösen.

Der Alarm aus Pakistan führte zu erhöhter Bereitschaft auf der ganzen Welt. Der Hafeninspekteur Pierre Leblanc in Casablanca war nur einer von vielen, die im Netz hängen blieben. Die *Ikaros* rutschte bei der Inspektion im Ärmelkanal noch durch die Maschen, aber das Auftauchen des ermordeten Kapitäns in Dunkerque weckte das Interesse für das Containerschiff von Neuem. Auch wenn es nichts Verdächtiges an

Bord gab, konnte es dennoch zuvor etwas gegeben haben. In Washington entschied man, das Schiff noch einmal gründlich inspizieren und den Ersten Steuermann erneut verhören zu lassen – einer von Hunderten vergleichbarer Routineeinsätze in diesen hektischen Tagen.

Beim Nato-Mitglied Dänemark war kein NEST-Team stationiert, die Regierung hatte dies mit Rücksicht auf die USA-feindliche Stimmung in der öffentlichen Meinung nach der Irak-Invasion abgelehnt. Auch wenn die Arbeit geheim geschah, so lief man doch Gefahr, dass Informationen darüber an die Presse durchsickerten. Deshalb wurde der dänische Botschafter im Nato-Hauptquartier in Brüssel mit der Bitte um eine Inspektion, sobald das Schiff den Öresund passierte, persönlich kontaktiert. Generalmajor Mogens Tösterup rief seinerseits über eine sichere Leitung den Verteidigungsstab in Kopenhagen an. Zufälligerweise war der eigentliche Befehlshabende auf Urlaub in Grönland. Sein Vertreter war neu auf dem Posten und wagte nicht, eine Entscheidung dieser Tragweite ohne politische Rückversicherung zu treffen. Also musste erst das Verteidigungsministerium eingeschaltet werden, was einige Stunden der Verwirrung kostete.

Als Mogens Tösterup in Brüssel in die Sachlage eingeweiht wurde, befand sich die *Ikaros* nordöstlich von Skagen. Als der Befehlshabende des Stabs in Kopenhagen vom Ministerium grünes Licht erhalten und eine aus Militär und Küstenwache bestehende Gruppe zusammengekratzt hatte, passierte das Schiff die Öresundbrücke. Eine Weile später war die Gelegenheit verstrichen.

Normalerweise wäre ein Schiff dieser Größenordnung in den Nord-Ostsee-Kanal eingefahren, für den man nur sechs Stunden brauchte, doch aus irgendeinem Grund hatte die *Ikaros* den Umweg um Jylland herum gewählt. Diese ungewöhnliche Route verstärkte das Interesse der Beobachter, doch nun entstand eine Lücke in der Kette der Verantwortlichen. In Brüssel und Washington verfolgte man die Sache, in der Annahme, der Ball läge bei den Dänen, nicht weiter. Das bedeutete unter anderem, dass die *Ikaros* nicht mehr per Satellit geortet wurde. Deshalb bemerkte niemand, dass das Schiff einen direkten östlichen Kurs fortsetzte, in Richtung Ostsee und Kaliningrad, anstatt nach Norden auf sein geplantes Ziel Schweden zuzuhalten.

Felix lag ausgestreckt auf Saras Sofa und las. Er hatte in ihrem Regal ein paar alte Bücher gefunden, Erbstücke von Verwandten, unter anderem *Der praktische Landmann* in der Ausgabe von 1875 und Erik Dahlbergs *Svecia Antiqua et Hodierna* aus dem 17. Jahrhundert, in einer schön eingebundenen Ausgabe von 1965, die den Namen von Saras Großvater in Goldbuchstaben trug.

Die altertümliche Sprache wirkte in der Stimmung, in der er sich befand, entspannend. Felix las im *Praktischen Landmann* über den Monat August:

»An den Hundstagen hüte dich vor Milch und süßer Speise, da soll man sich an bittere Speise halten und auch nicht zu viel dem Weine zusprechen. Im Zeichen der Jungfrau ist es förderlich, ein Kind zu entwöhnen, zu bauen und sich eine Jungfrau zu suchen, jedoch nicht ihr beizuwohnen. Ein Kind, das im Zeichen der Jungfrau geboren ist, wird klein von Wuchs sein, süße Worte geben und ein hübsches Antlitz haben. Es scheint fromm zu sein, ist aber doch des Hasses voll, und so hat es auch unstete Sinne, seine Augen irren von hier nach dort. Und alle, die nicht in diesem Zeichen geboren sind, die hat es lieb, es wird der verdrießlichste unter seinen Brüdern, überlebt auch Vater und Mutter, verspricht viel und hält doch wenig.«

Felix legte das Buch weg, ging zum Erdkeller hinaus und klopfte dort leicht an die Tür.

»Ja, was gibt's? Lasst ihr mich jetzt raus, oder was?«, fragte Kalle Holm hoffnungsvoll. Die Stimme war dünn und flehend, wie bei einem Kind, das sich eben von einem Wutanfall beruhigt hatte und nun die Übermacht mit verletztem Ton zu beschwichtigen suchte.

»Noch nicht wirklich«, sagte Felix. »Ich wollte nur etwas fragen. Was ist Ihr Geburtsdatum?«

»Der 9. August. Wieso?«, fragte Kalle Holm.

»Nur so. Wollte nur was nachschauen. Brauchen Sie noch mehr? Mehr Kissen oder Decken? Mehr Essen oder Trinken?«

»Nein, aber ich will raus«, sagte Kalle.

Felix ging wieder ins Haus. Er zeigte Sara den *Landmann*, wies sie lächelnd auf den Tipp mit den bitteren Speisen hin und warnte vor zu viel Wein. Dann begab er sich an Dahlbergs dicken Wälzer.

Sara saß weiterhin über die Chronik der Mueller gebeugt, als ihr Handy piepte.

»Ja, hallo, wer ist da?«

»Hier ist Johanna. Ich war bei der Handelshochschule und im Hauptquartier, gute Gespräche. Bin jetzt auf dem Weg zu Bertil Molins Sohn nach Lidingö, mal sehen, ob er auch mit mir sprechen wird.«

»Was gefunden?«, fragte Sara.

»Vielleicht. Wollte euch nur ein paar Tipps geben, Sachen, die in dem Gespräch mit der Ökonomin Petra Sundberg zu Tage traten, und die euch in euren Überlegungen vielleicht weiterbringen können. Hast du Papier und Stift?«

»Ja.«

»Dann schreib die folgenden Worte auf: ›Riddarholmen‹, ›die Gesellschaft‹ und ›der Kommandant‹. Das sind Dinge, die Olle Sterner einmal im Schlaf gesagt hat. Er hatte offensichtlich vor irgendetwas Angst.«

»Die Gesellschaft?«, fragte Sara gedehnt. »Wie Sven Möller es auch zu dir gesagt hat. Was kann das bedeuten?«

»Keine Ahnung«, meinte Johanna. »Sucht weiter. Gibt es noch etwas anderes, das auf Riddarholmen hinweist, und wenn ja, worauf genau? Seht doch bitte mal in Muellers Büchern nach.«

»Ich mache weiter. Danke, Johanna. Und sei vorsichtig auf Lidingö, wir sehen uns später.«

»Alles klar, bis dann!«

Felix hatte das meiste vom Gespräch mit aufgeschnappt, und Sara erklärte ihm den Rest. Dann stürzten sie sich mit neuem Elan auf die Bücher.

Schon auf Seite 48 in der *Svecia Antiqua et Hodierna* wurden sie fündig. Ein alter Kupferstich von der Riddarholmskirche trug die Inschrift: »Templum St. Francisci wlgo Ridderholms«. Der nebenstehende Text lautete:

»Riddarholmen trägt seinen heutigen Namen, weil in der Kirche die königlichen Grabstätten und Krypten liegen, weshalb auch Adel und Ritterschaft ihre Grabstätten und letzten Ruhestätten hierher verlegten, zumal auch das Ritterhaus in der Nähe gelegen ist. Abgesehen von der herrlichen Kirche und den vielen schönen Grabkapellen, ist diese Insel sehr prächtig und wunderschön bebaut.«

Auf der gegenüberliegenden Buchseite war ein Kupferstich vom Innern der Kirche. Da war unter den hohen, schönen Fenstern das Grab von Magnus Ladulås zu sehen. Felix las weiter und wandte sich Sara zu:

»Es scheint, als seien die schwedischen Könige in der Riddarholmskirche begraben. Kannst du mal im Internet nachschauen, ob du mehr darüber findest?«, rief Felix zu Sara, die am Computer saß.

Das Heiligtum hatte zunächst »Graubrüderkirche« geheißen und war im 13. Jahrhundert im Anschluss an ein Kloster errichtet worden. Es war folglich ebenso lange katholisch wie protestantisch gewesen. Inzwischen diente es ausschließlich als Museum.

»Welche Könige liegen dort genau?«, fragte Felix.

»Karl XI. Ferner alle anderen Regenten von Gustaf II. Adolf an, mit Ausnahme von Königin Kristina.«

»Sieh mal einer an«, sagte Felix. »Und sonst?«

»Pass auf! Im Jahre 1835 brannte es in der Kirche, der Turm stürzte ein und musste durch einen neuen ersetzt werden. Stand das nicht auch auf der Liste von Sven Möller? Die Riddarholmskirche 1835?«

»War das denn wirklich gleich eine nationale Katastrophe?«, fragte Felix.

»Manche scheinen dieser Ansicht zu sein«, sagte Sara.

Sie las weiter in der Chronik der Mueller, und nach einer Weile machte sie eine weitere Entdeckung. Der Ahnherr John Mueller zu Lilliencreutz lag auch in der Riddarholmskirche begraben.

»Da haben wir es«, sagte Felix. »Die Grabstätten der Ritterschaft, wie Dahlberg es schreibt. Das kann der Hintergrund von Ehrenstrahls Schriftzügen sein. Indem er die Wahlsprüche der Mueller und Karls XI. miteinander verknüpfte, wies der Maler auf die Riddarholmskirche hin. Das ist ihr physischer Berührungspunkt, vielleicht sind ihre Wahlsprüche dort verewigt. Aber was bedeutet das alles?«

»Wir müssen in diese Kirche«, sagte Sara. »Was meinst du, ob es zu spät ist?«

»Sieh im Internet nach«, sagte Felix.

Die Riddarholmskirche war für die Allgemeinheit jeden Tag von 10 bis 17 Uhr geöffnet. Für heute war es schon zu spät, doch verschlossene Türen hatten sie bisher noch nie aufhalten können. Felix beschloss, hinzufahren und es zu versuchen.

Auf der Orthopädieabteilung des Söder-Krankenhauses war es ein normaler Freitag. Abgesehen von gebuchten Patienten kamen ein einfacher Handgelenkbruch rein und ein akuter Hexenschuss, bei dem man nichts anderes machen konnte, als an einen privaten Chiropraktiker zu verweisen.

Janne Hed war das medizinische Ereignis des Tages. Alle AIPler und Assistenzärzte scharten sich um die Bahre, auf der er sich vor Schmerzen wand. Die reichste Ernte durch Sandplatzfußball pflegte sonst immer montags zu erfolgen. Da fanden die meisten Spiele statt, und es war auch der Tag der Woche, an dem die überalterten Athleten nach dem Wochenende in der schlechtesten Verfassung waren.

Die Verletzungen von Janne Hed waren kompliziert, aber typisch. Abgerissene Sehne und gerissenes Kreuzband, ein kaputter Meniskus, Fußgelenkfrakturen und Verletzungen der Patella, also der Kniescheibe.

Innerhalb einer Stunde lag der Kriminalinspektor betäubt auf dem Operationstisch. Dann würde er die Nacht im Aufwachraum verbringen dürfen, um am folgenden Tag mit einem Gips versehen nach Hause geschickt zu werden.

Zufälligerweise kam ausgerechnet zu diesem Zeitpunkt Bewegung in die Mordermittlungen. Nachdem Kjell Pärzon geduscht hatte und wieder im Büro eintraf, fand er auf seinem Schreibtisch einen versiegelten Umschlag vor. Er kam per Bote von der Säpo und enthielt das Soziogramm von Felix Martini.

Zwei rasche Telefongespräche von Pärzons Handy aus hatten eine Stunde zuvor ausgereicht, um die Information loszueisen, zu der das *Aftonbladet* offensichtlich bereits Zugang hatte. Die schwedischen Abhöreinrichtungen hatten etwas getan, was sie nicht durften, nämlich eigene Mitbürger ausspioniert. Da die Information jedoch zunächst an ausländische Partner gegangen war, welche sie ihrerseits aufgrund von Tipps von schwedischen Medien an die schwedische Polizei übermittelt hatten, lag technisch gesehen kein Gesetzesverstoß vor. Das FRA durfte amerikanischen Agenten helfen, nicht jedoch der schwedischen Polizei.

Kjell Pärzon überflog die Papiere. Da gab es vieles, was man weiterverfolgen konnte. Von dem Erfolg beflügelt, stürzte er sich auf das andere Projekt, das er für diesen hektischen Tag eingeplant hatte. Er rief den Chef der Straßenverkehrsbehörde Stockholms an. Eine leicht verärgerte Stimme war zu hören:

»Boman.«

»Pärzon, Landeskripo Stockholm. Wir haben heute Vormittag schon einmal telefoniert, über Ihre Kameras am Danvikstull.«

Der Direktor seufzte, er wurde beim Abendessen mit der Familie gestört.

»Ja, Sie wollten die Bilder von gestern haben, nicht wahr? Wie ich heute Früh schon gesagt habe, habe ich das an die Leitung der Mautstationen delegiert. Ich habe empfohlen, Ihnen zu helfen, für den Fall, dass auf den Bildern von der angegebenen Uhrzeit Personen zu erkennen sind. Das ist immer vom Licht und dergleichen abhängig. Normalerweise machen wir sowas nicht …«

»Wir haben aber nicht normalerweise«, sagte Pärzon. »Was meinen Sie mit ›empfohlen‹? Sind Sie nicht sein Chef?«

»Es ist eine Sie.«

»Was meinen Sie mit empfohlen?«

»Ich habe sie gebeten, Ihnen zu helfen, wenn es möglich ist.«

»Ja, mein Gott, Mann. Wir brauchen die Bilder jetzt! Da draußen läuft ein Mörder herum. Wie kann ich die Leiterin der Mautstationen erreichen?«

»Ich kann Ihnen ihre Handynummer geben. Aber sie hat für heute sicher schon Schluss gemacht, sie verbringt nämlich das Wochenende immer auf Norröra im Schärengarten.«

»Dann geben Sie mir die Nummer. Hier muss ein Missverständnis vorliegen, denn ich habe natürlich gedacht, dass Sie sich um die Sache kümmern, nachdem wir heute Morgen darüber gesprochen haben.«

Nun hatte der Chef der Straßenverkehrsbehörde die Fassung wiedererlangt und ging zur Verteidigung über:

»Jetzt hören Sie bitte auf, mich zu maßregeln. Ich weiß, worum es geht. Zuerst brauchen wir einmal eine formelle Anfrage, und dann muss es um ein Verbrechen gehen, das eine Gefängnisstrafe nach sich ziehen kann, sonst können wir die Bilder von den Mautstationen überhaupt nicht rausgeben. Und zum Dritten fotografieren wir sowieso nur die Nummernschilder, und Sie haben ja Beweise dafür gebraucht, wer im Auto saß.«

Kjell Pärzon spürte, wie das Adrenalin vom Fußballspiel wieder hochkochte.

»Kidnapping, Folter und Mord. Was meinen Sie, könnte das unter Umständen auch in Ihrem Universum für eine Gefängnisstrafe ausreichen? Wenn ich den Telefonhörer in die Hand nehme und Sie persönlich anrufe, dann ist das eine formelle Anfrage, verdammt noch mal. Was wollen Sie denn sonst noch? Einen Brief mit Glas und Rahmen? Und dass ihr nur die Nummernschilder fotografiert, das ist dummes Geschwätz, dass wissen Sie so gut wie ich. Das sagt ihr lediglich der Presse, wenn da von wegen persönlicher Integrität gejammert wird. Bevor IBM die Bilder nicht für euch abmaskiert, kann man sehr gut sehen, wer am Steuer sitzt.«

»Aber Sie wissen ja gar nicht, nach welchem Auto Sie suchen«, versuchte es der Direktor.

»Das lassen Sie mal meine Sorge sein«, sagte Pärzon. »Wir wissen, dass ein dem Tode geweihter Mann gestern über den Danvikstull gefahren ist, wahrscheinlich in Gesellschaft seines Mörders. Es besteht die Chance, dass sie von euren Kameras festgehalten wurden.«

Im Hintergrund hörte man ein Kind nach Ola Boman rufen, dass er zum Tisch zurückkommen solle.

»Gleich, es ist jemand von der Arbeit«, flüsterte er.

Kjell nutzte die Gelegenheit, den Druck zu erhöhen, um weiterzukommen.

»Wenn Sie die Sache nicht weiter betrieben haben, dann macht es auch keinen Sinn, dass ich irgendeine Tante auf Norröra jage. Kann ich mit IBM direkt Kontakt aufnehmen und da von Ihnen schön grüßen?«

Boman zögerte eine Sekunde. Das Kind im Hintergrund rief erneut, diesmal etwas lauter und von zustimmendem Gemurmel einer erwachsenen Frau unterstützt.

»Okay, hier ist die Nummer vom Diensthabenden für die Kameras bei IBM. Wenn Sie da anrufen, können Sie heute Abend rein und sich so viel Bilder anschauen, wie Sie wollen, wenn Sie nichts Besseres zu tun haben.«

Kjell Pärzon ballte kurz die Faust, ehe er den Stift nahm und mitschrieb.

Eine halbe Stunde später saß Kjell im Stockholmer Büro von IBM und schaute sich auf einem Monitor verschwommene Bilder an. Neben sich hatte er einen Stapel Papierabzüge von dem ermordeten Bertil Molin.

Er begann damit, die zwei Stunden nach dem Verschwinden des pensionierten Offiziers durchzusehen, zuzüglich der Zeit, die man brauchte, um zum Danvikstull zu fahren. Während der betreffenden Zeit hatten zwölfhundert Wagen die Mautstation passiert.

Es würde eine Weile dauern, das Material durchzugehen, aber dies war genau die Sorte Arbeit, die Kjell Pärzon liebte. Eine perfekte Art, einen Freitagabend zu verbringen. Auf vielen Bildern konnte man klar und deutlich die Gesichter der vorn sitzenden Personen erkennen.

Bertil Molins Sohn Gustaf wohnte nicht so nah am Hauptquartier, wie Bruno Mild gesagt hatte. Das Haus lag abgelegen in Brevik auf der anderen Seite von Lidingö. Es handelte sich um eine große Villa mit einem parkähnlichen Ufergrundstück, einem echtem Kai mit Sauna und einem Segelboot unten am Wasser. Eine Anlage dieses Stils und in der Lage kostete mindestens fünfundzwanzig Millionen Kronen, das wusste Johanna als eifrige Leserin exklusiver Immobilienanzeigen.

Wie konnte ein gewöhnlicher Marineoffizier sich das leisten?

Wahrscheinlich geerbtes Geld. In diesem Teil Stockholms und beim Militär lag ziemlich viel davon herum.

Ein paar Rehe beäugten Johanna von der anderen Straßenseite, als sie aus dem Wagen stieg. Hier, nur eine Viertelstunde Autofahrt vom Stureplan entfernt, herrschte ländliche Ruhe. Kein störender Lärm, nur eine sanfte Brise in den Bäumen und irgendein Wachhund, der weit entfernt bellte. Am Wegesrand lagen Haufen von dampfenden Pferdeäpfeln. Da war gerade jemand auf seinem Abendritt vorbeigekommen.

Johanna lehnte sich an den Saab und sah zum Haus. Es sah verlassen aus, mit heruntergezogenen Jalousien – bis auf ein Detail. Obwohl es noch nicht dunkel war, fiel Licht aus einem geöffneten Fenster. Wenn die Lampe dazu dienen sollte, Einbrecher abzuschrecken, dann hätte man das Fenster doch schließen müssen.

Als Johanna näher kam, konnte sie leise Musik hören. Sie spitzte die Ohren und erkannte sogleich Wagner. Vor ihrem inneren Auge tauchte ihr Vater auf.

Die Türklingel klang wie ein Glockenspiel. Eine Frau öffnete. Sie schien ängstlich zu sein. Die Sicherheitskette lag vor, Johanna konnte nur das halbe Gesicht sehen.

»Ja, wer ist da?«

»Guten Tag, ich heiße Johanna Tott und bin mit der Ermittlung der Morde, unter anderem dem an Bertil Molin, betraut. Sind Sie seine Schwiegertochter?«

»Die Polizei war schon hier.«

»Ich weiß«, sagte Johanna. »Es tut mir leid, Sie noch einmal stören zu müssen, und mein herzliches Beileid, aber wir müssen an mehreren Strängen arbeiten. Wie Sie wissen, sind noch weitere Morde begangen worden, und wir haben den Verdacht, dass derselbe Täter dahinterstecken könnte.«

Johanna scherte sich nicht darum, dass ihre Halbwahrheiten früher oder später ans Licht kommen würden. Sie musste alles auf eine Karte setzen. Mit sanftester Stimme fuhr sie fort:

»Ich würde wirklich gern mit Gustaf Molin sprechen, wenn er zu Hause ist.«

»Das ist er nicht.«

»In der Garage stehen zwei Autos. Es sind also Sie, die Wagner hört?«

»Sie hören doch, was ich sage. Er ist nicht zu Hause«, sagte die Frau hinter der Sicherheitskette mit lauter, ängstlicher Stimme.

»Darf ich hereinkommen und in der Zwischenzeit mit Ihnen sprechen, bis er wieder da ist?«, versuchte Johanna.

»Nein, ich will nicht«, sagte die Frau.

»Was wollen Sie nicht?«

»Sie reinlassen. Mit Ihnen reden.«

»Warum nicht? Haben Sie Angst?«

»Angst? Nein. Gehen Sie jetzt bitte.«

Die Frau machte die Tür zu, noch ehe Johanna auf Wiedersehen sagen konnte. Sie ging zum Auto zurück und fuhr davon. Doch nach ein paar Kurven parkte sie das Auto und ging durch den Wald zum Haus zurück.

Irgendetwas an dem Auftreten der Frau hatte nicht gestimmt. Natürlich konnte sie wegen des Mordes an ihrem Schwiegervater unter Schock stehen, doch normalerweise hatte das zur Folge, dass man sich erst recht an die Polizei hängte oder fordernd wurde. Nervosität wies auf etwas anderes hin.

Diesmal näherte sich Johanna dem Haus von der Seite. Die Opernmusik war jetzt lauter zu hören, es war die »Götterdämmerung«. Sie hockte sich gemütlich hinter die hohe Hecke, von wo aus man versteckt auf das Grundstück und das Haus sehen konnte, was ansonsten nicht einsehbar war. Die Luft war schwer von frisch gemähtem Gras und Geißblatt. Auf beiden Seiten des Parks und auf der anderen Straßenseite befanden sich öffentliche Grundstücke. Nach Norden, wo weiter entfernt andere Häuser standen, erhob sich eine hohe Ziegelsteinmauer. Nach Süden diese Hecke. Gustaf Molin schirmte sein Privatleben gut ab.

Ein Fitis mit ein paar Mücken im Schnabel sah sie erstaunt an.

»Stell dir vor, bald wirst du nach Afrika fliegen«, flüsterte Johanna. »Gute Reise. Hast du Sambia oder Schweden als Postadresse?«

Sie beobachtete die Verrichtungen des kleinen Vogels. Offensichtlich hatte er sein Nest auf dem Boden unter der Hecke, und es gefiel ihm gar nicht, diesen Menschenkoloss neben sich zu haben. Johanna schob sich ein wenig zur Seite, um nicht zu stören. Der Fitis hatte ein paar Gelege mit Jungen aufgezogen, die er an die fünfhundert Mal täglich fütterte. Einem solchen Geschöpf musste man einfach Respekt zollen.

Als Johanna den Blick wieder hob und auf das Haus richtete, war ein Mann auf den Rasen getreten.

Gustaf Molin? Es hatte ganz den Anschein, denn er bewegte sich routiniert auf dem Grundstück und trug nur einen Trainingsanzug.

Der Mann hatte einen Spaten in der Hand und begann zu graben. Der Abstand betrug ungefähr dreißig Meter, so dass Johanna nicht genau sehen konnte, was genau er tat.

Das Graben dauerte ungefähr zehn Minuten. Inzwischen stand der Mann in einer Grube, die er offensichtlich schon früher auszuheben begonnen hatte, denn er war nur noch halb zu sehen. Dann sprang er wieder heraus und fing an, von einem hohen Haufen, der sich neben der Grube auftürmte, etwas in das Loch zu schütten. Es sah aus wie verbranntes Holz, die

Reste eines Johannifeuers. Knapp zwei Monate nach Walpurgis?

Das ist die letzte Gelegenheit, dachte Johanna. Sie suchte sich am Uferrand ein Loch in der Hecke und begab sich auf das Grundstück. Beide Hände als entwaffnende Begrüßung in die Luft erhoben, näherte sie sich dem Mann, während sie gleichzeitig rief: »Gustaf Molin? Entschuldigen Sie die Störung. Johanna Tott von der Polizei. Haben Sie einen Moment Zeit?«

Der Mann zuckte zusammen und packte den Spaten mit beiden Händen etwas fester.

»Was haben Sie auf meinem Grundstück zu suchen?«

»Ich möchte nur kurz mit Ihnen über Ihren Vater reden. Wir sind auf der Suche nach seinem Mörder.«

»Haben Sie vorhin geklingelt und mit meiner Frau gesprochen?«

»Ja, sie sagte, Sie seien nicht zu Hause.«

»Sie hätten besser auf sie gehört.«

»Aber Sie sind doch zu Hause.«

»Nicht für Sie. Die Polizei war bereits hier. Die Zeitungen rufen ununterbrochen an. Das ist schwer genug, ich muss nicht auch noch belästigt werden.«

Johanna war bei ihm angekommen. Gustaf Molin war blass.

»Haben Sie ein Feuer gemacht?«, fragte sie.

»Ja. Und jetzt möchte ich, dass Sie gehen«, sagte er.

»Ich verstehe ja, dass das unangenehm ist, aber für uns ist es enorm wichtig, mehr über Ihren Vater zu erfahren. Wir sind einer sehr seltsamen Sache auf der Spur.«

»Es ist sehr seltsam, ermordet zu werden.«

»Das stimmt«, sagte Johanna sanft und fuhr fort:

»Wissen Sie, ob Ihr Vater Mitglied in irgendwelchen organisierten Vereinigungen war?«

Die Reaktion war deutlich, auch wenn Gustaf Molin sie gut verbarg. Einen kurzen Augenblick lang verfestigte sich der Griff um den Spaten, als er zusammenzuckte und aufsah. Doch die Antwort fiel genauso kurzangebunden aus wie zuvor:

»Nein.«

»Und in welchen Vereinigungen war er?«, fragte Johanna.

»Beschäftigen Sie sich mit solchen Sachen? Geheimen Gesellschaften? Da wundert es mich nicht, dass Sie keine Verbrecher fangen«, sagte Gustaf Molin. »Wie können Sie sich erlauben, sich hier durch die Hintertür anzuschleichen, wo doch die Polizei uns bereits verhört hat? Und sind Sie nicht überhaupt von den Ermittlungen ausgeschlossen?«

»Es stimmt, dass ich auch an einer Reihe anderer Sachen arbeite«, sagte Johanna, »aber ich bin auch mit den Mordfällen beschäftigt.«

»Beschäftigt? Sie meinen wohl als Privatermittlerin. Wissen Ihre Chefs davon?«

»Bitte, Herr Molin, ich habe dieselben Absichten wie Sie. Wir müssen den Mörder Ihres Vaters finden, ehe er noch mehr Menschen ermorden kann. Wollen Sie mir denn nicht dabei helfen?«

»Nein, habe ich gesagt. Ich kann nicht mehr. Jetzt gehen Sie und verschwinden Sie auf demselben Weg, auf dem Sie gekommen sind.«

Johanna erhob beide Hände. Die Schlacht war verloren.

»Okay, entschuldigen Sie bitte die Störung. Ich gehe durch die Hecke hinaus.«

Sie machte kehrt, um zurückzugehen. Nach ein paar Schritten hörte sie ein leises Geräusch hinter sich, wie von einem brechenden Ast. Sie drehte den Kopf ein klein wenig herum und sah im Augenwinkel, wie Gustaf Molin den Spaten erhob. Mit einer schnellen Bewegung warf sie sich schräg nach vorn.

Der Spaten donnerte mit voller Wucht auf den Boden. Wenn sie dort noch gestanden hätte, wäre er ihr auf den Kopf geschlagen. Er stöhnte und hob das Gerät erneut, während sie nach ihrer Dienstwaffe suchte. Keine Zeit, um sie schießbereit zu kriegen. Stattdessen spannte sie sich in Erwartung des nächsten Schlages an, um schnell auf die Füße zu kommen.

Der Zorn blitzte aus Gustaf Molins Augen. Er schwang den Spaten erneut. Johanna rollte nach rechts, wurde aber von der Schaufel an der Seite ihres Knies getroffen. Als sie zum Stehen kam, konnte sie kaum auftreten, verspürte aber keinen Schmerz, weil das Adrenalin in ihrem Körper überschäumte. Jetzt hatte sie die Pistole in der Hand:

»Halt, oder ich schieße!«

Gustaf Molin hörte nicht zu. Stattdessen schwang er den Spaten jetzt horizontal. Er traf Johannas Unterarme, so dass die Pistole zur Seite davonflog, ehe sie auf den Abzug drücken konnte.

Jetzt waren ihre Hände auch halb gelähmt, und Johanna wartete nur auf den nächsten Schlag. Doch Molin warf den Spaten mit einem Schnauben von sich und rannte zum Haus zurück.

Johanna sank vor Schmerzen auf dem Rasen in sich zusammen. Keine Chance, den fliehenden Mann zu verfolgen.

So blieb sie sitzen. Keine Tränen. Nur ein leeres Keuchen, während Herzschlag und Stresspegel sanken. Einen Moment lang war sie versucht, sich der Länge nach auf das weiche Gras zu legen und einfach einzuschlafen, doch ihr war klar, dass sie sich noch nicht außer Gefahr befand. Molin konnte mit einer Schusswaffe zurückkommen.

Hinterher würde sie sich vor allem an das Zwitschern ihres Freundes, des Fitis, erinnern. Es war das Letzte, was ihre vier Sinne registrierten, ehe die Druckwelle sie vom Boden hob.

Denn plötzlich wurde sie, als die Villa vor ihr explodierte, mehrere Meter zurückgeschleudert. Der Druck kam zuerst, das Knallen danach.

Voller Panik und mit dröhnenden Ohren kroch Johanna weiter vom Haus weg, während Glassplitter und Ziegelsteine um sie herum hagelten.

Das halbe Haus von Gustaf Molin war weg. In dem Loch tobte ein gewaltiges Feuer, das dreißig Meter hoch in den Himmel stieg und ein Rauchsignal aussandte, das bald über ganz

Lidingö zu sehen war. Die Reste des Hauses standen in Flammen. Wenn jemand da drin die Explosion überlebt hatte, dann war er jetzt nicht mehr zu retten.

Als der Schock sich gelegt hatte, begriff Johanna, dass sie wegmusste. Das hier war jetzt ein Fall für die Feuerwehr, nicht mehr für sie, und sie konnte es sich nicht leisten, in den abgebrannten Überresten eines Hauses mit Verbindung zu dem Mord angetroffen zu werden.

Hatte Gustaf Molin sich selbst und seine Frau absichtlich in die Luft gejagt? War es ein Unglücksfall? Selbstmord aus Verwirrung über den Tod des Vaters? Johannas Schuld?

Sie erhob sich mit wackligen Beinen. Die Schmerzen im rechten Knie waren stark, aber es schien nichts ernsthaft kaputt gegangen zu sein. Sie hinkte zum Auto. Die Hitze vom Feuer war so stark, dass sie einen langen Umweg um das Haus nehmen musste.

Auf der Straße angekommen sank sie wieder zusammen. Ihr Unterarm, wo der Spaten sie getroffen hatte, blutete. Sie blieb einen Augenblick keuchend sitzen und weinte vor Schmerzen, während sie versuchte, ihre Gedanken zu sammeln.

Die Pistole. Sie hatte ihre Sig Sauer auf dem Rasen vergessen. Die konnte da nicht liegen bleiben, über die Seriennummer war sie leicht zu identifizieren. Also humpelte sie denselben Weg zurück und holte sie.

Schon bald würden die Einsatzwagen da sein, die Nachbarn mussten den Knall gehört und den Rauch gesehen haben. Bald würden sich neugierige Menschen einstellen.

Der Lärm vom Brand war ebenso überwältigend wie die Hitze. Deshalb hörte Johanna die Schritte nicht, die sich von hinten näherten. Erst als sie ganz nah waren, spürte sie die Vibration auf dem Boden und drehte sich ruckartig um.

Dort stand mit gezogener Waffe im Schein des Feuers ihr Kollege Kjell Pärzon.

Um 20 Uhr begann die Sondersendung von *Aktuell*. Jens Fransson war eingeladen worden, um den Ministerpräsidenten vor dem Hintergrund der Mordserie zu interviewen.

Stefan Roséns Pressesprecher hatte ursprünglich eine Rede an die Nation empfohlen, doch der Regierungschef selbst fand, das könnte von den Wählern falsch gedeutet werden. Das hier war eine Lage, um vorzutreten, aber doch nicht, um Churchill zu spielen. Sowohl Roséns Stab als auch das Schwedische Fernsehen waren dann am Ende sehr zufrieden mit dieser Lösung. Jens Fransson ließ sich wie immer nicht lange bitten, sondern war bereit, obwohl er erst drei Stunden vorher davon erfahren hatte.

Die Zeit für die Befragung war auf eine halbe Stunde festgelegt. Es war vereinbart, dass der Ministerpräsident ein Schlusswort von drei Minuten erhalten sollte, in dem er sich direkt an die Zuschauer wenden und in die Kamera sehen konnte. Die übrigen fünfundzwanzig Minuten effektiver Zeit gehörten Fransson.

Und er ging gleich zur Sache:

»Im Wahlkampf haben Sie ein sichereres, freundlicheres Schweden versprochen. Jetzt erleben wir eine beispiellose Welle der Gewalt. Welche Verantwortung hat die Regierung dafür?«

Rosén war versucht zu sagen, dass er es ja schließlich nicht war, der herumlief und Leute ermordete. Doch wie immer unterdrückte er diesen menschlichen Impuls zugunsten der politischen Erscheinung:

»Jens, Sie wissen sehr gut, dass eine Regierung eine einzelne Wahnsinnstat nicht verhindern kann. Es ist eine Tatsache, dass Schweden sicherer geworden ist, seit wir angetreten sind. Wir stellen zweitausend weitere Polizisten ein, wir verstärken die Gerichte, verschärfen die Strafgesetzgebung und statten die, die das Verbrechen bekämpfen, mit weitreichenderen Befugnissen aus.«

»Und trotzdem passiert so etwas. Sechs makabre Morde an

herausragenden Persönlichkeiten der schwedischen Gesellschaft«, erwiderte Fransson.

»Und trotzdem passiert es«, echote der Ministerpräsident. »Und das zeigt, dass unsere Politik die richtige ist. Der Rechtsstaat muss für solche Herausforderungen gerüstet sein. Ganz gleich, ob es sich um Terrorismus oder um grobe Kriminalität handelt, können wir nicht einfach nur die Hände in den Schoß legen, sondern müssen zurückschlagen, und zwar hart.«

»Ist das hier Terrorismus?«, fragte der Interviewer.

»Es ist Terror, ja.«

»Was ist der Unterschied zwischen Terror und Terrorismus?«

»Das zu beurteilen überlasse ich Ihnen. Die Politik hat das Ziel, die Mörder zu finden. Die Regierung hat das Ziel, der Polizei die Möglichkeiten zu geben, die sie benötigt.«

»Sind Sie bisher mit dem Einsatz der Polizei zufrieden?«

»Man kann nicht zufrieden sein, ehe der oder die Mörder hinter Schloss und Riegel sind. Aber die Polizei macht gute Arbeit, ja.«

»Wenn es Terrorismus ist, wer steckt dann dahinter?«

»Wenn ich das beantworten könnte, wäre das Rätsel gelöst. Bisher hat noch keine Terrororganisation die Verantwortung übernommen, aber die Methode und das System führen die Gedanken natürlich unweigerlich in diese Richtung.«

»Es gibt ein Gerücht in Geheimdienstkreisen, dass eine größere Terroraktion in Schweden geplant sei. Können Sie diese Signale bekräftigen, und ist es diese Tat, deren Zeugen wir jetzt werden?«

»Wir haben Anlass zu erhöhter Alarmbereitschaft, das stimmt. Mehr kann ich dazu nicht sagen.«

»Glauben Sie, dass die Mordserie Ihnen zusätzliche Unterstützung für Ihre Pläne zu Kameraüberwachung, Lauschangriff und dergleichen einbringen wird? Und wie steht es um den Aspekt der Integrität?«

»Ein Verbrechen ist der schwerwiegendste Übergriff auf die persönliche Integrität, den man sich denken kann. Ich weiß, dass das schwedische Volk in diesem Punkt meiner Meinung ist.«

»Sind es also die Meinungsbarometer, die Ihre Rechtspolitik steuern?«

»Nein.«

»Soll die Polizei freien Zugang zu den Fotos aus Blitzern und Kameras an den Mautstellen haben?«

»Wenn das dazu beiträgt, Verbrechen zu bekämpfen, ja.«

»Sollten wir nicht in allen Autos GPS haben, damit jede Regelüberschreitung registriert werden kann?«

»Das haben Sie vorgeschlagen«, erwiderte der Ministerpräsident.

»Zu Beginn dieser Woche haben Sie gesagt, dass die Mordserie Konsequenzen für die Einwanderungspolitik haben kann. Können Sie das genauer ausführen?«

Hier machte der Ministerpräsident eine Pause und trank ein halbes Glas Wasser, das auf dem Tisch vor ihm stand. Er fuhr sich mit der einen Hand durch die gegelte Frisur und fuhr mit neuem Elan fort:

»Ich habe gesagt, dass es Konsequenzen haben könnte. Das hängt alles von den Hintergründen ab. Wer sind die Täter? Woher kommen sie? Haben wir uns in irgendeiner Hinsicht einer zu laxen Haltung schuldig gemacht?«

»Sie meinen zum Beispiel, wenn die Täter Flüchtlinge aus dem Irak sind, dann werden wir weniger Einwanderer aus dem Irak aufnehmen.«

»Ich wäre dankbar, wenn ich selbst formulieren dürfte, was ich meine.«

»Bitte sehr.«

»Das ist eine Hypothese. Aber die Wähler erwarten eine Neubetrachtung der Einwanderungspolitik, wenn die in irgendeiner Weise bei der Sache eine Rolle spielt.«

»Und wenn Schulpolitik, Familienpolitik oder Sozialpolitik eine Rolle spielen?«

»Das sehen die Wähler wohl nicht so.«

»Sie haben die Parteiführer eingeladen, um über die Welle der Gewalt zu beraten«, sagte Fransson. »Hat es da außer Kaffee und Keksen etwas gegeben?«

»Ich wollte sämtliche Parteien über den Stand der Ermittlungen informieren, das war das hauptsächliche Anliegen.«

»Sie sollen auch über die Parteigrenzen hinweg Unterstützung für Ihre Kriminalpolitik gesucht haben.«

»Es ist kein Geheimnis, dass wir für unsere Vorschläge auf diesem Gebiet so breite Mehrheiten wie möglich anstreben. Was jetzt geschieht, hat auch eine sicherheitspolitische Dimension. Ein ehemaliger Säpo-Chef und ein hoher Offizier der Marine sind ermordet worden. Das sind mehr als gewöhnliche Gewalttaten, das ist ein Angriff auf unsere Demokratie. Dies unterstreicht, wie wichtig es ist, eine funktionierende Verteidigung zu haben, und zwar auf allen Ebenen. Aus diesem Grunde wäre es wertvoll, breit angelegte Vereinbarungen auch in Sachen Sicherheitspolitik zu haben.«

»Erwarten die Wähler das?«, fragte Jens Fransson.

»Aber natürlich«, erwiderte Stefan Rosén.

Die Dunkelheit hatte sich über den Hafen in Kaliningrad, das Handelszentrum und den Stützpunkt für die russische Ostseeflotte, gesenkt. Die alte Hauptstadt Ostpreußens, die Hansestadt Königsberg, war nunmehr ein trostloser Betonslum. Das Heroin floss nur so, und Aids war hier ebenso alltäglich wie auf der anderen Seite der Ostsee die Erkältungen.

Das Containerschiff *Ikaros* war eines von vielen, das an diesem lauen Augustabend im Außenhafen anlegte. Ein großer Teil der Autos, Fernsehapparate und des Champagners ging durch den Hafen von Kaliningrad.

Die *Ikaros* würde nur einen Teil ihrer Ladung löschen. Kapitän Toufik Ramallah überwachte die Arbeit, als die Container auf dem vorderen Deck umgestaut wurden. Ein einziger von ihnen wurde zum Kai hinübergehoben, um auf ein anderes Schiff verfrachtet zu werden.

Toufik war erleichtert über diese Direktive seines geschäftsführenden Passagiers. Nach einem erregten Telefongespräch am selben Vormittag, das in noch einer Sprache geführt wurde, die Toufik nicht beherrschte, hatte der Blonde gegen eine weitere satte Bezahlung die Kursänderung begehrt. Kapitän Ramallah war an dem Geld nicht interessiert, er nahm es entgegen, obwohl es ihn belastete, aber er spürte doch intuitiv, dass die Umladung des Containers sein Schiff um eine schwere Last erleichterte. Ein paar Stunden in dieser russischen Hölle, dann weiter nach Stockholm, und er würde frei sein.

Die Umladung des Containers selbst war gut vorbereitet und binnen einer Viertelstunde vollbracht. Und der schwedische Passagier würde das Schiff ebenfalls verlassen.

Toufik begleitete ihn zur Gangway. Der Schwede, der die ganze Reise über mit einer selbstverständlichen Autorität agiert hatte, wirkte nun blass und nervös. Er fingerte an seiner Ledertasche herum und murmelte, ohne den Blick zu heben, ein paar Abschiedsworte auf Englisch. Sie gaben sich nicht die Hand.

Eine Weile später tuckerte die *Ikaros* mit Kurs auf Schweden aus dem Hafen Kaliningrads, direkt vor einem RoRo-Schiff namens *Aramis*, das dasselbe Ziel hatte. Toufik Ramallah stand an der Reling und sog die Abendluft in die Lungen. So weit von den Gerüchen des Libanon entfernt. Er warf eine Handvoll leerer Pistazienschalen über Bord.

Gleichzeitig wurde auf dem Müllhaufen in einem der brachliegenden Industriegelände Kaliningrads die Leiche des Mannes abgeworfen, der Toufik so viel Unannehmlichkeiten bereitet hatte. Die Gesellschaft tolerierte keine Fehler.

Die Riddarholmskirche wurde um siebzehn Uhr für Besucher geschlossen. Doch am Freitag war Putztag. Zwei Raumpfleger von der ISS Facility Care wischten in der Kirche die Gräbern ab und befreiten den Boden von allem Schmutz und Staub, den die Besucher an den Schuhen gehabt hatten. Die Reinigungsfirma mit dem günstigsten Angebot hatte ihren Hauptsitz in Kopenhagen. Das war nun die Ironie nach Hunderten von Jahren blutiger Kriege zwischen Schweden und Dänemark, dass eine dänische Firma Karl X., Karl XI. und XII. die Gräber polierte.

Die schwere Eingangstür stand offen. Beide Reinigungskräfte, kürzlich aus Somalia nach Schweden eingewandert, befanden sich ganz vorn beim Altar und bemerkten nicht, dass jemand durch die Absperrung am Eingang ging. Mit einem Augenzwinkern nahm Felix drei Zehnkronenstücke aus der Tasche und schob sie unter dem Schaltertresen durch, über dem stand: »Erwachsene 30 Kronen«. Er zeigte schweigend auf das Schild, auf dem stand: »Kinder unter 7 Jahren gratis« und dann auf Sara. Dann schlichen sie sich zur Seite hinter einen großen Schrank mit religiösen Büchern und Besucherinformationen. Der Boden vor ihnen war bereits gewischt. Wenn sie einen Augenblick warteten, würden die Putzfrauen fertig sein, und sie würden die Kirche für sich allein haben.

Sie mussten nicht lange warten. Eine halbe Stunde später schon hatten die Arbeiterinnen die Tür hinter sich zugeschlossen, und zwischen den Kapellen roch es nach Ajax mit Zitrone. Felix und Sara konnten aus ihrem Versteck kriechen und sich umsehen. Von der Straßenbeleuchtung draußen fiel ein schwaches Licht durch die hohen Fenster. Felix hatte seine große Taschenlampe dabei.

Keiner der beiden war seit der Zeit der Klassenfahrten in der Kirche gewesen. Sie begannen mit den Wappen. Sie ließen den Lichtkegel der Taschenlampe über die Schilder wandern und kommentierten Namen, die sie wiedererkannten. Dann schauten sie sich den Chor mit den Gräbern an. Viele große Männer des 17. Jahrhunderts waren dem Beispiel Gustaf II. Adolfs gefolgt und hatten sich Wand an Wand mit dem Heiligtum auf Riddarholm begraben lassen: Wachtmeister, Banér, Wasaborg, Lewenhaupt. Die schönsten Gewölbe ganz vorn waren königlichen Vorfahren vorbehalten.

Eine Etage tiefer war das Karolingische Gewölbe mit seinen ausgewählten Särgen, die unter anderem Karl X. und Karl XI. beherbergten.

Die Kirche stand seit über siebenhundert Jahren hier. Der Boden war ursprünglich mit Kopfsteinpflaster belegt gewesen, bestand jetzt aber aus Grabplatten. Seit zweihundert Jahren diente das Gebäude als Grab- und Gedächtniskirche. Abgesehen vom Weihnachtsgottesdienst der Pfadfinder wurden hier keine Messen mehr abgehalten.

All das ging aus der Broschüre hervor, die sie sich am Eingang geschnappt hatten. Als schwieriger erwies es sich allerdings, das Grab von John Mueller zu finden.

Während Felix den Lichtkegel über die Inschriften auf dem Boden schweifen ließ, versuchte Sara im Dunkeln die Broschüre zu lesen.

»Hör mal«, sagte sie und klopfte dem halb kriechenden Felix auf den Rücken. »Direkt zwischen der Gustavianischen und der Bernadotte-Krypta gibt es einen Stein, der Färlastein genannt wird. Hier soll ein Angehöriger des Geschlechts der Färla liegen, der 1381 vom Reichsdrost Bo Jonson Grip am Hochaltar ermordet wurde. Der Stein soll angeblich das Grab des Färla markieren.«

»Interessant«, sagte Felix, »aber wie hilft uns das?«

»Die Gräber scheinen nach einem geometrischen Muster angelegt zu sein. Wenn Mueller in Verbindung mit Karl XI. stand, dann liegt sein Grab vielleicht in der Nähe des Karolingischen Gewölbes oder in einer Richtung, die davon ausgeht.«

Sie suchten den Bereich um das Karolingische Gewölbe ab, Wände wie Boden, fanden aber nichts, was man mit John

Mueller verbinden konnte. Viele von den grauen Steinplatten waren so abgenutzt, dass die Inschriften fast nicht mehr zu entziffern und die Wappen darauf kaum mehr deutbar waren. Sie gingen weiter auf die Torstensonsche Krypta zu. An der Längsseite lag das Waffenhaus mit seinem großen Kreuz, gegenüber ein Holzpaneel mit dem Monogramm von Karl X. Gustav und Karl XI.

Felix suchte erneut mit Hilfe der Taschenlampe den Boden ab. Dort, wie ein diskreter Schatten unter dem Schnörkel von Karl XI., zeichnete sich die Katze ab. Das Wappen der Familie Mueller.

»Holy Moly!«, rief Felix.

Sara eilte herbei.

»Hier ist es, hier ist es. Hier liegt unser alter Freund zu Liliencreutz!«

»Die Frage ist nur, was er uns sagen will«, meinte Sara.

»Ja. Wenn man nur in das Grab hinunter könnte und nachsehen«, sagte Felix.

Sie nahmen Werkzeug aus den Taschen, das sie mitgebracht hatten – einen Schraubenzieher und ein Stemmeisen – und begannen die Platte mit der Inschrift freizulegen. Der alte Zement war porös und ließ sich wie Butter wegwischen. Eine Viertelstunde später war der Stein lose, und sie konnten ihn zur Seite hochkippen.

Ein muffiger Luftzug schlug ihnen entgegen, eingeschlossene Luft, die Hunderte von Jahren nicht zirkuliert hatte. Doch der Hohlraum unter Muellers Stein war leer, nur etwas Kies lag auf dem Boden. Wenn der Urahne des ausgestorbenen Geschlechts irgendwo begraben war, so jedenfalls nicht hier.

Mit vereinten Kräften legten sie die Platte zurück und setzten sich, um Luft zu holen. Sara zündete sich eine Zigarette an.

»Wenn nun Ehrenstrahl auf einen Zusammenhang zwischen den Gräbern hingewiesen hat, einen dritten Punkt.

Weißt du noch, wie die Wahlsprüche miteinander verflochten waren?«, fragte Felix.

»Die Worte waren gespiegelt. Das letzte Wort im Slogan des Königs stand zusammen mit dem ersten bei Mueller und umgekehrt. Was könnte das in geometrischen Begriffen bedeuten?«

»Eine Spiegelung? Nachdem das Waffenhaus und das Karolingische Grabgewölbe auf einer Linie liegen, soll man vielleicht derselben Linie auf die andere Seite folgen. Welche Gräber liegen dort?«

Sie drehten eine neue Runde und sahen nach. Gegenüber von Karl XI. ruhte Gustaf II. Adolf. Das war vielversprechend, wenn man an die historische Bedeutung des Helden von Lützen dachte. Die Frage war nur, wer in der vierten Ecke des Rechtecks lag. Wie sich herausstellte, war es die Krypta der Banérs.

»Banér, Banér, erinnerst du dich, ob die in der Chronik der Muellers erwähnt werden?«, fragte Felix und kratzte sich am Kopf.

»Nein, ich glaube nicht«, sagte Sara.

Sie untersuchten die Krypta gründlich, ohne etwas Aufsehenerregendes zu finden. Jetzt waren sie seit über zwei Stunden in der Kirche, draußen war es stockfinster. Die Hoffnung, die aufgeflammt war, als sie das Grab Muellers gefunden hatten, war in Zweifel übergegangen. Hatte es überhaupt noch einen Sinn weiterzumachen?

»Wir starten noch einen einzigen Versuch«, sagte Felix. »Kann auf den Gemälden nicht vielleicht eine andere geometrische Figur angedeutet sein?«

»Was gibt es denn noch außer einem Rechteck?«, fragte Sara. »Ein gleichseitiges Dreieck vielleicht. Beide Wahlsprüche bestehen aus drei Wörtern.«

»Letzter Versuch«, verkündete Felix.

Sie maßen den Abstand der Gräber zwischen Karl XI. und John Mueller zu Lilliencreutz mit Schritten. Dann schlugen sie den Sechziggradwinkel im Dreieck ein und schritten ebenso weit in den Mittelgang der Kirche hinaus. Felix war zuerst an dem Punkt, Sara ein paar Sekunden später.

Genau hier. Sie sahen einander im Schein der Taschenlampe an und blickten dann auf den Boden.

Das war sie wieder, die Katze vom Wappen. Als sie auf den Stein leuchteten, war ganz schwach ein Text zu erkennen: »DKE. Gloria Sanguis Privilegia.«

»David Klöcker Ehrenstrahl«, flüsterte Felix andächtig. »Und der Wahlspruch der Mueller.«

Es war ein sehr kleiner Grabstein, viel kleiner als der, den sie im Waffenhaus gehoben hatten. Mit Schraubenzieher und Stemmeisen ließ er sich aus den Fugen lockern und war bald freigelegt. Aber obwohl die Oberfläche des Steines kleiner war, so reichte er doch bedeutend tiefer in den Boden, was es schwerer machte, ihn mit dem Werkzeug, das ihnen zur Verfügung stand, herauszuhebeln.

Gemeinsam hoben sie den Stein schließlich so weit an, dass er sich mit dem Schraubenzieher sichern ließ. Dann konnten sie die Hände darunterschieben, und mit einer gemeinsamen Anstrengung wurde die Platte zur Seite geschoben.

Ein zehn Zentimeter großer Spalt tat sich auf. Felix leuchtete in die Dunkelheit. Der Boden war ungefähr siebzig Zentimeter tiefer, und darauf stand etwas, das einem kleinen Sarg von der Größe eines Schuhkartons ähnelte. Um ihn hoch zu bekommen, mussten sie die Platte noch weiter verschieben – ein schwieriges Unterfangen, das noch einmal fünf Minuten in Anspruch nahm. Am Ende war die Öffnung groß genug, dass der Schrein hindurchpasste. Er trug ein altertümliches Vorhängeschloss, das aussah, als könnte man es leicht aufbrechen. Felix begann sogleich mit dem Stemmeisen zu arbeiten.

»Komm«, sagte Sara. »Wir nehmen das Ding mit und hauen ab. Langsam wird es mir unheimlich hier.«

Sie rückten die Platte zurück an ihren Platz. Das Geräusch

von Stein auf Stein hallte durch die leere Kirche, und das Dröhnen, als der Puzzlestein wieder auf seinen Platz fiel, war ohrenbetäubend.

Sara nahm die Kiste unter den Arm, Felix schaltete die Lampe aus. Sie kannten sich nun so gut in dem Raum aus, dass sie nur mit Hilfe des schwachen Lichts von draußen den Eingang finden konnten. Sie fassten sich an den Händen und schlichen Richtung Ausgang.

Ein paar Meter weiter hörten sie es. Von schräg hinter ihnen, wo das linke Grabgewölbe war, kamen rasche Schritte.

Felix fuhr herum, schaltete die Taschenlampe ein und richtete sie auf die sich nähernden Geräusche. Da, direkt auf sie zu, eilte eine Gestalt in langem Mantel. Das Gesicht war von einer Kapuze verborgen, aber was der Mann in der rechten Hand hielt, darüber gab es keinen Zweifel: Das war eine Axt.

Die Waffe glänzte im Lichtschein, als sie zum Schlag erhoben wurde. Die Person musste von der Taschenlampe geblendet worden sein, doch es war nur allzu deutlich, worauf sie zielte.

Felix reagierte instinktiv. Ehe die Axt fiel, schlug er zu. Man konnte ein Stöhnen hören und einen lauten Knall, als die Axt zu Boden fiel.

Die Person wankte ein paar Schritte zurück. Im nächsten Augenblick wurde Felix von einem Tritt getroffen, der ihm die Taschenlampe aus der Hand schlug. Ihr Widersacher hatte einen schlimmen Schlag mit dem Pickel hinnehmen müssen, doch hatte er noch die Kraft zu einem Karatetritt.

Die Taschenlampe verlosch und es wurde dunkel. Zu ihrer Erleichterung hörten Felix und Sara, wie der Axtmann davonrannte, in die Richtung, aus der er gekommen war. Die Schritte verschwanden die Treppe zum Karolingischen Grabgewölbe hinunter. Dann wurde es totenstill.

»Was war das?«, flüsterte Felix Sara zu.

»Gott, ich kriege einen Herzschlag, ich muss hier raus«, keuchte sie.

»Nein, nein, wir gehen hinterher«, sagte er.

»Du bist verrückt.«

»Nein, wir sind im Vorteil. Nimm die Axt. Wir gehen hinunter.«

Widerwillig ließ Sara sich überreden und schlich einen Schritt hinter Felix zum Gewölbe. Sie schalteten die Taschenlampe erst ein, als sie die Treppe hinuntergegangen waren. Sie blieben im Gang stehen, während Felix den Lichtkegel über die von Nicodemus Tessin kunstvoll ausgeschmückten Särge gleiten ließ.

Die kleinen Steinkisten, die die fünf toten Kinder von Karl XI. enthielten, glitzerten rätselhaft im Lichtschein. Aber abgesehen von den Karolingern war das Gewölbe leer. Die Gestalt war verschwunden.

»Johanna, meine Liebe, was ist denn in dich gefahren?«

Kjell Pärzon richtete seine gezogene Waffe nicht auf Johanna, aber das Signal war deutlich genug.

»Was machst denn du hier?«, fragte Johanna.

»Das frage ich dich«, antwortete Kjell Pärzon. »Sind noch Menschen in dem Haus?«

Sie wandten sich der in Flammen stehenden, halb weggesprengten Villa zu.

»Ja. Mindestens zwei. Gustaf Molin und seine Frau. Da können wir nicht mehr viel ausrichten«, meinte Johanna und hielt eine Hand als Schutz gegen die Hitze vor das Gesicht.

In der Ferne hörte man die Sirene eines Feuerwehrautos.

»Da musst du aber einiges erklären«, sagte Kjell.

»Ich bin durch die Explosion verletzt worden, muss ins Krankenhaus«, sagte Johanna und zeigte ihm ihre blutenden Wunden.

»Wir müssen auf die Einsatzfahrzeuge warten«, sagte Kjell. »Warst du im Haus, als es knallte?«

»Nein, dahinter auf dem Rasen. Aber ich habe wahnsinnige Schmerzen. Genügt es nicht, wenn wir das Ganze den Feuerwehrleuten übergeben, wenn sie kommen? Dann können wir danach gleich fahren.«

Kjell ließ sich überreden. Sie sprachen ein paar Minuten mit den Feuerwehrleuten, während die Löscharbeiten begonnen wurden. Kjell rief die Notrufzentrale an und informierte sie, dass eine Person vor Ort versorgt worden war und dass er sie nun ins Krankenhaus brachte. Sie gingen und setzten sich in seinen Dienstwagen.

»Jetzt erzähl mal, was du hier zu suchen hattest«, sagte Kjell.

»Ich erzähle, wenn du erzählst«, entgegnete Johanna.

»Jetzt hör aber mal auf. Du hast keine guten Karten, das sag ich dir. Zum einen wirst du bei einem Mordbrand angetroffen, bei dem mindestens zwei Menschen ums Leben gekommen sind, und der mit einer Ermittlung verknüpft ist, von der du ausgeschlossen wurdest. Das Dienstvergehen ist da noch das Geringste.«

»Und zum andern?«, fragte Johanna.

»Zum anderen haben wir Hinweise darauf, dass du etwas mit dem Verschwinden von Kalle Holm zu tun hast.«

Johanna erstarrte.

»Kalle Holm? Vom *Aftonbladet*? Ist der verschwunden?«

»Erst schreibt er über dich in der Zeitung, dass du suspendiert bist. Dann peilen wir sein Handy an einem Ort vor Norrtälje, wo wir auch dein Handy peilen. Und plötzlich ist er verschwunden. Kannst du mir dieses Zusammentreffen erklären?«

»Warum zum Teufel habt ihr mein Handy gepeilt?«, zischte Johanna.

»Dass wir die Nähe zu Kalles Handy bemerkt haben, war nur ein Zufall. Aber deins haben wir gepeilt, weil wir uns Sorgen gemacht haben. Wir haben uns Sorgen gemacht, weil du dabei warst, dich gehörig in Schwierigkeiten zu bringen, indem du versucht hast, den Mörder auf eigene Faust zu finden. Es sind Tipps reingekommen, die darauf hindeuteten, und wir wollten sehen, wo du hin bist.«

»Und? Wo war ich?«

»Leider sind die Handys ausgeschaltet worden, ehe die Telefongesellschaft die exakte Position peilen konnte. Aber ich denke, das wirst du uns erzählen, wenn wir nach Kungsholmen kommen. Es reicht jetzt einfach, Johanna. Du musst mit uns zusammenarbeiten.«

»Du meinst, ihr wollt mich verhören?«, fragte sie.

»Wahrscheinlich wirst du festgenommen werden«, sagte Kjell.

»Verstehe«, sagte Johanna leise. »Aber was hast du selbst denn bei Gustaf Molin gemacht? Ihr hattet die Molins doch schon verhört.«

»Okay, weil du auf so krankhafte Weise auf diese Ermittlungen fixiert bist, die zu vereiteln du dein Bestes getan hast, werde ich es dir erzählen.«

Kjell hatte den Wagen gestartet und fuhr jetzt langsam durch die abendliche Dunkelheit auf Lidingö. Er blickte zufrieden drein, als er die Entdeckung des Abends präsentierte:

»Ich bin die Kamerabilder von der Mautstation am Danvikstull durchgegangen, die Bertil Molin in der einen oder anderen Form zwischen seinen Laufrunden im Hellasgården und dem Auffinden seiner Leiche am Straßenrand in Rinkeby passiert haben muss. Und rate mal, was ich entdeckt habe. Eine Stunde, nachdem Molin draußen im Nacka-Reservat verschwindet, fährt er auf dem Beifahrersitz eines Mercedes am Danvikstull vorbei. Der Fahrer ist kein Geringerer als sein eigener Sohn, Gustaf Molin. Ich bin hierhergekommen, um ihn wegen Mordverdachts festzunehmen, und wenn er sich selbst jetzt in Stücke gesprengt hat, dann erhärtet das nur diesen Verdacht.«

»Mein Gott«, murmelte Johanna. »Er hatte auf der Rückseite des Hauses ein Feuer gemacht. Glaubst du, er hat seinen eigenen Vater verbrannt? Das ist doch grotesk.«

Sie saßen eine Weile schweigend da. Johannas klares Profil zeichnete sich vor den Scheinwerfern des Stadions ab, als sie aus dem Seitenfenster schaute. Kjell Pärzon fragte, in welches Krankenhaus sie fahren wolle, und sie sagte, das Karolinska. Er fuhr den Valhallavägen zum Roslagstull hinunter. Als sie vor der Notaufnahme parkten, stieg Kjell auf seiner Seite aus und ging ums Auto herum, um die Beifahrertür zu öffnen. Als er sie aufzog, hatte Johanna ihre Waffe herausgezogen und richtete sie auf den Bauch des erstaunten Kollegen:

»Kjell, das hier tut mir echt leid, aber ich habe keine andere Wahl. Steig wieder ein und fahr los. Wir fahren ein wenig, und dann kannst du Kalle sehen.«

Kjell Pärzon protestierte und sah sich nach Hilfe um. Johanna machte eine Bewegung mit der Pistole. Er hatte keine andere Wahl, als zu gehorchen.

»Ich kann einfach nicht glauben, dass ihr mein Handy gepeilt habt«, sagte Johanna, als sie wieder unterwegs waren. »Was für eine wunderbare, vertrauensvolle Atmosphäre unter Kollegen.«

»Du bedrohst mich mit einer Pistole und redest hier von Vertrauen. Für das hier wirst du ein Jahr einfahren und nie wieder als Polizistin arbeiten dürfen.«

Johanna antwortete nicht. Sie hielt die Sig Sauer auf Kjell Pärzon gerichtet in der einen Hand und suchte mit der anderen nach dem Handy in der Innentasche ihrer Jacke. Wenn sie gepeilt wurde, dann war es höchste Zeit, das Ding wegzuwerfen.

Sie kurbelte die Scheibe herunter und wollte gerade das Handy rausschmeißen, als es anfing zu vibrieren. Eine unbekannte Nummer auf dem Display. Sie zögerte eine Sekunde zu den Klängen von »Waterloo Sunset«, dann ging sie ran.

»Ja?«

»Hallo, ist da Johanna Tott?«

»Äh, ja.«

»Hallo, ich heiße Gunilla Karlsson, Polizeiassistentin, wir sind uns ein paar Mal begegnet. Ich arbeite unter deinem Kollegen Anders Pontén.«

»Ah ja, die Gunilla. Hallo. Was gibt es?«

»Ich weiß, dass du von den Ermittlungen ausgeschlossen bist, deshalb rufe ich an. Auch wenn wir uns nicht richtig kennen, vertraue ich dir irgendwie. Es war wirklich stark von dir, gegen Hed und die anderen Typen anzugehen. Jetzt habe ich eine komische Sache entdeckt, die ich dir zeigen will.«

»Danke. Aber kannst du das nicht mit Pontén besprechen? Ich bin nicht weiter zuständig, weißt du.«

»Das macht mir ja gerade Sorgen. Ich habe es schon gesagt, aber er springt nicht drauf an. Ich muss einfach hören, was du dazu meinst. Es ist ein Bild einer Überwachungskamera in der U-Bahn. Ich glaube, das könnte das Bild von Roy Engmans Mörder sein, aber seit ich Pontén den Film gegeben habe, ist rein gar nichts passiert.«

»Ich kann grad nicht so gut«, sagte Johanna und schielte zu dem intensiv lauschenden Kjell Pärzon hinüber. Er hatte das Gespräch wahrscheinlich gehört, obwohl sie das Handy so fest sie konnte ans Ohr presste.

»Morgen um zehn Uhr vor dem Rathaus. Können wir uns da treffen?«, fragte Gunilla.

»Lieber am Sergels torg, wenn das für dich in Ordnung ist«, sagte Johanna.

»Um zehn auf der Platte.«

»So machen wir's.«

Johanna stellte das Handy aus und warf es aus dem offenen Autofenster. Dann wandte sie sich Kjell zu:

»Und jetzt können sich deine Kumpel einen Elch peilen.«

SAMSTAG

Das neue Flugzeug der Küstenwache vom Typ Dash 8-300 lokalisierte die *Ikaros* östlich von Utö und dirigierte das Patrouillenboot heran, das zur Inspektion bereitlag. Noch ehe das Containerschiff mit dem Lotsen in Sandhamn Kontakt hatte und in den Stockholmer Schärengarten eingefahren war, ging man schon längsseits. Das Personal der Küstenwache kontrollierte die gesamte Fracht mit Hunden und Geigerzählern. Der Container, der einen Ausschlag erzeugte, wurde geöffnet, und der Inhalt waren Rauchmelder, genau, wie es auch in den Informationsunterlagen gestanden hatte.

Ansonsten wurde nichts von Interesse an Bord gefunden. Der befehlshabende Erste Steuermann war willig zur Zusammenarbeit bereit, doch die Schweden bemerkten, dass die Stimmung unter der Besatzung gedrückt war. Das war nicht verwunderlich, bedachte man, dass die Leiche des Kapitäns im Meer gefunden worden war. Die schwedische Polizei würde in Zusammenarbeit mit Interpol übernehmen, sobald die *Ikaros* inVärtahamnen anlegte. Dort warteten lange Prozeduren, erst die Küstenwache, dann der Zoll, dann die Polizei.

Der Erste Steuermann Toufik Ramallah war dennoch guten Mutes und gab sich kooperativ. Sein Schiff war gesäubert. Er hatte nur Befehle befolgt, wessen auch immer, und abgesehen von dem Geld in der Kajüte gab es keine verräterischen Spuren. Eine gewisse Unruhe verspürte er, wenn er an die Ladung dachte, die sie in Kaliningrad gelöscht hatten, aber er gab sich äußerste Mühe, das zu verdrängen und sich einzureden, dass der Schwede niemals an Bord gewesen war.

»Warum sind Sie um Skagen gefahren, anstatt den Nord-Ostsee-Kanal zu nehmen?«, fragte die Küstenwache.

»Aus wirtschaftlichen Gründen.«

»Aber die Kanalpassage kostet für ein Schiff Ihrer Größe nur achttausend Euro. Und spart einen ganzen Tag.«

»Wir lagen vor dem Zeitplan und hatten noch überschüssigen Diesel.«

»Aha, das ist was anderes. Warum haben Sie Kaliningrad angelaufen, wenn Ihr Ziel doch Stockholm war?«

»Es stellte sich heraus, dass Teile der Fracht dorthin bestellt waren. Das ersparte der Reederei den Transport von Stockholm nach Kaliningrad.«

»Welche Teile der Fracht?«

»Container. Das ist es, was wir transportieren. Aber wir wissen nie, was sie enthalten.«

»Sie haben im Ärmelkanal die Fahrt gedrosselt und hatten dort Kontakt mit einem Helikopter. Warum?«

»Die Fahrt wurde mehrere Male wegen schlechter Sicht gedrosselt, und auch, als wir nach dem Kapitän suchten. Der Helikopter hatte wichtige Komponenten dabei, die die Ladung in einem der Container komplettieren sollten. Ich weiß nicht, worum es sich handelte.«

»Das ist höchst ungewöhnlich.«

»Das fand ich auch. Aber die Sache ist zwischen dem Auftraggeber und der Reederei ausgemacht worden. Und verstößt, so weit ich weiß, nicht gegen irgendwelche Regeln.«

Das war ein dreister Versuch von Toufik. Er rechnete eiskalt damit, dass die schwedischen Behörden nicht so gründlich waren, die Informationen bei der Reederei zu überprüfen.

»Nein, natürlich nicht. Was wissen Sie von der Hafeninspektion bei der Abfahrt in Casablanca?«, fragte die Küstenwache.

»Was meinen Sie?«, fragte Toufik zurück.

»Wurde das Schiff inspiziert?«

»Ja, soweit ich weiß, wurde es inspiziert. Zu dem Zeitpunkt war ich nicht der Chef an Bord.«

»Dann war es – sehen wir mal nach – Kapitän Stavros Nikolidis.«

»Genau.«

»Und der ist dann verschwunden?«

»Er verschwand, als wir den Ärmelkanal passierten, ja.«

»Wie haben Sie darauf reagiert?«

»Mit Bestürzung. Wir durchsuchten das Schiff mehrere Male, machten der Reederei und der Polizei Mitteilung über das Geschehene, alles getreu nach Regelbuch. Ein paar Tage später erhielten wir über Funk Nachricht, dass Stavros an der französischen Küste tot aufgefunden worden sei.«

»Was ist ihm Ihrer Vermutung nach zugestoßen?«

»Ich habe keine Ahnung. Selbstmord ist immer eine Möglichkeit. Es ist schwer, von einem Schiff dieses Typs unabsichtlich über Bord zu gehen.«

»Er hatte Verletzungen. Ist an Bord ein Streit aufgetreten?«

»Nein. Er kann die Verletzungen natürlich erlitten haben, nachdem er ins Wasser gefallen ist. Propeller, zum Beispiel. Sind Sie von der Polizei?«

»Wir sind die Küstenwache. In erster Linie interessiert uns die Fracht, aber das Verschwinden des Kapitäns ist ein Umstand, der in diesen Zusammenhang gehört. Die schwedische Polizei wird Sie über den Fall befragen, wenn Sie in den Hafen kommen.«

»Danke. Sind wir dann fertig?«

»Eine Frage noch. Als Sie von der britischen Flotte inspiziert wurden, da hatten Sie einen Repräsentanten des Auftraggebers der Fracht an Bord. Wo ist er jetzt?«

»Er war Auftraggeber eines Teils der Fracht. Er ist in Kaliningrad von Bord gegangen.«

Während die Küstenwache Toufik Ramallah in die Klammer nahm, setzte die *Aramis* mit guter Fahrt ihren Kurs nach Nynäshamn fort. Sie war ein kleineres Schiff als die *Ikaros*, mit Trailern auf Rollen. Die *Aramis* war mit einer gemischten Fracht, die hauptsächlich für Russland bestimmt war, über den Atlantik gefahren – eigens bestellte Autos, Textilien, Umzugsfracht, Kunst. In Kaliningrad war der größte Teil der Ladung gelöscht worden, und das Schiff sollte nun halb voll nach Schweden fahren. Dort wartete wiederum eine ganze Ladung Trailer, die über Hamburg nach Newcastle befördert werden sollten. Es würde nur einen kurzen Aufenthalt geben, nur runter und rauf mit den Wagen.

Niemand nahm in Nynäshamn Notiz von der *Aramis*, sie war eine weitere Schaluppe in dem endlosen Strom, der abgearbeitet werden musste. Der rostrote Container mit der Markierung 857, in Casablanca geladen und versiegelt, wurde von dem RoRo-Schiff gerollt und ungeöffnet im Wartebereich geparkt.

Zum ersten Mal gab es auf schwedischem Boden einen geladenen Atomsprengkopf, 44 Kilotonnen, montiert und scharf.

»Mama, Mama!«

Halb bewusstlos wandte sich Johanna dem Kind zu, das ihr auf den Rücken klopfte. Es war Viggo.

»Warte, Liebes, ich komme.«

Sie drehte sich zum Radiowecker. Es war halb zehn. Sie hatten verschlafen. In einer halben Stunde sollte sie Gunilla Carlsson in der Stadt treffen. Sie hatte höchstens vier Stunden geschlafen, und es ging ihr nicht gut.

»Papa wacht nicht auf«, prustete Viggo.

»Was sagst du?« Johanna sprang aus dem Bett und rannte ins Gästezimmer. Dort pflegte Peter mit Ohrstopfen zu schlafen, um den schlafwandelnden Kindern aus dem Weg zu gehen. Deshalb gab es immer einen freien Platz im Bett neben Johanna, und wenn der Morgen kam, dann waren sie vier Personen im Doppelbett. Die ganze Familie, außer dem Papa.

»Peter, wach auf«, sagte Johanna und rüttelte ihren schnarchenden Mann. Nach ein paar Sekunden kam eine gelallte Antwort aus den Laken. Er machte die Augen einen kleinen Spalt weit auf, murmelte etwas von »noch ein bisschen schlafen« und drehte sich auf die andere Seite.

»Peter, du musst aufstehen, ich muss los, wir haben verschlafen.«

Eine Weile später war er bei Bewusstsein. Er schimpfte, weil sie wieder spät gekommen war, und verteidigte sich in anklagendem Ton dafür, dass er Schlaftabletten genommen hatte.

John war krank und war die erste Hälfte der Nacht wach gewesen. Am Ende hatte Peter die Tabletten eingeworfen, um wieder einschlafen zu können. Und außerdem war er beunruhigt, weil Johanna nicht nach Hause gekommen war.

»Es ist zu spät, um die Kinder zur Schule zu bringen, sie dürfen heute bei dir bleiben«, sagte Johanna, während sie den Schlafanzug abwarf.

»Liebling, es ist Samstag. Alle haben frei, nur du nicht«, sagte Peter.

Jetzt erst entdeckte er die Verletzungen auf ihren Armen.

»Mein Gott, was ist denn passiert?«, fragte er.

»Hab jetzt keine Zeit, es zu erklären. Ich hatte einen ziemlich anstrengenden Abend gestern. Hast du die Spätnachrichten gesehen?«

»Nein.«

»Es gab eine Explosion auf Lidingö. Ich war zufällig da.«

»Du warst zufällig da?«, echote Peter misstrauisch.

Sie schlang ein Brot in sich rein. Zog sich an, ohne zu duschen, lange Hose, Trainingsjacke und Joggingschuhe, und putzte sich die Zähne. Zehn Minuten vor dem Termin war sie draußen auf der Straße. Die U-Bahn zum Hauptbahnhof, dann konnte sie fast noch rechtzeitig kommen.

Es war immer gleichbleibend kräfteraubend, morgens Stress machen zu müssen. Jetzt lief sie nur noch auf Adrenalin. Wenn sich das legte, und die Gefühle kamen, dann würde die Angst kommen, das wusste sie. Chaos an der Front zu Hause. Zwei Männer ungesetzlich ihrer Freiheit beraubt, und nicht irgendwelche Männer. Sie betrog ihre Kinder und ihren Arbeitgeber, und warum? Für eine wahnsinnige Spur in einer wahnsinnigen Mörderjagd. Die Intuition sagte ihr, dass da etwas Schreckliches lief. Aber warum musste sie die ganze Welt allein retten?

Der Freitagabend hatte eine surrealistische Auflösung geboten. Sie kam in die leere Sommerhütte zurück und schloss Kjell Pärzon zusammen mit Kalle Holm ein. Einen Moment lang waren die beiden Freunde erleichtert darüber gewesen, einander zu sehen, aber es war nur zu deutlich, dass die beruhigenden Versicherungen von Johanna keine Wirkung zeigten. Als die beiden Gefangenen nachdachten, wurde ihnen bewusst, dass sie in etwas richtig Ernstes geraten waren. Machte Johanna gemeinsame Sache mit den Mördern? Waren sie die Geiseln einer Terroristenzelle?

Es nutzte nichts, dass Johanna alles tat, um ihnen den Aufenthalt im Erdkeller zu erleichtern. Sie hatte sogar zwei Exemplare des *Aftonbladet* für Kalle gekauft. Er stürzte sich wie ein hungriges Tier darauf, seufzte dann aber verzweifelt über die Headlines.

So schlau ist Ihre
KATZE.
Hinter
MÜDIGKEIT
kann eine unbekannte
KRANKHEIT
stecken.

Schweden wurde von einem wahnsinnigen Serienmörder heimgesucht, die Welt stand in Flammen, aber in der Redaktion hatten die Schamanen das Ruder übernommen. Kalle hatte die Zeitung mit Abscheu von sich geworfen und dann ein wenig Panik bekommen und angefangen, an die Tür zu donnern. Johanna ging hin, um ihn zu beruhigen, wurde aber nur von Flüchen begrüßt.

Schließlich waren Felix und Sara zurückgekommen, beide vollkommen aufgelöst, beinahe hysterisch. Sie zeigten die kleine Kiste und erzählten von dem Zusammentreffen mit dem Axtmann in der Riddarholmskirche.

Johanna hielt mit ihrer Beschreibung der Explosion auf Lidingö dagegen. Als sie ihr geholfen hatten, die Wunden zu verbinden, die alle nur äußerlich waren, war es schon nach Mitternacht. Johanna überließ Sara und Felix die nähere Untersuchung der Kiste. Sie selbst musste ihr Auto auf Lidingö holen und dringend nach Hause fahren und ein paar Stunden schlafen, ehe sie sich mit der Polizeiassistentin Gunilla Karlsson traf. In den letzten Tagen hatte sie nicht viel von den Kindern gesehen.

Jetzt saß sie in der U-Bahn und spürte, wie sich ihr Magen zu einem schmerzenden Klumpen zusammenzog. Das alles war wahnsinnig. Sie war drauf und dran aufzugeben.

Die drei hatten in Furusund einander versprochen, das Wochenende noch weiterzumachen, aber sie entschied, dass dies ihr letzter Tag sein würde. Wenn es im Laufe des Samstags keinen Durchbruch gab, würde sie dafür sorgen, dass die Gefangenen freikamen, und sich dann selbst anzeigen.

Wie war sie nur in diese Sache hineingezogen worden? Was trieb sie an?

Jedes Mal, wenn sie sich diese Frage stellte, tauchte vor ihrem inneren Auge das Gesicht von Sven Möller auf. Er hatte sie aufgesucht, ihr vertraut, und sie hatte ihn wie eine lästige Fliege verscheucht. Es war ihre Schuld, dass der einsame Mann tot war. Sie war es ihm schuldig, den Mörder zu finden.

Aber was würde sie mit ihrem Leben anfangen, wenn sie nicht mehr Polizistin sein durfte?

Das Samstagsgedränge auf der Platte vom Sergels torg war noch nicht in Gang gekommen. Johanna war lediglich fünf Minuten zu spät, das war noch im Rahmen. Gunilla Karlsson stand allein mitten auf der Platte, um gut sichtbar zu sein. Sie trug eine helle Leinenhose und eine Jeansjacke, die locker um den gut trainierten Körper flatterte.

Johanna ging durch die Türen des Hauptbahnhofs und winkte ihr. Sie umarmten einander.

»He, super, dass du kommen konntest«, sagte Gunilla.

»Kein Problem. Es klang, als sei es dir wichtig«, sagte Johanna.

»Ich finde es unmöglich, wie sie dich behandelt haben. Es ist nie beliebt, wenn man eine andere Meinung hat, aber dass du in den Medien mit Dreck beworfen wirst, das geht wirklich zu weit.«

»Danke. Bei ziemlich vielen Leuten liegen die Nerven grad blank«, sagte Johanna. »Es steht sehr viel auf dem Spiel. Ich muss mir sicher auch selbst zum Vorwurf machen, dass ich die Schnauze nie halten kann.«

»Jetzt beschuldige dich nicht selbst. Dazu bist du zu gut«, sagte Gunilla und legte der Kollegin die Hand auf die Schulter.

»Was wolltest du mir zeigen?«, fragte Johanna.

»Ich gebe dir eine Videoaufnahme, dieselbe, die ich vor ein paar Tagen Anders Pontén gegeben habe. Da ist eine Passage mit Roy Engman und einem anderen Mann drauf, die ich interessant finde, aber nachdem ich sie Pontén gegeben habe, gab es keine Reaktion. Hintenrum habe ich jetzt gehört, dass er die Bilder im Ermittlerkreis nicht einmal erwähnt hat.«

»Was ist denn damit?«, fragte Johanna.

»Roy Engman hat jeden Tag die U-Bahn zum Hauptbahnhof genommen. Er hat als Berater bei einer Sicherheitsfirma gearbeitet. Aber am Tag, als er ermordet wurde, ist er nicht am

Hauptbahnhof ausgestiegen, sondern bis zum Karlaplan weitergefahren. Dort auf dem Bahnsteig, als er aus dem Zug gestiegen ist, begrüßte er einen großen Mann. Ich kann nicht sagen, ob sie verabredet waren oder ob es sich um ein zufälliges Treffen handelte.«

»Wie hast du die Passage gefunden?«

»Weil er normalerweise so pünktlich war, habe ich erst mal alle Tage zu denselben Zeiten und bei denselben Orten und Zügen durchsucht. An diesen Tagen gibt es Bilder, an denen Engman wie immer aussteigt, doch weil ich ihn an dem bestimmten Tag am Hauptbahnhof nicht habe aussteigen sehen, habe ich weiter entlang der roten Linie gesucht. Es hat eine ganze Weile gedauert, Östermalmstorg abzusuchen, das kann ich dir sagen, aber am Karlaplan habe ich ihn dann gefunden. Was mich an der Aufnahme einfach stutzig macht, ist die Körpersprache von Engman. Er zuckt zusammen, als er den anderen Mann entdeckt, sieht ängstlich und irgendwie unterwürfig aus.«

»Gute Arbeit. Und du bist sicher, dass sich Pontén der Sache nicht angenommen hat?«

»Ziemlich sicher.«

»Komisch. Ich verspreche dir, dass ich die Bilder etwas später heute anschauen werde. Meine Situation ist grade ein bisschen angespannt, um es milde auszudrücken.«

»Arbeitest du denn weiter an dem Fall?«

»Es ist am besten für dich, wenn du darüber nichts weißt. Darf ich noch eine Sache fragen?«

»Na klar.«

»Gehst du heute arbeiten?«

»Heute Nachmittag kurz. Fast alle arbeiten übers Wochenende.«

»Darf ich dich anrufen und hören, wie es läuft? Zum Beispiel, was ihr über die Explosion auf Lidingö rausbekommen habt?«

»Tu das. Ruf mich so gegen drei auf dem Handy an. Dann sehe ich zu, dass ich zu der Zeit eine Pause außer Haus mache.«

Der Schrein aus der Riddarholmskirche klapperte, wenn man ihn schüttelte. Die Kiste selbst war schwer für ihre Größe, der Inhalt jedoch umso leichter. Er bestand aus drei unansehnlichen Gegenständen:

Einem langen Schlüssel, einem Malerpinsel und einer kleinen, grünen Glasflasche mit Korken. Auf dem Pinsel standen wieder die Initialen DKE.

Der Hofmaler David Klöcker, von Karl XI. geadelter Ehrenstrahl, hatte in das Porträt seines Gönners eine kodierte Positionsangabe gemalt. Aber was bedeuteten die Dinge in seiner unter dem symbolischen Kreuz auf der Schatzsucherkarte hinterlassenen Kiste?

»Es muss eine Art Testament sein«, sagte Felix.

»Ganz schön anstrengend mit all den Symbolen«, sagte Sara. »Warum musste er sich denn mit allem so winden?«

»Seine ganze Malerei gründet auf Allegorien, da ist es nur logisch, dass er auch für die Nachwelt eine allegorische Spur auslegte. Wenn er zum Beispiel wollte, dass nach seinem Tod etwas erinnert oder aufgedeckt werden sollte.«

»Und was genau könnte das sein?«, fragte Sara.

Felix kratzte sich das bärtige Kinn.

»Der Pinsel spricht für sich selbst. Das war sein Arbeitsgerät und die Eintrittskarte zu Ehre und Reichtum. Der Pinsel fasst seine Karriere zusammen. Der Schlüssel sagt nicht viel aus, solange man nicht weiß, zu welchem Schloss er gehört. Aber das hier, das hier ...«

Felix nahm die Glasflasche und betrachtete sie von allen Seiten. Er drehte den Korken heraus, der offensichtlich dreihundert Jahre darin gesteckt hatte, und schüttelte den Inhalt: zirka dreißig Milliliter eines geruchlosen, grauen Pulvers.

Dann beugte er den Kopf hinunter und sah sich den Boden der Flasche an. Dort standen, höchstens einen Zentimeter groß, die Buchstaben CR.

»Carolus Rex«, sagte Felix. »Das Monogramm Karls XI.«

»Und?«, fragte Sara.

»Kann das die Flasche des Königs gewesen sein? Die Frage ist, was sie enthält.«

Sie suchten im Internet nach Methoden der chemischen Analyse. Das erwies sich als leichter gesagt als getan, wenn man keinerlei Anhaltspunkte hatte, um welche Substanz es sich handelte. Also gingen sie an Saras Bücherregal und schlugen in ihren Bänden zur schwedischen Geschichte Karl XI. und seinen Hofmaler nach.

David Klöcker wurde 1628 in Hamburg geboren und kam 1652 nach Schweden. Er studierte in den Niederlanden und Italien und machte sich schnell einen Namen als Stockholms Hofportraitist. Mit der Malerei lief es so gut, dass er sich ein ganzes Atelier einrichtete, mit Mitarbeitern, die die groben Arbeiten erledigten. Er selbst begnügte sich oft mit Retuschen. Sein Stil wurde als im internationalen Vergleich etwas plump barock beschrieben, doch absolut geeignet als Propagandainstrument für die Emporkömmlinge am nördlichen Rand Europas.

»Retuschen. Da haben wir vielleicht die Erklärung für die lateinischen Wörter«, sagte Felix. »Er hat seine alten Bilder immer wieder nachgebessert. Die Worte, die auf den Schrein in der Riddarholmskirche hinweisen, können lange, nachdem das Porträt selbst erstellt wurde, dorthin gemalt worden sein, vielleicht erst gegen Ende seines Lebens.«

»Wann ist er gestorben?«, fragte Sara.

»Ähm, mal sehen … 1698«, sagte Felix.

»Er wurde genau siebzig Jahre alt. Nicht schlecht für die Zeit«, sagte Sara. »Wann ist denn der König in die Kiste gesprungen?«

Felix schlug einen anderen der staubigen Bände auf und arbeitete sich zu dem Kapitel über Karl XI. vor.

»Er wurde nur einundvierzig und starb 1697, ein Jahr vor Ehrenstrahl.«

Sie sahen einander eine Weile nachdenklich an, ehe Felix weiter aus dem Buch zitierte:

»Der König setzte sich selbst hart zu, mit ständigen Reisen. Nach den langen Ritten spuckte er Blut, hatte immer wieder Fieberanfälle und Magenschmerzen. Gegen Ende litt er offensichtlich unerträglich, doch regierte er weiter mit eiserner Hand. Als der Bauch geöffnet wurde, war der Magen voller Krebsgeschwüre. Er hatte selbst vor seinem Tod die Obduktion befohlen, um den Gerüchten über einen Giftmord Einhalt zu gebieten. Es stand politisch gesehen viel auf dem Spiel. Viele rechneten damit, dass der Adel sich die Stellung wieder zurückerobern würde, die er durch die Reduktion verloren hatte.«

»Giftmord …«, sagte Sara und nickte zu der kleinen Glasflasche auf dem Tisch. »Was für Gift hatten sie denn so im 17. Jahrhundert?«

»Ich weiß nur von Arsen«, sagte Felix.

Sie schlugen unter »A« in der Nationalenzyklopädie nach. Doch, Arsen kam lange vor der schwedischen Großmachtszeit unter Meuchelmördern in Mode. Die Beschreibung der Substanz stimmte mit dem überein, was sie in der Glasflasche sahen. Und die Krankheitssymptome Karls XI. stimmten auf grausige Weise mit der Beschreibung der medizinischen Folgen einer langen Vergiftungszeit überein. Krebs war ein typisches Endresultat.

»Gibt es denn keine Möglichkeit rauszukriegen, ob das hier wirklich Arsen ist?«, fragte Sara. »Spekulieren können wir viel.«

Felix las unter der Rubrik »Eigenschaften« aus dem Nachschlagewerk. Wenn es verbrannt wurde, sollte Arsentrioxid einen Geruch von Knoblauch entwickeln.

Er ging zum Herd und holte einen langen Anzünder, schüttelte etwas von dem Pulver auf einen Kaffeelöffel und hielt die Flamme daran. Beide schoben ihre Köpfe vor und schnüffelten vorsichtig.

Französische Fischsuppe, dachte sie.

Indisches Naan-Brot, dachte er.

Mit anderen Worten: Knoblauch. Mit anderen Worten: Arsen.

Als der Vater der Atombombe, Robert Oppenheimer, in der Wüste die erste Atomexplosion der Welt beobachtete, zitierte er ein Stück aus dem indischen spirituellen Gedicht Bhagavad Ghita:

»Wenn der Strahlglanz von hundert Sonnen gleichzeitig am Himmel hervorbrechen würde, dann wäre es wie die Herrlichkeit des Mächtigen ... Jetzt bin ich der Tod geworden, der Zerstörer der Welten.«

Oppenheimers eigene Morgensonne wog 21 Kilotonnen und detonierte am 16. Juli 1945 um 05 Uhr 30. Die Bombe hieß »Trinity« und war, was Experten eine Implosions-Atomwaffe auf Plutoniumbasis nennen.

»Trinity« war eine Bombe desselben Typs wie die von Nagasaki, die sechzigtausend Menschen tötete. Die Bombe, die in Hiroshima zweihunderttausend Menschen tötete, war hingegen auf Uranbasis gebaut. Die unterschiedlichen Opferzahlen beruhten auf der unterschiedlichen Geographie der Städte und den variierenden Bevölkerungszahlen.

Der Atomsprengkopf, der in einem Container in Nynäshamn lag, besaß eine Sprengkraft, die drei Mal so groß war wie die der Bombe von Hiroshima. Mitten in Stockholm gezündet, würde er Schweden als Nation dem Erdboden gleichmachen – Infrastruktur, Wirtschaft, Verwaltung, das kollektive Gedächtnis in Museen und Archiven. Nicht einmal mit den gesammelten Notfallressourcen der EU wären die medizinischen Folgen zu bewältigen.

Eine 44-Kilotonnen-Bombe in Stockholm würde die Innenstadt vernichten und einen großen Teil der Bevölkerung in den Vororten töten. Eine Viertelmillion Menschen würde in der ersten Minute umkommen, ebenso viele innerhalb der nächsten Tage. Je nach Windrichtung würden Södertälje, Uppsala oder das Mälartal von radioaktivem Niederschlag heimgesucht, der die Regionen für Jahrhunderte unbewohnbar machen würde. Noch vierzig Jahre später würden Menschen an der Strahlungsdosis sterben und Kinder mit Missbildungen geboren werden.

Die Höllenmaschine in Nynäshamn war ein improvisierter Zusammenbau aus pakistanischen und russischen Komponenten. Der Sprengkopf selbst war von pakistanischen Generälen über eines ihrer Netzwerke verkauft worden. Indem sie vitale Teile der Bombe abgebaut und sie von der Rakete getrennt hatten, hatten die Verkäufer das eigene Gewissen ausreichend betäubt und die Sache gegenüber den Teilen des pakistanischen Machtapparates, der daran nicht beteiligt war, vertuscht. Das Atomwaffenprogramm mit seiner Verzweigung in die militärischen Verbände war zu kompliziert, als dass eine zivile Instanz alles dort befindliche Material hätte unter Kontrolle halten können.

Die vervollständigenden Komponenten und das Wissen, wie man die Bombe scharf machte, hatten die Auftraggeber in der ehemaligen Sowjetunion gekauft. Dort war der reine Antrieb ausschließlich aus harter Währung gespeist, und es erwies sich als erstaunlich einfach, sowohl Experten als auch Teile zu bekommen. Der Rest war eine Frage von Logistik und Geld. Die grünen Farben des Islam und der US-Dollar liefen zusammen und mischten sich zu einem tiefen Blutrot.

Die Bombe lag jetzt in ihrem Container in Nynäshamn. Der Sprengkopf war von einem dünnen Bleischild umgeben, der ihn transportabel machte, doch die Strahlung war dennoch ungesund hoch. Der Zeitzünder tickte. Die Atombombe wartete nur auf ihren Chauffeur.

Die Nachrichten über die Explosion auf Lidingö beherrschten die Nachrichtensendungen und Abendzeitungen: HIER STARB DER SOHN DES MORDOPFERS.

Johanna griff sich die Zeitungen auf dem Weg von der U-Bahn zum Auto. Sie blieb eine Weile in der Parkgarage sitzen, aß eine Tüte Süßigkeiten und erwog, nach Hause zu ihrer Familie zu fahren. Es war Samstag. Die Zwillinge würden sich wie immer ihre Tüte Bonbons kaufen, sich um die letzten Stücke streiten und sich dann einen Film ausleihen. John würde wieder einen kleinen Fortschritt in seiner Entwicklung machen, den sie verpassen würde, wenn sie nicht da war. Und wenn es ein richtig guter Tag war, dann würden Peter und sie sich ein Stündchen ins Schlafzimmer verkriechen können.

Vielleicht wäre es am besten, gleich aufzugeben, besiegt nach Hause zu schleichen und später der Polizei alles zu erzählen, was sie wusste. Die Verantwortung zu übernehmen.

Sie fing an zu weinen, zum ersten Mal in dieser schrecklichen Woche. Noch nie hatte sie sich in ihrem Leben so alleingelassen gefühlt, dabei war sie schon oft allein gewesen. Als die Panik angekrochen kam, suchte sie nach ihrem Handy, um Sara und Felix anzurufen, ihre einzigen Rettungsanker. Aber das Handy war ja weg, gepeilt, weggeworfen.

Stattdessen las sie die Zeitungen, um sich ein paar Minuten sammeln zu können, ehe sie eine Entscheidung traf. Der *Expressen* brachte Interviews mit den Nachbarn auf Lidingö, die betonten, wie normal die Familie Molin gewesen war und welch schockierender Schlag dies für das idyllische Villenviertel war.

Nicht wirklich normal, so ein Fünfundzwanzig-Millionen-Haus, dachte Johanna.

Was die Ursachen für die Explosion anging, so wurde über alles von Unfall über Selbstmord bis hin zu Mord und Terrorismus spekuliert. Selbstverständlich wurde davon ausgegangen, dass die Tragödie im Zusammenhang mit dem Tod des Vaters, Bertil Molin, stand.

Das *Aftonbladet* brachte neben den Überresten von Gustaf Molins Haus ein großes Bild von Kalle Holm auf der ersten Seite. VERSCHWUNDEN lautete die Schlagzeile. Die Leser wurden gebeten, Tipps zu geben, wohin der Starreporter der Zeitung verschwunden sein könnte. Kalle war nun selbst eine Meldung in diesem unwahrscheinlichen Mordrätsel geworden, das jeden Tag neue Auswüchse entwickelte. Die Gruppe in der Redaktion, die die ganze Woche gern den Mord auf Eins und Aushängern gehabt hätte, hatte nun definitiv Gesundheitsapostel, Diät-Tipps und So-gut-ist-Ihr-Grill niedergerungen.

Johanna faltete die Zeitung zusammen. Die konnte sie gut mit zu Kalle nehmen, denn es würde ihn sicher aufmuntern, dass er, sogar wenn er aus dem Verkehr gezogen war, die erste Seite beherrschte.

Sie hatte sich soeben entschlossen, ein letztes Mal nach Furusund hinauszufahren. Alles geschah so schnell, sie waren der Lösung des Rätsels so nah. Wenn sie jetzt zur Polizei ging, könnte etwas Schreckliches geschehen, während sich die Kollegen auf das Trio im Sommerhaus stürzten, das spürte sie.

Der Saab glitt aus der Tiefgarage. Neben sich auf dem Beifahrersitz hatte Johanna das Videoband, das sie von Gunilla Karlsson bekommen hatte. Sie beschloss, am Haus ihres Vaters in Djursholm vorbeizufahren und seinen Videorecorder zu benutzen. Allerdings glaubte sie nicht, dass an Gunillas Spur viel dran war. Wenn Anders Pontén das Material bekommen hatte, dann war das sicher gründlich in Betracht gezogen worden. Der Mann wusste, was er tat.

Djursholm ruhte in betörendem Grün. Der regnerische Sommer ließ Laubbäume und Blumen ebenso prachtvoll erscheinen wie die gut gepflegten Villen. Rosen und Clematis leuchteten aus Beeten und von Hauswänden. Die Leute lagen auf den Knien und harkten in den Gärten, viele davon waren Ausländer und wurden für die Arbeit bezahlt. Dies war der einzige Bereich Stockholms, ja, ganz Schwedens, in dem der größte Teil der Haushaltsverrichtungen von gemietetem Personal erledigt wurde.

In Djursholm gehörte es zum Status, sich nicht mit Lehm zu beschmutzen, man durfte aber gern ländlich gekleidet sein, in grünen Gummistiefeln und Ölzeug. Der Konformismus war beeindruckend. Man könnte ja meinen, dass Reichtum die Individualität befördere, doch das war nicht der Fall. Der einzige Unterschied zwischen Djursholm, Vasastan und Söder lag in der Uniform, der gesellschaftlichen Zwangsjacke und ihrem jeweiligen Preis.

Carl Totts großes Haus im nationalromantischen Stil des 19. Jahrhunderts war leer, niemand öffnete, als Johanna klingelte. Sie sah sich um und ging dann an die Seite zu dem Stein, unter dem der Vater für den Fall, dass sie unangekündigt kam, einen Schlüssel versteckt hatte. Das war ein Überbleibsel aus ihrem alten Leben, als sie immer noch zu Hause wohnte. Sie hatte das nicht mehr getan, seit sie als Sechzehnjährige auf Kungsholmen ins Gymnasium gegangen war, doch die Gewohnheit saß tief. Es war, als würde ihr Vater zwanzig Jahre später immer noch darauf warten, dass sie endlich Vernunft annähme und zurückkäme.

Sie ging hinein. Der Hund war weg, aber das Auto stand noch draußen. Das bedeutete, dass der Vater wahrscheinlich einen langen Spaziergang unternahm. Soweit sie wusste, wollte er nicht übers Wochenende wegfahren.

Die Zeit war knapp. Johanna war erleichtert, in dieser Situation nicht auf Carl Tott zu stoßen. Sie machte sich eine Tasse Kaffee und ging dann ins Fernsehzimmer. In einer Viertelstunde würde sie schon wieder auf dem Weg nach Furusund sein. Falls der Vater vorher nach Hause kam, würde es etwas länger dauern. Außerdem war sie nicht sicher, ob sie ihre Maske in seiner Gegenwart noch länger aufrechterhalten konnte. Vielleicht brach sie zusammen und erzählte alles.

Der Kaffee schmeckte gut. Die Atmosphäre des Elternhauses trug dazu bei, ihre Nerven zu beruhigen. Sie spürte, wie sich ihr Nacken entspannte und der Atem ruhiger wurde.

Der Fernsehapparat war alt und brauchte eine halbe Minute, um warm zu werden. Sie legte das Band in den Videoplayer ein, spulte zurück und machte es sich mit der Fernbedienung auf dem Sofa gemütlich.

Das Bild flackerte auf. In der unteren linken Ecke war die Aufnahmezeit vermerkt. Die Einspielung stammte von einer der fest installierten Kameras an der U-Bahnstation Karlaplan.

Ein Zug fuhr ein, und ein paar Menschen strömten aus den Wagen. Gunilla Karlsson hatte das Band eigens für Johanna bearbeitet, denn jetzt ging die Aufnahme in Zeitlupe über. Die Bildqualität war bei der alten Ausstattung des Hauses nicht die beste, aber man konnte deutlich einen Mann in Blazer, Schlips und altmodischen Hosen aus dem Zug steigen sehen. Das war der Sicherheitsexperte Roy Engman, Johanna erkannte ihn von anderen Bildern wieder. Er verschwand aus dem Blickfeld. Schnitt zu einer anderen Überwachungskamera in der Nähe der Rolltreppen. Hier stieß er auf einen Mann im Anzug.

Gunilla hatte recht, irgendetwas an Roy Engmans Körpersprache war seltsam. Er duckte sich wie ein Hund vor dem Herrn, den er traf, und streckte unterwürfig die rechte Hand vor.

Johanna beugte sich zum Fernsehapparat vor. Sie starrte auf Roy Engman, und sie starrte auf den anderen. Der drehte jetzt das Gesicht der Kamera zu, während er den Arm wie bei einem ungehorsamen Sohn um Engmans Schultern legte. Sie gingen zusammen weiter, in die andere Richtung, während der ehemalige Säpo-Chef zuhörte und eifrig nickte.

Johanna kannte die väterliche Gestalt auf den Bildern. Das Profil konnte ihr nicht entgehen. Es war ihr eigener Vater, Carl Tott.

»Herzlichen Glückwunsch«, sagte Sara. »Wenn du dich aus dieser Sache rausiaviert hast, kannst du einen Doktor in Archäologie machen. Wir haben soeben den Beweis dafür gefunden, dass Karl XI. mit Gift ermordet wurde, und sein Hofmaler Ehrenstrahl ist der Hauptverdächtige.«

»Geschichte«, sagte Felix sanft. »Wir reden vom 17. Jahrhundert, das ist noch nicht ganz Archäologie, sondern immer noch Geschichte.«

»*What ever*«, knurrte Sara. »Was sagst du zu der Giftmordtheorie?«

»Das Problem ist das Motiv. Warum sollte Ehrenstrahl seinen Beschützer ermorden?«

»Ach komm«, sagte Sara, »ein Motiv gibt es ja wohl immer. Gib zu, dass es in diese Richtung geht. Ehrenstrahl hat ein symbolisches Testament hinterlassen. Eine Giftflasche, auf die er das Monogramm des Königs gestempelt hat. Der König starb mit vierzig, die Ärzte glaubten, es sei Krebs, aber der Maler konnte das so aussehen lassen, indem er seinem Essen und Trinken über einen langen Zeitraum Gift zusetzte. Wenn man all die Porträts bedenkt, da werden die beiden doch eine Menge Zeit miteinander verbracht haben.«

»Vielleicht, vielleicht«, sagte Felix. »Es muss hier ein großes Geheimnis geben, etwas, wovon Charlie wusste, und das er mir anzudeuten versuchte, ehe er starb. Aber was ist das Motiv?«

Jeder der beiden nahm sich einen Kaffee und las schweigend weiter. Es fehlte die Verbindung zwischen dem Geschlecht der Mueller und Ehrenstrahl. Warum um alles in der Welt hatte der Maler die Wahlsprüche der Mueller und des Königs auf seinen Porträts miteinander verbunden?

Felix reckte sich, so dass es in den langen Armen knackte, und vertiefte sich erneut in die Chronik aus Sven Möllers Wohnung. Nach einer halben Stunde fand er etwas:

»Hamburg … stammten nicht sowohl Mueller als auch Klöcker daher?«

»Hm, der Maler wurde 1628 dort geboren, aber der Ahnherr Mueller kam aus Lübeck«, erwiderte Sara.

»Aber er hat doch eine Weile als schwedischer Gesandter in Hamburg gewohnt«, beharrte Felix.

Nach einiger Diskussion erinnerten sie sich an das, was der Reichsheraldiker erzählt hatte. John Mueller zu Lilliencreutz war 1638 in Hamburg gestorben, also als David Klöcker zehn Jahre alt war. Felix las schneller. Jetzt wusste er, wonach er suchte: das Jahr 1652, als der vielversprechende junge Maler nach Schweden kam. Zu dem Zeitpunkt war Kristina Regentin, war aber dabei, das Amt ihrem Cousin Karl X. Gustaf zu überlassen. Felix suchte alle chronologisch passenden Seiten nach Hinweisen auf die Königin ab.

Die Chronik war nicht in zeitlicher Reihenfolge abgefasst, doch ein paar Kapitel später wurde er fündig. Da wurde Kristina mehrere Male erwähnt, und ganz unten fand er einen Hinweis auf die magische Jahreszahl: 1652.

»Verdammt noch mal«, rief Felix und hob das staubige Buch näher an die Augen. Der Text war auf Deutsch.

»Der außereheliche Sohn ist nach Stockholm gekommen.«

»Wow. Das kann kein Zufall sein«, sagte Felix und legte das Buch wieder auf den Tisch. »David Klöcker war der uneheliche Sohn von John Lilliencreutz. Deshalb kam er überhaupt nach Schweden, und zwar mit Hilfe der Muellers.«

»Da hast du dein Motiv«, sagte Sara. »Zwanzig Jahre später wird Klöcker von demselben König geadelt, der seine Verwandten durch die große Reduktion ruiniert. Blut ist dicker als Wasser. Ehrenstrahl war der Familie gegenüber loyal, die ihm im Geheimen geholfen hatte. So loyal, dass er den König mit Gift ermordete.«

»Okay«, sagte Felix und hielt sich beide Hände an den Kopf. »Wenn wir das alles mal zusammenfassen, was haben wir dann? Ein Adelsgeschlecht, das sich mit Karl XI. in den Haaren lag und dem es scheinbar gelang, ihn zu ermorden. Und dann haben wir noch all die anderen schwedischen Katastrophen, von der Großmachtszeit an. Sechs Männer, die in späteren Jahren damit zu tun hatten, sind zu Tode gefoltert worden. Warum?«

»Rache?«, fragte Sara. »Ein paar verrückte Rächer bringen Beamte um, die Fehler gemacht haben?«

»Du meinst … die Reichsrevision?«, fragte Felix.

»Damit ist nicht zu scherzen.«

»Nein, aber du hörst doch selbst, wie komisch das klingt. In den USA gibt es einen Ausdruck dafür, wenn die Leute gekündigt werden und dann mit einer Maschinenpistole zurückkommen: ›going postal‹. Scheint aus irgendeinem Grund bei der Postbehörde besonders verbreitet gewesen zu sein. Wenn deine Rachetheorie stimmt, dann muss es irgendeinen übereifrigen Rentner von der Reichsrevision geben, der die Mission, die Effektivität im Staat zu fördern, etwas zu weit getrieben hat.«

»Eine Truppe von Mörderrevisoren? Nein, du hast recht. Das passt nicht«, sagte Sara und warf noch ein paar Brotscheiben auf den Toaster.

Sie brachten den beiden Gefangenen im Erdkeller ein großzügiges Frühstück. Inzwischen hatten sie Repräsentanten sowohl der zweiten als auch der dritten Macht im Staate eingesperrt. Fehlte nur noch ein Abgeordneter des Reichstags, dann wäre der Angriff auf den schwedischen Staat komplett.

War es so? Waren sie selbst im Begriff, in die ihnen zugeschriebene Rolle der Terroristen zu rutschen?

Für Kalle Holm und Kjell Pärzon bestand kein Zweifel. Sie hatten die Nacht über ihre Ängste gegenseitig hochgeschaukelt und waren jetzt überzeugt, dass ihr Leben in Gefahr war. Das Frühstück, das ihnen durch die Tür geschoben wurde, während die Schrotflinte durch den Spalt auf sie gerichtet war, nahmen sie unter Protesten entgegen. Sie wussten nicht, dass die Büchse gar nicht geladen war und dass weder Sara noch Felix jemals eine Schusswaffe abgefeuert hatten.

»Warum müssen denn diese Enten hier drin sein?«, rief Kalle aus dem Weinkeller.

»Gesellschaft«, rief Sara zurück.

»Habt ihr noch nie was von der Vogelgrippe gehört?«, kreischte Kalle. »Es ist lebensgefährlich, mit Federvieh das Zimmer zu teilen. Begreift ihr nicht, welchen Gefahren ihr uns aussetzt? Das ist der reinste Mordversuch.«

Von drinnen hörte man Murmeln, als ob Kjell Pärzon versuchte, Kalle still zu kriegen. Kjell sah die Enten offensichtlich als das kleinere Problem an.

»Nur die Ruhe. Die Vogelgrippe ist doch nur eine ... Ente«, sagte Felix.

»Die haben sich die Abendzeitungen ausgedacht«, schob Sara nach.

»Wenn wir rauskommen, werdet ihr schon sehen, was sich die Abendzeitungen so ausdenken«, schrie Kalle. Und wieder hörte man, wie Kjell versuchte, ihn zum Schweigen zu bringen.

Sara und Felix gingen ins Haus zurück. Das Frühstücksgespräch der Gefangenen ging derweil von der Vogelgrippe zu anderen Gesundheitsgefährdungen über. Kalle machte sich Sorgen, inwiefern die Abwesenheit von Tageslicht ihm Beschwerden verursachen würde. Vitaminmangel. Depression. Seit er im Erdkeller saß, hatte er unnatürlich viel geschlafen, und er zeigte Kjell die letzte Ausgabe des *Aftonbladet*: »Hinter Müdigkeit kann eine unbekannte Krankheit stecken.«

»Zum Teufel, du bist doch gar nicht krank«, sagte Kjell Pärzon.

»Noch nicht«, meinte Kalle Holm.

»Jetzt hör auf. Mit der Einstellung wird es dir immer schlecht gehen. Vergiss nicht, dass der Feige tausendmal stirbt und der Mutige nur einmal.«

»Ich bin nicht feige.«

»Nein, aber du hast Wahnvorstellungen.«

»Auch ein Hypochonder kann von tödlichen Krankheiten ereilt werden.«

»Reiß dich zusammen. Unsere Situation ist unangenehm genug. Wenn du so viel Angst vor den Enten hast, dann kannst du ihnen doch das Genick brechen.«

»Wenn man Federvieh umbringen will, braucht man eine Schutzausrüstung. Hast du nicht im Fernsehen gesehen, was sie in Asien dazu anhaben? Die reinsten Rüstungen. Als befände man sich im Atomkrieg.«

Kjell Pärzon seufzte und entkorkte einen Wein, um das Frühstück abzurunden. Was sollten sie sonst in ihrem Exil anfangen?

Felix legte sich aufs Sofa und blätterte in der *Dagens-Nyheter*-Ausgabe vom Vortag. Die Gedanken kreisten, da war es schwer, sich auf alltägliche Nachrichten über die Rentensituation und ausländische Konflikte zu konzentrieren.

Wenn ich diese wahnsinnige Mordgeschichte nur einen Augenblick verdränge, dann klärt sie sich vielleicht auf, dachte er. Die Trauer um Charlie war immer noch eine blutende Wunde. Alles, was seither geschehen war, glich einem Fiebertraum. Ohne seine zwei Freundinnen und die Ablenkung durch die Nachforschungen hätte er sich nicht aufrecht halten können.

Er schlug den Kulturteil auf und überflog die Rezensionen einer Theaterpremiere im Dramaten. Dann blieb er bei einem Bericht über eine Forschungsexpedition in der Ukraine hängen. Zum ersten Mal war im Rahmen eines gemeinsamen schwedisch-ukrainischen Projekts das Schlachtfeld in Poltawa von 1709 mit Hilfe von Metalldetektoren abgesucht worden. Es hatten umfangreiche Ausgrabungen stattgefunden und Untersuchungen mit Hilfe der jüngsten Technik – Georadar, eine Art Erdfernglas.

Die Sponsoren der Expedition waren reich belohnt worden.

Und die Schlüsse, die man über den Verlauf der Schlacht gezogen hatte, ließen Felix innehalten. Dreihundert Jahre lang war es ein Rätsel gewesen, warum Generalmajor Gustaf Roos und seine zweitausendsechshundert Mann an der dritten Schanze der Russen gescheitert waren. Der Kampf an der Schanze endete damit, dass Roos gefangen genommen wurde und seine Bataillone vom weiteren Kampf abgeschnitten waren. Die schwedische Hauptstreitmacht wartete vergeblich darauf, dass Roos sich anschließen möge. Die Kraft des Angriffs war gebrochen. Die Russen marschierten aus ihren Lagern und zwangen die schwedische Armee zur Flucht. Nach neun offensiven Jahren während des Nordischen Krieges war die Großmacht Karls XII. verloren.

Jetzt hatten die Schlachtfeldarchäologen das Bild aus alten Briefen und Tagebüchern vervollständigt. Im Wallgraben vor der dritten Schanze wurden Hunderte von toten Schweden gefunden. Ihre Position vermittelte den Eindruck, als hätte Roos einen Selbstmordangriff kommandiert, und zwar auf eine Schanze, die man ebenso gut hätte umrunden können. Schließlich war es die Hauptstreitmacht der Russen im weiter entfernten Lager, die das eigentliche Ziel darstellte.

Felix dachte an Sven Möllers Liste mit schwedischen Katastrophen. Neben dem Mord an Gustav II. 1792 war Poltawa 1709 der einzige Eintrag für dieses Jahrhundert. Es gab keinen Zweifel, dass es sich hierbei um eine nationale Katastrophe handelte, aber welche Rolle hatte Roos dabei gespielt?

Noch einige weitere der Fälle auf der Liste hatten mit Inkompetenz zu tun: der Verlust von Sveaborg, der Untergang des Regalschiffs *Kronan*. Im Licht der Informationen über Roos konnte man sich fragen, ob es vielleicht eine historische Linie gab, eine Absicht hinter dem, was zunächst zufällig erschien. In dem Fall wären Karl Staaff und Ivar Kreuger ebenso ermordet worden wie Olof Palme. In dem Fall wäre das Schloss Tre Kronor nicht zufällig abgebrannt, und die Schüsse auf die

Demonstranten, der Einsturz der Brücke von Tjörn und der Absturz des Jas-Flugzeugs wären keine zufälligen Katastrophen gewesen.

»Sieh mal«, rief Felix Sara zu und berichtete von seiner Entdeckung.

Sie sah ein wenig abwesend auf. Ja, Poltawa stand durchaus auf der Möllerliste. Doch Sara war mit den Gedanken gerade woanders. Sie hatte selbst eine aufregende Entdeckung gemacht und schüttelte langsam den Kopf:

»Könnte sein, dass ich das dritte Rätsel von Ehrenstrahl geknackt habe«, verkündete sie feierlich.

»Wie das?«

Felix eilte zum Schreibtisch, wo Sara über die Chronik gebeugt saß. Sie zeigte auf die aufgeschlagene Seite, die mit 1711 datiert war:

»Sie schreiben, dass Stockholm in dem Jahr von der Pest heimgesucht wurde. Ein paar von Muellers Nachfahren starben, scheinbar in Armut, nachdem sie sich von dem russischen Feldzug nach Hause geschleppt hatten. Heulen und Zähneklappern. Aber sieh mal hier: ein Hinweis auf die ›Gesellschaft‹ und eine Karte von Gamla stan.«

Sie begutachteten beide die einfache Skizze, die das damalige Stockholm darstellte. An drei Stellen gab es kleine gezeichnete Schlüssel – beim Königsschloss, der Riddarholmskirche und der Festung auf Kastellholmen. Das waren Schlüssel, die Felix und Sara sofort wiedererkannten.

»Mein Gott«, sagte er. »Das Ehrenstrahl-Testament.«

Sie holten den Schlüssel aus dem Schrein und verglichen ihn mit den Bildern. Die Ausführung stimmte exakt überein.

Nach einiger Diskussion entschieden sie, dass Felix schon mal nach Stockholm fahren und die Markierungen auf der Karte suchen sollte, während Sara auf Johanna wartete. Vielleicht gab es ein Schloss, zu dem der alte Schlüssel passte. Einen Versuch war es wert.

Felix nahm den Mustang und begab sich auf den Weg, mit Baseballkappe, Sonnenbrille und Kapuzenjacke maskiert. Sara behielt den Schlüssel, denn in ihren Händen war er sicherer, da nach ihr nicht gesucht wurde. Sowie Johanna käme, würden sie nachkommen und sich dann alle in der Stadt treffen.

Felix fuhr vom Norrtull direkt durch die Stadt, über Odenplan und Kungsträdgården. Auch hier war der Verkehr wahnsinnig. Pride-Festival und viele Menschen auf den Straßen. Der Himmel war voller Luftballons, die in schwereloser Harmonie mit Möwen und Dohlen die südliche Brise ausnutzten.

Felix wünschte sich so sehr, an dem herrlichen, freien Hier und Jetzt teilhaben zu können. Stattdessen irrte er in einem vierhundert Jahre alten Albtraum mit sich selbst in der Hauptrolle herum.

Kastellholmen war an diesem hektischen Abend eine Oase der Ruhe. Ein paar Spaziergänger, ein paar Fähren und kleine Boote, die am Ufer entlangfuhren, viele Seevögel. Felix ignorierte die Verkehrsschilder und fuhr direkt bis zur Festung vor. Er stieg aus und drehte eine Runde um das alte Gebäude, ehe er hineinging.

Eigentlich war die Festung auf Kastellholmen nicht für Besichtigungen geöffnet, doch an ebendiesem Tag hatte die Zeitschrift *Einsatz & Verteidigung* die oberste Terrasse für ein Fotoshooting gemietet. Die Tür im Erdgeschoss stand offen. Felix schlüpfte hinein und die Treppen hinauf. Ganz oben ging er hinaus und begrüßte den Fotografen, der direkt am Ausgang stand.

»Hallo, hier ist für die Allgemeinheit geschlossen«, sagte der junge Mann.

Felix dankte für die Information und ging die Treppe wieder hinunter. Nun hatte er Zeit, um das Gebäude zu untersuchen. Die Gruppe auf dem Dach war noch eine Weile beschäftigt. Da wurden Scheinwerfer aufgestellt und mitgebrachte Kleidungsstücke angezogen, was darauf hinwies, dass es mindestens noch eine Viertelstunde dauern würde, bis das erste Foto geschossen werden konnte.

Felix untersuchte Stockwerk für Stockwerk auf ein Schlüsselloch. Unten angekommen ging er an den Wänden entlang, jedoch ohne Ergebnis. Dann untersuchte er den Steinfußboden. Teile davon waren mit alten Teppichen bedeckt. Er rollte einen zusammen und schaute darunter. Nichts. Jetzt konnte man die Gruppe auf dem Dach hören, erleichtertes Lachen, als sei das Fotografieren beendet.

Felix rollte Teppich Nummer zwei und drei auf. Sie waren bleischwer und schienen noch niemals aus ihrer Position gebracht worden zu sein. Der Steinfußboden an den Seiten war vom Zahn der Zeit zu einem ganz anderen Grauton poliert worden, als der, welcher sich unter den Textilien verbarg.

Gerade als die Stimmen auf der Treppe zu hören waren, machte er die Entdeckung. Eine Klappe im Fußboden. Da waren sowohl ein Schlüsselloch als auch eine Klinke. Warum zum Teufel hatte er den Schlüssel nur bei Sara gelassen?

Nach einem raschen Blick nach oben versuchte er doch die Klinke zu drücken. Sie war schwer und leistete Widerstand, aber zu seinem Erstaunen gab sie nach. Unter lautem Quietschen öffnete sich die Klappe; sie war an der Oberseite mit einer dicken Lage Stein belegt, darunter war sie aus Holz.

Felix zog den Teppich und die Klappe so gut es ging über sich, glitt hinunter und schloss die Klappe.

Ein schwarzes Loch tat sich auf. An der Seite saß ein Lichtschalter von erstaunlich moderner Form. Felix schaltete das Licht ein und begann hinunterzusteigen. Die Treppe war aus Eisen und quietschte Unheil verheißend unter seinem Gewicht.

Der Tunnel führte direkt in die Unterwelt. Eine schwache Beleuchtung kam von den kahlen Glühbirnen, die in einer Reihe aufgehängt waren. Es waren langlebige Energiesparbirnen, also war die Anlage erst in den letzten Jahren damit ausgestattet worden. Felix wanderte und wanderte. Er schätzte, dass er an die fünfzehn Meter hinabgestiegen war, ehe der Tunnel horizontal nach Nordwesten abbog.

Die Luft war muffig, es gab keine Ventilation. Es roch nach etwas, was er nicht einordnen konnte, etwas, das ihn an seine frühe Kindheit erinnerte. Naphtalin? Der Gang war mit Zement ausgekleidet und verhältnismäßig sauber. Das Einzige, was sich bewegte, war die eine oder andere Spinne, die von dem plötzlichen Licht und den Vibrationen eines sich nähernden Menschen überrascht worden war.

Er zählte die Schritte. Nach dreihundert eintönigen Metern verbreiterte sich der Gang in einen unterirdischen Raum. Jetzt dürfte er sich ungefähr unter Långa Raden auf Skeppsholen befinden, wo die alten Gebäude der Flotte standen. Der Raum maß ungefähr zehn mal zehn Meter. Er sah sich erstaunt um.

In der Mitte des Raumes standen ein Tisch und ein paar Stühle, antik, aber gut erhalten, im Barockstil. Entlang der einen Wand standen verschlossene Schränke aus massiver Eiche aufgereiht, an der anderen hingen vier alte Ölportraits guter Qualität. Felix erkannte den Kriegskönig Gustaf II. Adolf, die anderen jedoch nicht.

Er trat näher und betrachtete die Details. Neben einem der großen Männer leuchtete ein Wappenschild, die Katze der Mueller. Das war dann wahrscheinlich John Mueller zu Lilliencreutz, der Patriarch. Der Adelsmann schaute lässig mit einem selbstbewussten und gleichzeitig wachsamen Blick auf den Betrachter herab.

Dem kleinen Text unter den anderen Porträts konnte Felix entnehmen, dass sie König Karl X. Gustav und den Reichskanzler Axel Oxenstierna darstellten. Drei der größten Männer des 17. Jahrhunderts und dann der ständig gegenwärtige Mueller. Felix' Gedanken kehrten zu dem armen Sven in Brandbergen zurück, dem letzten Repräsentanten des Geschlechts.

Wenn er das hier hätte sehen können. Aber vielleicht hatte er ja genau das getan?

»Holy Moly«, flüsterte Felix leise. Hier hing Kunst im Wert eines Vermögens, in einem Kellergang, den nur äußerst wenige zu kennen schienen. Ehrenstrahl hatte seinen Schlüssel zu diesem unterirdischen Bunker hinterlassen, aber er war schließlich vor dreihundert Jahren gestorben. Jemand anders musste für den Unterhalt gesorgt haben, und das war wohl kaum das Landesdenkmalamt gewesen.

Traf sich hier vielleicht die »Gesellschaft«, von der sie nun schon mehrfach gehört hatten, die Nachfolger Muellers und Ehrenstrahls? Verwandt konnten sie kaum mehr sein, denn die Linie war ausgestorben. Vielleicht gab es etwas anderes, das weitergelebt hatte.

Felix sah erstaunt von einem Porträt zum anderen und schüttelte gleichzeitig den Kopf. Charlie, mein Charlie, warum warst du nur so geheimnisvoll?

Im gleichen Augenblick schrak er von einem plötzlichen Geräusch zusammen.

Peng!

Die Tür hinter ihm fiel mit einem Knall zu. Die Haare standen ihm zu Berge. Das Herz machte einen zusätzlichen Schlag und begann laut zu pochen.

Er war eingeschlossen. War er beobachtet worden?

Die Tür am anderen Ende des Raumes schien verschlossen zu sein. Voller Panik eilte Felix zum Eingang zurück, hielt sich aber gerade noch zurück, als er an die Tür schlagen wollte. Das hatte sicher keinen Sinn. Hier hatte er es mit Menschen zu tun, die vor Folter und Hinrichtung nicht zurückschreckten. Er war direkt in die Höhle des Löwen marschiert.

Ein paar Sekunden später steigerte sich seine Panik zu Todesangst, als die Stille von einem zischenden Geräusch durchbrochen wurde. Der Raum füllte sich langsam mit weißem Gas.

Felix tauchte auf den Boden, riss sich den Pullover vom Leib und stopfte ihn über Nase und Mund, aber vergebens. Nach einer halben Minute merkte er, wie seine Muskeln schlapp wurden. Er glitt in eine barmherzige Bewusstlosigkeit hinüber.

Johanna starrte auf den Fernsehschirm vor sich. Die Sequenz dauerte nur ein paar Sekunden. Erst stieg Roy Engman am Karlaplan aus der Bahn, dann der Schnitt zur Kamera an der Rolltreppe, wo er auf Carl Tott stieß, die unterwürfige Begrüßung, ehe sie ins Gespräch vertieft weitergingen.

Sie spulte die Bilder drei Mal vor und zurück. Kein Zweifel, dass dies ihr Vater war. Soweit sie es beurteilen konnte, hatten die zwei Männer eine Verabredung. Sie wusste aus Erfahrung, wie eilig ihr Vater es hatte, die paar Mal, die er die U-Bahn benutzte, aus dem Tunnel zu kommen, aber hier hatte er gestanden und gewartet.

Engmans Körpersprache war in der Tat seltsam. Der kräftige Mann, ein ehemaliger Leibwächter und Chef der Säpo, schrumpfte in Gegenwart des Oberarztes Tott zusammen. Johanna kannte die autoritären Seiten ihres Vaters durchaus und wusste, wie klein man sich in seiner Gesellschaft fühlen konnte, aber das hier war etwas anderes. Es sah aus, als stünde Engman in seiner Schuld und hätte irgendeinen Unfug gemacht, für den der Lehrer ihn jetzt bestrafte.

Johanna musste ihren Vater fragen, warum er nichts von seiner Beziehung zu dem ermordeten Roy Engman gesagt hatte. Eine Weile blieb sie mit ihren diffusen Gedanken auf dem Sofa sitzen. Dann hatte sie es eilig. Jetzt besser nicht hier auf Vater treffen. Aus irgendeinem Grunde wollte sie lieber später anrufen und die Frage stellen, mit genügend Abstand und ohne Blickkontakt.

Der Fernseher wurde ausgeschaltet, die Kaffeetasse gespült und alles in Ordnung gebracht. Johanna ging in den Flur hinaus, wo sie einen Blick auf das Original eines wohlbekannten

Bildes von Carl Larsson warf, die ersten Bilder ihrer Kindheit vom guten Leben.

Als sie gerade nach der Klinke greifen wollte, wurde sie von der anderen Seite geöffnet. Der Hund bellte bei der überraschenden Begegnung im Eingang. Carl Tott zuckte kurz zusammen, dann machte sich das gewohnte Lächeln auf seinem Gesicht breit.

»Was sieht man da, Johanna!«

»Hallo Papa«, sagte sie und bemühte sich, gelassen auszusehen.

»Wie geht es dir, du bist ja ganz blass«, sagte Carl.

»Na ja, ist nur gerade etwas Stress. Du weißt schon, der Job und alles.«

»Aber was machst du denn hier, bist du auf dem Weg nach draußen?«

»Ich habe es eigentlich eilig, aber dann wollte ich doch kurz reinschauen, da ich schon mal in der Nähe war. Habe mir eine Tasse Kaffee gemacht. Manchmal fühlt es sich gut an, mal wieder zu Hause zu landen.«

»Mein Liebes, ist es so schlimm?«, fragte Carl. »Du hast dieses Haus noch nie Zuhause genannt. Willst du noch eine Tasse mit mir trinken? Hast du noch Zeit?«

»Ich muss leider los, ich habe einen Termin. Aber Papa, eines wollte ich dich noch fragen.«

»Ja sicher, frage nur.«

»Kanntest du Roy Engman, weißt du, der ermordet wurde?«

Johanna war es gewohnt, die Reaktion auf überraschende Frage zu beobachten, aber diesmal hätte sie die Lüge niemals erkannt, wenn sie nicht schon die Antwort auf ihre Frage in der Hand gehabt hätte:

»Nein, dem Mann bin ich nie begegnet. Warum fragst du?«

Johanna schluckte und versuchte, cool zu spielen, so wie ihr Vater es auch tat. Irgendetwas von seinen Pokergenen musste sie doch geerbt haben.

»Ach, nichts. Mir war nur, als hättest du ihn mal erwähnt, als wäre er mit dir beim Wehrdienst gewesen oder so.«

»Nein, tut mir leid. Mit dieser feinen Bekanntschaft kann ich mich nicht brüsten.«

Sie setzten sich einen Augenblick auf die Gartenstühle und bewunderten die Hausecke, die von Goldsternrosen knallgelb war. Hummeln und Bienen summten um die Blumen. Johanna kraulte den Schäferhund unter der Schnauze, während sie über Leute plauderten, die sie kannten, über das Sommerwetter und die Mordermittlungen. Nach zehn Minuten stand Johanna auf, entschuldigte sich, umarmte den Vater und ging zum Saab.

Langsam fuhr sie aus Djursholm hinaus und ließ dann das Lenkrad kurz los, um ihre schweißnassen, zitternden Hände anzusehen. Warum log ihr Vater über das Zusammentreffen mit einem Mann, der tags darauf ermordet worden war?

Diese Entdeckung hatte etwas Erschreckendes und Unwirkliches. Als wäre ihr nun der letzte feste Punkt in ihrem chaotischen Universum entzogen worden.

Es war erst sieben Uhr Ortszeit am Samstagmorgen, als im Büro von Dick Wagoner im Los Alamos National Laboratory in Washington D.C. das Telefon klingelte. Um diese Zeit war das moderne Gebäude auf der Südseite von The Mall noch menschenleer. Wagoner selbst allerdings saß an seinem Platz in seinem geräumigen Büro im dritten Stock mit Panoramafenster und schönen Naturfotografien.

Wagoner war fünfundsiebzig Jahre alt, ein gut trainierter Gentleman mit buschigem, grauem Schnauzer. Er war Physiker und arbeitete seit den frühen Sechzigerjahren im Bereich Atomsicherheit. Während der Reagan-Administration in den Achtzigerjahren war er der zivile Berater des Pentagon in Kernwaffenfragen gewesen. Unter Clinton in den Neunzigerjahren arbeitete er weiter und war immer noch ein befehlshabender General in dem arbeitsintensiven Krieg gegen Terroristen, die auf der Jagd nach Nuklearwaffen waren. Zu jener Zeit fürchtete man vor allem, dass Bombenbauer sich der Erpressung bedienen würden. Man stellte sich vor, dass die Bombe selbst an einem Ort fest installiert wäre, während die Polizei unter Zeitdruck versuchte, sie zu finden.

Heute sah es anders aus. Jetzt rechnete man damit, dass die Bombe beweglich war, während das System, das sie stoppen könnte, in Form von Radiaksensoren fixiert war. Die potentiellen Gegner waren nicht mehr berechnende Erpresser, sondern religiöse Fanatiker mit einer apokalyptischen Agenda. Für sie war die Detonation schon das Ziel, nicht nur ein Mittel, um etwas anderes zu erreichen.

Wagoner hatte das NEST-System der Nuclear Emergency Support Teams geschaffen. Er war der Architekt hinter der Philosophie, dass man bewegliches, nukleares Material mit Hilfe von über die ganze Welt verteilten, lückenlos verbundenen computerisierten Detektoren stoppen könnte. Zufällig kannte er auch den dreißig Jahre jüngeren Bruno Mild im militärischen Hauptquartier in Stockholm, der ihn jetzt anrief. Bruno wusste nach all den Jahren der Verbindung ins Pentagon, dass Dick gern früh ins Büro kam, und auch, dass er gern am Wochenende arbeitete.

»Guten Morgen, wie läuft's in der Welthauptstadt?«, fragte Bruno in seinem leicht übertriebenen Oxford-Englisch.

»Nicht schlecht, nicht schlecht«, antwortete Dick lachend. »Und in Stockholm?«

Sie tauschten ein paar private Neuigkeiten aus, ehe Bruno sein Anliegen vorbrachte:

»Wir haben Signale über einen Code Red in Stockholm erhalten. Das klingt viel zu phantasievoll, aber es gibt beunruhigende Anzeichen hier. Ich wollte mich nur gern mit dir besprechen, was du von einem derartigen Szenario hältst, ob uns wirklich jemand so zusetzen will.«

»Stockholm …«, sagte Dick Wagoner nachdenklich. »Das

dürfte das am wenigsten wahrscheinliche Ziel für einen Code Red in der zivilisierten Welt sein. Aber Verrückte gibt es schließlich überall. Es könnte euch womöglich zum Nachteil gereichen, dass es so unwahrscheinlich ist. Da ihr keine Feinde habt, seid ihr nicht gewappnet.«

»Und wenn wir jetzt Feinde haben?«

»Dann ist die offene Gesellschaft immer verwundbar. Und es gibt wohl kaum eine offenere Gesellschaft als die von Schweden.«

»Nehmen wir mal an, jemand würde versuchen, per Schiff eine taktische Atomwaffe nach Stockholm zu bringen. Der Zoll hat Radiaksensoren, aber ich glaube nicht, dass sie für mehr als Stichproben benutzt werden. Habt ihr eine laufende Kontrolle von Skandinavien in eurem neuen Computerprogramm, sind wir da aufgeführt?«

»Bruno, mein Freund, darüber sollten wir nicht am Telefon sprechen, aber die Antwort auf deine Frage ist Ja. Es gibt einen Embryo für die Zusammenarbeit.«

»Würdet ihr denn eine Abweichung vom Normalbild feststellen können, wenn da irgendein Scheiß im Gang wäre?«

»Theoretisch ja, mit etwas Glück. Kreative Feinde sind immer im Vorteil, aber es gibt viele historische Beispiele dafür, dass eine halbherzige Verteidigung besser ist als gar keine. Die Technik, was kosmische Strahlung und Teilchenphysik angeht, marschiert im Sauseschritt voran. Wenn du im Pulsar einer nächsten Galaxie nach einem bestimmten Neutrino suchst, dann kannst du ein einziges physikalisches Geschehen aus Millionen anderen im Hintergrund aussieben. Dasselbe gilt auf der Erde. Radioaktives Material hat Signaturen, die verfolgt werden können.«

»Mal ehrlich, glaubst du, dass dein Bollwerk die USA vor nuklearem Terrorismus wird schützen können?«, fragte Bruno.

»Vielleicht nicht auf lange Sicht«, sagte Dick, »aber du weißt ja, dass …«

»... wir auf lange Sicht alle tot sind«, ergänzte Bruno.

»Kaiser und Präsidenten haben schon immer versucht, feste Verteidigungseinrichtungen zu bauen«, fuhr Dick fort, »vom Hadrianswall über die Maginot-Linie zu der Raketenabwehr der USA im Weltraum. Das ist so ein Projekt, an dem die Regierenden und die Regierten gleichermaßen interessiert sind. Meine Kritiker sagen, das globale Detektorschild sei zu ineffektiv, um die Kosten zu rechtfertigen. Aber ich habe ja auch nie behauptet, dass man nicht zusätzlich eine konventionelle Geheimdienstarbeit und vor allem eine bessere Kontrolle über nukleares Material benötigt. Die eine Verteidigungseinrichtung schließt die andere nicht aus. So haben wir zum Beispiel einhundertfünfunddreißig Forschungsreaktoren in der ganzen Welt, und viele werden mit miserablem Sicherheitsdenken betrieben.«

»Noch mal zu Schweden«, sagte Bruno, »was würdest du tun, um herauszubekommen, ob jemand eine Bombe reinschmuggeln will?«

»Na ja«, meinte Dick Wagoner, »zuerst einmal müsst ihr in Zusammenarbeit mit anderen Ländern der Küstenwache und dem Zoll vertrauen.«

»Da sind in den letzten Tage einige Einsätze erfolgt«, sagte Bruno. »Aber die haben nichts gefunden.«

»Dann hat es vielleicht nichts gegeben.«

»Aber was würdest du machen, wenn du den Verdacht hättest, dass doch etwas durchgerutscht ist?«, fragte Bruno.

»Du meinst im Ernst?«

»Noch schlimmer.«

»Wenn die Hinweise stark sind, dann muss als Erstes mal die Stadt evakuiert werden.«

»Das ist wahrscheinlich noch nicht angesagt. So sicher sind wir auch wieder nicht«, sagte Bruno.

»Aber man kann eine offene Warnung aussprechen. Das kann dann eine spontane Evakuierung bewirken.«

»Du meinst Panik. An dem Punkt sind wir auch noch nicht. Wie entdeckt man die Bombe selbst?«

»Meine Antworten sind leider nicht besser als deine«, sagte Dick. »Hier ist Polizeiarbeit gefragt, effektive Zusammenarbeit zwischen dem Geheimdienst und den normalen Bullen auf der Straße. Und natürlich ist es von Vorteil, wenn es Kompetenzen in Sachen radioaktives Material gibt.«

»Da sieht es bei uns schlecht aus«, sagte Bruno.

»Wenn dir die Sache wirklich Sorgen bereitet, dann kann ich zum Pentagon rüberfahren und sehen, was wir tun können. Das System mit den radioaktiven Signaturen steckt wie gesagt noch in den Kinderschuhen, aber mit der Zeit werden wir die Satellitenermittlung mit den Datenbanken und den Detektoren verknüpfen können. Leider ist das noch nicht flächendeckend möglich.«

»Ich wäre dir sehr dankbar, wenn du alles unternimmst, was im Rahmen deiner Möglichkeiten liegt. Ich ruf dich in ein paar Stunden auf dem Handy an.«

Johanna war immer noch blass, als sie in die Hütte in Furusund zurückkehrte, aber sie hatte dennoch die Geistesgegenwart besessen, mitzubringen, was sie versprochen hatte. Die Abendzeitungen für Kalle Holm, falschen Kaviar für Sara und eine Anstaltspackung Rumkugeln für Kjell Pärzon. Sie hatten die Gefangenen im Erdkeller gefragt, was sie gern essen oder lesen wollten, was auch immer, um die Nerven zu beruhigen.

Kjell Pärzon nahm die Schachtel mit den dreißig Rumkugeln entgegen. Noch ehe Kalle den Leitartikel im *Aftonbladet* gelesen hatte, hatte Kjell schon drei der braunen Kugeln verschlungen. Er rülpste zufrieden.

»Weißt du eigentlich, woraus sie diesen Scheiß machen?«, fragte Kalle, ohne den Blick von der Zeitung zu heben.

»Nur natürliche Zutaten«, erwiderte Kjell und leckte sich die Streusel von den Lippen.

»Kuchenkrümel in gehärtetem Transfett und der Rest raffinierter Zucker. Du könntest genauso gut Polonium fressen.«

»Transfett«, sagte Kjell nachdenklich. »Das klingt wie Übergewicht bei einer sexuellen Minderheit.«

»Das ist Industriefett, das dein Herz verklumpen lässt. An deiner Stelle würde ich diese ganze Schachtel nicht ohne eine private Krankenversicherung in mich hineinstopfen.«

Kjell war inzwischen bei der vierten Kugel angekommen. Sie waren frisch, direkt aus der Konditorei, und einfach wunderbar. Das hypochondrische Gemecker seines Genossen erhöhte den Genuss nur noch.

»Und ich hätte mir an deiner Stelle nicht so viele Russenfünfer und so viel Koks reingezogen«, antwortete Kjell zwischen den Bissen. »Verglichen mit deinen Essgewohnheiten ist Kuchen doch die reinste Vitaminkur.«

Kalle blieb ihm die Antwort schuldig. Er seufzte und blätterte auf die Kulturseite vor. Doch Kjell hatte Blut geleckt und wollte jetzt nicht lockerlassen:

»Es ist nur deine eigene Todesangst, die du auf mich überträgst. Nimm eine Rumkugel und entspann dich mal, verdammt.«

Er reichte die Schachtel rüber.

»Nein danke.«

»Warum sind heutzutage nur alle so verdammt hysterisch mit ihrem Essen?«, fuhr Kjell fort. »Glaubt ihr, dass ihr ewig leben werdet, oder was?«

»Hast du schon mal jemanden an einem Herzinfarkt sterben sehen?«, konterte Kalle.

»Ja, das habe ich«, erwiderte Kjell.

»Dann weißt du, dass das nicht lustig ist. Lass die Fettkugeln sein, dann bleiben dir die Krankheiten an der Pumpe erspart, so einfach ist das.«

»Und wie ist es mit den Russenfünfern? Die hatten einen Bio-Aufkleber, oder was?«

Kalle ließ die Zeitung sinken:

»Das ist blödes Gerede. Ich habe nur einmal Steroide ausprobiert, und das vor tausend Jahren.«

»Okay, okay. So wie Clinton. Ich habe Hasch geraucht, aber nie inhaliert. Ich wette, dass deine verrotteten Herzkranzgefäße noch vor meinen einpacken«, sagte Kjell.

Er war jetzt bei der siebten Rumkugel. Der steigende Blutzucker ließ ihn seinem Zellenkameraden gegenüber immer wohlwollender werden. Da noch etwas Chateau Latour drauf, und er könnte in aller Seelenruhe auf die Befreiung warten.

Kalle scherte sich nicht groß um das Gerede von Kjell. Sein eigenes Verschwinden war jetzt eine Reichsangelegenheit. Er machte Schlagzeilen in der Zeitung, ohne überhaupt da zu sein, das war doch mal ein Rekord. Wenn er doch nur seine Liste mit persönlichen Leistungen dabeihätte, da gäbe es jetzt ein paar denkwürdige Punkte hinzuzufügen.

Der Aufmacher in der Zeitung mit einem großen Foto auf der Eins musste bedeuten, dass massenhaft Leute nach ihm suchten, also auch die Polizei. Kjell hatte bestimmt, ehe er eingesperrt worden war, das Soziogramm unter den Ermittlern verbreitet, und es musste doch noch einen Schnüffler geben, der ein Gehirn besaß. Wahrscheinlich würde auch Kjell bald vermisst gemeldet werden, aber da Wochenende war, könnte es sein, dass sie bis Montag warten mussten.

Währenddessen erzählte Johanna Sara von dem Treffen am Morgen. Ja, sie hatte ein Videoband erhalten. Ja, sie hatte es angeschaut. Aber nein, sie konnte den Mann, der sich mit Roy Engman getroffen hatte, nicht identifizieren.

Es fühlte sich einfach zu schräg an zu berichten, dass ihr eigener Vater auf dem Band war. Diese Diskussion konnte sie gerade einfach nicht brauchen. Denn wenn Sara nicht glaubte, dass sie verrückt geworden war und Wahnvorstellungen hatte, dann war die nächste Frage klar: Könnte Carl Tott der Mörder sein?

Für Johanna war es schlimm genug, dass ihr Vater sie angelogen hatte, weiter wollte sie gar nicht denken. Sicherlich gab es eine Erklärung, eine Verbindung zu Engman, für die der Vater sich schämte, vielleicht private Schulden.

Nachdem sie die Gefangenen für den Rest des Tages mit Essen und Trinken versehen hatten, begaben sich Sara und Johanna nach Stockholm. Am Himmel hatten sich dunkle Wolken zusammengezogen. Sie hatten mit Felix verabredet, dass sie, sollte er noch nicht angerufen haben, die Orte untersuchen würden, an denen die beiden anderen Kreuze standen, die Riddarholmskirche und das Schloss.

Sara hatte nach ihrem ersten Besuch der Riddarholmskirche keine Lust, dorthin zurückzukehren. Der Schock nach der Begegnung mit dem maskierten Mann saß tief. Sie einigten sich darauf, dass sie zuerst das Gelände um das Königsschloss herum untersuchen und mit der Kirche noch warten wollten. Das grobe Kreuz auf der Karte lag genau über dem Burggraben, aber das bedeutete, dass das Schloss, zu dem der Schlüssel passte, überall auf einem recht großen Gelände sitzen konnte, wenn es überhaupt ein solches Schloss gab.

Sara und Johanna fühlten sich ziemlich verloren, als sie den Lejonbacken hochliefen. Hier konnte sie nur ein Wunder zu dem mysteriösen Schlüsselloch führen. Nach einer ergebnislosen Runde um das erhabene Bauwerk von Nicodemus Tessin beschlossen sie, sich in die Rüstungskammer zu begeben. Das war der einzige an diesem Tag für die Allgemeinheit geöffnete Teil des Schlosses, der sich zu untersuchen lohnte, wenn auch das Museum kürzlich umgebaut worden war und wohl kaum mehr irgendwelche Türen mit alten Schlössern enthielt.

Eine Karawane von Touristenbussen besetzte den Platz zwischen dem Königlichen Schloss und dem Tessin'schen Palast. Ein Fernsehteam aus Japan, das eine Dokumentation über die schwedische Monarchie einspielte, winkte vergebens, um all die Busse wegzukriegen, die das Hintergrundbild des Films ruinierten.

Plötzlich eilten drei Jägersoldaten mit gezogenen Waffen an ihnen vorbei. Das war die Patrouille der Hauptwache, die wegen eines falschen Alarms in der Schatzkammer, wo die Reichsregalien aufbewahrt wurden, ausrückte. Das Alarmsystem war an diesem Tag von ständigen Störungen betroffen, so dass die kleine Patrouille in gleichmäßigen Abständen immer wieder losstürzen musste. Der bequemste Job bei der Hauptwache hatte sich in den anstrengendsten verwandelt.

Nach einer Weile sah man das Trio mit seinen A5-Gewehren in die andere Richtung rennen. Diesmal war es der Wachposten vor dem linken Teil des Schlosses, der von irgendwelchen Sprayern belästigt worden war und Verstärkung begehrte. Sara und Johanna schlichen hinterher, um zu sehen, wie die Konfrontation verlaufen würde.

Der Wachposten stand vor vier lachenden Jugendlichen und wedelte mit seinem Bajonett.

»Kampfpimmel!«, riefen die jungen Leute.

»Ach, du hältst dich wohl für den Terminator, was? Na komm schon, zeig es uns! Komm doch!«

Der einsame Posten, ungefähr achtzehn Jahre alt, sah aus, als würde er jeden Moment anfangen zu heulen. Er vollführte gefährliche Ausfälle mit der Waffe, und die Jungs hüpften nur johlend wie Matadore herum.

Als die Patrouille ankam, schrie der Gruppenchef einen deplatzierten Befehl:

»Feuer Marsch!«

Das bedeutete normalerweise, dass man sich mit dem Karabiner in Schießstellung aufreihte und dann immer wieder stehen blieb, um in gleichmäßigen Abständen zu schießen. Eine Infanterietaktik, die seit dem 19. Jahrhundert kaum mehr zur Anwendung gekommen war, die in der Armee aber weiterhin gelehrt wurde, weil sie so energisch wirkte.

Die kleine Patrouille sah erstaunt zu ihrem Chef. Die Sprayer lachten noch mehr, zogen sich unter dem Eindruck der Übermacht aber ein paar Meter zurück:

»Die Luft ist frei!«

»In der Hölle vielleicht«, antwortete einer der Soldaten, der sich als Erstes aus der Starre des Reglements befreien und die Situation überblicken konnte. »Entweder haut ihr jetzt hier ab, oder wir schlagen euch zusammen und rufen die Polizei.«

Das Quartett zog Leine. Einer in der Gruppe drehte sich noch einmal um und sprayte in Richtung auf die Wehrpflichtigen Farbe in die Luft, als würde er seine eigene Waffe abfeuern. Er trug ein T-Shirt mit dem Konterfei von Bob Marley.

Die Szene weckte die Sozialarbeiterin in Johanna. In zehn Jahren würden die Wehreleven Ingenieure und Ärzte sein, mit zwei wohlerzogenen Kindern auf dem Rücksitz ihrer Stadtjeeps. Die Souveränität der Sprayer würde sich in Wohlgefallen aufgelöst haben – Drogen, Arbeitslosigkeit, finanzielle Misere und Gefängnisaufenthalte würden ihre Spuren hinterlassen haben. Nur ungefähr zehn würden das Muster durchbrechen und sich über die Mauer auf die andere Seite arbeiten können. So vorhersehbar war die Zukunft eines jungen Mannes in der behütetsten Gesellschaft der Welt.

Johanna winkte Sara, ihr zu folgen. Aus irgendeinem Grund konnte sie die Sprayergruppe nicht einfach so davonziehen lassen. Sie gingen gemeinsam ein Stück hinter den Jungs her, runter zum Gustaf Adolfs Torg und zur Norrbro, dem Teil des Schlosses, wo die Wohnungen der Königsfamilie lagen.

Plötzlich blieben die Jungen stehen, holten ihre Farbdosen raus und fingen an, die Fassade des Schlosses zu besprühen. Erst Signaturen, dann Friedenszeichen, eckige Herzen, zerbrochene Gewehre.

Johanna sah ein paar Minuten lang zu, unübersehbar für die Jugendlichen. Als sie trotzdem nicht aufhörten, ging sie hin und nahm mit den Händen in die Seiten gestützt Position ein.

»Wisst ihr eigentlich, wie viel Geld Stockholm jedes Jahr bezahlt, um Graffiti wegzumachen?«

Zwei sprayten weiter, zwei drehten sich um.

»Zu viel. Die von der Bahn sollten einfach einen Dreck drauf geben, unsere Tags zu buffen.«

»Zweihundert Millionen Kronen«, sagte Johanna. »Und es ist nicht die Bahn, die hier morgen das Schloss sauber machen wird. Das werden irgendwelche privat angestellten Einwanderer sein, die sechzig müde Kracher in der Stunde verdienen. Das Geld wiederum kommt von ganz gewöhnlichen Steuerzahlern, also Krankenschwestern, Verkäuferinnen, euren eigenen Müttern. Findet ihr das gut?«

Jetzt hatten alle vier aufgehört zu sprayen.

»Hört einfach auf zu buffen, dann kostet es nichts.«

»Aber die Leute wollen euer hässliches Geschmiere nicht anschauen. Die wollen, dass die Stadt sauber ist«, sagte Johanna.

»Graffiti heißt das. Und was sagst du zu Reklame?«, erwiderte der größte der Jungs. »Wir haben nicht darum gebeten, Tampons ins Face gedrückt zu kriegen.«

»Die Leute, die die Reklameplätze kaufen, bezahlen eine Menge Geld dafür. Das wird dann für U-Bahnen, Spielplätze und so weiter benutzt«, sagte Johanna.

»Das heißt, wenn ich einfach nur fett angeben würde, könnte ich einen *Wholetrain* bomben, oder was?«, sagte der Junge und zwinkerte mit den Augen.

»*Yeah, wildstyle*«, schrie einer seiner Kumpel von hinten. »Hör auf, mit der Alten zu battlen. Wir machen ein paar Throw-ups, dann hauen wir ab, ehe die Bullen kommen.«

»Ich bin die Bullen«, sagte Johanna.

»Shit. Und warum stehst du hier und machst rum, anstatt uns festzusetzen?«

»Ich werde euch nicht anzeigen, wenn ihr aufhört, hier zu sprayen. Aber im Austausch dafür will ich etwas wissen.«

»Willst du wissen, wo unsere Crew die abgefahrenen Skills

herhat? Ich sage dir, wir hängen an keinem dran. Wir ziehen unser eigenes Ding durch.«

»Daran habe ich gar nicht gedacht. Ich will nur wissen, ob ihr oft in der Gegend hier seid.«

»Schon«, meinte einer der jungen Männer, während ein anderer verneinte.

»Ich will euch nicht festsetzen«, versicherte Johanna. »Es geht um etwas anderes. Hängt ihr viel ums Schloss rum?«

Ja, doch, das mache die Gruppe wohl. Johanna stellte die nächste Frage, die vor allem in ihren Ohren sehr verwunderlich klang: »Habt ihr irgendwo eine alte Tür gesehen? Ein Tor oder so, mit einem großen Schlüsselloch? Eine Tür, die keiner zu benutzen scheint?«

Tatsächlich sahen die Jungs überhaupt nicht erstaunt aus. Sie flüsterten und gestikulierten eine Weile untereinander, ehe sich herausstellte, dass sie sich an genau so eine Tür erinnerten. Weiter hinten an der Seite des Schlosses, in Richtung Saltsjön, gab es eine Treppe von der Straße her. Die Treppe endete an einem hohen Gitter, und innerhalb des Gitters gab es ein Tor. Sie waren schon einmal darübergeklettert, als sie nach einem abendlichen Sprayen in der City einen regengeschützten Platz suchten. Die Steintür war von der Straße aus kaum zu sehen, erzählten sie, sondern erst, wenn man über das Gitter hinweg war. Sie hatten auch ein paar Versuche unternommen, das alte Schloss mit einem Schraubenzieher zu öffnen, doch erfolglos. Yepp, es sah aus wie ein altes Schloss.

»Könnt ihr uns die Treppe zeigen, dann verspreche ich, euch nicht anzuzeigen«, sagte Johanna.

»Klar, verdammt, kommt mit. Es ist nur um die Ecke.«

Nach zweihundert Metern waren sie angekommen. Es stimmte, unterhalb der Straße verlief in das Gebäude hinein eine schmale, zur Hälfte versteckte Treppe, die keiner von ihnen je bemerkt hatte. Sie endete an einem Gitter.

»Danke für eure Hilfe, das war alles«, sagte Sara.

Die Gruppe sah sie erfreut und mit stolzgeschwellter Brust an. Dann sagten sie ein kurzes »Tschüss dann« und gingen kichernd weiter in Richtung Gamla stan.

Johanna und Sara sahen sich um. Nicht viele Leute. Sie stiegen die kleine Treppe hinunter und ruckelten am Gitter. Es würde nicht leicht sein, darüberzuklettern. Die Spitzen der Eisenstangen waren geschärft.

Nach einiger Überlegung beschlossen sie, dass Sara auf Johannas Schultern klettern sollte, um sich auf die andere Seite zu arbeiten. Es genügte, wenn eine in Reichweite des Schlosses kam, um auszuprobieren, ob der Schlüssel passte.

Sara verletzte sich leicht am Schienbein, als sie rübersprang, landete aber ganz elegant. Johanna hielt ihr den Schlüssel durch das Gitter. Beide kreischten, als eine große Ratte unter dem Laubhaufen aufwachte und in Panik die Treppe hochlief.

Als sie sich wieder beruhigt hatten, ging Sara zur Tür, die quasi mit der Steinwand verschmolz und seit Ewigkeiten nicht geöffnet worden zu sein schien. Mit einer langsamen, fast andächtigen Bewegung steckte sie den Schlüssel ins Schloss und drehte ihn herum.

Felix träumte, aber es waren keine gewöhnlichen Träume. Alles wirkte eher wie ein Haschrausch, der schiefgegangen war – das Gefühl wacher Klarheit kombiniert mit surrealistischen Visionen. Das hatte er schon mal erlebt. Einmal im Libanon und einmal auf Jamaika, wo er den einheimischen Sitten gefolgt war und mit seinen Gastgebern geraucht hatte.

In Jounie war er die ganze Nacht nassgeschwitzt wach gelegen und hatte ein dreidimensionales Schachspiel vor sich gesehen, dessen Spielsteine kleine bellende Hunde waren. In Montegy Bay hatte er sich nach einer langen Sitzung mit irgendwelchen Rastafaris eingebildet, das Hotelbett läge mehrere Meter unterhalb des Meeresspiegels. Unfähig, sich zu bewegen, hatte er nach Luft gerungen und oben schleimige Fische schwimmen sehen. Solche Angst hatte er jetzt auch.

Er begriff, dass man ihm Drogen gegeben und ihn irgendwie vergiftet hatte, doch er konnte sich nicht gegen die Halluzinationen wehren, geschweige denn seinen Körper kontrollieren und sich im Raum orientieren. Er war gelähmt.

Wie lange ging das so? Eine Minute? Eine Woche? Das Zeitgefühl war weg, doch allmählich kehrte das Körpergefühl zurück. Zuerst spürte er seine Füße. Zwischen Knöcheln und Bauch war ein leerer Raum, der sich nach und nach mit Gefühl füllte. Die bizarren Träume verschwanden, und er blinzelte vor dem Bild der Wirklichkeit, das ihn jetzt umgab.

Er lag auf dem Boden eines kalten, weißen Raumes. Ganz anders als der unterirdische Saal, in dem er betäubt worden war. Dieser hier lag offensichtlich überirdisch, denn durch ein kleines Fenster an der einen Seite des Raumes fiel Licht ein. Er war woandershin gebracht worden.

Sein Rumpf fühlte sich eng an, eingezwängt. Es fiel ihm schwer zu atmen. Als er sich an die Brust fasste, war irgendetwas im Weg. Er befühlte den Körper und merkte, dass er in ein Geschirr gekleidet war, eine Art Weste mit großen vertikalen Zylindern um ihn herum. Ein Raumanzug? Er interpretierte das als eine letzte Welle der Halluzinationen und hörte auf, es zu befühlen. Er lag ganz still und atmete, um wach zu werden, betrachtete die Leuchtstoffröhren an der Decke.

Plötzlich war im Innern seines Kopfes eine Stimme zu hören, und er fuhr zusammen:

»Felix, willkommen.«

»Wer ist da?«, rief er laut.

»Das spielt keine Rolle. Hauptsache, wir wissen, wer du bist.«

Jetzt merkte er, woher die Stimme kam. In seinem rechten Ohr saß ein kabelloser Empfänger. Jemand sprach aus der Entfernung über Funk mit ihm.

»Was wollt ihr von mir?«, schrie er.

»Wir wollen, dass du einen Auftrag ausführst, den nur du erledigen kannst. Du bist unser Kurier.«

»Was soll ich machen? Was habe ich hier am Körper?«, fragte Felix.

»Das wird vielleicht etwas schockierend sein. Es tut uns schrecklich leid, dass wir einen solchen Mangel an Vertrauen zeigen müssen, aber das, was du um den Körper hast, ist eine Bombe. Entweder machst du, was wir sagen, oder du leistest Widerstand und stirbst. Versuch nicht, die Weste abzulegen. Ruf nicht um Hilfe. Lass keine Panik zu, sonst wird der Sprengsatz ausgelöst.«

Jesus und Mohammed. Und immer noch dieses Gefühl des Wachseins, obwohl der Albtraum weiterging. Langsam hatte er wieder Gefühl im Körper, bewegte Arme und Beine und erfasste den Raum um sich. Konnte wahr sein, was die unbekannte Stimme sagte?

»Wir haben dich unter Kontrolle. Wenn du dich erholt hast, kannst du zum Tisch gehen und etwas von dem Essen nehmen. Du hast eine ganze Weile geschlafen. Wir werden in Kürze mit weiteren Anweisungen zurückkehren.«

Jetzt wachte er richtig auf und kroch über den Boden zu einem Tisch, auf dem kaltes Essen gedeckt war: Kartoffelsalat, Roastbeef, geräucherter Lachs, alles direkt in der Plastikverpackung. Felix aß ein wenig und leerte eine Dose Leichtbier.

Der Sprengstoffgürtel saß wie eine Zwangsjacke, schwer und auffällig mit seinen grauen Zylindern. Er würde sich nicht bewegen können, ohne Aufsehen zu erregen, das war klar.

Abgesehen von dem Tisch und einem Stuhl schien der Raum leer zu sein. Die Umgebung, die ihm zunächst unnatürlich weiß wie aus *Einer flog über das Kuckucksnest* erschienen war, hatte jetzt einen normalen Farbton angenommen. Der Raum sah nicht länger wie eine Klinik aus, sondern eher wie ein verlassener Lagerraum.

Nach der kleinen Mahlzeit sank Felix auf dem Fußboden zusammen. Die Drogen waren noch im Körper. Als er eine Weile später aufwachte, hatten Essen und Flüssigkeit das ihre getan. Seine Sinne klarten auf, was bedeutete, dass die Angst größer wurde.

»Guten Morgen, du hast eine ganze Zeit geschlafen«, sagte die Stimme in dem Kopfhörer.

Felix antwortete nicht, sondern sah sich in dem nackten Raum um.

»Ich möchte, dass du gut zuhörst«, fuhr der Unbekannte fort. »Du bist für diesen Auftrag aus besonderen Gründen ausgewählt worden, die sich dir nach und nach offenbaren werden. Bis dahin sollst du nur den Befehlen, die du erhältst, folgen. Das ist alles, was wir begehren.«

»Wer sind Sie?«, fragte Felix.

»Ich bin, der ich bin«, sagte die Stimme. »Kümmere dich nicht darum. Konzentriere dich auf deinen Auftrag. Wir sehen ein, dass das anstrengend ist, aber versuch, deine Nerven unter Kontrolle zu halten.«

»Was soll ich tun?«

»Im Moment sollst du dich einfach nur zusammenreißen, bis du dich so stark fühlst, dass du auf den Beinen stehen kannst. Du darfst dich noch eine halbe Stunde ausruhen. Dann sollst du zur Tür gehen, sie ist nicht verschlossen. Da kommst du auf einen Frachtkai, wo ein Bus steht. Wir wollen, dass du den zu einem bestimmten Ziel fährst. Während der Fahrt wirst du weitere Instruktionen erhalten.«

»Was ist in dem Bus?«, fragte Felix. »Passagiere?«

»Keine gewöhnlichen Passagiere. Hast du schon mal von Schrödingers Katze gehört?«

»Nein.«

»Erwin Schrödinger war ein österreichischer Physiker, der 1933 den Nobelpreis erhielt. Er hat durch ein Gedankenexperiment die Mängel der Quantenmechanik aufgezeigt. Stell dir eine versiegelte Kiste folgenden Inhalts vor: ein wenig radioaktives Material, das mit fünfzigprozentiger Wahrscheinlichkeit innerhalb einer Stunde zerfallen wird, und ein Geigerzähler, der an einen Hammer gekoppelt ist, der seinerseits, wenn das Zerfallen registriert wird, eine Dose Zyanid zerschlägt. In der Kiste ist auch eine Katze. Nach einer Stunde ist die Katze in quantenmechanischer Hinsicht sowohl tot als auch lebendig, doch wird die Kiste geöffnet, kann sie nur das eine oder das andere sein. Die Frage ist, wann der Zwischenzustand in das Entweder-Oder übergeht. Ist das erst, wenn die Katze betrachtet wird?«

»Versteh ich nicht«, murmelte Felix.

»Dann stell dir einen Baum vor, der im Wald umfällt. Wenn es niemanden gibt, der das Geräusch hört, wird es dann trotzdem vernommen? Entsteht die Wirklichkeit erst, wenn sie registriert wird?«

»Ich habe doch nur gefragt, was sich in dem Bus befindet«, presste Felix hervor.

»Nehmen wir doch einfach an, es sei Schrödingers Katze«, sagte die Stimme. »Der Zustand des Inhalts und der Sinn werden erst offenbart, wenn die Versiegelung zerbrochen ist.«

»Ihr seid doch verrückt. Was habt ihr vor?«, schrie Felix.

»Vorsichtig!«, rief die Stimme, jetzt etwas lauter und im Befehlston. »Wir wollen doch nicht, dass du den Bombengürtel aktivierst, nicht wahr? Setz dich hin und atme ganz ruhig.«

Es wurde einige Minuten lang still. Felix hockte keuchend auf dem Stuhl neben der halb gegessenen Mahlzeit. Der Geruch vom Kartoffelsalat verursachte ihm Übelkeit. Er merkte, dass es heiß war im Raum.

Die Stimme kehrte zurück:

»Weißt du, was Felix bedeutet?«

Er schüttelte den Kopf.

»Auf Latein bedeutet es Katze. Ist das nicht ein seltsames Zusammentreffen?«

Felix hob den Blick.

»Wie meinen Sie das? Sind Sie von der Gesellschaft? Die Katze …«

»Ich habe in erster Linie an Schrödingers Katze gedacht. Dein Passagier im Bus, weißt du?«

»Ich habe immer gedacht, Felix bedeute ›der Glückliche‹«, sagte Felix.

»Das kommt darauf an, wie man es ausspricht. Aber natürlich bist du glücklich, mein Freund. Du bist ja schließlich auserwählt.«

Eine Weile später wurde Felix durch die Tür des Raumes gelotst. Er trat auf dem Frachtkai inmitten eines verlassenen Industriegebiets ins Tageslicht. Vor ihm stand ein moderner Touristenbus mit Klimaanlage. Auf der Seite leuchtete der Text »Flexibus«. Der Bus hatte lange Seitenspiegel, die das Fahrzeug wie einen Langhornstier aussehen ließen.

»Kannst du einen Bus fahren?«, fragte die Stimme in seinem Ohr.

»Nein«, sagte Felix. »Kann kaum Auto fahren.«

»Lüg nicht. Wir wissen, dass du ausgezeichnet Auto fährst. Dein Auftrag besteht darin, diesen Bus dorthin zu bringen, wo er hin soll. Wenn du dich weigerst, bist du ein Mann in vielen kleinen Stücken.«

»Okay, ich weigere mich«, sagte Felix ergeben.

»Prüfe uns nicht. Wir haben auch noch andere Alternativen. Wenn du nicht mitmachst, drücke ich auf den Knopf. Du hast zehn Sekunden, um dich auf den Fahrersitz zu setzen.«

Die Stimme begann zu zählen. Bei »vier« bewegte sich Felix, und bei »neun« ließ er sich auf dem weichen Sitz nieder.

»Gut«, ließ sich die Stimme vernehmen. »Ich wusste, dass wir als Team funktionieren würden. Jetzt starte den Bus mit dem Schlüssel. Vergiss nicht, dass wir dich die ganze Zeit beobachten.«

Mit einer roboterartigen Bewegung drehte Felix den Schlüssel herum. Von dem Geräusch und der Einrichtung her zu urteilen, war der Bus vollkommen neu. Doch als Felix in den Rückspiegel schaute, sah er keine Sitze. Hinter dem Fahrersitz gab es lediglich eine schwarze Wand.

»Was ist hinter der Wand?«, fragte er, den Blick immer noch in den Rückspiegel gerichtet.

»Wie gesagt, Schrödingers Katze.«

»Tot oder lebendig?«

»Das hängt von dir ab, mein guter Kurier.«

Als Kalle sich daran machte, die Enten zu füttern, wollte eines der Federbällchen nichts fressen. Ein paar Minuten später war es tot, lag mit den Schwimmhäuten zum Himmel gestreckt auf dem Rücken vor den Weinregalen. Kalle rüttelte Kjell Pärzon wach, der auf seiner Matratze auf dem Fußboden eingeschlafen war.

»Hör mal, eines von den Entenjungen ist gestorben. Ich wette, es hat die Vogelgrippe.«

»Hör schon auf«, sagte Kjell. »Hast du mich nur deshalb geweckt? Vogeljunge sterben wie die Fliegen, das ist doch nichts Besonderes. Wahrscheinlich vertragen sie das Brot nicht, das ist bestimmt zu energiereich für sie.«

»Es ist die Grippe. Sie werden uns anstecken.«

»Soll das ein Witz sein?«, fragte Kjell und setzte sich auf. »Du bist doch ein krankhafter Hypochonder. Was ich sage, ist völlig egal, oder? Tatsache ist, dass die Vogelgrippe eine Erfindung von euch in den Medien war. Um angesteckt zu werden, musst du ungefähr wie ein vietnamesischer Bauer leben und die Enten ficken. Aber nicht mal die Asiaten scheinen daran zu sterben.«

»Ja, aber wir sitzen hier doch genauso wie die Tschingtschongbauern zusammen mit einer Menge räudiger Vögel.«

»Ich lach mit tot. Es ehrt das *Aftonbladet*, dass ihr auf euren eigenen Quatsch selbst reinfallt.«

Kjell winkte abwehrend mit der einen Hand und legte sich wieder zum Schlafen, doch Kalle fuhr fort:

»Und noch etwas. Ich wollte es erst nicht erzählen, aber ich muss doch mal fragen, was du meinst«, sagte er gedehnt.

»Ja, was gibt's?«, fragte Kjell. »Immer raus mit der Sprache.«

»Ich habe von dem Stress, hier eingesperrt zu sein, Verstopfung gekriegt. Es fängt an, im Bauch wirklich weh zu tun. Was meinst du, ist das gefährlich?«

»Du meinst, du hast zwei Tage nicht geschissen?«, fragte Kjell. »Das ist lebensgefährlich. Du wirst sterben.«

»Hör schon auf. Mal im Ernst, glaubst du, das könnte bleibenden Schaden hinterlassen?«

»Meld dich in einer Woche noch mal. Wenn du anfängst, Fäkalien zu kotzen, dann können wir vielleicht die Terroristen überreden, dich ins Krankenhaus zu fahren. Eine kleine Magenverstimmung ist genau, was wir brauchen.«

»Wenn ich hier lebend rauskomme, dann werde ich mich mal richtig um mich selbst kümmern«, sagte Kalle. »Fisch und Ballaststoffe essen. Richtig schlafen. Die Leberflecken untersuchen und eine Koloskopie machen lassen.«

»Was machen lassen?«, fragte Kjell, der sich wieder über die Rumkugeln hergemacht hatte.

»Koloskopie, eine Darmspiegelung. Die führen eine Kamera ein und sehen nach, ob du Zellveränderungen hast. Entdecken Tumore rechtzeitig. Du glaubst ja gar nicht, wie viele Typen in unserem Alter an Darmkrebs sterben.«

»Du wirst mit achtundneunzig an hypochondrischem Stress sterben«, sagte Kjell und schüttelte den Kopf.

»Verdammt, was bist du cool«, sagte Kalle. »Hast du denn niemals Angst, krank zu werden oder zu sterben?«

»Ich bin schon krank«, sagte Kjell Pärzon.

»Was, das hast du ja noch nie erzählt«, meinte Kalle.

»Ich habe einen Herzfehler. Angeboren, hat also nichts mit den Kuchen zu tun, falls du das denkst. Dilatierte Kardiomyopathie, die im Herz Rhythmusstörungen verursacht. Die Muskelwand ist vernarbt. Deshalb habe ich so ein Ding einoperiert bekommen, das heißt ICD, Intra Cardiac Defibrillator. Wenn der merkt, dass der Herzschlag zu sinken droht, gibt er automatisch einen Elektroschock ab, und dann ist das Ding mit einer Überwachungszentrale im Sofiahemmet verbunden. Die neueste Technik, Erfindung aus Israel. Dank der Kontakte zwischen Polizeigewerkschaft und Gesundheitswesen gehöre ich zu so einer Versuchsgruppe.«

»Tut mir leid, Kjell, davon hatte ich ja keine Ahnung. Ich hätte nicht so entsetzlich jammern sollen.«

»Ist schon okay.«

»Aber du spielst doch Fußball«, sagte Kalle.

»Keiner lebt ewig. Und die Medizinmänner behaupten, der Nutzen der Bewegung würde die Gefahren der Anstrengung überwiegen. Aber die wissen ja auch nicht, wie es auf dem Ascheplatz zugeht«, meinte Kjell grinsend.

»Du, sag mal«, begann Kalle nach einer Weile, »soll das heißen, dass die Weißkittel im Sofiahemmet dich auch auf diese Entfernung auf dem Schirm haben?«

»Ja, wenn der Herzrhythmus sich ändert, geht ein Alarm los.«

»Warum hast du das denn nicht früher gesagt? Wenn wir den Alarm auslösen, dann sehen sie, dass was nicht stimmt, und dann können sie uns hier finden.«

»Gute Idee, aber es ist schließlich mein Herz. Willst du mich erwürgen, um Rhythmusstörungen zu provozieren? Macht leider keinen Spaß, befreit zu werden, wenn man dafür erst sterben muss.«

»Kann man denn den Herzschlag nicht durcheinanderbringen, ohne dein Leben zu riskieren?«, fragte Kalle hoffnungsvoll.

Kjell Pärzon stand auf und wanderte eine Weile in dem kleinen Raum umher. Sie besprachen die verschiedenen Methoden – einen harten Schlag auf die Brust, Ersticken mit anschließender künstlicher Beatmung, extreme Anstrengung, die

die Herzfrequenz auf ein unnatürliches Niveau hob. Das war alles zu riskant oder in der spartanisch eingerichteten Zelle schlichtweg unmöglich.

Die beste Idee, die ihnen kam, war, Würgen hervorzurufen. Bei der Beratung nach der Operation hatte Kjell gehört, dass Würgereflexe den Herzrhythmus beeinflussten, aber doch nicht so sehr, dass sie den Defibrillator auslösten. Vielleicht reichte das ja, um einen Alarm an die Überwachungszentrale zu schicken.

Kjell konnte sich nicht mehr genau erinnern, ob man den ICD bereits geographisch verfolgen konnte, oder ob es sich dabei nur um eine Beschreibung der technischen Weiterentwicklung gehandelt hatte.

Trotz allem war es einen Versuch wert. Abgesehen von sechzehn Rumkugeln hatten sie noch zwei Laib Brot sowie einen Liter gesüßten Pfirsich-Melba-Fruchtjoghurt. Kjell würde so viel wie möglich essen, bis ihm schlecht wurde, und sich dann den Finger in den Hals stecken. Das würde richtiges Würgen erzeugen und mit etwas Glück den Herzrhythmus in dem Maße beeinflussen, dass es die Ärzte weckte, die ihrerseits dann die Polizei losschicken konnten.

Ihnen war klar, dass es nur ein Versuch war, doch allein das Vorhandensein eines aktiven Plans verbesserte ihre Laune.

Kjell Pärzon schien mit dem ersten Teil des Auftrags sehr zufrieden zu sein. Er legte eine Grundlage mit dem Joghurt und einem Laib Brot. Als er richtig satt war, kamen die Rumkugeln wie gerufen. So eine hatte er schon immer noch reindrücken können, ganz gleich, wie viele er schon intus hatte. Und jetzt diente es obendrein einem guten Zweck.

Kalle beobachtete schaudernd das Festessen. Nach acht Rumkugeln seufzte Kjell mit aufgeblasenen Wangen ein wenig und tätschelte sich selbst das karierte Hemd, das sich über den Bauch spannte. Nach zwölf Stück gab er ein lautes Rülpsen von sich. Nach vierzehn war er hochrot im Gesicht:

»Ich glaub, ich kann nicht mehr.«

»Komm, du schlägst noch den Weltrekord«, sagte Kalle.

»Ruf bei Guinness an«, keuchte Kjell und stürzte sich auf die vorletzte Kugel.

Ein auslösender Finger im Hals war nicht mehr erforderlich. Nach vierzehneinhalb Rumkugeln kam das erste Erbrechen wie eine Kaskade und fast ohne Vorwarnung.

Kalle war überrascht. Vom Geruch und dem Anblick der braungelben Joghurtmischung angewidert, fing er selbst an zu kotzen, noch ehe er seinem Kumpel einen Eimer hatte reichen können.

Kalles Erbrochenes hatte eine noch ekligere Konsistenz, weil er aus Angst vor Verstopfung seit Stunden nichts gegessen hatte. Diese Rückinformation an Kjells bereits überwältigte Sinne verstärkte dessen Würgereflexe noch.

Das allgemeine Husten währte mehrere Minuten, bis die Gefangenen ihre Mägen geleert hatten und mit allen vieren ausgestreckt auf dem Boden lagen. Kalle sah als Erster auf.

»Also, wenn das im Sofiahemmet nicht zu hören war, dann weiß ich auch nicht.«

»Ohhh«, stöhnte Kjell. »Hättest du nicht den Eimer herholen können, anstatt selbst das Kotzen anzufangen?«

Der Gestank in dem abgeschlossenen Raum war unbeschreiblich, aber sie hatten nicht viel, womit sie hätten sauber machen können, und nicht mehr Wasser, als die Kanne, die ihnen zum Trinken hingestellt worden war.

Kjell und Kalle fingen an zu begreifen, dass es vielleicht doch kein so schlauer Plan gewesen war.

Samstagmorgen im Pentagon bedeutete, dass es bei der Abteilung D, wo die Division für zivilen Atomschutz ihre Räume hatte, jede Menge Parkplätze gab. Der mit 26 Grad Celsius angenehm warme Augusthimmel über Washington war hoch und stahlblau, ohne eine Wolke.

Dick Wagoner stieg aus seinem Lexus und ging durch die Sicherheitskontrollen. Mit vertrautem Nicken wurde er vom wachhabenden Posten und dem umherlaufenden Personal begrüßt. In dieser Umgebung war er der Gottvater, eine Legende, die alle respektierten.

Dick beschrieb dem Chef sein Anliegen, den Verdacht auf einen Code Red, einen scharfen Atomsprengkopf, der im allianzfreien Schweden bewegt wurde. Das klang für beide Ohren zu ungewöhnlich, um glaubwürdig zu sein, aber die Sache musste dennoch untersucht werden. Im besten Fall war es ein gutes Training, um das im Aufbau befindliche globale System zu testen.

Welche Spuren gab es? Von den verdächtigen Schiffen in der letzten Woche hatte nur eines einen schwedischen Hafen angelaufen, die auf Zypern registrierte *Ikaros*, die aus Casablanca kam. Marokko war eines der vielen Länder, die zwar formell an dem amerikanischen Projekt beteiligt waren, aber de facto große Mängel aufwiesen, was die Sicherheit betraf. Ein Zollbediensteter hatte zugegeben, dass mehrere Fahrzeuge gegen billiges Geld durch die Atomkontrollen geschleust worden waren. Wenn die lokalen Behörden aus wirtschaftlichen, politischen oder religiösen Gründen gegen die Regeln verstießen, dann konnte man noch so viele Sensoren in den Häfen installieren. Mobile Kontrollen auf hoher See würden niemals flächendeckend sein können.

Die Akte der *Ikaros* erwies sich als interessant. Nach der NEST-Inspektion im Ärmelkanal war der Kapitän des Schiffes möglicherweise ermordet in Frankreich angespült worden. Aus einer geplanten Inspektion in Dänemark war nichts geworden. Dann hatte die *Ikaros* unerwartet ihren Kurs auf Kaliningrad geändert, anstatt das geplante Ziel Stockholm anzufahren.

Zusammengenommen waren das ausreichend viele suspekte Umstände, die eine umfassende Inspektion begründeten. Dem

Protokoll nach hatten die Schweden eine solche in sicherem Abstand von eigenen Häfen durchgeführt. Im Unterschied zum Nato-Land Dänemark befolgte Schweden die Regeln auf Punkt und Komma und war gründlicher in seinen Berichten.

Es war nichts von Interesse an Bord gefunden worden. Dick und seine Kollegen lasen den Bericht, gegen den nichts einzuwenden war, auf dem Bildschirm. Was konnte man noch untersuchen?

Die Datenanalyse der Computerbilder zeigte, dass die *Ikaros* vor der niederländischen Küste mit der Fahrt runtergegangen war und einen Helikopter aufgenommen hatte. Aus dem Logbuch der schwedischen Küstenwache ging hervor, dass der Kapitän bereitwillig auf Fragen zu diesem Geschehen geantwortet hatte, man es aber natürlich nicht weiter kontrollieren konnte. Bisher hatte niemand mit den Holländern Kontakt aufgenommen, um herauszufinden, um was für einen Helikopter es sich gehandelt hatte und wer damit geflogen war.

Ein weiteres loses Ende war Kaliningrad. Was hatte die *Ikaros* dort getan?

In der Abteilung D wurden vier Mitarbeiter darauf angesetzt, Antworten auf diese Fragen zu finden. Dank der bestehenden Kontakte zur holländischen Sicherheitspolizei, respektive zu den Behörden in Kaliningrad, bekam man schnell die richtigen Personen zu fassen. Nach nur vierzig Minuten wurden Dick und der Abteilungschef informiert:

Keine in den Niederlanden registrierte Helikopterfirma und auch keine Behörde war zu der Zeit in dem betroffenen Gebiet aktiv gewesen. Der Helikopter war tief runtergegangen. Neben den amerikanischen Satellitenbildern gab es nur ein schwaches Radarecho, das bestätigte, dass der Flug überhaupt stattgefunden hatte. Er war nicht genehmigt gewesen. Man konnte davon ausgehen, dass es sich um eine Form von Schmuggel handelte.

Doch es war die Nachricht aus Kaliningrad, die den Puls

von Dick Wagoner wirklich in die Höhe trieb. Der Kranführer, der am Freitagabend Dienst getan hatte, sagte aus, dass die *Ikaros* während ihres kurzen Aufenthalts nur einen einzigen Container Ladung gelöscht hatte. Das war äußerst ungewöhnlich. Weitere Nachforschungen im Logbuch des Hafens ergaben, dass dieser Container sogleich auf ein anderes Schiff mit Namen *Aramis* überführt worden war. Seltsamerweise sollten beide Schiffe nach Schweden auslaufen, doch während die *Ikaros* Stockholm anfuhr, war das Ziel der *Aramis* Nynäshamn.

Dick holte eine Karte heraus. Für amerikanische Verhältnisse war der Abstand zwischen der schwedischen Hauptstadt und der Südspitze auf Södertörn gleich null. Das war praktisch ein und derselbe Ort. Welchen vernünftigen Grund konnte die Umladung in Kaliningrad gehabt haben, wenn nicht, den schwedischen Zoll und die Küstenwache zu verwirren?

Die russischen Partner gingen das Register der Atomsensoren in Kaliningrad durch und versprachen, sich in wenigen Minuten erneut zu melden. Ohne den Bescheid abzuwarten, griff Dick Wagoner sich das nächstbeste Telefon und wählte die Handynummer von Bruno Mild, die er dank seines fotografischen Zahlengedächtnisses auswendig konnte.

Bruno ging sofort an den Apparat.

»Hi, Dick.«

»Hallo. Tut mir leid, aber ich habe schlechte Nachrichten«, sagte der Amerikaner. »Nicht unbedingt ein Code Red, aber es ist soeben in Schweden ein Container eingetroffen, dessen Inhalt zu verbergen sich jemand große Mühe gegeben hat. Scheint sich nicht gerade um gewöhnliche Schmuggelware zu handeln. Es gibt eine nukleare Dimension.«

»Hab ich doch gesagt«, sagte Bruno leise.

»Ja, dein Gefühl passt zu dem, was wir herausgefunden haben. Das Containerschiff *Ikaros* war ja unter Verdacht, wie du weißt. Was aber niemand bemerkt hat, war, dass gestern in

Kaliningrad ein Container von der *Ikaros* auf ein anderes Schiff, die *Aramis*, umgeladen worden ist. Die *Aramis* hat heute Morgen schwedischer Ortszeit in Nynäshamn festgemacht. Ich denke, man sollte schleunigst die Polizei auf dieses Schiff schicken.«

In dem Augenblick kam ein Mitarbeiter mit einem Ausdruck in der Hand angelaufen. Dick bat Bruno einen Moment zu warten, während er das Dokument durchsah.

Die *Aramis* hatte in der Tat einen Ausschlag auf den Atomsensoren in Kaliningrad erzeugt, und zwar knapp über dem kritischen Wert, bei dem ein Schiff vor Ort einer Inspektion unterzogen werden sollte. Aus irgendeinem Grunde war diese Inspektion niemals durchgeführt worden. Und im Aufbegehren gegen das Reglement hatten die Russen zudem versäumt, über den Fund zu berichten.

Der Grund für diese laxe Haltung war, dass der Alarm so oft ausgelöst wurde. Jedes zweite Schiff, das Schrott aus der ehemaligen Sowjetunion geladen hatte, ließ die Sensoren ausschlagen. Man hatte sich schnell daran gewöhnt, den Alarm zu ignorieren, solange die Werte nicht außergewöhnlich hoch waren. Die *Aramis* war somit im Rahmen des Alltäglichen geblieben.

Bruno Mild spürte, dass Eile geboten war. Aber wo sollte er anfangen? Er war ein Schreibtischtäter, der für gewöhnlich auf lange Sicht arbeitete. Seine Stellungnahmen bildeten die Grundlagen für die Ausrichtung von Armee und Polizei, aber er hatte keine operative Verantwortung inne. Er war kein James Bond.

Da er sich bereits im Hauptquartier befand, beschloss er, den Alarm auf dem Dienstweg auszulösen. Er ging zum Wachhabenden der Sicherheitsabteilung hinüber, um eine schnelle Information an den Stab der Operationsleitung zu besprechen. Wenn das Signal an Polizei und Zoll von dort käme, würde der Durchschlag schneller erfolgen, als wenn er versuchte, direkte Kontakte herzustellen.

Den wachhabenden Sicherheitsoffizier zu finden erwies sich als leichter gesagt als getan. Er war nicht am Platz, sondern musste über ein antikes Personensuchsystem ausfindig gemacht werden. Das nicht funktionierte. Nach zwanzig Minuten ergebnisloser Sucherei nahm Bruno selbst den Fahrstuhl in die Räume der Operationsleitung im dritten Stock. Die waren doch wohl alle da?

Er wurde von einem Assistenten mit dem Dienstgrad eines Majors begrüßt. Der Operationsleiter selbst, ein Oberst, der seit Menschengedenken diesen Posten innehatte, saß auf der Toilette und las die eben hereingekommenen Abendzeitungen.

Nachdem der Major und Bruno zehn Minuten lang gewartet hatten, beschloss Letzterer, zur Herrentoilette zu gehen und beherzt anzuklopfen. Widerwillig ließ sich der Oberst überreden herauszukommen.

»Ich hatte ein Gespräch mit dem Pentagon«, begann Bruno. »Es gibt Hinweise darauf, dass jemand illegales radioaktives Material nach Schweden eingeführt hat, vielleicht sogar eine Bombe.«

»Was für eine Bombe?«, fragte der Oberst.

»Eine nukleare Bombe. Also, entweder eine schmutzige Bombe mit konventioneller Munition oder im schlimmsten Fall einen Atomsprengkopf.«

»Warum um Himmels willen sollte jemand das tun?«, fragte der Oberst.

»Keine Ahnung«, sagte Bruno. »Aber es muss überprüft werden. Ich habe soeben vom Pentagon die Bestätigung erhalten, dass heute Morgen ein verdächtiges RoRo-Schiff in Nynäshamn angelegt hat.«

»So eilig wird es ja wohl nicht sein, es ist schließlich Wochenende.«

»Es ist eilig, das versichere ich Ihnen«, sagte Bruno. »Welche Vorgehensweise haben wir für diesen Fall?«

Der Oberst sah konsterniert drein und betrachtete abschätzig Brunos Pferdeschwanz. Vorgehensweisen? Er verfügte über das Reichsbataillon in Boden in Nordschweden, ein paar startklare Jas Gripen aus der Einsatzbereitschaft, die in Norrköping standen, und ein Aufklärungsschiff östlich von Gotland – das war alles. Trotz eines Budgets von vierzig Milliarden Kronen pro Jahr hatte die Armee einer möglichen Atombombe auf dem Weg in die Hauptstadt nichts entgegenzusetzen. Jedenfalls nicht an einem Samstag.

»Kann das nicht bis Montag warten?«, fragte der Oberst.

»Schon möglich«, sagte Bruno. »Aber wenn es so ernst ist, wie die Hinweise befürchten lassen, dann muss sofort etwas unternommen werden. Wir können die Polizei in Nynäshamn, die Säpo und die Reichskripo anrufen. Ich glaube, die Wirkung wird am stärksten sein, wenn der Alarm vom Operationsleiter des Hauptquartiers kommt.«

Die Diskussion ging noch eine Viertelstunde weiter, bis Bruno den Oberst vom Ernst der Lage überzeugt hatte. Dieser bestand darauf, dass eine Sondergruppe eingerichtet würde, die sich aus Repräsentanten der betroffenen Teile des Stabes zusammensetzte: Geheim- und Sicherheitsdienst, Operationsleitung, Presseabteilung, die drei Waffengattungen. Da das Personal verschiedenen Gewerkschaftsverbänden angehörte, würden die jeweiligen Verbände über das außergewöhnliche Unternehmen in Kenntnis gesetzt werden müssen. Das waren angeordnete Überstunden, eine ernste Sache. Sollte einer der Beamten bereits die Überstundengrenze von zweihundert Stunden erreicht haben, würde man höhere Chefs um Anordnung bitten müssen. Insgesamt waren achtundzwanzig Personen zu befragen.

Der assistierende Major wurde daran gesetzt, Telefonlisten zu besorgen, während der Oberst auf Bruno Milds eindringliche Bitte hin den Hörer in die Hand nahm und die Polizei anrief. Über eine Stunde war vergangen, seit Bruno sein Gespräch mit Dick Wagoner in Washington D.C. beendet hatte.

Es rasselte, als Sara den Schlüssel umdrehte. Erst eine Umdrehung, dann zwei. Das Schloss war vielleicht alt, aber der Mechanismus funktionierte tadellos. Die Tür glitt auf, und eine dichte Dunkelheit tat sich auf.

»Kannst du was sehen?«, flüsterte Johanna von der anderen Seite des Gitters.

»Gar nichts«, sagte Sara. »Es ist pechschwarz. Muss versuchen, ein Licht anzumachen.«

Eine Minute später kehrte sie zurück.

»Weiter drinnen gibt es einen Lichtschalter. Es ist ein langer Gang unter dem Schloss durch. Ich schlage vor, ich gehe allein rein, dann kannst du solange in der Riddarholmskirche weitersuchen. Komm in einer Stunde wieder hierher, und bring was mit, mit dem ich über dieses Gitter klettern kann.«

»Willst du wirklich allein reingehen?«, fragte Johanna.

»Das ist doch besser, oder?«, meinte Sara. »Wenn wir uns aufteilen, ist die Chance, etwas zu finden, größer. Und es ist schwer für dich, jetzt allein über das Gitter zu klettern.«

Johanna ließ sich überreden. Sie lieh sich Saras Handy aus, das im Tunnel sowieso nicht funktionieren würde, denn sie wollte Gunilla Karlsson anrufen. Sie hatte nicht vor zu erzählen, dass es ihr eigener Vater war, der auf den Bildern von der Überwachungskamera zu sehen war, aber sie war neugierig zu erfahren, ob die Ermittler eigene Fortschritte bei der Jagd auf den Mörder gemacht hatten.

»Hallo Gunilla, hier ist Johanna. Du, es tut mir total leid, aber ich habe das Band noch nicht ansehen können. Ich mache es aber so bald wie möglich. Wollte nur wie verabredet von mir hören lassen. Gibt's bei euch was Neues?«

»Nee, heute tut sich nicht viel«, sagte Gunilla. »Aber ich muss dich was fragen, sag mal, hast du Kjell Pärzon gesehen?«

»Wieso fragst du?«, gab Johanna zurück.

»Na ja, vorhin hat ein Arzt vom Sofiahemmet angerufen. Offenbar ist Pärzon herzkrank und wird überwacht. Jetzt hat sein Herzschrittmacher Alarm geschlagen, aber die Ärzte kriegen ihn nicht zu fassen. Bisschen komisch, dass er nicht hier ist, denn gestern habe ich ihn getroffen, und da sagte er noch, er wäre einer heißen Sache auf der Spur und würde das Wochenende über arbeiten.«

Johanna zog eine Grimasse.

»Können die Ärzte ihn denn über diesen Schrittmacher orten?«

»Vielleicht, aber das scheint momentan noch nicht der Mühe wert zu sein. Du hast ihn also nicht gesehen?«

»Nein«, sagte Johanna entschieden. »Du weißt doch, ich bin von den Ermittlungen ausgeschlossen.«

Gunilla Karlsson gab sich mit der Antwort zufrieden. Sie verabredeten, am Abend noch einmal miteinander zu sprechen.

Johanna legte auf und ging am Obersten Gerichtshof vorbei nach Riddarholmen hinüber.

In der Zwischenzeit hatte Sara sich fast hundert Meter weit unter dem königlichen Schloss vorgearbeitet. Jetzt muss ich mich direkt unter der Rüstungskammer befinden, dachte sie. Wer konnte schon ahnen, dass sich der wahre Abenteuertourismus ein paar Meter unter dem durchdesignten Museum befand.

Der Tunnel war kahl, alles sah gleich aus. So weit sie es beurteilen konnte, verlief er nach rechts, also in westlicher Richtung, aber es war schwer, unter der Erde zu navigieren.

Sie kam an eine Öffnung, wo der Gang sich in drei Richtungen teilte. Immer noch völlig einförmig. Die Wegkreuzung bildete einen kleinen, leeren Raum. Den ganzen Weg entlang hing ein Kabel mit nackten Glühbirnen unter der Decke. Die Wände waren mit Zement verputzt und der Fußboden verhältnismäßig sauber. Das Tunnelsystem wirkte gut gepflegt, allerdings hatte niemand auch nur die kleinste Anstrengung unternommen, es einladend zu gestalten. Es war ausschließlich funktionell, ein Transportweg.

Die Gänge, die sich vor ihr erstreckten, schienen absolut identisch zu sein: der eine scheinbar nach Westen, der andere geradeaus, also nach Süden, und der dritte nach Osten verlaufend. Sara meinte, dass sie in Richtung Riddarholmen, Slussen und Skeppsbron führen mussten, wie ein Fächer unter Gamla stan. Ein Kompass wäre jetzt praktisch gewesen. Welchen Weg sollte sie nur nehmen?

Sie zündete sich eine Zigarette an und ging dann geradeaus.

Der Tunnel sah aus wie zuvor, doch nach einigen Metern hörte sie vor sich ein Geräusch. Zuerst klang es wie ein Tier, doch dann begriff sie, dass dort ein Mensch schrie, ein Mann.

Saras spontane Reaktion war, kehrtzumachen und wegzurennen. Doch nach ein paar Sekunden siegte die Neugier. Die schrecklichen Laute schienen von ferne zu kommen, oder von der anderen Seite einer Wand. Sie kamen nicht näher, sondern blieben in derselben Entfernung, Welle um Welle, als würde jemand in Todesangst schreien.

Sara schlich weiter in Richtung auf das Geräusch zu. Nach ungefähr achtzig Schritten kam sie an eine massive Tür. Die Schreie waren jetzt schwächer geworden, sie konnte sie aber genau von der anderen Seite der Tür vernehmen. Sie schlich hin und lauschte. Ein Mann schluchzte und bettelte:

»Bitte, nicht mehr.«

Jetzt sah sie, dass die Tür ein Schlüsselloch von derselben altertümlichen Art besaß, wie das, in das sie selbst vor zwanzig Minuten den Schlüssel gesteckt hatte. Das Loch war groß genug, um durchsehen zu können. Sie drückte die Zigarette aus und schob das Auge an das Loch.

Das Bild war unvollständig, sie konnte nur fünfundvierzig Grad des Raumes vor ihr einsehen, doch was sie sah, genügte. Hinter der Tür lag ein großer Saal. In dem Saal standen in zwei Reihen Männer in dunklen Mänteln, die den ganzen Körper bedeckten.

Sie zählte acht Personen in dem Teil des Raumes, den sie überblicken konnte, wahrscheinlich waren es mehr. Die Männer hielten Stöcke in den Händen, die sie in regelmäßigen Abständen erhoben.

Zwischen den zwei Reihen taumelte ein nackter, blutiger Mensch, der einen Schlag nach dem anderen entgegennehmen musste. Eine Minute, nachdem Sara begonnen hatte, die makabre Szene zu beobachten, fiel der Mann in sich zusammen. Die Gestalten versammelten sich um ihn und schlugen schneller. Die Schreie waren jetzt verstummt.

Felix war noch nie in Nynäshamn gewesen und kannte sich deshalb auch nicht aus. Die Stimme in dem Kopfhörer leitete ihn, als er sicher und gewandt den Touristenbus aus dem Hafen lenkte. Der Bombengürtel machte das Sitzen auf dem Fahrersitz nicht gerade bequem, denn er konnte sich nicht anlehnen, ohne dass die Zylinder in den Rücken schnitten. Nach einer Weile war er auf der Bundesstraße 73 und nahm Fahrt in Richtung Stockholm auf.

Die Stimme war nach der einleitenden Wegbeschreibung verstummt, aber plötzlich mit einer Frage wieder aufgetaucht:

»Kennst du den Begriff der Ehre?«

»Quälen Sie mich nicht mit Ihrem Gerede«, erwiderte Felix.

»Wir werden eine Weile gemeinsam fahren, da können wir uns doch die Zeit mit einem Gespräch vertreiben, oder?«, fragte die Stimme. »Du weißt also, was Ehre ist?«

»Ja«, sagte Felix.

»›Die Sprache der Ehre und Helden. Wie edel und männlich, du dich bewegst‹, schrieb Esaias Tegnér vor langer Zeit. Inzwischen versteht das keiner mehr. Männlichkeit gilt in diesen Zeiten des Feminismus als eine Verunglimpfung. Edel klingt aristokratisch auf eine Weise, die tabu geworden ist. Helden gibt es nur noch in der Welt des Sports, und da reicht schon eine Bronzemedaille aus, um bei der Rückkehr auf die Heimaterde von fahnenschwenkenden Kretins begrüßt zu werden. Aber was ist mit der Ehre?«

»Ja, was denn?«, fragte Felix.

»Die Ehre ist ins Museum verbannt worden, mein Freund, und die Ehrbarkeit gleich mit. Heute spricht man stattdessen von Prestige, so wie in ›prestigeträchtige Berufe‹ oder ›erworbenes Prestige‹, und das mit Hilfe lächerlicher Konsumwaren: Autos, Inneneinrichtung, Kleider. Aber Prestige geht auf das lateinische *praestigium* zurück, das Blendwerk bedeutet. Im Plural heißt *prestigia* sogar Hanswurst- und Gauklerspiel. Wir haben den Ritter durch einen Clown ersetzt.«

»Und wessen Schuld ist das?«, fragte Felix.

»Viele haben Anteil daran. Nimm nur einen Idioten wie den deutschen Philosophen Schopenhauer. Er war gegen alle Fürsorge, die man der äußeren Ehre angedeihen lassen sollte, zum Beispiel auch gegen Duelle. Er behauptete: ›Die Ehre ist objektiv, die Meinung anderer von unserm Wert und, subjektiv, unsere Furcht vor dieser Meinung.‹ Das ist die Sorte Zynismus, die das Abendland zugrunde gerichtet hat.«

»Und Sie versuchen, das nun wieder zu ändern?«, fragte Felix.

»›Die Zeit ist aus den Fugen, Fluch und Gram, dass ich zur Welt sie einzurichten kam.‹ Wer hat das gesagt?«

»Hamlet.«

»Du bist nicht völlig ungebildet. Leider können wir die Zeit nicht wieder ändern, aber wir können unserem Abscheu über den Verfall der Nation Ausdruck verleihen und unseren Beitrag zu ihrer Verbesserung leisten. Ein offensichtlich langfristiges Projekt. Was verrottet ist, muss erst weggeschnitten werden, damit das Neue wieder wachsen kann.«

»Die ermordeten Männer in Stockholm, waren das ehrlose Kretins? Verrottetes, das weggeschnitten werden muss?«, fragte Felix.

»Ich weiß nicht, wovon du sprichst«, sagte die Stimme.

»Aber ihr habt sie doch ermordet, oder?«

»Felix, Felix, fühl mal um deinen Bauch. Was hast du da? Glaubst du, dass du in einer Lage bist, mich zu verhören? Ich rechne nicht damit, dass du verstehst, was hier geschieht, und ich habe nicht vor, etwas zu erklären. Alles, was ich begehre, ist ein wenig Zerstreuung, ein Gespräch.«

»Dann rede doch mit dir selbst«, sagte Felix.

»Immer diese Verachtung den Autoritäten gegenüber. Insubordination. Die ernsthafteste aller Krankheiten der Moderne. Du hättest Schläge verdient«, sagte die Stimme.

Felix schwieg und fuhr. Das Tempo betrug ungefähr 70 Stundenkilometer. Der Bus ließ Nynäs Gård hinter sich und fuhr weiter Richtung Ösmo. Schwere Wolken hingen über den Feldern, wo der eine oder andere Traktor mit der reichen Ernte Södertorns an Heu und Getreide kämpfte. Der Verkehr auf der ansonsten unfallträchtigen Strecke war schwach. Um Zeit zu gewinnen, fuhr Felix so langsam, wie er es wagen konnte, manchmal unter 50 Stundenkilometer. Doch jedes Mal, wenn er den Fuß vom Gas nahm, war die Stimme wieder da und drohte:

»Halt das Tempo, du mickriger Kurier. Wir haben keine Vorbehalte, dich und den Bus in Stücke zu sprengen, wenn du keine Befehle befolgst.«

»Ich tue, was ich kann.«

»Tu einfach nur, was ich sage, das genügt schon.«

Felix antwortete nicht mehr, er wollte die in seinem Kopf mahlende Stimme einfach zum Schweigen bringen. An der Auffahrt bei Jordbro bog ein Polizeiauto auf die Straße und fuhr direkt hinter dem Bus. Die Stimme im Kopfhörer murmelte etwas über die Kriminalität in den Vororten und ermahnte Felix, das Tempo zu halten. Er hörte kaum zu, sondern überlegte fieberhaft, wie er die Aufmerksamkeit der Polizisten erregen könnte.

Die Kidnapper hatten an alles gedacht. Die Scheiben des Fahrerhäuschens waren getönt, so dass man Felix' Situation von außen nicht erkennen konnte. Wenn er gegen die Instruktionen verstieß und sich anhalten ließe, würde die Bombe hochgehen. Er schwitzte furchtbar unter der schweren Weste und streckte die Hand nach dem Knopf für die Klimaanlage aus.

»Was machst du?«, fragte die Stimme.

»Wollte es nur etwas kühler machen. Ich falle von der Hitze hier drinnen bald in Ohnmacht«, sagte Felix.

»Keine Tricks. Mach die Klimaanlage an, aber denke dran, dass wir dich unter Aufsicht haben.«

Die Stimme hatte direkt auf Felix' Bewegung reagiert. Es musste in der Fahrerkabine eine versteckte Kamera geben. Wenn er die ausfindig machen und ausschalten könnte, würde es vielleicht wie ein technischer Fehler wirken und ihm die Sekunden geben, die er brauchte, um die Bombenweste abzustreifen.

Er ließ den Blick schweifen, während das Polizeiauto schneller wurde und ihn überholte. Sogleich war die Stimme zurück:

»Halt den Blick auf der Straße!«

Felix riss sich zusammen und wischte sich den Schweiß von der Stirn. Verdammte Hitze. Verdammter Bus.

Das Gespräch des Operationsleiters mit der Polizei in Nynäshamn zog sich hin. Der wachhabende Beamte glaubte zunächst, jemand würde sich einen Spaß mit ihm erlauben, und drohte aufzulegen. Es gehörte nicht gerade zum Alltag, dass das militärische Hauptquartier anrief und Befehle erteilte.

Bruno Mild stand dahinter und soufflierte:

»Sagen Sie, dass es eilig ist«, flüsterte er. »Sie müssen zum Hafen rausfahren und alle Fracht vom RoRo-Schiff *Aramis* aufhalten.«

»Sie müssen zum Hafen rausfahren«, sagte der Oberst.

»Entschuldigen Sie mal, aber glauben Sie, dass ich hier einsatzbereite SWAT-Einheiten sitzen habe, die nur darauf warten, ins Auto springen zu können?«, fragte der Wachhabende.

»Ich glaube gar nichts. Nehmen Sie einfach ein Auto und fahren Sie hin. Die Fracht der *Aramis* muss aufgehalten werden, so dass nichts weitertransportiert wird. Die Inspektion ist dann eine Sache für den Zoll.«

»Hören Sie, ich habe hier heute ein einziges Auto, und das ist zu einem Wohnungsstreit in Ösmo gefahren. Und dann wird die Besatzung Mittagspause machen.«

»Und wir haben hier eine mögliche nationale Sicherheitskrise«, sagte der Oberst.

»Schön für Sie«, erwiderte der Polizist.

»Bitte enthalten Sie sich freundlicherweise jedes Sarkasmus. Können Sie nicht ein Auto nehmen und selbst rausfahren?«

»Völlig unmöglich. Sollen wir das Revier unbesetzt lassen? Das ist gegen die Vorschriften. Außerdem ist meine Schicht in zwei Stunden zu Ende, wenn die Kollegen aus Ösmo zurück sind.«

»Ja, mein Gott, was erlauben Sie sich? Das ist ja, als würde man mit einer Wand reden«, schrie der Oberst.

»Jetzt mal immer mit der Ruhe«, sagte der Polizist. »Reden Sie mit der Einsatzleitung, die bestimmt über die Streifenwagen im Großraum Stockholm. Wenn wir solche außerordentlichen Einsätze machen sollen, müssen die Instruktionen von dort kommen.«

Der Oberst warf den Hörer grußlos auf. Dann sah er Bruno Mild resigniert an. Keine Unterstützung von Nynäshamn. Der Offizier und Bruno setzten sich jeder an einen Schreibtisch und nahmen die Hörer in die Hand. Die Reaktion im Polizeirevier auf Kungsholmen fiel etwas besser aus, aber Feuerwehreinsätze konnten auch dort nicht versprochen werden. Doch wurde zumindest eine Polizeipatrouille von Haninge nach Nynäshamn dirigiert, um die Fracht von der *Aramis* zu sichern. Sie würde in einer Stunde dort sein. Während der Zeit wurde der Zoll in Nynäshamn und Stockholm aktiviert, und die Säpo berief ein paar Leute ein, die während der Woche mit den Atom-Warnungen gearbeitet hatten.

Bruno Mild fing an, auf den Fingernägeln zu kauen, eine Unsitte, mit der er eigentlich in den späten Teenagerjahren aufgehört hatte. Die Maßnahmen der Behörden würden nicht ausreichen, wenn diese Bedrohung wirklich so ernst war, wie man im Pentagon glaubte. Schweden würde weder den Willen noch die Möglichkeiten haben, einem solchen Tiger in die Augen zu sehen, ehe er das Maul aufgerissen und alles verschlungen haben würde.

Bruno murmelte einen Dank für die Hilfe und überließ die Sache der Operationsleitung des Hauptquartiers. Er selbst gedachte nicht, weiter im Büro zu sitzen und sich ein Magengeschwür zu holen.

Während er eilig durch die leeren Flure lief, erwog er seinen nächsten Schritt. Er wusste, dass Staatssekretär Elmander, der engste Vertraute des Ministerpräsidenten, nur wenige Autominuten vom Stab entfernt am Gärdet wohnte. So entschied sich Bruno, alles auf eine Karte zu setzen und lieber zu Elmanders Wohnung zu fahren, als noch einmal am Telefon mit Misstrauen empfangen zu werden.

Die Tür zu Elmanders Hauseingang war verschlossen. Bruno versuchte auf gut Glück ein paar Kombinationen, jedoch ohne Erfolg. Nach fünf Minuten aber ging im Hausflur das Licht an, und eine magere Dame mit einem großen Hund, einem Rhodesian Ridgeback, öffnete die Tür. Bruno nickte, lächelte sein schönstes Lächeln und schlüpfte hinein. Begleitet vom dumpfen Knurren des Hundes blieb die Frau stehen und sah ihm nach.

Elmander wohnte ganz oben. Bruno nahm den Fahrstuhl in die fünfte Etage und klingelte. Ding-dong, nicht das übliche Piepen.

Die Tür wurde von einer dunkelhäutigen Haushälterin geöffnet. Sie sprach schlecht Schwedisch, versicherte aber nach einigen Missverständnissen, den Herrn des Hauses zu holen.

Ein leicht verärgerter Svante Elmander tauchte in der Tür auf.

»Ja, worum geht es?«

»Guten Tag, Bruno Mild vom militärischen Hauptquartier. Ich habe Informationen für Sie, die an den Ministerpräsidenten weiterbefördert werden sollten. Es geht um eine akute Bedrohung der Sicherheit des Landes.«

»Verdammt«, sagte der Staatssekretär mit einem nachdenklichen Lächeln. »Sind Sie Militär oder Zivilist? Welchen Grad und welche Funktion haben Sie im Stab?«

»Ich bin der Büroleiter der Sicherheitsabteilung. Analytiker. Darf ich hereinkommen und es erklären?«

»Ah, die niedrigste Form von Leben in der militärischen Nahrungskette. Warum gehen Sie nicht den Dienstweg? Hört man nicht auf Sie?«

»Das ist bereits erfolgt. Aber das Rad dreht sich zu langsam.«

Elmander schwieg ein paar Sekunden und dachte nach. Dann bat er Bruno zu warten, während er in die Wohnung zurückging. Von drinnen hörte man Männerstimmen leise miteinander sprechen. Nach einer Weile war der Hausherr zurück und winkte ihn herein.

Bruno behielt die Schuhe an. Er wurde in einen Salon mit antiken Möbeln und einer großartigen Aussicht über Stockholm geführt. Auf einem Sofatisch lagen stapelweise Papiere und Kompendien aufgeschlagen. Und auf dem Sofa saß der

Ministerpräsident höchstpersönlich. Er stand auf und gab Bruno die Hand.

»Es ist höchst unorthodox, dass Sie den Dienstweg verlassen, aber ich nehme mal an, dass Sie Ihre Gründe haben. Wie Sie sehen, sind wir recht beschäftigt. Sie haben fünf Minuten, um Ihr Problem darzulegen.«

Die Haushälterin kam herein und brachte Kaffee und Kekse für Bruno. Er lehnte freundlich ab und begann zu erklären:

»Hauptquartier, Säpo und Reichskripo wissen bereits von der Sache und arbeiten daran, aber ich glaube leider, dass es zu langsam geht. Möglicherweise sind wir mit einer Bedrohung konfrontiert, wie sie Schweden noch nie erlebt hat, mit einer nuklearen Terrorbombe.«

Der Ministerpräsident stellte die Kaffeetasse ab und beugte sich vor.

»Was sagen Sie da? Wer sollte denn dahinterstecken?«

»Das weiß ich nicht«, sagte Bruno. »Aber Sie wissen ja von den Signalen, die wir in den letzten Wochen von den Amerikanern erhalten haben. Heute Morgen habe ich mit dem Pentagon gesprochen, und es scheint, als sei eine Art Höllenmaschine mit einem Schiff hierhergebracht worden. Es kann eine schmutzige Bombe sein, im schlimmsten Fall ein atomarer Sprengkopf. Es sind da einige von Pakistan her in Bewegung. Die Russen waren in der letzten Zeit auch nervös deswegen.«

»Könnten wir nur das Transitland sein?«, fragte der Ministerpräsident. »Auch wenn die Bombe hier ist, so könnte sie doch auf dem Weg woandershin sein.«

»Das ist möglich«, sagte Bruno. »Aber das ändert nichts. Ganz gleich, welcher Fall vorliegt, sie muss gefunden und unschädlich gemacht werden.«

»Was tun wir jetzt?«, fragte der Ministerpräsident. »Das klingt zu vage, um eine nationale Panik zu riskieren.«

Bruno berichtete über die Lage und die Informationen, die er hatte. Wenn die *Aramis* am Morgen in Nynäshamn festgemacht hatte und die Polizei erst zur Mittagszeit vor Ort war, dann war es wahrscheinlich zu spät. Bruno sprach zwei Empfehlungen an die Bereitschaftsdienste im Staatsrat aus: Die entscheidenden Sektionen von Zoll, Küstenwache, Polizei, Zivilverteidigung und Armee in höchste Bereitschaft versetzen. Eine Evakuierung Stockholms vorbereiten.

Die beiden Herren um den Sofatisch hörten den ersten Ratschlag höflich an. Doch beim zweiten begannen sie ihre Köpfe zu schütteln und die Hände zu heben.

»Das können Sie in dieser Situation vergessen«, sagte der Staatssekretär. »Wir haben nicht vor, damit in die Geschichte einzugehen, dass wir die schlimmste Panik in Stockholm seit siebenhundert Jahren ausgelöst haben.«

»Wenn wir nicht die richtigen Maßnahmen ergreifen, kann es sein, dass wir alle in die Geschichte eingehen, aber auf andere Weise«, entgegnete Bruno.

Er merkte, wie sich der informelle und höfliche Ton sogleich abkühlte. Er hatte das Vertrauen der beiden Politiker schnell gewonnen, aber jetzt sahen sie ihn an, als wäre er ein Dummkopf.

»Wir werden bald nach Rosenbad gehen, um das hier getreu der Vorschrift zu behandeln«, sagte der Ministerpräsident. »Die Regierungskanzlei hat eine gut funktionierende Krisenorganisation. Aber wie Sie sehen, haben wir auch noch einige andere Dinge zu erledigen. Ich schlage vor, Sie kehren an Ihren Arbeitsplatz zurück.«

Bruno wurde von der Haushälterin zur Tür gebracht. Jetzt hatte er alles getan, was in seiner Macht stand, spürte aber, dass es trotzdem nicht genügen würde. Er setzte sich ans Steuer, nahm sich ein Kaugummi und begann, Richtung City zu fahren.

Sara stand wie versteinert vor dem Schlüsselloch. Der blutige Körper wurde zur Seite außer Sichtweite getragen, und eine der Gestalten sammelte die Stöcke ein. Wegen der Kapuzen, die sie alle auf dem Kopf hatten, konnte man die Gesichter immer noch nicht erkennen. Hingegen konnte sie einzelne Worte ausmachen:

»Der Verräter« … »beeilen« … »die Stunde« …

Jetzt hatten sich die Männer dichter zusammengestellt, um etwas zu besprechen. Sie zählte insgesamt elf Männer. Sie hatten ihr die Rücken zugekehrt und formierten sich zu einem Kreis mitten in dem großen Saal. Im Hintergrund konnte man an der Wand, die mit Bildern geschmückt war, eine Reihe Stühle sehen. Leider war es ihr bei der schwachen Beleuchtung nicht möglich zu erkennen, was auf den Bildern zu sehen war, aber sie wirkten wie alte Gemälde in großem Format. Von der Decke hing ein massiver Kronleuchter.

Sara nahm das Gesicht vom Schlüsselloch und legte stattdessen ein Ohr an die Tür. Es brachte nichts. Die Männer sprachen zu leise, als dass man hätte verstehen können, was sie sagten. Sie blieb eine Weile stehen und wartete, ob sie etwas aufschnappen könnte. Plötzlich kamen einige der murmelnden Stimmen näher, und sie konnte sie klar und deutlich vernehmen:

»… auf Biegen und Brechen.«

»Wohin wirst du selbst dich begeben?«

»Gen Schonen …«

Sara begriff, dass die Männer auf dem Weg zu ihrer Tür waren. Ein schneller Blick ins Schlüsselloch, nur noch wenige Meter. Sie stand auf, schwankte ein wenig vor Schwindel durch den Blutdruckabfall und lief schnell auf demselben Weg durch den Tunnel, den sie gekommen war.

Zum Glück hatte der Gang einige Windungen, so dass sie schon nach zehn Metern außer Sichtweite war. Als sie an die Wegkreuzung im Tunnelsystem kam, hörte sie, wie die Tür hinten aufgeschlagen wurde und die Stimmen sich näherten. Die Akustik machte es möglich, dass sie immer noch hören konnte, was sie sagten:

»… viele gute Männer.«

Jetzt galt es nur noch davonzukommen. Sie blieb einige Sekunden mitten in der Öffnung stehen. Drei Wege, unter denen sie wählen konnte. Zwei davon konnten sie in die zufällige Sicherheit führen.

Sie wusste, dass der Tunnel, aus dem sie ursprünglich gekommen war, zu einem Ausgang führte. Nach dem Gespräch der Männer zu schließen, waren sie vielleicht auf dem Weg dorthin. Ihr Tonfall und die Wortwahl deuteten darauf hin, dass etwas abgeschlossen war, dass sie wegwollten, ins Tageslicht. Also musste sie rechts oder links wählen, Richtung Skeppsholmen oder Richtung Riddarholmen. Sie wählte den linken Weg, nach Westen.

Der Tunnel wurde breiter. Sie blieb kurz stehen, um zu horchen. Die Stimmen waren immer noch zu hören. Zu ihrem Entsetzen merkte sie, dass sie sogar näher kamen. Ihre Chancen hatten zwei zu drei gestanden, und sie hatte falsch gewählt. Sie waren im selben Gang. Sie ging schneller und suchte mit eiligem Blick nach neuen Seitentunneln und einem Platz, sich zu verstecken.

Sara musste an all die Wühlmäuse unter dem Rasen in Furusund denken, die auszurotten ihr Vater viele Sommer investiert hatte: mit Fallen, mit Gift, mit Hunden und Rauch. Jetzt war sie selbst eine Wühlmaus, hilflos und mit hechelnden Terriern hinter sich. Sie hatten ihre Witterung noch nicht aufgenommen, aber das war nur eine Frage der Zeit.

Plötzlich war der Tunnel nach rechts ausgebuchtet und bildete einen kleinen Seitenraum. Da stand ein Wirrwarr aus Möbeln. Verstecke. Sara schlüpfte zwischen dem Durcheinander hindurch und kroch mit klopfendem Herz in eine Ecke.

Die Schritte näherten sich dem Tunnel. Die Männer hatten jetzt aufgehört zu sprechen. Es klang, als seien es mehr als zwei.

Als das Klappern immer näher kam, konnte Sara aus ihrer Ecke vier Beinpaare erkennen. Sie gingen schnell, die langen

Mäntel flatterten. Ein Stück weiter wurde das Gespräch wieder aufgenommen, aber jetzt konnte sie es nicht weiter verfolgen. Das Letzte, was sie hörte, ehe das Geräusch in der Ferne verklang, war ein donnerndes Lachen. Diese Fröhlichkeit nur wenige Minuten nach der Folter hatte etwas Satanisches.

Nach einer Weile des Zögerns ging sie weiter in den Tunnel hinein, in dieselbe Richtung wie die vier Männer. Wenn sie auf dem Weg nach draußen waren, bedeutete es kein großes Risiko, ihnen zu folgen. Sie brannte vor Neugier, das Tunnelsystem zu erforschen, diese geheime Welt direkt vor der Nase der Stockholmer. Johanna würde sich bestimmt Sorgen machen, denn die vereinbarte Zeit war jetzt schon bald verstrichen. Das ging nicht anders, jetzt konnte sie nicht umkehren.

Hundert Meter weiter tat sich ein weiterer Raum auf. Auch dieser lag hinter einer verschlossenen Tür, doch Saras Schlüssel passte. Nach einem Blick durchs Schlüsselloch und gründlichem Horchen schob sie die Tür langsam auf.

Der Raum war viel kleiner als der Saal, den sie zuvor gesehen hatte, und war wie eine Bibliothek oder ein Archiv eingerichtet. Sessel, schwere Schreibtische und hohe Regale bis zur Decke. Nur eine der vier Wände hatte keine Regale, dort hingen stattdessen alte Gemälde, Porträts, Kampfszenen, Landschafts, Stillleben.

Sara blieb vor der Kunstsammlung stehen und betrachtete die Werke gründlich. Es waren bekannte Namen und hohe Qualität: Georges de la Tour, William Turner, Bruegel, Rembrandt, Ehrenstrahl – eine Kollektion, die sicher Hunderte von Millionen Kronen wert war. Dann wandte sie sich einem Bücherregal zu.

Sie ging näher an die Reihen mit dicken Wälzern heran und sah, dass sie alle dasselbe Symbol auf dem Buchrücken trugen: einen Totenkopf mit gekreuzten Knochen darunter. Das Symbol für Gift, für Tod und früher auch einmal das Emblem der Elitegarde der deutschen Nazis, der SS.

Sara nahm einen Band heraus und schlug ein paar Seiten auf. Es waren Personenakten. Bilder unterschiedlichen Stils wurden von in altertümlichem Schwedisch gehaltenen Biographien ergänzt. Sie blätterte willkürlich in der umfangreichen Sammlung nach ein paar Personen.

Der erste Name, den sie fand, war Anders Chydenius, 1729–1803. Von einem Kupferstich blickte der Mann den Betrachter freimütig über den Text *fides et caritas* – Glaube und Liebe – und *libertas religionis* – Religionsfreiheit – hinweg an. Chydenius war der Pfarrer aus Österbotten, der Parlamentarier und Mann der Aufklärung wurde. Gegen verschwenderische Kriege, Handelszwang und Fronarbeit – für Meinungsfreiheit, Druckfreiheit und Religionsfreiheit. Nach dem Totenkopfstempel zu schließen, war das offensichtlich ein Einsatz, den die Gesellschaft nicht sehr schätzte.

In den Bänden zum 20. Jahrhundert fand Sara viele bekannte Namen: Astrid Lindgren, Ingmar Bergman, Alva Myrdal, Eyvind Johnson, Ellen Key, Torgny Segerstedt, Barbro Alving, Dag Hammarskjöld, Karin Boye, Karl Staaff.

Das Bild von dem Letztgenannten ließ sie stutzen. Karl Staaff stand auf der Liste der schwedischen Katastrophen von Sven Möller, und zwar verknüpft mit dem frühen Tod des Mannes im Jahre 1915. Gab es etwas in der Personenakte, was das erklären konnte?

Der Liberale Staaff hatte den Weg bereitet für freie Gewerkschaften, allgemeines Wahlrecht und lehnte einen Krieg mit Norwegen ab. Das waren Bemühungen, die in dieser unterirdischen Welt direkt ins Totenkopfarchiv führten.

Der Text über den Anwalt der Armen und Ministerpräsidenten Staaff füllte einen ganzen Ordner. Sara blätterte ihn rasch von hinten durch, um die entscheidende Verbindung zu finden. Im letzten Drittel des Bandes wurden nicht die letzten Jahre Staaffs in chronologischer Reihenfolge behandelt, sondern eine Bewertung seiner Leistung. In langen, manisch wiederholten Textstücken war immer wieder die Rede von Pöbelherrschaft, Zerstörungswerk, Untergang der Kultur, Defätismus, Landesverrat. Mitten in der Akte fanden sich Erklärungen für die Zeiten zwischen der »Burghofkrise«, als Gustav V. sich öffentlich vor in die Hauptstadt gezogenen Bauernverbänden gegen die Verteidigungspolitik der Regierung ausgesprochen und so den Rücktritt Staaffs provoziert hatte. Die von der Oberklasse geführte Hasskampagne gegen den liberalen Parteiführer wurde detailliert beschrieben. Es war die Gesellschaft, die Staaffs Verfolgung betrieb, die seine Widerstandkraft erschöpfte und ihn schließlich fertigmachte. Sven Möller hatte Beweise für seine Liste – der geistige Vater der schwedischen Demokratie war zumindest indirekt ermordet worden.

Sara vergaß Zeit und Raum. Zu spät bemerkte sie das Geräusch von sich nähernden Schritten.

Die Panik schoss durch ihren Körper. Jetzt würde sie es nicht mehr in den Tunnel zurück schaffen, aus dem sie gekommen war.

Langsam öffnete sich die Tür zur Bibliothek auf der anderen Seite. Ihr blieb nur noch eine Sekunde.

Neben dem Bücherregal stand ein Schrank. Sara kroch schnell hinein und machte die Tür hinter sich zu. Dunkel, staubig, eng. Sie wagte kaum zu atmen.

Als ihre Augen sich an die Dunkelheit gewöhnt hatten, traten die Konturen des Schrankinneren hervor. Sara teilte sich den Platz mit alten Papierrollen, vielleicht Karten oder Gemälde. Durch den Schlitz an der Schranktür strömte ein klein wenig Licht. Zweimal sah sie eine Person vorbeigehen und hörte, wie jemand in den Büchern blätterte.

Die Zeit kroch voran, fünf Minuten, zehn Minuten. Der Gast stand offensichtlich da und las, denn man hörte die Schritte nur manchmal, dazwischen war es still.

Nach einer Viertelstunde verspürte Sara einen quälenden

Krampf im verschränkten Bein. Sie versuchte, sich ein wenig zu strecken, merkte aber im selben Moment, wie der Lichtstrahl gebrochen wurde. Die Gestalt da draußen ging direkt auf ihren Schrank zu. Jetzt wurde die Klinke heruntergedrückt.

Am Globen gab es eine kurzfristige Verkehrsumleitung wegen Straßenarbeiten, und der weiße Touristenbus aus Nynäshamn blieb in einer langen Schlange stecken. Die Stimme in Felix' Ohr fluchte über die schlechte Infrastruktur Stockholms. Wie viele Jahre hatten sie nicht schon mit diesem Söderleden herumgemacht.

»Kommen Sie aus der Stadt?«, versuchte Felix.

»Jetzt werd bitte nicht trivial«, sagte die Stimme.

»Warum haben Sie mich für diesen Auftrag ausgewählt?«

»Du hast dich freiwillig gemeldet, indem du uns aufgesucht hast. Ich habe gesagt, dass du nicht so viel fragen sollst. Die Zusammenhänge werden sich dir schon zur rechten Zeit offenbaren.«

»Habt ihr Charlie ermordet?«

»Wir morden nicht. Aber manchmal sind wir gezwungen, zu bestrafen und auszusortieren. Das bereitet uns kein Vergnügen.«

»Und warum foltert ihr die Leute dann?«

»Felix, mein Freund, der Mensch ist ein gar schwaches Wesen. Er muss ständig diszipliniert und auf einen stärkeren Willen ausgerichtet werden. Zu einem gottesfürchtigen Krieger im Dienst der Nation geformt, ist er ein hervorragendes Geschöpf. Seinen eigenen niedrigen Trieben überlassen, ist er jedoch nichts, allerhöchstens ein Tier. Die verrotteten Eier müssen zerschlagen werden, als warnendes Beispiel. Und die Verdammung der Stände hat das Land vor Fäulnis stinken lassen.«

»Sie sind doch verrückt«, sagte Felix.

»Das hast du schon einmal gesagt. Hör auf, dich zu wiederholen. Deine niederen Ansichten sind nicht interessant.«

»Und in welcher Weise bin ich für Sie interessant? Als Chauffeur?«

»Na gut, stell den Bus da vorne ab, dann werde ich es dir erklären. Wir liegen vor dem Zeitplan und können uns eine Pause leisten.«

Felix parkte in zweiter Reihe auf der Östgötagata. »Greif in die Tasche rechts vom Fahrersitz«, befahl die Stimme. »Dort findest du einen Spiegel.«

Felix holte den viereckigen Spiegel, etwas größer als Taschenformat, heraus. Er hielt ihn in beiden Händen, um sein Zittern kontrollieren zu können.

»Halt ihn jetzt hinter den Kopf und sieh in den Rückspiegel. Was siehst du da im Nacken?«

Mit einer langsamen Bewegung nahm er den Spiegel in die rechte Hand, beugte sich vor und tat, wie ihm geheißen. Da, unterhalb seines Haaransatzes, saß das Zeichen der Gesellschaft, Muellers Wappen, die Katze.

»Das habt ihr da hingedrückt, als ich unter Drogen stand«, flüsterte Felix, als er wieder sprechen konnte. »Warum?«

»Du bist jetzt einer von uns, mein Freund. Wir brauchten einen Kurier, und du tauchtest genau im richtigen Augenblick auf.«

Felix zitterte. Sein Gesicht verzog sich zu einer Grimasse, als er den Spiegel auf den Boden warf, so dass die Splitter in der Fahrerkabine umherflogen.

»Fahrt zum Teufel, ihr Sadisten!«

»Vorsichtig!«, widersprach die Stimme. »Komm zur Vernunft, sonst bist du tot. Ich meine es ernst.«

Felix atmete schwer.

»Ihr Schweine!«, schluchzte er.

»Ruhig, ruhig«, sagte die Stimme in leiserem Ton. »Wir wollen nur dein Bestes, das kann ich dir versichern. Wenn du den Auftrag ausgeführt hast, wirst du frei sein. Dann kannst du zu deinem armseligen Leben zurückkehren.«

»Ich will nicht mehr. Lasst mich bitte gehen.«

Felix war dem Zusammenbruch nahe. Er kämpfte, um die Panik zu dämpfen. Muss atmen, muss die Kontrolle wieder zurückbekommen.

»Wohin soll ich jetzt fahren?«

»Du bist fast da. Fahr zurück in die Götgatan und dann nach Slussen, dann kannst du an der Skeppsbron bis zum Slottsbacken fahren. Da parkst du, auf demselben Platz wie alle die anderen Touristenbusse.«

»Und dann?«

»Eins nach dem anderen, mein Lieber. Es ist keine Eile geboten. Du musst erst mal die Fassung wiedererlangen. Fang damit an, dass du aus dem Schrank hinter dir etwas zu essen und zu trinken nimmst. Bleib ein paar Minuten hier stehen und ruhe dich aus, ehe du weiter zum Schloss fährst.«

Felix leistete dieser Anweisung Folge. Würden die ihn wirklich frei lassen, wenn er den Bus da abgeliefert hatte, wo er sollte? Und warum dann dieses komplizierte Arrangement?

Er wurde in seinen Überlegungen von der Stimme unterbrochen:

»Kennst du das Stockholmsyndrom?«

»Ja.«

»Warum heißt das so?«

»Bezieht sich auf ein Geiseldrama, das sich hier abgespielt hat. Norrmalmstorg 1973.«

»Bravo. Du hast sechzig Liter Diesel gewonnen. Und da hat sich eine Geisel in die Geiselnehmer verliebt. Würdest du mir auf dieselbe Weise verfallen können? Du bist schließlich Päderast, wie ich gehört habe.«

»Ach, Sie lesen also Jens Fransson im *Aftonbladet*, was?«

»Das kommt schon mal vor, warum?«

»Er ist der Einzige, der mich Päderast nennt. Wissen Sie, was das heißt?«

»Na ja, ungefähr homosexuell.«

»Nein, nein, es bedeutet Jungsliebhaber. Oder wie man heutzutage sagt: Pädophiler.«

»Das könnt ihr nennen, wie ihr wollt«, sagte die Stimme, »es ist in jedem Fall ein Gräuel.«

»Sie ziehen also Gewalt der Zärtlichkeit vor?«, fragte Felix.

»Schweig. Deine perverse Logik ist für mich nicht von Interesse.«

»Warum haben Sie gefragt, ob ich Sie mag?«, fragte Felix nach längerem Schweigen.

»Ich hege ein Interesse für Psychologie. Wollte sehen, ob an der Sache mit dem Stockholmsyndrom was dran ist. Ob du dich zu mir hingezogen fühlst.«

»Möchten Sie denn, dass ich das tue?«, fragte Felix.

»Das ist mir egal. Das Interesse war wissenschaftlicher Natur.«

»Sind Sie ein einsamer Mensch?«, fragte Felix.

»Ganz und gar nicht.«

»Woher kommt dann all Ihr Hass?«

»Ich hasse nicht, ich handele. Gefühle sind für Untermenschen.«

»Nietzsche«, sagte Felix. »Natürlich gefällt Ihnen sein aristokratischer Radikalismus.«

»Nietzsche war ein Kranker und ein Witzbold. Wir machen keine Witze.«

»Aber er wollte die Menschlichkeit mit der Wurzel ausrotten und eine neue, höhere Kultur schaffen. Ist das nicht auch, worauf Sie hinauswollen?«, fragte Felix.

»Nietzsche sagte, dass Gott tot sei, und dass der Mensch an Gottes Stelle treten solle. Das ist Hybris und Idiotie, typisch 19. Jahrhundert«, sagte die Stimme.

»Ist Gott Ihr Auftraggeber?«, fragte Felix.

»Mehr das Schicksal. Aber Gott, die Nation, die Tradition und das Schicksal sind ein und dasselbe. Jetzt ist genug geredet«, sagte die Stimme barsch. »Starte den Bus und fahr auf die Götgatan zurück. Wir fahren zum Slottsbacken.«

Felix gehorchte und bog langsam um die Ecke. Als er nach Slussen kam, konnte der Bus gerade noch durchfahren, denn die Polizei war dabei, die Straße für die Parade am Nachmittag abzusperren, den Abschluss des drei Tage währenden Festivals, bei dem ein bunter Zug von Schwulen, Lesben, Bisexuellen, Transen und Sympathisanten von Östermalm zum Tantolunden marschierte.

»Wussten Sie, dass wir hier noch durchkommen würden?«, fragte Felix.

»Ich weiß alles, was ich wissen muss. Wir warten schon lange auf das hier«, sagte die Stimme.

Peter war geborener Björklund, hieß nunmehr aber Tott. Vor der Hochzeit hatte er versucht, Johanna zu überreden, sich Björklund-Tott zu nennen, dann hätte er seinen Namen einfach behalten. Dieser Plan war einer Intervention des Oberarztes Carl Tott zum Opfer gefallen, der ganz einfach sein Veto einlegte. Seine Tochter war adlig und würde es auch bleiben.

Ungefähr eine Woche lang waren sie entschlossen, dass jeder seinen eigenen Namen behalten sollte, bis Peter schließlich nachgab. Die Lästereien im Job hatten ihn nicht weiter gestört, aber je mehr die Ehe in den Fugen knarrte, desto mehr hatte er seinen Entschluss bereut. Wenn sie sich trennten? Würde er dann wieder Björklund werden? Das fühlte sich auch nicht gut an.

Heute war Samstag, und er sollte sich eigentlich am Riemen reißen, mit den Kindern etwas in der frischen Luft unternehmen oder, was man so als ehrgeiziger Erziehungsberechtigter tat, mit dem Rest der koffeinschwangeren Mittelklasse eine Runde im Vasapark drehen.

Stattdessen hatte er die Zwillinge mit einer Tüte Popcorn und Saft vor dem Disneykanal geparkt, während John seinen Mittagsschlaf machte. Das Kinderzimmer war abgedunkelt und die Tür zu, damit der Kleine so lange wie möglich schlief.

Während der Zeit lag Peter im Bett und spielte ein auf dem Index stehendes Donkey-Kong aus den frühen Achtzigerjahren, bis er sich schließlich hochquälte, um eine Ladung Wäsche in die Maschine zu werfen.

Erst die eigenen Kleider, dann die der Kinder. Er schaute in Johannas Wäschekorb, um zu sehen, ob da etwas zu Buntwäsche, 40 Grad passte. Nur ein Paar Jeans. Er nahm sie raus und kontrollierte die Taschen – in Johannas Kleidern war immer noch irgendetwas, das nicht in die Maschine durfte.

Sehr richtig. In der rechten Tasche fand er ein hartes, kleines Ding, einen USB-Stick. Er warf die Waschmaschine an und nahm ihn mit zum Computer. Johanna war selbst schuld, wenn er herumschnüffelte. Sie hatte ihn hier am Wochenende allein sitzen lassen, nachdem sie schon die ganze Woche weg gewesen war.

Auf dem Bildschirm erschien das Zeichen: Wechseldatenträger: (E). Er machte einen Doppelklick und wartete auf das Ergebnis.

Er sah eine detaillierte Karte der Stockholmer Innenstadt, genauer gesagt, der Altstadt Gamla stan. Doch es war keine gewöhnliche Karte. Von den bekannten Straßen und Gebäuden waren nur schwache Konturen zu sehen. Über den dünnen Linien lag eine schärfer gezeichnete Skizze, ein System aus Wegen und Räumen, das entweder oberhalb oder unterhalb der gewöhnlichen Bebauung liegen musste. War das eine Planzeichnung, eine Karte, die die Polizei benutzte? Ein Leitungsschema für Telekommunikation? Es wirkte ausgesprochen uninteressant, eine Enttäuschung. Nicht einmal Johannas Geheimnisse waren unterhaltsam.

Peter ließ den Computer an und ging zum Fernseher. Die Zwillinge hatten der Glotze den Rücken gekehrt und bauten auf dem Küchentisch Lego. Eine Weltraumstadt, die Mondbasis Vasastan. Hohe Türme, instabile Konstruktionen, auf deren Spitzen Plastikfiguren standen. Auf dem einen Turm stand

»Der verrückte Gorilla«, auf dem anderen die Weltraumabenteurer »Buzz Tott« und »Dodd Osborne«. Wenn die Stadt erst einmal fertig war, würden sie gegeneinander Krieg führen, indem sie die gegnerischen Türme mit Klötzen bewarfen. In wenigen Minuten würde es einen Höllenlärm geben, wenn Hunderte von Legosteinen auf den Fußboden fielen.

Peter dachte, dass er ihnen eigentlich helfen sollte, das Gebaute abzusichern und das destruktive Finale des Spieles zu verhindern, aber er schaffte es einfach nicht. Stattdessen warf er sich aufs Sofa und fing an, einen alten Western zu gucken.

Als es endlich eine Werbepause gab, schaltete er auf den Nachrichtensender des Schwedischen Fernsehens um, um zu sehen, was es Neues gab. Gerade als das Bild auf den Schirm kam, klingelte es an der Haustür. Er stand auf, den Blick immer noch auf den Fernseher gerichtet, erstarrte aber mitten in der Bewegung.

Da, auf einem von drei kleinen Bildern, das war Johanna!

Mein Gott! Peter drehte schnell die Lautstärke hoch:

»... des Terrorismus verdächtigt.«

An der Haustür klingelte es weiter hartnäckig, aber Peter war von den Nachrichten wie gelähmt: Johanna wurde zusammen mit dem Mordverdächtigen Felix Martini und einer Frau namens Sara Widman gesucht. Eine Großfahndung war eingeleitet worden. Das Trio hatte einen Kriminalkommissar und einen bekannten Journalisten gekidnappt und unter widrigen Umständen festgehalten, die nun aber durch einen massiven Polizeieinsatz befreit worden waren. Es gab Umstände, die darauf hindeuteten, dass die drei Geiselnehmer etwas mit der Mordserie zu tun hatten und dass sie zu einer Organisation gehörten, die weitere Terrortaten plante. Die Absicht war gewesen, den Kommissar und den Journalisten auf dieselbe Weise hinzurichten wie die früheren Opfer, vielleicht auch im Zusammenhang mit Erpressung oder einer größeren Terrortat. Das Motiv der Organisation lag immer noch im Dunkeln, aber es gab bekannte Verbindungen von dem konvertierten Muslim Felix Martini zu islamistischen Netzwerken. Der Fernsehreporter deutete an, dass die beiden Frauen von Felix, dem Gehirn und Anführer der Terrorzelle, ausgenutzt worden waren.

Peter sank im Sofa zusammen. Das war einfach zu wahnsinnig. Könnte Johanna untreu gewesen und von diesem Felix in irgendetwas hineingelockt worden sein? Das war doch alles nicht möglich!

Wie versteinert saß Peter vor dem Fernseher und merkte gar nicht, dass Kia zusammen mit der Person, die vor der Eingangstür gewartet hatte, von hinten kam. Erst als die beiden am Sofa standen, zuckte Peter zusammen.

»Hallo, Polizeiassistentin Gunilla Karlsson. Entschuldigen Sie, wenn ich hier so hereintrample.«

»Äh, hallo«, sagte Peter, immer noch halb dem Fernseher zugewandt.

Jetzt wurde ein Interview mit den befreiten Geiseln gebracht. Weder Peter, Kia noch Gunilla sagte etwas, alle drei starrten nur auf die Fernsehbilder von den Männern mit Stoppelbärten, die vor einer typischen schwedischen Sommerhütte standen.

»Wie sind Sie in der Gefangenschaft behandelt worden?«, fragte der Reporter.

»Es waren unmenschliche Verhältnisse«, sagte Kalle Holm. »Wir haben den Erdkeller mit kranken Vögeln teilen müssen. Schmutzig, schlechte Luft, kein Tageslicht, wenig Essen. Und die ganze Zeit schwebte eine Todesdrohung über uns.«

Kjell Pärzon sah seinen Kameraden ein wenig misstrauisch an. Der Reporter schob ihm das Mikrofon hin und wartete auf seine Zeugenaussage:

»Na ja, es war nun nicht so, dass wir direkt bedroht wurden. Sie haben uns sehr freundlich behandelt, auch wenn, wie Sie ja gerade schon gehört haben, die Umgebung nicht die angenehmste war.«

»War denn erkennbar, was die Terroristen vorhatten?«

»Die planen etwas ganz Großes, das ist klar«, sagte Kalle. »Wir sind als Geiseln genommen worden, weil wir ihnen von zwei verschiedenen Richtungen her in die Quere gekommen sind. Wenn wir nicht befreit worden wären, hätten sie uns hingerichtet, wie sie es auch mit ihren anderen Opfern gemacht haben.«

Kjell sah ihn erneut an, hatte aber nichts hinzuzufügen. Eine ganze Weile mussten sie über die dramatische Befreiungsaktion berichten, von der genialen, aber selbstaufopfernden Idee mit dem Würgen, das den Alarm im Sofiahemmet auslöste, von dem einoperierten Sender in Kjell Pärzons Herz, der über GPS hatte angepeilt werden können. Dann von dem intensiven Schusswechsel im Zusammenhang mit der Erstürmung der Sommerhütte durch die Polizei. Das Haus war zu der Zeit leer gewesen, und zu der Schießerei kam es, als zwei Gruppen der Einsatzkräfte einander fälschlicherweise für Terroristen hielten – das wurde allerdings nicht erzählt. Vielmehr bekam der Zuschauer den Eindruck, dass die Geiselnehmer durch das massive Feuergefecht der Polizei in die Flucht getrieben worden waren.

Sollte das wirklich Peters Johanna sein, die pflichtbewusste Mutter von drei Kindern, die ihn heute Morgen geweckt hatte und zu spät dran gewesen war?

Bleich, mit aufgerissenen Augen und mit flehendem Blick wandte sich Peter dem uniformierten Gast neben dem Sofa zu.

»Wie Sie sehen, ist Johanna in Schwierigkeiten«, sagte Gunilla Karlsson.

Immer noch kein Wort von Peter. Er strich sich mit der Hand übers Haar und bedeutete Kia, dass sie Viggo in der Küche Gesellschaft leisten solle. Das Kind schlenderte mit fragendem Gesichtsausdruck davon.

»Wird sie gesucht?«, fragte Peter, als wollte er nicht begreifen, was er soeben gehört hatte.

»Wegen Menschenraubs«, sagte Gunilla.

»Und Sie sind hergekommen, um mir das auszurichten?«, fragte Peter.

»Ich habe einen offiziellen Auftrag und einen inoffiziellen«, sagte Gunilla. »Können wir hier ungestört reden?«

Sie gingen auf den Balkon hinaus und machten die Tür hinter sich zu. Peter nahm ein altes Päckchen Zigaretten mit, zündete sich eine an und sog den Rauch tief in die Lungen. Normalerweise rauchte er fast nie, aber er hob vom letzten Fest immer ein paar Zigaretten auf. Manchmal, wenn es Stress gab, konnte er richtig süchtig sein.

»Was ist Ihr offizieller Auftrag?«, fragte er.

»Ich bin hier, um Johanna, wenn sie hier wäre, zum Polizeigebäude zu bringen. Und wenn nicht das, dann um Sie aufzufordern, Kontakt mit ihr aufzunehmen und sie dazu zu bringen, sich selbst zu stellen. Ich muss Sie auch über das, was Sie wissen, verhören. Sie sind verheiratet, nicht wahr?«

»Ich heiße Tott, wie gesagt. Aber ich habe nicht die geringste Ahnung, was Johanna macht.«

»Wann haben Sie sie zuletzt gesehen?«

»Heute Morgen. Sie musste arbeiten, sie hatte eine Verabredung, für die sie spät dran war. Es war im Grunde genommen alles wie immer.«

»Im Grunde genommen?«

»Sie war ja von den Ermittlungen ausgeschlossen, schien aber trotzdem weiterzumachen. Ich weiß es nicht. Irgendwelche Nacharbeiten, Kontakte, die sie unbedingt weiter verfolgen musste.«

»Heute Morgen hat sie sich mit mir getroffen«, sagte Gunilla.

»Wirklich?«

»Ja. Ich habe sie in einer Sache aufgesucht, die mit den Ermittlungen zu tun hat. Weil ich ihr vertraue.«

Peter lächelte müde:

»Klar vertraut man ihr. Das tut jeder.«

»Weder Sie noch ich glauben, dass Johanna eine Terroristin ist, nicht wahr?«, meinte Gunilla.

Peter lachte.

»Nein, zum Teufel, das muss eine Verwechslung sein.«

»Und damit sind wir bei meinem inoffiziellen Auftrag«, sagte Gunilla. »Irgendetwas ist richtig schiefgegangen. Ich glaube, die Mordserie hat Verbindungen in die allerhöchsten Ebenen, und Johanna ist den wirklichen Tätern gefährlich geworden.«

»Soll das heißen, dass die beiden Gartenzwerge da im Fernsehen lügen?«, fragte Peter.

»Nein, die übertreiben sicherlich mit dem, was sie erlebt haben, aber ich glaube nicht, dass sie lügen, was die Freiheitsberaubung betrifft. Zufällig kenne ich Kjell Pärzon und weiß, dass er und Johanna noch nie miteinander ausgekommen sind. Und Kalle Holm kennen wir schließlich alle. Da sind nicht gerade Nelson Mandela und Mutter Teresa eingesperrt worden.«

»Wie meinen Sie das? Ist Johanna einem Komplott zum Opfer gefallen?«, fragte Peter.

»So ungefähr.«

Er betrachtete Gunilla misstrauisch. Sie fragte, ob er irgendetwas gefunden habe oder ob Johanna irgendetwas gesagt habe, wo sie sein könnte. Er antwortete Nein. Er vertraute dieser Polizistin nicht, die einfach hereingelaufen kam und sein Vertrauen suchte.

Langsam ging ihm auf, dass Johanna in Gefahr war und dass er selbst irgendetwas tun musste, um ihr zu helfen. Zu Gunilla sagte er lediglich:

»Geben Sie mir Ihre Handynummer, dann halten wir Kontakt. Bestimmt kommt Johanna heute Abend nach Hause, und dann soll sie ins Polizeirevier fahren und die Sache klären.«

Sie trennten sich im Eingang mit einem Handschlag. Peter sah auf Gunillas Visitenkarte. Als die Tür zu war, kehrte er zum Computer zurück. Es war, als hätte ihm jemand einen Eimer

Eiswasser über den Kopf geschüttet und ihn aus einem langen Koma geweckt.

Er ruckelte ein wenig an der Maus und hatte das Bild von Johannas USB-Stick wieder auf dem Schirm. Die Karte umfasste Gamla stan vom Karl XII.s-torg im Norden bis Slussen im Süden, von Skeppsholmen im Osten bis Riddarholmen im Westen – das historische Stockholm.

Er betrachtete die scharf umrissenen Linien genauer, die auf dem Kartenbild lagen. Die Linien waren an sechs Punkten verknüpft: Riddarholmskirche, Riddarhuset, Storkyrkan, die nordwestliche Ecke des Königsschlosses, die Skeppsholmskyrka und die Festung auf Kastellholmen. Die Karte war voller dünn gedruckter Ortsangaben in Druckbuchstaben. Peter beugte sich vor, um sie lesen zu können: Alle offiziellen Gebäude waren beschriftet. An den sechs markierten Punkten auf der Karte stand zuerst ihr richtiger Name, darunter aber noch eine Zeile. Bei der Festung, der Ecke des Schlosses und der Riddarholmskirche stand kurz und bündig »Exitus«. An der Skeppsholmskyrka und der Storkyrka stand »Exedra«, am Riddarhus wieder »Exitus« und »Tabularium«.

Was hatte das jetzt zu bedeuten? Peter machte einen Ausdruck und setzte sich eine Weile hin, um nachzudenken. Es tat ihm mit einem Schlag furchtbar weh, dass er so sehr in seinem eigenen Gejammer versunken gewesen war. Dass er keine Zeit gehabt hatte, auf Johanna zu hören, dass er sie nicht gefragt hatte, wie es ihr ging. Jetzt war sie in die Krise ihres Lebens geschlittert, und er hatte nicht einmal gemerkt, dass eine Katastrophe im Anmarsch war.

Er beschloss, etwas zu tun, was er noch nie getan hatte, nämlich Johannas Vater anzurufen. Vielleicht wusste Carl Tott, wohin seine Tochter verschwunden war. Jetzt war die Lage ernst, und deshalb galt es, den Stolz abzulegen und zuzugeben, dass er sie im Stich gelassen hatte und dass er ihr nicht so nahe stand wie ihr Vater.

Carl ging zu Hause nicht ans Telefon. Peter versuchte es auf dem Handy.

»Ja«, kam die Antwort nach dem vierten Klingeln.

»Carl? Hier ist Peter Tott. Wir müssen reden.«

»Ah so. Was gibt es?«

»Es geht um Johanna. Hast du gesehen, dass man nach ihr sucht?«

»Was sagst du da? Ich habe sie heute Vormittag getroffen. Sie war zu Hause bei mir in Djursholmen.«

»Und wohin ist sie dann gefahren?«

»Ich weiß es nicht. Warum wird sie gesucht? Das muss ein Missverständnis sein.«

»Ganz sicher. Aber es scheint ernst zu sein. Sie haben sogar ein Bild von ihr im Fernsehen gezeigt. Es gibt eine Großfahndung.«

Schwiegervater und Schwiegersohn gingen die Situation durch und redeten miteinander, wie sie es noch nie getan hatten. Vor allem Peter sprach. Als würde er mit einem Therapeuten reden, beschrieb er den Streit über den Erziehungsurlaub, seine schlimme Laune und wie er Johanna im Stich gelassen hatte. Dann kam er zu der prekären aktuellen Situation.

»Als ich heute waschen wollte, habe ich in Johannas Hosentasche etwas gefunden. Einen USB-Stick. Da ist eine Art Karte über die Stockholmer Innenstadt drauf. Gamla stan.«

»Sehr interessant«, sagte Carl. »Können wir uns nicht treffen, und du zeigst sie mir?«

»Ja natürlich. Sollen wir sagen, so in einer Stunde?«

Sie verabredeten sich an einem der Punkte auf der Karte, dem Riddarhuset. Peter rief einen Babysitter, zog sich an und nahm einen kleinen Rucksack heraus. Aus dem Keller holte er die einzige Schusswaffe der Familie, eine kurze Harpune für Sportfischer, die er sich einmal auf einem Tauchurlaub in Ägypten gekauft hatte. Er befüllte sie mit Druckluft und packte ein paar Pfeile ohne Leine dazu.

Als Bruno Mild am Humlegården vorbeifuhr, hatte die lange Pride-Parade gerade begonnen. Er parkte sein Auto und stieg aus, um zuzuschauen. An der Spitze des Zuges waren zwei berittene Polizistinnen, denen nicht anzusehen war, ob sie hier ihren Dienst taten oder in Uniform für die Homosexualität demonstrierten. Bruno bewunderte einfach ihre schicken Reitstiefel auf ausgeprägt heterosexuelle Weise.

Je mehr Leute vorbeizogen, desto weniger spektakulär wurden die Teilnehmer des Zuges. Am Ende sah man nur noch vereinzelt Verkleidete in der Masse von gewöhnlichen Leuten, die ihre Solidarität zeigen wollten. Stockholm war eine der wenigen Städte in der Welt, wo man eine solche Manifestation gefahrlos durchführen konnte. In Riga war das lebensgefährlich, in Jerusalem eine großpolitische Demonstration unter maximalem Polizeischutz. In strikt muslimischen oder katholischen Ländern konnte man noch nicht einmal daran denken. In vielen Staaten wurde Homosexualität immer noch mit der Todesstrafe verfolgt.

Mit all dem war Bruno Mild sehr wohl vertraut. Nur wenige wussten davon, aber er hatte einen großen Teil seines Arbeitslebens damit verbracht, Schwulenhasser unterschiedlichster Art zu bekämpfen. Die extremistischen Organisationen, deren Tun er durch seine Arbeit beim Sicherheitsdienst verfolgte, hatten auffällig oft die Verfolgung sexueller Minderheiten auf ihrem Programm. Das galt für die Nazis wie für die EAP zu der Zeit, als sie aktiv war, und das galt in höchstem Maße für die militanten Islamisten und sogar für eine Reihe von alten Extremgruppen am linken Rand. Sex, Liebe und Humor waren offenbar Dinge, mit denen der fundamentalistische Charakter nicht umgehen konnte.

Ob der Atomalarm etwas mit dem Pride-Festival zu tun hatte? Bruno hatte schon einmal daran gedacht, und als er jetzt den spektakulären Zug sah, kehrte die Idee zurück. Wenn Terroristen eine Demonstration dieser Art zunichte machen wollten, dann war Stockholm der ideale Ort dafür. Eine offene Gesellschaft, niedrige Abwehr, symbolische Zielscheibe.

Eine solche Bedrohung konnte im Prinzip von jeder der extremen Gruppen ausgehen, doch musste es sich natürlich um eine mit großen Ressourcen handeln. Islamisten waren am wahrscheinlichsten, aber die Nazis waren auch eine Möglichkeit. Es lag doch eine gewisse Ironie darin, dass Gruppen, die einander so sehr verabscheuten, wiederum gemeinsame Hassobjekte hatten, was dazu führte, dass ihre Methoden dieselben blieben.

Jetzt hatten die Terroristen ein paar Stunden Zeit, um ihren Schlag gegen die Parade durchzuführen. Bruno musste einsehen, dass die Sicherheit entlang des Zuges nicht mehr beeinflusst werden konnte, aber nach der Parade würde es im Tantolunden-Park ein Fest geben. Dort konnte man immer noch dafür sorgen, dass die Polizei die Aufmerksamkeit verschärfte. Nachdem die Parade vorbeigezogen war, ging Bruno zum Auto zurück, um sich auf den Weg nach Tantolunden zu machen.

»Was zum Teufel«, flüsterte Bruno, als er das Radio einschaltete und die Stimme von Kalle Holm beim Interview hörte. Jetzt gab es eine Großfahndung nach drei verdächtigen »Terroristen«, die einen Journalisten und einen Kommissar gekidnappt hatten, doch Bruno hatte das Gefühl, dass dies die komplett falsche Spur war.

Die eine Hälfte der diensthabenden Polizisten Stockholms stand passiv da und starrte ihre in der Schwulenparade marschierenden Kollegen an, die andere Hälfte jagte drei irrelevante Kidnapper. Und währenddessen war die ganze Zeit jemand damit beschäftigt, eine schmutzige Bombe oder noch etwas Schlimmeres ins Land zu bringen.

Bruno schaltete das Radio aus und ließ den Motor an. Er hatte es gerade bis zur Birger-Jarls-Gata geschafft, als sein Handy klingelte.

»Hallo, hier Kjell P.«

»Herzlichen Glückwunsch zur Befreiung«, sagte Bruno. »Also, nicht dass irgendjemand bemerkt hätte, dass du gekidnappt warst.«

»Ich habe darauf geachtet, dass es übers Wochenende ist, weißt du, damit es doppelten Freizeitausgleich gibt«, erwiderte Kjell Pärzon.

»Mal im Ernst, Kjell, stimmt es, was sie in den Nachrichten sagen? Glaubt ihr wirklich, dass die Amateure in dieser Sommerhütte da Terroristen sind?«

»Ich weiß es nicht. Jedenfalls haben sie uns eingesperrt. Es deutete ja einiges auf diesen Felix Martini hin.«

»Könnte es nicht umgekehrt sein, dass er das Opfer für irgendetwas ist?«, fragte Bruno.

»Immer diese Softis. Ihr Sozialliberalen könnt euch doch nicht verleugnen. Das Opfer wird zum Täter und umgekehrt. Du meinst also, dass sie uns als Geiseln genommen haben, um sich selbst gegen die Polizei und die Medien zu schützen?«

»So ungefähr. Wer hat denn gesagt, dass ihr Geiseln wart? Es scheint doch mehr so, als ob ihr nur für ein paar Stunden außer Gefecht gesetzt worden seid.«

»Hör auf, das kauf ich dir nicht ab«, sagte Kjell. »Aber wir müssen uns unbedingt treffen. Kalle steht hier neben mir. Wir haben massenhaft Interviews abgearbeitet. Kalles Ständer wird sich ein paar Wochen lang nicht runterholen lassen, aber ich denke an die Arbeit. Es heißt, du glaubst, dass irgendeine große Scheiße am Laufen ist. Kalle und ich wollen mitspielen.«

»Gleich. Erzähl mir nur erst, wie die Polizei euch in der Hütte gefunden hat. Ist es wahr, dass du Alarm geschlagen hast, indem du so gekotzt hast, dass der Schrittmacher ins Schleudern kam? Das ist wirklich brillant.«

»Es ist kein Schrittmacher, aber es stimmt, dass wir es so probiert haben. Das hat allerdings nicht den Ausschlag gegeben. Die Kollegen sind endlich mal aus dem Quark gekommen und haben die Webmail von Felix Martini gecheckt. Und die jüngste Verbindung zum Server kam von der IP-Adresse dieser Sommerhütte.«

Bruno hörte, wie Kalle Holm im Hintergrund protestierte. Ein Lächeln zog über sein zerfurchtes Gesicht, ehe er wieder todernst wurde.

»Ich bin verdammt besorgt. Die Polizei geht definitiv den falschen Spuren nach. Ich bin auf dem Weg zum Pride-Festival im Tanto. Können wir uns vor Ort treffen? Dann erzähle ich mehr.«

Bruno hörte im Handy, wie Kjell sich mit der Frage an Kalle wandte. Nach einem rauen Lachen war er wieder dran.

»Kalle sagt, dass er lieber tot in einem Graben gefunden werden möchte, als seinen Fuß aufs Pride zu setzen.«

»Wenn wir uns nicht beeilen, werden einige Menschen im Graben gefunden werden«, sagte Bruno.

»Ernsthaft?«

»Ernsthaft. Wir treffen uns in einer halben Stunde am Eingang. Wir haben nicht viel Zeit.«

Bruno musste einige Umwege durch die Innenstadt nehmen, die wegen des Festivals teilweise abgesperrt war. Überall Menschen in Uniform – Polizisten, Sicherheitsleute, Politessen –, aber alle sahen aus, als wären sie immer noch in Urlaub. Bei Slussen begegnete er einem weißen Touristenbus in Richtung Skeppsbron und Königsschloss.

Saras erster Reflex war, die Tür von innen zuzuhalten, aber es war bereits zu spät. Die Person da draußen merkte, dass die Klinke nachgab, und zog noch mehr. Sara ließ los und musste hilflos zusehen, wie die Tür sich öffnete und das Licht einströmte.

»Mein Gott, hast du mich erschreckt!«

Es war Johanna. Sie sahen einander in die aufgerissenen Augen und umarmten sich dann lang und fest.

»Wie bist denn du hier reingekommen?«, fragte Sara, der Tränen die Wangen herunterliefen.

»Du wirst es nicht glauben«, sagte Johanna. »Ich bin in die Riddarholmskirche und runter ins Grabgewölbe gegangen, wo ihr den Mann mit der Axt gesehen habt. Dachte, dass es sicherlich eine versteckte Tür gibt, wie die am Schloss, weil doch auf der Karte auch ein Kreuz eingezeichnet ist.«

»Und?«

»Es gab keine Tür, aber es gab Särge. Ich setzte mich in eine Ecke, um nachzudenken, und plötzlich waren da vier Männer in dem Gewölbe, die aus einem Sargdeckel stiegen. Weil sie niemals alle da drin hätten Platz finden können, wurde mir klar, dass der Sarg einen Eingang verbarg, und als ich den Deckel aufmachte, lachte mich eine Treppe nach unten an.«

»Und wohin sind die Männer verschwunden?«, fragte Sara.

»Ich nehme mal an, die sind durch die Kirche raus. Seltsam war ja nur, dass sie sich am helllichten Nachmittag rausgewagt haben. Das muss daran gelegen haben, dass ich so still und unsichtbar in einer Ecke gesessen habe. Die haben wahrscheinlich gedacht, der Raum ist leer.«

Sara schüttelte skeptisch den Kopf und erzählte dann von ihrem makabren Erlebnis im anderen Saal.

»Spießrutenlaufen«, sagte Johanna. »Das ist eine alte Foltermethode, und zwar in militärischem Zusammenhang, glaube ich. Im Armeemuseum haben sie ein Modell mit Zinnsoldaten, an dem gezeigt wird, wie das vonstatten ging. Der zu Bestrafende musste nackt zwischen zwei Reihen von Soldaten herumlaufen, die mit Stöcken schlugen. Wer nicht zuschlug, musste selbst laufen.«

»Pfui Teufel«, sagte Sara und es schauderte sie so, dass ihr die Zähne klapperten. »Warum um alles in der Welt macht man so etwas heute noch?«

»Diese Typen leben in der Vergangenheit«, sagte Johanna. »Alle die Morde. Das waren Hinrichtungsmethoden aus dem 17. Jahrhundert – Rädern, Hängen, Köpfen, Verbrennen, Aufspießen, Auspeitschen, Bauchaufschlitzen. Wenn sie jemanden durch Spießrutenlaufen getötet haben, dann bestätigt das nur das Bild einer inneren Übereinkunft. Sie bringen sich gegenseitig um.«

»Sekten sind das Schlimmste«, sagte Sara.

Sie blieben noch eine Weile in der Bibliothek und erforschten die Regale. Auf der entgegengesetzten Seite der Totenkopfbände gab es ein Archiv, dessen Buchrücken mit der Katze, dem Wappen der Muellers, verziert waren. Sie nahmen sich jede einen Band und begann zu lesen.

Die ersten Einträge waren von 1676, der letzte stammte aus dem Jahr 2005. Das Material umfasste detaillierte Beschreibungen verschiedener Ereignisse in der Vergangenheit. Die Punkte von Sven Möllers Katastrophenliste waren aufgeführt, von der Sprengung des Regalschiffs *Kronan* vor Öland bis zum Tsunami im Indischen Ozean und dem Orkan Gudrun dreihundertdreißig Jahre später. Die Gesellschaft nahm für sich in Anspruch, bei all diesen Ereignissen eingegriffen zu haben und sogar hinter einigen davon gesteckt zu haben, aber sollte man etwas derart Absurdes glauben?

Eine Vereinigung, die seit Jahrhunderten mit einer ganzen Nation ihr Unwesen trieb, um die Zeit zurückzudrehen – das widersprach aller Logik, allem, was Sara und Johanna in der Schule über Schwedens schnurgerade Entwicklung vom Kriegerstaat zum Bauernland und dann zum Wohlfahrtsparadies gelernt hatten.

Was waren das für Menschen?

Die Erzählung vom Schiff *Kronan* gab ihnen einen Fingerzeig. Die Jahre 1675/76 stellten einen Scheidepunkt in der schwedischen Geschichte dar. Die überreiche Oberklasse fürchtete, dass neue Zeiten im Anmarsch waren. Der König wollte tüchtige Beamte, wollte die Güter des Adels für die Krone einziehen, und vor allem wollte er Frieden. Also wurden Widerstandskräfte in Bewegung gesetzt. Eine der Ideen lautete, dass ein verlorener Schonenkrieg auf lange Sicht ein Gewinn wäre, weil der König dadurch geschwächt oder abgesetzt würde. Also konspirierte ein Kreis von Adligen, um die Kriegsanstrengungen zu sabotieren. John Muellers Urenkel war einer von ihnen, Lorentz Creutz, der zum Befehlshaber der Flotte ernannt wurde, ein anderer.

Creutz hatte keine Erfahrung in der Seekriegsführung – doch glaubte man dem Archiv der Gesellschaft, dann war das pure Absicht. Die *Kronan* sank durch mutwilliges Fehlverhalten von Creutz mit einer riesigen Explosion und riss sechshundertfünfzig Mann mit sich in die Tiefe. Die schwedische Flotte wurde geschwächt und die Großmacht geriet in eine prekäre Lage.

Erst durch den Schlag von Lund kurze Zeit später wandte sich das Kriegsglück. Karl XI. überlistete seine Gegner, und es nahm genau die Entwicklung ihren Lauf, die die Verschwörer zu vermeiden suchten. Der Hochadel wurde durch die große Reduktion geschwächt und erholte sich nie wieder.

Sara hatte nur vage Vorstellungen von der Großmachtszeit, doch in ihren Augen schien die Erklärung sehr glaubwürdig. Die offizielle Version des Schonischen Krieges und der Schlacht vor Öland war über dreihundert Jahre lang falsch gewesen.

Die Erfahrungen von der *Kronan* formten die Strategie der Gesellschaft. Je friedlicher und reicher und gleichberechtigter Schweden im Laufe der Zeit wurde, desto verbitterter wurde die Gesellschaft. Aber wie war es möglich, dass eine solche unterhöhlende Tätigkeit über Jahrhunderte unbemerkt fortgesetzt wurde? Auf diese Frage gab das Archiv keine Antwort.

Sara stürzte sich auf die anderen Punkte auf Svens Liste, während Johanna systematisch die Ereignisse betrachtete, von denen sie ahnte, dass sie hinter der Mordserie standen. Ihre Intuition hatte sie auf die richtige Spur gebracht, denn hier gab es Erklärungen – Namen, Daten, Details – zu allem, von der U-Boot-Jagd im Hårsfjärden 1982 bis zu dem verlorenen Fax im Außenministerium 2004.

Die ermordeten Männer hatten Schlüsselrollen innegehabt. Die Mitglieder der Gesellschaft infiltrierten den schwedischen Staatsapparat und hatten geduldig und systematisch das Vertrauen untergraben. Wenn sich die Gelegenheit bot, erweiterte man seinen Spielraum ein wenig, um die Konsequenzen der verschiedenen Rückschläge zu verschlimmern. Wenn nichts Negatives geschah, dann provozierte man es selbst.

Johanna sah die Bände der modernen Zeit in chronologischer Ordnung durch und war verblüfft, plötzlich ein gedrucktes Fazit für das Rätsel um die Morde in Händen zu halten. Vizeadmiral Bertil Molin hatte die U-Boot-Jagd im Hårsfjärden inszeniert, der Startschuss für zehn Jahre Hysterie um Schwedens Küsten. Dieser Mann hatte viele Heringsschwärme und Seehunde auf dem Gewissen, die von den Sinkbomben der Marine getötet worden waren, weil man glaubte, es handele sich um sowjetische Mini-U-Boote. Und noch schlimmer: Er hatte zu einer Stimmung des Misstrauens beigetragen, zunächst gegen die offizielle Sicherheitspolitik und später, als sich herausstellte, dass die angeblichen Alarme falsch waren, gegen die Armee.

Roy Engman hatte die Leibwache von Olof Palme abgezogen, und zwar nicht nur in der Mordnacht, sondern auch mehrere Male zuvor. Der Plan war, den Spitzenpolitiker Risiken auszusetzen, die früher oder später in einer Gewalttat enden würden. Alle in der Sicherheitsbranche wussten, dass ein Politiker ohne Personenschutz gefährlich lebte.

Die nächste Tragödie war die Verteidigung der schwedischen Krone 1992, als Hunderttausende von Menschen ihre Träume zerrinnen sahen. Der Immobilienmarkt und die Börse brachen zusammen, die Zinsen sausten nach oben, kleine Betriebe mussten Konkurs anmelden und Ersparnisse lösten sich in Luft auf. Die offizielle Arbeitslosigkeit stieg von zwei auf acht Prozent. Spekulation führte zur Überhitzung, die zum Zusammenbruch führte. Als die internationale Konjunktur-Krise zuschlug, fiel Schweden in ein schwarzes Loch, das von dem festen Valutakurs verschlimmert wurde, an dem man aus Prestigegründen um jeden Preis festhielt. Während eines langen, quälenden Herbstes ging der Wahnsinn weiter, bis die Regierung gezwungen war, die Krone frei zu lassen. Der ermordete Olle Sterner hatte eine entscheidende Rolle in der Zinspolitik gespielt und somit die bereits ernste Krise noch verstärkt – im Einklang mit den Traditionen der Gesellschaft.

Dasselbe Muster bei der *Estonia*-Katastrophe. Das Schiff war aufgrund von Schlampereien untergegangen. Viele waren mitschuldig, aber der Einsatz der Gesellschaft kam erst hinterher. Dadurch, dass der Chef des Amts für Seefahrt, Sten Karlsson, Mitglied war, gab es die Möglichkeit, Skepsis über die Ermittlungen zu dem Unglück zu streuen. So war die Schiffskatastrophe zu einer offenen Wunde in der schwedischen Gesellschaft geworden und hatte zum Misstrauen gegen Behörden, Politiker und Massenmedien beigetragen. Sten Karlsson hatte unter anderem Mitglieder der russischen Mafia dafür benutzt, in der Unterwelt irreführende Informationen über den Untergang der *Estonia* zu verbreiten. Daher das Bild aus Tallinn von 1997, das ihn und den Drahtzieher Boris Gromov zeigte.

Charlie Lillia im Außenministerium hatte absichtlich das Fax aus Thailand über den Tsunami versteckt und damit die schwedischen Rettungsarbeiten verzögert. Fabian Andersson vom Amt für Forstwirtschaft hatte jahrzehntelang für die Umwandlung des schwedischen Waldes in eine windempfindliche Fichtenplantage gesprochen. Als der Orkan Gudrun 2005 zuschlug, konnte die Gesellschaft eine reiche Ernte für ihre geduldige Sabotagearbeit einfahren. Milliarden von Kronen gingen verloren, das Lebenswerk vieler wurde zerschlagen, und die Unzufriedenheit in der Gesellschaft wuchs.

Der Opportunismus lief wie ein roter Faden durch die Geschichte. Wo immer sich die Gelegenheit bot, hatte die Gesellschaft auf zentralen Posten im Staat getan, was sie konnte, um einzugreifen.

Es blieben trotzdem noch viele Fragen übrig. Warum waren diese Männer, die so erfolgreich den Staat infiltriert und im Geiste der Gesellschaft gearbeitet hatten, ermordet worden? Männer aus den eigenen Reihen? Sollten die Spuren verwischt werden? Hatte es einen internen Machtkampf gegeben?

Während Johanna ihr Bild von den ermordeten Männern vervollständigte, las Sara über die Ereignisse, die länger zurücklagen. Der Brand im Schloss Tre Kronor 1697 stellte den zweiten großen Einsatz der Gesellschaft nach dem Regalschiff *Kronan* dar. Das Feuer war von einigen Knechten gelegt worden, die ein Mitglied der Gesellschaft dafür bezahlt hatte. Die Pest war 1711 durch ein infiziertes Schiff nach Stockholm gekommen, auch dies war geplant gewesen.

Die Schlacht von Poltawa 1709 war rätselhafter. Die Erklärungen über den russischen Feldzug und den Nordischen Krieg von Karl XII. umfassten vier dicke Bände. Sara fiel es schwer, die Logik hinter dieser Sabotage zu verstehen, die ja das Schicksal jener Großmacht besiegelte, die zu bewahren doch das Ziel der Gesellschaft gewesen war. Der Schreiber hatte selbst mit der Frage gekämpft, allerdings nicht aus Fürsorge für schwedisches Leben, sondern aufgrund von strategischen Erwägungen. Er argumentierte ungefähr wie folgt:

Das Auftreten Karls XII. war mehr nach dem Geschmack der Gesellschaft als das Karls XI., doch dies änderte nichts an der Tatsache, dass er denselben verhassten Wurzeln entsprungen war. Das Ziel der Gesellschaft war es, die karolingische Alleinherrschaft und Schweden dem Erdboden gleichzumachen. Getreu damaliger Logik hätte das zur Geburt einer herrlicheren Nation, eines strengeren Regimes und einer ehrenvollen Ära geführt, im Stile des frühen 17. Jahrhunderts, als Gustaf II. Adolf und Axel Oxenstierna das Land lenkten und verwalteten.

Das Ergebnis war jedoch völlig anders als erwartet. Der Zeit

Karls XII. folgte die Freiheitszeit, die das moderne Schweden mit seinem Parlamentarismus, der friedlichen Konfliktlösung, der offenen Gesellschaft und der Konzentration auf wirtschaftliche Entwicklung anstelle von Krieg vorbereitete. Von dieser grandiosen Fehleinschätzung an hatte sich die Gesellschaft in ihre eigene pervertierte Welt zurückgezogen.

Der Mord an Gustaf III. hatte Ähnlichkeit mit dem Mord an Olof Palme. Die Gesellschaft war nicht direkt daran beteiligt, trug aber dazu bei, dass schlechter Schutz das Opfer verwundbar machte und dass der inkompetente Umgang mit dem Fall hinterher das Vertrauen in die Staatsmacht trübte.

Die Geschichte der Sveaborg 1809 nahm einen ganzen Band ein. Schweden hatte große Hoffnungen in die Festung gesetzt, und dann kapitulierte der unglückselige Befehlshaber Cronstedt, ohne auch nur die Russen zum Kampf aufgefordert zu haben. Schweden verlor seine östliche Reichshälfte, die über sechshundert Jahre lang fester Bestandteil der Nation gewesen war. Heute begriff kaum mehr jemand die Ausmaße dieses Traumas. General von Döbeln sagte im schwedischen Reichstag, das schwedische Staatsschiff würde nun ohne Kompass, Mast oder Segel treiben. Schließlich wurde das Land gezwungen, alle militärischen Großmachtträume aufzugeben und auf eine Zukunft strebsamer Arbeit zu setzen.

Die Ereignisse im 20. Jahrhundert besaßen nicht dieselben epischen Qualitäten wie Poltawa und Sveaborg, auch wenn sie ebenso ernst waren. In Ådalen endete 1931 ein Streik damit, dass fünf Arbeiter von schwedischen Militärs erschossen wurden. Das Ereignis wurde seinerzeit von bürgerlichen und sozialdemokratischen Beobachtern unterschiedlich gedeutet. In den Archiven der Gesellschaft gab es eine Erklärung: Ein Soldat aus Mestertons Trupp war von der Gesellschaft dafür bezahlt worden, falls sich die Gelegenheit böte, auf die unbewaffneten Demonstranten zu schießen. Im Durcheinander hatte der bestochene Soldat beim Feuern noch Unterstützung von seinen Kameraden erhalten, die nicht nur vier Sozialisten und einen Zuschauer getötet, sondern auch weitere fünf Personen schwer verletzt hatten.

Der Streichholzkönig Ivar Kreuger hatte 1932 »Hilfe« bei seinem Selbstmord bekommen, der den Kreuger-Crash auslöste und die gesamte schwedische Wirtschaft umstülpte. Kleine und große Investoren verloren ihr Kapital und enorme Werte wechselten den Besitzer. Das Vertrauen in finanzielle Instrumente wie private Aktien und Obligationen wuchs erst wieder fünfzig Jahre später.

Beim Geiseldrama in der deutschen Botschaft 1975 hatte ein bestochener Polizist die Bombe gesprengt – da konnte von einem Fehler auf Seiten der Terroristen, wie es in der offiziellen Version hieß, keine Rede sein. Der Tanker *Star Clipper* fuhr 1980 absichtlich gegen die Brücke von Tjörn. Ein Ingenieur von Saab hatte bewusst das Steuersystem in der Jas Gripen falsch programmiert, die 1993 auf Långholmen bei Stockholm abstürzte.

Und so weiter und so fort, immer nach demselben Muster, Regalmeter um Regalmeter.

Der ganz makabre Zusammenhang klärte sich auf, doch eine Sache gab es für Sara noch zu ergründen. Mit dem Zeigefinger fuhr sie über die Reihen der Buchrücken, während sie am Regal entlangging. Sie musste die Akte über Karl XI. finden und herauskriegen, ob sie wirklich das Rätsel um Ehrenstrahls Testament gelöst hatten.

Schließlich fand sie, was sie suchte, aber der Band stand nicht zu Anfang der chronologischen Reihe, sondern am Ende auf einem eigenen Regal. Ganz offensichtlich nahm dieses Kapitel in der Geschichte der Gesellschaft eine Sonderstellung ein.

Sara las intensiv, Johanna hatte sich mittlerweile zu ihr gesellt.

Es handelte sich um eine giftige Hassschrift gegen den Graumantel. Seine Seele solle in der Hölle schmoren, weil er auf

Kosten des Adels den Pöbel hereingelassen habe. Sein Lebenswerk als Regent habe Schweden vom Weg der Ehre auf den des Verfalls geführt.

Der Giftmord wurde im Detail geschildert. Ehrenstrahl wurde nicht beim Namen genannt, sondern hieß nur »der Vertraute«. Mehrere Jahre lang hatte er das Essen des Königs mit kleinen Mengen von Arsenik bestäubt. Die nach und nach auftauchenden Symptome der Vergiftung wurden mit sadistischer Wollust beschrieben. Allein der Todeskampf nahm zehn Seiten ein. Das war ein riesiger Erfolg für die Gesellschaft, aber wie man im Schlusswort feststellte: Der Kampf musste weitergehen. Und das war geschehen – über dreihundert Jahre lang.

Nachdem sie über eine Stunde gelesen hatten, klappten Sara und Johanna die Bücher zu. Niemand, der dieses Archiv nicht mit eigenen Augen gesehen hatte, würde eine solche Räuberpistole glauben, aber sie hatten nun im Grunde den Fall gelöst. Das einzige noch ausstehende Problem war, die Polizei in den Tunnel zu locken, wo sie doch selbst als Kidnapper und Terroristen gesucht wurden.

»Ich rufe die Kollegen übers Handy an«, sagte Johanna. »Da gibt es ein paar, die sicher Zweifel an den Ermittlungen haben, Leute, die mich kennen.«

»Kennst du die Nummern auswendig?«, fragte Sara.

»Eine zumindest«, erwiderte Johanna und holte ihr neues Handy raus.

Die Netzanzeige schwankte zwischen orange und rot, schlechter bis gar kein Empfang.

Gunilla Karlssons Handy klingelte, doch als sie abhob, war nur ein ärgerliches Rauschen zu hören. Ab und zu konnten sie ein Wort verstehen, aber Johanna merkte mit zunehmender Verzweiflung, dass sie über diese schlechte Verbindung ihr Anliegen nicht würde erklären können. Sie mussten zurück nach oben.

Die Riddarholmskirche lag näher als der Ausgang am Königsschloss, wo Sara hineingegangen war. Außerdem war da ja noch das hohe Gitter, das sie nur schwer würden meistern können. Und auch wenn die vier Männer aus dem Tunnelsystem herausgegangen waren, gab es sicher noch mehr von ihnen, Sara hatte in dem Saal schließlich mindestens elf gezählt.

Hand in Hand schlichen sie den westlichen Tunnel in Richtung Riddarholmen, ein roter und ein brauner Haarschopf. Noch hundert Meter. Hier würde man sich nirgends verstecken, sondern nur in die andere Richtung fliehen können, sollte ihnen jemand entgegenkommen. In regelmäßigen Abständen blieben sie stehen, um zu horchen.

Als sie den halben Weg im Tunnel zurückgelegt hatten, knisterte es plötzlich in den Lampen an der Decke. Die lange Reihe von Lichtpunkten blinkte noch ein paar Mal, dann wurde es finster.

Entweder handelte es sich um einen Stromausfall, oder jemand hatte das Licht ausgemacht. Sara und Johanna standen wie versteinert. Sekunden später hörten sie Stimmen und Schritte, die sich von beiden Seiten näherten. Ein Stück vor ihnen konnten sie im Dunkel Taschenlampen ausmachen, deren Lichtkegel wie hungrige Leuchtkäfer umhersprangen.

Der weiße Bus fuhr an Slussen vorbei. Draußen auf der Ostsee gingen schaumgekrönte Wellen. Die Djurgårdsfähre stampfte mit ihrer Last Vergnügungslustiger nach Gröna Lund, während der Katarinahissen die Hungrigen zu den Herrlichkeiten im Restaurant Gondolen hinaufkatapultierte. Die Bürgersteige waren voller Eis essender Flaneure, von denen viele darauf warteten, einen Blick auf die Pride-Parade zu erhaschen.

Das hier war die Wespentaille der offenen Stadt, hier strömte sauerstoffreiches Blut zwischen den Stadtteilen und den sozialen Schichten von Stockholm. Gleichzeitig war es das Nadelöhr für das Wasser, wo der breite Fluss Mälaren unter ingenieurstechnisch geordneten Bedingungen in das Weltmeer entlassen wurde. Die Essenz des modernen Schweden – Beweglichkeit und Ordnung. Die Einzigen, die der Symmetrie trotzten, waren die Möwen, die im verspielten Wind hin und her geworfen wurden.

»Nun bist du bald am Ziel«, sagte die Stimme in Felix' Ohr.

»Am Slottsbacken?«

»Im Herzen des Reiches.«

Der Bus fuhr an Skeppsbron entlang. Die Autoschlange bewegte sich nur langsam voran. Es nahm sieben Minuten in Anspruch, von Slussen zum Schloss zu fahren, eine weitere Herausforderung im Stadtverkehr für den ungeübten Fahrer.

»Du bist ein Paradoxon, Felix Mueller«, sagte die Stimme, während sie darauf warteten, dass eine Ampel auf Grün umsprang.

»Ich heiße Felix Martini.«

»Nenne dich, wie du willst. Jetzt bist du einer von uns, wenn du auch alles vertrittst, was wir verabscheuen. Ist das nicht ein erstaunliches Zusammentreffen?«

»Sie sind ein erstaunliches Zusammentreffen«, sagte Felix.

»Wir sind die Geschichte und das Schicksal«, sagte die Stimme.

»Ihr seid verrückt«, entgegnete Felix.

»Ich sage es noch einmal: Erweise uns Respekt, sonst bist du tot. Ich weiß, dass du das Leben wertschätzt.«

»Ist es das Leben, das ihr hasst? Wie die Faschisten?«

»Wie gesagt, wir hassen nicht, wir handeln. Die Faschisten sind kindisch und gefühlsduselig, nichts anderes als Straßenpöbel. Wir repräsentieren die Elite, und eine Elite kann es sich nicht leisten zu hassen.«

»Aber ihr handelt aus dem Hass heraus«, sagte Felix.

»Das reicht jetzt. Bieg hier ab und park drüben am Slottsbacken.«

Felix gehorchte. Wie immer stand dort eine ganze Reihe

Touristenbusse, aber ganz vorn gab es einen freien Platz. Er blieb stehen und stellte den Motor ab. Schräg hinter ihm auf der rechten Seite war ein Soldat der Hauptwache, der zum Bus schaute, aber nicht durch die verspiegelten Scheiben der Fahrerkabine sehen konnte.

»Was machen wir jetzt?«, fragte Felix mit etwas festerer Stimme. Er hatte keine Angst mehr.

»Jetzt werden wir Schrödingers Katze rauslassen und sehen, ob sie lebt«, sagte die Stimme. »Bist du in der Quantenphysik bewandert?«

»Nicht sonderlich«, sagte Felix.

»Die Krux mit dem Universum ist, dass es nur existiert, wenn wir es anschauen«, sagte die Stimme. »Die Messung erschafft die Wirklichkeit. Es gibt nichts Objektives außerhalb des Menschen, außer Leere und Unbegreiflichkeit. Mit Hilfe der modernen Quantenphysik kann man also den Schluss ziehen, dass alle Wissenschaft, alle Aufklärung ein einziger großer Bluff war. Ist das nicht … ein wenig ironisch?«

»Worauf wollen Sie hinaus?«, fragte Felix.

»Der Mensch ist der Maßstab des Menschen, und der Mensch ist das Abbild Gottes«, fuhr die Stimme fort. »Kennst du den Philosophen Giambattista Vico?«

»Nein.«

»Ignorant. Aber von Isaac Newton hast du vielleicht schon mal gehört. Vor hundert Jahren dachten die Physiker, wir würden in einem stabilen System leben, in Newtons Universum, in dem alles gegebenen Gesetzen folgt. Dann kam die Quantenphysik. Auf Partikelniveau konnten sich Dinge plötzlich an zwei Orten gleichzeitig befinden, sich gleichzeitig in verschiedene Richtungen bewegen und einander ohne Verbindung auf Entfernung beeinflussen. Nichts kann vorhergesagt werden, alles fließt, nichts existiert unabhängig vom Betrachter. Albert Einstein fegte die Beeinflussung auf Distanz beiseite, weil die Folgen, wenn das Phänomen ein Faktum wäre, zu tief reichen würden. Nach Einstein musste es Faktoren geben, die wir nicht kennen. Er hat sein halbes Leben damit verbracht, eine vereinende Theorie über das Universum zu finden. Ohne Erfolg – weißt du, warum?«

»Nein.«

»Weil man das Universum nicht wissenschaftlich erklären kann. Es gibt keine vereinende Theorie. Das Einzige, was es gibt, ist Gott …«

»… die Nation und die Ehre?«, ergänzte Felix.

»Exakt. Die Aufklärung ist nur ein Holzweg in unserer langen Geschichte. Sie hat die Menschen verwirrt und unglücklich gemacht. Kein Gehorsam, keine Ehre, keine anderen Ziele als launenhafte Befriedigung äußerer Bedürfnisse. Hybris.«

»Aber wir haben sauberes Wasser, elektrisches Licht, ein dreimal längeres Leben, Freiheit, Wärme und Transportmöglichkeiten bekommen, wir sind von Hunger, körperlicher Arbeit, Krankheiten, Unwissenheit und Krieg befreit«, sagte Felix.

»Sieh dich doch in der Welt um«, höhnte die Stimme. »Ist der Krieg zu Ende? Nein, mein Lieber, du lebst in einem Delirium. Ihr seid dabei, das Klima zu verändern, die Erde zu töten, eure eigenen Seelen zu vergiften. Es warten schon die Katastrophen, vor denen mittelalterliche Höllenbeschreibungen verblassen werden. Das ist die Strafe dafür, dass der Mensch sich von Gott abgewandt hat, das Kind von seinen Eltern, der Untertan von seinem König.«

»Sind Sie jetzt auch noch Umweltschützer?«, fragte Felix.

»Ich weiß, dass ich tauben Ohren predige. Aber die Zeit wird kommen, da du verstehst, was ich sage, in aller Tiefe.«

»Gewiss, gewiss«, sagte Felix. »Aber wie war das jetzt mit Schrödingers Katze?«

»Nun, im Zentrum von Schrödingers Rätsel steht die Frage der Superpositionen. Im alltäglichen Leben gehen wir davon aus, dass ein Objekt nur jeweils in einer Form existieren kann. In der Quantenwelt ist es anders, da kann die Katze gleichzeitig tot und lebendig sein. Das Problem ist nur, dass wir es niemals sehen können. Sowie wir in die Kiste schauen, ist sie entweder das eine oder das andere. Die Beobachtung selbst zwingt die Katze, als das Partikel, in ihr klassisches Stadium zurückzukehren – entweder A oder B. Zwei der wichtigsten Fragen in der Physik sind, wie die Beobachtung das zustande bringt und ob der Effekt wieder umgekehrt werden kann. Experimente haben gezeigt, dass der Prozess nicht in Nullkommanichts wie ein Blitz geschieht, sondern dass er eine messbare Zeit in Anspruch nimmt. Die Superposition geht Schritt für Schritt zu A oder zu B über. Es gibt sanfte Messmethoden, die die Katze nicht beeinflussen, was bedeutet, dass sie von den Toten wieder zurückgelockt werden kann. Das Geschehene kann mit anderen Worten ungeschehen gemacht werden.«

»Wie in der Physik, so auch in der Geschichte?«, fragte Felix.

»Du bist nicht so dumm, wie du aussiehst. Die politische und die kulturelle Wirklichkeit existiert genau wie die quantenmechanische in vielen Paralleluniversen. Es gilt nur, die Version hervorzulocken, die Gottes gutem Plan am nächsten liegt. Wir haben Jahrhunderte daran gearbeitet, Mutter Svea auf den Weg der Ehre zurückzubringen. Wenn es so aussieht, als wären wir am weitesten vom Ziel entfernt, sind wir ihm in Wirklichkeit am nächsten.«

»Und was hat das mit unserer Fracht zu tun?«, fragte Felix.

»Unsere Fracht ist nichts Geringeres als das schwedische Schicksal. Wie ich schon sagte – wenn die Kiste geöffnet wird, offenbart sich die Zukunft. Dann sehen wir, ob die Katze tot oder lebendig ist.«

»Die von Schrödinger oder die von Mueller?«

»Vielleicht ist das ein und dasselbe.«

Das Riddarhuset wurde 1674 fertiggestellt. Bis 1866 machte der schwedische Adel einen Reichsstand aus, also einen Teil des Reichstages. Mit der Regierungsreform von 1974 wurde dem

König das Recht genommen, neue Erhebungen in den Adelsstand vorzunehmen, und somit verschwand die rechtliche Sonderstellung des Adels. Seit 2003 hatte der Adel schließlich gar keine Privilegien mehr. Das Riddarhuset war somit in eine rein private Vereinigung verwandelt worden. Diejenigen, die einmal das Reich gelenkt, das meiste Eigentum besessen hatten und an der Spitze der Armeen gegangen waren, wurden zu einer Sekte degradiert, in der man sich gegenseitig bewunderte.

Peter Tott hatte durch seine Einheirat in eine adlige Familie Zutritt zu dieser Vereinigung, doch hatte er niemals geglaubt, diese Eintrittskarte einmal benutzen zu wollen. Er wusste nicht, wo das Riddarhuset lag, und hatte sich noch niemals Gedanken über seine Architektur oder Funktion gemacht.

Jetzt kam er fünf Minuten verspätet von der U-Bahn-Station Gamla stan zu Fuß angelaufen und traf seinen Schwiegervater Carl Tott, der pünktlich zum verabredeten Treffpunkt gekommen war. Sie begrüßten einander mit Handschlag.

»Danke, dass du angerufen hast«, sagte Carl in strengem Ton.

»Nichts zu danken. Ich wusste nur nicht, wo ich anfangen sollte, als ich erfuhr, dass Johanna in Schwierigkeiten ist. Hast du gar keine Ahnung, wohin sie gefahren ist?«

»Nein, wie gesagt, sie war heute Morgen bei mir zu Hause und sagte, sie hätte es eilig, zu einer Verabredung zu kommen. Dann ist sie verschwunden. Hast du die Karte dabei, von der du gesprochen hast?«

»Hier.«

Peter gab ihm einen Ausdruck. Carl schlug das zusammengefaltete Papier mit seinen langen Fingern auseinander und betrachtete die Skizze.

»Und dieses Bild befand sich also auf einem USB-Stick in ihrer Tasche?«, fragte Carl Tott.

»Ja. Ich wollte gerade die Hose in die Waschmaschine tun. Es war das reinste Glück, dass der Stick nicht mit reingerutscht ist. Dann wäre der Inhalt verloren gewesen.«

»Woher kann sie das bloß haben?«, fuhr Carl fort.

»Nicht die geringste Ahnung. Weißt du, was das ist?«, fragte Peter.

»Nein. Oder vielmehr, ja, vielleicht.«

»Was meinst du?«

»Komm, wir gehen ins Riddarhuset. Ich kann das hier nicht erklären.«

Gemeinsam gingen sie über den Steinplattenweg zum Eingang. Carl nahm einen Schlüssel heraus, machte auf, und sie gelangten in eine große Eingangshalle mit Bildern und Skulpturen. Das Haus wirkte menschenleer.

»Bist du schon mal hier gewesen?«, fragte Carl.

Der Schwiegersohn sah ihn schweigend an, ohne etwas zu sagen.

»Na ja, eine Führung schaffen wir jetzt nicht, aber geradeaus siehst du jedenfalls den großen Versammlungssaal. Das wunderschöne Hintergrundbild ist ein Werk des Hofmalers David Klöcker Ehrenstrahl und stellt Mutter Svea umgeben von den Tugenden dar. Solche, wie sie heutzutage nicht mehr in Mode sind.«

Peter schwieg noch immer. Carl zeigte ihm den Weg weiter ins Haus hinein, Saal um Saal, bis sie vor noch einer Tür standen.

»Sieh auf die Karte. Was steht da beim Riddarhuset?«, fragte Carl.

»Äh, da steht etwas Lateinisches, ›Exit‹ und ›Tabularium‹. Weißt du, was das bedeutet?«, fragte Peter.

»Du kannst dir wahrscheinlich gerade noch denken, was ›Exit‹ bedeutet«, meinte Carl.

Peter war erstaunt über den ironischen Ton, der nach der verhältnismäßig freundschaftlichen Einleitung überraschend kam. Er antwortete nicht, sondern wartete auf die Fortsetzung.

»Das heißt, dass es hier einen Ausgang gibt und ein Archiv«, sagte Carl. »Aber das Archiv liegt nicht im Riddarhuset, sondern sozusagen ein Stockwerk tiefer.«

»Entschuldige, aber ich begreife gar nichts«, sagte Peter. »War es dann dein USB-Stick, den Johanna in der Tasche hatte?«

»Nein, und sie hätte ihn besser nicht bei sich gehabt. Das beunruhigt mich sehr.«

»Das kannst du wohl sagen«, sagte Peter. »Aber ich bin noch mehr beunruhigt darüber, dass man nach ihr sucht, als über diese alten Karte.«

»Du verstehst nicht, was das hier bedeutet«, erklärte Carl.

»Aber du verstehst es, oder was?«, fragte Peter trotzig.

»Lass es mich dir zeigen«, sagte Carl und nahm einen anderen Schlüssel heraus. Er schloss die Tür auf, die sich mit einem langgezogenen Quietschen öffnete.

Carl betätigte den Lichtschalter vor der Tür und machte eine höfliche Geste mit der Hand:

»Nach Ihnen.«

Peter ging über die Schwelle. Im selben Augenblick erhielt er einen kräftigen Tritt und sauste nach vorn. Im Reflex fuhren die Hände hoch, als er sich im Fallen abstützen wollte, doch da gab es keinen Boden, der ihn aufhielt. Stattdessen machte er einen langen Kopfsprung in eine Wendeltreppe aus Eisen.

Die rechte Hand bekam den ersten Schlag ab. Der Unterarm brach, dann die Finger der linken Hand. Es folgte der Kopf, der mit einem dumpfen Dröhnen auf das Metall schlug.

Der Aufprall traf die Stirn und reichte aus, um Peter das Bewusstsein zu nehmen. Er tauchte in einen Nebel ein, während sein wehrloser Körper die Treppe hinunterrollte. Die Fahrt endete drei Meter tiefer auf einem kalten Zementfußboden.

Mit blutüberströmtem Gesicht blieb Peter leblos liegen, erwachte aber bereits nach ein paar Sekunden wieder. Carl Tott kam hinter ihm die Treppe herunter.

Peter spürte den pochenden Schmerz in der Stirn und den

gebrochenen Gliedern, begriff aber, dass die Gefahr noch nicht vorüber war. Sein durchgeschütteltes Gehirn vollführte einen Schnelldurchlauf, und während die Schritte sich von oben näherten, schwebte Peter in World of Warcraft, Level 30.

Feign Death. Um zum nächsten Niveau zu kommen, musste man den Trick beherrschen, tot zu spielen.

Er schloss die Augen und entspannte sich. Carl Tott blieb ein paar Sekunden stehen und betrachtete den Schwiegersohn im Schein der nackten Glühbirnen. Dann ging er weiter.

»Habt ihr Karl XI. getötet?«, fragte Felix.

»Graumantel war ein Landesverräter«, sagte die Stimme im Kopfhörer.

»Dann habt ihr ihn also ermordet?«

»Klöcker hat seine Pflicht getan, ja. Viele gute Menschen haben vor oder nach ihm ihre Pflicht getan. Wir haben tapfer gekämpft. Für das Vaterland.«

»Aber warum habt ihr Charlie und all die anderen ermordet? Ich verstehe das nicht …«, sagte Felix.

Es blieb still im Ohr, nur das schwache Rauschen des Senders war zu hören.

Die letzte Fahne greife du
und führe kühn herzu
deine Männer bis zum Tod.
Dein treues Volk mit Heldenmut
soll geben her sein bestes Blut,
ein Königspurpur, warm und gut,
und wasche sich drin rot.

»Danke, das reicht«, sagte Felix. »Das Königslied ist allerdings geschrieben worden, als sie Oscar I. im 19. Jahrhundert feiern wollten. War das der Zeit nicht ein wenig hinterher?«

»Unsere Zeit ist jetzt, mein Freund«, sagte die Stimme.« Es

war die Gesellschaft, die das Lied geschaffen hat. Das 19. Jahrhundert hatte durchaus seine hellen Stunden durch das, was immer verächtlich als Nationalromantik abgekanzelt wird. Aber heute ist es ja dreihundertfünfzig Jahre her, seit wir einen Monarchen hatten, der es wert war, für ihn zu sterben.«

»Sie haben nicht auf meine Frage geantwortet«, wiederholte Felix. »Warum habt ihr Charlie ermordet? Und mir die Schuld zugeschoben?«

»Hast du das Lied nicht gehört, du Elender? Das Höchste, was ein schwedischer Mann erreichen kann, ist, sein bestes Blut für die Krone geben zu dürfen. Manche Brüder schwankten in ihrem Glauben, da haben wir ihnen ihr Blut wegnehmen müssen.«

»Soll das heißen, dass Charlie die Gesellschaft verraten hat?«

»Er war ein Defätist und ein Sodomit. Das hängt zusammen, wie man sich denken kann.«

Felix zitterte vor Wut. Er schloss die Augen und biss sich auf die Lippen, um nicht seinen Körper samt Bombengürtel gegen die Bustür zu werfen. Als er sich wieder beruhigt hatte, sagte er:

»Und warum habt ihr es mir angehängt?«

»Die Wege des Herrn sind unergründlich. In dem Fall haben wir der Sache ein wenig auf die Sprünge geholfen.«

»Soll das heißen, alles war geplant? Ihr wart es, die die Beweise in seiner Wohnung platziert haben?«

»Du bist ein niederer Mensch und verdienst deine Strafe. Du hast Charlie vom rechten Weg gelockt. Ihr wurdet zu einem Sicherheitsrisiko, und so haben wir zwei Fliegen mit einer Klappe geschlagen.«

»Wenn ich nicht relevant bin, dann kann ich jetzt ja gehen«, sagte Felix mit eiskalter Stimme und ließ eine Verwünschung auf Arabisch folgen.

»Ich fürchte, es ist zu spät für dich, um irgendwohin zu gehen«, sagte die Stimme.

Felix sank resigniert auf dem Sitz zusammen. Sekunden später hörte er das knirschende Geräusch von dünnem Glas, das zerbricht. Ein unangenehmer Geruch erfüllte die Fahrerkabine des Busses, während ein Gas vom Boden aufstieg.

Panik. Er drückte sich an die rechte Seitenscheibe und trommelte auf sie ein, aber der Soldat von der Hauptwache zwanzig Meter entfernt reagierte nicht. Felix glitt zum zweiten Mal in die Bewusstlosigkeit.

Als die Spitze der Pride-Parade am Tantolunden ankam, befand sich ein Großteil des fröhlichen Menschenzugs noch auf der Hornsgatan. Fast drei Stunden lang war man marschiert, hatte getanzt und dem Publikum am Wegesrand Kusshände zugeworfen. Jetzt warteten Sekt, Rosé und Party.

Bruno Mild stand am Eingang zum Park und wartete auf Kjell Pärzon und Kalle Holm. Er wusste nicht, ob Kalle auftauchen würde und ob es Spaß oder Ernst war mit seiner Homophobie. Schließlich standen die beiden Freunde eine Viertelstunde verspätet vor ihm.

Bruno erklärte, was er im Gespräch mit dem Pentagon erfahren hatte, und erzählte von der zähen Reaktion der schwedischen Behörden. Nichts von dem, was er in der Stadt gesehen hatte, deutete auf einen zusätzlichen Sicherheitsaufwand hin. Er hatte auf dem formellen Weg getan, was er konnte, jetzt blieb nur noch, das Beste zu hoffen und selbst die Augen offen zu halten.

»Welche Beweise hast du denn dafür, dass sie hier zuschlagen könnten?«, fragte Kjell.

»Nur ein Gefühl«, sagte Bruno. »Das Schiff hat heute Morgen in Nynäshamn angelegt, der Container ist verschwunden. Falls es sich um eine schmutzige Bombe handelt, dann ist Stockholm ganz sicher das Ziel, und die Pride ist ja das große Ding heute. Alle *usual suspects* – Islamisten, Nazis, Russen – hassen Schwule. Es wäre nur logisch, wenn sie hier zuschlagen würden.«

»Man muss aber kein Terrorist sein, um Schwule zu hassen«, sagte Kalle.

»Aber es macht die Sache leichter«, entgegnete Bruno.

»Und wie passt deine Theorie dazu, dass Felix Martini selbst Schwuler ist?«, fragte Kjell. »Steht die Mordserie nicht in irgendeinem Zusammenhang mit der schmutzigen Bombe?«

»Frag mich nicht, wie das alles zusammenhängt«, sagte Bruno. »Vertrau mir einfach, da ist irgendein faules Ding am Laufen. Und hilf mir, die Umgebung hier zu checken.«

Sie gingen auf die große Bühne zu, wo die Leute sich für die abschließenden Reden und Auftritte zu versammeln begannen. Nach einer Viertelstunde betrat auch schon Ministerpräsident Stefan Rosén die Bühne, der mit einer vorbereiteten Rede seine Toleranz bezüglich gleichgeschlechtlicher Liebe zu demonstrieren suchte.

»Bla, bla«, sagte Kalle zu dem üblichen Geschwätz über Toleranz und die offene Gesellschaft, das nun folgte. Kjell hingegen hörte aufmerksam zu. Bruno wedelte mit dem Arm, um ihre Aufmerksamkeit zu erregen.

»Wisst ihr, wo sich der Verantwortliche der Polizei für die Pride aufhält? Ist der hier im Tanto?«

»Das ist eine Sie«, erwiderte Kjell. »Da bist du aber ganz schön reingefallen mit deinen Vorurteilen zur Machtverteilung zwischen den Geschlechtern.«

»Sag doch so was nicht«, sagte Kalle.

Sie lachten. Bruno überließ die Freunde sich selbst und drängelte sich zur Bühne vor, wo eine Gruppe Polizisten breitbeinig dastand. Bruno fragte nach der Chefin auf dem Platz, und ein paar Minuten später begrüßte er bereits eine barsch wirkende Polizeikommissarin mit Dutt.

»Hallo, Bruno Mild vom Hauptquartier.«

»Hallo.«

»Ich arbeite in der Sicherheitsabteilung. Wir haben Hinweise darauf, dass in Stockholm ein Terroranschlag geplant wird, und in diesem Fall wäre ja das Pride-Festival ein denkbares Ziel. Haben Sie irgendwelche Bombendrohungen bekommen?«

»Es gibt immer Bombendrohungen beim Pride-Festival. Die Ledernacken sind am schlimmsten«, sagte der Dutt und nahm einen Schluck von dem Latte to go, die sie in der Hand hielt.

»Welche Maßnahmen haben Sie hier um das Festival herum getroffen?«, fragte Bruno.

»Es werden keine Fahrzeuge reingelassen. Wir haben Leute am Eingang, die Taschen und dergleichen kontrollieren. Ansonsten nichts Besonderes, aber wir haben hier drinnen zehn Mann und doppelt so viele draußen. Wir passen auf.«

»Das heißt, im Laufe des Nachmittags sind keine Fahrzeuge reingefahren?«, fragte Bruno.

»Njet.«

»Haben Sie irgendetwas Verdächtiges bemerkt? Jemanden festgenommen?«

»Njet.«

Bruno blieb noch eine Weile schweigend neben der Polizistin stehen. Sie sprach in regelmäßigen Abständen in ihr Funkgerät, teilte kurzangebundene Befehle aus oder wurde über die Lage auf dem Laufenden gehalten. Ein verwirrter Besoffener war versorgt worden. Eine Mutter hatte ihren Dreijährigen verloren, der war dann aber schnell in Gesellschaft einer Gruppe kinderlieber Transvestiten gefunden worden. Das Abschlussfest kam in Gang, und die Polizisten vor Ort hatten fast nichts zu tun.

Bruno dachte fünf Minuten intensiv nach und wandte sich daraufhin wieder der Kommissarin zu.

»Danke, dann gehe ich jetzt mal wieder, hier scheint es ruhig zu sein. Darf ich noch eine Frage stellen, eine ziemlich komische Frage?«

»*Shoot.*«

»Wenn Sie eine Bombe nach Stockholm bringen wollten, eine große motherfucking Bombe, wie würden Sie das machen? Welche Art von Fahrzeug würden Sie verwenden?«

Die Polizistin antwortete nicht sogleich. Dann kam es, langsam und nachdenklich:

»Touristenbus.«

»Warum das?«

»Haben Sie gemerkt, wie der Tourismus in Stockholm zugenommen hat? Sattelschlepper und dergleichen sieht man nicht oft, die würden auffallen. Die Bahnbusse werden oft bemerkt, wenn sie von ihrer üblichen Route abweichen. Nein, ich würde einen Touristenbus nehmen, der geht in der Menge unter, und dann würde ich mich an die Orte halten, wo immer eine ganze Reihe solcher Busse steht – Stadshuset, Skansen. Da gibt es ja auch viele Leute, wenn man etwas in die Luft gehen lassen will.«

Nachdem die Männer in den Mänteln Sara und Johanna umringt hatten, banden sie ihnen die Hände mit Klebeband hinter dem Rücken zusammen. Niemand sagte ein Wort.

Das Licht im Tunnel ging wieder an, und die beiden Frauen wurden weiter ins Tunnelsystem hineingestoßen. Eine lange Gestalt ging vor ihnen her, drei hinter ihnen.

Nach einer Weile kamen sie an dem Archiv vorbei, und noch etwas später waren sie wieder in dem Saal, in dem Sara die Hinrichtung beobachtet hatte. Die Leiche war verschwunden, aber auf dem Fußboden waren immer noch die Blutspuren zu sehen. Ein Hauch von Schweiß und Adrenalin schwebte in der stickigen Luft. Sie hatte nicht geträumt.

Jetzt bekamen Sara und Johanna Klebeband über den Mund und um die Füße, so dass sie sich weder rühren noch einen Laut von sich geben konnten. Man ließ sie ohne Erklärung oder Fragen in der einen Ecke des Saales auf dem Fußboden liegen, während sich die Männer um den langen Tisch versammelten. Immer mehr schlossen sich an, bis sie zu zwölft waren. Eine Stimme an der Längsseite des Tisches begann:

»Der Kommandant ist auf dem Weg. Ich übergebe das Wort an den Großmeister.«

Eine schlaksige Gestalt erhob sich und rückte das Gewand zurecht.

»Brüder. Dies ist unsere letzte Zusammenkunft. Nun senkt sich Dunkelheit über das Reich Svea, aber wir wissen, dass es bald wieder tagen wird. Ein besserer, ein ehrenvoller Tag wird kommen. Die Verräter in unseren Reihen sind bestraft. Die Gesellschaft spricht wieder mit einer Stimme und handelt mit einem einzigen, eisenharten Willen.«

Die Gestalten um den Tisch klapperten zustimmend mit den Silberpokalen, die vor ihnen standen. Der Großmeister erhob eine sehnige Hand:

»Achtung! Verirrte Individuen haben unseren Weg gekreuzt. Wir haben im Schlosstunnel Eindringlinge gefunden. Berichte von unseren Freunden bei Polizei und Militär besagen, Operation Clio sei entdeckt worden. Unser großes Geheimnis ist möglicherweise auf bestem Wege, aufgedeckt zu werden. Deshalb hat das innere Kabinett beschlossen, den Ritt des fünften Ritters vorzuziehen. Anstatt elf Uhr am Sonntag wird das, was geschehen muss, um einundzwanzig Uhr am Samstag geschehen, also heute.«

Ein leises Murmeln erhob sich um den Tisch. Sara und Johanna konnten in ihrer Ecke das Dröhnen der Becher hören, die einer nach dem anderen hingestellt wurden.

»Werden wir selbst den Ritt bezeugen?«, fragte eine Stimme den Mann, den sie den Großmeister nannten.

»Das ist das Schicksal«, lautete die Antwort.

»Dann wird die Gesellschaft vergehen. Wer wird unser Erbe weitertragen? Wer wird die Zeit richtig stellen?«

Erneutes Gemurmel, woraufhin der Großmeister erneut die Hand erhob:

»Die Ritterschaft fürchtet den Tod auf dem Schlachtfeld nicht. Lieber gehen wir in einem brausenden Wasserfall unter, als wie Rinnsale in der Wüste versprengt zu werden. Ein Fischerkönig muss geopfert werden, damit ein Kriegerkönig aufs Neue geboren werden kann. Es ist jetzt nicht die Zeit für weiteren Zweifel und Streit. Haben wir nicht genügend Uneinigkeit gehabt? Habt ihr nicht gesehen, was mit dem geschieht, der im Glauben schwankt?«

Eine gespannte Stille senkte sich über die Versammlung, ehe der Anführer fortfuhr:

»Bischof Snoilsky wird nun die Andacht verrichten. Gott sei unseren Seelen gnädig.«

Einige der Kapuzen. die um den Tisch standen, sahen einander an. Jemand räusperte sich mehrere Male nervös. Der Mann rechts vom Großmeister ergriff das Wort und begann aus der Offenbarung zu lesen:

»Als das Lamm das vierte Siegel öffnete, hörte ich die Stimme des vierten Lebewesens rufen: Komm! Da sah ich ein fahles Pferd; und der, der auf ihm saß, heißt der Tod; und die Unterwelt zog hinter ihm her. Und ihnen wurde die Macht gegeben über ein Viertel der Erde, Macht, zu töten durch Schwert, Hunger und Tod und durch die Tiere der Erde. Der dritte Engel blies seine Posaune. Da fiel ein großer Stern vom Himmel; er loderte wie eine Fackel und fiel auf ein Drittel der Flüsse und auf die Quellen. Der Name des Sterns ist Wermut. Danach sah ich einen anderen Engel aus dem Himmel herabsteigen; er hatte große Macht und die Erde leuchtete auf von seiner Herrlichkeit. Und er rief mit gewaltiger Stimme: Gefallen, gefallen ist Babylon, die Große! Zur Wohnung von Dämonen ist sie geworden, zur Behausung aller unreinen Geister und zum Schlupfwinkel aller unreinen und abscheulichen Vögel. Denn vom Zornwein ihrer Unzucht haben alle Völker getrunken und die Könige der Erde haben mit ihr Unzucht getrieben. Durch die Fülle ihres Wohlstands sind die Kaufleute der Erde reich geworden. Denn ihre Sünden haben sich bis zum Himmel aufgetürmt und Gott hat ihre Schandtaten nicht vergessen. Zahlt ihr mit gleicher Münze heim, gebt ihr doppelt zurück, was sie getan hat. Mischt ihr den Becher, den sie gemischt hat, doppelt so stark. Im gleichen Maß, wie sie in Prunk und Luxus lebte, lasst sie Qual und Trauer erfahren. Sie dachte bei sich: Ich throne als Königin, ich bin keine Witwe und werde keine Trauer kennen. Deshalb werden an einem einzigen Tag die Plagen über sie kommen, die für sie bestimmt sind: Tod, Trauer und Hunger. Und sie wird im Feuer verbrennen; denn stark ist der Herr, der Gott, der sie gerichtet hat. Die Kaufleute, die durch den Handel mit dieser Stadt reich geworden sind, werden aus Angst vor ihrer Qual in der Ferne stehen und sie werden weinen und klagen: Wehe! Wehe, du große Stadt, bekleidet mit feinem Leinen, mit Purpur und Scharlach, geschmückt mit Gold, Edelsteinen und Perlen. In einer einzigen Stunde ist dieser ganze Reichtum dahin.«

In der Ecke des Saales kämpften Sara und Johanna darum freizukommen. Jeder Satz des eintönig leiernden Predigers hallte zwischen den Wänden wider, gefolgt von entsetzlicher Stille. Er fuhr fort:

»Alle Kapitäne und Schiffsreisenden, die Matrosen und alle, die ihren Unterhalt auf See verdienen, machten schon in der Ferne halt, als sie den Rauch der brennenden Stadt sahen, und sie riefen: Wer konnte sich mit der großen Stadt messen? Dann sah ich den Himmel offen, und siehe, da war ein weißes Pferd, und der, der auf ihm saß, heißt Der Treue und Wahrhaftige; gerecht richtet er und führt er Krieg. Seine Augen waren wie Feuerflammen und auf dem Haupt trug er viele Diademe. Bekleidet war er mit einem blutgetränkten Gewand. Die Heere des Himmels folgten ihm auf weißen Pferden; sie waren in reines, weißes Leinen gekleidet. Aus seinem Mund kam ein scharfes Schwert; mit ihm wird er die Völker schlagen. Und er herrscht über sie mit eisernem Zepter, und er tritt die Kelter des Weines, des rächenden Zornes Gottes, des Herrschers über die ganze Schöpfung. Auf seinem Gewand und auf seiner Hüfte trägt er den Namen: König der Könige und Herr der Herren.«

Die Männer in den Kapuzen saßen und hörten mit gesenkten Köpfen und gefalteten Händen zu. Doch konnte man eine Unruhe um den Tisch spüren. Der Bescheid des Großmeisters war für die meisten Teilnehmer der Zusammenkunft überraschend gekommen. Blicke wurden ausgetauscht und unausgesprochene Gedanken wirbelten in der Luft umher, während der Bischof weiter leierte:

»… Dann nahm der Engel die Räucherpfanne, füllte sie mit glühenden Kohlen, die er vom Altar nahm, und warf sie auf die Erde; da begann es zu donnern und zu dröhnen, zu blitzen und zu beben …«

Plötzlich stand einer der Männer auf und blieb, den Blick auf die Anführer gerichtet, stehen.

»Du störst die letzte Andacht«, sprach der Großmeister mit scharfer Stimme.

Der Abweichler öffnete die zusammengepressten Lippen:

»Es kann nicht rechtens sein, das wir uns selbst opfern sollen. Das widerspricht der Tradition der Gesellschaft und dem Testament Muellers.«

Der Großmeister antwortete nicht. Stattdessen stellte er sich hin und zeigte dem anderen mit einer ruhigen, aber Gehorsam verlangenden Geste, dass er sich zu setzen habe. Dieser gehorchte nicht, sondern erhob von Neuem die Stimme:

»Was sagt ihr anderen? Geht das nicht zu weit, wenn wir nicht nur die Nation ausradieren sollen, sondern auch uns selbst? Was gewinnen wir dadurch? Wer gedenkt unserer ehrenvollen Geschichte, wenn wir sterben?«

»Genug!«, rief der Großmeister. »Du schwankst im Glauben und im Patriotismus. Nicht wir sind es, die die Ehre der Nation wiederherstellen sollen, sondern Gott. Wir bewerkstelligen

Gottes Plan, indem wir die Hure Babylons bestrafen. Morgen sitzen wir zusammen um den Thron des Allmächtigen und die Herrlichkeit des Paradieses liegt uns zu Füßen. Der Herr ist es, der auf seinen unergründlichen Wegen das Reich Svea wiederherstellen wird. Nicht wir, nicht du. Ich sage es zum letzten Mal, setz dich hin und schweig, sonst muss ich dich wegen Desertation bestrafen.«

»Ich habe immer meine Pflicht getan, das weißt du«, beteuerte der andere jetzt in flehendem Ton.

»Wir sind nicht ›Du‹ und Brüder«, sagte der Anführer.

»Entschuldige, Großmeister, aber ich glaube nicht an ein solches Opfer. Das ist nicht Gottes Wille, sondern deiner. Was sagt ihr anderen? Redet!«

Die Stimme des Revoltierenden zitterte jetzt, er war nahe daran, zusammenzubrechen. Um den Tisch waren vereinzelt Worte zu hören. Doch noch ehe jemand eine Antwort formulieren konnte, hatte der Großmeister bereits eine Pistole gezogen, die er unter der Jacke verborgen hielt, zielte auf seinen Widersacher und drückte ab.

Der Knall erzeugte ein ohrenbetäubendes Echo im Saal. Der Unglückliche wurde in die Brust getroffen und nach hinten auf den Stuhl geschleudert.

»Gibt es noch mehr Defätisten?«, fragte der Großmeister in scharfem Ton und sah sich um. Keine Antwort. Die Versammlung hielt den Atem an. Der Mann wandte sich wieder dem Bischof zu:

»Fahr fort, Snoilsky!«

Das geistige Oberhaupt legte die Bibel zur Seite und sagte mit wackliger Stimme:

»Lasst uns das Gebet des Herrn lesen und unseren christlichen, protestantischen Glauben bekennen.«

Nun saßen sie zu elft am Tisch. Sie erhoben sich und sprachen im Stehen gemeinsam das Vaterunser und das Glaubensbekenntnis.

»Gott sei unseren Seelen gnädig«, sagte der Bischof zum Abschluss. »Und wahrlich, ich sage euch, schon morgen werden wir an der Seite des Lammes und unseres Königs und Vaters sitzen.«

»Hoch lebe das Vaterland!«, rief der Großmeister und erhob seinen Pokal.

»Hoch lebe das Vaterland!«, antworteten die anderen im gedämpften Ton.

Sara und Johanna hatten das ganze Ritual angehört. Sie kämpften mit dem Klebeband, doch es ließ sich nur ganz fruchtbar langsam abschieben, Millimeter für Millimeter. Es war quälend, auf dem staubigen Steinfußboden durch die Nase zu atmen. Handgelenke und Fußgelenke schmerzten durch das Zerren, das den Blutfluss abschnürte.

Jetzt ergriff ein anderer Mann am Ende des Tisches das Wort:

»Alle unsere Pläne für die Evakuierung sind also ad acta gelegt? Was tun wir dann in dieser letzten Stunde?«

Der Großmeister konnte nicht antworten, denn jetzt öffnete sich die Tür zum Saal, und eine weitere Gestalt mit Kapuze trat ein. Er schritt langsam zu seinem Platz am Tisch und fragte:

»Was ist ad acta gelegt worden?«

Johanna, die gerade frenetisch mit dem Klebeband an ihren Handgelenken kämpfte, erstarrte, als wäre sie mit einem Knüppel über den Kopf geschlagen worden. Diese Stimme. Das konnte nicht, das durfte nicht wahr sein.

Der Mann war ihr eigener Vater, Carl Tott. Er war also tatsächlich, wie die Bilder von der U-Bahn es angedeutet hatten, in den Mord an Roy Engman verwickelt. Ihr Vater hatte in dieser wahnsinnigen unterirdischen Tätigkeit eine Hauptrolle inne.

»Du hast gute Arbeit geleistet, Kommandant«, sagte der Großmeister zu Carl Tott. »Du bist von deinem Kommando befreit, jetzt übernehmen wir. Ad acta gelegt worden ist lediglich die Flucht. Ragnarök ist vorverlegt worden, um den Verrätern zuvorzukommen. Die Gesellschaft stirbt mit der verfaulten Nation. Möchte noch jemand Einwand erheben?«

Schweigen. Alle starrten mit den Kapuzen auf dem Kopf auf den Tisch, nur der Neuankömmling, der Kommandant, starrte den Großmeister und die drei um ihn stehenden Männer an. Plötzlich erhob der Anführer seine Waffe erneut:

»Einige von uns scheinen offensichtlich ihre Väter früher treffen zu wollen als andere.«

»Beruhige dich«, sagte Carl Tott ruhig und hielt die Hände vor sich hoch. »Wie ist es mit dem Kurier gegangen?«

Der Hochgewachsene senkte langsam die Pistole. »Es ist vollbracht. Ich habe eine verlorene Seele mit der Fracht an unser Ziel gelotst. Ein würdiger Kurier, einfach dadurch, dass er so besonders unwürdig war«, sagte er.

»Gut, gut«, sagte Carl. »Warum diese Eile? Lass uns doch getreu nach Plan voranschreiten. Es gibt immer noch Zeit für einen geordneten Rückzug, für einen großartigen Sieg anstelle eines schmählichen Opfers.«

Zustimmendes Gemurmel um den Tisch. Keine Antwort seitens des Großmeisters. Stattdessen ein neues Mündungsfeuer und wieder ein dröhnender Schuss, der durch den Saal hallte.

Carl Tott fasste sich an den Bauch und fiel stolpernd gegen einen der anderen Männer, so dass ihm die Kapuze vom Kopf rutschte. Eine Sekunde lang blieb er mit verzweifeltem Blick in der Luft hängen, ehe er auf den Fußboden fiel.

Johanna riss die Augen auf. Sie zerrte und zog an dem Klebeband und hatte jetzt eine Hand losbekommen.

Im selben Augenblick entstand ein Tumult um den Tisch. Eine Gruppe stürzte sich auf die vier anderen. Jetzt hielten auch die Adjutanten des Großmeisters Pistolen in den Händen. Der Saal dröhnte von Schreien und Schüssen.

Drei Männer fielen durch Kugeln, noch ehe sie am Ende des Tisches ankamen. Dann begann eine wilde Schlägerei.

Johanna hatte mittlerweile beide Hände frei bekommen und zog bereits das Klebeband von Kopf und Füßen ab. Sie wandte sich Sara zu. Schnell, schnell. Sara zitterte so sehr, dass es schwer war, das harte Klebeband loszumachen.

Immer noch dröhnten die Schüsse. Einer der angegriffenen Männer hatte eine Pistole erobert. Am Ende fiel auch er, und nur der Großmeister stand noch. Auf dem Fußboden um ihn herum lagen elf tote oder sich windende Männer, manche mit Schussverletzungen, andere mit blutenden Kopfverletzungen.

Ruhig und langsam zog der hochgewachsene Mann das Magazin aus seiner Pistole und lud nach. Er gab einigen der zu Boden geschlagenen Widerständlern einen letzten Schuss in den Kopf. Dann sah er zu der Ecke, wo sich Johanna und Sara zusammenkauerten.

Langsam ging er auf sie zu und griff gleichzeitig nach seiner Waffe. Zehn Meter, fünf Meter, drei Meter. Sara schluchzte und hielt die Hände vor sich, während Johanna trotzig direkt in die Kapuze starrte, die nun heruntergezogen wurde:

»Mein Name ist Gerhard von Kruse, der Großmeister der Schwedischen Gesellschaft. Es kümmert mich nicht, wer ihr seid. Ihr hattet im Schlosstunnel nichts zu suchen. Ade.«

Er erhob die Pistole, Sara schrie gellend. Johanna starrte immer noch mit Verachtung in die Mündung des Rohrs.

Anstatt eines Schusses hörten sie ein ganz anderes Geräusch, erst zischend und dann wie wenn ein Stein in bodenlosen Lehm geworfen wird.

Pluff.

Großmeister von Kruse hielt mit der ausgetreckten Pistole inne. Er sah erstaunt aus. Auf der rechten Seite seiner Brust wuchs um eine herausragende Pfeilspitze herum ein dunkler Ring auf dem Mantel.

Hinter ihm, am Eingang zum Saal, stand Peter Tott mit seiner Harpune in der linken Hand.

»Peter!«, schrie Johanna, als Gerhard von Kruse vor ihnen zusammengesunken war. »Das ist nicht wahr.«

Sie umarmten sich, Peter hielt die gebrochene rechte Hand an der Seite herunter, und das Blut lief ihm aus der Wunde auf der Stirn.

»Wie konntest du uns nur hier finden? Liebling, Liebling«, schluchzte Johanna. Sara war bleich und zitterte noch immer.

»Du hattest einen USB-Stick in der Tasche, den habe ich gesehen, als ich waschen wollte. Es war eine Karte. Dein Vater … Ich liebe dich so.«

Peter sank auf den Boden. Er machte eine abwehrende Geste, um zu zeigen, dass alles Ordnung war.

Der Saal glich einem Schlachtfeld. Johanna stürzte zu ihrem Vater, der immer noch regungslos neben dem Tisch lag.

»Papa, hörst du mich? Was machst du unter diesen Menschen? Ich begreife gar nichts«, weinte sie.

Carl Tott hatte die Schultern seltsam hochgezogen und eine Hand auf den Unterleib gepresst, wo ihm das Blut unter den Fingern hindurchquoll. Der Schuss war durch die Leber gegangen. Seine Augen waren geschlossen, doch als Johanna eine Weile geredet hatte, öffnete er sie zu schmalen Schlitzen.

»Geliebte Johanna. Ich habe innere Verletzung, nicht mehr viel Zeit, schaffe es nicht zu erklären …«

»Du musst, Papa, warum nennen sie dich den Kommandanten?«

In der Ecke hatte Peter sich aufgesetzt und rief jetzt mit lauter Stimme:

»Er ist einer von ihnen, Johanna.«

Sie sah ihren Mann an und dann wieder zu dem sterbenden Vater.

»Ich war immer einer von ihnen«, flüsterte Carl seiner Tochter zu, die jetzt Tränen in den Augen hatte. »Mein Vater ist in die Gesellschaft hineingeboren, so wie sein Vater vor ihm, Generationen zurück, dreihundert Jahre. Aber du warst ein Mädchen, Johanna, du musstest nicht, du warst zu gut für das hier …«

»Papa, hast du Roy Engman ermordet?«, fragte Johanna.

»Nein, ich habe versucht, ihn zu warnen. Es ist schwer …«

Carl hustete und verstummte für eine Weile. Schaumiges Blut drang über seine Lippen, als er sich anstrengte weiterzureden:

»Wir glauben an die Ehre, das ist unser Schicksal. Ehre und Gehorsam, zurück auf den Weg, den Schweden vor langer Zeit verlassen hat. Ich habe diese Idee geteilt, konnte nichts anderes tun.«

»Du hast ein Doppelleben gelebt?«, fragte Johanna. »Wie konntest du das vor Mama und mir verbergen? Wie hast du das geschafft?«

»Es ist schlimmer, als du denkst, Liebes«, fuhr Carl jetzt mit immer schwächerer Stimme fort. »Schon vor einhundertfünfzig Jahren zerbrach die Gesellschaft in zwei Teile. Eine geheime Zelle mit Zweiflern wollte die Strategie, alles zu untergraben, aufgeben und sah ein, wie unmöglich sie war. Roy, Charlie, Sten – alle, die hingerichtet wurden, gehörten zu dieser Phalanx. Auch ich. Aber wir haben verloren.«

»Aber … ich verstehe nicht«, stammelte Johanna. »Warum haben alle Sabotage betrieben, wenn sie doch nicht daran glaubten?«

»Die Pflicht, Johanna. Es ist schwierig. Ah«, stöhnte der Vater, der jetzt immer weißer im Gesicht wurde. »Sie haben ihre Pflicht getan und arbeiteten gleichzeitig daran, dass die Bewegung nicht noch mehr radikalisierte. Wir haben versucht, die letztendliche Lösung aufzuhalten, aber ich fürchte, jetzt ist es zu spät.«

»Die letztendliche Lösung?« Johanna holte Luft und wischte die Tränen aus den Augen.

Unter Aufbietung seiner letzten Kräfte sprach Carl Tott:

»Stockholm wird vernichtet werden. Verlasse die Stadt, wenn du kannst. Nimm die Kinder mit. Ich hatte gehofft, diesen Wahnsinn verhindern zu können, aber die Zeit verrinnt. Flieh!«

Das letzte Wort war nurmehr ein Flüstern. Das Blut stand ihm wie Gischt vor dem Mund. Carl Tott rang schwer nach Atem.

»Papa, warum hast du Peter verletzt?«, fragte Johanna und hob seinen Kopf vom Boden.

Keuchende Atemzüge. Es blieb nur noch wenig Zeit.

»Geliebtes Kind, in unserer Welt ist nichts das, wonach es aussieht. Die Mitglieder der Gesellschaft sind überall. Als Peter mir eine Karte von den Schlosstunneln zeigte, ging ich davon aus, dass dies eine Falle war, die Methode des Großmeisters, mich zu fangen und zu entlarven. Verzeih mir ...«

»Papa, du hast gesagt, dass Stockholm vernichtet werden soll. Wie das? Was können wir tun?«

»Eine Bombe, Johanna ...«

»Wo ist die Bombe?«

»Weiß nicht ... der Kurier ...«

Carl Tott drehte den Kopf zur Seite und hörte auf zu atmen. Johanna strich ihm vorsichtig über das Gesicht, um die Lider zu schließen.

Sara kam auf die Füße und umarmte Johanna schweigend. Sie drehte eine Runde, um die toten Sektenmitglieder anzuschauen und ihnen die Kapuzen abzuziehen. Es waren lauter weiße Männer zwischen dreißig und sechzig Jahren, gepflegte Frisuren, gut trainiert, sonnengebräunt.

Johanna saß zwar noch neben ihrem Vater – sie hatte seinen Kopf auf ihren Schoß gezogen –, doch konnte sie selbst auf die Entfernung ihren Kollegen Anders Pontén von der Stockholmer Polizei erkennen. Er war es, der das Video von der Überwachungskamera in der U-Bahn zurückgehalten hatte, um Carl Tott nicht zu entlarven.

Und Anders Pontén war es gewesen, der den Beschluss des Großmeisters über den vorgezogenen Schlag in Frage gestellt hatte. Dieser Mann, ein junger Polizist, war also bereit gewesen, Stockholm für seine Geheimgesellschaft in die Luft zu sprengen, wenn er selbst nur davonkam. Jetzt war er tot, aber Johanna schauderte es, wenn sie sein Gesicht sah.

Noch andere der Männer wirkten vertraut. Einer war ein bekannter Bankenmann, einer der Generaldirektor eines staatlichen Werkes, ein anderer ein hoher Militär, der als Kommentator im Fernsehen auftrat, wenn es irgendwo in der Welt Krieg gab.

Sara fand ein Klanmitglied, das noch lebte. Sie versuchte den Blutfluss aus seiner Schusswunde an der Seite des Brustkorbs zu stoppen. Der Verletzte schlug die Augen auf, weinte schrecklich und murmelte »Danke, danke«.

»Was seid ihr für Menschen?«, fragte Sara.

»Wir sind Patrioten«, sagte der Mann. »Wir waren Patrioten.«

»Warum hatten nicht alle in der Gesellschaft adlige Namen, wenn ihr doch der alten Aristokratie entstammt?«, fragte Sara.

Der Mann atmete schwer. Er sah sie ergeben an.

»Viele von uns wurden von den alten Adelsgeschlechtern schon als Kinder betreut. Gewöhnliche Namen erleichterten die Tarnung.«

»Ihr wurdet adoptiert?«

»In der Gesellschaft erzogen«, sagte der Mann. »Die größte Ehre überhaupt.«

Sie schüttelte misstrauisch den Kopf:

»Wie viele seid ihr?«

»Wir sind viele«, erwiderte Mann.

»Jetzt nicht mehr«, unterbrach ihn Sara. »Was weißt du von der Bombe? Wohin habt ihr die gebracht?«

»Nur der Großmeister ...«, flüsterte der Mann. Dann fiel er in Ohnmacht.

Sara ließ ihn auf dem Boden liegen und stand auf. Gemeinsam mit Peter durchsuchten sie die Hosentaschen der Toten, fanden aber nichts von Bedeutung.

Jetzt galt es, zurück nach oben zu gelangen und die Polizei zu alarmieren. Wenn Gerhard von Kruse die Wahrheit sprach, hatte Stockholm noch eine halbe Stunde bis zum Harmageddon.

Es war halb drei Uhr nachmittags in Washington D. C., als Dick Wagoners Handy klingelte. Er befand sich auf seinem Samstagspaziergang bei The Mall.

Das musste Bruno Mild sein.

»Wie läuft es mit den Bombenermittlungen?«

»Nichts Neues«, sagte Bruno, der vor dem Festivalgelände am Tantolunden stand. »Die Behörden reagieren zu langsam. Ich habe mein Anliegen durch alle formellen Kanäle durchgebracht, aber ich glaube, es wird nicht reichen. Die Fracht ist vom Hafen aus weitertransportiert worden.«

»*Too bad*«, sagte Dick Wagoner.

»Was soll ich tun, was rätst du mir?«, fragte Bruno.

»Hoffen und beten«, sagte Dick.

»Wir sind Atheisten hier«, gab Bruno zu bedenken.

»Dann musst du dich mit dem Hoffen begnügen.«

»Und wenn ich noch mehr machen will?«

»Es ist natürlich eine Nadel im Heuhaufen, aber besorg dir einen Geigerzähler und such in der Innenstadt. Vor allem musst du die Polizei überzeugen, dasselbe zu tun. Aber die Radiummesser werdet ihr wohl kaum als Standardausrüstung vorrätig haben.«

»Wohl kaum«, sagte Bruno. »Was meinst du, was für eine Art von Fahrzeug könnte es sein? Falls sie wirklich den Sprengkopf in die Stadt gefahren haben?«

»Wenn wir von einem Atomsprengkopf reden, musst du mit mindestens fünf Mal zwei Meter rechnen. Lastwagen, Container, Schiffe ... In Stockholm muss man wahrscheinlich nicht viel verstecken.«

Bruno und Dick beschlossen, in Kontakt zu bleiben, und verabschiedeten sich. Kjell Pärzon und Kalle Holm standen wie lebende Fragezeichen da.

»Was hat er gesagt?«

»Nicht viel. Wir brauchen einen Apparat, der Radioaktivität messen kann. Wo findet man so etwas an einem Samstagnachmittag?«

»Bei der Feuerwehr«, sagte Kjell Pärzon. »Fahr in die Innenstadt, dann gehe ich zur Feuerwache auf Kungsholmen und besorge uns einen Geigerzähler. Ich kenn die Leute dort. Wir treffen uns auf Sergels torg, so gegen neun, ja?«

Kjell sprang auf dem Ringvägen in ein Taxi, während Bruno und Kalle zu Brunos geparktem Wagen gingen. Die Bürgersteige waren immer noch voller Festivalbesucher, aber die Absperrungen waren verschwunden und der Verkehr floss wie immer.

Unten an der Skeppsbron war dennoch ein Stau. Zwei Spuren wurden zu einer zusammengeführt, und obwohl das Reißverschlussprinzip wunderbar funktionierte, bewegte sich die Reihe von Autos trotzdem nur im Schneckentempo vorwärts.

Um Viertel vor neun fuhr der Volvo am Slottsbacken vorbei. Urplötzlich schrie Kalle seinem Freund ins Ohr:

»Verdammt, halt an!«

»Was denn, ich kann doch hier nicht anhalten«, sagte Bruno verärgert.

»Da! Sieh nur, das ist Johanna Tott und die andere Tussi. Die Terroristen.«

Und richtig, auf dem Bürgersteig unterhalb des Schlosses marschierten drei Personen in südlicher Richtung. Johanna Tott und Sara Widman, beide wegen Menschenraubs und Vorbereitung einer terroristischen Gewalttat gesucht, aber wer war der Dritte?

»Ist das Felix Martini?«, fragte Bruno aufgeregt. Die Autoschlange bewegte sich, sie waren bereits an dem Trio auf dem Bürgersteig vorbeigefahren. Kalle Holm hing auf Brunos Schultern, um die Gesuchten mit dem Blick verfolgen zu können.

»Dreh da vorne um«, stöhnte er und streckte den Finger aus.

»Ist das Felix?«, fragte Bruno erneut.

»Glaube nicht«, sagte Kalle. »Aber wer sollte es sonst sein?«

Vor der Strömbron machten sie einen U-Turn und fuhren zum Slottsbacken zurück. Wütende Autofahrer kommentierten hupend das freche Manöver.

Plötzlich wuchs sich das Geräusch zu durchdringenden Sirenen aus. Hinter sich sahen Bruno und Kalle, wie sich Streifenwagen vom Kungsträdgården näherten.

Alle Autos fuhren zur Seite, um der Ordnungsmacht Platz zu machen. Bruno war gezwungen, ihrem Beispiel zu folgen. Er fluchte, denn jetzt liefen sie Gefahr, die prominenten Fußgänger zu verlieren. Zwei Polizeiwagen und ein Einsatzwagen sausten an ihnen vorbei und drängten sich zum Schloss durch.

Einen Moment lang hatte Bruno geglaubt, die Polizei würde ihn wegen des U-Turn anhalten wollen, aber nun begriff er, dass der Einsatz einem ernsteren Fall galt. Hatte jemand die Gesuchten erkannt und die Polizei gerufen? Er fuhr den Polizeiwagen hinterher.

Kalle Holms Puls pochte doppelt so schnell wie normal. Für Situationen wie diese lebte er. Fünfzig Meter vor ihnen standen die drei Einsatzfahrzeuge mit blitzendem Blaulicht und eingeschaltetem Martinshorn. Eine Gruppe Polizisten hatte sich um drei Personen versammelt, die mit über dem Kopf erhobenen Händen zu Boden gezwungen worden waren.

Bruno und Kalle sprangen aus dem Auto. Die Sirenen verstummten. Das Erste, was man hören konnte, war Johanna Totts verzweifelte Stimme:

»Was machen Sie denn? Ich habe Sie doch gerufen.«

Zwei der Polizisten lachten:

»Halt den Mund. Du wirst noch viel Zeit haben, das alles zu erklären.«

»Wir haben aber nicht viel Zeit!«, schrie Johanna.

»Wieso nicht?«, fragte der Polizist.

»Eine Bombe. Sie werden Stockholm in die Luft sprengen«, sagte Johanna.

»Wer sind die?«, fragte der Polizist.

»Die Gesellschaft. Die Terroristen.«

Der Polizist lachte wieder, aber Bruno hatte genug gehört. Er drängte sich durch den Ring von Schaulustigen.

»Bruno Mild, Sicherheitsabteilung des Hauptquartiers«, gab er dem Polizisten zu verstehen, der den Oberbefehl zu haben schien. Dann hockte er sich neben die Gefangenen:

»Johanna, ich bin es, Bruno Mild. Was sagst du da von einer Bombe?«

»Bruno, es ist höchste Eile. Um neun Uhr …«, keuchte Johanna, der das Atmen schwerfiel, weil sie mit dem Brustkorb auf das Kopfsteinpflaster gedrückt wurde.

Weiter kam sie nicht, denn einer der Einsatzpolizisten riss Bruno brutal weg:

»Was zum Teufel machen Sie hier? Darf ich mal Ihren Ausweis sehen?«, fuhr ihn der Uniformierte an.

Bruno schüttelte wütend die Hände von sich ab:

»Hier! Reicht das? Ich bin der Terroristenexperte des Obersten Hauptquartiers. Wir haben hier eine verdammt ernste Lage. Ich muss mit diesen Personen sprechen können. Jetzt lassen Sie sie um Himmels willen mal aufstehen!«

Widerwillig ließ sich der Polizist überreden. Bruno hatte die gute Stimmung ruiniert. Jetzt sahen alle ernst drein.

Sara war bleich und hatte zerzauste Haare. Peter blitzte die Polizisten wütend an und bürstete sich mit der linken Hand ab. Er verzog das Gesicht vor Schmerz und umfasste sein gebrochenes Handgelenk. Nach einem kurzen Blick auf den finster starrenden Kalle Holm wandte sich Johanna Bruno zu:

»Es ist alles völlig wahnsinnig, wir waren in einem Tunnel unter dem Schloss gefangen. Sie liegen jetzt da unten, die Mörder, alle tot, aber bald wird es knallen.«

»*Ihr* wart gefangen?«, fragte Kalle Holm ungläubig.

»Still«, sagte Bruno.

»Wie spät ist es?«, fragte Peter.

»Sieben Minuten vor neun.«

»Es ist zu spät«, sagte Johanna.

Sie schloss die Augen. Ein paar lange Sekunden war die ganze Schar von Menschen im Schein der blitzenden Blaulichter vollkommen still – neun Polizisten, vier Soldaten der Hauptwache, die drei Festgenommenen, Bruno Mild, Kalle Holm und an die zwanzig Neugierige, die sich um sie geschart hatten.

Plötzlich glich die turbulente Szene einer Andacht. Alle Aufmerksamkeit wandte sich der Frau im Zentrum zu, deren braune Haare ein klein wenig im Wind flatterten. Johanna sog die Luft in einem tiefen Atemzug durch die Nasenlöcher, öffnete die Augen und lehnte den Kopf ein klein wenig in den Nacken.

»Wir sind ganz nah dran«, sagte sie.

»An was nah? An was?«, fragte Bruno.

Johanna drehte sich wortlos um und fing an, den Slottsbacken hinaufzugehen. Die Polizisten, die sie eben noch auf den Boden gezwungen hatten, waren wie hypnotisiert. Sie folgten ihr nicht einmal, sondern blieben mit hängenden Armen stehen. Nur Bruno Mild und Peter Tott folgten ihr.

Johanna ging langsam, Mit der rechten Hand fuhr sie an der Reihe von Touristenbussen entlang.

Oben auf dem Hügel angekommen blieb sie plötzlich stehen.

»Hier ist es.«

Peter drehte sich dem weißen Touristenbus zu, auf dessen Seite »Flexibus« stand. Bruno hatte schon das Handy am Ohr und wartete darauf, Dick Wagoner zu hören. Ein paar der Polizisten waren aus der Starre erwacht und kamen jetzt hinterher.

»Machen Sie den Bus auf«, befahl Peter Tott.

Die Beamten zerschlugen die getönte Scheibe der Fahrerkabine und machten auf.

»Zurück! Es ist eine Bombe.«

Durch die geöffnete Seitentür sahen sie Felix Martinis regungslosen Körper. Er hing über dem Lenkrad, den Bombengürtel um den Bauch.

»Ist er tot?«, fragte Peter.

Die Polizisten zogen sich zurück. Johanna stand mit schräg gelegtem Kopf still da und betrachtete Felix.

»Nein, er lebt. Sie haben den Gürtel benutzt, um ihn dazu zwingen, den Bus zu fahren. Wir müssen in den hinteren Teil des Busses.«

Bruno schaute auf die Uhr. Drei Minuten vor neun. Immer noch keine Antwort von Dick.

Plötzlich wurde die Stille wieder vom Martinshorn der Polizeiwagen durchbrochen. Menschen schrien. Der Einsatzwagen versuchte eine Absperrung einzurichten und rief den dreien am Bus zu, wegzulaufen. Stattdessen lösten sich zwei weitere Personen aus der Menge und liefen den Slottsbacken hinauf.

Während Sara Widman und Kalle Holm vorsichtig Felix Martini aus dem Bus hoben, machten sich Peter und Johanna an der Wand hinter dem Fahrersitz zu schaffen. Inzwischen war es richtig dunkel, am Dämmerungshimmel hatten sich die Wolken zusammengezogen. Als das Hindernis endlich nachgab, öffnete sich ein schwarzer Hohlraum im Bus.

»Eine Lampe!«, rief Peter. »Hat jemand eine Taschenlampe dabei? Oder ein Feuerzeug?«

Ein kleines Einwegfeuerzeug wurde reingereicht. Peter drehte es mit dem linken Daumen an, schraubte das Gas auf maximale Stärke und hielt die Lichtquelle vor sich.

Der Anblick war schrecklich. Auch wenn Peter noch nie etwas

Vergleichbares gesehen hatte, war ihm augenblicklich klar, worum es sich hier handelte. Als das Feuerzeug an dem langen metallischen Zylinder entlangfuhr, wurde ein Wirrwarr aus Kabeln sichtbar, mit Texten in einer Sprache, die er nicht beherrschte.

»Den Mechanismus suchen«, schrie Bruno Mild, der jetzt endlich Dick Wagoner in Washington am Telefon hatte. »Nachsehen, ob es einen Timer gibt!«

Das Feuerzeug zitterte in Peters Hand. Der Daumen war von der hohen Flamme verbrannt, aber er fühlte fast nichts.

»Eine Minute!«, rief Bruno. »Der Mechanismus!«

»Hier ist er«, antwortete Peter aus dem Innern des Busses. Er löschte die Flamme. Um ihn herum wurde es pechschwarz. Das Einzige, was zu sehen war, waren die schmalen roten Ziffern auf einem Display: 00.00.57.

Die Sekunden tickten. Peter fuhr sich mit der Hand durch das Haar. 00.00.52

»Was soll ich tun?«

»Gibt es Knöpfe?«, fragte Bruno hinter ihm.

Peter machte seine kleine Lichtquelle wieder an.

»Jede Menge. Kabel auch. Soll ich sie ziehen?«

»Nein, nein!«, rief Bruno. »Dann knallt es. Die einzige Chance besteht darin, den Mechanismus umzuprogrammieren.«

Dick Wagoner hatte sich auf die Treppe am Lincoln Memorial niedergelassen und gab über das Telefon Anweisungen:

»Sucht den Mode-Schalter. Und dann braucht man einen Desarmierungscode.«

»Den Mode-Schalter«, rief Bruno in die Dunkelheit hinein.

Peter kämpfte mit dem Feuerzeug. Der Text war auf Russisch. 00.00.39

Unterhalb des Zahlendisplays war ein etwas größerer Schalter. Er hielt die Luft an und drückte darauf.

Das Schaltbord wurde schwarz.

»Ich habe einmal gedrückt. Es ist ausgegangen«, rief Peter mit hoffnungsfroher Stimme.

Bruno vermittelte.

»Not good«, sagte Dick. »Drückt noch mal auf denselben Knopf.«

Peter drückte wieder. Die Zahlen kehrten zurück:

00.00.18

»Es tickt immer noch. Achtzehn Sekunden!«, schrie Peter.

»Doppelklick«, sagte Dick.

»Doppelklick«, sagte Bruno.

Peter klickte zwei Mal.

Anstelle der Uhr, 00.00.11, erschienen vier blinkende Nullen:

0000

Alles wurde still, sogar die Sirenen der Polizei. Dick Wagoner saß in der heißen Nachmittagssonne von Washington und schloss die Augen, das Handy am Ohr. Bruno Mild starrte ins Dunkel des Busses. Draußen, auf dem Kopfsteinpflaster, sahen Johanna, Sara und Kalle von dem reglosen Felix Martini auf. Das Blaulicht der Einsatzfahrzeuge spielte über die Fassade des Schlosses, als handele es sich um eine Lichtshow für die Touristen.

Schwedens Schicksal hing von einem deprimierten Wirtschaftswissenschaftler mittleren Alters in Elternzeit mit verbranntem Daumen ab.

Peter zählte im Kopf mit – acht, sieben, sechs –, er hatte nur eine Chance und verspürte jetzt eine eiskalte Ruhe. Bilder fuhren ihm durch den Kopf: Pokerhände, Türcodes, John, Kia, Viggo, Johanna, Mama, Papa. Dann kamen die nächsten Erinnerungen aus dem Tunnel mit den toten Männern in den Kapuzen – vier, drei, zwei –, und Peter gab seine Zahl ein:

1658

Die Zeit blieb stehen. Leise sagte Peter »Null« und biss die Zähne zusammen.

Vor ihm blinkte die Zahlenkombination drei Mal. Dann erlosch das Display, und das Summen hörte auf.

Er schob sich rückwärts aus dem engen Raum und begegnete dem fragenden Blick von Bruno. Sie sahen einander mit einem Grinsen an.

»Das Jahr des Friedens von Roskilde. Höhepunkt der schwedischen Großmachtszeit«, sagte Peter und steckte sich den nun doch schmerzenden, kohlschwarzen Daumen in den Mund.

»Das gibt ein Sternchen in Geschichte«, sagte Bruno und schlug ihm auf den Rücken.

Johanna umarmte ihren Mann und flüsterte: »Ich liebe dich so sehr.« Gleichzeitig schlug Felix die Augen auf, nachdem Sara Widman und Kalle ihm in einer gemeinsamen Anstrengung die Adrenalinspritze gegeben hatten, die der Reporter immer für den Fall eines allergischen Schocks in der Hosentasche mit sich trug.

»Die Katze ...?«, stöhnte Felix.

»... ist eingeschläfert«, sagte Sara.

Im selben Augenblick jubelte das Råsunda-Stadion, nachdem die AIK Stockholm ein Tor im Spiel gegen Hammarby geschossen hatten. Durch den Tantolunden zog sich eine farbenfrohe Polonaise zu den Klängen von »In the Navy«. Sturplan und Nytorget bebten im Samstagsrausch, während in allen einsamen Haushalten Stockholms die Fernsehapparate ihr tröstendes Licht verbreiteten.

Auf Sergels torg stand ein Polizeikommissar verloren mit einem Geigerzähler in der Hand.